契丹驸马

李学萍 著

内蒙古人民出版社

图书在版编目(CIP)数据

契丹驸马 / 李学萍著. -- 呼和浩特 : 内蒙古人民出版社, 2025.1

ISBN 978-7-204-16923-8

Ⅰ. ①契… Ⅱ. ①李… Ⅲ. ①长篇小说-中国-当代 Ⅳ. ①I247.5

中国版本图书馆 CIP 数据核字(2021)第 235523 号

契丹驸马

作　　者　李学萍
策划编辑　王　静
责任编辑　蔺小英　段瑞昕
封面设计　琥珀视觉
出版发行　内蒙古人民出版社
地　　址　呼和浩特市新城区中山东路 8 号波士名人国际 B 座 5 楼
网　　址　http://www.impph.cn
印　　刷　内蒙古恩科赛美好印刷有限公司
开　　本　787mm×1092mm　1/16
印　　张　36
字　　数　900 千
版　　次　2025 年 1 月第 1 版
印　　次　2025 年 1 月第 1 次印刷
书　　号　ISBN 978-7-204-16923-8
定　　价　76.00 元

如发现印装质量问题,请与我社联系。
联系电话:(0471)3946120

读《契丹驸马》有感并代序

一

这是中华文学史上的一个特殊现象：关于杨家将的民间书写从未中断过，想象与重述从未消失过；人们借助小说、戏曲，一遍又一遍地重新讲述杨继业一家的传奇经历，生发出无穷无尽的故事，热情从未消减，演义逐代丰富，戏剧愈加传奇，最终累积成一笔巨大的文学遗产。

为什么会形成这样的文学奇观？

我想，这是因为杨氏一家被赋予了与国家命运荣辱与共、密不可分的关联性。在中华文化的观念中，只有当“家”“国”同体时，这个“家”才有了向所有人开放讲述的价值，才有了被全民想象和书写的空间，才有了被坊间里巷一代代咀嚼回味的意蕴。这就是中国人特有的家国情怀。在杨家将的身上，典型地投射着家国一体的中国式价值观。

而正是这样的中华文化，让杨继业和他的儿子们从来没有离开过这个世界。他们一直活着，蹲伏在历史的舞台上，每当时代或者现实呼唤，他们就会在演义、评书、话本、杂剧中，再次鲜活起来。

二

现在，我们又看到了对杨家将的重述。李学萍花费十五年时间，来为那个自从宋朝中叶以来就绵延不息的文学传统，又添上了新的一笔。

但显然，李学萍的《契丹驸马》不仅延续了一个古老的文学奇观，她同时也为这个文学传统注入了崭新的意义。

《契丹驸马》的主人公杨延琅，是历代杨家将故事中被重述最多的人物。虽然《宋史·杨延昭传》明确记载杨延琅即杨继业的长子杨延昭，并清晰地载录了他的生平事迹，但民间对于杨延琅的想象却从不驯服于正史，总是天马行空，毫无拘囿。在戏曲、评书、小说中，杨延琅的人生具有无限的开放性，一次次获得截然不同的命运，一次次演绎出令人惊叹的戏剧性。

其中，关于杨延琅人生的最大胆想象，就是把他变成了契丹公主的挚爱，成为契丹人的驸马。这意味着什么呢？一个置身前沿阵地、身负家仇国恨的人，一个在刀光剑影中养成坚硬性格的人，最终却变成了双方对垒间最柔软的成分，恰好由他来构建起辽宋间的亲缘关系，缔结出敌我双方的血亲联系，让势不两立的两个阵营变成了“一家人”，从而不可避免地拥有了共同的利益和共同的未来。

这是多么令人惊叹的民间想象！它把一个化干戈为玉帛的深刻理想，用戏剧化的方式大胆至极地表达出来；故事情节跌宕起伏，但内在愿望却朴素直接。千百年来，一个被杜撰成“契丹驸马”的杨延琅深得人心，被丝丝入扣地讲述，被声情并茂地传唱，没有听众或者读者发出质疑。为什么？只有一个解释：这就是人心，是中国人内心深处对铸剑为犁、和平安宁的执着心愿。

李学萍的创作沿用了长久以来盘桓于民间的驸马故事框架，也就是袭用了这个长久以来在民间生生不息的心灵与情感逻辑。不同的是，她一方面拓展故事空间，使其更加宏大，将人物形象塑造得更加饱满立体；另一方面，她首次在宋辽对立之外，设置了一个第三方的角色，这就是因贪欲而盗取鬼谷墨术，假以天寅之名蒙骗世人，建天门阵试图凌驾于世人与皇权之上的天寅阁主。他及其所纠集的南院大王贺黑纳兰，成为宋辽的共同敌人，让宋辽获得了缔结命运共同体的契机，演化出从你死我活到休戚与共的辩证逻辑。而在这个文本创作的深层逻辑中，由天寅阁主所隐喻的“贪欲”，正是挑起战争与杀戮的根源。当杨延琅在重重迷雾的矛盾对立中分辨出人性与战乱的真相，他也就完成了对战争表象的深刻反思，从而在中原汉人与契丹人的标签之下，看到了血脉本质的共通与相同，由此实现了对族群对立的超越。

在李学萍的创新性文本中，杨延琅作为民间寄托和平理想的“能指”符号，真正实现了从“对峙者”向“相通者”的“所指”叙事。正是因此，李学萍的当代重述是一次具有意义的突破，她使中国人对杨家将的集体想象最终上升为对中华文明“天下一家”的信念揭示，让一个古老的文学传统在其最新的延续点上，升华为对中华民族多元一体演进历程和内在逻辑的当代书写。

三

习近平总书记指出：“各民族共同在中华大地上繁衍生息，有着千丝万缕的血缘亲缘关系，逐渐形成血脉相融、骨肉相连，你中有我、我中有你，多元一体、不可分割的命运共同体。”

中华文化自古就有超越国家与狭隘族群的“天下”观念，形成了“天下一家”“天下为公”“天下大同”的社会理想。而天下何以一家？这根源于中华文明对于“他者”的态度。在西方文化中，“他者”意味着对立于我、具有绝对抗衡性的对象，只可斗争不可通融；而在中华文化的“天下观”中，没有绝对的“他者”，所有差异性、陌生化的对象，都可以通过对共同人性的理解、对共同文化的认同，来达成协同一致的关系，最终“他者”变成可以和平相处的“你”。

在这样的“天下观”影响下，历史上各民族源源不断地交织汇聚，超越地域乡土、血缘世系、宗教信仰，最终使内部差异极大的广土巨族融合成多元一体的中华民族，共同维护着世界上唯一绵延不断且以国家形态发展至今的中华文明。这也是中华文明超越西方近代“一个民族、一个国家”的民族国家形态，将多民族统一于国家内部的文明型国家的内在机制和基因密码。

事实上，契丹从一个中原外部的“闯入者”，最终融入中华文化，不仅为中华民族注入了新鲜血液，而且成为多元一体历史道路的重要推进者——这一历程就生动地演绎了上述文明逻辑。

契丹建立的辽朝曾对中华疆域的开拓做出过巨大贡献，它第一次将北方广大的草原、巨大的山岭、幽深的密林，整体性地纳入了有效的行政管理之中，为后世统一多民族国家确立北方版图奠定了重要基础；面对农牧两大族群组成的国家，辽朝开创了历史上第一个堪称为“一国两制”的南北面官制度，为农牧互动的国家治理提供了重要的制度创新。辽朝自开国以后就奉行“尊孔崇儒”国策，建立开科取士制度，辽朝社会一度呈现出“衣冠宫室，一皆中国，四民迭居，冠婚相袭，耕桑被野，化为中华”的景象。史载，辽道宗耶律洪基曾用白金数百，铸两佛像，铭其背曰：“愿后世生中国。”

宋辽的内在融通，缘于其分处南北所带来的农牧生产方式的互补性，经济上的相互依存生成了双方逐渐内向汇聚的深层逻辑，不论是榷场贸易、贡赐贸易，还是货币流通，都是相互紧密联系的体现。这种联系又反作用于“天下主义”的民族观，成为推动“汉契一家”思想形成的内聚力。

事实上，杨延琅被民间文学想象为契丹驸马，这并非只是乖异的戏剧化虚构。宋辽对峙之时，北宋名将王继忠在作战中被俘后，辽国没有杀害他，反而授其官职，并将萧氏族女嫁给他，真实演绎了“汉契一家”的历史戏码。这正是民间文学将杨延琅塑造成契丹驸马的内在历史根据。

中华文明发展历程中，为什么各民族总是从矛盾纠葛最终走向亲密无间的融合？为什么农牧族群总是从对立相峙最终走向你中有我、我中有你的交织？这既是人心所向，也是中华文明的内在逻辑。

这一次，李学萍把中华民族多元一体的历史发展逻辑，灌注在杨延琅身上，让他成为历史逻辑的展演者。而作为“杨家将”故事的重述者，李学萍的创作也表明：正是因为有这样一些仰望历史、赓承传统、续写当下的人，我们的中华文化才生生不息，绵绵相续，亘古千载，万古斯年！

郑　茜

（全国政协委员　中国民族博物馆副馆长）

目 录

楔 子

大唐落幕之后，经历乱世纷争，最终北宋建国，契丹据北，天下初定，群雄归寂。然而那一颗颗不安定的心在本不安定的形势之下蠢蠢欲动，相互之间明争暗斗，撕咬搏杀……

何为天下？
是苍天厚土？
是山川大河？
是高堂庙宇？
是煌煌史册？

也许是，也许都不是，至少他心中的天下不是。

至人无己，神人无功，圣人无名……

寥寥数语，写尽多少埋在历史尘埃中那些惊心动魄的故事。

那是父亲冰冷的眼睛，那是一把透心而过的长剑……

苍狼转世，屠戮众生……

“杀狼星，佑生灵。”冲天的火光下，喊杀声响彻天地。

你是谁？

是天降的灾星……

是杨府的奴才……

金沙滩的血把金沙染成了红色，那一晚，火一样的云霞铺满了天空……

之后，他从九霄云端跌落，嘈杂声戛然而止。他从梦中惊醒，渐渐从虚幻中脱离。

“生死由天，你这条烂命不是你想舍就能舍的……”有人在耳边聒噪，他身上传来折骨抽髓般的疼痛，身旁一个白发白须的老道在忙来忙去。

他唇角紧绷，发出一声苦笑，从万丈悬崖跳下来竟然没死，这条烂命老天都不愿意收。

太平兴国四年，宋太宗赵光义灭北汉而后伐辽，欲收回燕云十六州之地，却兵败被围，仓皇逃走。七年后，北宋雍熙三年，赵光义再次派兵北征契丹，欲收回燕云之地，东、中、西三路大军直扑辽国。但是辽国修筑的关隘出自一位熟知兵法、深谙诡道的契丹先祖之手，辽军排兵布阵又极为机巧，北宋三路大军调度混乱，以致连连败北。东路、中路军兵败撤军之后，西路军孤军深入，陷入险境。

西路军主帅潘仁美、副元帅杨继业攻下涿州，苦守多日，却等来东路、中路军兵败的消息，无奈之下，只好撤兵。西路军在撤军之时收到上谕，说燕云之地皆为汉民，不可留在辽国，让潘仁美、杨继业将涿州及已占领县郡的汉民带回中原，给辽国留下一座座荒芜的空城。

潘仁美与杨继业商量之后决定，潘仁美带涿州的百姓先走，守住两狼山的青石谷隘口，防止辽军阻断退路，杨继业则收拢沿路县郡的百姓，率旧部两万兵马断后。

随着宋军撤兵，几万老百姓离开他们世世代代生活的家乡，被宋军强行带离，拖儿带女走向前路未卜的远方。宋军带着百姓，每日行军不过五十里。杨继业率两万旧部兵马，领着一路收拢的三千多老百姓日夜兼程，可是当他赶到青石谷时，却没见到潘仁美接应的兵马，反扑过来的辽兵围了上来。最后，杨继业决定，派五千精兵护送百姓杀出重围，然后放他们回家。他自己则率军诱敌，与辽军周旋于两狼山，直到最后被困苏武庙，成为待宰的羔羊……

第一回　绝地苏武庙

夜色沉沉，天空中稠云密布，偶尔有月光从乌云的缝隙间洒下来，朦胧地映照出两狼山的线条，有着黑云压城般的气势。峡谷深处，陡峭的崖壁立在两侧，好像两道山门，后面就是千尺高的悬崖。不知何人于何时在悬崖下一片不大的平坦的空地上建了一座庙，这座庙有一门一殿，破败不堪，庙门上头挂着一块朽烂的牌匾，上面隐约有“苏武庙”三个字。

夜色苍茫，苏武庙高大的庙门夹在两道天然的石壁中间，成了一夫当关万夫莫开的华容道，不过这条华容道后面却是一条死路。两扇破败的庙门紧紧关着，门前堆着如山的尸体，血渗进黄沙里，把沙粒凝固在一起，然后新鲜的血又落在上面。等到明年春天，这里的草会格外的茂密，花也会特别红。

夜风呼啸，好似千万个孤魂野鬼在哭号，让人的心紧紧抽在一起。数以千计的辽兵守在庙外不足一里的地方，用充满仇恨且畏惧的目光盯着破庙的这两扇门，祈祷庙里的“恶鬼”赶紧死掉，让他们的噩梦赶紧结束。

冷冷的秋风让本是万家团圆的中秋夜变得凄凉，零零散散的落叶和枯草在大殿里随风盘旋，发出细碎的沙沙声。忽明忽暗的月光照着苏武缺肩少臂的塑像和东倒西歪的一地残兵，一面破败的帅旗好像坟地里的招魂幡一样，有气无力地倚在墙角，上面隐约能看到一个“杨”字。

杨继业抱着长枪，背靠着苏武塑像。他双眼紧紧地闭着，不知道是睡着了，还是只是闭着眼睛。古铜色的甲胄松松垮垮地挂在他的身上，他左肩上缠着布条，布条上有一大片血迹，已经变成黑褐色。他花白的头发凌乱地散落下来，遮住他布满皱纹而又僵硬的脸。他整个人看起来像一件满是裂痕的陶器，明明已经碎了，却拼尽最后一丝力气支撑着不倒，等待着突然之间成为一堆碎片。原来穷途末路的英雄与蹲在墙角的乞丐如此相似，想想曾经的辉煌，更觉讽刺。

“唉——”轻轻的一声长叹打破了这让人窒息的寂静。

随着这声叹息，有人喊了声“爹”，一个年轻的将军一跃而起。他半跪在老将军面前，手中擎着一杆沾满血渍的长枪。此时，他像一头刚被惊醒的豹子，瞪大一双眼睛看向庙门，已经做好了杀戮的准备。

杨继业缓缓抬起头叫道："六郎。"

"爹，您有何吩咐？"杨延昭警觉地看着外面，直到确定安全，才微微松了一口气，止不住又是一阵眩晕。被困六天，断粮三天，他们在没有希望的逃亡中与敌人不眠不休地厮杀，身边的兵将越来越少。他知道，他们最后的路只有一条，就是死。

"七郎走几天了？"提到最小的儿子，杨继业僵硬的嘴角轻轻抽动了一下，那是他心尖上的肉，是他最疼爱的儿子。

杨延昭低下头，轻声回道："三天了。"

"三天了，三天了……"杨继业的声音渐渐和秋风混在一起，最后成了低不可闻的呜咽。几日几夜未曾合眼，可是就在刚刚，他又看到了他的儿子们，那些战死沙场、尸骨无存的儿子们。

规劝别人时总会说，凡事要往好处想，可是真正濒临绝境、身处绝境时，谁又能做到凡事往好处想呢？即使统率千军万马的英雄也做不到。

七年前，皇帝首征大辽，被围金沙滩。当时，皇帝有性命之忧，大宋有灭国之危。杨继业可以为了家国天下舍去一切，所以他的五个儿子被埋在金沙滩的黄沙之下，成为一具具白骨，从此只能在梦中相见。可是现在他却梦到小儿子杨延钰站在眼前，憨实地对着他笑。他绝望地预感到，杨延钰凶多吉少。

杨延昭张了张嘴。他想说七弟勇冠三军，一定能杀出重围；他还想说七弟吉人自有天相，凡事都能逢凶化吉。可这些话连自己都不相信，又怎么能宽慰父亲？既然无法劝慰，索性不说了。他扶着枪慢慢站起来，拖着沉重的脚步走到门边，巡视一番。

"还有几个人？"杨继业低声问道。

杨延昭走到父亲面前，低声道："又死了六个，还有五十四个。"

杨继业迟疑半晌，抬起头看着杨延昭，眼睛里渐渐泛起泪光，过了一会儿才问道："六郎，你怨恨爹吗？"

杨延昭跪在他面前，摇了摇头："不恨。七弟憨实，不明白爹的用意，所以他才会走。"

"除了七郎，你们几个都太聪明了。"杨继业颤抖着声音说道。说什么请调援军，人人都心知肚明，他们已经深入辽境近百里，宋军怎么能进得来？即使他们能来，等援军到时，他也早已走上黄泉路了。不过私心谁都会有，他仅剩两个儿子了，六郎已经成家，有了儿子，所以他把那一线生机留给了七郎。在辽兵还没有合围之前，他以回营搬请救兵为名，骗杨延钰杀了出去。铁骨铮铮的金刀令公在信中求潘仁美把七郎留在军中，求潘仁美救他儿子一命。

杨延昭迟疑了一下，试探着问道："父亲，孩儿只是担心，潘仁美究竟知不知道是谁杀死了潘豹。"

"他应该……应该不知道。"每当提起这件事，杨继业便觉得从手指到心窝都在抽痛，牙齿发出咯咯的响声。

杨延昭知道真相，也知道那是父亲心头上的一道疤，谁都不能去揭，谁也不能在父亲面前提起那个人。可是这么多年过去了，他们最担心的事还是摆在了眼前，他不得不提。他低声道："爹，孩儿觉得潘仁美在青石谷撤军，就是要置我们于死地，毕竟潘豹是他的心头肉。"

杨继业仰起头靠在石像上，手执符节已经千年的苏武冷冰冰的，让人感到透骨的寒意。他想了想说道："不会。他是朝廷重臣，不会为了一己私恨，置我两万大军和百姓的生死于不顾。"

潘仁美真不知道他们被围吗？其实他心知肚明。被围之初，杨继业就派斥候向他求援。一个又一个斥候派出去，最后都如泥牛入海，音信皆无。是派去的人都没见到潘仁美，还是他压根就在隔岸观火，等着自己被杀？这一刻，他突然感到后悔，为什么要让七郎走？战将征伐，血染沙场，最后的结果不就是马革裹尸吗？父子三人，生在一起，死在一处，也算是团圆了。

哒哒……哒哒……

马蹄声响起，一匹白色的战马走进大殿，鞍鞯齐备地站在大殿中央，一下一下甩动着尾巴，发出咝咝的响声。这是唯一一匹战马了，如果不是因为它要征战，现在只怕早已被这些饥饿的人吞到肚子里了。

杨延昭握紧手中的长枪，血红的眸中闪出晶莹的泪光。他站起来，一步一步走到战马身边。次次征杀，他与它驰骋疆场，相依为命，可是现在……

战马突然抖了抖鬃毛，眼睛跟着杨延昭的身影移动，它好像明白了什么，抬起头用鼻子拱了拱杨延昭的脸，然后轻轻闭上眼睛，大颗的泪水滑落下来。

"六郎，留下它吧！"

杨继业的声音传来，杨延昭急忙收住了枪。"爹！"

"什么人？"

"抓住他——"

庙外突然传来辽兵的叫嚷声和利箭划破夜空的声音。杨延昭一惊，转身就要向殿外奔去。

"是我！"

一个年轻人从外面走进来，正好拦住了杨延昭。看到他，杨延昭微微松了一口气。这人一身黑色的夜行衣，不高不矮，不胖也不瘦，虽算不上英俊潇洒，但五官端正，看起来豁达爽朗，最特别的是那双眼睛，在黑暗中好像天上的星星一般，闪着晶亮的光芒。

"子翼？"杨继业抬起头看着他，既有几分惊讶，又有几分释然。

"怎么样了？"子翼说话时有点鼻音，显出五分慵懒和五分漫不经心。

"还死不了。"面对他，杨继业的语气竟然轻松起来。

"我要不来，你就悬了。"子翼说出这句话的时候还撇了一下嘴，让人觉得他很狂傲，但其实他是一个很踏实的人。

“呵呵。”杨继业苦笑了一下。他知道，这个年轻人玩世不恭的外表下藏着一副傲骨，只要自己与他师门的契约不解，他就会护自己安全，除非他死了。

子翼转头对握紧长枪的杨延昭说道：“外面无事。”

听到子翼的话，杨延昭轻轻舒了一口气。他不喜欢子翼，因为他狂放不羁、吊儿郎当、慵懒散漫，他还目无君王、言语刻薄。最让杨延昭不齿的是，他竟然是个贼，据说是一个日走千家、夜盗百户的飞贼。杨延昭一直想不明白，父亲为什么会与这个飞贼交往？为什么他总会在父亲最危急的时刻出现？他究竟有什么特别之处，让父亲严令对任何人都不能提起他？

人与人之间往往就是这样，有些人相遇便是酒逢知己，有些人则是相看两相厌。杨延昭不喜欢子翼，子翼同样不喜欢他。准确来说，杨继业的七个儿子，唯一能入他子翼法眼的只有老四杨延琅一个，只不过那家伙是歹人不长命，早死不托生的主，估计现在连骨头渣子都不剩了。

“何苦呢？”杨继业长长地叹了一口气。事到如今，子翼来了也没有回天之力，不过白白搭上性命而已。

“我自有保命的法子，不过你若死了，我就不苦了。”如果舌头是把杀人的刀，那子翼的这把刀绝对锋利，一刀毙命。

“就快如你所愿了。”

“那我也要亲眼看到才行。”子翼蹲在杨继业身边，看了看他的伤势，微微皱起了眉头，然后转过头对杨延昭说道，“辽兵的弓箭手很厉害，我带的干粮掉在外面了。”

“什么地方？”杨延昭急忙问道。

“出庙门向东半里左右的地方。”

“我去找回来！爹，有了干粮，我们就能杀出去了。”杨延昭的声音因为激动有几分颤抖。他相信，只要能吃饱，就一定能杀出重围。黑暗里传出窸窣声，饥饿的残兵终于看到了生的希望。

杨继业点点头，自己的伤势自己清楚，如果带着自己，六郎和子翼很难冲出重围。他看了一眼儿子，却什么也没有说，心底有一个声音告诉自己：拼了吧，有子翼在，也许能拼出一条活路。

杨延昭悄悄溜出苏武庙，子翼则跳上院里那棵枝繁叶茂的老松树，一双像夜鹰的眼睛，看着外面。大殿内冷冷清清，没有一丝生气。

“兄弟们。”杨继业轻声叫道。

“将军。”有气无力的声音从各个角落传来。

“都散了吧，各自寻条活路。”

“将军，你呢？”

“我走不了……”

“将军，我们跟了你这么多年，你在哪儿，哪里才有活路。”生命即将走到尽头，他们依旧至死不渝地坚守着忠诚，只是此时这份忠诚显得如此悲壮。

杨继业知道，他们说的何尝不是真的，自己若死了，他们哪里还有活路。不过，即便是死，他也不能让他们死得没有意义。他提起所有的力气，坐直身体，用一种雄浑有力的声音说道："大丈夫保家卫国，生为人杰，死为鬼雄，我们今夜突围！"

"是，将军……"

"是，将军……"

将军的一句话就可以激起他们的一腔热血，让他们冲锋陷阵，送他们魂归故里。

吱呀——

沉重的庙门被打开，可是杨延昭不应该这么快就回来，子翼悄无声息地落在庙门前。

第二回　深夜还魂人

破败的庙门慢慢地一点一点被推开，腐朽的门轴发出刺耳的声音。因为推得慢，这声音就像是濒死的乌鸦的呜咽声，听起来诡异，让人感到绝望，拨动着人们心底最深处的一根弦，让人喘不过气来。

门已经开到一人宽度，突然传来嗞的一声，一个小东西从子翼手中飞出，带着嗜血的凶狠射向门口。此时，半开的门突然被人往后一扯，嘭的一声，射出去的梭子钉到门里。一击未中，子翼微愣了一下，这时，一个东西透过门缝飞了进来。子翼右手一抖，一连串破风声响起，就像一张看不见的网罩了过来。啪啪啪几声，一个铁盔碎成三四块，掉在地上，同时这个人冲到了眼前，把子翼逼退两步，钉在门上的梭子被拔了出来。

子翼愣在原地，一个闪着寒光的箭头大小的梭子在脚边晃来晃去，梭子与他的手之间连着一条细细的丝。这个梭子是他的独门兵器——子母飞梭。母梭被握在手中，暗带绷簧，子梭可如利箭一般射出去，子母梭之间用冰蚕丝相连，可远攻，可近守，杀人于无形，狠辣至极。特别是那条细若无形的丝线，快过世间最锋利的刀剑，而能如此轻松地躲过他全力一击的人，除了教自己的那个老头，就只剩下一个人，一个死人。

那人背倚着庙门，沉声说道："子翼，是我！"

"你？"子翼不可置信地问道。那人披散着头发，应该是摘下头盔的时候扯散了发髻，头发挡住了脸。

"是我！"那人随手把散下来的头发挽起来。

此时月朗云薄，子翼借着淡淡的月光打量他。他脸形偏长，下颌微尖，浓黑的长眉覆在眉骨上，鼻梁高挺，唇角分明。只是他脸色发白，是那种经年不见日光，带着沉疾的苍白。最特别的是他的眼睛，双目狭长，眼尾处微微上挑，眼睑到最后收成一条细细的线，就像书法大家尽情恣意挥毫时最后那一笔带出的一缕墨尾。这双眼睛若长在女子脸上，必是媚惑众生、勾魂摄魄的利器，可是长在他的脸上却偏偏像一双狼目，冷酷而狠戾，难透其心，让人望而生畏。

他是一个让人看一眼就难以忘记的人，所以子翼确信自己没有看错人。恰恰是因为没有看错，一切才变得如此诡异。

一个死去的人站在自己面前，任谁胆大包天，此时也会吓得要死。子翼觉得自己手脚冰凉，身体僵直，呼吸停滞，心里只有两个字在来回翻滚，“死人”……“死人”……

“我没死。”那人站在子翼面前一步远的地方，平静地说道。

子翼手指尖酥酥麻麻的，还有点不听使唤，他感受到擂鼓一样的心跳，以至于那人说了什么，他一个字也没听到。子翼已经很久没有这样恐惧过了，如果对面的家伙是鬼，即使他有着仙人的姿容，那也绝对是这世上最凶的鬼。不过子翼笃信，无论他是人是鬼，一定不会害自己。平复下自己狂跳的心，子翼深深吸了一口气，逼着自己抬起手，只伸出一个手指，轻轻戳了一下那人的脸，软软的；又戳了戳，不仅是软的，还是温热的。那人微微皱起眉头，身体不自觉紧绷起来。

“你是活的？”子翼直愣愣地问道。

“嗯。”那人轻轻点点头。

“你，你告诉我，你是谁？”子翼知道自己问得很蠢，但他必须要问。

“杨延琅。”

杨延琅？杨延琅！听到这三个字，子翼的脑袋轰鸣。每个人在说自己名字的时候都与旁人不同，杨延琅说最后一个字“琅”时，声音会下压，听着让人不太舒服。旁人若冒充他，便是声音像，这么细微的地方却是无法顾及的。

啪的一声，子翼手中的飞梭掉到了地上，他想冲上去抱住他，拥抱这位历经生死、久别重逢的兄弟。不过，他虽然很想，但理智告诉他还是停在原地比较安全，因为这种拥抱对别的兄弟可以，对他那就是不想要命了。子翼静静地打量了他一会儿，而后指了指大殿说：“在里面。”

听到子翼的话，杨延琅脸上闪过一丝迟疑之色，那双令人生畏的眼睛顿时黯淡了许多。他点点头，三两步走进大殿，眼前的一幕让他心头发涩。他印象中的父亲统领千军万马，杀伐决断、冷漠无情，可他现在却如此狼狈、如此落魄。他靠着苏武塑像，变成一个虚弱无助的老人。

杨延琅小心翼翼，一步一步走到父亲身前，跪了下来。近在咫尺的亲人却陌生得让他害怕。他绷紧身体，手紧握成拳，抿住双唇，呼吸急促，直到许久之后才轻轻叫了一声：“将军。”

“将军”两个字传到杨继业的耳中，他身体猛地一颤，瞪大眼睛盯着眼前这个人，这个已经死了七年，却时常出现在他梦中的人。片刻之后，杨继业突然笑了，每一次梦中的他都是这样，无论多么恭顺，都难掩骨子里凶残的野性。也许是自己亏欠他太多，所以将死之时，他来寻自己讨债了。

“将军，我，我还活着。”杨廷琅说道，好像活着是他犯的一项不可饶恕的罪。

活着？

杨继业努力睁开昏花的眼睛，慢慢坐起来，仔细打量着眼前的人，好像是活的，的的确确是活的。

啪！皮肉与皮肉相击，发出巨大的响声，在寂静的大殿显得格外响亮。父子相见，没有一丝温情，那巴掌毫不犹豫地就打了下来。

“他们呢？”杨继业咬牙切齿地问道。

“他们，都死了。”杨延琅微微低着头，他的声音冷得让人直打寒战。

杨继业低声吼道：“你为什么还活着？”

活着是他犯的最大的罪，所以面对父亲的问题，他不知道该怎么回答。他不知道该如何回答时，就会沉默。

杨继业有些后悔，无论如何他是自己的亲生儿子，七年未见，死里逃生回来，不该如此冷漠地对待他。过了一会儿，他低问道：“金沙滩上，你是怎么活下来的？”

“我摔下悬崖，被一个游方的老道救了。”九死一生的经历在他口中变成一句如此简单的话，他的心似乎比石头还硬。

杨继业冷冷地说道：“你已死过两回，该还的都还了，这里的一切都与你无关。”

“我虽不再是您的儿子，但还是杨家的奴才。只要我还活着，就要来救您。”夜色中，他的肩膀轻轻颤抖。说完，他从怀里摸出一封羊皮信，双手举到父亲面前道：“临行前，道长让我把这封信转交给您。”

杨继业接过信，打开火折，可是他只看了一眼，便将火折熄灭。他合上信问杨延琅：“你可看过这封信？”

“没有。”

“你可问过那道长的姓名？”

杨延琅摇摇头：“没有。”

“你和子翼到庙后等我。”杨继业说完，苦笑了一下。杨延琅从血到肉到每一根骨头都是冷的，没有一丝人情味。

“是。”杨延琅什么也没问，起身到殿外，然后与子翼向庙后走去。

看着杨延琅的背影，泪水沿着杨继业苍老的脸落下来。有些事杨延琅永远都不会明白，也不需要明白。待到一切安静下来，杨继业再次打开羊皮信，凝视着信上的字迹。

臭道士，也许你是对的。

杨延琅踩着枯草，发出沙沙的响声。他只用一句话对父亲解释了自己为什么还活着，却没人知道这七年他是怎么活下来的。其实那个聒噪的老道，除了爱乱操心，人还算不错。若不是父亲被困在此，他倒是愿意留在老道那个破山谷里。不过，父亲被困的消息是老道告诉他的，如此看来，那老道是不想留他了。

他天生一双狼目，是个不祥之人。大多时候，他都低垂着眼，神情冷漠，极少与人对视，可当他抬起头的时候，那双能摄魂夺魄的双眼足以让任何看见他的人心惊肉跳。他的眼睛就像黑夜里的无底深潭，无人能透察其心。因为猜不透，所以才更可怕，于是所有见过他的人都会忌惮他，然后远离他，甚至还有人想让他永远闭上那双可怕的眼睛。凡此种种，自然也就没人会问他，究竟想要什么了。

庙后的荒草中立着一块石碑。石碑久经风吹雨打，如今只剩下一半，上面的字迹已然模糊不清。杨延琅站在碑前，想到刚刚父亲的眼神，莫名地感到恐惧。

子翼安安静静地跟在杨延琅身旁，他觉得杨延琅是他在这世上再难寻的知己，是可以不用说话的兄弟，所以他知道杨延琅从不需要人劝慰。

后面传来脚步声，杨继业踉踉跄跄地走来。他用力地抬起双脚，似乎用尽全身的力气，才能迈出一步。杨延琅想迎上去，像别的儿子一样扶住父亲，可是脚刚迈出去，就又收了回去。父亲的话在脑海中响起："你要永远记得自己的身份，杨延琅已经死了，你只是杨府的一个家奴。"

看到杨继业走过来，子翼像一道影子，悄悄地把自己隐在黑暗中。他不是杨继业的下属，他们也不是朋友，他只是遵守师门的约定来到杨家，所以杨家的任何事情他都不会插手。

杨继业走到残碑前，轻轻地抚着碑身，许久之后说道："七郎三天前杀出重围去搬救兵了，六郎刚刚出庙去寻子翼带来的干粮，以备今夜突围。"

"庙西有一条猎人走的小路没有人把守，只要把庙门前的辽兵引开就行。"杨延琅站在父亲身旁不远处，微低着头，习惯性地低垂着头。

突然，杨继业回过头来，死死盯着他的脸，一动也不动。杨延琅一下收紧十指，身体绷直，呼吸也变得急促起来。

杨继业问道："你多大了？"

杨延琅唇角轻轻抽动了一下："二十七岁。"

"二十七岁，二十七岁……"

杨继业向他走去，越走越近，杨延琅拼命抑制住想要逃跑的冲动，像钉子一样钉在原地。杨继业慢慢地伸出手扶住他的肩膀，而后摸向他的脸庞。杨延琅急忙将双手背在身后，一只手死死地抓着另一只手的腕子，双手就像被绳子绑在一起。随着父亲的手触到脸上，他面色变得苍白，咬紧牙关，双眼紧紧闭上，冷汗沿着发梢滴落。分不清是梦中还是现实，那种剥皮噬骨的痛苦迅速漫过全身，让他觉得天旋地转。

杨继业失望地收回手。他讨厌这个儿子，因为他一出生，就有人预言他将带来杀戮与血光。果不其然，他害死了祖父祖母，让杨家堡一夜之间被灭门。他恭顺谦卑，面对自己时总是带着畏惧之色，但在心里却从未将自己视为父亲。

父亲终于收回了手，杨延琅微微松了一口气。他鼓起勇气，想把心中的隐秘告诉父亲。他想告诉父亲，他并非不愿意与人亲近，而是经历了一场大火之后，他患上这种怪异之症，只要被人碰触，就感觉生不如死。

"父——"

"我再问你最后一遍，你确定要做我杨家的奴才？"他的话刚说出口，杨继业就打断了他。他就像生生吞下一把蒺藜，用尽所有力气才将它咽了下去。这样也好，既然结局都一样，父亲知道了又能如何。

他轻轻点点头："做。"

“好。奴才，你给我跪下!”

杨延琅屈膝跪地，一声不语。

杨继业从怀里摸出一件东西，拆去外面的黑布，里面是一把短刀，纯金刀鞘，上面刻着龙纹，龙身的纹路里嵌着细碎的宝石，龙眼里镶嵌着一颗大如铜钱的宝石，发出耀眼的光芒。随着嗡的一声，短刀被拔出来，在夜色下发出琥珀色的光芒。刀身上刻着一行血红色的小字“天下太平”，落款是“赵匡胤”。人人皆称杨继业为“金刀令公”，却无人见过金刀是何模样。

杨继业把金刀递到杨延琅面前道：“二十八年前，太祖皇帝随周世宗征伐，兵败被困时，恰巧被我所救。他将这把赵氏先祖传下来的龙骨刀赠予我，并且用自己的血题字署名。这是我杨家的免死令，今天我就把它交给你。”

“您要什么?”杨延琅抬起头问道。这把刀父亲贴身保管，它既是杨家的免死令，也是杨家的追命符。皇帝给了杨家多少恩宠，心底就藏了多少忌惮。这刀若离开大宋，杨家会陷入万劫不复的险地，而父亲把它交给自己，他要的东西就远比这把刀更重要。

杨继业一字一句说道：“大辽二十二张关隘图。”

杨延琅摇了摇头：“我一定能救您出去。”

“我中的箭被喂了毒，神仙都救不了。我让你用我的人头做投名状，去敲开契丹人的大门，这把金刀就是你的保命符。”

杨延琅突然一跃而起，略显单薄的身体绷得像弓一样。他愤怒地吼道：“不可能！你不喜欢我这个儿子，刺我那剑可以穿心而过，不必偏那一分。你不喜欢我这个儿子，现在可以杀了我，但你不能这样对待我。”

杨继业非常惊愕，往后退了半步：“你，你怎么知道我故意刺偏了一分?”

“因为剑是从我的胸口刺过去的。”杨延琅几乎在一瞬间就冷静下来。从暴怒到冷漠，不过是刹那之间。

不错，杨继业这辈子也忘不了，是自己亲手握着那柄锋利的长剑从他的前胸刺入后背，他的血像崖缝里流出的水一样从剑尖上流下来。也正是这一剑，斩断了杨延琅与杨家所有的联系。此后，杨继业再也没有碰过剑。这件事非但别人不能提，甚至杨继业自己也不能想，一想到就噩梦连连。杨继业紧紧闭上眼睛，把这件事从心头抹去，过了一会儿才又说道：“这是我大宋夺回燕云十六州的最好时机。”

“没有皇上的旨意私入敌国，便是通敌叛国的大罪，若我功成之前身份败露，杨家就会被满门抄斩，你不怕吗?若六郎不能回去，那，那我母——”

“我不怕！我杨继业坦坦荡荡，没有什么可怕的!”杨继业打断杨延琅的话，厉声喝道。

“可是我怕!”

“你已经是死过两回的人了，还怕什么?”

杨延琅唇角抽动了一下，而后说道：“我杀的人，因我死的人，太多了，我怕，我怕还有人会因我而死，我受不了！”

“不会有人知道的。”

“大殿里的士兵都看到我回来了。”

“他们会守口如瓶，不会有人知道这件事的。”提到大殿里的人，杨继业脚步踉跄了一下。他衰颓地靠在石碑上，眼泪沿着他苍老的脸流下来。

杨延琅愣了一下，突然疯了一样跑回大殿。

第三回　金刀一念决

死人！

还是死人！

一地尸体，鲜血横流。他们瞪大双眼，不甘地看着他，似乎想对他说什么，想告诉他什么。

他们要告诉他什么呢？

五十四个人将这个秘密永远带到了地下。他站在空旷的大殿上，好像站在凄冷阴暗的坟墓里，感觉暗无天日。

"跪下。"看着儿子失魂落魄地一步一步走到面前，杨继业冷冷地说道。

杨延琅什么也没有说，顺从地跪在父亲面前，杨继业再一次把金刀递过去。

"杨将军——"子翼的声音从黑暗中传来。他想问问，什么样铁石心肠的父亲会如此对待自己的亲生儿子？

"我与你师门的契约到此为止，你自由了。"杨继业打断他的话说道。

"多谢。"子翼把一声几乎听不见的叹息藏在这两个字里面，再也没了声响。他明白，杨继业用这个条件换自己永远守住这个秘密。

杨延琅紧闭着双唇，唇齿之间有千百句话，却一个字也吐不出来。他缓缓地握住父亲的手，转动着刀尖抵在自己的胸口上："七年前你就不该刺偏那一分。"

"畜牲！"就在他使力的那一刻，杨继业狠狠一巴掌挥了出去，同时撤回手里的刀，扶着石碑发出一阵阵呛咳。

杨延琅转过头，抹去唇角上的血，像钉子一样跪在杨继业面前。

"那是你……是你唯一……唯一的去处。"杨继业突然咳出一口鲜血。他不停地喘息，语带哀求。

看到父亲吐血，杨延琅想和其他兄弟一样，扶住父亲，然后关心他的伤势，可是看到父亲的眼神，他又退缩了。他要时刻记得，自己只是杨家的奴才。他慢慢抬起头，看着父亲说道："你能刺我一剑，也能刺我十剑，但我却不能伤你一分。"

杨延琅的眼珠有琉璃之彩，双目低垂时，像极了北方风雪夜里静立于山巅上的白色狼王，睥睨世间一切生灵，不禁让人想起徐天友和天寅阁的预言。此刻，当杨继业用父亲的心境来看他时，竟然透过那令人惊惧的眼睛，看到他隐在眼底最深处的伤痛。原来因那个预言受伤的不止别人，还有他自己。杨继业恨他是因为他让自己失去了母亲，有太多人因他死去，可是现在想来，他自己背负了多少不可释怀的愧疚之情啊！

这一刻，剧烈的疼痛从胸口蔓延开来，是那种一剑穿胸的痛，刹那间他眼前的一切变得模糊，过去的一幕幕浮现在脑海里。他看到自己手里提着一个单薄瘦弱的孩子走过废墟，看到一片墓碑前整齐摆放的人头和靠在墓碑上那个十二岁的少年，看到一个戴着丑陋面具的年轻将军在血肉横飞的战场上冲杀。他总是打最硬的仗，杀最多的敌人，他的杀戮让自己更加笃信那个预言，对他这个儿子感到厌恶甚至是恐惧。眼睛的景象忽然变幻，杨继业看到，他在苦读兵书，在习练枪法，他默然地看着刺进自己胸口的长剑，然后无声无息地坠下万丈深渊。杨继业胸口像被压下千斤巨石，好一会儿才缓过气来。他紧紧盯着近在咫尺的儿子，在积蓄起足够的力量之后，扶着石碑慢慢站起来……

事已至此，除了逼他，自己已经没有退路。杨继业摸着碑上模糊不清的刻字，突然无奈地笑了，然后对着冰冷的石碑低声说道："庙是苏武庙，碑是李陵碑，我杨继业合该命绝于此。何去何从，你自己思量……"

杨继业话音未落，石碑处突然传来噗的一声闷响，顿时鲜血迸飞，温热的血溅在杨延琅脸上。

"爹……"杨延琅来不及起身就扑了过去，杨继业高大的身躯倒在他的怀里。

杨继业半睁着眼睛，眼神涣散，听到这个称呼，脸上竟出现一丝笑意。他叫自己父亲，叫自己将军，这些称呼多少有些疏离的意味。此时听到这个"爹"字，他们才真正成了父子。杨继业悄声说道："苍狼归北，太平可期。儿啊，那是你唯一……唯一的去处……"

他轻轻地把头靠在儿子的肩头，溘然长逝，最后一缕残魂飘散在寒冷的秋风里。

子翼像一道影子从黑暗中闪现，站在杨延琅身后。

"你已经自由了，为什么还不走？"杨延琅的声音冷得像凛冬里的湖水，没有一丝波澜，却让人心都抽紧。

子翼说道："契约没了，但兄弟还在。"

"他算到你不会走。"

"算到就算到呗，反正我自由了。"子翼抬头望着天空。他喜欢黑夜，因为夜色不但能掩藏他的踪迹，还能掩藏他眼中的泪水。

"爹——"悲怆的喊声在大殿响起。

子翼一把抓住杨延琅的肩膀，想把他拉开，却被他反手甩得趔趄了一下。

"疯子，你想让杨延昭知道你还活着吗？"

子翼一句话惊醒了他，他手臂僵硬，松开了父亲，任由子翼把他拖到石碑后面。他刚刚藏好，杨延昭就过来了。望着父亲的尸首，杨延昭双手一松，怀里的干粮骨碌碌滚了一地。

“我爹怎么了？我爹怎么了？”他像疯了一样跑过来，查看父亲伤在哪里。他寻到了干粮，满怀希望地回来找父亲，可是他怎么也不相信，父亲已经变成一具冰冷的尸体。

“你爹死了！”子翼平静地看着他，声音没有一丝波澜。

“爹——”杨延昭扑在杨继业的尸体上痛哭。突然，他站起来抓住子翼的衣襟，瞪着血红的双眼问道：“你为什么不救他？你为什么不救他？”

子翼甩开他的手，沉声说道：“他若想死，谁人能救？”

杨延昭失控地吼道：“滚！别再让我见到你！”

他叫过了，喊过了，再次跪在父亲的尸体旁，呆呆地看着父亲的尸骨，突然哐啷一声拔出腰间佩剑道：“我没脸回天波府了！”说完，他把剑横在颈间，两眼一闭就要自刎。

嘭，子翼一掌击在他后颈，将他打晕过去。

父亲！

兄弟！

杨延琅看着面前这两个人，心里一片死寂。前路漫漫，他该何去何从？可是让他割下父亲的人头做投名状，他宁愿割下自己的脑袋。

“庙里的人听着，大元帅有令，若再不出来，就放火烧庙！”这时，庙外响起辽兵的喊声。

“怎么办？”子翼问道。如果他们真放火烧庙，谁也逃不掉。

杨延琅俯下身，漠然地扯开杨延昭身上的甲胄。

“你要干什么？”

“我去引开辽兵，你把六郎送走！”杨延琅看了一眼父亲，继续说道，“我父亲就留在这吧。辽兵只要看到他，就会觉得自己大获全胜了，立功之心会让他们疏忽大意，不再考虑其中的细节错漏之处，这样你们才能逃脱。”

“不行！”子翼拉住杨延琅，“这是死路一条。”

“我还有别的路吗？”杨延琅神情平静，但眼睛却是血红的，就像深夜里被逼到绝境的狼王，暴戾而又冷漠，连自己的性命都漠然视之。

子翼知道杨延琅是对的，也知道自己不能说服他，于是松开手退到一旁。

杨延琅穿好杨延昭的甲胄，又把自己身上辽兵的衣服换给杨延昭。

子翼轻轻叹了一口气，而后沉声道：“死不了就好好活着！”

杨延琅点了点头，将父亲握在手里的金刀递给子翼道：“这个给你。”

子翼犹豫不决地看着这把刀。

“没钱就用它换酒喝。”

子翼用力搓自己的手指。许久之后，他咬咬牙伸手接过来，想了想说道：“想想你爹的话，也许他说的是对的。我等你来把它拿回去。”

其实，他不能确定杨继业说的对不对，但是他知道一定要给杨延琅一个活下去的理由。

“嗯。”杨延琅跪在父亲身旁，重重地磕了一个头，起身时拔下头上束发的木簪，头发散下来挡住脸。他提枪上马，眼神冰冷，人非人，鬼非鬼，不下黄泉，不入地府。遥远的天边传来一声凄厉的狼嚎，也许他就是游荡于世间的一个恶灵，杀戮就是他的宿命。

狭窄的谷口布满辽兵，他们弓张弦满，箭上的硫火发出幽蓝色的光。放火烧庙，他们说得出便做得到，这是打仗，不是儿戏。

吱呀，腐朽的庙门缓缓向两边打开，这开门声像游魂野鬼在啃食东西时发出的吞咽声，让人恐慌。

嗒，嗒……

一阵不紧不慢的马蹄声传来，在这空旷的山谷里显得分外刺耳。马上的人穿着银甲白袍，凌乱的发丝垂下，身上没有一丝杀气，可是也没有一丝活人该有的气息。死亡的气息笼罩在每个人头上。

前面的辽兵更觉得气息不继，手脚僵硬，惊叫声哽在喉咙里，发不出来。恐惧，无名的恐惧从心底泛起。不知是谁因为颤抖而放出了手中的箭，箭尖上燃着的火苗划出一道弧线，飞了出去，后面的箭便如铺天盖地的蚂蝗一般，向那人呼啸而去。

在漫天的火光中，他挥舞着手中的银枪，像出海的蛟龙一样，生生把利箭织成的天罗地网撕开了一个洞。一瞬间，火花四溅，战马一跃而起，带着飞舞的火星蹿入辽兵阵中。

啊——

惨叫声骤然而起，谁都没想到他会这么快。原本挨在一起相互壮胆的士兵，此时想逃走又相互绊在一起，只能眼睁睁看着一杆长枪横扫过来。所以，当他冲过去的时候，兵阵就像石碾压过的稻田，他冲开了一条血路。活下来的人感觉自己在鬼门关溜达了一圈，呆呆地看着那个白色的背影沿着栈道冲了出去。

“杨六郎跑了！”喊声冲破云霄，月亮也被吓得隐入乌云之中。

“杨延昭！”随着一声断喝，栈道上涌出无数铁骑，火把像长龙一样，看不到尽头。最前面的将军五十多岁，身材高大，双眉粗黑，眼睛很大，颌下留一绺长须，穿黄铜色的盔甲，棕色的征袍上绣着金色的盘龙，头盔边缘镶着花貂皮，耳边垂着两条花貂皮饰。在火把的映照下，他黑色的脸膛闪着红光，手里提着长刀。那刀很特别，刀刃弯处有三根倒钩，就像凤凰的冠子。他身后的将旗上写着“耶律”两个字，身边有副将和护卫保护。

耶律休哥！杨延琅猜到这个名字时，双唇紧闭，唇角勾起。每当想杀戮时，他的内心就像被凛冽的寒冬冰封，眼中只有鲜血。

耶律休哥打量了一下“杨六郎”，失望地摇了摇头。他狼狈不堪的样子和略显单薄的身体，怎么看都已是强弩之末。而他冲杀的方向正是辽军大营，想来是要拼命了，真是愚蠢。耶律休哥微微仰首说道：“杨六郎，大势已去，何苦愚忠至此。”

那人没有答话，只是安静地听他说，但没有人想到他突然就像疾风一般，朝耶律休哥扑了过来。耶律休哥微微一愣，就看到一个血红色的枪尖刺到面前，慌忙举刀相抗。铛的一声，兵器相撞，迸出火星。耶律休哥只觉得虎口发麻，那银枪却攻势不减，直刺向他胸口。

“元帅小心!”千钧一发之际，一个护卫扑过来，将耶律休哥撞到马下。当耶律休哥抬起头时，看到那杆银枪刺穿了他的护卫。

“惊惧”！纵横沙场十几年，他心里第一次出现这个词。

哧的一声，银枪缓缓从尸体上拔出来，枪尖上残留的碎肉随着鲜血一起掉到地上。

“保护元帅!”随着这一命令的下达，十几个将官一齐将耶律休哥护在后面。

辽兵中军帐内落针可闻，十几个将军垂手侍立于两旁，萧绰端坐在帅椅上。她不到四十岁，雍容华贵，气质卓然，眉宇间有着慑人的凌厉与霸气。金沙滩一役，辽景宗养父、萧绰生父辽天庆王萧思恩被杨大郎用袖箭杀死。不久后，御驾亲征的辽景宗病体加重，驾崩于大同府。辽动荡不安之际，萧绰以其过人的谋略、强硬的手腕，最终平定内乱，稳定朝纲，扶她十二岁的儿子耶律隆绪登上帝位，群臣上尊号为“昭圣皇帝”，萧绰为“承天太后”。

“耶律休哥在哪里?”萧绰的声音不大，听不出喜怒。

左排最前面的一个黑脸将军忙拱手回道：“回太后，元帅已亲率兵马，攻上苏武庙。”

“现在如何?”

“不知道。”那将军说得很没底气。

萧绰哼了一声。她声音虽然很轻，却像出鞘的利刃，嗖的一声指向帐内每一个人，让人瞬间汗毛直立，不敢出气。

“区区两万人被围在两狼山七八天，打到现在还抓不住杨继业!”萧绰坐在主位上，一双美目打量着阶下的将领。满朝文武百官，除了韩德让，只怕没人敢欣赏这位太后娘娘的美貌。

“报——”就在这些将官胆战心惊的时候，一个斥候急匆匆奔进大帐，跪在下面。

“何事?”

“报，苏武庙已破，杨继业撞碑而死，杨六郎单身独骑杀出来了。”

“杨继业死了?”萧绰猛然起身，先是惊讶，而后慢慢转为欣喜。她啪的一掌拍在案上，开心地说道：“好，真是太好了！杨六郎往哪个方向跑了?”

“回太后，他往……往中军大营而来。”

“什么?”萧绰微微皱了一下眉，片刻之后又露出恍然大悟的神情，说道，“看来杨家将也不过如此。”说罢，她扫了帐中众将一眼道：“众将听令。”

“末将在。”

“活捉杨六郎，本宫要用他活祭先皇和天庆王!”

“是!”

随着萧绰一声令下，众将领一齐出了中军大营。

第四回　十步杀一人

“报！太后，扎克将军战死了，杨六郎距大帐不足五里，大元帅请太后移驾！”萧绰传令后不久，一个斥候就气喘吁吁地跑进大帐内禀道。

萧绰听到斥候的话，顿时怒火中烧。兵马无数，战将如云，竟然挡不住一个拼命的孺子，还让自己移驾，耶律休哥真是无能到家了。她厉声喝道：“滚，本宫哪儿也不去。”

“报！太后，李刚将军战死了，杨六郎距大帐不足三里，大元帅请太后移驾！”这个斥候还没走，又有一个斥候跑进来禀报。

萧绰不再出声，也不理会帐下的两个斥候。

“报！太后，贺黑纳容和完颜古达将军战死，杨六郎已杀到大营外，我大军抵挡不住，大元帅请太后移驾！”不到片刻，又一个斥候跪在帐内。

“我五万大军，几十员大将，拦不住一个杨六郎？”萧绰问道。

“请太后移驾！”几个斥候见萧绰不走，也不敢起来。

“本宫倒要看看这杨六郎是不是长着三头六臂。”萧绰缓缓转身，黑色衣裙上绣的五彩金凤在晨光下发出绚丽的光彩，显得她高贵而又冷傲。

“拦住他！拦住他！”帐外忽然传来一阵阵呼喝声。

耶律休哥狼狈地闯进大帐，见到萧绰，稍稍平复了一下心绪，说道：“杨六郎已杀入大营，太后万金之躯切不可冒险，请娘娘移驾！”

萧绰看了他一眼，淡然说道：“若本宫身亡于此，可于两狼山立碑一座。”

萧绰一句话把耶律休哥说得无地自容，可是阵前那一枪真是让他吓破了胆，那人马快枪沉，营中的将官均不是他的对手。他对大营布防也十分熟悉，挑了鹿寨，绕过陷马坑，然后直冲进大营。自己虽有千军万马，只与他一人周旋却没有优势，反观他，本就是来拼命的，所以左右冲杀，毫无羁绊。他担心“杨六郎”误打误闯会冲进萧绰的大帐，那后果真是不堪设想，所以才一遍一遍催萧绰移驾。

“娘娘，那杨六郎确是骁勇无敌，我们的将领不是他的对手，娘娘还是小心为上！”耶律休哥顾不上脸面，苦苦劝说。

“本宫不要活的，能不能乱箭齐发将他射死？”萧绰朗声问道。

耶律休哥摇了摇头，苦恼地说道：“娘娘，铁镜那丫头几次三番传信，她一定要活的。

而且，这杨六郎极难对付，他枪不离手、人不离鞍，周旋于我军士中间，若乱箭齐发，难保不伤及我军将士。”

萧绰微微眯起凤眼：“有点儿意思！”说罢，她沉思一下道：“走，本宫去看看这个杨六郎。”

耶律休哥见萧绰欲出大帐，急忙拦住：“太后，杨六郎已经疯了……”

“你耶律休哥总不会让杨六郎在千军万马中杀了大辽国的太后吧？”萧绰挑衅般看着耶律休哥说道。

“太后……”

“走。”萧绰第一个走出大帐，黑色的风袍在阳光下流光溢彩，贵不可言。她是一个女人，想在内忧外患、尔虞我诈中活下来，并且掌控这个国家，除了依靠聪明才智，还要有无惧生死、威慑天下的气度。

“来人，保护太后。”耶律休哥急忙跟出来，传下命令。

萧绰看向离大帐不远处的战场，只见杨延琅被围在数百名兵士中间。他披头散发，白袍之上血迹斑斑。他犹如披着血衣的魔鬼，掘心饮血，用白骨铺路，让人心惊胆寒。几十名将领瑟缩在后面，谁也不敢上前。

眼看战阵里的兵士一片片倒了下去，萧绰微微抬起下颌道：“我契丹先祖的颜面都让你们丢尽了！”

“杨六郎，我完颜寿来也！”萧绰正在气头上的时候，一个黑脸的契丹大汉冲了上去，截住杨延琅，护着其余兵士退出战阵。

“完颜将军还有我契丹人的血性。”萧绰赞许道。

杨延琅此时耳朵嗡嗡作响，他收枪抬头，隔着凌乱的头发，恍惚间好像看到了七郎，身高体壮，长得像铁塔一样。就在他走神的工夫，辽兵已撤了出去，围成了圈。

完颜寿不可置信地打量着杨延琅。他若脱了甲胄，比文弱书生还要单薄，是什么力量让他从夜半三更杀到日上三竿？他凭什么直闯我中军大营，如入无人之境？

杨延琅右手垂于马侧轻转银枪，鲜血沿着枪尖快速滴落，如一串红珠砸入黄沙之中。完颜寿心底无端生出一丝惧意。

完颜寿久经沙场，他当然明白生死关头决不可怯战，否则会死无全尸。“杀——”他口中大喊着，猛蹬双镫，在战马一跃而起的同时，抡起沉重的长斧直向杨延琅劈去。

看到长斧劈下来，杨延琅急忙举枪相迎，哐一声巨响，震得人耳朵轰鸣。完颜寿是一员靠力量取胜的猛将，而杨延琅匆忙迎敌，疲惫饥饿之下，被震得眼前一阵发黑，两耳顿时听不见声响了。

完颜寿攥紧斧柄，双臂微微颤抖，虎口发麻。完颜寿的力量在大辽军中是数一数二的，他本以为对方身体不壮，又疲战许久，这一下硬碰硬的兵器相接，非得把他的长枪震飞不可。可是他却身形不动、战马不摇，反倒是完颜寿的兵器差一点儿脱手。

这一下激起了完颜寿的斗志，他再次抡起长斧，使尽全身力气劈了下去，嘴里嚷嚷着:“有种再接我一下!”

“有本事就再接我一下!”杨延琅眼前人影浮动，耳畔传来七郎孩子气的声音。他微微一愣，想到七弟力大如牛，急忙使出全身力气，举起长枪迎了上去。

铛的一声，火星四溅，长斧飞到了空中，越过层层士兵，掉在离萧绰不远的地方，扬起一片黄沙。完颜寿傻傻地立在原地。长斧脱手而飞，他的双臂被震得酸软无力，此时除了等死，还能干什么呢?

伴随着兵器相接的巨大响声，杨延琅胸中气血翻腾，有血沿着唇角流下，嘈杂声骤然响起，那剥皮噬骨的痛楚迅速蔓延到全身，让他几乎不能呼吸。

“你要替一个人去偿命。”

“苍狼降世，杀戮四起……”

“是你害死你的祖母，害了杨家堡所有人……”

“那是你唯一的去处……”

四周似乎燃起熊熊大火，他茫然无助。

完颜寿本以为自己必死无疑，对面的魔鬼此时却突然变成了菩萨，静静的，一动不动。

“完颜寿，快跑!”耶律休哥虽然不知道那人为什么突然一动不动，但是他知道，如果他动起来，完颜寿必死无疑。完颜寿恍然惊醒，调转马头，拔腿就跑。

这一声不但叫醒了完颜寿，也惊醒了杨延琅。嘈杂声戛然而止，思绪瞬间清明，如同从梦中惊醒一般，杨延琅大口喘息着，胸口传来火焚一般的痛。此时，完颜寿已跑到百步之外。他微微转过头，看到中军大帐前那个身着凤袍的女人。

耶律休哥看到此情此景，顿时吓得头皮发麻，扯着嗓子喊道:“皮室军，保护太后!”

数百皮室军像潮水一样扑向那人，可是那人却冲开一条血路，像离弦之箭一样，冲向萧绰。

萧绰纹丝未动，冷冷地看着越来越近的一人一马。就在此时，她身后突然跃出两排穿着绛红色衣甲的护卫，他们手中甩着绊马索，向战马扫去。杨延琅一提缰绳，战马越过第一根绳子，接着是第二根、第三根。当第四根绊马索扫过来时，他再次提起缰绳，战马还想跃过去，可它的鼻孔和嘴巴里溢出了血，两条前腿已经抬不起来了。绊马索绞在腿上，它终于不甘地扑倒在地。就在战马倒地的一刻，杨延琅将手中的长枪掷向萧绰，然后重重地摔在黄沙上。他最后看到的是铺天盖地的兵器。

“爹，我来了……”

萧绰心有余悸地看着没入大帐梁柱足足一半的长枪，银色的枪柄还在微微抖动着。如果不是身边的暗骑拉开自己，现在自己已被穿在这杆银枪上了。这个人就是来杀人的，不计后果，不计生死。与萧绰一样胆战心惊的还有站在大帐旁边的一位年轻将领，那时他就站在萧绰身边，暗骑拉开了萧绰，却没人管他，所以长枪就紧贴他的鼻尖扎进了柱子里，抖动的枪柄抽在他的右眼上，抽出一片乌青。他以为跟在萧太后身边最安全，谁知道却差一点丢了性命。

萧绰看着十步以外躺在黄沙上的杨延琅，他旁边围着一圈手握兵器却不敢上前的辽兵。萧绰轻声说道："押进来。"

"是。"耶律休哥急忙指挥士兵将杨延琅用铁链锁起来，拖进中军帐。

第五回　弟兄生死路

昏迷中的杨延琅被锁上重重镣铐，然后被拖进中军大帐。可饶是如此，帐内有些将领还是紧握兵器，全神戒备，好像地上的人随时会一跃而起，再掀起一场杀戮。萧绰看着帐中这些被吓破胆的将领，忍不住重重地哼了一声。

耶律休哥咬咬牙，仗着胆子走到杨延琅身边，扳过他的肩膀，小心地撩起覆在他脸上的乱发。这张脸苍白得像冬雪，唇上都是紫黑色的血渍。他剑眉浓黑，睫羽轻合，棱角分明的五官好像能工巧匠雕刻而成。昏迷之中的他褪去一身杀气，竟然是清俊无双的书生模样。

这就是刚刚那个血战于千军万马中的“杨六郎”吗？这些久经沙场的将领你看我，我看你，即使知道众目睽睽之下不可能弄错，但也没人愿意相信大辽骁勇无敌的猛将就是被他杀得没有还手之力。耶律休哥掐着他的下颌，翻来覆去看了好长时间，而后起身禀道：“娘娘，他不是杨六郎。”

“不是杨六郎？”萧绰腾的一下站起来，几步走到杨延琅身边，扳过他的脸看了看。虽然她不认识杨六郎，但总觉得自己亲眼看过之后才能确定。

“不错，臣与杨六郎曾打过几次照面，这个人不是杨六郎。”耶律休哥回答得十分干脆。

萧绰站起来问道：“那他是何人？”

“这，臣不知。”从这个人开始出现，他耶律休哥的脸面就没拾起来过，现在又被人踩了两脚，索性破罐子破摔，不打算拾起来了。

“他是不是杨七郎？”萧绰现在可不管谁有没有面子，她唯一想要的只有杨六郎。

“杨七郎身形高大，力大无穷，面如黑炭，倒与完颜寿有几分相似，可是您看此人……”耶律休哥说到这里便停下了，后面的话不用说了，只用眼睛看就行，这是天壤之别。

“那杨六郎在哪儿？在我大军重重包围之下，杨六郎还能变成鸟飞了？”萧绰的声音低沉，她眼神扫过帐内每一位将领，他们都慢慢低下了头。

耶律休哥道：“太后，我刚刚查问过了，夜里三更左右有一个人闯进庙里，身上带的干粮被我们用弓箭射落，之后杨六郎出来寻找干粮，后再次返回庙里。四更左右，这个人就杀了出来，我们的士兵在庙里发现了杨继业和宋兵的尸体。所以，我怀疑他就是夜里闯进庙里的人，是来做杨六郎的替死鬼的。”

萧绰微微眯起眼睛，仔细想了想问道：“庙里的尸体可都仔细查看过？”

耶律休哥道：“您的意思是杨六郎会混在死人中间？”

旁边另一个将领道：“我们仔细看过，没有活人，尸体里也没有杨六郎。”

萧绰略微思索后说道：“依你们所说，他穿的是杨六郎的盔甲，那杨六郎穿了什么？你们确定庙里都搜遍了吗？”

“那个破庙就那么大，所有尸体也算是衣衫整齐，他不可能藏在尸体中间。除此之外，就是……”

萧绰看了耶律休哥一眼，淡淡地说道：“混入我们的队伍。”

萧绰的话让耶律休哥背后一凉，他们在暗度陈仓！

“我马上去查！”耶律休哥急匆匆出了大帐。

“回太后，末将以为，杨六郎也许没跑远。”耶律休哥前脚刚走，后脚一位年轻的将军从外面走进来禀道。

萧绰看了他一眼，这人右眼高高肿起，像个包子。他叫贺黑虎，是南皮室军的一个都虞侯。都虞侯官不大，但贺黑虎却有着极为特殊的身份，他是南院大王贺黑纳兰的独子。贺黑纳兰是三朝老臣，年轻时跟随先皇东征西讨，立下赫赫战功，掌管左、南皮室军二十万兵马，占大辽全部兵马三成之多。北皮室军常年戍守长白山、渤海等部，是守业兵马，不可轻易调动。而各路兵马司中，也有许多贺黑纳兰的旧部。真正掌握在萧绰手中的兵马，只有大将军萧天佐掌管的右皮室军的九万铁骑和负责上京安全的六万中皮室军。耶律休哥虽为北院大王、天下兵马大元帅，但手下兵力有限，其余的他又很难调动。萧绰唯一可与贺黑纳兰抗衡的是，她的兵马虽不多，却都是精兵强将，特别是那九万铁骑军。

贺黑纳兰是萧绰心里的一根刺，而贺黑虎是个纨绔子弟、好色之徒，仗着父亲权势横行无忌，对长公主耶律铁镜垂涎已久。耶律铁镜不但是萧绰的掌上明珠，还是一个足智多谋的奇女子。她十六岁时接手暗骑军，任大统领，网罗了无数的奇人异士。这些暗骑遍布大辽，甚至是宋国和夏州。暗骑军刺探军情、追踪暗杀，与大宋影卫齐名。渤海王叛乱时，耶律铁镜亲率百人小队深入敌营，与大军里应外合，一举平定叛乱。

对于贺黑虎的心思，萧绰选择睁一眼闭一眼，假装不知道。因为于公而言，耶律铁镜嫁入贺黑家，依照大辽的祖制，她就必须交出暗骑军，但是暗骑军关乎萧绰与耶律隆绪的身家性命，易主之事非同小可，稍有不慎就会万劫不复，所以她不会轻易让耶律铁镜嫁入贺黑家；于私而言，贺黑虎性情残暴、心胸狭隘、目光短浅、好色无度，绝非良配。

这些思绪一闪而过，萧绰十分平和地问道：“贺黑将军有何良策？”

“太后，两狼山距宋营百里有余，杨六郎没有马匹，只能徒步寻小路前行，而两狼山地势险要，大小路纵横交错，他对这里的地形不熟，想必不会轻易走脱，太后何不派兵在各个要道围堵，然后搜山，虽不一定能抓住杨六郎，至少能将他困在山上。”

萧绰点头，表示同意他的说法。

贺黑虎见得到萧绰的认可，顿时有几分得意。他指着地上的杨延琅道："此人应知晓杨六郎去向。"

"哦？"萧绰迟疑地应了一声。

"太后请想，他能神不知鬼不觉地进入苏武庙，必是熟悉两狼山地形，那杨六郎也只有被他藏起来才不会被我军寻到。如果他开口，杨六郎还能逃到哪里去？"

萧绰看了看地上的人，他虽然一介书生模样，却不像是软骨头。萧绰犹豫着问道："他会开口吗？"

贺黑虎道："太后，他们汉人有句话叫'人心似铁非是铁，官法如炉真如炉'，您把他交给末将，两个时辰内，我让他乖乖交代出杨六郎的下落。"

萧绰一下就猜到了贺黑虎的心思。他性情乖张，被这人用枪柄抽到眼睛，心中定是愤恨至极。他不过是想借审讯之名挟私报复，此时若不顺着他，他指不定又会做出什么出格的事情。想想一个俘虏，扔给他出口气算了，当然，他若真能让这个人招供，那就更好了。她心下有了主意，问道："你真能让他供出杨六郎的下落？"

贺黑虎拱手道："请太后放心。"

萧绰点点头道："好吧，那此人就交给贺黑将军了。"

哗的一声，一盆冷水迎头浇下。

冷！冰寒刺骨的冷透入骨髓，胸腹之间好像被插入一把刀在搅弄着，杨延琅头脑昏昏沉沉，觉得一切都在旋转。然后，他看到一丝光亮，遥远又缥缈。

军营的刑架非常简单，找一个不碍事的地方竖起两根粗壮的柱子，从柱子的高处垂下两根铁链，只要能把受刑的犯人吊起来就行了。

杨延琅的手腕被铁链锁住，双臂被高高地拉起，双膝跪地，腿弯处还压了一根粗木棍。他低垂着头，头发散乱，一串串水珠从发梢上滴落。破烂的甲胄被扯去扔在一旁，带血的中衣湿淋淋地贴在身上。

贺黑虎站在他面前。本来贺黑虎五官还算端正，但现在一只眼睛肿得像包子，脸更是变了形，看起来形容可怖，没有受伤的那只眼睛发出阴鸷的光。看到杨延琅醒过来，贺黑虎挥了挥手，常常跟在他身边的一个副将会意，端着一碗热腾腾的东西走过去。他捏开杨延琅的嘴，生生给他灌了下去。

咳，咳……滚热的汤汁灌进喉咙，杨延琅剧烈地咳嗽起来。难耐的灼痛让他无意识地挣扎着，可无论怎么挣扎，也挣不开那只铁钳般的手，直到全部灌完。那副将一松手，杨延琅再次垂下头，用力地咳着，喉咙里发出咝咝的响声。

"这碗参汤能保证你在交代出杨六郎的下落之前不会死掉！"贺黑虎刀刮白骨一样的声音传来。

虽然沸汤让杨延琅痛苦不堪，可是腹中的温热却让他清醒过来。听到耳边这个阴冷的声音，他意识到一个可怕的现实：自己还活着！

他痛苦地抽动了一下唇角，不知道老天讲的是什么道理。不该死的死了，不该活的却一次次死里逃生。难道自己就真的这么罪不可恕，连死也不能落得个痛快？也不知道契丹人有没有耐心，会不会把自己剐上几千刀？

六郎，这个人提到了六郎。

杨延琅明白了，他们是要拷问六郎的去向。如此说来，他们没有抓住六郎。他用力地抬起头，日已偏西，刺目的光照着眼睛，晃得他什么也看不见。他感到窃喜，只要六郎他们在那条羊肠小道藏好，最晚今夜三更，就能逃回宋营了。

父亲算计得不错：于公，若自己能拿到大辽的关隘图，就能解大宋的外患之忧；于私，父亲也是心疼自己这个逆子的吧，这或许是自己唯一的生路。没有他拖累，再加上子翼帮助，六郎也能逃回去。只是父亲永远算不到，他这个忤逆不孝的儿子并没有像他一样，将赤胆忠心交给那样一个人。想起那个人的眼神，杨延琅觉得厌恶。他怎么配得上杨家的忠心？如今能给母亲送回一个在膝前尽孝的儿子，此生已无他求。

萧绰在一旁静静打量着这个人，他的眼睛像画师描摹出来的一样，可如此一双漂亮的眼睛，却丝毫让人喜欢不起来。那因疲惫而失神的眼睛透着狠戾，被这双眼睛看到，一定会非常不舒服。从高官贵胄到贩夫走卒，她识人无数，可是像他这样看不透的人，还是第一个。不过，虽然如此，萧绰倒也没有觉得他很讨厌，说不上是哪里，她觉得他与契丹人有几分相像的地方。

所有思绪转瞬即逝，那一眼也不过是流光拂影，什么也抓不住。杨延琅再次闭上眼睛，头无力地垂下。

他是谁？和杨家有什么关系？他为什么要替杨六郎来送死？萧绰没指望能从他嘴里问出杨六郎的下落，此时她更好奇的是这个人是谁。

"将军，告诉本宫你是谁?" 萧绰尽量把声音放缓一些，此时她并不想欺骗他。她这样说更多是出于一种尊重，虽然他杀了自己六员战将，但是这样的对手值得她尊重。

"我是谁?"

萧绰的话让杨延琅思考了很久。曾经他是杨家的四少爷，是杨家的奴才，后来他是一个死人，一个死了两回没名没姓的死人。现在他是谁？

意料之中，他没有回答。萧绰知道他不是软骨头，也不可能会投降。这么一个无用的俘虏，也只能当人情送给贺黑虎了。她轻叹一声道："这么年轻，又何必呢?" 而后，萧绰慢慢转过身看了一眼虎视眈眈的贺黑虎，思虑片刻说道："贺黑将军，用刑可以，但不可折辱于他。" 这是她唯一能给他的恩赐和尊重。

"太后……"

萧绰盯着贺黑虎道："他是个勇武之人，我大辽应当尊重，对不对?"

虽然是在跟他商量，但贺黑虎从她的眼神判断出这是不可违逆的旨意，便是他再嚣张跋扈，也不敢在萧绰面前过于放肆，于是极不情愿地拱手道："末将遵命。"

"贺黑将军辛苦了。" 萧绰说罢，转身走了。

“恭送娘娘千岁。”贺黑虎转过身，对着萧绰的背影说道。回头再看刑架上的人时，神情已变得异常狠毒。

贺黑虎暴跳如雷，懊恼地盯着刑架上的人。他把能想到的方法一样不落给这人用了一遍，可不要说杨六郎的下落，他都不曾痛呼一声。

哗，又一盆盐水浇了下去，刑架上的人因痛苦一阵战栗。口鼻呛进了水，他无意识地甩了甩头，然后把头垂得更低了。他的手指轻轻动了几下，双手被两根穿过手掌的长箭钉在了柱子上。

杨延琅不记得这是他第几次清醒过来了，也想不出他们还有什么刑具可以加诸自己身上。反正这块肉在砧板上，他们想吃还是想剐，自然随意。

贺黑虎用力地掐住杨延琅的下颌，抬起他的脸。他灰白色的双唇紧闭着，没有丝毫松动的迹象，一张苍白的脸平静如常。这让贺黑虎感觉到深深的挫败。他就是铜墙铁壁，任你狂风暴雨、雷打火攻，就是纹丝不动。

暮霭沉沉，天空中最后一点亮色也被黑暗掩盖，贺黑虎知道没用了，杨六郎现在即便没有回到宋营，也应该出了两狼山了。他本想折磨这个俘虏来出心头这口恶气，顺便打探杨六郎的下落，在萧绰面前显示一下自己，却没想到恶气没出，心里反而窝了火。

贺黑虎轻轻摸了摸自己肿胀的右眼，疼得张大嘴直吸冷气。他夺过辽兵手中的鞭子狠狠地抽下去，一边泄愤，一边骂道：“畜牲，你差点杀了我，你知不知道？从小到大，还没有人敢伤老子，你吃了几个狗胆？”

一顿鞭子抽完，贺黑虎累得气喘吁吁。他把鞭子扔还给辽兵，然后悄悄从怀里摸出一件东西，走到杨延琅面前，扯开他的中衣，仔细地摸着他左胸，一根、两根、三根……在第三根与第四根肋骨之间，他摸到一个很明显的伤疤。贺黑虎用杨延琅的衣襟把附近的血污擦了擦，发现这道伤疤与剑同宽，应该是一剑从前胸刺入，自后背透出。问题是刺在这个位置，人应该没有活命的道理，可是他竟然还活着。贺黑虎好奇地转向杨延琅的后背，命令辽兵把他的中衣撕开仔细查看，果然，后背与前胸对应的位置还有一处一模一样的伤疤。

这么重的伤都没要了你的命，你还真是命硬。

贺黑虎看看四下无人，将手中的东西抵在杨延琅胸口伤疤的位置，那是一根长约三寸的竹刀。随着手上不断用力，竹刀狠狠刺了进去。

杨延琅喉间一动，一口鲜血喷出来，溅到贺黑虎手上。他从袖口掏出一块汗巾，将手上的血渍擦干净，将汗巾扔在地上，而后带人离开。

第六回 昔日征战事

哑巴？对于贺黑虎的这个说法，萧绰莫名地想笑。她倒没指望这个蠢货能审出什么有用的东西，不过他编的理由还真是有趣。

贺黑虎知道自己这个理由站不住脚，可是他也想不出其他好的主意来了。死要面子爱女人，是他最大的毛病。当初他在大帐内信誓旦旦地说“人心似铁非是铁”，现在怎么也不好意思说自己没啃动这块硬骨头，于是只能硬着头皮往下编。不过，他胜在嘴皮子溜，对萧绰说道：“太后请想，从他杀入大营到现在，您可曾听他说过一句话？我问过其他将军，他们也没听他说过话。”

她轻轻地点了点头。的确，他自始至终没出一声。

“太后，末将审问他时，他也一样不出声。但凡血肉之躯，如何能不出一言，哪怕是一声痛呼？”贺黑虎观察着萧绰的神情，试探着说道。

耶律休哥把大军彻查了一遍，又派人把苏武庙附近搜查了一遍，一无所获，只怕杨六郎早已远走高飞。没抓住杨六郎，萧绰心里不痛快，自然没有心情与贺黑虎闲扯。她斜靠在椅子上，轻轻抚着额头说道：“贺黑将军辛苦了。”

“末将惭愧，终是让那杨六郎给逃了，只是此人该如何处置？”

该怎么处置？这种事还用她操心吗？萧绰看了贺黑虎一眼，疲惫地闭上眼睛说：“你下去吧。”

“这……”贺黑虎被她看得心里有点发毛。萧绰没有给出答案，不过无论萧绰想怎么样，那家伙都死定了。想到此，他微微有些得意，拱手说道：“末将遵命，末将告退。”

萧绰点点头，贺黑虎悄悄地退出大帐。等到大帐里安静下来，她又睁开了眼睛，仔细想想贺黑虎的话，似乎有几分道理，那个人真是一言未发。

可想起他望向远方的那一眼，怎么看也不像哑巴。不过她是一国之后，大辽真正的掌权者，怎么可能为这点小事劳心费神呢？

深秋的夜里冷风刺骨，天公似乎觉得还不够，又淅淅沥沥地下起雨来。萧绰没说怎么办，贺黑虎当然不会放了杨延琅。他像一个残破的草人挂在冰冷的刑架上，秋霜附在他的乱发上，一缕缕黑发变成银丝，随风飘荡。被皮鞭绞成布条的血衫依旧挂在他身体上，在雨水的冲刷下变成淡淡的粉色，身上的伤口已经渗不出一滴血，只余下一道道皮肉外翻、触目惊心的伤口。又一阵冷风吹过，几片枯叶终于不甘地从干枯的树枝间飘落，远方传来狼群的悲嚎，声冲九霄，徒增几分凉意。

对于刀头舐血的人来说，活着就是老天爷的恩赐。天下、朝廷对于他们而言，都太过遥远，他们只要能看到明天的太阳就足够了。契丹人尚武，立下战功的士兵都会得到奖赏。一座大帐内，立了功的士兵们聚在一起开怀畅饮，享受着羔羊肉和美酒，庆贺自己还活着。

一群面色黑红的契丹大汉围坐在火堆旁，火上烤着羊腿，滴下来的油掉在火里，发出嗞嗞的响声。羊肉的香味四溢，碗盏相撞之时，烈酒四溅而出。随着一碗碗烈酒入肚，营帐里变得燥热，有些人已经把上衣脱掉，喘息之间有浓重的酒气。

酒喝多了，话也就多了。一个粗壮的汉子扯开衣领，露出胸口结实的肌肉，如马鬃般的胸毛直立着。他用力地灌进一碗酒，酒液从嘴角流到胸口，而后他满足地打了一个酒嗝，说道："跟你们说，咱们契丹人快马弯刀，杀人如麻，从来都是天不怕地不怕！可是今天那人真让我后脊背发凉、头皮发麻，那枪太他妈快了，就像阎王爷来勾魂索命。"

一个老兵嘴里嚼着一块羊肉，含糊不清地说道："那是你没见过更吓人的。"

"谁啊？"旁边的人忍不住问道。

"大宋的杨家啊，这些年来，只有'杨'字旗的兵马能和咱们杀个你死我活。"

"对啊，听说大宋只有杨家的兵马能抵挡住咱们的快马弯刀，不过，就是咱们谁也没见过他们。"大家七嘴八舌议论起来。

"我听说他们凶神恶煞，长着巨齿獠牙。"

"传说杨家将都是天上的神仙转世，个个神勇无敌。"

"哪个神仙转世？二郎神吗？哈哈哈……"

"那可说不准。"

那大汉又喝了一碗酒，然后放下酒碗对那个吃羊肉的老兵说道："哎，老巴图，给大伙说说。"

老兵用力将嘴里的羊肉吞进去，又喝了一口酒，抹了一把油乎乎的嘴巴，这才准备开口。所有人都安静下来，等着听他说大宋杨家将的故事。

"我告诉你们，打仗能遇上杨家将，那是你这辈子的幸事。老头我打了一辈子仗，也只遇到过一回。"老头说到这里，故意停下来喝了一口酒。年轻的辽兵眼巴巴地等着他继续往下说。

老兵继续说道："那是七年前，我随天庆王出征，在金沙滩兵围宋国老皇帝时，遇到了杨家将。"

"杨家将有多少人？"一个小兵好奇地问道。

"就是啊，老的还是少的？"又一个人问道。

老兵一拍那小子的头，说道："臭小子，要听就不许插嘴。"小兵退到一边，老兵神色突然变得无比敬重，说道："那里的宋兵不多，只是里面有五位将军。"

"五位将军？不是说四位吗？"

"你们不知道，宋国皇帝銮驾上坐的根本就不是皇帝。"

"那是谁？"

"听说是杨继业的大儿子，他假扮大宋皇帝坐在銮驾之中。另外四位将军都挺年轻的，这五个人、五条枪，所过之处尸横遍野、血流成河。我敢保证，你们从来没见过那么快的枪，死了那么多的人。那一战整整杀了一天，天庆王、大将军萧天佑和几十位将军死在金沙滩上。"

"那五个人呢？"小兵瞪大眼睛问道。他被老兵绘声绘色的讲述吸引住了，虽然不让插嘴，但他还是忍不住问道。

"应该都死了吧。"老兵又喝了一口酒，然后继续说道，"不过，他们都不是巨齿獠牙、凶神恶煞的样子，其中有两个长得还挺俊的。"

"尸体找到了吗？"

"到哪儿找去？三万多铁骑来回跑过的战场，别说尸体，能找到点衣服和盔甲就不错了。他们几个人里最厉害的一个，戴着一副狼形面具，我大辽的将士冲上去一个倒下一个。最后，他被逼到悬崖边上，自己跳下去了。"老兵注视着跳动的火焰，然后从怀里拿出来一副狼形面具，继续说道，"其实我该把这面具给他，可是又觉得这玩意能辟邪，所以就一直带在身上。"

"给我看看！"

"给我看看！"

……

这些人嚷嚷着要看一眼，老兵急忙把面具塞进怀里，说道："看什么看，你们这些小崽子能压得住这里面的煞气吗？小心丢了小命。"他端起碗，把碗里的酒一口气喝下去，大声说道："当一辈子兵，能遇到杨家将那是幸事；遇不到杨家将，那是你祖上积了八辈子的德！"

不知谁突然说道："我听说外面那个就是杨六郎。"

长着胸毛的汉子打了一个酒嗝，说道："他不是。"

"你怎么知道他不是？"

那汉子拍了拍胸脯，说道："是我和阿力古把他拖进大帐的，大元帅亲自验明正身，他不是杨六郎。"

"你把他拖进去的？"

"真是你？"

"那你看到他长什么样了吗？"

人们七嘴八舌地问起来，向这个汉子投来羡慕的眼光。汉子眯着眼睛，嘿嘿一笑道："我告诉你们，我还真看到他的样子了。"

“什么样？”

“长什么样？你倒是快说啊。”众人的好奇心再一次被勾了起来。

“嘿嘿，我跟你们说，你们一定不相信，嗝……”

“说啊，快点，别跟娘们儿似的。”

“跟你们说，他长得还真跟……跟那娘们儿似的……”他晃了晃手，继续道，“不对，比咱们契丹娘们儿还好看，哈哈哈……不过好看是好看，就是太吓人了。”

“你胡说八道。”有人果断地反驳他。

“就是，他怎么可能长得像娘们儿。我跟你说，听说贺黑虎整来了一大堆刑具，皮鞭子上都拧着铁刺，一鞭子下去就皮开肉绽，十鞭子下去就能见到骨头，几道刑罚上完，人就像血葫芦一样。可是贺黑虎折腾了两个多时辰，他就是一声没哼，就没见过这么硬的骨头！”这人越说越严肃。契丹人是马背上的民族，以征战为生，没有那么多心计，对这样的人，即使他是敌人，也颇为敬重。

那汉子瞪大一双豹子一般的眼睛，说道：“我没胡说，不信你们去看看。就是他那双眼睛太吓人了，就和那狼王似的，被看上一眼好像浑身上下的毛都炸起来了。”

人们再一次安静下来，小兵嘟囔了一句：“像狼一样？”

大汉晃了晃昏沉沉的头，想了想道：“不错，你们去看看就相信了，从他身边经过都觉得瘆得慌。”

“听他说得玄，我不信。”角落里传来一个微弱的声音。

“就是，那也太玄了。”

“不信？你们不信，咱们就出去看看！”大汉有些懊恼地站起来，气愤地指着帐外大叫道。

“看就看，有什么可怕的。”一个人站起来响应。

“对，看看去！”

“走，谁不去谁是孙子。”

大汉看看这些人，突然一咧嘴，带着几分得意说道：“你们谁敢和我打赌？”

打赌？几个人看到那大汉得意的模样，不服气地说道：“赌就赌。说吧，赌什么？”

“就赌这条羊腿。如果我输了，这羊腿我一口不吃。”

“赌了。走，看看去！”

“走！”

一群醉汉你扶我，我扶你，踉踉跄跄走出营帐。

第七回　红颜拾残命

三更时分，大营内除了这座发出吵嚷声的营帐，其余都安安静静的，就连守卫都抱着弯刀蜷在角落里打盹。一个老兵慢慢地向孤零零的刑架走去，他衣服上渍着一层油，胡子花白。他警觉地打量着四周，确定四周没人时，才小心地凑到杨延琅身前，试探着摸了摸他的胸口，随后无奈地摇了摇头。然后，他从怀里取出一个酒袋子，拔出塞子，握着杨延琅的下颌，抬起他的头，一点一点把酒倒进他嘴里。但已经全无知觉的杨延琅牙关紧闭，酒顺着他的唇角淌了下来。

老兵灌不进去酒，往四周看了看，有点着急。他想了想，用嘴叼住酒袋子，两手捏住杨延琅的下颌骨稍一用力，只听咔的一声，杨延琅的嘴巴便张开了。老兵急忙往他的嘴里倒进去一口酒，然后再一抬下巴，咕噜，酒咽了下去。老兵一边给他灌酒一边说道："完颜将军说你对他有活命之恩，让我来给你送上一壶断头酒，这样黄泉路上就不冷了。"

这种请人喝酒的方法，喝的人倒是省事，但灌的人可就累了。这老兵又担心被人发现，又要进行这种复杂的操作，不一会儿，汗水就顺着脸淌了下来。

"吁……"老兵松开手，活动了一下酸痛的胳膊，有几分懊恼地看着杨延琅，拿起酒袋自己喝了一阵，可能是觉得味道不错，还咂了咂嘴。不过酒壮熊人胆，喝了酒的老兵就不太紧张了，他蹲下身子，从下往上看着杨延琅，晃了晃酒袋子说道："你别说，这宋国人长得还挺好看的。不过你说你，得罪谁不好，怎么就偏偏得罪了贺黑虎那心狠手辣的王八蛋。你啊，下到阴曹地府变成厉鬼可千万记对人，害你的人是贺黑虎，可不是老头我啊……"

嗷呜——

老兵的话被不远处传来的凄厉的狼嚎声打断，一个高大的白色影子一闪而过，迅捷得就像传说中的北方白狼，老兵顿时被惊出一身冷汗。一阵风吹过，冷入骨髓。老兵再回头时，却看到杨延琅正瞪大眼睛看他，面无表情，一双狼目闪着嗜血的冷光。

"啊！"老兵站起来想跑，可是两条腿却不争气，像煮熟的羔羊肉一样软。当人恐惧到极点时，一般不会在乎尊严，这个老兵也是这样，他已经顾不得湿淋淋的裤子，连滚带爬地逃走了。

老兵前脚刚走，后脚一群醉汉就歪歪斜斜地走了过来。不远处还有几个快要燃尽的火堆，忽明忽暗。雨已经停了，一阵冷风从裤脚钻进来，沿着后脊背一路爬上来，湿冷滑腻，就像冰冷的刀锋抵在脖颈上，让人遍体生寒，这群醉汉顿时清醒了几分。

想到传言中的杀戮，他们突然感到恐惧。呼——又一阵冷风吹过，伴着一直没有停歇的狼群嚎叫声，刑架周围突然变得阴森起来。几个醉汉你看我，我看你，一个个都往同伴身后藏，看着眼前那个不知死活的人，谁也不敢上前。有人低声议论，说自从抓了这个人以后，狼群就一直徘徊在大营周围。还有人说，他看到一只巨大的白狼在附近出没。

嗒嗒嗒……马蹄声越来越近，马脖子上挂着的铃铛发出清脆的响声，打破了这令人窒息的恐惧。

一队骑兵停在这群醉汉的身后。这一行数十人，俱是二十几岁的女子，身穿白色软甲、鹅黄色战袍，脚下是黑色的牛皮战靴，个个机灵俊俏。她们看到这些醉汉，脸上俱是厌恶的神情。

“你们是什么人？”一个醉汉壮着胆问道。

“大胆！公主驾到，还不退下。”为首的一位年纪稍大一点的女子厉声喝道。

公主？

这队女子往两边一闪，中间走出一人一马。她二十二三岁的年纪，身材高挑，长相美艳，看着凌厉而又霸气。可能是因为刚刚下过雨，她额上粘着几绺乌黑的头发。她穿着暗红色软甲、朱红色披风，骑着一匹枣红马，在这阴冷的秋夜里，像一团炽烈的火焰，不知不觉间让人感觉到温暖。

看到她们，醉汉们最后一丝酒气也给吓没了。别看她们都是些俊俏的姑娘，但可不是绣花枕头，走在最前面的这个就是大辽的长公主、暗骑军的大统领耶律铁镜。

“叩见公主。”几个醉汉急忙跪倒在马前磕头。

“围在这里干什么？”耶律铁镜微微仰着头问道。

“回公主的话，我们想看看这个俘虏。”长着胸毛的壮汉回道。

耶律铁镜挥挥手，示意他们让开。这些醉汉急忙退到两边，耶律铁镜看到了挂在刑架上的杨延琅。眼前的一幕让她浓黑又好看的双眉微微皱了起来，自己为了他跑了大半夜，没想到他们把人弄成这副尊容，也不知道是哪个蠢货干的蠢事。

耶律铁镜跳下马，其余一众女兵也跟着下了马。自耶律铁镜接手暗骑，虽不能说所向无敌，但至少她想打探的消息、想得到的东西，还从未失手过，唯独宋国的杨家枪法让她一筹莫展。

北汉刘继元降宋，杨家就成为大辽的劲敌。据传，杨家枪法得于鬼谷，以快、狠、绝著称于世，招数更是诡异多变，有“敌百万”之称。所以，杨七郎才能凭一己之力杀出重围。当年的金沙滩一战，杨家四个儿子杀了大辽二十几员大将，让宋帝全身而退。为了得到杨家枪法，耶律铁镜曾亲自在汴京潜伏，重金收买杨家的家仆，但杨家压根就没有枪谱，枪法由父亲传授给儿子，传授之时不许有外人在场。后来，她以肖公子的身份买通魏王赵季美，让他请杨继业教授他儿子枪法，却被杨继业断然拒绝。耶律铁镜清楚地记得杨继业当时的话："我杨家枪法得于鬼谷，先祖曾立下血誓，父子相授，永不外传，就是王爷将杨继业碎尸万段、抄杀满门，杨继业也绝对不会把杨家枪法传于外人。"魏王都碰了一鼻子灰，别人就更不敢妄想了。

自两军开战，耶律铁镜便率暗骑打探消息、设计布阵，终于将杨家父子三人困在两狼山。她知道杨家父子不会屈服，但她觉得这是天赐良机，活捉杨家父子，或许有机会习得枪法，所以她不许辽军放火烧庙，说一定要等她来。可是谁也没想到半路杀出个"程咬金"，打乱了她的计划。最后，杨继业死了，杨延昭和杨延钰都跑了，只剩下这个好像会使杨家枪的"程咬金"。

"好像也行。"耶律铁镜从牙缝里挤出三个字，然后连夜赶了过来。可是她怎么也没想到，他们竟然把她的这个"宝贝"给弄成了这副德行，此时她觉得自己心肝肺都在冒烟。

耶律铁镜深深吸了一口气，压下心头的火气。不过人还吊在这儿，兴许还没死。看他一身血污，她嫌弃地皱起眉头，转身对两个醉汉摆摆手："你们两个过来。"

两个醉汉壮着胆子凑上去："公主有何吩咐？"

"去看看，他还活着吗？"

"公主！"两个醉汉往后缩了缩。

耶律铁镜微微皱起眉，不耐烦地呵斥道："快去！"

"是。"两个醉汉只好硬着头皮走向刑架，到杨延琅鼻子处试了试有没有气，又摸了摸他的胸口，回禀道："回公主，不知是死是活。"

"什么叫不知死活？"

其中一个急忙回道："他已经没气了，可是好像心还在跳。"

"你们两个把他解下来送到暖帐里，其余人都散了吧。"

"是。"余下的辽兵如获赦令一般四散而去，留下那两个辽兵小心地把杨延琅放下来抬进营帐。

暗沉沉的黑夜里，杨延昭深一脚浅一脚，沿着崎岖不平的羊肠小道，跟着子翼躲躲藏藏，整整走了一天半夜，终于走出了蜿蜒百里的两狼山。

看着不声不响的子翼，杨延昭知道他在生气，想想自己的所作所为，他也的确应该生气。他记得自己要自杀时被子翼打晕，醒来时苏武庙内空空荡荡，父亲的尸首已经不见了。子翼告诉杨延昭，杨继业的尸首已经被辽兵带走了。他发疯一样要去抢回父亲的尸体，子翼拦着他，却被他狠狠地打了一个耳光。子翼当然不是肯吃亏的人，毫不犹豫地又把这记耳光还给了他。

杨延昭被子翼的一记耳光打清醒了。当时的形势，谁能抢回杨继业的尸骨？况且子翼既不是他营中兵将，又不是杨府家奴，他肯冒险救出自己，已经是仁至义尽，怎么还能责怪他没保护好父亲的尸骨。

子翼猜到杨延昭有悔意，不过他才不会安慰这个公子哥呢，甚至心中还有一丝怨恨，如果让他在杨延琅和杨延昭中间选择一个活下去，他会毫不犹豫地选择杨延琅，而不是让杨延琅替弟弟去死。子翼心中焦急，当他看到前方一片黑压压的军营时，便对杨延昭说：“过了前面的界河就是宋营，你自行回去吧。”

杨延昭犹豫了一下说：“子翼，跟我回天波府吧。”

子翼十分随意地摇了摇头：“我是个贼，平日里偷偷摸摸惯了，攀不起你们天波府。”

“子翼，刚刚……昨夜是我……我……”

子翼挥手打断了他的话：“杨将军已死，我与杨家再无瓜葛。从此以后，你们守你们的大宋，我做我的贼，井水不犯河水。”

“我……”

“我还告诉你，我虽四海为家，但我不是叫花子，你杨六公子用不着可怜我。再说句难听的，你杨家想要家奴还用不起我这个贼。”子翼的话轻蔑中带着几分寒意，说完转身便走。

杨延昭被他说得面红耳赤，闷了一会儿，对着子翼的背影道：“不管怎么说，我还是要谢谢你的救命之恩。”

“你以后能多长出几分良心也就算了，否则，别怪我心狠手辣。”黑暗中远远传来子翼的声音。

杨延昭不明白子翼话中的意思，直到他有一天终于明白的时候，才知道自己那几分良心究竟亏欠在哪里。他深深地看了一眼葬送父亲的黑黝黝的两狼山，暗自咬紧牙关，转身往宋营奔去。

蹚过冰寒刺骨的分界河，杨延昭终于松了一口气，只要过了这条河就安全了。多日拼杀逃亡，直到这一刻他才终于松了一口气，他一步都不想再迈，直接倒在冰冷的土地上。

“什么人?”突然一声厉喝从头上传来。杨延昭睁开眼，发现两个大汉手执长枪指着自己。

杨延昭知道自己穿着辽兵的衣服，让他们误会了，于是慢慢站起来，沉声问道：“你们不认得我吗?”

听到他的声音，其中一个大汉微微一怔，然后说道：“原来是个送上门的货，赶紧抓起来。”

“好嘞。”另一个飞身扑上来，迅速用麻绳把杨延昭绑住。

“你们大胆，我是……”

这两个人看着粗糙，但手脚极为麻利，就在“杨延昭”三个字说出口的前一刻，杨延昭的嘴里被塞进一块破布。那大汉恶狠狠地呵斥道：“我什么我，再聒噪小心老子割了你舌头，快走。”

“呜呜……”此时，杨延昭只能干着急。

杨延昭被绑住后不停地挣扎，这两个大汉拖起他来十分费力。其中一个大汉情急之下一掌劈向他的后颈，杨延昭晕了过去。两人急忙扶住杨延昭，然后才松了一口气，终于听话了。他们拖着杨延昭转过几座营帐，来到营后一处密林里把他放下，解开绳子，取出他嘴里的破布。

"六将军醒醒。"其中一个大汉叫道，他语气平和，全然不似刚刚粗鲁无礼的样子。

时值深秋，冷风刺骨，杨延昭穿着单薄，又蹚水而来，昏迷中还在浑身发抖。

另一个大汉见状，急忙把身上的棉袍脱下来给他盖上，继续叫道："六将军醒醒，六将军，六将军……"

身上暖和一点后，杨延昭才慢慢清醒过来。他睁开眼睛，不解地看着这两个大汉，黑黑的脸，一双豹圆眼，此时正关切地看着自己。

"你们是什么人？"杨延昭看他们不像要害自己的样子，又不明白他们要干什么。

"六将军不要惊慌，我们哥俩没有恶意。"左边的大汉急忙解释道。

"那你们……"

见杨延昭一脸疑惑不解的神情，那大汉憨实地笑道："我叫孟良。"他指着身旁的大汉道："这是我兄弟焦赞。我们原是北汉旧部，在杨老将军麾下听差，七年前调到潘仁美军中，所以我们识得杨老将军和几位少将军。"

"孟良、焦赞。"杨延昭得知他们是父亲的旧部，且话语诚恳、相貌朴实，应是可信之人。他试图站起来，发现自己身上还盖着一件棉袍。

焦赞笑了笑："看你太冷了，就给你盖上了。"

杨延昭此时的神情缓和了许多，起身询问道："不知二位这是何意？"

孟良道："六将军有所不知，潘仁美四日前传下军令，说杨令公率二子叛国降敌，命营中将士见到你们就地格杀。"

"什么？他竟说我父子降辽？"杨延昭大声质问道。

"将军噤声！"孟良急忙示意他不要高声说话。

因为气愤，杨延昭的喘息声粗重，他突然想起杨延钰，急忙问道："二位兄弟，你们可曾见到我七弟回来？"

焦赞道："七将军他……"

"焦赞！"焦赞刚刚张口，孟良便喝住了他。焦赞一吐舌头，咽下了后半句话。

见二人这副神情，不祥的预感在杨延昭心中化为深深的恐惧，他急忙扳住孟良的肩膀问道："快说，你们可曾见到我七弟？"

孟良低声道："六将军，事已至此，你一定要以大局为重，万不可冲动行事。"

"什么冲动？什么大局？你们快告诉我，你们究竟有没有看到我七弟？"

孟良点点头。

"他在哪儿？"

孟良抬起头，目光落到杨延昭身后。

"在哪儿？"杨延昭循着他的目光缓缓转过身，没有看到人。他用询问的目光看向孟良和焦赞。焦赞犹豫了一下，抬手指向不远处一棵大树下面。

杨延昭顺着他手指的方向看过去，模糊中看到一个土堆。

第八回　一百单八箭

土堆？土堆！

不！那是一座新坟。

杨延昭气血上涌，感到眼前一片模糊。他一把推开孟良，几步奔到坟前，一声不吭地疯狂扒土。

“六将军……”焦赞要过去，却被孟良一把拉住。孟良示意他不要去打扰。

泥土飞溅到四周，他的十根手指已经血肉模糊，可是他却像无知无觉一样依旧扒着土。突然，他在泥土中摸到一只手，宽厚的手掌上长满老茧，只是轻轻一触，杨延昭便觉得熟悉。曾经，他拉着自己去练枪，他憨厚地叫嚷着要吃六嫂做的甜糕，他让年幼的侄儿骑在脖子上满院子跑。因为从小在一起，他们比其他兄弟更亲近。

而现在，这只手一下抽走了他所有的力气。逃亡和杀戮似乎永远不会停止，他用不真实的信念来麻痹自己。父亲能征善战，他让自己相信，父亲一定可以带着他们杀出重围；他告诉自己，七弟勇冠三军，一定可以逢凶化吉。可是现实就像一把锋利的剔刀，剔去所有的虚幻，把他最不愿意相信、最无法接受的事实血淋淋地摆在眼前。短短几日，他的父亲和兄弟都命丧黄泉，曾经名扬天下的杨家将，如今只剩他一个人。

杨延昭跪坐在地上，紧紧握着土里的那只手，像个木偶一样，眼神空洞，不知看向哪里。噗——他突然喷出一口鲜血，鲜血落在那只苍白的手上，显得凄冷而又悲凉。

“六将军，六将军……”孟良眼疾手快，一把扶住了杨延昭。

“他是怎么死的？”他的声音平静到让人心底发冷。

孟良和焦赞慢慢扫去尸体上的浮土，这具高大的身躯已经面目全非。听到杨延昭问，孟良让焦赞从一堆乱草后抱出一捆长箭，放到杨延昭面前道：“四天前，七将军单人独骑回到大营，去找潘仁美，说杨老将军被困苏武庙，请他发兵相救，却不知为何只有监军王侁和潘仁美的两个儿子潘龙、潘虎出来迎接。王侁哄骗七将军说要点兵出征，却在他的茶碗里偷偷放了蒙汗药。七将军察觉自己中了毒，意欲冲出大营，他们拦不住他，就乱箭齐发，把他射死了。当时七将军穿着辽兵的衣服，他们就说射死了辽兵的探子。”

“老匹夫！”杨延昭一跃而起，发疯一样向大营冲去。

“六将军！”孟良、焦赞二人同时扑过去，却被杨延昭推倒在一旁。

“六将军，你这是去送死！”孟良爬起来追上去。

“我死也要杀了那老匹夫！”杨延昭脚下不停，咬牙切齿地说道。

“如果你就是死也杀不了他呢？”孟良压低声音，对着杨延昭的背影喝问道。

听到这句话，杨延昭身形一顿，但仅仅只是停了一下，又继续向前走去。

“杨延昭，你个懦夫，你不敢活着给兄弟报仇，却一心去寻死，算我们兄弟瞎了眼，居然还想着怎么救你！”孟良张口便骂。他虽与焦赞同是莽汉，却粗中有细，非常聪明。

杨延昭终于停住脚步，茫然地立在原地，抬头仰望着暗黑的天空。他该怎么办？他要怎么告诉母亲这一个个噩耗？

孟良追上去说道：“六将军，您不能自寻死路啊！如果您就这样死了，七将军的仇要谁来报？你们都这样不明不白地死了，他们最多说你们战死沙场，给杨家一些抚恤也就算了。”

孟良的话让杨延昭心底一惊：他说得不错，若是自己死了，一切都完了。

焦赞没有孟良会说，他走过来说道：“六将军，你要回京调来兵马杀潘仁美这老贼，我焦赞没啥说的，就用这板斧给你开路，可是你现在不能去白白送死！”

不能去送死，至少要留着这条命和潘仁美拼个鱼死网破！杨延昭紧紧地咬着牙，转身一步一步走到七郎的尸体前，扑通一声跪下。

孟良缓声道：“七将军被射了整整一百零八箭，他们害怕事情败露，把七将军的尸体绑上巨石沉入河底，可叹七将军英灵不散，竟逆流漂上岸来。我们哥俩发现后，悄悄将七将军葬在这片密林里。”说罢，他小心地从怀里摸出半块玉送到杨延昭面前：“七将军死后依然将此物紧紧攥在手里，可能这件东西对他格外重要，今天就将它交给您。”

杨延昭将这半块玉接在手中，玉上刻着一个鸳鸯，看样子另一个鸳鸯在另一半玉上。他将这半块玉放入怀中，轻轻拢起旁边的泥土，一点一点将七郎的尸体盖起来。

“六将军，你打算怎么办？”孟良试探着问道。

“回京城，告御状！”杨延昭盖上最后一捧泥土，沉声说道，“七弟，你在天有灵，睁开眼睛看着，看着六哥给你报仇雪恨。若杨延昭不能报此大仇，唯愿黄沙盖脸，尸骨不还！”他在夜色中，对着苍天发下毒誓。

焦赞看了看孟良，说道：“我回营一趟。”

孟良点点头：“快去快回。”

焦赞应了一声，转身离开，过了一会儿背来一个沉甸甸的布包。孟良说道：“六将军，这里面有衣服，还有我们哥俩这些年攒的一点积蓄，够买一匹马，余下的作为盘缠。”说完又从怀里摸出一个破旧的木牌递给杨延昭道：“雁门关有一个徐家镖局，拿着这块木牌，从那里可以买到马。”

杨延昭知道，这是黑市通牌，有了这块通牌才能从黑市上买到马。私买马匹是重罪，他们是拼上身家性命在帮自己。可是事到如今，他只能往前走。他接过布包和木牌，而后一揖到底。

“六将军，快起来，我们可担不起您这大礼。”二人赶忙将他扶起来。

“二位兄弟大恩，杨延昭铭记于心，只是我还有事相求。”

“六将军有话请讲，但凡我二人能做到，必会全力相助。”

“请二位兄弟保护好我七弟的尸身与这证据，若有一日我到御前告状，还要请二位将军作证，不知二位能不能答应？”他说得很沉重，此事干系重大，稍有差池就会连累他们。

孟良道：“六将军，我们北汉旧部在军中处处受制，打仗时冲锋在前，行赏时却没我们的军功，还常常被克扣军饷。两年前，兰州大营有北汉旧部哗变，我二人因此被连累，若不是杨老将军为我们主持公道，我们兄弟早已成了刀下的冤魂。此恩不报，何以为人？更何况杨老将军忠义千秋，我们不信你们会投降辽狗。我们敢把七将军的尸身藏起来，敢把您救下，就没把潘仁美放在眼里。他日若用得着我们二人，您一声令下，我们绝没有半个不字。”

杨延昭心中泛起一丝暖意，他再次作了一揖：“二位兄弟，若我杨延昭赢了官司，给我杨家昭雪冤情，定要与二位义结金兰。若我命丧黄泉，也会尽力保二位周全！”

孟良道：“六将军，莫要这样说，今日能救六将军，是我们兄弟的福分！天就要亮了，您快走吧。”

焦赞道：“六将军，我们等着与你结拜！”

杨延昭双手抱拳：“二位兄弟，保重！”

“保重！”

他深深地看了一眼那座新坟，然后头也不回地直奔京城而去。

潘仁美五十多岁，细眼浓眉，面色微黄，身高体健。此时他正怒气冲冲地坐在中军帐的帅椅上，面前的桌案上放着一封书信。现在，帐中除他之外还有三个人，监军王侁坐在左上首，他的两个儿子潘龙、潘虎则跪在地上。想不到他只离开大营三四天，竟然就出了这样的事。本来他与杨继业约好在青石谷接应，谁知杨继业竟然比约定的时间晚了整整两天。据细作探报，辽军正向青石谷行进，大军有被包抄之险。监军王侁以此为借口催他撤军，潘仁美权衡轻重之后，撤回界河以内。不过，他仍不放心那两万大军，亲自带几十个亲兵出去打探，可他刚刚回营就听到这样的消息。

“潘元帅敬上，因挟百姓，路遇袭扰，行军迟缓，延误军机，至大军陷入重围，乃业之过也。然百姓无辜，故业率军引敌入两狼山，恐难脱困，唯有身死报国。业之七子，奉命突围，非临阵脱逃，望元帅顾念业家中只有妇孺，留犬子于军中，他日与家人团聚。业泣血叩谢元帅大恩。”

看完杨继业亲笔信，潘仁美觉得一口闷气堵在喉咙里。虽然杨继业是北汉旧臣，与自己素来不和，但同为领兵征战的军人，他非常理解杨继业写这封信时的心情。若不是被逼到绝境，若不是为了儿子，他那么高傲之人，怎么会这么低声下气，揽下所有的罪责，只求自己救他儿子一命。

“逆子，还有什么是你们不敢干的？”看完信，潘仁美抄起桌案上的令牌筒砸向潘龙和潘虎。令牌散了一地，木筒正好打在潘虎的额头上，他的额头顿时血流如注。

潘虎抬手摸了一手血，顿时火气上涌，捂着额头说道："爹，七年前打死三弟的根本就不是那个什么杨四郎，就是这个杨七郎!"

潘仁美听了他的话，腾的一下站了起来，然后气势汹汹地走到潘虎面前，指着他厉声骂道："逆子，跟你说了多少遍，还敢胡说八道。"

潘虎仰起头，看着他的眼睛说道："我没胡说，我亲眼所见，三弟和杨七郎在街巷相遇，二人发生口角，动起了手，我正好路过，看到杨七郎两拳把三弟打倒在地，然后扬长而去。等我跑过去之后，三弟就气绝身亡了。"

潘仁美狠狠一脚把潘虎踹翻在地，喝道："闭嘴！杨继业已经亲手处死了杨延琅，杀死豹儿的就是他，此事不许再提!"他又指着潘龙和潘虎骂道："你们两个不知死活的东西，朝廷大事岂是儿戏。那杨七郎有救驾之功，在两国交兵之际你们竟为一己私仇诛杀大将。官家的救命恩人你们也敢杀，你们有几个脑袋够砍的!"

潘龙终于知道自己闯了多大的祸，急忙说道："爹，我姐姐是皇妃，官家他不看僧面也要看佛面……"

"僧面？佛面？你姐姐哪来那么多面子？你以为你姐姐是皇妃，就能保你们一辈子吗？你姐姐之所以是皇妃，那是，那是因为她生在潘家！说到底她只是一个皇妃，这样天大的祸事，是她一个皇妃可以担得下来的吗？别说保你们两个，只怕连她都得受连累。我怎么生了你们两个不争气的逆子。"潘仁美被气得暴跳如雷，怒气几乎要把大帐顶给掀开，潘龙、潘虎吓得噤若寒蝉。

潘龙和潘虎听不出他们父亲话里的意思，只知道他们的皇姐保不了他们的命，顿时陷入恐慌中。但王侁可是精得像猴，无论是从潘仁美的神情，还是从他的话里，他都能看出来，当年潘豹的死并不简单，对于这天下皆知的杀子之仇，他倒像是与杨继业达成了某种默契。王侁想了想问道："元帅，难道您还真让两位公子去给杨七郎偿命？"

潘仁美恨恨地瞪着王侁，潘龙和潘虎蠢是蠢了点，但没有那么大的胆子敢擅杀大将，他们一定是受了王侁的挑唆。他冷冷地说道："王大人，这是我军中之事，不劳你费心了。"

王侁四十多岁，白面黑须，身材瘦小，有几分像算命先生。他慢慢站起来，微微笑道："元帅言之有理，如何处置，下官自然不敢多言。不过你我同朝为官，下官也是不忍心看到元帅无端送了两位公子的性命。"

潘仁美诧异地问道："你什么意思？"

王侁微微一笑道："元帅，且不说潘虎将军说的是不是实情，我们就说现在，何人看到杨七郎回来了？杨继业给您写过信吗？杨继业与他两个儿子带着朝廷两万大军在被辽军包围之时，为何不向我军方向突围，反而跑到辽国境内的两狼山？"

"你……"

"元帅，被围之时他为何不派人报信，向您求援？"

他明白王侁这话的意思。杨七郎已经沉尸河底，只要烧了这信，一切就死无对证了。潘仁美虽然与杨继业不和，内心却对他十分敬重，可今日这件事就摆在眼前，要么做忠臣良将，杀了自己这两个儿子，要么做佞臣贼子，让杨家父子冤死他乡。

“元帅，杨继业形迹可疑，但只要您不细细追究，杨家依旧是忠义无双的杨家，还能得到朝廷抚恤，何乐而不为。”王侁意味深长地说。

潘仁美死死地盯着王侁，过了许久之后问道：“你究竟是什么人？青石谷之败是不是你设计的？”

“您是糊涂了。下官只是一个监军，如何撤军是您与杨继业谋定的，青石谷撤军也是您撤的军，下官并未参与，怎么能把这兵败之罪怪到下官头上呢？下官言尽于此，该如何决断当然由元帅来定。告辞！”说完，他转身向外走去，得意地笑着。

怎么办？潘仁美暗自思忖，自己只有这两个儿子了，虽然不成气，但也是自己的亲骨肉，是潘家的根，难道真让他们去给杨七郎抵命吗？他能做到像杨继业一样狠心绝情，一剑刺死自己的亲生儿子吗？潘仁美认命地低下了头。

第九回 母女谋良将

一夜冷雨使秋天的凉意更甚几分。萧绰身上披着裘皮长袍，靠在榻上闭目养神，模糊的梦境里有一双眼睛。那是一双血红色的苍狼的眼睛，目光里透着狠戾和仇恨，似乎只有杀戮才能让这双眼睛的主人平息。萧绰吓得出了一身冷汗，半夜就惊醒了，然后再也没睡着，翻来覆去总想着那个俘虏。

萧绰最欣赏的人是大唐女皇武则天。萧绰和武则天一样，既有雄才大略，又有心机手段，还兼具契丹人的豪放和胆识。金沙滩一战使她刻骨铭心，她从未想到五个人会掀起那般腥风血雨的杀戮。她亲眼看到父亲被杨大郎用袖箭射死，她的长兄萧天佑和二十几员战将接连横尸于那五人的枪下。天下人只知金沙滩一战大辽兵围宋帝，保住燕云之地，却不知道他们付出了多么沉重的代价。此战之后不久，耶律贤崩于大同，大辽国本动摇，萧绰陷入内外交困之境。若不是她才智过人，只怕大辽早已经衰败亡国，四分五裂了。

“启禀太后，贺黑虎将军求见。”她正想得入神，帐外的侍卫禀报道。她坐起来按着涨痛的头，心里烦闷不已，不过她还是走出屏风，坐在桌案旁说道：“让他进来吧。”

“是。”侍卫应了一声。紧接着，帐帘被掀开，贺黑虎急急忙忙走了进来，来到案前拱手施礼：“末将参见太后。”

“平身吧。”萧绰免了他的礼。她发现贺黑虎的眼睛肿得比昨天更厉害了，眼皮中间连一条缝都没有了，就像扣了一个青紫色的小碗。萧绰甚至怀疑他的眼睛会瞎。

“谢太后。”他垂手立于一旁。

“你有事吗？”

“太后，那个俘虏不见了！”不知道是因为冷，还是因为害怕，贺黑虎的舌头不停地打结。

“什么？”萧绰微微皱起眉头。她倒并不关心那个俘虏的死活，可是在她千军万马的军营之中，一个人悄无声息地不见了，那绝非小事。

“母后，他在儿臣那里！”清脆的声音从帐外传来，随后，耶律铁镜走进萧绰的暖帐。

“铁镜？你什么时候到的？”萧绰意外地看着女儿。

耶律铁镜来到萧绰跟前躬身施礼：“母后，儿臣到时是四更左右，想着母后正在安睡便没来打扰。”

“你啊！”萧绰心疼地埋怨了她一句，示意她坐到炭火旁边来。

铁镜坐到萧绰身边问道：“母后昨日没受惊吓吧？”

萧绰道：“有你的暗骑护卫，我怎么会受惊。”

贺黑虎自耶律铁镜进了大帐，眼神就没从她身上移开。终于等到母女二人寒暄完了，他急忙上前道：“末将参见公主。”

“不必多礼。”耶律铁镜随意地一挥手，免了他的礼。直到这时，她才看到他的眼睛，但也只是微微愣了一下，没有多问。今天早晨起来，她已经把事情的来龙去脉都查问清楚了，就是贺黑虎这副尊容有点让她意外。

“公主要来，怎么不提前告知末将，末将好派人前去迎接。”见到耶律铁镜对他的伤丝毫不放在心上，贺黑虎心里顿时窝了火，又想到在心爱的人面前出了这么大的丑，心中更是恨死了那个俘虏。

“我有护卫，无须接应，贺黑将军保护好自己就行了。”耶律铁镜不仅态度冰冷，话里还夹枪带棒，说得贺黑虎无地自容。

“咳，咳。”萧绰的两声轻咳打断了他们尴尬的对话，贺黑虎无趣地退到一旁。萧绰对耶律铁镜说道：“铁镜，这些日子把你累坏了。”

“我不累。”耶律铁镜把手靠近炭火一些。

萧绰点点头：“还说不累。这些日子你亲自打探军情、周旋谋划，此战能胜，我的铁镜功不可没。”

耶律铁镜开玩笑道：“母后都来督战了，女儿怎么敢不尽心尽力？”看到母亲心情好了许多，她继续说道：“还有一个好消息，刚刚有暗骑来报，说潘仁美杀了杨七郎，估计他这个把柄已经落到别人手里，宋国老皇帝有的忙了。”

“杨继业一死，北汉旧部将被蚕食，必会让宋国朝堂动荡不安。只是让杨六郎跑了，不知道他回去会掀起什么风浪。”

“母后，杨六郎跑了也无妨。他回去必然免不了与潘仁美一场恶斗，无论他们谁输谁赢，对我们都是百利无一害。”

“可是你心心念念的杨家枪法呢？”

“不是有那个俘虏吗？”

“铁镜，你要劝降他吗？”

耶律铁镜点点头：“我已经问清楚了，他使的枪法有八分像杨家枪法。如果将他劝降，也许能找到破解杨家枪的办法；若不能破解，就将他的枪法教给我军中兵将。母后您想，我契丹人身形较宋国人魁梧高大，再习得这样的枪法，无须太多人，只要五千便可天下无敌。”

人家母女两个亲近，如果是有眼色的人早就应该退下了，但贺黑虎是贺黑纳兰的独子，骄横跋扈，天生就没眼色，特别是见到耶律铁镜之后，他能多看一眼是一眼，杵在那儿愣是没走。前面她们说得云里雾里，他听不太懂，当他听到耶律铁镜要劝降那个俘虏时，就再也不甘心当摆设了。他急忙上前一步道："公主，那人杀了咱们六员大将，死咬牙关不肯招出杨六郎的下落，怎么会投降?"

耶律铁镜转过身，看到贺黑虎的眼睛时，嫌弃地皱起眉头："他招不招出杨六郎的下落和他肯不肯投降是两码事。"

"两码事?"贺黑虎不明白她的意思。

贺黑虎愚蠢的样子让耶律铁镜厌烦透顶，一想到这个废物还惦念着自己，她就更觉得恶心。她缓缓起身，故意把脸转到一旁不看他，然后微微仰起头道："他敢来替杨六郎送死，就是抱了必死之心，连死都不怕，还怕你严刑逼供吗?"

"公主，那末将就不明白了……"

"上兵伐谋，攻心为上，你不懂兵法，我不怪你，可是你把他重伤至此，却是坏了我的大事。"耶律铁镜突然冷冷地看着贺黑虎说道。耶律铁镜的眼神把贺黑虎看得汗毛直立。

"他，他，那，那既然杨家枪法不外传，他又肯替杨六郎去送死，那他一定是杨家人，杨家人难道不该死吗?"贺黑虎的舌头又打结了。

"杨继业亲口说过，杨家枪法得于鬼谷，既然是得于鬼谷，难保鬼谷不会再将枪法传给其他人。"

耶律铁镜一番话说得贺黑虎张口结舌，这时萧绰突然说道："铁镜，贺黑将军的话也有些道理。此人既会杨家枪法，又肯替杨六郎送死，想必是十分亲近之人才会这么做，他会不会是杨继业哪个不为人知的儿子?"

耶律铁镜知道母亲心思缜密，贺黑虎自然是不能比的，她想了想说道："母后，杨继业知信守礼、洁身自好，当年我潜伏汴京时仔细探查过他的底细，他没有外室。他有七个儿子，唯有四子杨延琅我没见过。"

"那是为何?"

"据说那个杨延琅出生时晴天响雷，天泛血光。北汉天会八年，当时江湖上名震四方的天寅阁预言他乃苍狼星君降世，克帝祸国，日后会屠戮四方。之后，一群江湖人竟然杀进杨家堡，杀了杨继业的母亲及二百多人，却只留下了这位苍狼星君。杨继业认为，是他这个儿子招来了这场祸事，自此对他极其苛刻，常年将他关在家中，以至于很少有人见过这位杨家四公子。"

萧绰问道："那这个人会不会就是那个什么杨延琅?"

耶律铁镜继续说道："七年前，北汉刘继元降宋，宋军烧了晋阳城，然后驻于并州，当时宋军大元帅潘仁美的小儿子潘豹也在军中，这小子平日有点仗势欺人，也没个规矩，到了并州到处乱跑，那天碰巧这个常年不出门的杨家四公子也出了门，遇到了这个潘豹。二人发生了口角，杨延琅就把潘豹打死了。"

"呵呵。"萧绰被女儿的讲述逗笑了。

耶律铁镜看到母亲心情大好，她自己也笑了："当时宋帝为了笼络北汉的降臣，勒令潘仁美不许追究此事。就在潘仁美痛失爱子、愤恨不已时，杨继业竟然亲手把儿子绑到潘豹的坟前一剑刺死，平了潘仁美的丧子之仇。”

“他真的亲手杀了自己的儿子？”听到这儿，萧绰有些心惊。想不到杨继业竟如此心狠，俗话说虎毒不食子，即使不喜欢，那也是亲生儿子，怎么能下得去手呢？

耶律铁镜点点头：“最初我也不信，还亲自去并州城外看过。”

“你该不会把人家坟给扒了吧？”萧绰站起来问道，她觉得自家女儿能干出这种事。

耶律铁镜有点窘迫地笑了笑：“我怎么会扒人家坟呢？我只是找了一个盗墓贼打个洞进去看了看，虽然尸身腐烂，不过从年纪到身材再到伤口，与描述中的杨延琅差不多。”

她们说了这么多，现在该言归正传了。萧绰郑重地说道：“铁镜，我观此人冷心冷血，只怕很难驯服。”

“母亲，凡事皆为听天命尽人事，他若至死不降，我们就再送他去死，左右不过多费几天粮食。”

“公主……”贺黑虎急忙插话进来。被当成摆设，这实在让他难受。

“贺黑虎，你还是回去好好养伤吧，莫要操心，小心把眼睛累瞎了。”耶律铁镜没等他说完，提前下了逐客令。

贺黑虎觉得自己一口气没上来，差点被噎死，本来就涨痛的眼睛，现在觉得眼珠子都快掉出来了。

“铁镜，不得无礼。”萧绰站起来给他们打了个圆场，摆手示意贺黑虎退下。

“太后，公主，末将告退。”贺黑虎压下火气，退出大帐。想不到耶律铁镜会对一个俘虏如此上心，不过贺黑虎想到那人活不过三天，心里顺畅了一些。

耶律铁镜看着兵器架上的银枪，枪身上的血已经拭去。这是她第一次如此近距离地看杨家人的枪。这枪很特别，从枪尖到枪纂都由精钢浇铸，没有枪缨等饰品，也没有雕花镂刻。也许他们认为枪就是用来杀伐的，不需要这些花哨的东西。这杆枪的枪尖久经沙场的磨砺，锋利而冷酷，枪纂处有一个“陆”字。他们兄弟应该都有自己的枪，杨延昭排行第六，这是他的标记。这枪至少有四十斤重，很少有人能用这么重的枪在战场上杀敌。

看完了枪，耶律铁镜坐在床榻旁，仔细打量着床榻上的人。在见到他之前，她没有认真想过他是一个什么样的人，一心惦念的不过是他所使的杨家枪法。她一直以为，能使这么重的兵器的人应该是像杨七郎一样的莽汉。可是让她意外的是，洗去一身血污，他竟然是个眉目如画的男子。一般如此清俊的人儿，或多或少会透着几分女人气，但他却没有，眉宇间似刀削斧凿，凌厉中透着寒意，是个不折不扣的男人。

虽然人们说人不可貌相，海水不可斗量，但是人们还说，爱美之心人皆有之。好看的人总会让人多看几眼，而特别好看的人就容易让人怦然心动。耶律铁镜同她母亲一样足智多谋、心狠手辣，但她与她母亲不一样的是，无论她有多少心机手段，也还是一个姑娘。遇到这样一个一身傲骨、相貌俊美的男人，即使动心也是人之常情，而且无论她再聪慧，也猜不到这个人的身份，更想不到她的这份痴心会将他们带向何方。

"唉!"她习惯性地发出一声轻轻的叹息。来过四个太医,一个个束手无策,他的胸到后背一片血肉模糊,太医告诉她,他能活到现在已经是阎王开恩了。

贺黑虎!想到这个名字,耶律铁镜就觉得身上好像爬满了蛆虫,肠胃都在翻涌,恨不得现在就冲过去,把他抓过来扔进暗骑军的牢房,把所有刑具给他用一遍。

"铁镜。"一个熟悉的声音在背后响起。

"母后。"对萧绰悄无声响的到来,耶律铁镜并不奇怪,她的母后是会武功的,虽然不能说疆场无敌,但做到自保绰绰有余。

"他怎么样?"萧绰踱到床前,看着床上的人。

耶律铁镜摇了摇头:"太医也束手无策。"

萧绰微微皱一下眉头道:"我曾叮嘱贺黑虎用刑适可而止,不能伤其筋骨,折辱于他。"

耶律铁镜小心地掀起被子的一角,露出的一只手上血迹斑斑,手掌心处有一个硕大的血洞,可见根根白骨。"母后,贺黑虎只顾得泄私愤,根本就没把您的话放在心上。"

"死了就埋了吧。"萧绰隐隐有些后悔,只是事已至此,她总不能为了一个俘虏杀掉贺黑虎吧。

第十回 化外老道士

萧绰话音刚落，一个红甲女兵急匆匆地跑进大帐，抬头发现萧绰也在，急忙低下头拱手道："启禀太后、启禀公主，外面来了一个老道拿着飞骑令，说他能治好这个俘虏。"

"铁镜，你为了他竟然用了飞骑令？这可是调动了全部暗骑，若是他抵死不降，岂不是白费了你这番心血。"萧绰觉得为了一个俘虏过于兴师动众了。

"不妨事。虽调动了全部暗骑，但就是寻人而已，不会伤到暗骑军的。"耶律铁镜说完，又对那女兵说道，"带那老道进来吧。"

"是。"女兵转身出去了。

萧绰是过来人，便是女儿隐藏得再好，她也能看出一点不一样的地方。耶律铁镜只好躲避着母亲探寻的目光。

不一会儿，女兵便领进来一个仙风道骨的老道。这老道穿着米白色道服、云履布鞋，雪白的发丝，两条长寿眉，眼睛里是悲悯众生的善意与脱去凡尘的超然，手中拂尘根根透亮，帐帘带起的微风翻动着他的衣角，让人生出他会羽化登仙之感。

迎着萧绰审视的目光，老道微微作了个揖道："施主，病人在哪里？"

"道长可知此人所患何病？"萧绰答非所问。

老道摇了摇头："不知。"

"既然不知，你怎能确定可以医治此人？"萧绰的声音不高，却咄咄逼人。

"老道医病，从不医命。若还有命在，老道可活死人，肉白骨；若无命在，老道就拂袖而去。"老道嘴角一直挂着淡淡的微笑，就像一泓清水，不急不躁，仿佛可容万物。

"道长口气很大啊。"萧绰目光犀利，好像要把这老道的心看穿一样。

然而，老道却只是颔首一笑道："施主，可容老道看看那病人？"

很少有人能在萧绰这种眼神下泰然自若，二人对视片刻之后，她微微点头，示意病人就在床上。

老道走到床榻旁，耶律铁镜急忙闪身让开。老道掀开杨延琅胸前的衣襟，仔细看了看伤口，又搭上手腕切脉。

耶律铁镜关切地看着老道，急切地想从他的神情中看到结果，可偏偏这老道不紧不慢，自言自语道："唉，你若是死了，对你而言倒也未必是件坏事，可若老道医活了你，他日你定会怨恨老道多管闲事。”

老道的话说得云山雾罩，不过这母女二人俱是人精中的人精，当然听得懂这老道的意思，就是他能救人，但是他在考虑要不要救。

耶律铁镜道：“道长，出家人有慈悲之心，应该不能袖手旁观吧？”

老道指着杨延琅道：“施主此言差矣，慈悲之心并不在救人或杀人，而在那本心是否为善。此人印堂深黑，杀孽深重，是天生杀戮的命，今日医活他，只怕日后也难得善终。”

萧绰听了他的话，冷笑道：“你不必拿这话诓本宫，说一千道一万，依本宫看来，你不过是一个医术不精的江湖骗子，只怕没本事救活他。”

老道听了她的话也没生气，依旧平和地说道：“施主不必拿话激我，贫道行骗江湖也好，医术不精也罢，不救便不救了，他落得清静，老道也积了功德。”

耶律铁镜见老道没有上当，心里暗暗焦急。传下飞骑令，遍寻天下名医，本就是死马当活马医的最后一招，这老道敢来，想必是有些本事的，若他真就此离去，这人可就真没救了。她急忙接过母亲的话说道：“道长，今日他有一口气在，说明他命不该绝。至于他以后的命，道长真看得准吗？也许今日道长救活了他，几日之后他又被杀了呢？又或许他活过来之后，突然就转了心性，自此吃斋行善了呢？命运一说太过玄妙，既在大势，也看他自己。可若道长今日今时见死不救，又何谈慈悲之心？”

老道听了耶律铁镜的话突然笑了：“施主真是伶牙俐齿，老道受教了。”

“那道长能救活他吗？”

老道点了点头：“能。”

老道列出自己所需的东西，耶律铁镜命人一一备好。老道把半匹白布都撕成二尺见方大小，叠整齐后，一些放入热水里，一些放进烈酒里，而后从自己斜背的布袋里取出一个布卷，布卷里放着大小不一的刀子、剪子、夹子，一个个寒光闪闪、小巧精致。

老道从里面取出两把小刀、一把小夹子，把它们扔进另一个烈酒盆里。东西都备齐之后，脱下宽大的道袍，只留里面一件窄袖紧身的衣服，而后挽起袖子，仔仔细细地把手洗干净。他的这些用具，萧绰和耶律铁镜从未见过，看来这老道有几分本事。不过，耶律铁镜还是不放心，把母亲挡在身后，同时暗示暗骑们看住老道。

老道对此浑然不觉，当一切准备就绪之后，转身对耶律铁镜说道：“请这位施主留下助贫道一臂之力，其余人都离开此处吧。”

耶律铁镜把母亲送出去，把随从也打发出去，自己来到老道身边：“道长请吩咐。”

老道意味深长地对耶律铁镜说：“姑娘，你可是真心想救他？”

“自然是真心。”耶律铁镜觉得这老道问得莫名其妙，自己不真心救他，怎么会动用飞骑令。而且，他一直称呼母后为施主，为何现在突然叫自己姑娘？

老道笑了笑：“贫道虚活七十七岁，依然身在万丈红尘，姑娘的心思，老道能看明白。”

“你……”

耶律铁镜刚要争辩，老道抬手制止她，说道："容贫道多说一句，此人并非良配，姑娘可要想清楚。"

听到他这句话，耶律铁镜的脸腾的一下红了，变得羞怯起来。

老道见此又说道："他命途多舛、心性难测，姑娘若要救他，此生便要好好待他，如若姑娘不能待之以真心，莫不如不救。"

耶律铁镜死死盯着老道问道："他究竟是什么人？你又是什么人？"

"姑娘如此聪慧，应该知道此话问与不问并无区别。贫道与他并不相识，只是从命格看，他这个人既可怜又可怕，所以提醒姑娘要慎重。"

耶律铁镜已经明白老道的意思，他有本事来，他就有本事走，他不想说，你问也没用，他只是把这个人的生死交到自己手里，要么让他现在就死，如果要救他，自己就要好好待他，而且还是一辈子。

一个是高高在上的公主，一个是任人宰割的俘虏，即使自己真心喜欢他，可又能有结果吗？自己救活他以后，他肯投降吗？就算他能降，他会喜欢自己吗？所有的问题一股脑涌上来，耶律铁镜一个答案都没有，但老道现在就要她给出答案。

她掌管大辽暗骑，与人虚与委蛇是常事。可对于老道提出的这个问题，耶律铁镜无论如何不愿扯谎。她看着床榻上的男人，自己对他一无所知，却要给他一个连他都不知道的一生的承诺。对于一个女孩子而言，这得冒多大的风险；要做出这个决定，何其艰难。

耶律铁镜是聪明的，但她身上有着契丹人的爽直与冒险心态，心里有个声音告诉她：无论他是谁，此生自己注定要与他纠缠到底了。喜欢就是喜欢，谁管以后是刀山火海，还是万丈深渊。

"救他。"耶律铁镜抬起头，直直地看着老道，眼中涌起无畏的烈焰。

"你决定了？"

"决定了。纵使有千难万险，我耶律铁镜都会保他周全。"

老道没再多话，从盆里取出一把小刀，捞起水里的湿布，开始清理伤口。带着沙粒和碎肉的血水不知倒出去多少盆，才算把伤口清理完了。

擦了擦额上的汗水，老道深深吸了一口气，修长的手指沿着他左胸肋骨一点一点向下摸，摸到第三与第四根肋骨之间突然停下来。他观察片刻之后，食指直接从一处伤口探了进去，伤口破裂，鲜血溢了出来。

耶律铁镜非常紧张，老道的一截手指已经插进去了，不知道这道伤口有多深。

就在耶律铁镜的心提到嗓子眼时，老道轻声说道："拿夹子来。"

"嗯。"耶律铁镜急忙从烈酒盆里取出一个小铁夹子递过去。

老道把夹子捏在手里，对耶律铁镜说道："到药箱里取出一个朱红色的瓷瓶，把里面的药粉倒在一块干净的白布上，看到我手离开，你要迅速把伤口按住，记得，一定要快。"

耶律铁镜点点头，准备好药布，站在床边等待。

老道左手轻轻拨开伤口，右手捏着夹子小心探进去，找了一会儿，好像夹住了什么东西。只见他紧紧握住夹子，一点一点往上提，额上豆大的汗珠滚了下来，耶律铁镜用另一只手扯起一块汗巾给他拭去。老道深深吸了口气，稍稍停了一会儿，而后握紧夹子的手再一次往上提。他的动作非常慢。

随着他把夹子渐渐拔出来，耶律铁镜看到夹子上夹着一根细小的签子。看到这根细签，老道越发小心，一点点地往出拔，时间长得好像这根签子永远都拔不完。这样的煎熬似乎没有尽头，终于老道在拔到二寸长左右时，低声提醒耶律铁镜："准备好。"

"嗯。"她用力点点头，双眼紧紧地盯着老道的手。

老道手上用力，签子一下离开皮肉。噗，一股血喷了出来，耶律铁镜双手一翻，将白布死死按在伤口上，可是转瞬之间，鲜血浸透了白布，从她的手指缝间溢了出来。她觉得自己的手完全浸在血里，湿滑得按也按不住伤口，而他仅余的那口气也要咽下了。

"怎么办?"耶律铁镜已经顾不得公主身份，大声喊道。

老道回身拿来一叠白布按在伤口上，低声说道："按住了。"

耶律铁镜觉得双手发抖，她尽力克制，死死地按住伤口。老道右手拿起银针，动若流星，将几根银针刺入杨延琅身上的几处大穴。随着银针刺入穴道，杨延琅猛的一吸，那口快要咽下的气又提了上来。老道手下不停，手中的银针一根根落下去。最后一根银针扎下去后，只听噗的一声，杨延琅喷出一口紫黑色的血。血溅到耶律铁镜的脸和前胸上。

"道长……"耶律铁镜此时唯一能说出来的只有这两个字。

相较她，老道的神情较为放松。他长舒一口气，拭去额头的冷汗，略带几分疲惫地说道："他活了。"

"活了"?这两个字在耶律铁镜的心里转了无数圈，她终于醒悟过来。接手暗骑军以来，她遇到过无数次险境，直到今日才明白何为命悬一线。

老道轻轻拍拍她的肩膀，说道："松开手吧，你再压，就把他压死了。"

"嗯!"耶律铁镜直到此时才发现，自己竟然还在死死地按着伤口，整个身体绷得像一张拉到极致的弓。她慢慢拿起手，血已经有些凝固，白布离开身体时发出的撕扯声让她感觉自己从他身上撕下一块皮来。她站起来时止不住一阵眩晕，双腿一软，再也支撑不住，直接靠着床榻坐在地上。

老道自顾自给杨延琅包扎伤口，始终没有看她，他知道这个女孩与别人不同，要给她留足颜面。

耶律铁镜收拾好情绪之后，捏起那根细签问道："这是什么?"

"此物名叫追命鬼。"老道包好伤口之后说道。

"追命鬼?"

"不错。它又叫竹刀，用南方的竹子削成，细小如签，但质地坚硬，两边削出竹刃，刺入心肺之后，不会马上断气，但人却难活过三五日。此物细小，极易隐藏，人死后很难查出死因。如若被发现，拔出时稍有不慎就会割断心脉，可让人当场毙命。"

听了老道的话，耶律铁镜仔细打量着手中的竹刀，果然与老道描述的一模一样，怪不得他拔得如此艰难。

老道叮嘱道："姑娘，使用此物之人阴险歹毒，绝非善类，你要多加小心。他也算命大，这竹刀刺入的地方极为特别，与要害之处只有毫厘之差。"

耶律铁镜把竹刀包起来放到衣袖里，而后拱手施礼："多谢道长。"

老道微微一笑："谢倒不必，只要姑娘记得自己的承诺就好。"

耶律铁镜被他说得满脸绯红，眼神不安地瞟向别处。

老道心里叹了一句"孽缘"，不过孽缘也是缘。他坐在桌旁写了一张药方，又从自己的布袋里取出一个朱红色的檀木盒，一并递给耶律铁镜道："你按照药方抓药，熬成汤汁，给他清洗伤口。这盒里的药每日给他服下一颗，应能保他性命无虞。"

"好。"耶律铁镜全部接过来。

"他的命虽然保住了，但必会留下顽疾，日后切记，不可心绪不安，不可劳累过度，不可饮酒。"

老道絮絮叨叨的叮嘱让耶律铁镜感到诧异，似乎床上这个人对这老道而言很重要，像他的子侄一般。

"姑娘不必乱猜，老道只是一个闲散之人，与他并不相识。"老道说完，转身往帐外走去。

"道长……"耶律铁镜急忙追上去。

"记住，只要你待之以诚，那人就是你大辽的福星，是你的股肱之臣。"老道脚下不停，声音也越来越远，几步便出了大营。他这句话却穿墙入耳，萧绰听得真切。

第十一回　无意诉真情

两狼山上树木丛生，中秋过后五彩缤纷，美得像人间仙境。在彩叶飘飞的崎岖山路上有一个白衣老道，远远望去，超凡脱俗，衣袂飘飘，犹如神仙下凡。

“老徐，把人给我救活了吗？”

老道正走着，突然头上传来一个声音。他抬起头，看到子翼坐在一棵桦树的大树杈上，两条腿垂在空中，来回晃荡。他后背靠着树干，一边说一边往嘴里扔花生豆。

“哎，小师弟啊，你小心点，可别掉下来。”老道一见到子翼，瞬间就敛了一身的仙气，倒像一个操心的老父亲，见不得儿子淘气。

“掉下来就先砸你老徐。”子翼没领情，继续在树上晃。

“别别别，老徐这老胳膊老腿的，不禁砸了。”

子翼把最后一颗花生豆扔到嘴里，然后从树上跳下来，拍拍身上的土，说道：“别给我东拉西扯。七年前，你故意把他捡回去，现在又把他送回来。你说，你们究竟在打什么主意？”

“七年前，我真是路过捡到了他，本来是想找个人说说话、解解闷，结果这小子倒好，活脱脱一个闷驴，半年不说一句话，怪不得他爹不喜欢他。现在回来也是他自己要回来的，就那驴脾气，我能拦得住吗？”

子翼用手指绕着额头上垂下来的一绺头发，说道：“你少糊弄我。我给你说，那老头交代我的第一件事，我已经完成。第二件事嘛，杨继业死了，临死前解了与我们鬼谷门的契约，也算是完成了。至于第三件事，严容的脑袋，我早晚能拿回去。但是我把丑话说在前头，杨延琅是我的兄弟，你们怎么算计，我不管，但你们不能伤了他。”

“小祖宗，我哪敢啊！你让我给他治伤，我就赶紧给他去治伤。你知道那小子命中注定要活在杀戮之中，一身血腥之气，我救他两回，得损我多少修行……”

子翼打断他的话，说道：“修行什么啊？一天天神神唠唠地忽悠人，到处招摇撞骗。我告诉你，人死了臭皮囊一具，活就活得坦坦荡荡、自由自在。”

老道仰起头长舒一口气：“小师弟了悟了。”

“我没了悟，酒色财气我哪一样都离不了。来来来，还有什么灵丹妙药、穿肠毒草，都给我一点。”子翼说完，直接上手就搜。

“祖宗，小祖宗，我给你找，我给你找，行不?”老道护住自己的布袋子说。

“看你那小气样。”

“得来不易，得来不易，别打碎了。”老道小心翼翼地从袋子里拿出几个瓶子一一交给子翼，说道，“红色这瓶用来续命，重伤之时可以续个两三天。白色和绿色这两瓶可以用来追踪，最好控制的是老鼠。老鼠只要闻到其中一瓶的药味，方圆五里之内，一定会去找另一瓶药。以后你要跟着杨延琅，这些东西肯定用得着。”

“你怎么知道我会跟着他?”子翼接过这几瓶药，趁老道不注意，又从他袋子里抢了两个小瓶。

老道没有回答子翼的问题，只是一边躲闪一边说：“这两瓶药，一瓶是迷香，另一瓶是十全大补丸。还有，还有，今日老徐使了浑身解数才救活那小子，但依他的性子，病根是好不了了。如果再犯，小师弟就别来为难老徐了，你是偷是抢，还是一把火烧了那些和尚的老窝都行，拿少林寺的大还丹去救他吧。”说话间，老道已经离子翼十几步远了，说完转身就跑，眨眼之间就消失在密林中。

子翼指着空空的道路喊道：“你那老胳膊老腿的，小心别摔了。”

“多谢小师弟挂心，老徐还跑得动。”这一嗓子喊得中气十足。

“我告诉你，别以为你跑了，我就找不到你。”

“老徐最近收了个好玩的徒弟，要去云游四海，小师弟不必费心找我了。”老徐的声音越来越远。

子翼对着那声音的方向呲了一下牙，把药瓶塞到怀里，嘟囔了一句：“杀个严容都下不去手，烂好人一个，修什么道?”说完，往相反的方向走去。

一天、两天……四天……

耶律铁镜细心地照顾杨延琅。老道士留下的药的确是灵丹妙药，几日的时间，他身上的伤口便开始愈合。不过，他身上还有许多细小的伤口需要处理，特别是手上。

此时，耶律铁镜坐在床边，小心地清理着他手上的伤口。她不确定这双血肉模糊的手以后还能不能拎起那杆银枪。床上的人，脸上已经微微有了血色。耶律铁镜的心不再平静，特别是老道的话，给她内心压抑的情感打开了一个缺口。这些情感就像汹涌的洪水，一发而不可收拾。她用眼睛仔细描摹着眼前这个男人，倾听着自己如擂鼓一样的心跳声，不知为何，从脸颊到耳朵尖都在发烫。

她轻轻地握住他的手。因为痛楚，他的手在轻轻地颤抖。高烧让他的双唇裂开一道道血口。他已经醒了，但又没有完全清醒，还在生死的边缘徘徊，甚至疲倦得不想睁开眼睛。他这副样子激起了耶律铁镜的保护欲，她疯狂地想把他留在自己的视线内。

“姐姐。”一个甜美的声音打断了她的思绪。进来的是一个细眉细眼，十分可爱的姑娘。她是宁王府的郡主，叫耶律红珠。

“红珠。”耶律铁镜疲惫地揉了揉额头，应了一声。

红珠把一碗汤放到一旁，十分心疼地说道：“你都守了他一夜了，要不去歇一会儿吧。”

耶律铁镜长长地叹了一口气，说道：“我没事。”

“姐姐，”红珠警觉地四下看看，而后压低声音说道：“太后娘娘果然问起你了，问你在这儿待了多久。”

“你怎么说的?”耶律铁镜盯着她的小脸问道。

“我就按你教我的，说你昨夜在大帐里看书，只是过来看了一次。”

“我母后相信了吗?”

红珠嘟着嘴，眨巴眨巴眼睛，有点小得意地说道：“相信了。”

“说得好，以后啊给你找个好婆家。”耶律铁镜刮了一下她小巧秀气的鼻子。

“我才不找婆家呢。不过，姐姐你，你该不会……”

“小孩子别乱猜。”红珠的话刚问到一半，就被耶律铁镜打断了。

“不让猜就不猜，回头我就去太后那边告你的状去。”红珠笑着说道。

“你敢。”

“你看我敢不敢，别忘了，把汤喝了。”红珠跑到大帐门口，还不忘叮嘱一句，欢快得像草原上的百灵鸟。

红珠走了，大帐内又陷入寂静。耶律铁镜给杨延琅包扎了伤口，然后把汤端起来，坐在床头的凳子上，低头打量着杨延琅。他身上戴着镣铐，虽然以他现在的伤势，能留口气就算是老天爷开恩了，但人们对他畏之如虎，为求心安，只能将他锁起来。

“我知道你醒了。”耶律铁镜轻轻喝了一口汤，说道。

“我知道你单枪匹马杀入我中军大营，就没想活着，对吗?”

她仔细观察他的神情，他看起来和往常一样，毫无波澜。红珠的手艺很好，不过今天这汤，她喝起来却觉得无滋无味，索性就放下了。她凑近杨延琅耳边，轻声问道：“究竟是什么让你心如死灰，一心求死?”

耶律铁镜突然想到贺黑虎说过的话，他是个哑巴。她不相信贺黑虎那张嘴，不过她查问过营中见过他的人，的确没人听他开口说过话。

怎么会是哑巴？莫非是杨家养的死士？她知道宋国有些达官显贵为了保护自己的安全，会豢养死士。这些死士可以为家主拼杀搏命，也可以舍身替死。不过，养死士是朝臣大忌，他们为了保密，通常会将死士毒哑。

耶律铁镜掌管大辽暗骑军，常常从纷繁复杂的线索中抽丝剥茧，分毫析厘，最后找到有用的信息。从目前的情况看，这个答案似乎是最合情理的。

她得出这个答案时，心中隐隐有些失落，如此绝代风华的人为什么要当死士呢？她转念一想，只要能得到杨家枪法，日后善待他便是了。

“哑巴就哑巴吧！”耶律铁镜心中泛起一丝酸涩。他是个哑巴，这让她突然有了倾诉的冲动。“平常人看来，我生于皇家，贵为公主，权势滔天，似乎要风得风、要雨得雨，可是我心中的苦闷却无人知晓。”说到这里，她停顿了一下，不安地将十指绞在一起，低下头继续说道，“我是个女子，却要在一群恶狼中间周旋。可是，我能怎么办？没有我，母后会更加孤立无援，皇弟会有性命之忧，父皇苦心守护的大辽会陷入混乱，百姓将流离失所。如今，我似行走于峡谷之间的独木之上，一步不可行错，否则便是万劫不复。可是说到底，我只是一个女子，也希望觅得如意郎君，爱我护我、惜我疼我，哪怕是一个哑巴。只要他愿用真心为我撑起一个家，我愿意终身相许。”

说完这些话，耶律铁镜已经脸耳发烫，无地自容。她深深把头埋在胸前，所以没有发现床上那人满脸通红。平静了好一会儿，她才抬起头继续说道：“人生如春花、死若秋草。我见过很多将死之人，他们大多牵挂着亲人，心中还残存着希望。”

牵挂？希望？那些被斩断的、掐灭的、散如灰烬的一切，没有什么让他牵挂的，没有让他活下去的希望，他想不明白自己为什么能一次次活过来。他藏在被子下的手在一点点收紧，鲜红的血从指缝间渗出来，透明的泪珠藏在浓浓的睫毛里。

“何去何从，你自己思量……”

“苍狼归北，太平可期……”

“想想你爹的话，也许他说的是对的……”

无数的声音在耳边嗡嗡作响，扰得他片刻不得安宁。温热的血溅在脸上，他的喉咙像被藤蔓缠住，越绞越紧，让他生不得，死不得，甚至挣扎不得。

“人心若有执念，只怕死亦不安……”

轻飘飘的一句话如一道闷雷击在他的身上，刹那间他从虚空中坠下，然后狠狠地砸在地上，粉身碎骨，化为尘土。

痛吗？

痛！筋断骨折，撕心裂肝，痛到死去活来，但双脚却踩到了实地，心落回原处，原来他一次次活过来的理由，就是父亲心中的执念。

“你若是死士，那杨延昭已经逃走，你也算尽了死士之忠，而杨继业已死，自然不必再受契约所束，又何必……”

耶律铁镜这句话还没有说完，就被一双瞪大的眼睛打断了。黑色，那是无边无垠的黑暗，就像无星无月、漆黑如墨的夜，看起来绝望而又安静。耶律铁镜感觉自己丝毫不能动弹，死死地被那片黑暗攫住，越陷越深。

与耶律铁镜所见不同，杨延琅眼前这双漂亮的大眼睛像两团烈焰，顾盼生姿。这是生平第一次有人不用猜疑、恐惧、厌恶的目光看他。这双灵动的大眼睛里满是爱意，像一束光照亮了他原本黑暗的世界，让他心安。

耶律铁镜回过神来，急忙稳住心神，慌乱地问道：“你醒了？”

耶律铁镜的话将他拉回现实，他又变得冷漠，刚才一闪而过的思绪早已无处寻觅。耶律铁镜平复了一下自己的心绪，轻轻替他拉了一下被子，说道：“你累了，睡一会儿吧。”

睡一会儿吧。

此时，他像一个长时间漂在海上，已经筋疲力尽的人，现在终于踏上了土地，疲倦得连手指都不愿意再动一下，沉沉睡去。

梦里，李陵碑上鲜血淋淋，浓稠的血浸过口鼻。他是苍狼转世，他的心是硬的，血是冷的，不知痛楚为何物，心中充满仇恨，涌起杀戮的念头，只有把这世间撕碎，才可以平息，因为那是他父亲与兄弟的血。

“不……”

绝望悲痛的嘶喊声将耶律铁镜惊醒。她傻傻地望着床上的人，他无助地挣扎着，无法承受的悲痛似乎要将他拖进无底的深渊，身上的伤口因为挣扎而裂开。

“你醒醒！”耶律铁镜急忙抱住他，防止他伤害自己。

“不——啊——”他猛地睁开双眼，迷茫、无助、惊恐，大口地呼吸着，试图从噩梦中挣脱。

“你快醒醒！”耶律铁镜在他耳边大声喊道。

梦里的血海终于远去，眼前的一切都清晰起来，杨延琅无力地躺下，却没来得及仔细想想抱着自己的人是谁。

等他安静下来，耶律铁镜才缓缓起身。他刚刚在说梦话？他不是哑巴！耶律铁镜感到一盆冷水从头到脚将她浇透。自己刚刚说了那么多话，他是不是都听到了？她噌的一下抽出弯刀，冷森森的刀锋抵在杨延琅的颈上：“你到底是什么人？为何要装聋作哑骗我？”

欺骗？杨延琅看了她一眼，他对自己这一身血肉完全不在乎，是杀是剐全随别人，哪里还需欺骗？

他从骨子里透出的冷漠让耶律铁镜陷入了尴尬的境地。杀了他吗？仅仅因为几句心里话被他听到吗？那自己又何苦大费周章地救他？她想了想，缓缓地收回弯刀，然后俯下身看着他的眼睛，坦荡地说道：“其实也没什么大不了的，我契丹女子自幼习武、狩猎杀敌，与男子一般，区区几句情话，我便直说又有何妨，我耶律铁镜就是喜欢你。”

她的话让杨延琅眉头微微皱了一下，他惊讶于面前这女子的大胆，更惊讶于她特殊的身份，没想到她是大辽长公主、暗骑军大统领耶律铁镜。

这是耶律铁镜遇到的最难缠的对手，到现在为止，除了两句梦语，他一个字也没有说。她无奈地说道：“你为何不问问我为什么不杀你？至少你应该问问我是怎么把你救活的。”

杨延琅把头转到一边，她说的问题和答案，他都不关心。

“你……”能言善辩的耶律铁镜第一次被人逼得无话可说。她知道这个人会极难对付，但还是远远低估了对手。不过，越是这样，她的斗志就越发高昂。她要仔细地谋划，待到准备万全，再发起攻击。她笑了笑，说道：“既然你不想说，我也不勉强你。你好好休息，如果需要什么就吩咐下去，如果想说什么，就派人来找我。”说完，她转身离开大帐。

第十二回　冷剑断前尘

夜，漆黑如墨，杨延琅瞪大一双眼睛望向虚空，他的眼睛比黑夜还黑几分。

身上的伤痛折磨得他难以入睡，父亲就像刻碑的工匠，把他的话一刀一刀刻在自己的心头，让他生不如死。他想哭，想号啕大哭，可是却早已忘记了该怎么哭。他只能这样瞪大眼睛，无声无息地承受着这种无休无止的折磨。

父亲，难道我真是背负着罪孽而生，百死不能赎其罪吗？

乱世总会让无数心存妄念的人蠢蠢欲动。当强盛的大唐退出历史舞台，中原大地上群雄并起，民不聊生，常有心怀不轨之人以妖言惑众。北汉天会七年，天寅阁突然在江湖上声名鹊起，传闻天寅阁主有通天之能，可得神明预示，知天下兴亡、人之福祸，挥手可解兵祸，施药以济穷人。一时间，天寅阁的信徒遍布大江南北。忽然有一天，天寅阁主夜观星象，得知周天将轮回，四极将倒转，苍狼星君已于五月初五子时临世。他还说，苍狼星君克帝祸国，日后会屠戮四方，那时人间将尸横遍野，血流漂杵。他的预言一出，民间谣言四起，人心惶惶，江湖中人纷纷寻找苍狼星君的转世，想除之以绝后患，无数稚子因生辰命丧黄泉。

杨继业身为北汉重臣、征战沙场的宿将，自然不信这些鬼神之说，但是他的四子杨延琅却偏偏生于天会二年五月初五子时，正是天寅阁预言中苍狼星君的转世之期。杨继业出家修行的莫逆之交来到他家，说这个孩子生而不祥，会祸及家人，应该带到深山修行。杨继业想到这孩子出生时晴天响雷，天泛红光，也觉得心里不踏实，就答应了老道将孩子带走，可谁知母亲和妻子拼死阻拦。特别是他的老母亲，一气之下，将不满周岁的孙儿带回并州老家杨家堡。谁也没有想到，一句江湖上盛传的谣言竟然害得杨老夫人和杨家堡二百余口丧命。

杨延琅七岁那年，江湖上有些人不知从何处打探到他就是苍狼星君的转世，竟然纠集千余人，在大年夜杀进杨家堡。他的祖母、家中的仆婢，还有堡中二百多名无辜的人全部被杀，大火整整烧了一天一夜。当杨继业带兵赶回去的时候，杨家堡已经成为一片废墟，老母亲的遗骸筋断骨折，生前不知被贼人怎样折磨。悲痛欲绝的杨继业在地窖里找到了昏迷中的儿子。他自此认定，这个儿子就是不祥之人，而杨延琅也背负着这份罪孽，被父亲厌弃。

杨延琅性格执拗，他不相信天寅阁的预言。杨家堡那场杀戮之后，他发誓要为祖母和其他死去的人报仇雪恨，他要去赎罪，要让父亲知道，什么苍狼转世，什么杀戮四方，不过都是江湖骗子的鬼话。父亲不教他枪法，他就趁着兄弟们习武时偷学，一套杨家枪法，他学会五成，自创五成，却比原本的枪法更加锐不可当。父亲不许他读书，他就假扮成三哥溜进学堂，替三哥温书习字，被父亲发现后，再不许他出杨府一步。直到他十二岁才第一次出府，屠了河南府一个山寨的土匪，共七十二人。

那窝土匪就是当年屠戮杨家堡的部分主谋，为了躲避杨家的追查，才占山为王，做杀人越货的勾当。杨继业命人追踪五年才找到他们，可是当他带兵赶到时，山寨里已经尸横遍野，只有被土匪抓去的两个姑娘活着。她们心惊胆战地告诉杨继业，杀死这些土匪的是一个十一二岁的少年。杨继业一下就猜到了那孩子的身份，于是只带了亲信日夜兼程回到杨家堡。他在母亲的坟前找到了杨延琅，可眼前的一幕却让他大吃一惊：墓前整整齐齐摆放着八个人头，杨延琅一身血污，背靠墓碑坐在地上，冷冷地看着这些人头，身上涌动着骇人的杀意。“你不是喜欢杀人吗？那就让你杀个够！”

气急败坏的杨继业把年仅十二岁的杨延琅带上了战场，自此之后他成为战场上的一把利刃、外人眼中的废物。虽然如此，杨延琅依然坚信，只要自己心存善念，世人自会明了，可直到他见到那个人时才明白，人的忌惮和猜疑才是吞噬一切的洪水猛兽……

北汉广运六年，汉帝刘继元降宋。几日后，宋帝赵光义称晋阳“盛则后服，衰则先叛”，然后以其与开封星宿相冲为由，迁城中商贾富户至洛阳，驱逐城中百姓，火烧晋阳城，将这座繁华的城池付之一炬，又决汾水、晋水冲灌城中废墟，令无数百姓无家可归。

刘继元开城投降时，杨继业携家眷回了并州，决定不问政事，平淡度日。可是一个月后，杨家迎来一位不速之客。他与杨继业彻夜长谈之后，杨继业竟然答应他重领北汉二十万军，自此忠于大宋。也是在这一天，这人说要见一见杨家的四公子。

回想起那一晚，杨延琅感到浑身冰冷。那是天近三更时，他的房门被人推开，进来一位四十多岁的中年人。他身着常服，但气度非凡。和其他人一样，与自己对视的一刻，他眼中充满恐惧，然而与其他人不一样的是，他的恐惧中隐藏着常人难以看透的心机和杀意。他一派平和地走进屋里，与杨继业随意聊些闲话，翻着屋里的书册，但是当他看到墙角的手稿时，杨延琅知道，这人从此会忌惮他，甚至会因此忌惮整个杨家。

那人走后，四下无人时，他对父亲说道：“父亲，我闯祸了。”

“我正要问你，你怎么敢对皇帝动杀念？”杨继业说的没错，那一刻他心中杀意翻涌，肆虐如潮。如果不是杨继业在一旁，他会让那人当场横尸。

“那堆手稿，是我写的《国略》。”

啪！随着一声重重的掌掴声，杨延琅的脸上出现道道指印。过了一会儿，杨继业沉声说道：“我杨继业一言九鼎，今日已将杨家的忠心交给大宋。只要是我杨家人，谁要生出二心，除非先杀了我！"

沉默片刻之后，杨延琅低声问道："他配吗？"

"他不配，但是他能给老百姓一个太平盛世。"

"我记下了。"

又过了几日，父亲再次站在他面前，神色憔悴、眼神闪烁，不似平日那么威严。

"父亲。"他正席地坐在案前，见到父亲便跪起见礼，神情极为恭谨。

杨继业清了清嗓子，他背着手，微微仰起头，显示出作为父亲的威严，说出一句干巴巴的话："宋军元帅潘仁美的小儿子潘豹被人当街打死了，你知道是谁干的吗？"

他抬起头，发现父亲双唇紧闭，手背上青筋暴起。见此情景，他深深地叹了一口气，闭上眼睛，片刻之后复又睁开，然后平静地说道："是我。"

父亲转过头看他："是你，便要给他抵命。"

他静静地看了父亲一会儿，问道："父亲，我可是你亲生儿子？"

"是。"

他听到这个字，再次低下头，说道："我已经把那些手稿都烧了。"

这一次，杨继业迟疑许久，然后说道："你，可以，远走高飞。"

他仰起头，第一次直视父亲，说道："杀人偿命，天经地义，父亲不必心软。"说完，他慢慢站起来，背对着父亲站好。如果这就是命，这样也挺好，这一刻他竟然感到了轻松与解脱。

杨继业咬着牙，拿出准备好的麻绳，一边绑一边说："今日辰时之后你出去买墨，在梁家巷遇到潘豹，因为他出言不逊，你与他争执断打起来，结果失手打在他太阳穴上。他倒地不起，但你以为他并无大碍，便回了家。记住了吗？"

"记住了。"

"你是失手打死人的。"杨继业看着他，再次说了一句。

他苦笑着点点头，失手不失手都要抵命，有什么分别。直到后来，他才明白"失手"这两个字有多重要，那几乎是父亲拼上一生的谋算。

"走吧。"杨继业带着他往外走去。这时，六郎和七郎正好进门，两个人不知道发生了什么事。杨延钰虽然壮实，但年纪不大，父母对他十分宠爱。他半开玩笑道："四哥，你又犯什么错了？爹要打你，我替你去。"

六郎杨延昭比杨延钰大五岁，今年十九岁。去年，贤王赵弘商相中了他，将自己的干女儿柴文意嫁与他。柴文意是后周帝柴荣的孙女，出生时就被封为郡主，身份非比寻常。他们小夫妻年岁相当，志趣相投，育有一子。比起其他兄弟，杨延昭早早地便给杨家延续了香火。所以，他虽是老六，却已成为杨家主君的继承人。刚刚父亲急匆匆回来，让杨延昭把七郎找回来。回来的路上，他得知七弟把潘豹打了，如今又看到父亲绑了四哥出去，便急忙拉住父亲问道："爹，是不是潘——"

杨继业阴沉着脸说道："别多问，看住七郎，别再让他出去惹祸。"

"是。"见父亲面色不善，杨延昭没敢再多问。

杨延琅没理会七郎，看了一眼六郎，转身向外面走去。

七郎在他身后大叫："四哥，你又不理我。"

杨继业来到七郎身边，冷冷喝道："去祠堂跪着，等我回来收拾你！"

"爹，爹，为什么？为什么又让我跪着？"

杨延钰在后面委屈地叫喊着，随后被杨延昭拉走。

杀人在刑场，偿命在墓前。他眼前立着一块黑色的墓碑，高大的坟墓里葬着一个与七郎差不多大的少年。他跪在墓前，来给这个少年抵命。

"大元帅，虽然国舅之死令人悲痛，但杨公子是失手杀人，罪不至死。"这声音是从不远处一辆马车里传出来的，听着很稚嫩。

"襄王殿下，"潘仁美立在车前，咬牙切齿地说道，"他二十一岁，我儿只有十四岁，他下狠手杀一个孩子，不该抵命吗？"

马车里的人沉默了片刻，突然车帘动了动，从帘子里伸出一只手指修长、骨节分明的手。这只手上有一道青色的胎记，看起来像是有一条绳子绕在他的手上，十分奇特。

眼看这只手就要打开车帘，旁边的太监急忙上前说道："殿下，您身体还没好，这杀人之事就别看了，莫受了惊吓。"

犹豫了片刻，这只手退了回去。杨延琅看了一眼明黄色的车帘，复又低下头。他本没有活命的妄想，不过是想看看，在这个关头为他说话的人是谁。

潘仁美站在他身旁，接过副将递来的长刀，缓缓举起来。

"潘元帅。"杨继业突然叫道。

潘仁美看了他一眼："杨将军要反悔吗？"

杨继业来到潘仁美面前，躬身施礼道："潘元帅，念在他是无心之失，您能看在我的面子上，给这个孽子留个全尸吗？"

"留个全尸？"

"我，亲手处死他！"

听了他的话，潘仁美又看了看这个跪在坟前一声不语的青年，思虑片刻后收回长刀退到一旁，等杨继业亲自动手。

杨继业站在杨延琅面前，抽出长剑抵在他的胸口上。他抬起头，平静地看着父亲。

刹那间，长剑透胸而过。冰冷的剑尖上，鲜血像石缝间的小溪一样流下来。杨继业沉声说道："下辈子莫来投我杨家！"

他呼吸一滞，微微眯了一下眼睛，收回目光，看着刺进胸口的长剑，低声回了一句："记得了。"

哧的一声，冰冷的长剑从身体里拔了出去，他甚至清晰地听到剑身擦过骨肉发出的呲嗞声。血浸透衣衫，他放任自己沉入无底的黑暗，身后的兵马如潮水一般退去。

他在阴暗的密室里醒来，静静地听着外面的哭声和招魂声，这是他的葬礼。一丝几乎不可察觉的微笑挂在他的嘴角上，天下有几人能亲见自己的葬礼，他是何其有幸。

胸口上的伤似乎不疼，只感到麻木和闷痛，他张大嘴，用力地喘息，可身体却像个漏气的皮袋，无论怎么喘息，也填不满那无底的空虚。许久之后，他听到脚步声，使尽力气转过头，看到了父亲与母亲。他们神色疲惫，坚强的母亲握住他的手，一语不发。

“你命大，我一剑没刺死你。”父亲的话永远像锋刀利刃，让人遍体鳞伤。

“他刚刚醒过来，你先不说话，行吗？”佘赛花伤心欲绝，无论如何，他都是自己的儿子，是从她身上掉下来的肉，动一下都疼得死去活来。

“他天生就是个祸根！我当初就该让徐天友把他带走，永远离开杨家。”

这句话像一把刀，深深插在杨延琅心口上。自七岁之后，他听父亲无数次提起，每次提起，他就像被凌迟一次。

佘赛花听丈夫又提起此事，气愤地说道：“这个祸根就是我生的，要死也是我这个做母亲的该死。”

杨延琅瞪大眼睛看着他们，却一句话说不出来，此刻他真真切切地觉得，自己或许早就该死了。

“父亲、母亲，别吵了，小心被外面的人听到。”走进来的是三郎的妻子花谢玉，她出生于医官之家，医术精湛。杨继业的那一剑之所以刺得那么准，是花谢玉仔细向他描述了心脉所在。杨延琅被抬回来后，也一直是她在治伤，所以府中人除杨继业和佘赛花，只有她知道这个秘密。

看到儿媳妇，两个人都收了声。花谢玉走到床边，给杨延琅换药，又低声安慰道：“四弟不必担心，这剑伤看似可怕，但伤得不算重，好好休养，最多两个月就能痊愈。”

“好了就让他赶紧滚，别连累了家人。”杨继业扔下这句话，一甩袖子转身走了，只留下佘赛花和花谢玉照顾杨延琅。

两个月后，赵光义决定北征大辽，收回燕云之地。临行前，杨继业将他逐出杨家，勒令他永远不许回来。然而，与辽军交战不久，由于辽军城池、关隘布防巧妙，宋军对地形不熟，再加上是疲累之师，接连战败。

宋帝赵光义一行被辽军围困在金沙滩一个荒芜已久的小村子里，近万兵马相互拥挤，伤兵绝望地呻吟着，辽人的快马弯刀让他们心惊胆战。军粮被烧、粮道被断、军心浮动，前来接应的潘仁美的大军被阻在四十里外动弹不得。最要命的是，皇帝腿上还中了一箭，若不及时救治，恐有性命之忧。

杨继业坐在村里唯一一间还没塌的破房子前，皇帝就躺在这破屋内，他伤口恶化，高烧不退。他们已经陷入绝境。就在杨继业一筹莫展的时候，一个小兵在他面前晃了一下，一转身走了。杨继业心里咯噔一下，四下瞅了瞅没人，便急忙起身跟上去。

他们一直走到一个僻静之处，那人转过身来说道："父亲。"

"逆子！"杨继业的眼睛几乎冒出火来。

"父亲息怒。"在杨继业发火之前，杨延琅抢先开了口，"我潜进辽营打听了，这次辽兵主将是天庆王萧思恩，其中一半是南院大王贺黑纳兰的兵马，由他弟弟贺黑纳扎统领。天庆王虽为主将，但贺黑纳扎与其不和，且拥兵自重，并不听他调遣。他们之间相互掣肘，调度不一，所以我们传出不一样的消息，也许能让他们中疑兵之计。"

杨继业紧紧盯着他问道："你确定？"

"我确定。"杨延琅微微低着头。

杨继业冷冷地说道："说完就滚吧，永远别再出现。"

杨延琅突然抬起头问道："父亲打算让谁做疑兵？"

"这不用你管。"

"大哥酷似官家，你要用大哥，对不对？"

"滚！"

杨延琅咬了咬下唇，低声说道："我可以去，保护大哥。"

杨继业低声吼道："你？你以什么身份去？"

"家奴。"说完，他从靴子里拔出匕首，将刀刃抵在自己脸上。他要毁了这张脸，从此变成一个丑陋的家奴，隐在茫茫人海之中。

"算了吧。"就在他要动手之时，杨继业从怀里取出一张面具递给他。杨延琅微微愣了一下，伸手接过面具。这是他从前上阵对敌时戴的面具，不知道父亲从何处得来。这面具是狼头形象，用料极为特别，轻薄细软，戴在脸上紧紧贴合眉眼。

杨继业叹了一口气："杨家已经与你没有关系了，为什么还要这么做？"

杨延琅沉默了一会儿，低声说道："您说过，他能给百姓一个太平盛世。"

"此战之后，无论是生是死，都滚得远远的。"杨继业说完，转身就走。

"是——将军。"

听到最后两个字，杨继业神情一黯，而后快步离去。

一切如杨延琅所料，贺黑纳扎得到宋国皇帝已死的消息，连夜带兵去追一辆黑篷马车；而萧思恩却得到宋帝要向西突围，逃往榆林与宋军会合的消息。两军调度不同，给了宋军机会，杨继业带着杨延昭和杨延钰，保护赵光义突围。

大郎杨延平因为相貌酷似皇帝，便坐在銮驾之中冒充皇帝，其余四人护在两旁。他们引着辽兵一路往西，用性命给宋帝拼出一条逃生之路。那一战杀得天昏地暗，杨延琅心知肚明，他得尸骨无存地死去，所以毫不犹豫地跳下万丈深渊。

天命如此，无可奈何，本该死无葬身之地的人却被一个走方的老道救了。老道为他接筋续骨、熬汤煎药。那老道除了聒噪一些，其他也还好，若是就此随他云游四海，平平淡淡了此一生，倒也不错。

后悔吗？

不后悔。往事如烟，自己那看似冷酷无情的父亲，怨他、骂他，但心里也爱他、护他。只是父亲把一腔忠诚都付于君王和天下。

“他还有未了的心愿吗？”

“想想你爹的话，也许他是对的。”

……

“他不配，但是他能给老百姓一个太平盛世。”

“苍狼归北，太平可期……”

一句句话如雷鸣一般在他心中轰响，连绵不绝。

天下太平！

父亲，这是你心中的执念，是我活下去的理由。

一双黑眸轻轻合上，两行泪水从眼角滑落，在无声无息的夜晚流到鬓角中，无人看见。

第十三回　暗潮始初原

早晨，耶律铁镜去看他，发现他睡得很沉。他需要休息，如此重伤的情况下还能熟睡，这对他来说是件好事。她轻轻地退出大帐，同时吩咐任何人不许打扰他。一天过去了，他还在睡，直到第二天清晨温暖的阳光照进大帐，他才慢慢睁开眼睛，迷茫地打量着一切，然后一点一点找回自己的记忆。伤口依旧如火烧般疼痛，头脑昏沉，但是眼前的一切终于变得真实起来。

“你醒了？”耳边传来轻柔的声音，不出所料，床榻旁边站着耶律铁镜，她已经守在这里半天了。杨延琅知道自己若想完成父亲的遗愿，就必须先取得辽主的信任，而她是最关键的人。不过，这个女子是暗骑军统领。短短七年间，她让大辽暗骑名扬天下，与大宋的影卫齐名，可见这位公主智谋冠绝天下。想利用她，自己必须慎之又慎。犹豫片刻之后，他最终点了点头。

得到他的回应，耶律铁镜十分意外，她急忙问道：“你觉得饿吗？”她问完这句话，脸一下就红了。足智多谋的她怎么会问出这么愚蠢的问题。

杨延琅摇了摇头，他现在除了疼，什么感觉都没有。

“很疼吗？”看到他额头、鼻尖布满密密的汗珠，铁镜公主轻轻掀开他的衣襟，想查看他的伤势。

“干什么？”杨延琅一把擒住她的手腕。

“你……”耶律铁镜惊骇地看着床上这个重伤的男人，他的力量之大出乎她的想象，铁钳般的手让她觉得自己的骨头都快被捏碎了，身体不自觉地软了下去。

见她已经疼得说不出话来，杨延琅急忙松开，收回自己的手。耶律铁镜握着手腕站起来，发现手腕上有五道红红的印子。

“你不要命了？”耶律铁镜厉声吼道。她再也压不住自己的怒火。对他，她打不得、骂不得、杀不得、留不得，这让她心乱如麻。从小到大，她什么时候受过这种窝囊气。

杨延琅感到奇怪，原本剥皮噬骨的痛楚，在看到她眼睛的一瞬，感觉不到了。他记起自己从噩梦中惊醒时，她抱着自己，自己也未曾感觉到异样。难道那怪症已经好了？他想不明白这是怎么回事，所以依旧沉默不语。

耶律铁镜转身离开大帐，叹了一口气，心中生出几分无力感。便是自己手握他生杀大权又如何，这世间事如果生死能解决，也就没有那么多恩怨情仇和爱恨纠缠了。

杨延琅看着她的背影越来越模糊，抗拒不了的疲惫再次袭来，纷纷扰扰的问题萦绕在心头，他却无暇思考答案。

回到自己的暖帐，耶律铁镜躺在床榻上，闭上眼，想的依然是那个人。不过有一点她觉得奇怪，刀斧加身他都置若罔闻，自己只不过想看看他的伤势，他的反应为何那么大？仅仅因为自己是个女子吗？一个大男人怎么像宋国女子一样三贞九烈，实在没有道理。

她烦躁地翻了个身，强迫自己冷静下来。劝降之中最惯用的手段便是金钱和美女，只是他一个连命都可以不要的人，应该不会为金钱所动；至于美女，自己虽算不得倾国倾城的美人，也算有万里挑一的相貌，再加上这尊贵的身份，若他都对此不屑一顾，那谁又能使这美人计？

突然，她眼前浮现出一幕：一个漂亮的女人躺在那人身边。她心里一下涌起一股无名的怒火，烧得她心焦骨裂。

不用金钱美色，那就只能弄清楚他的过往，找到他的软肋。他不是哑巴，也许他不是杨家的死士。他与杨家有什么关系呢？她猛然坐起来，想知道答案，只能亲自去一趟宋营了。

宋营里又运来一批军粮，两个押粮官正监督着士兵一袋一袋地把粮食背进库里，这时突然来了一个小兵蹲在地上。

“小子，怎么了？”押粮官问道。

“百夫长，我，我肚子痛，要拉肚子。”小兵捂着肚子，低头说道。

“懒驴上磨，快点！”押粮官不轻不重地踢了他一脚，批准他去了。

“多谢，多谢。”小兵嘴里道着谢，一溜烟地跑没影了。

小兵跑到一个没人的地方，转了几个弯，七拐八拐走进一座大帐。

王侁正在喝茶，一旁一个眉清目秀的亲兵正与他嬉笑打闹，这亲兵一看就是他带进军营的女人。发现有人进了大帐，王侁有些不悦，急忙推开那女人，沉声问道：“什么人？”

“欲登青云无天木，借尔东风上九霄。”来人轻轻吟诵了一句没头没尾的诗。

听到这句诗，王侁愣了一下，急忙让身边的女人出去，又跑到帐外警惕地看了看，发现没人，他才转身回来。那人却已经坐在他的位置上，正在喝茶。

“你是什么人？”

“我是谁并不重要，重要的是那位想上青云的人，借了人家的天梯，总该表表谢意吧。”那人放下手中的茶盏说道。他长得十分俊秀，虽穿着普通士兵的衣服，但却有着凌人的气魄，让人喘不过气来。

王侁厉声问道：“你究竟是什么人？你要干什么？”

“王大人，不要着急。”那人指着一旁的座位，示意他坐下来慢慢谈。

王佺警觉地坐在一旁。那人继续说道："你家主子好手段，一箭双雕的计策真是让人佩服。不过俗话说，好借好还，再借不难，是吧？"

"你胡说八道什么呢？"王佺像被烧到尾巴的野猫，一下子跳了起来。

"王大人请坐，今日得闲，我陪你聊聊天，顺便说一说青石谷的战事。"这人不慌不忙，把青石谷之战背后的阴谋诡计，如闲话家常般娓娓道来。

听完他的话，王佺被吓得直冒冷汗，半晌才平静下来，说道："阁下大费周章把事情查得清清楚楚，又没有向朝廷禀报，我想来想去，你该不是我大宋之人。说说你的目的吧。"

"王大人聪明，我就喜欢与聪明人打交道。"他抿起双唇，唇角后拉，微笑着拍拍王佺的肩膀道，"我的确不是你们宋国人，所以我也不想掺和你们宋国的事。我来找王大人，是想问你一些无关紧要的事。"

"无关紧要？"王佺用鼻子哼了一声，他才不信这个人要问的是无关紧要的事。

"不错，这件事对王大人和你的主子来说，的确无关紧要。我就是想问问杨继业在外可有什么私生子、义子或者很亲近的人？"

"私生子？你为什么要关心他有没有私生子？"王佺微微皱起眉头。这个问题的确让人意外，也的确是无关紧要。

"你不用知道那么多，我就是想知道他有什么亲近的人。"

王佺想了想，说道："杨继业外号'杨无敌'，其实比他更无敌的是他的夫人佘赛花。这个女人武艺高强，性格暴烈，与杨继业情投意合。他们生了七个儿子、一个女儿，所以杨继业没有外室，更不可能有私生子。不过，我听说他倒是有许多义子。"

"有义子？而且还有许多？"他已经有七个儿子了，收一两个义子为自己所用这可以理解，收许多又是为什么呢？

"那杨继业是位仁义之人。将士们东征西讨，战死沙场是常事。他手下的将领战死，除了朝廷的抚恤，他还会多加照应。对于没了双亲，无人照料的孩子，他便收其为义子。年纪大的，让留在军中；年纪小的，让孩子的亲戚抚养，他会给足银两。"

那人听完挖了挖耳朵，说道："嗯，这招不错。无论如何，他是朝中重臣，这些孤子有他这个干爹做靠山，那些收养人也不敢亏待他们。"

他一语中的，这让王佺更加意外，很少见这么聪明的人。这事看似简单，但能一眼看穿人心，一般人做不到。很多人猜杨继业此举是在收买人心，培养死士。

"看来我猜对了，不过杨继业也在用此举凝聚军心。正因为这样，他所率领的军队才能同仇敌忾、所向无敌。"那人说完这一句后又问道，"他的那些义子都能查到吗？"

"我估计连杨继业自己都数不清楚，何况是外人？不过，据我所知，许多他的义子长大之后又投到他的军中，也算是投桃报李吧。"

那人仰头望天，自言自语道："看来，投桃报李的不止一个，方式也不止一种。"

"你什么意思？"

“你不用管我的意思。我再问你，他会把杨家枪法传授给他的义子吗?”

王侁用鼻子哼了一声：“那你该去问杨继业。”

那人咂了一下嘴，有点不好意思地说道：“本来呢，就是想跟王大人打听点闲事，不过听你说完，我倒还想麻烦你帮个忙。”

“什么忙?”

“我想要杨七郎使的那杆黑枪，还想要一封潘仁美给大辽的乞降信。”

王侁听他说完，腾的一下站了起来：“不可能，潘仁美对大宋忠心耿耿，绝不会给大辽写乞降信。而那杆黑枪是证明杨七郎身份的物证，我怎么可能拿到?再说，你说的那些事空口无凭，便是朝廷查起来，也查不到我王侁的头上。”

那人点了点头：“嗯，最后会查到潘仁美的头上。不过，我猜王大人的主子应该还不知道你的另一重身份吧。”

“你……”王侁此时感到万分惊恐。

“那可是两万人啊！其中还有五千人被杨继业派去保护老百姓，难道就一个都没逃回来?还是，所有人都死了。”这人微微眯起眼睛，目光冷寒。

“你到底是什么人?”王侁觉得手脚冰凉、气血上涌，脸色一瞬间变得苍白。

“我是谁不重要，关键是王大人这一层层皮若被扒开，只怕会死无葬身之地。不过我会……我会对此事守口如瓶，毕竟你平安无事对我们也有好处。”他提起笔在纸上写了一行字，而后站起来说道，“王大人聪明睿智，相信这两样东西难不倒你。为投桃报李，我也告诉你一个消息，杨延昭已经逃出两狼山，现在应该在回汴京的路上。”

王侁许久之后才恢复正常，那人早已离开，纸上的墨迹已干，上面是一个地址，他知道自己无路可走了。

一个教书先生模样的人走进幽州一家茶楼的雅间，他是个年纪不到三十岁的年轻人。此时一个人正坐在窗口等他，这个人背光而坐，看不清长相。

年轻人跪地叩首：“侄儿拜见叔父。”

“起来坐吧。”

“谢谢叔父。”年轻人站起来，坐到那人对面。

“律儿，你接到暗骑的银骑令了吗?”

年轻人点点头：“已经收到了。”

“我们的机会来了。”那人沉声说道。

年轻人眼中含笑，拱手说道：“一切听凭叔父差遣。”

那人把一个布包推到年轻人面前：“这是我给你的凭证。”

年轻人打开布包，里面是一卷玉简。淡紫色的玉片用金丝编串，每一片玉上都刻着精美繁复的图案，玉简上的文字更是让他心潮澎湃。十年蛰伏，只为这一日冲天而起，自此之后纵横捭阖、搅弄风云，揽日月山川入怀，建千秋万代功业。

“知道该怎么做了吗？”那人冷冷地说道。

年轻人收起玉简，再次跪下道：“侄儿愿为叔父肝脑涂地，万死不辞。”

“那就去吧。”

“是。”年轻人转身离开茶楼。

那人喝完一盏茶，从怀里摸出点碎银子放到桌上，十分悠闲地踱出茶楼，消失在川流不息的人群之中。

第十四回　噩耗蒙沉冤

杨延昭一路乔装改扮，隐藏自己的行踪。他必须活着，然后回京城告御状，为父亲和兄弟报仇雪恨。

在一个村镇的街头，突然响起一个张狂的声音："你个穷秀才，今天不给爷跪地磕三个响头，爷就废了你！"

杨延昭戴着一个大大的斗笠，低着头往前走。突然这个秀才跌跌撞撞地冲了过来，眼看就要撞到他身上。他微微一闪身，那人便向前扑去，在他身后摔倒。这时，前面有一群人吵吵嚷嚷，挡住了杨延昭的去路。他抬起头看了一眼，是一个白白胖胖的少爷领着一群家丁在闹事。

"小子，让开！"这少爷压根没把他这个"叫花子"放在眼里。

杨延昭没有动，依旧站在原地，没给他让路。

"哎，小子，你想找——"这少爷话到手就到，馒头一般的拳头挥了过来。

"哎哟——"那少爷一只手被杨延昭抓在手里，发出杀猪一般的惨叫声。几个家丁愣愣地看着他们少爷白胖的脸疼成了猪肝色。他们倒是很想冲上去救他，不过那人身上散发出的杀伐之气太吓人了，他们不敢上前。

杨延昭没有与他们纠缠，手上一用力，把这胖子甩到一边，然后拉过马，头也不回地径直向前走去。

"哎，哎，好汉爷，好汉爷等等我。"摔倒在地的书生急忙爬起来，拖着个大书箱，去追杨延昭。

"我跟你说了多少遍了，不要再跟着我！"杨延昭跳下马，拦住追来的书生。他此时倒有些佩服这穷书生了，十几里路，他骑马，这书生就用两条腿追，居然没把他落下。这书生三十多岁，面色白净，长眉细目，身形偏瘦，穿青色长衫，一副斯文模样。其实，杨延昭如果不是背着血海深仇，倒并不讨厌这个书生。

"好汉救命之恩，在下还未谢过。"他跑得气喘吁吁，还不忘给杨延昭深施一礼。

"举手之劳，不足挂齿，你谢也谢过了，就别再跟着我了。"杨延昭不想与他纠缠，说罢翻身上马，又要赶路。

“好汉留步，好汉留步。”他急忙拦住杨延昭的马。

“你究竟要干什么？”杨延昭有几分不耐烦地问道。

“好汉，在下王强，幽州人氏，请好汉留下尊姓大名，日后也好报答。”王强满脸期待地看着杨延昭。

“不必，后会无期。”杨延昭拉紧缰绳，越过王强，马蹄扬起一片尘土，人和马消失在栈道尽头。

王强望着空空的栈道，笑容渐渐凝在脸上，眼睛里是深不可测的幽暗。他想了想，转身走向一条小路，略显单薄的身影消失在一片密林中。

佘赛花听到管家的禀报，急匆匆迎到二门，然后就看到跪在台阶下的儿子。他穿着粗布麻衣，黑发散乱，面色苍白，身上还带着伤，神情痛苦，此时正瞪着布满血丝的双眼看着自己。

“六郎？”佘赛花此刻已经分不清是在现实中还是在梦中。大军出征以来，她每晚都噩梦连连，梦中父子三人血淋淋地站在她面前，现在她只看到一个。

“母亲！”杨延昭跪行几步，来到母亲面前，俯身叩头，肩膀一下一下抽动着。

“母亲，母亲！”眼看佘赛花要倒下去，她的小女儿杨瑛一把扶住了她。

“六郎！”佘赛花推开杨瑛，双手颤抖着，突然一把抓住六郎的肩膀，眼泪似决堤的洪水，汹涌而出。

“母亲！”杨延昭直起身，扑进母亲怀里，放声痛哭。

“你父亲与七郎呢？”佘赛花颤声问道。

“母亲……”杨延昭只说出这两个字，后面的话淹没在一片悲声里。

杨家大小十余口人全迎了出来，一个个都在低声啜泣。

“你父亲与七郎呢？”佘赛花喝问道。

此时，一切都安静下来，就连那低低的啜泣声也没有了。杨延昭抬起头看着母亲，一字一句地说道：“父亲死了，七郎也死了。”

听完这句话，佘赛花再也支撑不住，瘫倒在杨瑛的怀里。

“母亲，母亲……”

所有人都围上来，焦急地喊叫。过了许久，佘赛花才睁开眼睛，她绝望地看着天空，老泪横流。

杨延昭把父亲与七郎的事给大家讲了一遍。他自己也是一路被追杀，万幸才逃了回来。他告诉母亲，他要告御状，要为父亲和七郎报仇雪恨。

无边的悲痛笼罩着这个家，如今杨家的男人只剩杨延昭一个了。佘赛花心如刀绞，痛不欲生，可是看看眼前四个寡居的儿媳，再看看伤痕累累的儿子，她知道无论多难都要撑下去，否则这个家就真垮了。她压下心底的悲痛，逼着自己冷静下来。她看着儿子布满血丝的双眼，这双眼睛里不仅有悲伤，还有冲天的愤怒。

告御状？佘赛花不是冲动的年轻人，敲响殿前那面金鼓，杨家就踏上了一条不归路，赌上了一家人的性命，官司不赢便是万劫不复。她相信儿子说的每一句话，可是皇帝相信吗？潘仁美是手握二十万大军的征虏大元帅，是潘妃的亲生父亲。告他隔岸观火，使两万大军全军覆没，杀死七郎——这一条条罪状，仅凭七郎那具面目全非的尸体和两个军中小卒的证词远远不够，必须铁证如山才行。那两万大军总该有一两个逃回来的吧？可是如今为什么只有六郎一个逃了回来，其他人呢？这些事没人能说得清楚。

佘赛花想了想，问道："六郎，你说你父亲曾派出五千兵马保护百姓逃走，他们逃到哪里了？"

杨延昭摇了摇头："子翼帮我从两狼山逃了出来，回京路上我又遇到追杀，没有听说那五千兵马和百姓的消息。"

"六郎，你想好了吗？你真要上金殿告御状？"

杨延昭点点头："一定要告，我父亲与七弟不能白白被冤死。"

杨瑛在一旁插话道："母亲，金沙滩一战，我四个哥哥战死沙场，六哥和七哥有救驾之功，官家为此还给咱们家修了无佞楼，命文官到此下轿，武官到此下马。他怎么能眼看着父亲与七哥被冤死而坐视不理呢？"

"胡言乱语！"佘赛花一声低喝，打断了她的话说道，"保护官家那是为人臣子的本分，官家修无佞楼那是官家的恩德，谁敢以此邀功？"

"母亲……"杨瑛还要争辩，被佘赛花严厉的眼神制止。

恩情是什么？恩情就是一瓢水，你不喝，它就永远在那里，喝了就没有了。可是对于皇帝来说，恩情连一瓢水都算不上。什么无佞楼，那不过是笼络杨家和二十万旧北汉军的手段，更是悬在杨家头上的一把刀，时刻提醒我们，莫要功高盖主，心存妄念。这个看似平静的朝堂已经暗潮涌动，御前告状，只怕会激起惊涛骇浪。

杨延昭道："母亲，孩儿知道您担心什么，只是即使我们忍气吞声，他们也不会放过我们，只会步步紧逼。"

佘赛花看看儿子，再看看老老少少一家人，终于点了点头。随后，她让其他人退下，只留下杨延昭与他的妻子柴郡主。

等屋里安静下来，佘赛花道："我们即使要告，也不能鲁莽行事，先要找人商议一下。"

杨延昭皱着眉头道："找谁合适呢？"

"贤王爷。"

柴郡主想了想，说道："母亲，义父他从不过问朝政，只怕帮不上我们。"

佘赛花说的这位贤王赵弘商，是太祖皇帝与当今皇帝的亲叔叔，辈分很大，但年岁比宋帝还小一些，早年随太祖征战时负过伤，体弱多病，没有子嗣，后来收养了柴世宗孙女柴文意，爱如掌上明珠。他性情淡泊，被太祖封为贤王，一直闲居在家。

“郡主，此时能帮我们的，只有贤王爷了。他虽不问朝政，但心里清明着呢，也疼爱你这个女儿。我相信他一定会管这件事。”

柴郡主点点头：“我一定把父王请来。”说完，她看了丈夫一眼，准备回王府去找贤王爷。

杨延昭的目光追随着妻子，直到她出了门。佘赛花道：“若杨家真走到绝路，就让郡主带着宗保回王府，也许能保住咱们杨家最后一点血脉，只是委屈郡主了。”

“母亲……”杨延昭望着母亲，不争气的眼泪又掉了下来。

沉沉夜幕下，一顶青色小轿停在杨府门前。轿上下来一个人，他年近五十，白面黑须，个子很高，身材偏瘦，虽穿着一身便服，但气度不凡。他走得很快，急匆匆进了杨府大门。

赵弘商走进书房，佘赛花与杨延昭急忙迎上来。杨延昭刚要行跪拜大礼，赵弘商摆手制止了他：“这种时候就别讲这些虚礼了。”

杨延昭听话地退到一旁，佘赛花请赵弘商坐下，开门见山地说道：“今日请王爷来，是想请王爷助我杨家一臂之力。”

赵弘商沉思半晌之后问道：“杨夫人，一定要告御状吗？”

佘赛花道：“王爷有话，但说无妨。”

“杨夫人，我可以去向官家求情，赦免杨延昭擅自离营的罪过，请朝廷追封杨老令公和七郎，你杨家还是忠义千秋，受万人敬仰的杨家。可若是敲响殿前那面金鼓，你们就会把整个杨家置于险境，一着不慎，满盘皆输。即使本王拼尽全力保你们，只怕杨延昭也在劫难逃。”

佘赛花微微低下头：“王爷，我知道您仁善心慈，这是在为杨家着想。可是王爷，如今老令公身死他乡，西北的二十万北汉旧军该如何处置？”

赵弘商像被人戳到极痛之处，脸色变得十分难看。佘赛花继续说道：“若我杨家忍气吞声，这二十万兵马会落入何人之手？太子之位可还牢固？”

“杨夫人……”

佘赛花继续说道：“王爷，我杨家争的不仅仅是军权，保的也不止是太子，我杨家争的是天下公义。若我的丈夫、儿子因保家卫国战死沙场、马革裹尸，我佘赛花无半句怨言，可是他们不该被奸人所害，落得含冤九泉。这不但会寒了杨家的心，更会寒了千千万万保家卫国的边关将士的心。王爷，这份天下大义，此时我杨家该不该担起来？”

她的眼泪没有落下来，但布满血丝的眼睛里满是不甘和屈辱，苍白的双唇颤抖着。面对她的质问，赵弘商哑口无言。她失去了丈夫和六个儿子，此时冒着身败名裂、家破人亡的危险，要为丈夫和儿子讨回公道，让天下人相信，这世间还有公理和正义。

赵弘商起身站在她面前，一揖到底：“夫人大义，请受我一拜。”

“王爷，这可使不得，快快请起。”佘赛花急忙把他扶起来。

赵弘商道：“杨夫人，我赵弘商今日就做你杨家的后台，只为了这份天下大义。”

佘赛花和杨延昭一齐跪下叩首：“多谢王爷！”

“快请起来。”

赵弘商与佘赛花再次坐下，赵弘商说道：“但是杨夫人，你想过没有，想打赢这场官司太难了。现在你们一点证据都没有，官家怎么会相信杨延昭的话，又如何向朝堂众臣和天下百姓交代。”

赵弘商点出了他们现在的困境，想要定一位朝中二品大员的罪，不能仅凭你杨延昭的一面之词。这时，杨洪跑进来，站在书房门外说道：“老夫人，外面有一个叫王强的书生要见六将军。”

佘赛花微微皱起眉头：“书生？”

杨洪道：“不错，他说是来寻六将军报救命之恩的，若不让他进来，他就跑出去说六将军回家了。”

杨延昭看了看母亲与赵弘商，然后对杨洪说道：“把他带进来吧。”

“是。”杨洪转身离去。杨延昭把王强的事对佘赛花与赵弘商说了一遍。这时，杨洪已经带着王强来到书房。

赵弘商打量着这个书生，他虽然穿着穷酸了一些，但相貌堂堂、神色坦然，背着一个大大的书箱，一副满腹经纶的样子，不由得露出一丝赞许之色。

第十五回　金鼓风雷动

第二日日光初现，天波杨府府门大开，府内灵堂已搭起，白幔纷飞，杨延昭披麻戴孝、头顶状纸，从府门前三步跪拜、五步叩首，往皇宫而去。

宋帝赵光义已年过五十，夜里难以安睡，总梦见一些他不想见的人，身体越来越差。他昏昏沉沉地吩咐太监今日免了早朝，刚刚躺回去想再睡一会儿，突然听到一阵急促的擂鼓声，震耳欲聋。赵光义瞬间觉得一股血直冲到头顶，心跳和着咚咚的鼓声，快速跳动。这不是普通的鼓，是金殿前那面金鼓。大宋立朝以来，它从未响过。今天响起来，像在催命。

"官……官家，"赵光义的贴身太监急匆匆跑进来道，"官家，刚刚殿前来报，说天波杨府的杨延昭披麻戴孝、头顶状纸，在金殿前击鼓鸣冤。"

"什么?"赵光义猛地坐起来，身子晃了两下，顿时眼前发黑、金星乱冒。太监吓得赶紧将他扶住，大喊着叫人去请太医。

"喊什么?"赵光义用力呼吸，稳住心神喝道。

太监为难地说道："官家，这……"

赵光义问道："他应该在边关呀，怎么跑到金殿上去了?"

太监把兵部的急报双手呈上道："官家，昨夜兵部接到八百里急报，说杨继业所率两万人马在归途中遇伏，全军覆没，杨家父子三人殉国。"

"什么?"赵光义接过急报，打开看了一遍，果然是潘仁美发来的。他所发急报说杨延昭死了，那在金殿外敲金鼓鸣冤的是谁?

赵光义想偷一天懒，但现在看来是偷不成了，只好穿起沉重的龙袍，召集百官殿前议事。他环视朝堂，堂上竟然多了一个从不露面的贤王，应该是来给杨家撑腰的。

御阶下远远跪着一个年轻人，他头顶状纸、披麻戴孝，膝盖处渗着血。这个孩子他记得，七年前救过自己，武艺高强、有勇有谋，是将帅之材，但是这么聪明的人今天为什么会这么鲁莽，把事情闹到无可挽回的地步。

太监把状纸拿上来，双手呈给赵光义。赵光义接过状纸看了一遍，越看越是心惊。若此事真如状纸所写，那可算得上大宋朝开国以来的惊天大案了。只是这状纸虽然用妙笔写就，写得条理分明，却没有真凭实据，无法据此定罪。

赵光义把状纸递给太监，让他念给众臣听。太监接过状纸念了一遍，阶下顿时响起一片议论之声。

赵光义道："对于杨延昭状告潘仁美撤军不应，隔岸观火，致我大宋两万大军全军覆没，杨继业战死，又密杀杨延钰一事，众卿有何看法？"

皇帝开口，殿内顿时安静下来，大家你看我、我看你，谁也没有出声。如此惊天大案，谁敢轻易乱说，那是不想要脑袋了。众臣没有出声，赵光义问道："杨延昭，你所告之事都属实吗？"

杨延昭答道："状纸所告，句句属实，父亲之死为我亲眼所见，延钰尸首是我亲手所埋。"

赵光义道："年轻人，打官司要有证据，你有证据吗？"

杨延昭高声说道："官家，臣可以与潘元帅当面对质。"

赵光义斥道："胡闹，潘仁美率军在边关与辽军对峙，岂能轻易回朝？"

这时，兵部侍郎站出来道："杨延昭，昨夜兵部刚刚收到潘元帅急报，说你父子三人战死青石谷。可今天早晨你就出现在京城，还敲金鼓、告御状，你是怎么逃出两狼山的？既然逃出，为何不归营？为何你能与潘元帅的八百里加急一样快？"

杨延昭道："何大人，末将在状纸里写得很清楚，我父亲触碑而死，我换上辽兵的衣服混在辽军之中，才逃出两狼山。回营之后，我遇到孟良、焦赞两位百夫长，他们告诉我，我七弟被潘仁美所害。至此，我自然不能回营，否则也会被他杀人灭口。我在孟良、焦赞两位百夫长的相助之下，乔装改扮回到京城。那潘仁美压下战报，拖延了足足五日有余，所以那急报才与我一同到京。"

兵部侍郎道："会不会是你贪生怕死，临阵脱逃呢？"

杨延昭回道："我贪生，怎么敢逃回京城，又怎么敢在金殿告状？"

这种事，公说公有理，婆说婆有理，争也争不出个结果。赵弘商上前一步打断他们，说道："官家，容臣多一句嘴。"

"王叔请讲。"

"官家，杨府已经搭起灵堂，杨延昭头顶状纸，步步叩首到金殿之上击金鼓、告御状，如果没有冤情，杨家怎么敢做这种大逆之事？"

赵光义道："那依你的意思，杨延昭说的都是实情了？"

"杨延昭说的是不是实情，现在谁也不知道，只是他跪行递状、殿前击鼓，已经人尽皆知，若被告不到案，怕很难向边关将士和天下臣民交代。"

赵光义揉了揉胀痛的脑袋，沉思片刻说道："此案朕接下了，交给三司会审，下旨宣潘仁美回京，与杨延昭对质。退朝吧。"说完，不等众臣再说什么，起身走了。

杨延昭回到杨府，进门之后，先找到王强，对他深施一礼："多谢先生。"

"六将军多礼了，朝上情况如何？"王强急忙把他扶起来。

“正如先生所料，皇上已经宣潘仁美回京了。”

王强颇为自信地笑了笑：“官家英明。”

杨延昭不解地说：“我有一事不明，仅凭一份状纸，官家竟然就真的把潘仁美宣回京城了。”

“六将军，若论行军打仗、排兵布阵，你自然是足智多谋，但这是人心猜度、权谋之术。你大张旗鼓地告御状，大造声势，闹到天下皆知。虽然你们两家有过节，但不至于让你冒这么大风险来诬告他，这说明你心中无鬼，官家就先一步信了你。你若心中没鬼，那谁心中有鬼？敢葬送官家两万大军的人，官家还会把军权交给他吗？”

杨延昭怔怔地看着王强，他想不到眼前这个书生竟然有如此心机，能猜到皇帝的心思。

王强发现杨延昭在发愣，于是问道：“怎么了？”

“无事。”他回过神来，觉得自己想多了，于是笑了笑问道，“那先生，我们下一步该怎么办？”

“寻找证据，首先要把七将军的遗骨运回京城，然后查出杨老将军为何在青石谷被围，他派出的保护百姓的五千兵马和那些百姓究竟在哪里。”

“好。不过，我在京城告状，孟良和焦赞会不会有危险？”

王强道：“他们不会有事。此时，潘仁美若敢杀他们灭口，那真的是此地无银三百两了。”

“那就好，我马上安排人把七郎的尸身运回来。”

“好。”

王强看着杨延昭匆匆离去的背影，眼中的笑意更深。这时，一个仆从来报，说佘赛花请他去正堂，贤王爷府的人正在等他。

潘仁美捧着皇帝的圣旨，心惊胆战，他以为自己发一封边报，此事就可以神不知鬼不觉地过去，怎么也没想到杨延昭这个漏网之鱼竟然会去告御状。王侁也没想到，他派出数批杀手，竟然还是让杨延昭跑了。

王侁悄悄打量着潘仁美，那个神秘人向他要两样东西，杨七郎的黑枪倒是容易拿到，但是让潘仁美写下通敌叛国的手书却不是一件容易的事，不过此时他看到了希望。杨延昭已经把潘仁美逼到悬崖边上，自己只要给他一根救命的稻草，他就会死死抓住。

“元帅，你回京吗？”王侁试探着问道。

“我……”潘仁美现在没想要不要回京，他唯一能想到的就是杨延昭跑了，事情败露了，他该怎么办？

王侁凑上去说道：“元帅，此事事关重大，要三思而行。”

王侁的话没有明说，却像撬开地牢石墙的一条缝隙，让潘仁美看到了生的希望。潘仁美默默地走到地图前，山川大河、阡陌交通，他都了然于胸。此处距汴京千余里，途经六个关隘，皆有重兵把守，而朝廷只供应半月粮草，仓促起兵，军心不稳，再加上时近寒冬，兵无棉衣，论天时、地利、人和，他一样不占。如果谋逆，就是死路一条。远在汴京的官家一辈子东征西讨，可不是窝囊废，他明目张胆地给自己下旨，就必然做好了万全的准备。

“元帅，无论怎么看，挥师入京都没有胜算。”王侁说道。

潘仁美斥道：“胡说八道。”

王侁冷冷一笑，继续说道：“若你现在起兵，就坐实了罪状，原北汉二十万军会交给杨延昭，由他来带兵平叛。元帅手下这些兵马是他的对手吗？”

原北汉军可是杨继业带出来的，兵马强悍，就连辽人也畏惧三分。若不是遇到刘继元这个昏君，北汉怎么会轻易灭国。若这些兵马交给杨延昭，复仇之师必有虎狼之性，自己岂是对手？

潘仁美的想法，王侁猜得八九不离十。他见火候差不多了，便说道：“元帅，下官有一个办法，不知您有没有兴趣听？”

“什么办法？”

王侁说道：“您回京与杨延昭对质，就说杨继业父子三人已投了辽人，杨延昭此次回京，就是要挑起我朝中内乱，借机接走他的家人。”

潘仁美听后说道：“这……这也……太……太离谱了吧。”

“元帅，有什么离谱的，此事疑点有四。第一，杨继业是沙场宿将，青石谷被围之时为何不派斥候向大军求援？第二，他被围后为何不向我大军方向突围，反而逃到辽国的两狼山？第三，那是整整两万人，还带着百姓，难道真就被杀得一干二净，一个人也没有逃出来吗？第四，两狼山被辽兵围得铁桶一般，他杨延昭是怎么逃出来的？”

“这……”

“种种疑点都表明杨继业已经投靠辽人，他本就是二姓之臣，便是做了三姓之臣，也不足为奇。”

潘仁美微微皱起眉头：“这需要证据。”

“那杨延昭就有证据吗？”

“杨延钰的尸体……”

“那是辽兵的一个探子，身上还穿着辽兵的衣服，谁能证明他是杨延钰？仅凭那两个百夫长吗？”

王侁步步紧逼，潘仁美无从反驳，过了一会儿，他说道：“这么做是不是太狠毒了？”

王侁站起来说道：“元帅，此时你若不狠毒，死的就是元帅你，还有你的家人，连贵妃娘娘也会受牵连。这案子本就是一摊浑水，你再给他搅得更浑一些，到时候谁也拿不出证据，也就不了了之了。官家最多也就是罚俸削职。您已经年过五十，早到了颐养天年的时候，有贵妃在朝中照应，两位公子必然前途无忧；可那杨延昭还年轻，他若被削职，杨家自此也就没落了。”

潘仁美不解地问道：“王侁，你为什么要帮我？”

“元帅，我是监军，您若获罪，我岂能全身而退？”

沉思片刻之后，潘仁美说道："若是杨家找到证据，这场官司打输了怎么办？"

"将在外，君命有所不受。您回京，但要把虎符留给两位公子。官司无论输赢，他们都不回京。"

好计策！他虽然回京，但这二十万大军却依旧握在自己手中，朝廷不到逼不得已的时候，决不会派兵剿杀。如此一来，自己就可以立于不败之地。可是一旦案子查清楚，朝廷铤而走险怎么办？自己这两个儿子吃喝嫖赌有本事，领兵打仗绝不是杨延昭的对手。

看到潘仁美的眉头越皱越紧，王侁说道："您是怕走上绝路，两位公子没有退路吗？"

王侁一语中的，说中了自己的心事。这让潘仁美如针芒刺背，可是他又没有办法，王侁现在成了他最后的依靠。"你有什么好办法？"

"元帅，两位公子有没有退路，要看您怎么做了。"

"什么意思？"

王侁指了指北面。

"你是说……不，不行，坚决不行！我是随太祖征战过的，岂能投靠辽人？"潘仁美越说越激动，突然一拍桌案站了起来，回身抽出宝剑，架在王侁的脖子上，"说，这一切是不是都是你的阴谋？"

王侁看看冷森森的宝剑，轻蔑地说道："元帅，现在你追究这些事还有用吗？如果你杀了我，等于是断了两位公子的退路。"说完，他轻轻地捏住剑身，把长剑从自己的脖子上移开，然后坐下，悠闲地倒了一盏茶，慢慢品起来。

"你说怎么办？"

"您可以给辽国萧绰留下一封手书，若我大军给出信号，请他们出兵接应，让两位公子在辽国安身。"

潘仁美坐在帅位上半晌无语，他一生戎马，也算是忠心不二，到最后竟然要叛国投敌，毁了自己的一世清名。

王侁语重心长地说道："元帅，自燕云之地往北已皆是辽国疆土，却有汉人千万，他们耕者有田、牧者有畜，安居乐业。辽国朝中分南北两官，汉人之地皆由汉官管辖，实行唐制。五国之乱，后晋、后周、北汉等割中原之地，皆为一国，最后不也是全归大宋。其实说穿了不过就是一疆之土选一良主而已，何来叛国之说？"

"信我可以写，但只有到穷途末路之时，才能交给辽人。"潘仁美看着王侁，这是他的底线。

"可以。不过元帅，你要给我等留个信物，待你回京之后与我们联系时，可以作为凭证。"

"好。"

"下官告退。"王侁施礼后退出大帐。他知道，潘仁美一定会把手书交给他的两个儿子保管，但是只要他写了，自己就能拿到手。

第十六回　漠北苦寒霜

自那日被铁镜公主叫醒之后，杨延琅心里踏实多了，他不分昼夜、浑浑噩噩地睡了不知多久，有时候醒来，发现身上多了一道镣铐。现在他身上共有五道铁镣，其中一条锁在腰上，另一端锁在大帐最粗那根柱子上。

他微微皱起眉头，那一日血气上涌，到底杀了多少人，他自己也不清楚。看到这一条条精钢铁链，他觉得自己应该杀了很多人，否则他们不会如此忌惮。这一刻，他觉得自己真的是那位苍狼星君转世投胎。

“将军，您醒了？”

耳边传来低沉的声音，他转头，没有看到耶律铁镜，看到两个契丹黑汉，一个站在床边，另一个站在不远处。两个人长得很像。

“将军，我叫仁达，我弟弟叫仁海。我们是公主派来照顾您的。前些天，您一直昏睡不醒，所以没见过我们。”这个仁达虽然长得像个莽汉，但说起话来倒是很温和。

杨延琅本就不善与人交谈，再加上现在不了解情况，索性一声不语。

仁达听人说他是个哑巴，呵呵笑了笑说道：“大夫说你伤势好转，这几日就能下床活动了。您的旧衣服已经扔了，公主命我们给你送来了新衣物。”

仁达上前把盛着衣服的盒子放到桌子上，伸手就要去扶他，可是就在手触到他肩膀的一瞬间，他突然像豹子一样动了起来，右手如钢钩一样擒住仁达的手腕。随后，仁达高大的身躯就像断了线的风筝一样，摔在大帐中央。此时，若不是铁镣将他紧紧束缚在床榻上，他应该已经像恶狼一样扑上去了。

耶律铁镜在外面看得心惊胆战，床上的人与仁达相比，身体单薄，可暗骑军中身手较好的仁达在他面前却没有还手之力。若是他身体康健，没有束缚，这一下岂不要了仁达的性命？不过，这个人真是奇怪，如果是洁身自好，不愿让女人照顾起居，那男人也不行吗？她看了看半天还没爬起来的仁达，最后得出结论：男人更不行，他会要了人家的命。

杨延琅急促地喘息着，眼角的红色渐渐退去，然后栽倒在床榻上。他的伤口再次绷裂，内衫上渗出血来。仁海把仁达扶起来，兄弟两人看着他，眼中透出深深的恐惧。过了一会儿，他低声说道：“离我远点，走吧。”

兄弟两个下意识地点点头，逃出生天一样，从大帐内跑了出来。仁海好像突然明白了什么，傻愣愣地说道："哥，他……他……他不是……不是哑巴！"

仁达也刚刚明白过来，但一想到他凶狠的目光，心中一紧，急忙说道："别管了，公主让咱们好好伺候，咱们小心伺候着，离他远一点就好。"

没有人给他打开镣铐，他自然没办法换衣服。他斜靠在卧榻上，睡了这么长时间，他终于完全清醒过来了，开始认真思考眼前的处境。他是俘虏，辽人处置俘虏，大多是分给贵族或有战功的将军做奴隶。那个公主之所以如此大费周章地把自己救活，原因无非有两个：一是劝降，让自己为大辽所用；二是自己身上有她图谋的东西。抑或是两者都有。这样的话，自己想顺利潜入辽国，首先不能断了她的希望，不然她会杀了自己，或者把自己贬为奴隶，永世不见天日，那样就永远也拿不到那二十二张关隘图了；其次，自己把辽军杀得尸横遍野，如果轻易投降，必会引人怀疑，更不会得到重用，所以一定要找一个合适的时机和一个让人信服的理由才行。

突然，他想起耶律铁镜那句话："我似行走于峡谷之间的独木之上，一步不可行错，否则便是万劫不复……"她一个养尊处优的公主，为什么要掌管不见天日的暗探的事务？她经历过什么，才会说出那般心灰意冷的话？

耶律铁镜慢慢走进大帐，这个男人冷如寒铁，野性十足，他刚刚差一点把仁达摔死，可眼里却未起一丝波澜。他是一个极好看的人，但却不会让人喜欢，甚至会惹人厌恶，而那双能看透一切却深不见底的眼睛，又会让人恐惧。她觉得自己也应该厌恶他，可是她却感受到了他身上的悲凉和痛苦，莫名地就想要保护他。

她踩到被摔碎的桌凳，发出哗啦哗啦的响声。沉默半晌之后，耶律铁镜先开了口："三天以后，我们就要回上京了，到时候也会带上你，你不该弄伤自己。"

杨延琅微微低下头，没有说话。

"其实我还想问你，我该怎么带你走呢？"

开口，说话，回答她。想完成父亲的遗命，就必须要说话，以后甚至还要说谎话，所以他要逼着自己开口。这一刻，他觉得血往上涌，脸色微红。

"杀了，烧成灰。"

就在耶律铁镜以为他不会回答的时候，一句冰冷又生硬的话冒了出来。她一愣，却忍不住笑了："倒也不失为一个好办法。可如果，我想要活的呢？"

"那是你的事。"

耶律铁镜苦笑道："你的确不必为此事操心。"说完，起身出去了。

三天后，杨延琅在重兵押送下走出大帐，刺目的阳光晃得他睁不开眼睛。他下意识地把头转到一边。消瘦的身体带着沉重的铁镣，发出哗啦哗啦的响声。耶律铁镜不想这么对待他，但是对于萧绰的命令，她即使再不满意，也只能照做。

萧绰站在帐外，她要看看这个差一点杀了她的俘虏。听耶律铁镜说，半个多月过去了，他说的话不超过十句，而且每句话都不在预料之中。

适应光线之后，杨延琅看向萧太后，之前在刑架上，他只是匆匆看了一眼，并没看清楚。今日四目相对，他发现，这位太后两眼如炬，雍容而睿智，她眼中并没有恨意，而是坦然地望着自己，虽然自己差一点杀了她。

萧绰打量着他，他形销骨立，眼窝深深地陷了下去，脸上没有一丝血色，那双深不见底的眼睛看起来无比冷酷。这种冷酷不仅是对别人，还会对自己，这样的人往往是最危险的。看来，铁镜对他的形容是准确的：书生之貌，虎狼之性。她心中冷笑，虎狼又如何，只要能为我大辽所用就行，就没有我萧绰驾驭不了的人。想到这儿，她微微笑了笑，问道："将军，身体好些了吗？"

"还活着。"冷冰冰的三个字，勉强算是给这位大辽太后三分颜面。

萧绰挑衅般问道："九死一生之人不是更该爱惜自己的性命吗？"

杨延琅漠然地看了她一眼，不再开口。

怕母亲尴尬，耶律铁镜纤手一挥，命仁达和仁海把杨延琅押上一辆特制的马车。这辆车从车篷到车门，全部用生铁打制。他们把他的手脚用铁链固定在车厢板上，几乎动弹不得。这辆车里，别说是人，就是苍蝇也飞不出去。

虽然耶律铁镜吩咐仁达和仁海细心照顾他，但经过几十日的颠簸，他刚刚愈合的伤口还是再次迸裂，只能卧床休养。耶律铁镜命人收拾出一间偏殿给他养病，同时派重兵把守，不许任何人靠近。

深秋九月，以长城为界，漠北之地已退去秋意，凛冽的风带着透骨的冰寒呼啸而来，要把这片雄浑的大地带入漫漫寒冬。

杨延琅静静地听着窗外的风声，暖炉里炭火正旺，偶尔传出噼啪声。一个多月过去了，那位公主只是偶尔过来看一眼。让他意外的是，辽人对他的态度非常诚恳，可能他们胸怀坦荡，因此对他没有猜疑与忌惮。

夜长人无眠，他心里有事，自然睡不着。越睡不着，想得也就越多，听力也变得更灵敏。他听到呼啸的风声中夹杂着窗棂响动的声音。他身体瞬间绷紧，静静地听着，感觉到一丝凉意。

"疯子。"杨延琅准备一跃而起时，突然听到一个熟悉的声音。

"子翼？"这一刻，杨延琅觉得自己听错了。

"嘘！"子翼凑到床边，示意他小声说话。

杨延琅用疑问的眼神看着子翼，等着他解释。

"好，好好好，不知道还真以为你是哑巴呢，和你说话全靠猜，还好我聪明睿智，一点就通。我告诉你，咱们是兄弟，过命的兄弟，是兄弟自然就不会扔下你自己逃命，也不会卖了你的金刀换酒喝。"子翼与沉默寡言的杨延琅正好相反，他只要开了口，就不知道什么时候才能停下来。

“可……”

“别可是，就你那嘴笨得，除了吃饭，再没什么用了，想说服我，你得等下辈子。而且，我子翼决定的事，神仙老子来了也没用。”说完这些，子翼站在他面前，十分郑重地说道，“疯子，你给我听着，我们是兄弟。我知道，你肯乖乖活到现在，说明你已经答应你爹了，所以从现在开始，我要帮你，是杀人放火，是传递消息，是偷星摘月，还是共赴黄泉，我子翼陪着你。”

杨延琅死死握紧双拳，眼睛泛红，子翼是他在这世上唯一的兄弟。

“别，千万别哭。你那冷心冷血的，哭出冰渣子来怎么办？”子翼嘻笑着说道。

“你怎么进来的？”杨延琅知道再说无益，便默认了。

“虽然那公主的暗骑很厉害，不过我子翼是干什么的。就这，我想来就来、想走就走。”其实，他挺不容易才混进来的，只是他性情乖张、一身傲骨，特别好面子，所以无论多不容易，他都不会说出口。

“六郎平安吗？”杨延琅问出这句话时，声音有些颤抖。

“平安，他已经回天波府了。”子翼说得有些心虚。

“七郎呢？”杨延琅紧接着问道。他的确不太会说话，但察言观色、洞察人心却无人能及，一眼便看出子翼神情慌乱。

“七郎，也……也……”

“你若骗我，会害死我的。”杨延琅打断了子翼的话。

子翼长长叹了一口气：“那……那……那个老头说你的伤会留下顽疾，不可大悲大怒，所以……”

杨延琅抬起头，等着子翼继续往下说。子翼知道，若不说实话，他自己胡思乱想，会更麻烦，索性便豁了出去：“七郎回到宋营后被乱箭射死，六郎在两个百夫长的帮助下找到七郎的尸首，然后逃回京城告御状。皇帝把潘仁美宣回京城对质，但三司会审时，六郎拿不出证据。潘仁美一口咬定他们父子三人已然投敌，六郎回去是要挑唆朝廷内乱。主审官听了潘仁美的一面之词，差一点把六郎杖毙在堂上。他老丈人赵弘商去了，才把他救下来。”

“我母亲呢？”

“据说，杨将军曾分出五千兵马保护百姓，可是这些人活不见人，死不见尸，现在又传出杨将军在辽国的消息，皇上就派御林军把杨府围了，你母亲因此病倒。”

子翼说完，眼睛一眨不眨地看着他，担心他怒气攻心，伤势加重。可是看了半天，他还是像先前一样，就像一个被冰霜覆盖的石像。

“不过，你也不用……不用太担心，我听说皇上调一个姓寇的县令去审这个案子。”子翼赶紧说道，杨延琅越是这样越吓人。

“县令？”

“你别小瞧这个寇县令，据说他在归州巴东县做了六年县令，其间没穿过新官服，穷得衙役亲自出去卖鸡蛋，养家糊口。他为官清廉，断案如神，把个巴东县治理得路不拾遗、夜不闭户，两次调任都被当地百姓拦下来。这次是那位贤王爷亲自拿着皇帝的金牌直接把他调进京城的，差点把他吓死。我想他应该会把案子查清楚的。”子翼安慰道。

杨延琅轻声说道：“五千人，都没了？”

子翼摇了摇头：“我查过，没找到。”

他知道，如果子翼都找不到，这世上估计就没人能找到了。他低声说道：“神断又如何？没有证据，谁来了也不行。实在查不清，朝廷就会不了了之，大不了把六郎和潘仁美都罢官。”

子翼翻了翻眼睛说道：“罢官就罢官呗，回家守着老婆孩子过日子，兴许还能长命一些呢。”

杨延琅的唇角轻轻抽动了一下：“如果杨家失了军权，就没平安日子过了。”

“就算你说的都对，天波府距此千余里，你有什么办法？”

他微微皱起眉头：“也许只有我有办法。”

子翼叹了一口气，问道：“那现在怎么办？”

“你能找人监视潘仁美的一举一动吗？”

子翼点点头：“能。那你……”

“不用担心，我没事。”他的声音没有一丝波动，好像在说别人的事。

子翼把一个小瓷瓶交给他：“如果想找我，就把里面的药粉撒出来一点，最好找有老鼠洞的地方，当然兔子窝也行，只是兔子没有老鼠好控制，目标也大了一点。”

“嗯。”杨延琅把瓷瓶接过来，藏到怀里。

子翼想了想说道：“能活下来不容易，你只有一条命。”

“你别出事。”杨延琅的眼睛好像有点红，这让他看起来像隐在夜色中的一匹狼。

子翼点点头，能让这个冰坨子说出一句关心的话，天地间只有自己有这个面子。他打开窗子，轻巧地跃了出去。

直到屋里安静下来，杨延琅才低下头，一只手死死捂在嘴上，发出一连串压抑的咳嗽声。随后，黏稠的血从嘴角流出，顺着指缝滴落下来。咳了好一阵之后，他有气无力地靠在床头上。歇息了一会儿，他撕下一片衣襟，把嘴唇和手上的血擦拭干净，然后把那片衣襟扔到不远处的炭火盆里。此时，除了他的喘息声中微微带着些嗞声，再看不出有其他异常。

他虽是后来才去的两狼山，但对青石谷之败也有所了解。父亲所率两万兵马是原北汉军，是父亲一手带出来的兵马，战斗力在宋军中是最强的，若不是因为带着百姓，绝不会耽误行军，被辽军围在青石谷。

让他不解的是，三路大军北伐，东路军、中路军败退，西路军孤军深入，为防止被围歼，应该迅速撤回才对，为什么要带着百姓呢？青石谷被围之后，父亲为什么不派斥候回营请援？还是派出去了，潘仁美却没有派出援军？父亲为了保护百姓逃走，故意率军进入两狼山，可那些百姓都去了哪里？潘仁美为什么要杀死七郎？为什么要害父亲？因为七年前的杀子之仇吗？可是那件事他应该早就想明白了，不可能时隔这么久，冒这么大风险，搭上两万大军来害他们。

胸口绞痛，脖子上就像有绳索在一点一点收紧，残酷地折磨着他。那些逝去的和含冤受屈的都是他的亲人。他心如冰水，却并非草木，即使疏离，他们对他也是照顾有加。血脉相连，亲人的遭遇让他痛彻心扉。

第十七回 豪赌相搏命

疯狂的绞痛过后，杨延琅终于有了一点睡意。就在半睡半醒之间，外面突然传来门轴转动的声音。他看到门口透进来一点微弱的光，冷冷的风吹进屋里。伴着沙沙的脚步声，那束光转过屏风，离杨延琅越来越近。他看到一个纤细而柔弱的女子的身影，她手中提着一个白色的灯笼，灯光照着她白色的衣裙和裙摆下的一双赤足，裙角随着冷风来回摆动。

他望着眼前这位不速之客，不知道她是谁，也不知道她想做什么，不过他能确定，她不是耶律铁镜。

“阿爹，是你回来了吗？”女子的声音清脆婉转，像夜莺一样。

阿爹？杨延琅被她叫得一愣，猜想她可能认错人了。

女子走到床边，高高地把灯笼举起来，照亮了杨延琅的脸，也照亮了自己的脸。她柔顺的长发披散着，垂在脸庞两侧，眉眼如画，集聚了天地间最纯净的灵气，美丽的眼睛如璀璨的天河。耶律铁镜已经是很美的女子了，但若与眼前这位女子比起来，还是黯然失色。

女子打量着眼前这个男人，呢喃道：“你真漂亮，你是阿爹请来的神仙吗？”

杨延琅微微皱起眉头。漂亮，平生第一次有人说他漂亮，也是第一次有人认为他是神仙，而不是恶魔。

“阿爹，我想你了。你怎么这么久都不回来看我？”女子歪着头，非常认真地问他。

看这女子认真的样子，不像是认错人，可是没有认错人，她为什么会喊一个与自己年岁相当的人阿爹？

“你看，苑儿把心愿放到天上，神仙看到了，果然很灵验。你给我的簪子，我也没弄丢。”女子笑起来，举起另一只手，她手里握着一根长长的银簪子。不过，它看起来更像一件防身用的武器。

生平从来没有害怕过什么的杨延琅，这一刻觉得后背泛起凉气，这个女人太诡异了。

“阿爹，苑儿想你了，你能抱抱我吗？”苑儿把灯笼放到地上，然后扑了上去。

哗啦，拉动铁镣的声音响起，他想躲开，想推开她，但手脚被紧紧地缚住，唯一能做的就是半靠在床头。此时，他即便真是头狼，也只能任由这个女子把他扑倒，紧紧抱住。

“阿爹，我不想嫁给皇帝，你带我回家吧。”苑儿抱住他，把头贴在他的胸口上，十分安心地闭上眼睛。

“我……不……不……不是你阿爹，请……请松开。”冷汗顺着杨延琅的下颌流下来，本来就不善言辞的他，此时语无伦次。

“不松开，松开阿爹就走了。你每次都这样，我松开手，你就离开我了，然后我就会醒过来。他们就会告诉我，说你死了。”这位自称苑儿的女子非但没松开手，反而抱得更紧了。

她在梦游？

杨延琅看出这女子有异常，但却无可奈何。床被他挣扎的动作弄得嘎嘎作响，但是镣铐的另一端被固定在一旁的柱子上，他无论怎么挣扎，也无法摆脱桎梏。

“来人，来人……”无奈之下，他大声呼叫外面的守卫。可是，他叫了几声，没有任何动静。他突然意识到，一定是子翼把他们迷晕了。

天生霉运，流年不利，做俘虏都不得安宁。谁能想到如虎狼一般，在疆场无敌的人，竟然会被一个梦游的女子逼得走投无路。就在他叫天天不应、叫地地不灵的时候，外面传来嘈杂的叫喊声。

他刚要喊人进来，低头看了看胸前这个已经睡熟的女子，犹豫了一下，又收了声。

外面的宫女像无头苍蝇一样到处寻找，一边找一边喊“太妃娘娘”。萧绰听到消息后急匆匆赶过来，突然她看到偏殿的殿门大开着，门口的守卫正在往起站，刚才应该是睡着了。这一刻，她觉得脑袋轰的一声，眼前发黑。

她看到了开着的殿门，别人也注意到了。宫女和侍卫就要跑过去，萧绰大声喊道：“站住，谁都不许过去。”

听到她的声音，所有人退了回来。

“你们都退下，去把铁镜给本宫叫来。”萧绰只留下两个贴身侍女，打发其余人离开。

片刻之后，耶律铁镜跑过来。还没等她开口，萧绰气恼地说道：“若苑儿真有个三长两短，该怎么向你舅舅交代。这等丑事若传出去，岂不是被天下人耻笑？”

耶律铁镜微微垂首道：“母后，他虽然在战场上杀人如麻，但并非嗜杀成性之人，应该不会伤害一个弱女子。”

“铁镜，她是你舅舅唯一的骨肉，也是……是皇太妃。”

“母后不必着急，我去看看，也许苑儿不在里面。”

“好。”

打发走守卫，耶律铁镜点燃火折，走进漆黑的偏殿，可是当她看清床上的两个人时，却差一点笑出声来。苑儿爬在他身上睡得十分香甜，嘴角勾起，还流出一点口水，他却可怜地斜靠在床头，两只手半举着，腕上铁链紧绷，原本苍白的脸涨得通红，冷汗顺着脖子流进衣领，正用惊恐的眼神看着自己。

“将军，是我的错。美人投怀，你却如此不便，实在让人难熬。”耶律铁镜半揶揄的话里藏着深深的醋意。

“赶紧把她，弄走。”杨延琅硬憋出一句话。

“如此美人，也不能得将军半分怜惜吗？”

“把她，弄走！”杨延琅生生从牙缝里挤出四个字。

看他急成这样，耶律铁镜知道不能再逗他了，走上前去，把苑儿抱在自己怀里。可能是觉得自己的好梦被扰了，她两只手胡乱地抓着耶律铁镜的衣襟，嘴里嘀咕道：“阿爹，阿爹，你别走，这是我的神仙……”

“苑儿别闹，咱们回去了。”耶律铁镜把她抱得更紧一些。

杨延琅终于松了一口气，大口喘息着，浑身瘫软。

耶律铁镜安抚好苑儿后，十分郑重地说道：“谢谢你。”

“谢我什么？”

“你虽少言，但并非无情之人，即使身锁重镣，但以你的武功，要取她的性命易如反掌，所以我谢将军有一颗仁善之心。刚刚外面人声喧闹，你却没有出声，保全了苑儿的名声，所以我谢将军有高洁的品行。”

他从未得到过夸赞，冷不丁被人夸成这样，顿时觉得脸耳发烧，急忙把头转到一旁。

见他又不出声了，耶律铁镜苦笑一下，抱起苑儿出了偏殿。萧绰急忙迎上来问道：“怎么回事？”

“苑儿的梦行症犯了，迷迷糊糊地跑到这里，刚好那两个守卫睡着了，她就进了偏殿。”耶律铁镜解释道。

“那他……”

“苑儿进去后就倒在地上睡着了，他身锁五道铁镣，无法动弹，什么事也没发生。”

“真的？”

“真的。”说到这儿，耶律铁镜凑近母亲，调皮地笑了笑，“他还被吓得不轻。”

“他怕苑儿？”萧绰想到他杀红眼的样子，不敢置信。

“他应该没经历过这种事。”说到这儿，她忍不住笑出声来，看到母亲越来越严厉的眼神，她赶紧说道，“我已经查得差不多了，最近几天，女儿就能收服他了。”

“你派人把这里守好，千万不能再出这样的事了。”

“是，母后。您回去休息吧，我把苑儿送回去。”

“嗯。”萧绰转身走了。耶律铁镜看着偏殿，守卫睡着了，可是她的暗骑不会睡着，为什么苑儿进去，他们没有发现呢？

秋风萧瑟天气凉，草木摇落露为霜。枯黄的落叶从半开的窗口飘落进来，夕阳的余晖照在他脸上，半明半暗，映得那双眼睛更加幽深。今日晚饭之后，他们没有将他锁在床榻上，只在腰上加了一条长长的铁链，铁链另一端锁在偏殿的柱子上。这样一来，他就有了一片可以活动的空间，但这也许并不是什么好事。

天完全暗下来，外面偶尔传来一两声狗叫，应该是很凶猛的狗在叫。随着吱呀的推门声，耶律铁镜走了进来，点燃桌上的烛火。烛光摇曳，她神情严肃，红衣似血。

此时，杨延琅坐在床榻边。耶律铁镜搬过一个木凳，坐在他面前，她那双如烈焰般的眸子里燃起冲天战火。杨延琅突然从心底升起一丝惧意，这是一场真正的生死之战。

“将军，你很聪明，想必我要什么手段也瞒不过你，索性我就实话实说了。”耶律铁镜坦然无畏地盯着他的眼睛，歪着头，看起来有几分可爱。

“说。”

“我为了救你，发出了飞骑令，那是调动全天下暗骑的命令，最后找到了一个世外高人，把你救活了。一纸飞骑令让我的许多暗骑暴露，被迫撤回或转移至他处隐伏。我付出了很大的代价，但我认为将军值得我这么做。”

“也许不值。”

耶律铁镜站起来，背着手走到窗前。窗子依旧半开着，一轮残月挂在夜空。她继续说道：“将军是爱钱之人吗？爱钱财的人应该更爱惜生命。将军是好色之徒吗？仙女般的人投怀送抱，你也未动心，应该也不是。所以，我要劝降你，可能会很难。这些日子，我查遍所有与杨继业有关系的人，都没找到答案。”

“那就放弃吧。”

她转过身来看着他笑了：“我就赌一把，赌赢了，我就赢了；赌输了，就杀了你，我认输。”

“怎么赌？”

“就赌杨——继——业！”耶律铁镜紧紧盯着他的眼睛，一个字一个字说道。

提起父亲，杨延琅眉头忍不住微微皱了一下。这细微的表情变化没有逃过她的眼睛。啪啪，随着她的击掌声，殿外响起了嘈杂的脚步声。透过薄纱屏风，他看到许多人影和火把。

“你们没有把他埋了吗？”他极力压抑着汹涌的情绪，故作平静地问道。

“没有，我命人把他放在冰窖里，一直保存到今天。你想想，他是我大辽宿敌，杀了无数辽人，我父皇也是因他而死，我们怎么会轻易将他下葬。”

杨延琅觉得喉咙发紧，捂住双唇，低声咳嗽起来。

“我不知道你与杨继业是什么关系，为什么要替杨延昭来送死，不过我猜将军与杨家一定关系匪浅，所以我今天就赌一把，我要当着将军的面处置杨继业。”此时，她的声音透着冷酷。她往前走了两步，高高仰起头，指着外面继续说道，“我从吐蕃买了十只猛犬，他们把这种犬叫作獒。据说一只獒可抵十头狼，它们凶残无比，以食肉为生。我又让这些獒饿了两天，就是要它们把杨继业吃得骨头渣子都不剩。”

她话音刚落，外面的狗突然疯狂地叫起来。透过屏风，他看到父亲被围在一群恶犬中间，它们疯狂地向前扑，想挣脱绳索，蹿上去大吃大嚼。他觉得心开始绞痛，眼前蒙着一层血色。

不！现在还不是时候！

现在是唯一的机会！父亲已经死了，想完成他的嘱托，就要赌赢这一局！他紧咬着下唇，在心里一遍一遍告诉自己，紧紧地闭上眼睛，不再看外面。

看到他的样子，耶律铁镜知道这招已经奏效了。她就是要逼他，把他逼到无路可退，逼到疯狂，直到他屈服。可是，看到他如此痛苦，耶律铁镜心里也不好受，但是她没有办法，他只有屈服，自己才能保住他的命。

纤长的手猛然间落下来，凶犬的狂吠声响起，它们挣脱了最后的桎梏，扑向猎物。它们在争夺、撕咬，折骨拆肉，掏腹扯肝。冷汗顺着他的下颌，像小溪一样往下流，那些恶犬撕开的是他的血肉，咬断的是他的骨头，眼前是无边无际的黑暗，四周到处是滴着血的尖牙利齿……

“啊——”他发出一声绝望的嘶吼，就像被逼入绝境的野兽，单薄的身躯一跃而起，像夜色中的雪狼，疯了一般冲出去，矮凳和屏风被撞得四散而飞。绷紧的铁链阻止了他的动作，他摔倒在地。

他缓缓地从一片狼藉中抬起头，看到外面数十只高大的猛犬正在撕咬一只死羊，血流满地，皮肉翻飞。这一刻，他觉得自己变成一堆沙子，散在了地上，连抬起一根手指头的力气都没有。

铁镜公主把他扶起来抱在怀里，她的眼泪像决堤的洪水般涌了出来，顺着这个男人的额头流下去，而怀里的人茫然地望着前方，就像一具尸体。门外，饿狗吞咽的声音让人心惊肉跳。

两个人一直这样坐到天亮。耶律铁镜把他扶到床上，他的眼珠都没有转动一下。

“我要睡一会儿，你出去。”他突然开口赶耶律铁镜走。

睡一会儿？他原本如深潭的眼睛，此时像一片荒漠，没有一丝生气。看到他的样子，耶律铁镜觉得心好像被钝刀割了千百刀，是自己把他逼成了这般模样。这一刻，她后悔了，自己不该如此心急。她发誓，只要他肯屈服，只要他肯留在自己身边，自己绝不会再伤害他。

看到他闭上眼睛，耶律铁镜悄悄转身，向外走去。她知道他并不想睡，只是想安静一会儿。

“给我送一壶茶来。”就在她马上要踏出门槛的一刻，身后传来他的声音。

“好，我一会儿叫人给你送来。”耶律铁镜立即吩咐下去。他想喝茶，这是好兆头。

第十八回　英雄化飞烟

耶律铁镜心烦意乱地往回走，总觉得哪里不对。茶！对，就是那壶茶！想到茶，她突然拔腿就往回跑。侍女不知道发生了什么事，拼命从后面追上去。跑回偏殿，她嘭的一声将门撞开，就看到一地鲜血，他头和左臂半垂在床榻边，地上一堆碎瓷片。

"快，传御医!"耶律铁镜扑上去，攥紧他的手腕，慌乱地叫道。偏殿内外顿时乱作一团。

他再次活了过来，当他睁开眼睛看到焦急又悔恨的耶律铁镜时，他知道自己赌赢了，他用自己的命换取了她的信任。

"你醒了？"此刻，耶律铁镜悬着的一颗心总算放了下来。她感到后悔，恨不得替他去承受这些痛苦。

"我错了，不该这样逼你，你放心，杨老将军的尸骨，我一直保管得很好，没有丝毫不敬。"她小心地安慰道。

杨延琅没有看她，她知道他一时半刻不会原谅自己，也不想看见自己，但是她又不放心把他单独留下，就吩咐仁达和仁海寸步不离守着他。

离开偏殿后，一个暗骑急匆匆找过来，交给她一封信。耶律铁镜打开信看了一遍，微微笑了一下。最难熬的都熬过来了，余下的就是收网了。不过，先要给他养好身体才行，别像昨天夜里一样，把弦给绷断了。想到昨天的事，耶律铁镜觉得心如刀绞。

清风茶坊是上京城最大的茶楼，楼高三层，有雅室。最好的一间雅室建在三楼楼顶，清新典雅，招待的自然全是达官贵人。萧绰与耶律铁镜坐在雅室内，小小的茶桌上摆着茶具和点心，屋内只有她们两个人。萧绰穿着打扮像一个贵妇，耶律铁镜一身男装，二人像一对母子。

此时，雅室内窗子开着，窗外传来莺莺燕燕的声音。已近傍晚时分，与这冷冷清清的茶楼相比，对面的生意好多了，那里是上京城最大的青楼——流云阁。清风流云，这两座楼隔街相望，名字倒也十分登对。

流云阁红灯亮起，三三两两的姑娘倚栏而立，嬉笑打闹，风情万种。莫说是男人，就是女人看到也会喜欢，当然前提是你的丈夫不能出现在她们身旁。

萧绰望着陆陆续续走进流云阁的人，问道："铁镜，你说李昌鹤真的会来？"

"会。这个家伙自到上京，第一件事就是差人打听青楼妓院，自此就成了流云阁的常客。"说完，她浅浅地喝了一口茶，捏起一个蜜饯放到嘴里，不知在打什么主意。

她的话音刚落，就听楼下传来一个粗犷的声音："爷来了，都快点给爷出来。"

"来了。"耶律铁镜一下跳起来，站到窗前，看起来可爱又灵动。

萧绰看了耶律铁镜一眼，她知道每当耶律铁镜露出这种可爱的神情，就有人要倒霉了。萧绰也踱到窗前，只看到了李昌鹤的背影。他身形高大，甚至比契丹人看起来更魁梧，穿着褐色皮袄，腰上扎着黑色玉带，硕大的脑袋上盘着条辫子，头发看起来乱糟糟的。随着他这一声吼，门内涌出五六个姑娘，笑盈盈来迎他。他倒也不客气，左拥右抱地进了流云阁。

看到他，萧绰顿时感觉心里被人塞了一把干草。这个家伙真是配不上她的铁镜。李继迁此番派他前来，说是来给自己祝寿，向公主求亲，实则是试探她的虚实。当初，李继迁被宋国逼得走投无路，来投奔辽国。辽国庇护他，封他为夏州节度使，总领夏州一切军政之事。他依仗辽国的支持，仅用七年时间就收复了拓跋氏的土地，而后又乘辽国疲于应付宋国之时，谋划称王。野心勃勃，不可小视。李昌鹤是李继迁的次子，力大过人，据说征战沙场从未遇到过敌手，深得李继迁喜爱。不过，此人好色无度、残忍暴虐，此次专门到上京求娶公主，而且点名要娶的就是铁镜公主。

嫁，还是不嫁？萧绰实在难以决断。嫁，显得辽国软弱，国力空虚；不嫁，李继迁就会倒向宋国。夏州虽不大，但夏人勇武好杀，若与宋国联合，对辽国来说是极为不利的。除去这些，若论私情，她是真不愿意女儿嫁给李昌鹤这个混蛋。

"李继迁不过是想乘机敲诈，他周旋于辽、宋之间，想从两边拿好处。母后，如果这次不给他们点教训，以后李继迁会蹬鼻子上脸，无法无天。"耶律铁镜望着对面的青楼说道。

萧绰坐回去，继续喝茶，问道："你有什么好办法？"

"母后，女儿倒是有个办法，于公能打压李继迁的气焰；于私，能把李昌鹤这个混蛋踢回夏州。"耶律铁镜坐下说道。

"想从我这儿要临机处置的权力，对吗？"萧绰抬起头，看了她一眼。

耶律铁镜笑道："母后睿智，女儿这点心思自然瞒不过您。"

萧绰放下茶盏说道，"我给你这个权力，不过你得记住：第一，不可做有失大辽国体之事；第二，不许与李继迁翻脸；第三，给夏州以震慑，让他们老实点"。

"好。"耶律铁镜满口答应。

萧绰叹了一口气道："不过，你已经二十二岁了，这样下去，会误了你的终身大事。"

"母后，您想说什么女儿知道。女儿嫁谁不重要，重要的是，这支暗骑军能托付给何人。贺黑纳兰和李继迁只怕是惦记着女儿的暗骑军。"说到这，她深深地吸了一口气道，"所以，女儿决定了，没有好结果，这辈子我就不嫁人，守在母亲身边。"

"傻丫头，哪有守母亲过一辈子的，老了怎么办？"

“这事简单，皇弟怎么都不会让我饿死吧。”耶律铁镜说着，又往嘴里扔了一个蜜饯。

“你啊……”萧绰心疼地看了她一眼，她以后也许真的会这样。

“母后，热闹看完了，咱们回去吧。”耶律铁镜先站起来，然后去扶萧绰。

“好，回去吧。”

母女二人出了清风茶坊，穿过流云阁门前的人群，消失在街巷的尽头。

秋风拂过血红的夕阳，苍茫的大地泛出冷冷的寒光。杨延琅是第一次到漠北，感觉这里荒凉而又空旷。在这片荒凉的旷野中，站着几百个壮硕高大的契丹人，他们穿着黑色的铁甲、毛皮制的战衣，足以抵御深秋的寒风。

杨继业的尸体停在木柴上，穿戴整齐。他一步一步走到父亲身边，平日严肃的父亲此时看上去安详而又平静。谁能想到，戎马一生的父亲最后会落到敌人手中被付之一炬。他的心在绞痛，耳边回响着父亲的话，那些话已经变成一道道沉重的铁镣，紧紧将他锁住，让他至死无法挣脱。

“我知道，按照你们汉人的习俗，应该送杨老将军入土为安。不过，归乡暂时是不可能的，他的家人也不在这里。没有亲人相送，没有故土存身，魂魄又如何能安？我想先按我契丹人的习俗送他走，等到合适的时机，再把他送回杨家。”今天她穿了一身黑色的衣服，身上满是萧瑟之意。

没有亲人！的确，父亲有七个儿子一个女儿，可如今却只有自己这个家奴来送他最后一程。他以为再见到父亲会悲痛欲绝、难以自制，但现在他却异常平静。自己只是一个未死的幽魂，不能完成父亲的遗愿，有什么资格痛苦。

父亲衣甲俱全，辽人对他没有半分不敬。杨延琅帮父亲整理好遗容，然后仁达和仁海郑重地将杨继业的遗体抬至一旁。随着铁镜公主一声令下，火光冲天而起。

“杨将军，一路走好！杨将军，一路走好！”响彻天地的喊声让杨延琅猛然惊醒。他惊讶地看着草原上这些辽兵，他们用生硬的汉话喊着，神情肃穆。他们在表达敬重，对英雄的敬重。这一刻，他内心泛起一种连自己也说不清道不明的感觉，这样的契丹人，他从未见过。

大火烧了许久，直到星辰闪耀，耶律铁镜抱着一个精致的坛子站在他面前，说道：“我母后专门修了一座寄放宋国人遗骨的昊天塔，我们就先把杨老将军的骨灰放到塔里吧。”

他缓缓伸出手，紧紧将骨灰坛抱在怀里。父亲！这一刻，他的泪水突然如决堤的洪水汹涌而出，大滴大滴落到怀里的坛子上。他从未与父亲如此亲近过，父亲冷语如刀，他冷如寒雪，父子之间有一道难以逾越的鸿沟。此时，他摸着滚烫的坛子，隐隐有些后悔，也许当初自己鼓足勇气去抱抱父亲，父亲可能就不会那样厌恶自己了。说到底还是自己太过执拗了。

“将军，走吧。”铁镜公主一双美目中满是关切和担忧，赤诚而又热烈。

他望着铁镜公主点点头，心里很感激这个公主。无论她出于什么样的目的，至少她给了父亲该有的荣光。他拖着沉重的铁镣，一步一步走向不远处的昊天塔，高高的塔尖就如一根刺，深深扎进他的心里，永远也拔不出来。

这一夜，杨延琅睁着眼一直到天亮，他在等，等耶律铁镜来。该做的她都做了，现在该到亮出底牌的时候了。

“将军，起了吗？”偏殿外，耶律铁镜的声音响起。

“起了。”杨延琅安静地坐在床榻边等她。

耶律铁镜进来，还像往常一样，拉过一个凳子，坐在他对面，笑着问道：“将军睡得可好？”

“好。”

“知道我今天为何而来吗？”耶律铁镜开门见山地问道。

“为赌注。”

“那将军，我赢了吗？”

“不知道。”

耶律铁镜微微皱了一下眉头：“那我是算赢呢，还是算输呢？”

“随你。”

扑哧一声，耶律铁镜笑了。杨延琅不知道她为什么笑，不过她笑起来的样子倒是很好看，一点都不做作。

发现杨延琅在看她，耶律铁镜收住笑，问道：“将军说话是不是从来不会超过三个字？”

耶律铁镜的问题让他一愣，没超过三个字的话吗？

“不过，你能开口，就是给我面子了。”她拍拍手站起来，挥手让外面的人进来。片刻之后，两个辽兵抬着一杆长枪站在杨延琅面前。这杆枪很长，通体乌黑，只有枪尖处有一点血红，枪纂处浅浅地刻着一个“柒”字。

这是七郎的枪！杨延琅暗暗收紧十指，刚刚愈合的伤口传来一阵阵尖锐的疼痛。他用疼痛提醒自己：他们都是陌生人，你是第一次见到这杆枪，你什么都不知道。

耶律铁镜问道：“将军认识吗？”

杨延琅平复心绪后说道：“这枪，有股邪气。”

“呵呵，果然神兵利刃比绝世美人更招你喜欢，话都说得多了。”

对付伶牙俐齿的耶律铁镜，他唯一的方法就是默不作声。

“这是杨延钰的枪，长八尺八寸，重一百零八斤。杨家父子三人被我数万大军围困苏武庙时，杨七郎杀出重围，回营请救兵，没想到被潘仁美下令乱箭射死，然后我拿到了他的枪。”

杨延琅伸手去摸枪身，这是七郎的枪，是用一块天降玄铁铸成的。枪铸成之后，有人说它克主。七郎极爱这枪，吃饭睡觉时都要带在身边。他有霸王之力，有了这枪，上阵杀敌更是如虎添翼。当年在金沙滩时，他就是用这杆枪杀出一条血路，一战成名，可如今却已经物是人非。

耶律铁镜从怀里拿出一封信递过去，说道："将军看完这封信也许就能确定我是不是赌赢了。"

杨延琅把信接过来，慢慢打开，竟然是潘仁美写给萧太后的手书。手书中说，他敬仰萧太后是一代明主，不愿北征契丹，是杨继业这等好战之徒挑起战端，致生灵涂炭，所以他才会在青石谷撤军，射杀杨七郎，以平息战火。如今，杨延昭逃回京城告御状，他希望自己走投无路时，辽国能收留他的两个儿子，并善待他们。

他死死捏着信纸，冰冷的眼中燃起烈焰。他抬起头望着耶律铁镜，极为压抑地问道："我能有什么用?"

"帮我打败一个人。"耶律铁镜直视着他说道。

"谁?"

她背着双手，微微仰起头道："夏州节度使李继迁的次子李昌鹤。"

"为何要打败他?"

耶律铁镜道："他在上京骄横跋扈，挑衅我大辽国威，所以我要打败他，以震慑夏州，让他们不敢轻举妄动。"

"为何是我?"

"我大辽的战将不是他的对手，而且此战绝不能败。"耶律铁镜的声音有一丝异样。这是她第一次为自己谋划，所以绝不能败。

"我有一个条件。"

"说。"

"你帮我杀了潘仁美，替杨将军报仇。"

耶律铁镜想了想，笑道："你帮我打败一个人，我帮你杀一个人，你这买卖做得不亏啊!"

"赌注是我的命。我赢了，你帮我杀潘仁美；我输了，你大辽就是死去一个俘虏。这样既不失大辽颜面，又不会与李继迁翻脸。"

耶律铁镜知道他很聪明，但没想到他这么聪明。好！她就喜欢长得好看又聪明的人，所以她不会让他死的。

"我等将军扬我大辽国威，名震天下。你现在可以告诉我，你的名字吗?"

"我打败他之后告诉你。"

"也对，败军之将、枉死之魂，也不配让我记住名字。"她挑了挑眉梢，回身抽走他手中的信，愉快地说道，"信是我的，枪是你的。"说完，转身出了偏殿。

杨延琅心中暗笑，她这激将法倒用得顺手。她走了，偏殿内又安静下来。他摸着这杆乌黑的长枪，心如刀割。这件事若不是子翼对他讲过，他早有心理准备，今天一定会露出马脚。这个公主看似不掩喜怒，却很有心机和手段，对付她，自己必须要做到万无一失。

第十九回　智斗御正殿

辽国皇宫御正殿内，耶律隆绪正襟危坐在御座上，他旁边坐着萧绰，其他文武官员立于御阶下，神情肃穆。不过，今天有点不一样的地方，那就是萧绰旁边站着耶律铁镜。她一身红衣如火，黑色的腰封让她的身材看起来更加玲珑有致，黑色的护肩和护腕与其说是护甲，倒不如说是装饰，显得她更加的英姿飒爽。她眉眼如画，黑发束于头顶，白色的玉冠晶莹剔透，长长的发丝垂在耳后。她一身汉人男子装束，看起来既英武不凡又娇艳动人，就像一团烈火，吸引了所有人的目光。

“宣夏州使节觐见。”随着殿前御侍的高声宣叫，夏州使节一行走进大殿。

走在最前面的就是李昌鹤，他身高体胖，身穿长及膝盖的褐色皮衣，胯骨处束着一条黑色玉带，正好把肚子箍得浑圆，肚子上的肉随着他的脚步左右晃动。他脚上穿着皮靴，头戴夏州官帽，像锅底一样黑的脸上长着一双不大的眼睛，眼皮有点肿。从远处看，眼睛好像没睁开，更显得他趾高气扬，没把殿上的人放到眼里。

李昌鹤走到御阶下，跪拜行礼：“夏州节度使李继迁麾下马步军使李昌鹤拜见大辽皇帝陛下、皇太后。”

“平身吧。”耶律隆绪朗声说道。他虽然已经有了帝王的气度，但毕竟还是个少年，与李昌鹤一比，显得既单薄又青涩。

李昌鹤毫不客气地站起身来，而后高高仰起头看向御座。他还没看清楚耶律隆绪的相貌，目光就被萧绰身边那个女子吸引过去了。他见过无数美人，有的娇美可人，有的艳光四射，却从未见过这样的美人，她是如此的卓尔不群，就像天上的霞光，让他舍不得移开目光。

看到他肆无忌惮的目光，耶律隆绪气得俊面通红，刚要开口呵斥，就被母亲的一个眼神给制止了。

李昌鹤身旁一位四十多岁的下属想伸手拉他的衣袖提醒他，没想到楚国公韩德让比他动作更快，上前一步插在李昌鹤与那位下属之间，而后对李昌鹤说：“李将军，你可有事要奏？”

他的声音不太高，却让李昌鹤意识到自己失礼了。李昌鹤收回游荡的心神，发现殿上的辽国官员都以一种极为不善的目光看着他。不过，这人别的长处没有，就是脸皮够厚，他毫不在意地举起手中的奏折与礼单说道："李昌鹤代我父为太后奉上寿礼。"

殿前值守的侍从接过奏折与礼单递给耶律隆绪。耶律隆绪看完之后递给萧绰。乘这会儿工夫，李昌鹤又多瞄了耶律铁镜几眼。他发现这个女子对他不闪不避，还笑了一下。

萧绰没有注意到他二人眉来眼去，看完奏折之后说道："本宫已知晓你的来意，这些年多亏你父亲镇守夏州，宋国才不敢轻举妄动，可谓是劳苦功高。如今你求娶公主本是好事，只是先皇与本宫只有铁镜这一个女儿，爱如掌上明珠，她的性子自然就娇纵了一些。"

李昌鹤盯着耶律铁镜说道："娇纵没关系，我让着她就是了。"

听了他的话，萧绰微微笑道："李将军误会本宫的意思了。是这样，铁镜听说夏州派人来求亲，便想来看看将军。"

"看我？"李昌鹤一愣，他平时总惦记着女人，还没听说有女人想看他。

"不错。我们契丹人的女儿没有那么多拘束，所以本宫就把她带来了。"萧绰说罢，转过头对耶律铁镜说道，"铁镜，你不是有话要问李将军吗？去问吧。"

"谢母后。"耶律铁镜谢过母亲，而后一步一步走下御阶，站到李昌鹤面前。现在，李昌鹤把耶律铁镜的眉毛、眼睛都看清楚了，那双漂亮的大眼睛看起来亮晶晶的。她面带笑意，娇艳动人。李昌鹤觉得筋骨酥软，脑袋里像装着一团糨糊，早就忘了"色字头上一把刀"这句话了。

"见过将军。"耶律铁镜浅浅地行了一礼。

"原来，原来是公主殿下，恕在下眼拙。"李昌鹤说着往前凑了两步，那位下属想跟上去，被韩德让拦下。

"将军说笑了。"耶律铁镜直起身来的同时，不动声色地往后退了一步，又把两人之间的距离拉开了。

李昌鹤咽了咽口水，努力回想萧绰说过的话，急忙说道："公主想问什么，我一定会知无不言。"

"殿下果然是直爽之人，那恕铁镜无礼了。"说到这儿，她停了一下道，"铁镜虽为女儿身，但自幼学文习武，志向不输须眉，也曾立下宏愿，此生若嫁，就要嫁顶天立地的盖世英雄。"

耶律铁镜话音刚落，李昌鹤便哈哈大笑，说道："若论英雄，末将敢说第二，这天下没人敢说第一。我自十五岁出征，杀敌千万，未遇敌手，绝对不会辱没了公主。"

"将军说自己所向无敌，可是上京人都知道吗？"耶律铁镜轻轻歪了一下头，这让美艳的她又添了几分灵动和可爱。

李昌鹤几乎想都没想，脱口而出道："上京人知道如何？不知道又如何？"

"将军，我大辽不比你小小的夏州，我们这里能人辈出、战将如云，所向无敌者比比皆是。我听说他们对将军你自诩天下第一，心中多有不服呢。"

耶律铁镜一句"小小的夏州"顿时让他倍感屈辱，他心中升起一股邪火，大声说道："不服，不服就来打啊！"

耶律铁镜轻声笑道："殿下说笑了，你远来是客，怎么能刀兵相向呢？若伤到你，岂不是让人耻笑大辽失了礼数？再说，天下悠悠众口，自然由他们说去，你也不必放在心上。"

李昌鹤的确被耶律铁镜迷得晕头转向，但他不傻，听耶律铁镜的口气，好像她嫁给自己是受了多大的委屈，急忙问道："公主，你什么意思？"

"这……"耶律铁镜欲言又止，只说了一个字。

李昌鹤见她这种神情，更觉得窝火，催促她道："公主有话但说无妨。"

"其实将军前来求亲之事，坊间早有传闻，他们说将军无勇无谋、有头无脑，就是肚大腰肥的一个窝囊废。"说到这儿，她轻轻叹了一口气，"想我堂堂大辽长公主，竟然要让那些人在背后非议，真是心有不甘。所以，我才来到殿上，想亲眼看看将军。"

"这些背后嚼舌的小人！"李昌鹤恨恨地说道，而又问耶律铁镜，"那现在呢？现在公主觉得如何？"

耶律铁镜看着他笑而不语，貌似对他不太满意。

李昌鹤怎么受得了这个，急忙问道："那怎么样才能让公主满意？你说个办法。"

"比武招亲。若将军能拿下头名，自然能堵上那些小人的嘴，而本公主也能扬眉吐气了。"

那位下属眼看自家主子要落入圈套，起身就要冲过去，却被韩德让一把拉住。韩德让低声对他说道："公主与李将军相谈甚欢，真是千里姻缘一线牵啊。"

"闪开！"那位属下怒不可遏，推开韩德让跑过去。可就在他要开口阻止的时候，只听李昌鹤哈哈大笑道："好，比武就比武，看我不把那些人的舌头给拔出来下酒吃。"

那位下属真想一头撞死，这个蠢货一见漂亮的女人就蠢得像头猪一样。韩德让微微抿了下嘴，隔着这么远，他都能听到那位下属咬牙的声音。

"将军果然是真英雄，等到你力压群雄，拿下头名，铁镜一定亲手为你披上红袍。"耶律铁镜笑得妩媚动人。

美人的赞赏让李昌鹤十分受用，他不信这天下还有人是他的对手。二人很快就谈妥，约定十日后于城西校场比武招亲。

贺黑纳兰回到北大王院时，府里被贺黑虎闹得鸡飞狗跳，他砸烂了屋里所有能砸的东西，正在打骂身边的侍卫。

"住手。"贺黑纳兰沉声喝道，贺黑虎终于停了下来。

五十多岁的贺黑纳兰是三朝老臣，手中握着大辽半数以上的兵马，喜怒不形于色，身材健硕，气度不凡。他妻子早亡，只留下贺黑虎一个独子。他对贺黑虎爱如珍宝，使他养成了骄纵的性格，无法无天。

"你们都出去。"贺黑纳兰对几个侍卫说道。

"是，王爷。"几个侍卫如获大赦，连滚带爬地出去了。

贺黑纳兰弯腰从地上拾起一块青瓷瓶的碎片，那是大宋景德镇的花瓶，花了他八百两银子，转眼就在儿子手里“尸骨无存”了。他无力地叹了一口气，这个儿子一点都不像自己，他目光短浅、性情浮躁，流连烟花柳巷也就罢了，还如此没出息，为了一个女人耍孩子脾气。他把手里的瓷片扔到一堆破烂中间，然后问道：“出气了吗？”

“父王，你不是说铁镜一定会嫁给我吗？”贺黑虎气鼓鼓地坐在椅子上。

“为父说过的话多了。为父还说你母妃一定不会离开我们呢，可她还不是离开了我们！”说到这儿，贺黑纳兰脸上露出痛苦的神情。

“哼！”贺黑虎赌气，转过头不理他。

“虎儿，现在事情到了这个分儿上，太后只怕也做不了主了。”贺黑纳兰忍下火气，和颜悦色地说道。

“为什么？”贺黑虎跳起来问道。

贺黑纳兰拍拍儿子的肩膀，然后拉着他坐下，说道：“李继迁不臣之心日盛，半年前上书意欲称王，被太后驳回。那时他不敢轻举妄动，但宋国二次北征，他察觉到大辽国力不继，所以明面上李昌鹤是来祝寿求亲，实际上李继迁是在试探我大辽的虚实。若太后应下这门亲事，就等于承认我大辽软弱，以后他会得寸进尺，自行称王；若不应这门亲事，他们就会倒向宋国，甚至会在大辽背后捅上一刀。换你，你该怎么办？”

贺黑虎听完父亲的话，安静了许多。这些他都没有想到，他能想到的就是铁镜公主要嫁给那个什么李昌鹤了。

贺黑纳兰继续道：“铁镜公主不愧是暗骑军的统领，也算是女中豪杰，朝堂之上竟把这盘死局给走活了。她用言语一激，那个有勇无谋的李昌鹤就上当了。只要我们在这场比武中打败李昌鹤，你不但能如愿以偿，娶铁镜公主为妻，还能重树我大辽国威，以后太后对我们也要敬上三分。”

贺黑虎点点头，问道：“可是父亲，我们能打败李昌鹤吗？我听说，他有万夫不当之勇。”

贺黑纳兰微微一笑，冲着门外摆手，一个侍卫提着一杆长枪走了进来。这杆长枪与别的长枪不太一样，它木黄色的枪身好像是用藤条拧成的，枪尖处有一大蓬红缨，枪身长有八尺。

“这是什么？”贺黑虎不明白。自己虽不是疆场无敌的猛将，可也不至于用木枪啊。

贺黑纳兰接过长枪，抚着枪身说道：“这枪是为父取天山之上的铁藤，用青油泡了整整三年才打造而成的，虽是藤条却坚硬似钢铁，而且……”他左手抓住枪尖，右手握住枪纂，双臂使力，枪身慢慢弯曲，直到枪尖对上枪纂，长枪弯成一个圆，他左手突然松开，只听呜的一声，长枪像鞭子一样抽了出去。

见此情景，贺黑虎两眼放光，急忙接过长枪舞了几下，发现这枪不轻不重、可刚可柔，十分趁手，有出其不意，攻其不备之效。

“依为父看，李昌鹤力量有余却灵巧不足。我依着铁藤枪给你创了一套枪法，你与他战时，不必硬拼，只需耗他体力。待他体力不支时，再收拾他，这应该不难吧？”

贺黑纳兰手把手交给贺黑虎一套枪法。之后，贺黑虎又练习了几遍，渐渐熟悉了，才停下来休息。有了这杆枪和枪法，贺黑虎感觉胸有成竹。他得意地摸着手中的枪缨，突然一阵刺痛从手上传来。他急忙抽回手，发现手掌被割了一道口子。他小心地翻开那厚厚的枪缨，才发现其中另有玄机，原来里面藏着六根倒钩，锋利无比。看着从手掌处滴下的鲜红的血滴，贺黑虎眼睛里闪着兴奋的光芒，他一定要打败李昌鹤，一定要娶铁镜公主。

第二十回　枪下走游魂

大辽长公主比武招亲，这自然是一件震动朝野的大事。而且，告示上写得很清楚：无论身份贵贱，都可以参加。豪门贵胄想借此机会攀上皇亲，武艺高强的平民想一步登天。因此，这几日上京城里人山人海，大小驿馆人满为患，据说连马棚里都住满了人。

西校场在上京城西，是上京最大的演兵场。经过四天的比试，能站在这里的人已经是凤毛麟角了。比武招亲的最后一天，点将台上提前搭好帐篷。日上三竿，萧绰、耶律隆绪等人来到点将台观战。

此时，校场上那位已经连胜六场。李昌鹤觉得时机差不多了，便走下点将台，来到校场中央。二人互通姓名之后，才过了两三招，那人就被李昌鹤一脚踢中胸口，口吐鲜血，最后被抬出校场。

“我乃夏州节度使次子李昌鹤，今日就是要拔得头名，娶铁镜公主为妻！”李昌鹤站在擂台中央高声叫嚣。人们都知道夏州虽名为辽国之地，却相当于一国。听到夏州人在大辽京都嚣张跋扈地大放厥词，场内外的契丹人个个义愤填膺。有几个不服气的冲了进去，却都灰溜溜败下阵来。不是人家的对手，只能任他耀武扬威了。

“何人与我再战，何人与我再战……”李昌鹤绕着校场，高声叫道。

“我来！”李昌鹤话音刚落，贺黑虎便越过皮绳，跳到擂台中央，手里紧紧攥着那杆铁藤枪。

见到有人下场，看样子还有两下子，人群中顿时爆发出一阵叫好声。李昌鹤看了一眼这个人，有点眼熟。他仔细回忆了一下，应该是在流云阁见过，好像是哪个大臣的儿子。对于这种纨绔子弟，他向来不屑一顾：“你是谁来着？”

“我乃北院大王贺黑纳兰之子——贺黑虎，亮出你的兵器。”贺黑虎报上姓名。

“贺黑虎？”李昌鹤饶有兴趣地看着他手里那杆木黄色的长枪，笑道，“原来贺黑公子喜欢玩木枪。”

听出李昌鹤话里的讥讽之意，贺黑虎鼻子一哼道：“杀你，一杆木枪足够了。”说罢，举枪刺向李昌鹤。

李昌鹤侧身塌肩，枪尖从他胸前扫过，他立即反手抓向面前的枪身。贺黑虎知道他是力大之人，若枪身真被他拿住，只怕自己就夺不回来了。想到此，他急忙把枪身下压，躲过李昌鹤的手。此时，枪尖停在李昌鹤小腹之处。机不可失，失不再来，贺黑虎眼中凶光一闪，枪身横扫，紧紧贴住李昌鹤的下腹，而后双手使力，猛地往后撤枪。

李昌鹤认为，此时贺黑虎应该收枪变招，怎么会让长枪贴着自己呢。感到他招数不对，李昌鹤急忙收身后撤，可即使如此，只听哧的一声，他的铠甲被生生割开两道口子，下摆都快掉了。李昌鹤觉得下腹一阵刺痛，看到衣服上有血迹。他惊魂未定，摸了摸肚子，还好只是皮外伤。想不到这个贺黑虎如此阴险，刚刚那一下，要不是自己反应够快，只怕这会儿已经开膛破肚了。

这招没能杀了李昌鹤，贺黑虎非常失望。在凉棚里观战的贺黑纳兰非常担心，如此过早地使出撒手锏，暴露了枪上的玄机，让李昌鹤有所防备，再想胜他就难了。

“拿我的兵器来。”李昌鹤眼中闪着怒火，对擂台外的两个随从喝道。

“是。”他的两个随从一人提着一只大锤走上来。从他们吃力的样子判断，李昌鹤的锤一只至少有三十斤重。可是这么重的锤，李昌鹤却一手提起一只，两只手轻轻一转，锤头就像风车一样，滴溜溜转了几圈。他微微一笑：“小子，让我领教领教你还有什么阴毒的招数。”说完，左手锤一甩，带着呜呜的破风之声，直向贺黑虎面门砸去。

贺黑虎不敢硬接，抽身后撤，躲过了这一锤。李昌鹤左手锤没砸中，锤头砸在地上，溅起一片黄沙，接着挥右手锤向贺黑虎的小腹砸去。贺黑虎尽力躲闪，想拖垮李昌鹤，可是他没想到这胖子看起来蠢，但身手敏捷，又被激起满身暴戾之气，所以招招致命，几招就把贺黑虎逼得手忙脚乱。几十招过后，贺黑虎被打得只有招架之功，没有还手之力。突然李昌鹤左锤狠狠砸向贺黑虎的双腿，右锤砸向他的前胸。贺黑虎躲过左锤，竖起长枪抵挡右锤。锤头与枪身相撞，枪身竟然不可思议地深深弯了下去。如果贺黑虎力气够大，这一下就能把锤子弹出去，但是他力气不足，反而把自己弹了出去。贺黑虎脚下不稳，一连退了好几步。这时，李昌鹤脸上突然浮起一丝狞笑，只见他左手锤的锤头突然从锤柄上弹了出去，像流星一样，直向贺黑虎脑袋砸去。此时，贺黑虎脚下不稳，对着这只突然而至的铁锤，避无可避。

“快救他！”不知是谁喊了一声。只听铛的一声，那只锤头好像砸到了精钢铁板，迸发出一道火星，然后倒向一旁。

点将台上包括贺黑纳兰在内的人都愣住了，就在大家以为贺黑虎会脑浆迸裂的时候，他竟然躲过了这一劫。贺黑虎捂着自己被震得嗡嗡作响的耳朵，半晌才想起来摸摸自己的脑袋，还完整无缺，而他旁边不远处扎着一杆黑色的长枪，枪身没进黄沙足足二尺深。原来不是贺黑虎的脑袋硬，而是不知从哪里飞来一杆长枪，替贺黑虎的脑袋接下了这一锤。

“什么人？”李昌鹤大声喝道。别人没有反应过来，他却看得清楚，能接下他这一锤的人绝不是等闲之辈。

哗啦，哗啦，随着铁镣拖地的声音，校场内外渐渐安静下来，人们都看向走进校场的人。他凌乱的黑发披散着，穿着一件灰色的短衫、黑色长裤，脚穿一双旧战靴。他身材单薄，与膀大腰肥的李昌鹤一比，就像个弱不禁风的书生。更让人惊讶的是，他眼睛上还蒙着一块巴掌宽的黑布，只露出没有血色的双唇。他手腕被长长的铁镣锁着，一个黑脸汉子扯着铁镣走在前面，领着他一步一步走过来，停在那杆黑枪旁边。

看到这个俘虏，萧绰腾的一下站了起来，低声问旁边的贴身侍女："铁镜呢？"

侍女摇了摇头："回太后，奴婢没有看到公主。"

萧绰双目喷火，没想到她这个宝贝女儿竟然算计她。思索片刻后，她压下怒火坐下，静静地看着校场上的两个人。

李昌鹤愣了一下，问道："这枪是你的？"

"算是。"他语调平缓，让人听不出喜怒。

"你是何人？报上名来。"

"俘虏。"又是冷冰冰的两个字。

"你到此所为何事？"李昌鹤不甘地追问道。

"打败你。"

"呵呵，大辽难道无将可派，竟然让一个俘虏来打擂？"李昌鹤嘲笑道，却暗暗握紧了手里的锤柄。莫名的，他内心竟然感到畏惧。

"怕，就滚。"

这俘虏的话像一记大耳光抽在李昌鹤的脸上，让他五内如焚。

"让人去了你的镣铐，我要与你决一死战。"

"不必！"他微微低下头，等待着就要开始的厮杀。

"狂徒，受死吧！"李昌鹤挥起左手锤，直接砸向眼前这个俘虏。

杨延琅听到风声，身形一闪，躲过他这一锤，右手握住枪柄，嘭的一声抽出长枪，枪尖带起一片尘土，向李昌鹤横扫而去。李昌鹤右手挥锤，接住对手的长枪。兵器相接的声响震耳欲聋，这是力量与力量的较量。

杨延琅已经很久没遇到这样的对手了，他浑身上下的血瞬间沸腾起来，那杆黑枪在他手中有如神助，越发诡异莫测。他倒是打得痛快了，李昌鹤却渐渐招架不住。他低估这个俘虏了，这个人的外表与他的武功截然相反，自己已经开始喘了，他还是波澜不惊的样子，眉梢都没有动一下。

李昌鹤意识到自己要速战速决，否则拖下去必败无疑。他看到杨延琅眼睛上的黑布、腕上的铁镣，突然有了主意。他借躲闪之机，退到距杨延琅四步以外的地方，而后如先前打贺黑虎一般，甩出右手锤，向杨延琅双腿袭去。杨延琅闻声而动，竖起长枪抵挡大锤，同时身体左转，向一旁闪去，流星锤被击得偏向一边。就在此时，李昌鹤身形一转，挥起左手锤，从右边向杨延琅的脑袋砸去。只是这一锤与他之前刚猛的招数不同，非常缓慢，不发出一丝声响。

此时，所有人都瞪大了眼睛，这一锤虽然慢，对于这个俘虏来说却是致命的，因为它悄无声息。他双眼被蒙，全靠耳朵听，可若听不到声响，自然也就无法判断对手的招式。

李昌鹤眼见一招就要得手，眼中闪出兴奋的光芒，这时他突然看到这个俘虏的唇角微微上翘，看起来像在笑。李昌鹤看到这个笑容，觉得自己错了，可是又想不出哪里错了。他想收回锤子逃跑，但这一切都发生在刹那之间，这个俘虏像鬼魅一样，躲过他要命的一锤，而后欺身上前。李昌鹤眼睁睁地看着红色的枪尖离自己越来越近，甚至感觉到那冰冷的长枪已经刺进喉咙，身体不受控制地倒了下去。他终于知道自己哪里错了，他不该离这个俘虏这么近。

“将军，将军……”

不知过了多久，李昌鹤隐约听到有人在叫他，这声音忽远忽近、模模糊糊。他不清楚自己在哪里，也忘记了发生过的事情。

“将军，没事了。”

声音终于变得清晰了，他骤然清醒，瞪大眼睛，大口喘息着。半晌他才发现自己躺在地上，那俘虏手握长枪，站在上方，枪杆紧贴着自己的脖子，枪尖扎进黄沙里。自己竟然被吓晕了！李昌鹤脸皮再厚，这会儿也觉得脸上火烧火燎的。这场比试不但让他丢了脸，也让所有夏州人颜面扫地。

“将军没事吧？”那个声音又传进他耳朵里，很好听，但也很可怕。

李昌鹤转头，看到蹲在他身侧的耶律铁镜，她依旧一袭红衣如火，笑得依旧明艳动人，可是此时他才知道，这笑容背后有多少心机。

“让将军受惊了。”耶律铁镜拍了拍手，杨延琅收起长枪，退到一旁。

“你……”李昌鹤一下跳了起来，想到自己被一个女人当猴耍了，顿时怒火中烧，起来就要拼命。

此时，他的属下带人来到校场，急忙拉住李昌鹤，对耶律铁镜拱手道：“多谢公主手下留情。”事已至此，不能失了颜面，又丢了气度。李昌鹤还要说话，那副使以眼神制止了他。

“大人不必道谢，将军千里迢迢来到上京为太后祝寿，也是忠心一片，擂台比武不过是切磋武艺，自然不能伤到将军。”耶律铁镜没有提求亲之事，给了他们台阶，也给足了他们面子。

“多谢公主。”那属下说完，就要带人离开。

耶律铁镜道：“大人且慢，陛下和我母后已经备下赏赐，明日送到驿馆。”

“多谢陛下和太后。”那属下施礼告辞，带着李昌鹤赶紧离开了。人家已经下了逐客令，赶紧回去收拾行装吧。

他们走过杨延琅身边，李昌鹤停下来，恨恨地说道：“该死的俘虏，你最好不要落到我的手里，否则我会让你生不如死。”

杨延琅没有说话，只是微微转了一下长枪。李昌鹤感到背后泛起凉意，急忙离开。第二天，夏州使团就离开上京。

李昌鹤等人走了之后，耶律铁镜命人把杨延琅带了回去。这时，萧太后身边的婢女走了过来。耶律铁镜深深地吸了一口气，想要把他弄到手，母后这关必须过。

第二十一回　红颜如烈酒

打擂之后，辽兵对杨延琅的看守明显变松了，甚至在回来的路上，给他取下了蒙眼的黑布。来这里时，他被关押在密不透风的铁车上，看不到外面；现在才发现，这里的宫殿也是雕梁画栋，有亭台楼阁，虽然不似中原宫殿那般华美，却独有一番雄伟之气。只是此时草木枯败，已然是寒冬之景。

仁达和仁海打开殿门，把他请进偏殿，之后便退了出去，没有再给他多加镣铐。这倒是在他意料之中。他们认为，此战很快会传遍天下，以后除了大辽，他再没有容身之地。

杨延琅呆呆地站在窗前，窗子半开，寒风吹进来，最后一抹余晖投射到楼宇上，天渐渐暗了下来。自从被俘，直到今日，他才稍稍松了一口气。这些日子他如虎狼一般，被人锁在笼子里，所说的一句句不近人情的话，都是经过一遍遍思量后，才说出来的。那一场场以性命为赌注的较量，比血肉横飞的战场还要残酷，但他必须咬紧牙关撑下来，直到打败那个夏州人。

想到此，他内心感到无比悲凉，因为那个预言，父亲对他冷语相向。可越是如此，他就越要向父亲证明，他不是传言中苍狼转世之人。七年前，父亲那一剑斩断了他所有的希望，把他推进深渊谷底，永世沉于地狱，而如今他又要在此谋权术、算人心，做着曾经自己最厌恶、最鄙夷的事情。

父亲把杨家的忠心交给了大宋，可是自己呢？自己不是杨家之人，不是大宋的臣子。一个孤魂野鬼，即使有一颗忠心，又该交给谁呢？可笑自己活着，竟只是为了父亲的一句遗言。

“你确定要做我杨家的奴才？”他耳边又响起这句话。直到此时此刻，他才真真正正知道什么叫奴才，奴才是随时可以被卖掉的。望着满天寒星，除了填满心底的苦涩，他没感到一丝成功的喜悦。

仁达推门进来，给他点燃桌上的烛火。杨延琅轻声问道：“有酒吗？”

“嗯？”仁达傻愣愣的，以为自己听错了，这位爷自从被俘，从没主动说过一句话，甚至别人问话都不答，今天怎么突然同自己说话了，而且还要酒。不过，仁达有些犯难，他要吃要喝都行，唯独这酒是公主特意交代过的，千万不能给他。

见仁达半天没动静，杨延琅知道自己要的东西让他很为难，于是不动声色地叹了一口气，说道："算了。"

仁达看到他眼神一黯，心里突然感到一阵酸楚……虽然他差一点摔死自己，但契丹的男人天生就崇拜强者，所以对他十分敬仰。从偏殿退出来，仁达在关上殿门的一刻，终于下定决心。他叮嘱守卫两句，然后转身走了。过了一会儿，他拎着一个坛子，急匆匆地走过来。

"给我吧。"就在仁达要抬手敲门的时候，背后突然传来让他毛骨悚然的声音。他吓得僵在原地，手停在半空。忽然，他手中一空，酒坛子没了，一个人从他身侧越过，推开殿门走了进去，回手又把门关上了。他只看到一片火红的衣角，一闪而过。

仁达终于松了一口气，身上冷汗淋淋。身为暗骑，最重要的一点就是不可违抗上令，而他公然违抗公主的命令，就是有十个脑袋也不够砍。不过还好，今天公主看起来心情不错，自己算是逃过一劫。

耶律铁镜提着酒坛子，脚步有些晃，身上散发出浓浓的酒气。她歪歪斜斜地走到杨延琅面前，举起酒坛子："今天，本公主高兴，陪你，一醉方休。"

杨延琅转过头看着她，不明白她为什么喝了这么多酒。

"门口的傻大个是我派来照顾你的，这臭小子倒是听你的话，竟然跑，跑到酒窖里给你偷，偷酒喝，看我明天，不打折他的腿。"耶律铁镜打开泥封，一股浓浓的酒香味扑鼻而来。

门外传来咚的一声响，应该是那个叫仁达的汉子被她吓得摔到了台阶下。

耶律铁镜醉醺醺的，已经拎不动这坛酒了，索性用两只手抱起来，放到嘴边狠狠灌了一口，不过喝的没有洒的多。

杨延琅微微皱起眉头，杨家的女子都武艺高强，可以领兵出征，可以上阵杀敌，可是回到家中，便是豪爽一些，也不过就是能多喝几杯酒、多吃一点饭，像她这般端着酒坛子往肚里灌酒的，他还从未见过。这是个什么样的女子呀？算人谋事心思缜密，统领暗骑军所向披靡，可是又如火一般炽热，拼起酒来又像个豪爽的江湖汉子。

"喝！"耶律铁镜把酒坛子撞到他胸口上，大声说道。

喝！杨延琅把酒坛子接到手里，然后仰起脖子也灌了一口。辛辣的烈酒冲进喉咙里，呛得他喘不过气来。其实，他酒量不小，只是那次坠崖之后，那个聒噪的老道就不许他再喝酒。许久没喝，自然有些不习惯。

耶律铁镜一把抢过酒坛子。"要我说，你们汉人就是太矫情，喝酒用这么点的小盅子。"她一边说一边用手比画着，"我告诉你啊，以后你就知道了，我们契丹人，喝酒要用碗、吃肉要用刀。"

由于醉酒，她脸色绯红，说完又抱着酒坛子喝起来了。

矫情！这两个字让他有些气恼，自己堂堂七尺男儿，竟然被一个女人轻视。他伸手夺过酒坛子，也狠狠地灌了一口。也许是刚刚那口烈酒冲开了道，也许是不想在这个女子面前失了颜面，这一口酒倒不觉得辛辣，反而有几分畅快之感，好像身上的凉意也被冲淡了一些。

“好样的！从我见到将军第一眼起，我就知道你与那些宋国人不一样。”耶律铁镜瞪大一双迷醉的眼睛，给他竖起大拇指。不过因为喝得太多，她分不清方向，竖起的大拇指竟然对着别处。此时的她褪去了杀伐之气，显出几分憨态。

杨延琅斜斜地瞅了她一眼，提起酒坛子又喝了一口，然后靠着卧榻坐在地上，支起一条腿，把酒坛子放到膝盖上。铁镜公主蹲在他面前，用力地瞪大眼睛，看着他。在这火辣辣的目光下，他渐渐脸色铁青。他握紧双拳，以前曾听人说契丹的女子淫乱无度。如今看来，竟是真的。

“一个大男人翻什么白眼，把酒给我，别打碎了。”铁镜公主看到他越来越用力地握拳，担心他把酒坛子给摔了，急忙夺过来抱在自己怀里。

“知道我最喜欢你什么吗？”耶律铁镜伸出一根细长的手指，隔空在他眼前描画着，“你的眼睛，我从未见过这么漂亮的眼睛，特别是这里。”她把手指微微向上一挑，描绘着他眼尾处飞扬的地方。

杨延琅的脸腾的一下红了，无论他多么冰冷，面对如此国色天香的女子不加掩饰地说出这种爱慕的话，他都无法招架，就像有一把石锤砸在千里冰河之上，溅起一片冰屑。

“你这样的人在宋国，不是该手捧书卷，吟诗作赋吗？为什么你却手持长枪，血战千军呢？”这个问题似乎困扰她很久，她眼睛里满是迷惑之色。

杨延琅没有搭话，而是从她手中拿过酒来，又喝了一口。酒是好东西，入口是辣的、入腹是热的，却会让人安静下来。他提醒自己，面前这个公主虽然美艳动人、可爱灵动，但她是暗骑军的统领，权谋诡术都在她眨眼之间，自己千万不能掉以轻心。

“你这双眼睛一定会给你招来许多祸端。”耶律铁镜用手托着下巴，支撑着自己的脑袋，嘴也不闲着，“因为这双眼睛冰冷无情、深不可测，能洞察人心，有着睥睨天下的气势，又有着野狼般的狼戾，谁看到都会心生忌惮。”

杨延琅眉头微微动了动，继续喝酒。对，这就是人们厌恶忌惮自己的原因。可是判断一个人，难道只凭一个谣言、一双眼睛吗？

“不过，那是他们看到的，我看到的却不一样。你这双眼睛里藏着难以言说的苦痛，其实你只是一个脾气有点古怪、性子有点倔强的人。”

哗啦，清亮的酒水从他的胸口流下来，流到地上。他还是太过用力，酒坛子“粉身碎骨”了。

“哈哈哈……”耶律铁镜大笑道，“怎么样，我说的没错吧？”她拍拍杨延琅的肩膀，挨着他坐下来。也许是因为自己穿得太过单薄，他感觉公主的身体滚烫，这让他的心咚咚跳个不停。

自从祖母过世，除了母亲，几乎没有人能挨他这么近。但是这个公主三番五次与自己亲近，自己却没感到那种剥皮噬骨、烈火焚身的痛楚。他突然有点心烦意乱，短短数月之间，发生了太多让他想不通、理不顺的事。

“你知道吗？我是真心喜欢你。”耶律铁镜转过头，看着杨延琅，认认真真地说道，“我知道我不应该利用杨继业逼迫你、伤害你。但是你知道吗？看到你痛苦，我更痛。”不知道什么时候，她哭了，鼻涕、眼泪一起往下落。

杨延琅会打仗、会杀人，可是他从来没哄过哭鼻子的女孩子。

耶律铁镜用额头抵着他的肩膀，用力吸了吸鼻子，说道：“我看到你……你的血溅了满屋，我以为我再也见不到你了，我的心从来没那么痛过。即使我受伤要死的时候，都没有那么绝望过。”

“别……别哭……”杨延琅结结巴巴地说道。

“求你了，求你别恨我，好不好？从前，我一心只为大辽谋算，为了我母后和皇弟，我不能败。如果败了，我们都会死无葬身之地。唯独对你，我用尽心机，甚至算计了我母后。我都是为了你，如果你不屈服，我就没办法保住你的性命。求你别恨我，好不好？”耶律铁镜抬起头，满脸泪水。

是真是假？杨延琅不敢确定。之前的铁血红颜为何会在顷刻之间变成一个委屈可怜的弱女子？“不恨。”他轻轻说出这两个字后，暗暗松了一口气。无论真假，权当作安慰她。

“真的？”耶律铁镜用力睁着眼睛，不敢确定。

杨延琅点点头。

“哈哈哈……”她破涕为笑，傻呵呵地说道，“好。我就知道你不会恨我。”突然，她站了起来，一瞬间眼神变得凌厉，指着虚空，大声说道：“我是谁？我是耶律铁镜，是大辽的长公主、暗骑军大统领。我的命运岂能由他人做主？我如果要嫁人，一定要嫁给我想嫁的人！”

杨延琅站起来看着这个女孩子，她脸上因为醉酒带着红晕，两眼熠熠生辉。突然，她转过头来，瞪大眼睛，一眨不眨地看着他：“我告诉你，你有勇有谋，我喜欢；你不畏生死，我喜欢；你长得……长得漂亮，我喜欢。总之，就是天下人都不喜欢你，我，耶律铁镜，也喜欢你！”

明知她说的是醉话，他还是脸耳发烫，不知所措。

“我成功了，你今天打赢了李昌鹤，从此以后，你就是我耶律铁镜的……的驸马……”耶律铁镜说出“驸马”两个字，突然就像得到解脱一般，一下跌到杨延琅怀里。

“驸马”！

这两个字就像两道惊雷劈在他的头上，他任由耶律铁镜把头靠在他的胸口，而且在她快要滑下去的时候，一把将她捞了上来。

好一招连环计，这一切都是她的算计。从那只死羊开始，到潘仁美的书信、七郎的黑枪，还有昊天塔，她软硬兼施，步步为营，就是为了让自己去打擂。她担心自己看到比武招亲的布告，打擂之前还要蒙住自己的眼睛。

看着耶律铁镜像件衣服一样搭在自己的臂弯上，头软软地向后垂着，露出纤细而白皙的脖颈。突然，他愤恨不已，“你的命运由你自己掌控，可是我的呢？我就活该被你们作为棋子算计吗？”这个想法瞬间让他血气上涌，似乎只有杀戮才能平息心中的愤怒。铁爪钢钩一样的手毫不犹豫地伸了过去，下一刻就能捏断她的脖子。

“别……”

听到耶律铁镜说出这个字，就像一盆冷水兜头泼下，他刹那间冷静下来。她诡计多端，怎么会如此信任我？

“别，别恨我……”耶律铁镜像是在说梦话。

她不是应该说“别动手”吗？他僵在半空中的手微微颤抖起来，她是真的在乎自己的感受，还是这只是她的攻心之计？他虽然疑神疑鬼，但有人关心他、在乎他，这让他感到些许暖意。

想给父亲和兄弟报仇，想完成父亲的使命，就必须利用这个公主，杨延琅在心里这样告诉自己，然后缓缓地把耶律铁镜抱起来，放到卧榻上。他则靠着卧榻，坐在地上，看着地上的碎瓷片，闻着满屋的酒香，真是可惜了仁达偷来的这坛好酒。

第二十二回　鬼谷圆谎言

一缕阳光透过窗隙照在耶律铁镜的脸上，她翻了个身继续睡。过了一会儿，她猛然坐起来，胸口剧烈起伏，惊恐又慌张。她赶紧看了看自己，还好，除了没穿靴子，其余衣物都穿戴整齐。

她晃了晃胀痛的头，昨天喝得太多了，只记得自己跑来这里，却记不清自己说了什么、做了什么。幸亏自己没做出什么荒唐事，她平复了一下慌乱的心绪，转过头看着坐在不远处的杨延琅。他低垂着眼眸，不知道在想什么。

“你赢了。”他忽然抬起头，平静地说道。

“赢了”！耶律铁镜愣了一下，半晌才明白这两个字的含意。这么长时间，她与这个不苟言笑、心思难测的家伙斗勇斗狠，不知道还要多久才能成功。此刻，他出其不意地说出这三个字，就像春风送暖，顿时让她心里开出一片繁花。

“你，你说什么？你再说一遍。”耶律铁镜跳下床榻，连鞋都顾不上穿，跑到他面前说道。

“你赢了。”他仰起头，看着她说道，“我可以唯你之命是从，也可以为你冲锋陷阵，但只求你一件事。”

耶律铁镜微微皱起眉头：“什么事？”

“关于成亲之事，不要逼我。”

“你……你怎么……你怎么知道的？”

“你昨日亲口说的。”

耶律铁镜仔细回忆，昨天自己喝多了，然后跑进来抓着他胡言乱语，估计就是那会儿说出来的。他那么聪明，自己说漏一句话，就能猜出事情的来龙去脉。她默默叹了一口气。契丹人有句俗语，再好的弓箭也射不中空空的猎物。那老道就是个骗子，自己拼尽全力保住他的性命，不过是一厢情愿罢了。这一刻，酸甜苦辣一起涌上心头，她说不清是什么滋味。

“好。只要你不愿意，我就不逼你。不过，我们契丹人说，再冷的冰到了春天也会融化成水，我相信你有一天会融化成水的。”

“打开。”杨延琅把手举到她面前，铁镣发出哗啦哗啦的响声。

耶律铁镜笑了笑，对着门外喊道："仁达。"

"公主。"她话音刚落，仁达就蹿了进来。昨晚，公主进了偏殿就再也没出去，他都快急疯了。虽然契丹人不似汉人女子那般看重名节，可她毕竟是辽国的长公主，就这么孤男寡女共处一夜，实在有损名声，更何况是和一个连名字都不知道的男人在一起。不过担心归担心，就是给他天大的胆子，他也不敢闯进去一看究竟，于是就一直守在外面。此时，看到他们都整整齐齐，神态也没什么异常，他才微微松了一口气。

"给他打开镣铐。"耶律铁镜对仁达说道。

"是。"仁达片刻不敢迟疑，赶紧拿出钥匙，把镣铐打开，同时用一双"豹子眼"悄悄打量着两人。

"昨天的酒是你偷来的？"

听到耶律铁镜的话，仁达的手一抖，铁链哗啦一声掉在地上，然后他跪在地上："公主，公主饶命，属下只是看将军，口渴得厉害……"说到后面，他的声音越来越低，最后就只是呼哧呼哧地喘气。

耶律铁镜点点他的脑门，说道："脑袋如果还想长在脖子上，就要够聪明，送酒就罢了，但乱说就会有麻烦，你懂吗？"

"懂，懂。"仁达急忙说道。

"滚吧。"

听到这两个字，仁达如获大赦，爬起来就往外跑，中间还摔了一跤，真像是滚出去的。

杨延琅摸了摸有些瘀青的手腕，然后等着接下来的盘问，之前他可以用沉默来应对，但现在他必须要回答，而且要说得天衣无缝。

耶律铁镜知道，这个人是不问就不会说的主，于是她坐在一旁，说道："说吧，把你想让我知道的都告诉我，你不想说，我绝不勉强。"

"我姓木，木头的木，单名一个'易'字，容易的易。"

"木易？"耶律铁镜想了想说道，"合起来是个'杨'字。"

"是。因为杨老将军是……是我的父亲。"

耶律铁镜听到这个答案，心里咯噔一下，不过她还是不动声色地问道："他有七个儿子，你是哪一个？"

杨延琅摇了摇头："都不是。"

"那你是外室所生？"

他又摇了摇头。

耶律铁镜道："请说下去。"

沉默了片刻，他说道："我本与他没有关系，但我身上流着他的血。"他看了耶律铁镜一眼，她在认真听，没有打断自己，于是继续说道："我不记得自己家在哪里。二十一年前，我七岁那年，随父母一起逃难，我们一群流民误闯进战场，我的父母被流箭射死，我也受了重伤。杨将军救了我，还把我送到鬼谷。本来，我是活不了的，是鬼谷先生用换血之法救了我一命，而换的正是杨将军的血。鬼谷先生说，杨将军与我有父子缘分，于是将‘杨’字一拆为二，当作我的名字。我则将杨将军视作亲生父亲。”

耶律铁镜沉吟道：“虽非亲生，却血脉相连，说他是你父亲也不为过。你的枪法是鬼谷所教吗？”

他点点头：“鬼谷先生教我枪法，他说，此套枪法除我之外，只传给过杨家人，命我不能将枪法外传。”

耶律铁镜听了他的话，眉头轻轻皱起来，最初救他就是因为这套枪法，说服母亲招降他，也是因为这套枪法，可是枪法若不外传，他岂不成了无用之人？她想了想问道：“鬼谷在哪儿？”

他摇了摇头：“入时只见高山，出时只见迷雾，我不知道在哪儿。”

听了他的回答，耶律铁镜不屑地说道：“看来只有有缘人才能进入鬼谷啊。”

杨延琅没有理会她的话，说道：“公主，我可以为你赴汤蹈火、征战沙场，也可以为你牵马坠镫，任你驱使，但只有一点我做不到，那就是我不能伤害杨家人。”

耶律铁镜发现，他这般倔强冷漠的人，现在眼中却有了惶恐之色，这是他的底线。如果自己不答应，他也许就没有留下来的理由了。

“你是怎么找到苏武庙的？”

“鬼谷先生神机妙算，不是我能猜透的。他告诉我，杨老将军父子在两狼山被困，让我自己选择。”

“你选择去救他。”

他点了点头。

“你是怎么进去的？”

“混在辽兵里。”

“你会轻功吗？”

他摇了摇头。

“可是，我们的士兵看到有一个轻功非常好的人进了苏武庙。”

“那是鬼谷做出的木人，用来迷惑敌人。”

“木人呢？”

“进庙之后，木人就烧没了，这是鬼谷的规矩。”

耶律铁镜再次问道：“你为什么没救杨将军？”

听到这个问题，他的喘息声渐渐变大，然后用力收紧十指，身体也紧绷起来。沉默片刻后，他说道：“他求我的，他为了不拖累我们，自己碰碑而亡。”

“以你的武功，可以带着杨延昭杀出去，为什么要选择做他的替身？”

耶律铁镜紧盯着他，他必须保持镇定：“他太冲动，要拔剑自刎，我只好把他打晕，给他留下干粮，并写好逃跑的路线。”

“你把他藏在哪里？”

“庙里的那棵老松树上。”

“杨延昭见过你吗？”

杨延琅呼吸一滞，他知道，自己说的每一句话、每个细节，她都会仔细考证，如果有一点疏漏，一切都将前功尽弃。这个问题虽然简单，却是唯一可以被查证的，他必须与六郎说的一致。以辽国暗骑的势力，想从六郎嘴里问出苏武庙被救的经过，易如反掌。

六郎会怎么说？

他快速思索着，关于子翼，父亲与母亲都讳莫如深，勒令家人不许对外人提起。现在，潘、杨两家的案子正处于胶着状态，说出子翼无疑是自找麻烦，平白贻人口实，所以六郎应该会一口咬定是自己逃出去的。不过，六郎重义，待人以诚，若是他信任之人，难保不会说实话。这些想法在他心中一闪而过，然后他低声说道：“应该没见到。”

“应该没见到？”耶律铁镜不解地问道。

“我进庙时，杨延昭没在里面，庙里的宋兵可能觉得突围无望，便以死尽忠，都自尽了。我在李陵碑前找到了杨将军，他见到我，求我救杨延昭一命，然后碰碑而亡。就在这时，杨延昭冲了进来，一见杨老将军亡故，竟然一句话不说，要拔剑自刎。我情急之下，将他打晕，然后换上他的衣服，把他藏到院里的大松树上。那天阴云密布，夜色黑沉，我也不确定他有没有看到我。不过我猜，见到杨将军身死，他急怒攻心，应该没注意到我。”他把那天苏武庙内的情形，详细说了一遍。

耶律铁镜问道：“请恕我冒昧，你是怎么想通的？”

“因为你对杨将军礼遇有加，还答应替他报仇，我该还你这份恩情。”杨延琅不安地看了耶律铁镜一眼，从她的神情中，看不出她是否相信他的话。

这个理由很充分，也正是耶律铁镜谋划的结果，可是她又觉得有一点失望，因为她更希望自己才是他选择留在大辽的理由。她慢慢站起来，轻声说道：“你应该好好爱惜自己。”

杨延琅看着她，她目光真诚，这是此生第一次有人要他爱惜自己。

“你且忍耐几日，我会尽快安排，让你搬出去住。”

“多谢。”

“仁达对你钦佩之至，愿意真心追随你，有什么需要可以告诉他。”

“嗯。”

耶律铁镜默默转身离开。走出去时，她松开了一直紧握的双手，手心里有一层薄汗。这个说话很少超过三个字的人，今天一下说了这么多，真是不容易。她非常担心自己一个问题问完，他又没了声响。

偏殿门关上的一刻，异常疲累的杨延琅从圆凳滑坐到地上。这是他第一次说这么多话，撒这么大的谎。从到上京开始，他就在编这套说辞，仔细斟酌每一个细节，反复推敲每一句话，可是今天却还是差一点被这个公主问出破绽，她真是一个很难缠的对手。

耶律铁镜回到自己的寝宫，仔细回想杨延琅说过的话。他说自己的枪法是鬼谷所授，自己曾亲耳听杨继业说过，杨家枪法来自鬼谷。这一点上，他们的说法倒是一致。另外，他还解释了与杨继业特殊的关系以及他为什么要替杨延昭来送死，毕竟杨继业对他有救命之恩，甚至还有血缘相系。虽然他已经屈服，但耶律铁镜现在又面临一个新问题，那就是他的话句句合理，但他说的事却又无从考证。特别是那个鬼神莫测的鬼谷，春秋战国时期就已存在，孙膑和庞涓都是他的学生，时至今日，他还时不时跑出来。在人们口中，他被越传越神，似乎无所不能。世间很多人会拿他做幌子，不是用来招摇撞骗，就是以他的名义掩盖一些隐秘之事。但若说他不存在，江湖上确有一个名叫徐天友的人是他的徒弟。这人善做机关，甚至能做出会咬人的木头门，医术也十分了得，据说可以活死人、肉白骨。

想到徐天友，她脑中灵光一闪，突然想到那个老道。这世上真正能活死人、肉白骨的有几个？偏偏那么巧，就有一个老道来给他治病，莫非那老道就是徐天友？这样看来，他真的是鬼谷中人！这一刻，她觉得豁然开朗，胸中热血翻腾。

“来人!”她三步并作两步，走到门外。

“姐姐。”红珠刚到她门外，便看她急急忙忙往外走，不知道发生了什么事，一个穿绛衣红甲的女子已经等在外面。

“这几天你去照顾木易，我有事要离开些日子。”耶律铁镜说完，大步流星和那女子往外走去。

“木易？谁是木易？”红珠一路小跑着追问。

“那个俘虏。”

“啊？啊啊，明白，明白。那你去哪儿？”

“苏武庙。”耶律铁镜已经召集好属下，准备出发。她骑到马上，突然弯下腰对傻愣愣的红珠低声说道：“好好给我养着，瘦了，我可拿你是问。”

红珠撇了撇小嘴，说道：“你不回来，我就不给他饭吃。”

耶律铁镜用马鞭指着她，说道：“饿瘦了不给你找婆家。”说完，带着属下疾驰而去。

“哼，大不了我像你一样，抢一个回来。”红珠对着她的背影，说了一句。

天波府众人被皇帝禁了足，只有王强拿着赵弘商的牌子能进去探望。他自从帮杨延昭出谋划策之后，就得到赵弘商的器重，特别是他提出让寇准来审潘杨案，更让赵弘商刮目相看。

王强进了天波府，直接去见杨延昭。杨延昭正在练枪，见到王强，急忙迎出来：“王兄。”

“六将军，伤势如何？”

“已无大碍。”杨延昭接过仆人递上来的汗巾擦了擦汗，脸色还有些苍白，气息也不匀。那一顿刑杖差点要了他性命，三位执法重臣在潘、杨两家都没有确凿证据的情况下，竟然轻信潘仁美的话，对他用了重刑。

“你还是要先养好身体。”王强拍拍他的手臂说道。

杨延昭赌气说道：“若不能为父亲和七弟报仇，养好身体又有什么用？还不如去陪他们。”

“年纪轻轻怎么胡说八道？”

“唉！”杨延昭叹了一口气，“我七弟的尸身面目全非，潘仁美一口咬定那是我找的辽兵探子的尸体，栽赃嫁祸于他。我父亲派出去的五千人还是查不到，现在杨家众人又被禁足，看来我真是要一败涂地了。”

“你莫要如此悲观，今日我来就是想问问你从两狼山逃出来的详情，看看能不能从其中找到些蛛丝马迹。”

“我……”

“六郎、王先生。”杨延昭刚刚开口，佘赛花就转过影壁，走了进来。

“见过老夫人。”

“母亲。”

二人给佘赛花见礼。佘赛花道：“先生，老身仔细想过六郎逃出两狼山的过程，没发现任何蛛丝马迹。”

听了佘赛花的话，王强笑了笑：“老夫人心思缜密，晚辈不能及。既然老夫人都没能发现什么，那晚辈就没有什么可问的了。老夫人保重身体，晚辈告退。”

佘赛花道：“王先生辛苦，代我向千岁问好。”

“晚辈一定带到。”王强说罢便走了。

“母亲，这王先生有什么不妥之处吗？”杨延昭看着王强的背影，不明白母亲为什么不许他说出苏武庙的事。

“六郎，逢人且说三分话，不可全抛一片心。子翼身份特殊，牵扯颇多，你从两狼山逃出来的实情，除了他无人知晓，但是他决不会出卖你，所以这件事越简单，反而越不会贻人口实，对任何人都不能说。至于这个王先生嘛，虽然没什么不妥之处，但我总觉得他与我杨家不是一路人。”

“我记住了。”杨延昭扶着母亲，“母亲，我送你回去吧。”

“好。”

杨延昭扶着母亲往回走，寒风中传来佘赛花低声咳嗽的声音。

第二十三回　疑心初试探

耶律铁镜把查到的结果详细对萧绰说了一遍，除了那神出鬼没的鬼谷无从查起，其余大多细节与杨延琅所说能对得上，只有一点让萧绰怀疑："铁镜，依你判断，杨延昭和这个木易到底谁在说谎？"

耶律铁镜道："自然是杨延昭。"

萧绰没有说话，等着她继续往下说。

"母后，女儿把苏武庙仔细查了一遍，那棵老松树的树枝的确有被人压断的痕迹，那条小路也的确有人走过。仵作看过庙里宋兵的尸体，他们都是自杀而死。这些细节与木易所说相符。而杨延昭之所以说谎，应该是顾及他与潘仁美的官司，不想横生枝节。一旦他说出有人暗中相助，潘仁美就会咬定他暗通敌国，让他无从分辩。"

萧绰斜靠在榻上，突然眉头微微皱起，神情看起来非常痛苦，还手握成拳敲打自己的胸口。耶律铁镜急忙拿过枕头旁的一个檀木盒子，从里面取出两片雪白的参片放到萧绰口中。片刻之后，萧绰的脸上有了血色，呼吸也顺畅了许多。

耶律铁镜看着满满一盒雪参片，故作神秘地说道："又是楚国公亲自跑到长白山挖来的吧？"

"死丫头，就你知道得多。"萧绰将盒子放回原处。

"母后，您若是喜欢……"

"住嘴。"萧绰狠狠瞪了她一眼。

"好，好，是女儿多嘴了。"耶律铁镜说道。

萧绰换了一个更舒服的姿势，说道："他不愿交出枪法可以不交，他不想伤害杨家人也可以随他，但是有一样，我要看看他有没有资格娶我的女儿。"

"母后？"耶律铁镜一下站了起来，不可置信地看着母亲。

杨延琅大败李昌鹤，母亲对她大发雷霆，甚至差点派人把杨延琅杀掉。她好说歹说，几乎是以死相逼，才让母亲暂时打消这个念头。对于招赘之事，母亲更是绝口不提。她以为此事还要大费周折，没想到母亲突然就答应了，实在是出乎她的意料。

"再忙也不急在这一时，先坐下。"萧绰喝了一口茶，取笑女儿。

"母后！"耶律铁镜一下涨红了脸，急忙坐回母亲身旁。

“铁镜，我仔细想过，这个木易有万夫不当之勇，观之有虎狼之性，若用得好，将来未必不是一把可以威慑天下的神兵利刃。”

“那您还差一点杀了他。”耶律铁镜不忘翻旧账。

萧绰眼睛一瞪，问道：“我为什么杀他，你不清楚吗？”

“知道，知道。女儿为了他，连母后都敢算计，他的确该杀。”

萧绰点着她的额头，说道：“油嘴滑舌，我告诉你，若再敢有下次，我就先把他千刀万剐了。”

“原谅女儿，让女儿任性这一次吧。请母后相信女儿，女儿一定会把他牢牢握在手里，为我大辽所用。”

萧绰摸着女儿的头发，眼中满是疼惜之色：“母后知道你很苦，这次的事就过去了。不过杨延昭毕竟是后患，我们是不是应该帮潘仁美一把，把杨延昭逃出两狼山的实情透露给宋国，干脆把杨家连根拔掉。”

耶律铁镜从怀里摸出潘仁美的信递给萧绰道：“您看看这个。”

萧绰打开看完，想了想说道：“你的意思是反其道而行之？”

“您意下如何？”

萧绰笑了笑，把信交还给女儿：“你自己看着办吧。”

“是，母后。”耶律铁镜把信收进怀里，再次给母亲斟上茶。

萧绰喝了一口茶道：“今晚在福安殿设宴，我要亲自考考他。”

“您别太严厉，小心吓到他。”

萧绰用鼻子哼了一声：“吓到他？他可是差点杀了我。”

“不会。除非女儿死了，否则我不会让任何人伤害母后与皇弟。”

“你是我大辽的长公主，不要总把‘死’字挂在嘴边。今日的晚宴，你也来参加。”

“多谢母后。”耶律铁镜笑靥如花。

难得今日天气好，母女二人没什么事，耶律铁镜便给母亲讲了一些宫外的奇闻趣事和民间百姓生活之状，既给母亲解闷，又能让母亲多了解普通百姓的生活。她是一个非常聪明的姑娘，掌管着辽国的暗骑。对于其他事，母亲不问，她从不会多说。

耶律铁镜费了九牛二虎之力，终于将那个俘虏劝降。韩德让看在眼里，他是个人精，当然能猜到这母女二人的心思，早早便在皇宫附近买了一处坐北朝南的院子，又依照汉人的习惯，重新修缮了一番，然后把杨延琅从皇宫中接了出来。

这个院子不大，昨天下了一场大雪，院子里白茫茫一片，显得十分安静。主房的左右和其他地方种着许多树，但除了松树外，其余的树都只剩下干枯的枝丫。天寒地冻，松树也毫无生机，上面落着雪。冬天，天黑得早，此时太阳悬在西山顶上，发出火红色的光芒，雪地好像也被染成了红色。

韩德让与杨延琅沿着小花园里一条弯曲的小路慢慢走着。韩德让不动声色地打量着身边这个不苟言笑的年轻人，他穿着长及膝盖、外面挂白色缎面的窄袖皮袍，衣领和衣边包着顺滑的白狐裘皮，护腕是一整块貂皮做成的，一直包裹到手背，腰上扎着巴掌宽的黑色玉带，脚下穿着过小腿的皮靴，披着一件银色斗篷。这身衣服一看就知道是按照铁镜公主的意思做的。也许是因为伤势未愈，也许是因为天气寒冷，他的脸色很苍白。契丹人的冬服厚重，他们又大多面色黑红、身材高大，穿上臃肿的冬服，更显魁梧，肯定与“俊美”二字无缘，但是他穿上这身冬服，却像个金尊玉贵的公子。若不是那日韩德让就在将台之上，亲眼看见他与李昌鹤比试，他是不会相信眼前这个人有那般排山倒海的攻势的，能把李昌鹤吓得晕过去。

韩德让指着前面的景物说道：“正值数九寒天，只能简单地修缮一下，等到明年开春，你可以和公主按照自己的心意修缮。”

“让国公爷费心了。”杨延琅不安地转了转头，原本苍白的脸色微微泛出些红色，却再没有别的话了。

对上这样的闷葫芦，韩德让只能硬着头皮没话找话：“公主可是真心待你，她知道将军喜静，特意叮嘱我为你选一处僻静的院落。”

杨延琅微微垂首道：“末将惭愧。”

“木将军，公主对将军一片深情，太后亦对将军寄予厚望。”韩德让停下脚步，继续说道。

“末将惭愧。”

韩德让顿时觉得气血上涌，他能言善辩天下皆知，与人聊天聊成这样，还是头一回。若不是铁镜公主提前对他说了这个人的性情，他只怕真会被气死。他笑了笑，继续说道：“将军得长公主青睐，他日自能青云直上，只是木将军初入朝堂，有些事不甚了解，我便与你多说几句。”

“请国公爷示下。”

韩德让沉默片刻后说道：“你知道大辽分南北两面官吗？”

杨延琅说道：“不甚了解。”

韩德让道：“倒也不复杂。大辽大约以长城为界，长城以北契丹人居多，而燕云之地是汉人聚居之地，所以大辽以契丹制治契丹人，以汉制治汉人，分南北两面官。不过，不论怎么说，这都是契丹人的天下，我们汉人在此势单力薄。你我同是汉人，既然落到此处，以后要相互照应，彼此帮衬着一些，才好在朝堂上立足。”

他在拉拢自己？杨延琅看了看这位楚国公，他四十多岁，一看就是足智多谋的人。他虽是汉人，却为辽国立下汗马功劳，如今颇受萧太后信任。难道他也在朝中受到排挤，还是他在试探自己？思虑至此，杨延琅沉声说道：“末将一介武夫，也许帮不上国公爷。”

韩德让打量着那双冷酷幽深的眸子，这个人波澜不惊、荣辱偕忘，心中隐隐有些不安。他是看出自己在试探他吗？他真的能以诚心待公主吗？他如此勇武，又如此有心计，真会为我大辽所用吗？

“话不能这么说，以后你我同朝为官，兴许能用得着的地方多着呢。走，我们去那边看看。”韩德让说道。

“是。”

二人边聊边走，往正房走去。

韩德让走后，杨延琅走进屋里，他不知道要在这里住多久，也不知道将来要去哪里。从此以后，他要孤身一人与身边这些人虚与委蛇、小心周旋，如履薄冰，不可有一步行差踏错。

“驸马爷。”一个机灵的侍女跑到他跟前叫道。

“叫将军。”

“是，将军。”他的声音比外面夹着雪的北风还要冷，小丫头忍不住打了一个寒战，急忙改口，可饶是如此，还是忍不住瞟了他一眼。

他咳嗽了一声，提醒她别乱看，而后问道：“何事？”

“启禀将军，传旨的内官到了。”

他淡淡地说道：“请进来吧。”

“是。”

过了一会儿，内官走了进来，看见杨延琅道：“木易听旨。”

杨延琅内心一片酸楚，却片刻没有犹豫，跪下说道：“末将接旨。”

“太后口谕，宣木易进宫赴宴，即刻动身。”

“末将遵旨。”

他起身随着内官往外走去，身后传来那些小丫头的议论声。

“他长得真好看，怪不得公主会喜欢。”

“就是呢，那衣服也是公主亲自选的，他穿在身上，就像是画上的公子。”

“这是不是就是公主这些天常挂在嘴边的，什么公子如玉。”

“是，是，就是……”

这些丫头应该都是耶律铁镜身边的人，依仗着主子的势力，说话大胆又放肆。杨延琅暗暗收紧十指，怒不可遏。她想尽千方百计要促成婚约，只是因为自己长得好看吗？

天已经黑了，正逢十月半，月光正明，银辉洒落，雪野中光芒闪耀。中原也下雪，只是那雪却不似这漠北的雪纷纷扬扬、铺天盖地地下，顷刻间就把周遭变成白茫茫一片。杨延琅跟着内官走进皇宫，萧绰宴请自己的目的应该与韩德让一样，要试探自己，不过她这一关比韩德让那一关更难过。如果过了这关，自己就一定要娶那位公主；如果过不了，此生也别想拿到关隘图。

萧绰把宴席摆在福安殿。此殿不大，但装饰华美，家具、器皿都十分考究，皇家家宴常设在此处。今日夜宴设在此处，暗示萧绰认可杨延琅与耶律铁镜的婚约。内官将杨延琅领进殿内，韩德让、耶律休哥与两位不认识的大臣正在说笑，贺黑虎和几个年轻人站在不远处。这几个年轻人衣着华贵，应该都是世家公子。见到杨延琅进来，他们顿时停止交谈，齐刷刷地看过来。杨延琅身体一下紧绷起来，垂下眼睛。

“哈哈……老夫的阎罗王来了!”耶律休哥带着几人走到杨延琅面前，爽朗地说道。

“末将见过大元帅。”杨延琅拱手施礼。

“来，老夫带你认识一下。”耶律休哥指着韩德让说道，“楚国公见过了吧？能让他亲自选府院的人可不多，你算一个。”

“承蒙国公爷厚爱。”他再次见礼。从前周围冷冷清清，此时突然如此吵闹，这么多的人需要他去应酬，他非常不习惯，但无论怎样不习惯，他都要硬着头皮，按照自己的谋划，一步一步走。

韩德让抬手示意他起身，话里有话地说道：“府院之事可是公主亲口交代的，下官怎么敢不尽心。”

耶律休哥大笑几声，然后指着另一位四十多岁的契丹汉子说道：“这位是中部皮室军大将军萧天佐。”

“见过大将军。”

“木将军不必多礼。”萧天佐的声音很温和。

杨延琅刚刚起身，耶律休哥又指着一位身穿黑袍、高大魁梧的人说道：“这位是南院大王贺黑纳兰。”

“见过大人。”杨延琅再次见礼。这位大人与其他几位不同，他看似威猛刚直，但眼睛里却透着精明，城府很深。

“木将军，那日你在校场上救小儿一命，十分感谢。”贺黑纳兰拱手道谢。

“王爷客气了。”校场上的事，耶律铁镜已同他说过，其实那日蒙在他眼睛上的黑布是一种特别的黑纱，透过纱布能看到模糊的人影。如果他知道那人是贺黑虎，可能就不会救他了。

听贺黑纳兰提到贺黑虎，耶律休哥眉头微微皱起，有些不悦地说道：“至于那边的年轻人，你们打打闹闹的也就熟了，现在倒也不必一一认识。”说到这儿，他话锋一转，说道：“我给你们说，这小子看起来瘦弱，但枪到他手里，他就变成了勾魂的阎罗王。那日在苏武庙，若不是我的副将，我可就死在他手里喽。”

韩德让道：“王爷可安抚了那副将的家人？要不要下官专门抚恤？”

耶律休哥轻轻叹了一口气道：“不用了。他跟了我十三年，只有一个儿子，我已经把他接到我府上，收为义子了。”

韩德让道：“大将军重义气，下官佩服。”

杨延琅能看出来，对于副将被杀，耶律休哥很难过，但他却并没有因此记恨自己，语气中更多的是赞赏。自己差一点杀了他，他为什么不记恨自己？想到萧绰，她似乎也是如此。

“虽然他把我的大营搅得人仰马翻，但我当时就想，若我大辽得此猛将，岂不是天赐之福？没想到这小子真被铁镜那丫头给收服了。”耶律休哥不去管默不作声的杨延琅，只顾着与韩德让他们说笑。耶律休哥的真诚让杨延琅感到踏实。

耶律铁镜从外面走进来，看到杨延琅被人群围在中间，便急忙上前道：“叔叔伯伯们，木将军不善言辞，你们就不要为难他了。”

耶律休哥笑道：“这还没成亲呢，就开始护着了。”

耶律铁镜凑到耶律休哥耳边低声说道：“王叔，你打回的猎物会分给别人吗？何况这可是一头狼。”

“哈哈……”

几个人都笑起来，杨延琅安安静静地站在一旁。木易是刚刚离开鬼谷的年轻人，不太懂人情世故，性格木讷，不善辞令，所以安安静静就好。

贺黑虎见耶律铁镜对杨延琅百般维护，气得七窍生烟。就在这时，殿内响起内官的声音：“太后驾到。”

第二十四回　皇宴露锋芒

随着内官的声音，萧绰从后殿出来，步上主位。众人刚要行礼，她却提前说道："今日是家宴，那些繁文缛节都免了吧。"

她说免了，这些人还真不客气，谢恩之后各自落座。宫女捧上酒菜，果然像耶律铁镜说的，端上来的都是带着骨头的大块肉，盘里还放着尖刀。如果在宋国，皇家宴席上是绝对不会出现尖刀的。桌上的酒碗很精美，但再精美也是碗，比汉人的酒盅大了许多。

杨延琅不动声色地观察着他们，只有萧绰和耶律铁镜面前的肉被切成片，她们用筷子夹着吃。男人们都是自己执刀割肉，蘸着旁边的各种调料吃，边吃边喝，丝毫没有因为有萧太后在场而显得拘束。有耶律铁镜在一旁照应，杨延琅自然没有喝太多的酒。

大家吃喝一阵之后，萧绰对耶律休哥和韩德让等说道："你们几位都是皇上与本宫倚重的老臣，我看还有几位世家公子，都是些年轻人，借此时机，你们提点提点他们。"她的话虽然说得平和，但却透出一股霸气，将夜宴从吃喝玩乐带入正题。

杨延琅悄悄坐直身体，桌上的肉他一口没吃，不是不喜欢，而是他不习惯这种吃法，现在他必须要集中精神应对这些人。贺黑虎和其他几个年轻人也正襟危坐，他们早就合计好了，一定要把杨延琅的风头压下去，不能让他娶公主。

萧绰说完，贺黑虎马上就想发难，被贺黑纳兰一个严厉的眼神给制止了。贺黑纳兰不疾不徐地说道："若论冲锋陷阵，下官还行，提点后辈是真的不行，还是请萧将军与楚国公来吧。"

韩德让看了看萧天佐，示意他先来。萧天佐喝了一口酒道："好，那我先问一个问题。我契丹人勇武强壮，有铁骑数万，而中原宋国骑兵不足，士兵体格也不健硕，为何与之对战，我大辽竟然没有优势？宋国皇帝两次北征，我们虽然得胜，但是却损失惨重。"

他的这个问题并不好答，若轻描淡写、大而化之，显得没有才智，不堪重用；可若针砭时弊，则免不了要波及皇帝和萧绰，这其中深浅很难把握。杨延琅知道他们这是设好了局，想试探自己有多少斤两。斤两不足，难得重用；斤两太过，则有心藏暗鬼的嫌疑。所以，这个时候只能静观其变，以不变应万变。

大家都在思虑之时，贺黑虎得意扬扬地站起来说道："大人，末将以为，并非是我大辽战力不强，也非我兵马不勇，而是宋国人诡计多端、阴险狡诈，令人防不胜防。"

耶律休哥咽下嘴里的肉，说道："打仗讲的是兵法，难道敌人会站着不动等你来杀吗？你得说出办法来，怎么能打败那些诡计多端的宋国人。"

"大元帅不要着急。依末将看，我们应该让将领学习宋国的兵法。学会兵法，咱们就能知道他们要什么诡计了，自然也就不会上当了。"贺黑虎胸有成竹地说道，看样子早有准备。

他的话得到几位老臣的认可，其他几个年轻人无论是真心还是假意，也都附和着，这让贺黑虎感到志得意满。耶律铁镜不满地看了舅舅一眼，贺黑虎这个纨绔，想破脑袋也想不出这样的答案，一定是萧天佐提前透题给他。萧天佐有些心虚，视若不见，自顾自地喝酒。

贺黑虎见杨延琅不说话，于是挑衅道："木易，你有什么高见吗？"

"我只看过些兵书，未带过兵，不知道战场之上如何应对。"杨延琅说完，抬起头看了贺黑虎一眼。这一眼把贺黑虎看得头皮发麻，他打了个寒战。

韩德让温和地说道："太后刚刚说了，这是家宴，不必拘束，木将军若有见解，但说无妨，我们几个也听听你们年轻人的主意。"

杨延琅想了想说道："宋国的农民种一亩地能收约两石米，种十亩地能收约二十石米，可养五口之家……"

"让你说如何打仗，谁让你讲种地了！如此粗鄙无知之徒，怎么好意思在此夸夸其谈。"贺黑虎打断了杨延琅的话。

耶律铁镜见贺黑虎这般盛气凌人，腾的一下站了起来。韩德让急忙抢着说道："贺黑将军少安勿躁，我们且听木将军把话说完。"

贺黑虎白了杨延琅一眼，坐回到自己的座位。耶律铁镜也坐下了。

杨延琅继续说道："宋国农民种十亩地用一头牛。"

韩德让听罢，突然笑着说道："所以，在宋国一头牛能养五个人，契丹人多以放牧为生，一头牛一般养一个人。"

杨延琅点头道："正是。"

萧绰听到此，竟然也笑了："这笔账算得好。"

韩德让说道："这打仗不仅靠兵，还要靠钱粮。我们契丹兵马虽强悍，但常会遇到粮草不足之窘境，而宋兵虽然不强悍，但粮草充足，即使两军对峙十天半月，甚至一年半载，他们都不愁没饭吃。如此一来，攻则有力，守则能防。"

"粮多，养的人也多。"杨延琅接着说道。

"嗯。"韩德让捋着下颌的胡须，露出几分赞许之色，"既然木将军看出利弊，不知可有解决之法。难道我们要把草原变成耕地，让牧人都去种庄稼吗？"

"国公，末将不知。"

"不知？"

"末将初入大辽，对民风政事都不甚了解，所以没想到解决之道。"

韩德让似乎听出他话里有话，于是看了一眼萧绰。萧绰心领神会，放下手中的筷子，说道："想到哪说到哪，本宫说了，这是家宴。"

"是。"他微一颔首道，"契丹人不会耕种，大辽铁骑又多来自于牧人，所以漠北不能像中原一样耕种。但燕云之地多是汉人，如今连年战乱，人口不足，也许有荒芜的土地。若是能在荒地上耕种，也许能解决钱粮缺乏之事。"

他的声音不高，带着几分凉意，没有一句多余的话。殿内渐渐安静下来，耶律铁镜听完，忍不住勾起唇角。

韩德让又问道："你的意思是我们要重视农耕，善待燕云之地的汉民？"

杨延琅非常认真地说道："末将不知道。"

"不知道？"韩德让微微眯起的眼睛里透着精光。

"我并未到过燕云之地，所思所想俱是纸上谈兵，如何去做，是真不知道。"他说得很坦然。

贺黑虎想抢白，被他的父亲用目光制止。

宴席到很晚才结束，耶律休哥已有醉意，往外走时拉着萧天佐胡吹乱侃。杨延琅磨磨蹭蹭地走在后面，等大家不注意的时候，来到耶律铁镜身边低声说道："公主，可否借一步说话？"

耶律铁镜十分意外，这家伙平常见到自己就躲得远远的，今天竟然主动要借一步说话，是不是有什么事让他为难。两个人走到僻静处，杨延琅半低着头说道："公主能把我府中侍女都撤走吗？"

"为什么？"耶律铁镜看着他涨红的脸，突然觉得这个人也不是十分无趣，忍不住想逗逗他，"莫不是将军缺个暖床的人，她们不答应？"

"不……不……不是……是……是我冒昧了。"他结结巴巴地说完，转身就要逃走。

"撤走了侍女，谁来伺候你？"看他要逃走，耶律铁镜急忙叫住他问道。

听见她这样问，杨延琅便知道她答应了，于是说道："只留两个打扫做饭的仆从就可以了。若公主允许，请把仁达和仁海派给我用。"

耶律铁镜强忍着笑说道："好。"

"谢公主。"说完，他急匆匆转身走了。

"他说什么了？让你站在这儿傻笑。"萧太后从后面走出来问女儿。

"母后，"耶律铁镜再也忍不住，笑起来，"他请我把他府里的侍女都撤走。"

"你给他派去侍女，是想试探他？"萧绰看着女儿那一脸痴样，心里暗骂她没出息，身为公主却如此患得患失。

"您这可真是冤枉我了。他是汉人，又受了很重的伤，我担心他扛不住我们这儿的三九寒天，所以派几个心细的侍女去伺候。"

"你啊！"萧绰点了一下女儿的额头，心里感到很不踏实。

杨延琅出来时看到韩德让冲他招了招手，于是便上前施礼："国公爷。"

"不必多礼。"韩德让道，"今夜之后，将军与公主的婚事便定下来了，以后你可就是贵人了。"

"国公爷说笑了。"

韩德让言归正传："将军，燕云之地的农耕之事，你心中可有计较？"

杨延琅道："国公爷，方才殿中所言句句属实，末将真没有到过燕云之地，说那里千里荒芜，也是猜的，所以想不出什么良策。"

韩德让点点头，两个人并肩向前走。韩德让想了想，又问道："此番夏州人前来挑衅，虽然有将军大败李昌鹤，太后又还以重礼，一打一笼算是平息了此事，但联姻之事终是不了了之。李继迁绝非善类，此番之后，他若暗通宋国该当如何？"

"国公爷，此是谋天下之计，末将一介武夫，岂敢乱言？"

韩德让打量着他，自始至终，他都低眉敛目。从俘虏到贵胄，云泥之别，他依旧如故，不起丝毫波澜。如此不现喜怒之人，当真少见。"此时就你我二人，闲话家常而已，说一下你的想法吧，无须顾忌。"

杨延琅沉声道："宋国知不知道李继迁有称帝的野心？"

韩德让嘴角勾起来，这小子话虽然少，但句句都能说到点儿上。

临近午时，韩德让奉诏进了听政殿，看到萧绰有些疲惫地靠在椅子上，想必是昨夜喝了些酒，又早起到朝堂议事，有些累了。见到韩德让进来，萧绰坐直身体，免了他的礼，着人在案桌对面设座，请他坐下。

韩德让关切地问道："太后可是身体不适？"

"无妨。"

"那参还有吗？"

听到他问，萧绰摸了摸手边的檀木盒道："还有。"

韩德让说道："老参工说，他们发现了踪迹，兴许能寻到千年老参。明年臣再去长白山，若真能寻到那老参，也许能治好您的心疾。"

"长白山林深水恶，常有猛兽出没，你千万别再去冒险了。有你送的这些参，我的心疾已好了许多。"萧绰的眼中泛起水光，声音也有些颤抖，却强自压抑着说了些客套话。

人世间有太多的有缘无分，曾经青梅竹马，以为会一生一世，最后却是咫尺天涯的结局。

韩德让笑了笑说道："太后，臣看这个木易很有才能。我契丹以放牧为主，种些粗谷，想要粮谷只有通过贸易或走私，用我们的皮毛来换，但是汉人首先要有余粮才会与我们交换，若赶上灾年粮谷不足，我们能换到的粮谷少之又少，如此就只能去抢了。"

萧绰点点头，她当然明白，这也是她死死守住燕云之地不肯放手的原因之一。

“但是太后，自我们占有燕云之地，此种窘境虽有所改观，但我们依旧面临粮草不足的问题。木易一眼看穿，连年战乱导致燕云之地土地荒芜，无人种田，自然没有粮米可用。还有一点，就是我大辽重武轻文，汉民地位低贱，得不到朝廷重视，再加上常年缴纳重税，民不聊生。”

萧绰问道：“那木易可说了解决之道？”

韩德让摇了摇头：“他说他真想不到。”

“真想不到？”

“对于初入朝堂的年轻人来说，能想到其中的利弊已然不错了。”

“嗯。那你呢？你想到了吗？”

韩德让道：“臣想，宋国两次北征均败北，可能不会再对燕云之地生出妄想，我大辽可加强边境防卫。一是要防宋军侵扰，安燕民之心，让他们知道，我大辽将他们视作臣民加以护卫；二是要考核官吏，减免税赋，给农民分配土地，让他们耕种。如此我大辽南有良田万顷，可保粮草充盈，北有千里草原、悍兵良马，从此无忧也。”

萧绰笑道：“我大辽有楚国公便无忧也。”

“太后过誉了。”说到这儿，韩德让停了一下说道，“我又问那木易夏州之事该如何处理？”

“他怎么回答？”

“他问我，宋国知不知道李继迁有称帝的野心。”

萧绰叹了一口气说道：“唉，他有勇有谋，若真能为我大辽所用，当真是我大辽之福。”

“太后，恕臣直言，那人虽难掌控，但臣觉得，铁镜公主一定能让他的才智为我大辽所用。”

“可是我很担心铁镜，这女人啊，一旦付出感情，可是会不顾一切的。”

韩德让道：“太后不用多虑。臣相信公主不会因私废公，真到两难之境时，她会以我大辽为重。”

“当真？”萧绰目光灼灼，她不仅是在询问，更是在寻求依靠。

韩德让用力点点头：“当真。”

“那好，明春捺钵之时，给铁镜完婚。还有，李继迁不是要称王吗？本宫成全他，就封他为夏王。”

韩德让点点头道：“太后英明。夏州无论如何不会真正归入我大辽，莫不如做个顺水人情，既安抚了李继迁，又能让他牵制宋国，我大辽得以休养生息。”

君臣二人又闲谈了一些别的事，萧绰留韩德让用过午膳之后，韩德让才出宫去。

第二十五回　捺钵嫁公主

繁华的汴京车水马龙，街道两旁店铺林立。在这里，只要你有一技之长，就能寻到营生，在这里安身立命。在热闹的城西，依山建有一处院子，里面有亭台楼阁，虽不十分华美，却宁静雅致。院门前挂着一副牌匾，上有龙飞凤舞的四个大字“潇湘别院”。

魏大才子曹植曾作诗：“南国有佳人，容华若桃李。朝游江北岸，夕宿潇湘沚……”只看这副牌匾，会以为此家主人必是位名人雅士。其实不然，这别院是京城一家非常有名的青楼，因为名字起得诗书味十足，与那些普通的妓院相比，显得清雅脱俗。掌管院子的是一位三十多岁的美貌女子，叫楚湘洛，大家都叫她湘洛姐姐。她为了让妓院更加与众不同，除要求姑娘们样貌好以外，还要求琴棋书画、诗词茶道，她们至少要精通一到两样。正因为如此，潇湘别院虽不像其他青楼一样热闹，但金银却一点也不少赚，来此处的不是达官显贵，就是风流才子。不过凡事都有例外，院里有一个人既无官职也无才情，却是姑娘们的心头好。

甲字牌姑娘房丝丝的闺房里薄烟笼纱，紫幔轻拂，软榻前摆着一架古琴，纤长的十指轻轻拨动着琴弦，发出叮叮咚咚的声响，不过弹的可不是什么雅乐，而是一首童谣。

房丝丝觉得这听曲的人实在神秘，背着淫贼的骂名，挥金如土，却偏偏洁身自好。两年前，他交给自己七首童谣琴谱，自此后每来必要听童谣小曲，还能指出弹奏过程中细微的错漏之处。不过，她虽然看不懂他，但那颗心却为他悸动起来。

“花郎君，这么些天你都跑哪儿去了？”房丝丝按下琴弦，对着床上那人问道。

卧榻上那人懒洋洋地伸出一只手抚摸着琴上的柔荑，骨节分明又修长的手指灵活地在那如丝般柔滑的手背上轻轻敲着，然后抬起一根手指，指着不远处的碟子说道：“我要蜜饯。”

房丝丝笑了笑，从碟子里拿起一颗蜜饯递到他口中。

“丝丝啊，知道我最喜欢你什么吗？”榻上的人咽下蜜饯坐起来，双腿搭在床榻的边上，打了一个长长的哈欠，瞪大一双星子般的眼睛，看着面前的美人，眼中没有一丝邪念。

“喜欢奴家什么？”房丝丝又拿起一颗蜜饯送到他嘴里。

“我就喜欢你用精湛的琴技弹爷爱听的曲子。”他轻轻眨了一下眼睛，看似轻浮浪荡，实则只是有几分调皮而已。

“好。你若再这样，我可到床上去了。”房丝丝说着就要站起来。

“我错了，我错了。这几天我被折腾得腰酸背痛，就想在你这儿歇歇。”那人油嘴滑舌地求饶。

“姑娘我可是整整陪了你一宿，知道误了我多少生意吗？”

“误了多少，爷补给你就是了。”说完，那人从怀里摸出一卷竹简，放到房丝丝的琴上。

她小心地把竹简拿起来打开，越看眼睛越亮，喜爱之情溢于言表。过了一会儿，她抬起头看着那人说道：“竟然是《高山流水》的古谱，你……你……你……”

“喜欢就送你了。”那人吊儿郎当地说道。

“我……我……”

“不喜欢吗？”那人说着，伸手就要去夺竹简。

房丝丝急忙将竹简护在怀里，说道：“我喜欢，我只是在想该怎么报答你。”

那人不怀好意地笑了笑，说道：“只要不是以身相许，怎么样报答都行。”

“奴家就如此不堪，入不了花郎的法眼吗？”

那人摇了摇头道：“不，丝丝琴艺无双、冰雪聪明，只是你不是花爷的菜。”

房丝丝嘟起小嘴，有些落寞地说道：“不知何样的女子才是花郎的菜。”

那人吸了一下腮，说道：“估计花爷的菜还没发芽呢。”

房丝丝爱不释手地摸着竹简，再次问道：“如此无价之宝，你就真舍得给我？”

“这东西在你手里是宝贝，在我手里烧火都嫌它不好烧。两年前，我把七首童谣的琴谱给你，其实这中间蕴藏着许多微妙之处。你没有轻视这几首童谣，还参透了许多奥义，所以我才会把这古谱给你。”那人一边说，一边胡乱地拨弄着面前的琴弦，发出细碎的琴音。

“原来花郎早就有心，丝丝感谢花郎的信任。”房丝丝对那人福了一福。

那人从怀里摸出一张纸交给房丝丝。房丝丝打开纸，只看了一眼便跪坐在地上，眼泪如断线的珠子一样落下来。

那人扶着她的肩膀说道：“姑娘的妹妹还活着，虽被卖入青楼，但因为年纪太小，如今还是清白之身。我给她赎了身，寻到一户老实忠厚的人家，那户人家认她做了干女儿。”

“花郎君，我……”

那人轻轻刮了一下房丝丝的鼻子道：“傻丫头，寻到亲人当高兴才对。”

他这轻轻一刮鼻子，再加一句“傻丫头”，竟然让在风月场里打滚的房丝丝面红耳赤。她抬起头，郑重地说道：“花郎放心，你要的东西，我一定会帮你拿到。”

“我知道潘仁美不是吃素的，姑娘尽力而为。”他说完，扶起房丝丝，又拿起一颗蜜饯扔进嘴里，然后摇晃着往外走去。

“你要去哪？”房丝丝见他要走，急忙问道。

“当然是要去避避风头，有我这位花心大盗在，全京城的男人都觉得自己的脑袋在冒绿光，我再不走会被扔进醋缸里溺死的。”

房丝丝望着空荡荡的门口，心里觉得酸楚。她知道，她没本事留住这个浪子。

漠北的雪纷纷扬扬下起来，天地之间灰蒙蒙一片，似乎这个世界又重归混沌。从前，杨延琅只知道漠北是苦寒之地，而如今他才知道什么是真正的苦寒。他虽有耶律铁镜关照，屋里生着火盆，但仍然寒气逼人，身上愈合不久的伤口像针刺一样疼，不仅疼还痒，有时候感到生不如死。

今日是除夕，按照汉人的习惯，今日亲人会聚在一起守岁。曾几何时，也有一个人笑着将一碗饺子端到他面前，慈祥的脸上带着满满的宠溺，对他说：“四儿，尝尝祖母包的饺子香不香。我的四儿长得这么好看，要是个妞妞就好了。”

杨延琅好像听到了祖母的声音，只是幸福的生活永远定格在他七岁那年了。从此以后，每年的这一天，杨家都要禁食一日，因为那日杨家堡被灭门，包括祖母在内的二百余人丧命。

“来了，来了，饺子来了。”急促的声音打断了他的思绪，一个红色的身影飞一样跑进膳厅，把一盘热气腾腾的饺子放在桌上。她的手被烫到，摸了摸耳朵，脸上和身上沾着些白面，兴高采烈的。

“公主？”杨延琅放下书，疑惑地看着她。早上，耶律铁镜兴冲冲地带着红珠和侍女，拎着一堆东西来到他府上。她们一来就钻进厨房，整整折腾了一上午，原来是在包饺子。

“你们汉人过年不是要吃饺子吗？我也觉得这东西挺好吃的，不过我是第一次包饺子，包得丑了点儿。”耶律铁镜有点不好意思地说道。

杨延琅看着这盘饺子，她说得不错，这饺子的确是丑，无论是大小还是形状，个个不一样。这还不算，还有一半破了皮。

“木将军，我姐姐可是专门找人学习怎么包饺子的。”红珠把两碟小菜放到桌上，又指挥侍女把碗筷和酒具摆上。

“就你嘴快。”耶律铁镜瞪了红珠一眼，然后说道，“怎么就两副碗筷，赶紧再拿一副，咱们一起吃。”

红珠看着他们两个，又嫌弃地看看桌上那盘丑到极致的饺子，撇着小嘴说道：“浪费了那么多金贵的白面，也不知道能不能吃。”说到这儿，她停顿了一下，又对杨延琅说道：“木将军，如果觉得不会中毒，你最好全吃了，别辜负了姐姐的一片心意。”

“小丫头……”

眼见耶律铁镜要找她麻烦，红珠撒腿就跑，边跑还边咯咯笑着。紧接着，外面传来她与侍女们说笑的声音。

红珠走了，二人坐下，杨延琅起身给耶律铁镜倒了一盅酒。耶律铁镜感到惊喜，急忙端起酒喝了下去，然后若有所思地说道："盅子小了一点。"

杨延琅看她的样子，想起她说契丹人喝酒要用碗、吃饭要用刀，难为她按照汉人的习俗来陪自己过年。他又给她满上一盅。

耶律铁镜端起酒盅道："木将军，为我们能在一起过年，干了。"

杨延琅端起酒杯与她的酒杯碰了一下，二人一饮而尽。耶律铁镜说道："我要出一趟远门，可能要许多天才能回来。担心你伤未痊愈，体虚畏寒，所以命人给你多送些碳。肉脯我也多带了些，可做夜宵。"

"多谢公主。"杨延琅颔首道谢，再次执壶给两个人都满上酒。

耶律铁镜轻轻转动着酒盅道："将军，我大辽与宋国的风俗习惯多有不同，你以后生活于此，该多了解一些大辽的风俗。我是你在大辽最为熟悉之人，你有什么想问的，可以问我。"

杨延琅觉得她的话很有道理，可是自己想问什么呢？他犹豫了一会儿，悄悄瞟了一眼耶律铁镜，发现她只是静静地等着，并不在意自己寡言少语。即使不说话，她也可以陪着自己安静地坐着。这一刻，他莫名地觉得很放松。突然间，他想问一个无关紧要却又很想知道答案的问题。

"公主为何多穿红衣？"

听到他的问题，耶律铁镜心里一下乐开了花，原来他想了解自己。她平静了一下心绪，说道："漠北广袤，冬春时雪覆山川，夏秋时绿野千里，一旦落单，在荒野中很难被寻到，而红色最为醒目，所以契丹人偏爱红色。我觉得红色如火，可以让这寒冷的漠北变得温暖一点。"

"受教了。"杨延琅忍不住抬起头看了她一眼。

"还有吗？你还有什么想问的吗？"耶律铁镜十分期待地看着他。

还有吗？杨延琅想了想问道："暴雪已至，公主为何还要出门？"

"他这是在关心我吗？"耶律铁镜暗暗思忖，脸颊飞红。过了片刻，她望着门外纷纷扬扬的大雪，若有所思地说道："外面美吗？"

美吗？当然很美，飘然而落的雪花染白了整个世界，红珠正领着侍女们在外面玩雪，十几个衣着鲜艳的少女在雪里奔跑跳跃，鼻子和脸颊被冻得通红，她们开心地笑着，这场景如同人间仙境。

耶律铁镜轻轻叹了一口气说道："这么美的雪对于契丹人而言，却是灾难。"她转过头看着杨延琅，接着说道："大雪把黄草都盖住了，牲畜会因为吃不到草而饿死，暴风雪会掀开毡包，让牧人迷失方向。明春之时，草原上将到处是牧人和牲畜的尸体。现在，牧民可以靠吃死掉的牲畜勉强过冬，可是明春没有种畜，他们又该如何生活？"

杨延琅没有说话，他不知道契丹人靠什么活着，所以也没想过他们该怎么办。

耶律铁镜微微低下头："我去宋国私下找些牛马商人，看看能不能用我们的牲畜换一些过冬的粮食。可如果他们把牲畜的价钱压得过低，我们就会买不到足够的粮食，明春就只能去宋国抢掠了。”

“为何不到燕云之地去买粮？”

耶律铁镜苦笑一下：“正如你所说的，因连年战乱，再加上朝廷不重视农耕，课以重税，那里只有荒芜的土地。母后已经下定决心，要整顿燕云吏治，鼓励农耕，但是我们需要时间。”

两个人沉默片刻，铁镜说道：“今天过年，不说这些。来，快尝尝这饺子，一会儿该凉了。”说完，给杨延琅夹了一个饺子。

杨延琅不挑食，他在耶律铁镜期待的目光下夹起饺子送到嘴里。嗯……就是丑了一点儿，应该吃不坏人。

耶律铁镜也夹起一个饺子吃。入口之后，她才知道他刚才为什么愣了一下，原来这饺子的味道不是“难吃”两个字可以形容的。她想把饺子吐出来，但是抬头看到杨延琅面不改色的样子，又觉得不好意思，挣扎了半天，才把饺子咽下去，急忙吃了几口菜，冲淡嘴里的味道。她不好意思地说道：“别吃了，我再让红珠做点别的吧。”

杨延琅看了一眼外面玩得正欢的姑娘们，平静地又夹起一个饺子道：“不用，吃吧。”

看着杨延琅眉头都不皱一下地继续吃饺子，耶律铁镜忍不住又吃了一个，好像也没有那么难吃。其实她不知道，这是杨延琅自七岁之后第一次过年时吃饺子，他舍不得不吃。

下雪的夜非常安静，没有一丝风声。明天早晨，门外的雪会积到半尺深，整整一个冬天都不会融化。他回想起耶律铁镜临走前对他说的话，如果能安居乐业，谁愿意到战场上去拼杀呢？那一刻，她渐渐消失在雪地里的红色背影竟显得那般萧瑟。

吱呀，窗子轻轻响了一下，杨延琅被惊醒，警惕地握紧拳头。哗啦，桌上传来倒水的声音，接着传出一个人咕噜咕噜喝水的声音。

“你就不能备点热水，这么冷的天，你是真不知道心疼兄弟啊！”

对付这种满嘴跑舌头的人，杨延琅唯一的法宝就是一言不发。他起身来到火盆旁，提起上面的铜壶，往子翼手中的茶碗里倒水。

子翼身上落了一层雪，看到杨延琅给他倒水，愣了一下，忍不住笑了，然后一扬脖将水喝干，放下茶碗笑道：“算你有良心。”说完，他抖掉身上的雪，从果盒里取出一块肉脯塞进嘴里，说道：“那公主对你痴心一片，依我说，你干脆就假戏真做从了她，后半辈子荣华富贵，怎么过不行。”

听到子翼的话，杨延琅的脸一下就黑了下来。子翼知道他脸皮薄，不能逗得过分，急忙从怀里摸出一张纸递给杨延琅道：“我拿到了，潘仁美每次给他两个儿子写信，都会在信上留下印记。”

打开纸，杨延琅看到纸上印着一个很复杂的图案，还有一股淡淡的香味。杨延琅问道：“这是什么味儿？”

“我跟你说，这图案其实没什么，真正玄妙的恰恰是这香味。这是西域魅术中控魅的一种香，叫龙涎，味道极其特别。据说再配上谧音，就可以训出魅。”

“魅是什么？”

子翼想了半天说道：“其实我也不知道那东西是什么，江湖上稀奇古怪的玩意儿多了。”

“这味道如此奇特，我们该怎么办呢？”

“我来想想办法，虽然做不出纯正的龙涎香，但骗过他那两个蠢货儿子应该能办到。”子翼话音未落，正在中京坐堂问诊的徐天友就打了一个大喷嚏。

“那个寇县令还在查案吗？”

“还在查。”子翼一边吃肉脯，一边说道，“这穷掉渣的县令还真是个硬骨头。依皇帝的意思，这案子是要不了了之了，但是这个犟种就是不松手，还说什么除非皇帝摘了他的脑袋，否则不查清此案誓不罢休。”

杨延琅把果盒往子翼面前推了推，又给他倒了一碗水：“那我们就送他一份大礼，让他步步高升。萧绰已经定下了，今春捺钵在大同府的桑干河以南，那里离两狼山不足二百里，这是我们唯一的机会。”

“即使如此，你要神不知鬼不觉地离开辽营，只怕不会容易。”

“我会在那里与耶律铁镜完婚。”

“恭喜啊！”子翼端起茶碗，先干为敬。发现杨延琅不善的眼神后，子翼急忙说道：“好办法，我们就在你大婚当夜行事，他们绝对想不到。”

“可是我要如何离开辽营？”

大婚当夜，新郎官要逃出洞房，这可不是一般的难。两个人四目相对，愁容满面。看着看着，子翼突然就看出些门道，这个男人若不是带着一身冻死人的冰碴子，就凭这张脸，得迷倒多少美貌佳人。

看到子翼笑得古怪，杨延琅觉得头皮发麻。

子翼压低声音对他说了几句，然后跃出窗外，消失在茫茫雪夜里。

第二年春天，萧绰和耶律隆绪带领贵族及百官到大同府桑干河捺钵。去年一战，辽军在两狼山全歼杨继业两万大军，重创北征宋军，让宋国对燕云之地彻底死心。她选择在此处捺钵，第一是为了彰显她的功绩，第二自然是要向宋国示威。

因路途遥远，捺钵的队伍清明时节就要出发，走一个多月才能到行宫。江南的春天已经风和日丽，而塞北依旧刮着烈烈西风，风中带着些许暖意，吹开万里冰封的大地。枯黄的草原上，冬雪融化成水，又汇聚成大大小小的湖泊，如蓝宝石的天空倒映在湖面上。此处接山连水，将江南的碧水与漠北的草原完美地融合在一起。

“木将军很喜欢这片草原？”耶律铁镜骑着马，与杨延琅同行。

杨延琅看了她一眼，不知道她是从哪里看出自己喜欢这片草原的。

“你的目光柔和明亮了许多。我说过，其实世人并不了解你。”耶律铁镜笑道，“宋国有许多关于漠北的传言，他们口中的漠北一片荒芜，苍凉寂寥，说契丹人茹毛饮血，是未开化的蛮人，甚至说我们契丹的女人荒淫成性。将军至此将近半年，一切真如他们所说的吗？”

杨延琅没有回答，近半年来的所见所闻，的确与传言不太一样。

耶律铁镜抬起手指着远方说道：“等到我们回来时，这些湖就都不见了，但没膝的青草会铺到天边。草原上有牛羊，傍晚时分，天边的晚霞像火一样红，牧人的歌声久久回荡在耳边。”

听着她的描述，杨延琅似乎看到了那幅壮美的画卷。去年冬天，经过耶律铁镜多方游说、斡旋，大辽的牲畜和皮货卖了个好价钱，今年牧民的日子会好过一点，所以她很开心。

她知道杨延琅话不多，又继续说道：“等我们大婚之时，我会送一份大礼给你。”

“是什么？”他敏锐地察觉到，她口中的大礼会是自己想要的东西。

“到时候我自会告诉你。”耶律铁镜笑道。

捺钵的队伍拖拖拉拉走了一个多月才到达桑干河行宫。越往南走春意越浓，天气越暖和。到达桑干河五天之后，人们终于全部安顿下来。大家都知道，在此处捺钵不只是为狩猎，主要是铁镜公主要在此大婚。人们专门搭起一顶红色的大帐，大祭司早已选好良辰吉日。

公主大婚，百官同庆，整个行宫都热闹起来。清晨第一缕阳光照射下来时，杨延琅就已经在耶律铁镜的大帐外等候。他前面站着仪官，两旁是两排穿着红衣的仆从，后面是些达官显贵，按官阶大小排列。

随着仪官一声令下，大帐的门被打开，耶律铁镜一袭红裙如霞，款款而行，头上戴着红色的珠冠。耶律铁镜原本就十分美艳动人，此时更是灿若夏花，美得不可方物。她笑盈盈地看着眼前的男人，一双美目里满是爱意。

“青牛为使，白马为媒；眠则同衾，行则同骑。结信。”仪官再次高声说道。

杨延琅拿起红珠递上来的金手镯，给耶律铁镜戴上。耶律铁镜则取过一条黑色镶白玉的抹额，亲手给杨延琅系在头上，同时在他耳边低声说道：“你今日为我夫君，我便要束你一世为我夫君。”她虽说得霸道，但却吐气如兰，温热的气息喷在杨延琅的耳边，他的脸一下涨得通红。

“新夫妇共乘。”那边又传来仪官的声音。杨延琅屈起僵硬的手指，握住耶律铁镜的手。这时，侍从拉过一匹红色的骏马，他揽着耶律铁镜的腰，将她抱到马上，而后自己也飞身上马。二人同乘一骑，穿过大营往中帐走去。

“这驸马爷可真是俊俏，与公主是天造地设的一对。”

“我还听说这位驸马爷勇冠三军，曾大败李昌鹤。”

“不过是一个宋国的俘虏，靠色相迷惑公主。”

“就是，看他那模样根本就不是夏州第一勇将李昌鹤的对手，白日做梦。”

“那时南院大王贺黑将军的公子贺黑虎先与李昌鹤战了一场，可是马上就要得胜的时候，被铁镜公主换下，让这个俘虏上去白白捡了个便宜……”一位身着华服的年轻公子给大家绘声绘色地编着故事，称贺黑虎武艺高强、有勇有谋。最后，他说道：“说到底还是公主喜欢这个小白脸，故意让他得了军功，好迎娶公主。”

这些人中有些知道实情，有些不知道实情，这些流言蜚语不断散布。

杨延琅与铁镜公主来到大帐前，帐前搭着一个圆形的台子，台子上坐着一位身穿白衣的女子，她一头乌黑的长发简单地绑在脑后，绑发处插着一根长长的银簪。

看到她，杨延琅愣了一下，竟然是那晚闯进他房间的女子。此时，他的衣袖被人拉动，耳边传来耶律铁镜的声音：“莫要乱看，她是皇太妃，是主持我们大婚的奥姑。”

听到耶律铁镜的提醒，他急忙垂下头。那日之后，苑儿的神志清醒了许多。她与耶律铁镜感情特别好，坚持要做她的奥姑，为她主持婚礼。此时，看到这位驸马，苑儿觉得好生眼熟，好像在梦中见过这个人。这个人像神仙一样，让她觉得既安心又踏实。

“拜奥姑——”

杨延琅跟着耶律铁镜跪拜，浑浑噩噩地完成大婚仪式。晚上，萧绰举行了盛大的鱼头宴，大家点起篝火，又唱又跳，一直闹到很晚。

回到大帐，耶律铁镜与杨延琅对坐在桌案两旁，桌上的烛火摇动。耶律铁镜双手托腮看着眼前的人说道：“真像做梦一样。”

这一日，这里的所有人都欢天喜地的，唯独杨延琅觉得锥心刺骨，如吞炭饮火一般煎熬。按照汉人的习俗，父母过世，子女需服丧三载，方能婚嫁，然而父亲尸骨未寒，他却娶了敌国的公主。此时，他觉得自己最后的一点尊严也被埋在这红红的大帐之内了。

耶律铁镜从怀里摸出一封信放到桌上，正是潘仁美写给萧绰的信。

迎着杨延琅诧异的目光，耶律铁镜说道：“我今夜就派人将这封信送到汴京。只要把它送到宋国老皇帝面前，潘仁美的脑袋就保不住了。”

杨延琅站起来躬身施礼：“多谢公主。”

耶律铁镜把他扶起来：“我知道杨老将军是你的心结，希望此事之后，你能解开心结。至于夫妻之礼，我愿意等你，等到你这块冰融化成水。”

杨延琅犹豫了一下说道：“多谢公主体谅。末将问句不该问的，不知这封信公主要派何人去送。”

耶律铁镜想了想说道：“我派仁达去，你放心吗？”

“放心。”

安排好让仁达去送信，他们回到大帐。杨延琅斟满两碗酒，一碗递给耶律铁镜，自己端起另一碗说道：“自此之后，木易唯公主之命是从。”说完一饮而尽，接着又去拿酒坛子。

耶律铁镜急忙按住他：“神医说了，你不宜饮酒。你的心意我懂了。”说罢，她也干了碗里的酒，接着给自己倒了一碗酒，给杨延琅倒了一碗奶茶，二人再次对饮。放下碗后，不待耶律铁镜动手，杨延琅再次给她倒了一碗酒，给自己倒了一碗奶茶，然后坐下来。在这个过程中，他悄悄地打开手里的一个小瓷瓶，一缕淡淡的香味混在酒气里。

“今日痛快!”耶律铁镜脸上泛起一层红晕，她端起碗将酒饮尽，然后放下碗按了按额头。她还想与杨延琅再闲话几句，却忍不住打了一个长长的哈欠。

“公主是不是累了？早些歇息吧。”杨延琅取出备好的皮被褥，铺在地上。

“今天这酒，劲儿可真大。”耶律铁镜撑着桌子站起来。杨延琅急忙将她扶到榻上去，给她脱去靴子和外袍，盖好被子。然后，他熄了红烛，和衣而卧，过了一会儿便听到耶律铁镜沉沉的呼吸声。

第二十六回　洞房杀人夜

夜已三更，行营已经安静下来，子翼在大营西北方向的一条小路上焦急地等待着。这时一个高个子侍女急匆匆走过来，还时不时警觉地回头看一眼。子翼自诩自己这双眼可以在夜里穿针引线，却愣是没看出来这个漂亮的侍女是那“冰碴子”。

“我来了。”杨延琅径直走到子翼面前低声说道。

“真……真是……真是你？”子翼揉了揉眼睛，不可置信地问道。

杨延琅狠狠白了他一眼，伸手就要解开发髻。

“等等，我有一个好主意。”子翼边说边从包袱里取出一件黑色带兜帽的斗篷扔给杨延琅，然后从暗处拉过两匹马。二人翻身上马，消失在一片密林之中。

潘龙和潘虎正在大营里喝酒。潘仁美回京快半年了，潘、杨两家的官司却一直悬而未决。潘仁美不放心他这两个儿子，对他们千叮咛万嘱咐，临走时又将他们偷偷带入军营的女子一个不落地全部带走，所以这段时间这两个纨绔子弟快闷坏呀，尤其是潘虎，常常醉后耍酒疯，打骂下属出气，闹得营中怨声载道。此时，看到潘虎又在喝酒，下属都躲得远远的，生怕触了他的霉头。

“报，报……”就在兄弟俩喝得有些醉意的时候，一个侍卫战战兢兢地跑进来禀报。

“有话快说，没事赶紧滚！”潘虎醉醺醺地骂道。

“营外来了……来了一对父女，说是大元帅派来的。”

“父女？有信吗？”

“有。”侍卫急忙把信递上去。

潘龙打开信，信上只写了短短两句话，说是遣人到营中有重要的事商议。片刻之后，信纸上传来一股淡淡的香味。

潘虎又喝了一杯酒，说道：“父亲总说这香味独一无二，可我闻着还不如花满楼姑娘的脂粉香呢。”

“你懂什么？”潘龙又凑近闻了闻，有些不解地说道，“父亲从前只派一个忠诚的家仆，今天为何会派两个人，还是父女两个？”

潘虎好像突然想到了什么，瞪大眼睛问那侍卫：“你说是父女两个？”

侍卫道："是。"

潘虎眯着眼睛问道："那女儿，好看吗？"

侍卫想了想，说道："在鹿寨外面，看不清楚，不过个子很高，元帅派来的人应该不会差。"

潘虎两眼放光道："两个就两个嘛，把他们叫进来问一问不就知道了。"

"可是……"

"可是什么，那香味对不对？"潘虎此时已经急不可耐。

潘龙点了点头。

"我看你是让姓杨的给吓怕了，京城有咱皇姐在，官司都占了上风，有啥可怕的？"潘虎转头对那侍卫道，"快，快去把那父女两个带进来。"

侍卫看了看潘龙，潘龙摆了摆手算是默认了。侍卫急忙跑了出去。

"哥，一定是母亲心疼咱们，给咱们派了个贴心的人来。"潘虎直着脖子往外面看，焦急地等着。

潘龙随手摸了摸腰间，觉得可能是自己想多了。

过了一会儿，侍卫领着父女两个进了大帐。前面的老者有五十多岁，面貌和善，商人打扮。他身后站着一个女子披着黑色的斗篷，微微低着头，脸隐在兜帽之中，看不清楚长相。虽然看不清长相，但她刚进来还带着凉意，清新的味道扑面而来，应该是个美人。

潘虎拿起桌上的羊肉递给侍卫道："滚到远处去吃。"

"是，是。"侍卫接过羊肉，急忙逃出大帐，他再傻也明白这两位祖宗的意思，出了大帐把守卫带到远远的地方去吃羊肉，清空了大帐周围，以免惊扰到这两位祖宗。

老者上前一步拱手施礼："老朽见过两位公子。"

"免礼。"潘龙来到他面前问道，"你是何人？我为何没有见过你？"

"老朽是大元帅请的讼师，与两位公子还未见过。"

潘龙问道："你是父帅请的讼师，为何不在京城，而要千里迢迢跑来边关，还要带个女子？"

老者微微笑道："老朽来此自然是有要事与两位公子相商。至于为何带着女儿，原因有二。第一，掩人耳目；第二，真正的讼师不是我，而是我女儿。"

"让本公子看看，什么样的女子能做讼师。"潘虎凑到跟前，一把拉下那女子的兜帽。

那女子微微转过头，面如寒玉，目似冰霜，五官就像美玉雕琢出来的，真不是一般的好看。潘虎直愣愣地瞪着一双迷醉的眼睛，一眨不眨地看着，觉得哪里有一点不对劲。

潘龙没有喝太多酒，他觉得眼前这位一袭黑衣的女子竟如幽冥鬼府的勾魂鬼差一般，带着慑人的诡异。

"你们究竟是什么人？"潘龙非常警觉，再次问道。

"讼师啊！"说话的一瞬间，那老者就来到了潘龙跟前。潘龙慌忙出招，可是这老头如鬼魅一般，又到了他身后。接着，潘龙脖颈处传来一阵剧痛，他刚要开口喊人，身后那人在他耳边低声道："潘大公子，莫要叫喊，别吓到我的宝贝女儿。"

潘龙赶紧闭上嘴，他知道自己的命现在捏在这老头手里，想活着就必须听话。那边的潘虎直到此时才明白哪里不对劲了，眼前这个人不是女人，而是个男人。他知道事情不对，急忙挥拳打过去。

嘭！他刚刚挥出去的拳头被一只手死死抓住，那只手如铁爪钢钩一般，潘虎清清楚楚地听到了自己手骨碎裂的声音。他还没来得及惨叫，口鼻就被一只大手死死捂住。随着咔嚓一声，潘虎软软地倒在地上，已经毙命。

潘龙看着面前这个冷面如霜的勾魂阎罗，觉得手脚发麻，扑通一声跪到地上："你……你……你们究竟是……是……是……是什么人？"

老头笑得很开心："跟你说了呀，我们是讼师。"

"你们要什么？要金银财宝，还是要高官厚禄，只要……只要你肯饶了我……我……我什么都……都……都答应你。"

老头想了想，说道："可是这些我们都不想要，想要的你又不愿意给。"

"你说，如果我有，我都给……"

"潘大公子果然识时务，我要的第一样东西就是，虎符。"

"虎符？你们要……要虎符做什么？"

老头突然笑了笑，对他的同伴说道："废话太多，要么杀了，咱们自己找。"

那人点了点头。

"等等，等等，我给，我给……"潘龙急忙从怀里摸出虎符，哆哆嗦嗦地递了过去。

那人把虎符接在手里，端详了一会儿便揣进怀里。潘龙急忙说道："你要的都给你了，放……放……放了我吧。"

老头又笑了："我还没说我们要的第二件东西呢。"

"是什么？"

"你的命。"

老头的话让潘龙面如土色，他结结巴巴，半天才问道："我与你们无冤无仇，你们为何……为何非要我的命？"

老头说："我与你还真是无冤无仇，不过顺手帮忙而已。至于他嘛，你仔细看看，兴许就能想起有什么仇了。"

潘龙抬起头，看着眼前这个人，似乎在哪里见过，却想不起他究竟是谁。

"杨延琅。"那人说话时呼出一团团白雾，让人感到如坠冰窖。

一个死了七年的人，此时站在潘龙眼前，他顿时吓得魂飞魄散，直接瘫软在地上。"你……你……你是人还是鬼？"潘龙终于问出这句话。

那人双唇轻启，吐出来一个字："鬼。"

老头在潘龙耳边又接着说了一句："索命鬼。"

听到"杨延琅"三个字，潘龙就知道自己绝对难逃一死。人有时候很奇怪，当知道自己必死无疑的时候，心里反而不那么慌张了。拼了吧！这个念头闪过，潘龙慢慢地把手移向腰间，然后寒光乍现，向装扮成老头的子翼的下腹袭去。

“小心。”杨延琅惊呼一声，以更快的速度抓住了潘龙的手腕。同时，子翼双手使力，潘龙的脑袋齐整整地被冰蚕丝切了下来，一直滚到桌子下面。

杨延琅第一次被惊出一身冷汗，潘龙手上的刀离子翼的下腹只差毫厘。他把刀从潘龙的手上取下来，举到眼前。这把刀长一尺五寸、宽一寸二分，刀刃薄如蝉翼，在灯下泛着淡淡的青光。最让人惊讶的是溅在刀刃上的几滴血竟一滴不剩地被吸了进去，刀身嗡嗡作响，好像满屋的血腥气让它躁动不安。

“鸣鸿刀!”子翼看着短刀惊呼道。

“什么刀?”杨延琅问道。

子翼极为兴奋地说道：“你不知道，这刀叫鸣鸿，传说是黄帝所铸，切金断玉，锋利无比。不过，它吸血如魔，杀意太盛，易乱人心智，反噬其主，是一把邪刀。据说，它每次出世，都会掀起一场腥风血雨，最近一次应该是在一百年前，它的主人曾用它血洗江湖，杀人千万……”

说到后面，他的声音越发低沉。看着手握短刀的杨延琅，地上的两具尸体，嗡嗡鸣响、充满邪气的短刀，他觉得天寅阁的那个预言似乎要应验了。

杨延琅掂了掂刀，转身把潘虎的人头割下，发现伤处非常平整，可见此刀之锋利。刀刃因为吸了血，现出淡淡的红色。杨延琅从潘龙腰上取下来一副软皮刀鞘，把刀插回鞘。子翼扯过铺在桌子上的布，把两颗人头一包，背在身上。然后，他们换上潘龙和潘虎的甲胄，大摇大摆地出了大帐。潘龙、潘虎跋扈惯了，下属不敢询问，二人就这样畅通无阻地出了大营。

出了大营，在一个岔路口上，杨延琅看了一眼布包，对子翼说道：“把这布包送给那个寇县令，助他步步高升。”

“你这份礼不但重，还挺特别，希望寇大人别被吓死。”子翼调侃道。

“这个给你，用它再血洗一遍你们的江湖。”杨延琅把短刀送到子翼面前。

子翼一愣，对这把绝世宝刀，他自是非常喜欢，但是喜欢归喜欢，他没想到杨延琅会毫不在意地将如此贵重的东西送给自己。他犹豫了片刻，说道：“还是你留着防身吧。”

杨延琅道：“太轻了。”

“不行，不行。”子翼摇了摇头，“这刀杀气太重，我担心……”

“什么杀气太重，刀就是刀，用它的人心正神清，邪刀又如何？便是一把普通的钢刀，落到恶人手里，不是一样邪气横生吗？你子翼还迷信这些。”

杨延琅很少说这么多话，一下把子翼呛得脸耳发烧，可是他心中却泛起阵阵暖意。

见子翼不出声，杨延琅把刀塞进他手里，叮嘱道：“斯人无罪，怀璧其罪，你要小心。”

子翼认真地点点头，把刀缠在腰上问道："我有一事想问你。只要铁镜公主把那信送到皇帝老儿那儿，潘仁美必死无疑，到时候这两个混蛋也跑不了，你干吗冒这么大风险，非要先割了他们的人头送回去。"

"送信正是她一箭双雕的谋划。"

"难道她不是为了笼络你才这么做的吗？"

杨延琅道："辽国不会收留两个纨绔子弟，除非他们有二十万大军做见面礼。而宋国皇帝杀了潘仁美，潘龙和潘虎才会带着这二十万大军投奔辽国。也正因为此，萧绰将捺钵之地选在离两狼山这么近的地方。还有，他们两个见过我一次，若来到辽国，难保不会把我认出来。"

"明白了。"他拍了拍肩膀上的包袱，郑重地说道，"你放心，我一定把这两个家伙的头亲手交给寇县令。"

"路过雁门关，把虎符交给高尽忠，就说潘龙、潘虎死了，让他派人整军，莫被辽军偷袭了。我尽量拖着那公主，让她暂时得不到消息。"杨延琅把虎符交给子翼说道。

子翼把虎符藏好，又问道："还有别的事吗？"

"没了，一路多加小心。"

"疯子，你比以前啰嗦多了。记得回去还走大营西北角。"子翼认真地对他说完之后飞身上马，往开封府去了。

目送子翼走远，杨延琅皱起眉头想了想，自己真的变啰嗦了吗？不过，此时没有时间细想，他急忙拉过树林中的坐骑，往辽国行宫奔去。

第二十七回　生死同心路

“公主，请起床用膳。”

耶律铁镜昏昏沉沉的，听到耳边有人说话，她勉强睁开眼，影影绰绰看到床前站着一个人。谁？她猛地坐起来。

“公主，用膳之后，该去给太后请安了。”杨延琅退后一步说道，他言语行为极为恭敬，也异常疏远。

片刻之后，耶律铁镜才记起昨天的事，看到杨延琅已穿戴整齐，正站在一旁叫自己起床，顿时羞得满面通红。她突然记起昨天他说的话，只要自己帮他报仇，他愿意供自己驱使。想到这些，刚刚的旖旎之情顿时荡然无存。她默默起身，杨延琅把脸盆端到她眼前，伺候她洗漱。

看着曾经血战千军、铁骨铮铮的人低眉顺目侍立在自己眼前，唯命是从，耶律铁镜突然感到苦涩。不，她要的是丈夫，而不是一个下属或奴才。若他没有了那身傲骨，自己爱他什么？

“驸马。”

“公主有何吩咐？”

“没有。”她把脸盆接过来放到一旁，伸手抓住他的手。

杨延琅一惊，想用力甩开，却被她死死抓住。而后，耶律铁镜用一种不可违拗的态度，将杨延琅的手拉到她的胸前，按在她起伏不定的胸口上，紧紧盯着他的眼睛说道：“驸马，这是我的心。你一双手如铁爪钢钩，若你不信我对你的真心，可以抓出来看看。”

“末将不敢。”杨延琅面红过耳，急忙把头转到一旁。

耶律铁镜两只手捧住他的脸，逼迫他看着自己，一双大眼睛里含着泪水：“我伤了你的心，但是我的心更疼，就像被恶犬狠狠撕开一样疼。你知道吗？但是，再疼我也要逼你，因为你不归降，我保不住你的命。你明白吗？”她越说越委屈，声音也越大，到最后几乎是吼出来的，眼泪纷纷滚落。

“我……我……”他可以面对千军万马，也可以面对暗骑军的统领，可是却不知道该怎样应对一个泪眼婆娑的女人。

“驸马，我说过，我可以等，哪怕我们一辈子都这样，我也无所谓，但是求你，求你不要这样对待我。我们不是君臣，不是主奴，你是我的驸马，我是你的妻子，我们该平起平坐、同吃同行。”耶律铁镜满怀期待地看着他。

妻子？

妻子！

杨延琅似乎突然明白了“妻子”这两个字的含义。这女子是与自己行过大礼的，是他明媒正娶的妻子。这半年以来，她是敌国的公主，是暗骑军的统领，是自己要对付的敌人，也是自己暗伏于此需要借助的力量，可现在她却成了自己的妻子。

他本该孤独一生。他不知道该如何与自己的妻子相处。

她落着泪的眼睛里是深深的爱意，这般高贵又骄傲的公主，居然求自己与她平起平坐、同吃同行，能待之以夫妻之礼。她的确狡诈多变，但是对自己却尽心尽力。回想自己，对她除了欺骗和利用，竟然没有一丝真心。他心里觉得苦涩，欺骗利用自己的妻子，这是多么不堪的一个人！

可是，什么是爱？他擦去耶律铁镜脸上的泪水，问道：“公主，你喜欢我什么？”

“我不知道。看到你受伤，我就心疼。你命悬一线，我也痛不欲生。你的一举一动，都让我牵肠挂肚。我想时时刻刻看到你，护着你。”耶律铁镜把脸埋在他怀里，后面的话含糊不清，听不清楚。

他在心里叹了一口气，想着无论爱与不爱，自己都要与她周旋，于是伸手将这个女人抱在怀中。

过了长城，气候暖湿了许多，杨延琅与耶律铁镜沿着一条小河往大营方向走。青山绿水，春风和煦，马蹄踩着卵石，发出咔嚓咔嚓的声响。夕阳西下，两个人的影子被拉得很长。早上他提了一句，说西面那座山与鬼谷里的山很像，耶律铁镜就在拜见萧太后之后，兴冲冲地拉着他去那座山游玩。

他们信马由缰地走着，杨延琅想起一些小时候的事。从他记事起，身边就只有祖母。祖母常对他说，他是从天上来的仙童，所以才不爱说笑。后来，他被父亲救醒，父亲将他按在一片灰烬之中，他眼前到处是焦尸，其中有他的祖母。他疼到心口发颤，却不会嚎啕大哭，甚至流不出一滴眼泪，父亲骂他是铁石心肠。埋葬祖母那晚，他一个人跑到树林中，而后林中传出凄厉的狼嚎之声，让人毛骨悚然。就在所有人以为他会被狼吃掉的时候，他却自己跑了回来。有人说他是被一头白狼送回来的，此后人们便对他避之如虎。于是他慢慢习惯了一个人，一个人吃饭，一个人睡觉，一个人读书，一个人报仇，一个人上阵杀敌，一个人承受谣言的中伤与亲人的疏离。杨延琅悄悄地瞟了一眼身边的妻子，心里突然冒出一个可怕的念头，她会不会有一天像祖母一样离去，又抛下自己孤零零的一个人。

“驸马，我是你的妻子，你要喜欢，可以大大方方地看。”这时，耶律铁镜也在看他，与他四目相对，笑着说道。

杨延琅急忙避开她的目光，脸一下涨得通红。

耶律铁镜悄悄叹了一口气，她没觉得自己脸皮厚，倒觉得这个男人的脸皮实在是太薄了，于是赶紧转移话题问道：“你是不是有什么话想说？”

杨延琅问道：“公主，我们不是来捺钵的吗？为何没有狩猎？”

耶律铁镜反问道：“你想狩猎吗？”

“不，我只是问问。”

“其实捺钵并不是单纯地进行狩猎，春时捺钵就不会去狩猎，因为这时万物复苏，许多飞鸟走兽刚出来活动，身体瘦弱，而且大多还要哺育幼小。契丹人认为上天有好生之德，万物皆有灵性，不可肆意滥杀。春时捺钵主要是让年轻一代练习骑射。其实，若不是因为别的事，我们多是去大泊湖渔猎，那里的鱼比桑干河的鱼鲜美得多。”说到这里，耶律铁镜不自觉地笑起来。她喜欢广袤无边的大草原，还有波光闪闪的湖泊，特别是渔网里跳跃的红眼鱼。

杨延琅知道她说的“别的事”是什么，她在等待消息，只不过她得到的消息可能会让她失望，而自己也会被人猜疑。想到此处，他心里悄悄叹了一口气，希望这平静的时光能长一点。

嗒嗒嗒……

一阵急促的马蹄声从远处传来，一名暗骑奔到他们跟前。马还没有停下，他就跳了下来，双手捧上一封密信：“公主，您可回来了，宋营传来的密报。”

耶律铁镜把信接过来拆开，看到信的内容，她的脸色变得阴沉。她把信装进怀里，深深吸了一口气，看了杨延琅一眼，轻声说道：“我们得快点回去。”

杨延琅点头答应道：“好。”

两个人刚要走，耶律铁镜突然转过头来对他说道：“你不爱说话，那就不要说，这样就很好。”

杨延琅再次点点头。耶律铁镜咬了咬后槽牙，催马先行，他急忙跟了上去。

二人刚刚回行营，就有侍从告诉他们，太后在中宫大帐等他们。进了大帐，萧绰、耶律隆绪和耶律休哥、萧天佐、贺黑纳兰等人都在，气氛十分凝重。

“母后。”耶律铁镜和杨延琅上前见礼。

“铁镜，潘龙和潘虎被杀了，你知道吗？”萧绰开门见山地问道。

“知道，女儿已经派人去查了。”耶律铁镜垂首回道。

“查得如何？”

“我，刚刚得到消息……”

“我以捺钵为由，调来五万铁骑等着接应他们，可是现在他们被人割了头，你却刚刚才知道。如果我们能早半天得到消息，还能趁他们群龙无首，打他们一个措手不及。现在来不及了，晌午时高尽忠已经拿着虎符进了宋营。”

萧绰声音平静，但是耶律铁镜能听得出母亲非常愤怒。她提衣跪倒：“母后，是女儿疏忽了。”

“是疏忽了，还是再也无心国事？”萧绰问出这句话时瞟了杨延琅一眼。

她这一眼让耶律铁镜心惊肉跳，急忙说道：“这是女儿的错。依暗骑军的规矩，误军国大事者，当受重罚。”

“怎么罚？”

“枭首。”

听到这两个字，杨延琅眉头动了一下，他不信萧绰会杀了自己的亲生女儿。退一步讲，她现在还是暗骑军的统领，岂能因为一次疏漏被杀？虽然他不信，但不知为何就想到了祖母。父亲说自己命犯天煞，但凡与自己亲近之人，皆不得善终。只有子翼敢夸口，说自己是金刚不坏之身。

这些杂念在杨延琅的心中一闪而过，这时萧绰起身走到女儿面前，轻轻摸着她的头发说道：“铁镜，我是你的母亲，但是我首先是大辽的太后。当初你接手暗骑之时，我们便立下规矩，此生许国，绝不会因儿女私情误军国大事。”

耶律铁镜抬起头望着母亲，眼睛里渐渐泛起泪花：“女儿明白，我只求母后一件事。”

“什么事？”萧绰背在身后的手紧紧地攥着，后背渗出冰冷的汗水。

耶律铁镜从怀里摸出一块黑色的令牌放到母亲手中：“寻个可靠之人，请善待他们。”

萧绰闭了一下眼睛，却悄悄松了一口气，低声说道：“好。”

“母后……”耶律隆绪忍不住开口说话。

“皇帝，你看着就好。”萧绰冷冷地打断他的话，然后又问耶律铁镜，“你还有别的要交代吗？”

耶律铁镜摇了摇头：“没了。”

萧绰抬手一指杨延琅道：“那他呢？”

“母后，自此之后，他便不再是我大辽的驸马了，婚配嫁娶，皆与皇家无关。母后若爱他勇武之才，便留在身边听用；若不留，听凭母后处置。”耶律铁镜看了杨延琅一眼，这个时候自己若维护他，母后更不会放过他了。

“好。”萧太后的神情渐渐变得冷酷，“你毕竟是皇家公主，枭首就不必了，自裁吧。”

“谢母后。”耶律铁镜俯地叩首，抬起头看了杨延琅一眼，突然就笑了，可她嘴角那抹笑意还没有消失，不知何时已经拔出短剑横在颈间。她两眼一闭，双手使力。

她知道母后与这些重臣的心思，这件事让他们心底生疑，他们担心自己会陷于儿女私情，不顾大辽安危，更怀疑木易心怀不轨，自己被他利用，想借此事除掉木易。只要自己把责任推到木易身上，一切便顺理成章了。但是她不愿意，她宁愿自己死，也要护着他。到此刻她才知道，自己不只是大辽的长公主、暗骑军铁血无情的统领，还是个会心动的女人。

所有的思绪瞬时闪过，但意料中的死亡并未来临，她发现自己手中的剑纹丝未动。她疑惑地睁开眼睛，看到木易单膝跪在自己身侧，单手握住剑刃，只凭一只手掌就阻住剑势，血顺着他的指缝流下来。

“太后，是不是抓到凶手，公主就不用死？”他冷冷地问道。

耶律铁镜此时脑中一片空白，除了擂鼓一样的心跳声，她什么也听不到。帐内的重臣们神情各异，萧绰甚至露出一丝不易察觉的微笑。

贺黑纳兰开口问道：“难道驸马知道谁是凶手？”

没有理会他的问话，杨延琅看着萧绰再次问道：“太后，是不是抓到凶手，公主就不用死？”

贺黑纳兰心头火起，紧咬后槽牙，发出咯咯声。他从未被如此轻视过，即使萧绰也要给他几分颜面，可是这个木易却没有回他的话，相当于狠狠抽了他一记耳光。

“你应该叫母后。”耶律铁镜平复心绪后急忙提醒杨延琅。此时，她觉得自己的心被暖意包裹着，她一直以为自己只是一厢情愿，用尽手段才将他留在身边。她心甘情愿为他做了那么多事，却不敢有一丝奢求。她想不到这个不言不语的男人，会不顾自己的安危，直接顶撞母后。

杨延琅沉声说道：“若公主死了，便不是了。若我死了，也不是了。”

“大胆……”贺黑纳兰的呵斥声刚刚出口，一旁的萧天佐轻轻按住了他，制止他继续说下去。

萧绰眯起眼睛说道：“可以，如果抓到杀死潘龙和潘虎的凶手，铁镜可免于一死。你知道谁是凶手吗？”

“我。”这个字从杨延琅口中说出来，像千斤巨石砸入水中，引起轩然大波。这大帐内，有一个算一个，包括耶律铁镜都怀疑他，但是任谁也不会想到，他会亲口承认自己杀了潘龙和潘虎。

萧绰问道：“你为什么要杀他们？”

杨延琅没有回答，只是抬起头看了萧绰一眼。随后，他双唇紧绷，手上用力，把剑从耶律铁镜手中拿出来，而后双膝跪地，双手奉剑举到头顶，递到萧太后面前。他意思很明白，现在凶手有了，公主不用死了。此时，他不能回答萧太后的问题，因为解释越多，破绽越多。一声不哼，他们有可能认为他情深义重，如此行事只是为了给公主脱罪。

贺黑纳兰说道：“太后，依臣看来，驸马杀潘龙、潘虎，不过是想给杨继业报仇。”

耶律铁镜说道：“贺黑大人此言差矣，我昨晚已将潘仁美的亲笔信送往汴京，不出月余，潘仁美就会被杀。那两个纨绔只要带兵投奔我大辽，以后想杀他们还不容易，为何非要在此时动手？”

贺黑纳兰道：“公主，至于为什么，您要问问这位驸马爷了，他刚刚可是亲口承认自己杀了潘龙和潘虎。”

萧天佐站起来说道：“贺黑大人难道看不出来吗？驸马是在为公主脱罪。”

贺黑纳兰用鼻子哼了一声道：“恕下官愚钝，没有看出来。”

萧天佐问道："请问那潘龙、潘虎是何时被杀的？"

"密报说昨天夜里。"贺黑纳兰不情愿地说道。

"昨夜可是公主与驸马的大婚之夜。"

"说来说去，公主延误军机一事就成了一笔糊涂账了。"贺黑纳兰气愤地说道。贺黑虎因为耶律铁镜的婚事，已经三天不吃饭了，还说木易不死，他就不吃。贺黑纳兰也闷了一肚子火，原想借娶公主之机，搅乱暗骑军，却怎么也没想到半路杀出个木易来，让他的如意算盘落空。

耶律休哥腾的一下站起来，说道："贺黑纳兰，难道你真要因为这件事，杀了铁镜这丫头不成？"

"王爷，公主不该杀，但是公主因木易延误军机，难道木易不该杀吗？"贺黑纳兰冷冷地说道。他差一点没直说：公主被木易色相所迷，早已将军国大事忘到脑后了。

萧绰低咳两声，人们顿时安静下来。她冷冷地看了一眼贺黑纳兰，说道："此事的确错在铁镜，不过既然木易愿替她脱罪，本宫倒是愿意给他们一个机会。"

她这一眼让贺黑纳兰冷静下来，他突然明白过来，这是专门给木易设的局，试探他对铁镜公主是否真心。他若真心相待，自然平安无事。至于耶律铁镜，萧绰无论如何都不可能治她的罪，让暗骑军易主。只是铁镜公主有如此大的疏漏，萧绰都能饶过，还利用此事试探木易，看来是要重用他。

萧绰站到耶律铁镜和杨延琅面前，取过杨延琅手上的短剑，从高处看着他们说道："你们两个误的事，谁死谁活都逃不掉。你们若有补救之法，本宫就先把脑袋寄放到你们的脖子上。"

杨延琅暗暗松了一口气，萧绰的意思再明显不过，这件事算是过去了。

耶律铁镜急忙说道："母后，女儿猜想，应该是天波府有人知道宋国皇帝忌惮什么，所以杀死潘龙和潘虎，削弱潘家的势力。女儿已经派人追查他们人头的下落了，一定会将此事查个水落石出。"

"你呢？"萧绰转过头问杨延琅。

杨延琅垂下眼帘，思虑片刻道："那二十万兵马都是潘仁美的旧部。"

耶律铁镜一听，一双美目马上瞪大："母后，女儿去汴京把潘仁美救出来。他为了给儿子报仇，一定会与我们联手，与宋国拼个鱼死网破。"

这么聪明的两个人可真是让人发愁。萧绰心中想着，微微抬了抬下颌道："都滚吧，找御医包扎一下伤口。"

"谢母后。"

"谢——母后。"

二人起身往外走去，耶律铁镜心中暗喜，能得母后一个"滚"字，说明她心中已经认可这个女婿了。他肯舍命维护自己，这是母亲想要的结果。她看了杨延琅一眼，不知道他此举是出于真心，还是看透了母后的心思。想想昨夜自己睡得实在是很沉，沉到这位新驸马到底在没在帐中，她一点都不知道。不过，看到他鲜血淋淋的手掌，耶律铁镜不愿再往深处想了。

相较于欢喜雀跃的耶律铁镜，杨延琅的内心十分不安，今天这场局看似与他无关，实则这个局就是给他设的，若他贪生怕死或冷眼旁观，死的一定是他。他利用萧绰急于想要那二十万宋军的心理，让耶律铁镜把心思放在潘仁美身上，不再盯着潘龙、潘虎的脑袋，这样子翼一路便少了许多麻烦，但是如果潘仁美真的被救出来，他一定会认出自己，到时会有大麻烦。

他抬起头看看夜空，繁星闪烁，此时他唯一能做的就是求上天保佑，保佑子翼能顺利把人头送过去，保佑那个寇县官够聪明，能斩了潘仁美的脑袋。

耶律铁镜轻轻捧起他的手，说道："我传御医给你包一下。"

杨延琅说道："公主帮我包一下就行，今天都累了，我们早点休息吧。"

耶律铁镜点点头："好。"

两个人肩并肩走回大帐。经过这漫长的考验，直到这一刻，他才真正成为辽国的驸马。

宫帐内，其余人都走了，只剩下萧绰和耶律隆绪。萧绰喝了一口茶，问儿子："皇帝，今日之事你可看出缘由？"

耶律隆绪微微思索了一下说道："那二十万宋军虽重要，却没有皇姐重要。南院大王想借此逼皇姐交出暗骑军，可是母后更想知道皇姐会不会被儿女情长所困。"

听到儿子的分析，萧绰点了点头，又追问道："还有呢？"

"还有？"耶律隆绪挑了挑眉头说道，"还有就是朕的那位姐夫，如果他不维护皇姐，只怕他只能当一天朕的姐夫了。"

"你是皇帝，他是臣子。"

"是，母后。"他的声音拉得很长，此时这位小皇帝才有几分少年人的样子。而后，他又说道："母后，给他重重考验，是要对他委以重任吗？"

"这人话少聪慧，脾气古怪，喜怒不形于色，其心难测。为君之道，首先要学会识人用人，朝中重臣用错一人，下面就会祸乱一方。"

耶律隆绪几步走到地图前，修长的手指在图上游走，指着一个地方说道："母后是看中云内州了吗？"

萧绰笑而不语。

"母后，不如我们在他以为高枕无忧的时候，再找机会试试他……"

听儿子说完，萧绰满意地点了点头，她觉得这小子能独当一面了。

第二十八回　千里送大礼

两家重臣，一桩大案，各执一词，真假难辨。寇准是办案老手，他觉得若想查明案件，就一定要查清楚两家的恩怨。他们之所以结怨，就是因为七年前在并州人尽皆知的潘豹被杀案。

寇准亲自去并州了解此案经过，发现了一个秘密，原来当年杀死潘豹的并不是杨家的四公子，而是那位据说被潘仁美乱箭射死的七公子杨延钰。时隔七年，自己都能查出当年的真相，潘仁美也一定知道。那时，杨继业已经舍出一个儿子来给潘豹抵命了，且北征在即，朝廷急需北汉那二十万军。潘仁美即便知道真相又能如何，只能打掉牙齿往肚子里咽。可当杨继业身陷辽境，那二十万北汉旧军远在西北，面对孤身一人逃回宋营的杨延钰，潘仁美便为儿子报仇，射杀了杨延钰。如此说来，倒也合情合理。但这只是推断，没有证据，若潘仁美否认，寇准也没有办法。

回京之后，寇准试着提及那桩旧案，果然不出他所料，潘仁美一口咬定不知道杀死潘豹的真凶，那血肉模糊的尸体也不是杨延钰。至此，寇准对此案也是束手无策。不过，让他不解的是，不过是两个孩子打架，杨延钰失手杀人，罪不至死，若他出来认罪，最后判个徒流之刑，有杨家照应着，应该也吃不了多少苦。可是杨延琅就不同了，他若杀人就必须要抵命。两害相较，杨家为何取其重呢？

百思不得其解的寇准到杨府求见佘赛花。佘赛花听了他的话，眼中涌起泪花，半晌之后才说道："之所以让四郎去，原因有二。潘仁美是宋军大元帅，手握兵权，怎么甘心儿子白白被打死，若七儿去认罪，固然能免于一死，但是潘仁美从此会心生芥蒂，仇视杨家，甚至会怨恨官家，这样于北征不利。四郎去抵了命，从此潘杨两家老死不相往来，却也能相安无事。"

寇准说道："杨老将军想的是我大宋江山，令人佩服。"

佘赛花道："你也许会问，杨家七个儿子，为何一定要选四郎。"

"是。难道四公子有什么特别之处吗？"

她轻轻叹了一口气，说道："这就是第二个原因了，他是我不该带到这世上的孩子。"

"为何要这么说？"

"你随我来。"佘赛花起身，带着寇准走进那座高高的无佞楼。寇准进去后，一下被惊呆了，除了杨家祖宗的牌位之外，下面一排摆着七个牌位，都是新的。也就是说，短短七年间，杨家死了七个人。这七个牌位中有一个没有刻字，寇准依顺序看下来，这个牌位应该是那位四公子的。

“七年前，我四个儿子死在金沙滩，尸骨无存，给我留下四个寡居的儿媳。去年，我的丈夫与七郎死在两狼山，我丈夫的尸骨留在辽国，不能魂归故里，而延钰至今在大理寺，不能入土为安。”佘赛花摸着这些牌位说道，撕心裂肺的伤痛已经让她哭干了眼泪。

“杨夫人节哀顺变。”寇准知道这句轻飘飘的劝慰于她而言毫无意义，可是此时他又能说什么呢。

“他们都是我的亲人，我担心有一天我老了，记不得他们的模样，所以请了最好的画师，把他们都画了下来。”佘赛花指着墙上的画像告诉寇准。

寇准一一看过去，画师的技艺高超，人物画得极为传神。杨继业威严刚毅，大郎的相貌与皇帝有八分相像，余下几个，或敦厚，或英武。当他看到杨延琅时，突然怔住了，与其他着盔戴甲威风凛凛的兄弟相比，他只穿着一身武服，略显单薄，可是却生得俊美无双。世间俊美的男子何止千万，但像他这般的，世间只怕不会寻出第二个。

迎着寇准的目光，佘赛花道：“他有仙人之姿，却性情偏执，有虎狼之性。他生辰占九五之毒，天寅阁曾预言他是苍狼星转世，杀戮成性，会为祸天下。他七岁时连累杨家堡被灭门，被亲人们厌恶。”

“父母、生辰皆由天定，他不过一个孩童，何其无辜。”

“他是无辜，可是若选一个人为潘豹抵命，只有他最合适。”

听完她的话，寇准长长叹了一口气，这样的事，哪能说得清谁对谁错呢。只是可怜这位四公子，死得真是冤枉。

白天的杨府之行让寇准感慨良多，杨继业为了大宋天下肯舍子抵命，如此忠诚之人怎么会投降敌国？可是他是主审官，不能只凭猜测断案，必须要找到真凭实据才能定案。

寇准挑了挑灯，又翻开案卷。这时，大理寺内役班头推开门，递上一封信说道：“大人，这是一个小叫花子送给您的信。”

“小叫花子？”寇准把信接过来问道。

“是。”

信上写着“寇大人亲启”，信口有封蜡，蜡上的印章是辽国的图案。寇准看到印章急忙问道：“人呢？”

“那小叫花子把信塞到门口守卫手里转身就跑，我们没抓住。”

“跑了？”寇准掂着手中的信皱起眉头。

班头问道：“要不要把他追回来？”

“跑了就是不想让你抓到，算了吧。”

咚咚……寇准刚刚拆开信，突然传来了敲门声。

班头问道："谁啊？"

咚咚……敲门声继续传来。

"谁？"班头过去把门拉开，门外空空如也，只有冷风呼呼地刮进来。明明有敲门声，却没见到人，他说了一句"活见鬼"，低头发现门口放着一个大包袱。包袱上放着一张纸，纸上龙飞凤舞写着几个大字"寇大人之礼"。

"什么人？"

"不知道，只给您放下一个包袱。"班头说完，把包袱提进屋里。

"给我的？"寇准看看这包袱，鼓鼓囊囊的，还不小，看上面的字，是给自己送的礼。但送礼为什么不见人呢？是谁家送的礼呢？他把卷宗挪了挪，在桌案上腾出地方。班头把包袱放到上面，说道："大人，属下告退。"说完，转身就要退出去。这些差衙老于世故，见有人给大人送礼，当然要知趣地回避。

"回来。"寇准叫住他。

"大人？"班头不解地看着寇准。

寇准指着包袱，说道："打开。"

"啊？"班头愣了一下，没明白怎么回事。

"我说让你打开。"寇准说，"我告诉你，再有给老爷我送礼的，你们可以随便打开，看看他们给我送了什么礼，也给我作个见证，以后如数给吏部交上去。"

这班头瞪大眼睛，几乎不敢相信自己的耳朵，果然传言不虚，这位县太爷真是穷死不贪一文钱的主。

寇准再次说道："别愣着，打开。"

这班头当差多年，大理寺卿也见过许多，那明里暗里的门道，他清清楚楚。一池臭水中，被浸染的不仅仅是那几条大鱼，还有小鱼小虾。这时，一股清流注入，一扫之前的乌烟瘴气，竟让一个小小的班头涌起万丈豪情，原来跟着清官这么舒坦。他平复下有些激动的心情，然后将包袱解开。掀开布，里面是一层层油纸，隔着纸，能闻到腐肉的味道。谁家送礼会送一块臭肉？他突然有一种不好的预感，小心翼翼地一层一层把油纸剥开。

"啊——"班头惊叫一声，连忙跑开。寇准正好挡在他的退路上，为了不撞到自家大人，他急忙往一旁躲去，结果脚底下一绊，直接摔在地上。

礼物是两颗血淋淋的人头，任谁也会被吓得魂飞魄散。接着，门外的羽林军冲进屋里，钢刀出鞘，把寇准护在中间。他们是赵弘商请示皇帝后专门派来保护寇准的，武艺高强，训练有素，此时一个个杀气腾腾地看着桌案上的两颗人头。

寇准泰然自若地对护卫说道："不必如此，如果那人想行刺我，此时早已得手了。"他做了六年县令，对于尸体和人头早已见怪不怪了，只是那时办案，尸体停放在何处，人头落在哪里，他都知道，不像现在，两颗人头突然摆在眼前，所以才被惊到。

他走过去把两颗人头的头发拨开，仔细观察。由于被割下来已经两三天了，有臭味散出，相貌能看得清楚，看起来年纪不大。送礼送两颗人脑袋，还真是旷世奇闻。

“你们来看看，有谁认识这两个人？”寇准端详了半天，自己不认识这两人，于是招呼这些护卫，让他们看看认不认识这两人。

这些人都是皇宫中的护卫，让他们来保护一个县官，他们心里多多少少有些不服气，这半年来虽然尽职尽责，却也从未正眼瞧过这个穷官。直到此时，他们才被这位寇大人的胆识气魄折服，一个个走上前来查看。

左值统领上前道：“这两个人，我们都认识。”

寇准皱起眉头：“都认识？他们是谁？”

“他们是潘仁美潘大人的两个儿子，潘龙与潘虎。”

“啊！”寇准惊得把手中的信扔到了地上，这次他是真怕了。

“大人……”

“无妨。”寇准平复下自己狂跳的心，弯腰把信捡起来，然后打开信封抽出信纸，看过之后，沉声说道，“你们快去贤王府通禀，我要进宫面见官家。”

“大人，这个时辰，只怕官家已经歇下了。”左值统领提醒道。

“天开了个窟窿，官家还能睡觉？快，我要马上进宫。”

“是。”

见他如此，左值统领赶紧按吩咐去办。

人老了觉就少了，即使九五之尊也不例外，赵光义好不容易有了困意，就听太监禀道：“官家，贤王爷和寇大人要面圣。”

赵光义来之不易的睡意被他这一嗓子喊得云消雾散，顿时气得七窍生烟，大声吼骂道：“让他们滚出去，明天再来！”

小太监吓得扑通一声跪在地上，抖如筛糠，但还是坚持说道：“贤王爷说事关边关守将和大宋安危，一定要见官家。”

“什么大宋安危？平常他游山玩水、养鸟玩鱼，现在事关他女儿、女婿，他就开始关心大宋的安危了。”赵光义隔着幔帐数落起赵弘商来。

外面的小太监吓得哆哆嗦嗦，说道：“官家，王爷持墨敕鱼符进宫，应该有急事。”

平静了一会儿，赵光义掀开幔帐问小太监：“你叫什么？”

“回官家话，我……我叫陈琳。”

“多大了？”

“一十五岁。”

赵光义压下火气，发现这小太监眉清目秀、机灵可爱，想了想说道：“你以后去太子身边伺候吧。”

“谢官家恩典，只是王爷千岁……”陈琳试探着问道。

赵光义无奈地从床上爬起来：“让他们去御书房等着。”

赵光义来到御书房时，赵弘商和寇准早已经等在那里。见到皇帝，他们急忙上前参拜。

“平身吧。”皇帝忍不住打了一个长长的哈欠。

赵弘商说道：“臣等深夜惊扰官家，请官家恕罪。”

“扰都扰了，说吧，有什么事？”赵光义懒懒地坐在椅子上问道。

赵弘商示意寇准说。寇准急忙上前两步道：“回皇上，潘龙、潘虎被人杀了。”

寇准这句话就像一盆凉水从赵光义的头上泼了下去，他一下惊醒过来，瞪大眼睛问道：“潘龙、潘虎被人杀了？”

“不错。”

“你怎么知道的？”

“有人把他们的人头送到大理寺。”

“人头？”赵光义一时间觉得脑子不够用了，有人把二十万宋军的两个副帅给杀了，还把脑袋送到大理寺。

“是。”寇准回答得十分肯定。

赵光义愣了半晌才问出一句：“人头现在何处？”

“臣先放到殿外了。”

“快，快，快点拿上来。”

寇准急忙转身出去把包袱拿进来，放到地上慢慢打开。赵光义看了一眼，急忙闭上眼睛，摆了摆手，让人赶紧拿走。虽然只一眼，但他已经确定，这两颗头属于自己的那两个小舅子。

“官家，在人头送来之前，臣还收到一封信。”见皇帝一声不语，寇准双手将信呈上。

赵光义把信接过来，打开看了一遍，他知道潘仁美的脑袋是保不住了。他想了想，问道：“信与人头是同一个人送来的吗？”

寇准摇了摇头：“应该不是，信是一个小乞丐交给大理寺护卫的，人头送到臣的房门之外，且送人头那人武功极高，叩门时从容镇定，然后消失得无影无踪。”

赵弘商道：“官家，潘龙、潘虎被杀，两狼山的大军会怎么样？”

赵光义抚着额头一声不语。现在这个案子是他最大的心病，而此案的症结就在这两个纨绔子弟身上。当得知潘仁美只身回京，把虎符留给他的两个儿子时，赵光义就已经猜到谁说了真话，谁说了假话。不过，真相究竟如何并不重要，重要的是大宋的江山。潘仁美此举非常高明，他若有个三长两短，这两个纨绔手拿虎符，调动二十万兵马，无论是造反还是投靠辽人，都是赵光义最不愿意看到的。所以，赵光义想尽快平息这场官司，稳住潘仁美，再想办法将潘龙和潘虎诓回京城，收回兵权。谁知道寇准竟然以死相抗，赵弘商又联合御史台上书，坚持要将此案查明，他被逼得左右为难。现在，他看到这两颗人头，没有一丝喜悦之情，心反而一下提到了嗓子眼。正如赵弘商所担忧的，统领二十万大军的副帅被人杀了，那大军现在是什么情形？是被辽军歼灭了，还是发生了内乱？若辽军乘虚而人，该怎么办？

“官家……”

赵弘商刚刚开口就被寇准制止了，示意他不要再追问了。过了半个时辰左右，就在赵弘商等得心烦意乱，忍不住又要开口的时候，值守太监急匆匆走进来：“官家，兵部急报。”

赵光义一下站起来：“快，拿上来。”

太监把急报递上去：“兵部侍郎何大人还在宫外候旨。”

“让他候着。”赵光义拆开急报，仔细看了一遍，然后递给赵弘商与寇准，坐在椅子上说道，“高尽忠去了两狼山大营，有人把虎符送到他的住处，还给他传了信，他拿着虎符稳住了大军。”

“谢天谢地。”赵弘商双手合十，此时才觉得一身冷汗打湿了衣衫。

“是该谢天谢地。”赵光义不动声色地吞了一下口水，之前他担心那二十万大军，此时得知高尽忠稳住了大军，却觉一丝凉意从后背爬了上来。有一个人在二十万大军中取了两位副帅的首级，拿走了调动大军的虎符，安排好善后之事，不仅如此，当所有人都在忙于找证据的时候，他却发现此案的症结在哪，猜透了帝王的心思，这真是太可怕了。赵光义思来想去，觉得现在唯一会取他们人头的只有杨家人……

寇准看完急报说道：“官家，这个人不但在帮杨家，也帮了朝廷一个大忙。萧太后就在桑干河，距两狼山不足二百里，若不是他将虎符交给高将军，我大军只怕难保。”

赵光义用手指轻叩着桌上的信，问道：“寇准，你能审明白这个案子吗？”

寇准用力挺直腰背，说道：“能。”

赵弘商说道：“大军已在掌控之下，再加上这封信，潘仁美罪责难逃，还用得着再审吗？”

寇准道：“工爷，此案还有诸多疑点，需要详查。”说完，他撩衣跪倒：“官家，臣三日之后一定能将此案审明，只是臣有一事相求。”

“何事？”

“请陛下借臣二百羽林军。臣审案这三日，任何人不得插手。”

赵光义想了想他的话，突然就笑了：“准奏。这三日，朕绝不让潘妃过去。”

寇准叩首道：“微臣谢过官家。”

赵光义捏了捏太阳穴道：“你们且回去吧，朕再听听兵部侍郎说什么。”

“是，臣等告退。”

两人往宫外走去，正好遇到兵部侍郎几乎小跑着跟着太监往御书房走去。

第二十九回　漫漫黄泉路

阴暗的大理寺牢里传出断断续续的惨叫声，还有狱卒的呼喝声。杨延昭被锁在刑架上，皮鞭不断落在身上，他被打得血肉横飞。

“杨郡马，招了吧，你也别为难哥几个。”狱卒气喘吁吁地停下手劝道。

杨延昭无力地摇摇头，他不能招供，否则杨家就完了。

狱卒扯开衣领，到旁边喝了几口水又返回来，说道：“那你就别怪哥几个了，我们也是奉命行事。”

杨延昭苦笑了一下，想不到寇准这厮竟然是个见利忘义的小人。

寇准坐在牢外的桌案旁，一边看书一边喝茶，似乎牢房里残酷的刑审与他没有一点关系。这时，一个狱卒跑过来禀道：“大人，杨郡马昏过去了。”

“招了吗?”他头不抬眼不睁地问道。

“没有。”狱卒说道。

“没有就接着审。”

“可是，大人，已经两天一夜了，我怕……”

“我不是说下手要有分寸嘛，你们还不明白吗?”寇准看了他一眼，沉声说道。这刑讯中的门道很多，特别像他们这种狱卒，下手都知道轻重。

“小的明白，可是大人，就是再有分寸，这两天一夜，人也被折磨得差不多了。”

“出了事有我担着，你们只记得一点，就是不能真伤到他。”寇准再一次叮嘱道。

“小的明白。”狱卒拱手应道。他明白，这个一身书生气，看起来尖嘴猴腮，操着一口山西话的七品县官绝不是好惹的主。自前日他带人把潘仁美与杨延昭抓回来，大理寺内外就被羽林军围得如铁桶一般。狱卒、衙役，包括没回家的大理寺少卿，所有人一步都不许出去。潘妃在外面又哭又闹，来了好几次，都被他拦在外面。佘赛花急得团团转，他也一点情面不讲。

“大人，潘大人昏过去了。”又一个狱卒跑过来禀报。

“招了吗?”寇准依旧是平淡地问话。

“没有。”

“接着审。”

“是。”

杨延昭昏昏沉沉地被拖回牢房，扔在一堆柴草上。夜色已深，春寒刺骨，他早上只喝了半碗稀粥，腹中空空又一身单衣，直冷得浑身打战。正在痛苦难熬的时候，牢房里进来两个狱卒，似虎狼一般把他拖起来按在墙上。他不知道他们要干什么，难道要动私刑？

这时，一个狱卒拎过一坛酒，冷森森笑道：“杨郡马不要怕，你看你现在生不如死，不如我们哥俩帮帮你吧。”

杨延昭明白了，虽然自己才二十四岁，但今晚大限将至。他抬头看了一眼黑暗的牢房，难抑悲痛之情。他忠心耿耿，没想到最后会落得这么个下场，此生别说为父亲和七弟报仇，只怕还会连累母亲和整个天波府。

“杨郡马，还有什么要说的吗？”狱卒颇有耐心地问道。

杨延昭摇了摇头。

其中一个狱卒狞笑道：“杨郡马，我们也是受人之托，到了阴曹地府别找我们哥俩的麻烦啊。”说完，其中一个狱卒抓住杨延昭的头发，逼他把头抬起来。另一个狱卒倒了一碗酒，就要给杨延昭灌下去。

“等等。”

“怎么了？”两个狱卒停下手。

“我自己来。”杨延昭平静地说道。

两个狱卒犹豫了一下，放开杨延昭。他用力伸出手，把酒碗端在手中，可是却颤抖得没办法喝下去。

两个狱卒互相看了对方一眼，其中一个道：“我们也听说过杨老将军和您六将军的威名，今日之事，我们哥俩也是身不由己。您若不嫌弃，就让我们哥俩伺候您老上路吧。”

杨延昭眼中含着泪，然后点点头。其中一个狱卒扶着他，另一个狱卒把酒碗送到他唇边。辛辣的酒液灌进肚子里，就像吞下一团火，接着腹中绞痛得厉害，眼前人影恍惚，杨延昭终于陷入了无边的黑暗。

不知过了多久，杨延昭睁开眼睛，发现自己还在牢房里，牢房内外闪着幽幽的光，牢外的灯火不知何时变成了蓝色。身上的伤感觉不到疼，难道我没死吗？他站起来，觉得自己轻飘飘的。

正在他迷惑不解的时候，两个人飘到牢外，牢门上的大锁自行打开掉到了地上，那两个人又飘进牢里。他用力眨了眨眼睛，发现他们的确是在飘。便是轻功再好，最多就是飞檐走壁，绝不可能脚不沾地地飘进来。

这两个人一个穿着一身白，脸色也白得像纸，手里拿着一根白色的大棒；另一个穿着一身黑，脸色黑得像炭，手里提着铁链。见到杨延昭，穿白衣服的轻轻叹了一口气道：

“唉，可惜了，年纪轻轻却有这么大的怨气。”他声音尖细，像女人的声音。

穿黑衣的人闷声闷气地说道：“生时作孽，横死不枉，既有冤情就赶紧上路，小心地府关了大门，你变成游魂野鬼。”说罢，用铁链把杨延昭的双手一捆，拖着就走。

活着？死了？杨延昭脑袋晕晕的，不明白到底发生了什么。那人力量极大，杨延昭不得不跟着他往外走。杨延昭回头看牢里，发现墙边躺着一个人，一袭单衣，披头散发，竟然和自己一模一样。

“别看了，走吧，小心误了时辰。”杨延昭被拉着向前走，出了牢房来到外面。外面灰蒙蒙的，浓雾之中有一团团白烟在翻滚。

“这是什么地方？”杨延昭忍不住问道。此时才初春，哪里来的这么大的雾？行走在雾中，阴风刺骨，偶尔传来一两声哀号。

黑衣服的人说道：“黄泉路。”

“那你们是……”

“我叫范无赦。”

“嘻嘻，我叫谢必安。”穿白衣服的一下跳到杨延昭面前，吓了他一跳。

范无赦？谢必安？那不是黑白无常吗？杨延昭迷茫地打量着四周，不自觉地跟着他们往前走。除了脚下若隐若现的一条路，再什么也看不到。

“八百里黄泉路，踏上便不可回头。小公子，没听说过黄泉路上无客栈吗？我们可不能误了时辰。”白无常看样子很喜欢杨延昭，凑到他身边，跟他解释。

杨延昭听到他说不可回头，却忍不住回头看了一眼，发现本应近在咫尺的牢房和树木全都不见了，只剩下一片迷雾。

“必安，不可胡闹。活人不信鬼神，做下万般恶业，死后报应不爽，必要赎那生前之罪。”黑无常一边走一边念叨。

“别怕，别怕，善有善报，恶有恶报，公子若没做下亏心事，自然不必害怕。黄泉虽无回头路，但生魂总有一线牵……”白无常絮絮叨叨还同杨延昭说话。

杨延昭想了想，问道：“若人在阳间有冤……”

不待他说完，白无常便接口道：“阎君自有公断。”

“快走，酆都城快关门了。”黑无常一句话出口，白无常不再出声，二人加快了脚步。

不知走了多远，终于看到个黑漆漆的城门，高大巍峨，鬼气森森，影影绰绰的，好像有一个个影子在城头上走。

“快走。”黑无常和白无常拉着杨延昭飞奔入城。

进到城中，同样是雾蒙蒙的，街道上人来人往，但看不清人们的长相。又走了一段，二人停下来，来到一处像是衙门的地方。这里的门上挂着一个牌匾，牌匾上写着“森罗殿”三个大字。

黑无常和白无常来到殿前，把杨延昭交给另外两个人。这两个人头上生角，腿下生蹄，拉着杨延昭来到殿中。杨延昭愣愣地看着空旷的大殿，突然头顶上方传来一个威严森冷的声音：“你在阳间不孝父母，逼良为娼，杀人越货，今日本君判你油炸之刑。来人，把他扔进油锅。”

杨延昭循着声音往前看，看到地上跪着一个人。那个人被两个大力鬼怪用双齿铁叉叉住，扔进旁边一个大鼎之内。只听一声惨叫，再不见那人的踪影。眼前这一幕让杨延昭汗毛直立，也把他先前的疑虑一扫而光，他现在真的相信自己来到了阎罗殿。他冷静下来，努力回想这一生，自己随父亲征战沙场，忠君报国，没做过什么亏心之事，便放下心来。

“下面何人？”又是那个威严的声音。

杨延昭忍不住抬头向上看，只见高高的宝座上坐着一个脸很黑的人，他又高又瘦，微微隆着腰背，声如洪钟。看样子，他应该就是阎罗王了。阎罗王旁边下首桌案旁也坐着一个人，面色赤红，穿一身血红色的衣服，一手执白玉狼毫，桌上放着账本，应该是判官。

听到阎罗王问话，下面两个鬼怪答道：“回阎君，下面是开封人氏杨延昭。”

阎罗王听罢转头问旁边那人：“判官，杨延昭乃一生魂，因何到此？”

判官翻看了一下手中的生死簿说道：“阎君，杨延昭不忠不义，叛国降敌，杀害忠良，被押入大牢。因星宿转世，怨恨不解，乃服毒酒到此。所以，未走奈何桥，不饮迷魂汤，请阎君公断。”

“大胆杨延昭，你可知罪？”阎罗王怒声喝问。

“末将不知！我杨延昭忠君报国，绝无二心，是潘仁美公报私仇，杀我七弟，眼看我父亲陷入重围却不发救兵，致我父触碑而死。真正诬陷忠良的不是我杨延昭，是潘仁美！”杨延昭据理力争，他不能活着时被小人所害，死后还要蒙受不白之冤。

“杨延昭，还不快把你们父子三人叛国投敌、陷害忠良，又遣人杀死潘龙、潘虎之事从实招来。”判官喝道。

“潘龙、潘虎死了？”杨延昭不敢置信。

判官道：“你休要装糊涂，你担心潘龙、潘虎手握兵权，对你不利，于是遣人将他们杀死，是不是这样？”

“哈哈……”杨延昭仰天大笑，“好啊，杀得好！他们仗势欺人、作威作福、胸无韬略，误了多少士兵的性命，杀了他们是绝了我大宋的后患。我告诉你，我只恨此二贼不是我所杀。”

判官见此又道：“杨延昭，你不要胡搅蛮缠。条条罪状神明皆见，你还想抵赖吗？”

杨延昭气愤地说：“我以为阴司鬼吏能明察秋毫，如今看来也尽是贪赃枉法之辈。”

“大胆！”阎罗王沉声喝道。这声音震得殿宇嗡嗡作响。

判官狞笑着翻看生死簿，然后说道：“阎君，杨延昭还有阳寿未尽呢。”

“还有几年阳寿？”

“四十年。”

阎罗王听了判官的话，沉思一会儿说道：“杨延昭，你若肯从实招来，本王会放你还阳。”

听了阎罗王的话，杨延昭冷冷一笑：“我岂肯为了自己苟活认下这令我杨家蒙羞之事，我杨延昭宁愿从此留在地府。”

阎罗王怒道：“杨延昭，你再狂妄，本王就把你打入十八层地狱。”

“十八层地狱？我杨延昭十六岁随父东征西讨，杀人如麻，枪下亡魂何止千万，便是二十八层地狱又如何？只是可怜我父亲与七弟沉冤难雪，潘仁美逍遥法外，大宋朝留此奸佞祸国殃民……”杨延昭义愤填膺地说道。

“来人，把杨延昭带下去！”

嘭的一声，后颈传来一阵钝痛，杨延昭眼前一花，昏倒在地，旁边的两个恶鬼忙把他抬了下去。

潘仁美心惊胆战地来到森罗殿。俗话说“不做亏心事，不怕鬼叫门”，潘仁美做下这件亏心事，寝食不安。他猜想一定是杨家觉得打官司无望，于是买通寇准，将自己毒死，以报大仇。

“下面何人？”一个威严的声音传来。

押潘仁美进来的小鬼回道：“回阎君，此人乃开封人氏潘仁美。”

阎罗王问判官：“此乃生魂，因何至此？”

判官翻看了一下生死簿道：“潘仁美不忠不义，公报私仇，陷害忠良，被押入大牢。服毒酒后心有不甘，故未过奈河桥，不饮迷魂汤，直至殿前请阎君公断。”

之前，潘仁美还在琢磨，听说人死之后要过鬼门关、奈何桥、恶狗岭……为何自己没有经历这些，原来自己是生魂。

“潘仁美，你可知罪？”阎君厉声喝道。

“我，我没罪，是杨延昭陷害于我。”潘仁美说得有些底气不足。

“潘仁美，抬头三尺有神明，你做的事，天知地知、神知鬼知。判官何在？”

“臣在。”红脸判官应道。

“将他罪行条条数来。”

“是。”判官举起生死簿说道，“潘仁美，七年前，在并州，你儿子潘豹与杨延钰在梁家巷相遇，两个孩子发生口角，潘豹被杨延钰失手打死。杨继业为了平息你心中的愤恨，让他的四儿子为你儿潘豹抵了命。在青石谷，你公报私仇，未按约定派兵接应，致朝廷两万大军被围，杨继业触碑而亡。潘龙、潘虎又趁你离营之时，将回营求援的杨延钰乱箭射死。你为了保护儿子，先隐匿不报，在得知杨延昭御前状告你时，又诬陷杨家父子三人投敌叛国。这一条条罪状，你可听清楚了？”

“不，这都是杨家的一面之词。”潘仁美暗暗心惊，判官所说与实情竟然分毫不差，看来自己是真到阎罗殿了。不过，从选择给萧太后写密信那一刻起，他就再也没有回头路了，哪怕是到了阴曹地府，他也不能认罪。

“潘仁美，你可知杨继业父子早已将你告到阎君驾前。”判官大袖一挥，浓烟中隐约有两个人影飘过来，看身形打扮，正是杨继业父子。二人见到他就要扑过来索命，却被猛鬼夜叉拦住。

“不……”潘仁美被吓得语不成调。

“大辽太后亲启，潘仁美敬上……”冷冰冰，不带一丝感情的声音从判官的嘴里传出来。

潘仁美失魂落魄，因为判官读的不是别的，正是他写给萧绰的亲笔信。

判官读罢，阎罗王一声厉喝：“黑白无常何在？将潘龙、潘虎押来！”

“是。”不知何时，黑白无常已经站在潘仁美旁边，听到阎罗王的命令，转身便走。

“不，不，我招，我从实招来。”眼看着要拿潘龙、潘虎，潘仁美声嘶力竭地喊道。

“潘仁美，你愿招供？”判官沉声问道。

“我愿意招供，只是我那两个儿子年轻气盛，一时糊涂才做了错事。”潘仁美扑通一声跪倒在地，失声说道。

“如此你便如实招来。”

判官话音刚落，就有笔墨纸砚轻飘飘落到潘仁美面前。潘仁美想了想拿起笔，将他如何听从监军王侁的挑唆，从青石谷提前撤军，两个儿子如何射死杨延钰，事后又是如何与王侁设计密通辽国，陷害杨延昭等罪状写清楚，然后签字画押。他写完后，小鬼过来将供状收起，交到判官手里。

“潘仁美，你忠心一世，最后却被逆子所累，着实可叹啊！”判官拿着他的供状轻声叹道。

让人想不到的是，判官竟然说一口山西话，顿时把潘仁美惊得目瞪口呆。

“你，你，你……”潘仁美指着判官失声叫道。

一直幽暗的森罗殿突然灯火通明，啪啪啪的拍掌声从后面传来。判官急忙快步来到大殿中央，原来那阎罗王是贤王赵弘商所扮，判官是寇准所扮。

“精彩，精彩！朕许久未看到如此好的戏了。”赵光义一边鼓掌一边从后面走出来，身边还跟着如霜打的茄子一般的潘妃。

“臣等见过官家。”赵弘商与寇准上前施礼。

“官……官家，老臣，老臣冤枉，这是寇准等人的奸计，这是诱供。”潘仁美急忙跪倒在地，大声喊冤。

“冤枉？”赵光义沉声道，“就在你之前，杨延昭在此受审。他因何铁骨铮铮，即使身死魂消也对我大宋忠心耿耿？”

“这，这……”

潘仁美还要辩驳，赵光义举起手中的信，问道：“难道这信不是你亲笔所写吗？”

“官家，这信你是从何处得来？”潘仁美惊问道。

“哼，若想人不知，除非己莫为。”

潘仁美眼中闪过一丝恨意，旋即哭求道：“官家，老臣一生忠心耿耿，潘龙、潘虎至今仍率大军驻扎于两狼山，为我大宋戍边守土，求官家饶过老臣这一回吧！”说罢，深深叩首，言语虽恭敬，却暗含着威胁。

潘妃急忙跑到潘仁美身边，也跟着跪下叩首：“官家，念在我父亲爱子心切的分儿上，饶他这一回吧。”

赵光义长叹一声：“晚了！”

“官家？”潘仁美不解地抬起头。

“潘龙和潘虎的人头三天前就送回京城了。”赵光义淡淡地说完这一句，转身走了。

“什么？”潘仁美听到这个消息，一下瘫倒在地上。

寇准传令道：“来人，将潘仁美押入大牢。”

“是。”一旁的衙役过来，押着呆愣的潘仁美往大牢走去。

“父亲，父亲……”潘妃追在后面哭喊着。

赵弘商看了一眼寇准，无奈地摇了摇头。

第三十回　赔罪天波府

灯火辉煌的汴京城一直到后半夜才渐渐安静下来。耶律铁镜一身男装，像一位翩翩公子，走进潇湘别院。院主楚湘洛亲自带着她走进一间雅房，屏退侍婢，然后将门关紧。雅房里坐着一个黑衣人，他身着斗篷，戴着兜帽。灯光昏暗，看不清楚他的长相。

耶律铁镜走到他对面坐下，端起桌上的茶，轻轻啜了一口，说道："看来你已经想通了。"

"公主殿下好手段。"那人口鼻被黑巾捂住，所以说话闷声闷气的。

"我是辽人，说话不习惯拐弯抹角。去年两狼山一战，我们也算是各有所得……"

"各有所得？"那人打断了耶律铁镜的话，从鼻子里发出一声轻笑，"两狼山你灭了我大宋两万大军，逼得杨继业自尽，听说公主还收了一位乘龙快婿。可是我呢？我得到了什么？"

耶律铁镜勾了一下唇角，往前探了探身体，说道："那是因为你只想利用我，我也只能用我得到的消息稍作谋划。若是以后我们能合作，自然会各有所得。"

那人问道："我能得到什么？"

"潘仁美的二十万兵马。"

"你呢？事成之后，你要什么？"

"我要莫、瀛两州。"

那人用鼻子哼了一声："你想让我做石敬瑭那个儿皇帝吗？"

"你若是石敬瑭，大宋都是我们的，何止区区两个州郡呢？你用两个州换一把龙椅、万里江山，这可是稳赚不赔的买卖。"

"你算计得不错。不过，已经晚了，就在今夜，寇准假扮阴曹审了潘杨案，从此将名动天下，前途无量。说到底，还是你们算计不周，让人砍了那两个纨绔的脑袋，最后功败垂成。"

"若我们把潘仁美救出来，送他回两狼山，我大辽为他提供粮草，让他带领大军，你们里应外合，一路杀进汴京，你登上皇位，这样我们岂不是都能各取所得了？"

那人沉默了半晌，说道："你打算怎么办？"

"你把他送出城，我在城外接应，负责把他送回宋军大营。"

“好，汴京北城门开得最早，你们就在那里接应。”那人说完，起身离去。

耶律铁镜慢慢喝完茶，然后起身躺到床上。楚湘洛坐在一旁给她按摩肩膀，问道：“主上，潘仁美真会听我们的吗？”

她轻轻叹了一口气道：“只要他出了城，我自然有办法让他听我的。就看那个家伙有没有本事把人弄出来了，寇准非常狡猾。”

“您睡一会儿吧，明天会很累。”

“嗯。”耶律铁镜答应了一声，从怀里摸出来一块银牌交给楚湘洛道，“这个人是我派来的，以后会与你联络。”

“是。”楚湘洛把银牌装进自己的怀里，继续给耶律铁镜按摩。

杨延昭被抬回天波府时昏迷不醒，一队羽林军把他送到厅堂。不待佘赛花问话，那统领便说道：“启禀老夫人，我等奉寇大人之命护送杨将军回府。寇大人说，此前之事，他多有得罪，来日定然亲自到府上赔罪。请老夫人照顾好杨将军，我等要回去向寇大人复命，告辞！”说罢，匆匆离去。

看到奄奄一息的儿子，这些人居然说是将他护送回府的，佘赛花气得狠狠地用手中的拐杖戳了几下地面，忙命人把杨延昭抬回房中延医诊治。

柴郡主照顾着丈夫，悄悄抹着眼泪。这几天，最难过的莫过于她了，她担心丈夫的安危，几次回王府打听，都被拒之门外。她想大哭一场，又怕婆婆担心，整日里提心吊胆、魂不守舍，今天好不容易把人盼回来了，没想到被折磨成这样。

“我找父王去。”柴郡主突然起身向外走去。她一带头，杨家的女眷呼啦一下全跟了上去。

“都站住！”佘赛花急忙喝住她们。这些丫头、媳妇被她惯得无法无天，这要放出去还得了。

“娘，我们杨家不能这么任人欺凌，我先去把那个寇准的脑袋拧下来。”杨瑛气冲冲地说道。她是佘赛花的小女儿，自幼娇惯，武艺高强，甚至不输杨延昭，只是性情火爆，常常女扮男装替人打抱不平，人们习惯叫她杨八姐。这些天，若不是佘赛花严令她不许出门，她早冲出去找潘仁美和寇准拼命去了。此时，听杨瑛这样说，其他人也嚷嚷着要去找寇准报仇。

“今天你们谁敢出这大门一步，就别再回我杨家。”佘赛花沉下脸来说道。

一见佘赛花发火，几个人都安静下来。她深深叹了口气，斥道：“都愣着干什么，赶紧去烧水，再熬些米汤过来。”说罢，坐在床榻旁查看杨延昭的伤势。

众人不敢违逆佘赛花的话，急忙该干什么干什么去了。

待郎中把伤口清理完毕，佘赛花发现，这些伤口看起来吓人，但都是皮肉伤，没有伤到筋骨，可见那个寇准还是有分寸的。

很快，人们把米汤熬好端了进来，佘赛花接过来小心喂给儿子。几口热汤下肚，杨延昭清醒过来，他慢慢睁开眼睛，突然一下坐起来，愣愣地看着面前的母亲、妻子，还有屋子里的其他人，好像不认识他们一样。

“六郎，六郎。”佘赛花轻声叫道。

“母亲，这是哪里？”杨延昭问道。

“这里是天波府，你的家啊！”佘赛花小心翼翼地说道，生怕吓到儿子。

杨延昭疑惑地看着众人，半天才问道：“天波府？我怎么会在天波府？我……我不是……不是死了吗？”

佘赛花摸摸儿子的额头，自言自语道：“也不烧啊，怎么满嘴胡话呢？”

正在一群人围着杨延昭满头雾水时，杨洪气喘吁吁地跑进来：“启禀老夫人，寇准寇大人求见，我将他引到前堂了。”

寇准！听到“寇准”二字，杨延昭一瞬间两眼通红，然后一跃而起，气势汹汹地向外冲去：“好你个贼子，你来得正好！”

众人一见，急忙跟上去。到了厅堂，杨延昭冲到寇准面前，双手揪着他的衣襟，将他提了起来。寇准本来就瘦，又比杨延昭矮了一截，被提得双脚离了地。

“六郎，快把寇大人放下！”佘赛花厉声喝道。

杨延昭怒气冲天，但母亲的话，他不得不听，非常不情愿地把人放了下来。

寇准直到双脚落地，才缓缓呼出一口气。他惊魂未定地看着杀气腾腾的众人，定了定神，整了整官服，来到佘赛花面前躬身施礼：“下官寇准见过杨夫人。”

“寇大人如此大礼，老身不敢当。”佘赛花虽然不像八姐等人一样一脸杀气，不过神情冰冷，让人不寒而栗。

“杨夫人、六将军息怒，下官是专程前来赔罪的。”寇准一躬到底。

佘赛花见他行如此大礼，也不好太过为难他，便轻声道：“寇大人多礼了。大人深夜来访，可是有什么公务？”

“杨夫人，下官是为杨将军之事前来赔罪。当然，另外还有一事。可否请，请几位女将军退下？”寇准紧张地望着她们，特别是杨瑛，担心她会冲上来拧下自己的脑袋。

佘赛花打发儿媳和女儿回去，厅中只留下三个人。此时，杨延昭气消了大半，头脑渐渐清醒过来，想到自己不但活得好好的，而且回到了天波府，便问道：“你说，这到底是怎么回事？”

寇准把有人送来密信和潘龙、潘虎的人头以及设置阴曹地府审案的事对他们说了一遍。最后，他说道：“杨将军铁骨铮铮，寇准佩服。只是形势所逼，让你受苦了。”

杨延昭说道：“寇大人能为我杨家平冤昭雪，别说受些皮肉之苦，便是要了我的命，我也心甘情愿。不过，寇大人，你是真把我给诓了，我还以为自己死了呢。”

寇准笑了笑：“不过是些江湖把戏，说穿了一钱不值。两个月前就准备了，若实在找不到证据就用此法。若将军有兴趣，哪天我细细说与你听。”

“我喝下酒后真的是腹痛如绞，可是醒来之后，伤口竟然一点都不疼，身体轻盈。”

杨延昭想不通这是怎么回事。

“不瞒将军，我从前认识一位江湖游医，他给了我一种药，名叫须臾。只要药量适当，人服下去之后，腹痛如绞，片刻便晕厥过去，像中毒身亡一般，但时辰一过，身体就能恢复如初。从生到死、自死而生，只在须臾之间。至于为什么伤口不疼、身体轻盈，那是因为一种产自拂霖国的花，名叫罂粟。这种花熬出的水，人如果长期服用，会成瘾成魔，但是它有极好的镇痛之效，稍稍加量，人便感觉如置身于梦中，再加上将军喝了酒，自然脚下虚浮、心神恍惚，以为自己真的到了阴曹地府。”

佘赛花沉吟片刻道：“此事说来轻巧，却是要足智多谋、胆大心细，方能成功。只是老身有一事不明，还望大人赐教。”

“寇准不敢，杨夫人请讲。”

“有了潘仁美写给萧太后的亲笔信，便足以定他的罪了，大人为何还要用此计诓他呢？”

寇准心想，她是心疼儿子，怨自己让杨延昭受了苦，便急忙说道：“既然杨夫人问到了，下官就与您实话实说吧。那封信的确是给潘仁美定罪的铁证，只是信的来历太过蹊跷，明明是给萧太后的信，却偏偏能送到咱们这里。是谁拿到的？是谁送来的？再有，于二十万大军中取走潘龙、潘虎的人头，再送回大理寺，却查不到是谁做的，这岂不是更蹊跷？这两件证物都对杨家有利，如果说办这两件事的人与杨家没有关系，别说官家不信，只怕连你们自己都不信吧？”

听完寇准的话，佘赛花顿时手脚冰凉，觉得喉头干得直冒烟，想去端茶盏，却发现自己压根就没给寇准上茶，自己手边自然也没茶。

寇准继续说道：“之前杨家敲金鼓告御状，唯一依仗的就是忠心，所以手握兵权的潘仁美更让官家忌惮。可如今呢？这信与人头只怕会让官家忌惮杨家。下官设计这苦肉计，第一是为了让潘仁美吐出实情，第二是为了让官家看到杨家的忠心。夏州李继迁已被辽帝封为夏王，封王后的李继迁屡屡侵我边陲，而驻防宋夏边界的正是北汉旧军。若派人统领，杨将军是最合适的人选。可是若将军不忠，那就是大宋的心腹大患，所以官家需要你这位将帅，更需要杨家这份忠心。”

“六郎。”佘赛花郑重地叫道。

“母亲。”杨延昭急忙起身，恭敬地站在母亲面前，等候吩咐。

“叩谢寇大人的恩情。”

“是。”杨延昭走到寇准面前，撩衣跪倒，说道，“杨延昭谢寇大人大恩。”

寇准被母子俩的举动吓了一跳，急忙起身，双手扶起杨延昭道：“杨将军可使不得，寇准只是做了分内之事。将军乃大宋的栋梁之材，怎可遭奸人诬陷，无端被猜疑。”

杨延昭起身，寇准看着他问道：“杨将军，下官已将实话都说了，你也与下官说句实话，信与人头，是不是杨家所为？”

“不是。”杨延昭十分肯定地说道，“杨延昭今日对天发誓，杨家对此事绝不知情。而且，若不是大人来对我说，我现在还被蒙在鼓里呢。”

寇准回想了一下杨延昭被抓和受审时的行为举止，的确不像知情的样子。他点点头道：“下官相信杨将军的为人，我还有一件事要告诉你们。”

佘赛花问道：“何事？”

“潘妃花重金买通天牢狱卒，偷梁换柱，用死囚将潘仁美从天牢里换了出来。今夜，潘仁美就要逃往两狼山了。”

“什么？”佘赛花腾的一下站了起来，“两狼山那二十万军多是他的旧部，他要带领旧部投靠辽国。”

“下官也觉得有这个可能，如今他为了给儿子报仇，什么事都做得出来。”

杨延昭是带兵之人，自然知道这件事的后果有多严重。他急忙问道：“寇大人，那该如何是好？”

寇准说：“那就要看杨将军有没有胆量诛杀这老贼了。”

杨延昭道：“我就是拼上自己这条命，也要杀了这老贼。”

“杨将军，下官知道这老贼的行踪，你若真杀他，下官助你一臂之力。”

佘赛花想了想，说道：“寇大人，你既已知道潘贼行踪，为何不将他捉拿归案？”

寇准无奈地苦笑一下道：“杨夫人，说到底下官只是一个区区七品官，案子审完就要离开大理寺，或是回巴东做知县，或是等官家发落。若将潘仁美抓回来，只能将他关入大牢，交给大理寺。您别忘了，三司会审时便有人从中作梗，而潘仁美能从死牢里被换出来，也绝不是潘妃一人可以做到的，我怀疑幕后还有黑手，只是我们没有证据。如果贸然上报，官家不仅不会相信，只怕还会猜疑我们。但是无论幕后之人想干什么，他们一定会让潘仁美活着，他死了，他们的阴谋也就落空了。杨将军与他有血海深仇，半路截杀，为父报仇，天经地义，官家知道最多申斥几句，却能保我大宋安宁。”

“母亲放心。为公理，儿子要为国除害；为私情，儿子要手刃仇人。”

佘赛花长叹一口气，事情到了今日这个地步，于公于私，她都不能阻止儿子。

天刚微亮，潘妃假扮成普通妇人的模样，与潘仁美坐在车里，急匆匆往北门赶去，与城外接应的人会合。

“怎么样？”潘妃焦急地问车夫。

“北门开了。”车夫回道。

“太好了，快点出城。”潘妃催促道。

“驾！”车夫狠狠地一鞭抽到马背上，马车像疯了一样，直奔城门而去。

“龙儿、虎儿……”潘仁美蓬头垢面，坐在车内老泪纵横。

“父亲不要伤心。俗话说，君子报仇，十年不晚。只要您能逃出去，就能重整旧部，找杨家报杀子之仇。”潘妃正从旁劝解着，马车一个急刹，停了下来。

“怎么回事？”潘妃掀开车帘问道。

“是……是杨延昭。”车夫指着城门，颤抖着说。

潘妃抬头看去，黝黑的城门口立着一个人，银甲白袍，骑着白色的骏马，马鼻子中喷出些白雾，他手里紧紧握着一杆枪。

“冲过去！”潘妃果断地命令道。

车夫虽然害怕，但还是一咬牙，催马向城外冲去。马车刚刚来到城门附近，杨延昭便挥起镔铁长枪。长枪带着千斤之力，咔嚓一下砸到车辕上。车辕断成两半，驾车的良驹蹿了出去，马车倒在地上，潘仁美和潘妃从车里摔了出来。

潘妃扶起潘仁美，怒目横眉，厉声对杨延昭说道：“杨延昭，你好大的胆子，本宫出城你也敢拦。”

杨延昭用长枪指着潘仁美道：“娘娘若出城，臣不敢阻拦，但是他要留下。”

“杨延昭，这是本宫的一个亲戚……”

“娘娘，今天我必取潘仁美的人头，请娘娘保重凤体。”杨延昭微微扬起下颌，对藏在潘妃身后的潘仁美道，“潘仁美，你戎马一生，也算是个英雄，难道要像个懦夫一样，靠女儿来保护吗？”

“哈哈哈……”潘仁美突然一阵狂笑，抬手把女儿推到一旁，恨恨地说道，“杨延昭，我告诉你，你爹是我杀的，杨延钰也是我杀的，我唯一后悔的就是没抓到你这个漏网之鱼，没把你们斩草除根！”

“潘仁美，拿命来吧！”杨延昭怒火中烧，冲了过去。潘仁美绝望地闭上眼睛。只听嘭的一声，他的人头飞了出去，尸身倒在地上。

“爹——”眼看父亲被杀，潘妃尖叫一声，连滚带爬地过去，扑在父亲的尸体上疯狂嘶喊着。

杨延昭看了她一眼，挥枪挑起潘仁美的人头提在手上，掉转马头就要离开。就在这时，刚刚哭得死去活来的潘妃突然起身向他冲了过来，抓住他垂在一侧的长枪，狠狠刺进自己的胸口。

“你……”杨延昭瞪大眼睛，不明白她为什么要这么做。

“杨延昭，你让我家破人亡，我要……要你……杨家陪葬，我……我已经怀了……怀了……”潘妃一句话没说完，倒在潘仁美身边气绝身亡。

那个车夫落荒而逃，杨延昭看着横尸在地的潘妃，他没有想到这个娇弱美艳的贵妃竟然这样决绝。东方已经放白，他深深吸了口气，打马向天波府奔去。即使难逃一死，他也要先回家祭奠父亲兄弟，告诉他们杨延昭给他们报仇雪恨了。

第三十一回　步步局中局

杨延昭和寇准被押上法场，只等午时三刻问斩。佘赛花领着杨家一众女眷，还有几位御史，跪在宫门外求见官家，要求将案件交给大理寺审清问明再判决，但宫门紧闭，一点动静都没有。

朝野皆知，皇家子嗣稀少，这几乎成为大宋皇室的心病。潘妃进宫十余年终于怀上龙种，没想到被杨延昭给杀了。谋害皇家子嗣，这是灭族的大罪。官家看在杨继业忠心耿耿，杨延钰被杀的份上，只斩了杨延昭和那个始作俑者寇准两个人，这已经是天大的恩德了。所以，这会儿谁讲情都没用。

赵光义被气得七窍生烟，不仅因为潘妃怀了他的骨肉，还因为那是他最宠爱的妃子。他虽贵为九五之尊，但能有个体己的人不容易，如今这人被杨延昭杀了，他怎么能不气恼，一定要让杨延昭给她偿命。

“王爷，官家说了，他谁也不见。”御书房外传来太监的声音。

“滚开……”赵弘商边说边推开了御书房的门，后面跟着不知所措的太监。赵光义还没见过他这个病快快的叔叔这么着急，看来为了不让自己的女儿守寡，他真是连老命都拼上了。

赵光义摆摆手，示意太监退下。赵弘商来到赵光义面前，把手中一张纸拍在桌案上，纸上还有血迹。

“这是什么？”

“那个车夫的供词。”他说话时，不断喘着粗气。

供状不长，赵光义很快就看完了，皱着眉头问道：“他亲眼所见，是潘妃抓着杨延昭的枪自戕而亡？”

“不错。”

“车夫人呢？”

“已经死了，我找到他时，他还有一口气。”

“什么人杀的？”

“不知道。”

赵光义死死把供状握在手里道："她便是自杀的，那杨延昭也脱不了干系，何况她还怀着皇家的骨肉呢。"

赵弘商道："官家，臣请仵作验过尸，娘娘腹中并无龙种。"

"你胡说八道！"赵光义把供状摔到地上，"潘妃已有孕三月有余，太医院记录在案，岂能有假？"

"官家，我请了稳婆，她们说潘妃，滑胎了。"

赵光义不敢相信自己的耳朵，追问道："你说什么？"

赵弘商一字一句地说道："潘妃，她滑胎了。"

听完这句话，赵光义一屁股坐在椅子上。过了片刻，他突然站起来，对值守太监道："去披华殿把伺候贵妃的宫人都给朕带过来。"

"是。"太监急忙向外跑去。

"官家，现在巳时已过，等宫人过来，说明缘由，那两个人的人头可就落地了。我的确是心疼女儿，可是我即使再心疼她，我也知道我姓赵啊！杨继业是西北路知军使，率二十万北汉旧军镇守西北之地。可是现在杨继业被害，其七子被杀，官家再冤杀了杨延昭，边关将士谁还会为大宋真心卖命？寇准为官清廉，仗义执言，乃我大宋良臣，岂可冤杀？"

赵光义面色阴沉，喘着粗气，沉默不语。

赵弘商紧接着说道："官家，你可仔细想过，潘妃人在深宫，她是通过何人将潘仁美救出死牢的？她一个弱女子，没有墨敕鱼符，是怎么出的宫门？"

赵光义愣愣地看着赵弘商，先前他失去宠妃爱子，怒气攻心，没仔细想，现在赵弘商一提，才惊出一身冷汗。他急忙站起来，从腰间摸出金牌交给太监，命他到法场守着，圣旨不到，不能行刑。

"官家，贾尚宫到了。"太监带进来一个四十多岁的女官。

赵光义从座位上起来，站在她面前，沉声问道："潘妃是不是滑胎了？"

听到赵光义如此问，女官扑通一声跪倒在地："官家饶命，官家饶命啊！"

"说实话！"赵光义的每一个字都像是从牙缝里挤出来的。

"是，是。娘娘自那日要到大理寺探监被拦回来之后，就动了胎气，当夜，当夜就滑了胎。但她命我们不许说，否则就打死我们。"

听了她的话，赵光义一下就脱了力，幸好赵弘商在一旁扶住了他。过了一会儿，赵光义又问道："她是怎么出的宫？"

女官道："这个奴婢真不知道。昨晚，奴婢服侍娘娘睡下，值夜时不知怎么就都睡着了，不知道娘娘是何时出宫的。"

能查清楚的都查清楚了，不清楚的都死无对证，暂时也查不清楚。赵光义即刻下旨免去杨延昭与寇准的刑罚，任命杨延昭为西北路安军使，领军镇守三关口，以防李继迁侵扰，寇准则另行任用。王强在审案过程中出谋划策，深得赵弘商赏识，所以这个从不关心朝廷政事的"闲王"第一次向皇帝举荐了人才。

五月底时，天气炎热，一直到深夜才能感受到凉意，辽国行营的守卫们打着长长的哈欠，昏昏欲睡。杨延琅躺在大帐里，为了凉爽，高高的帐顶被掀开，露出井口大小的一片夜空，可以看到繁星闪耀。耶律铁镜去汴京已经一月有余，现在音信皆无，子翼也没有回来，不知道境况如何。

突然，帐顶的那片天空暗下来，好像有一只黑色的大鸟悄无声息地飞落下来。他急忙起身，全神戒备，望着黑暗的大帐。

子翼慢慢站起来，坐到桌旁，给自己倒了一碗水。喝完水之后，他长舒一口气道："这天，要把人热死了。"他看了一眼坐过来的杨延琅，觉得有些奇怪，怎么这个人就像一块石头，寒暑不侵。

面对石头，只能自己主动了，子翼放下碗后说道："潘仁美被杨延昭杀了。"他把事情的经过对杨延琅说了一遍之后，又道："你媳妇是个难缠的主，她想把潘仁美偷出来，让他带着旧部投靠辽国。我担心这老儿来这儿把你认出来，所以就给那个寇县官送了信。没想到这姓寇的倒奸诈，去杨府找到杨延昭，让他直接把潘仁美给杀了，还捎带上一个潘妃。"

杨延琅听后皱起眉头，子翼终于如愿以偿，看到这个人终于不再像块石头，神情有了变化，他开心地又喝了一碗水，故意拖延了一会儿，才又继续说道："现在没事了。要说这寇准还真有两下子，他得到消息之后，先去找贤王赵弘商，让他带着仵作验尸，再派人去找车夫，然后自己进宫找皇帝认罪，说他才是杀潘仁美的主谋，那潘妃是自杀，目的是要陷害杨延昭。最后，贤王爷找到证据，证明了寇准的话，现在杨延昭应该已经在去三关口的路上了。"

"寇县令呢？"杨延琅终于开口问道。

子翼想了想，说道："好像被调到吏部任个什么主事。不过还有一件事，就是杨延昭在回京的路上遇到一个叫王强的书生。这个人一路跟着他回到京城，还帮天波府写了状纸，听说写得有理有据。后来不知怎么竟然攀上了贤王爷，一个白衣书生被举荐到刑部做了书令史，想来也真是匪夷所思。"

"王强？"杨延琅的眉头皱得更紧了。六郎善谋略，却不善谋人心，这个人仅用半年时间就攀上了朝中最难攀的权贵，可见其心机过人，不知道是善是恶。

子翼从怀里摸出一件东西放到桌上，说道："经过此事，你算是安定下来了，这东西还是你自己保管吧。"

杨延琅把东西抓在手里，心口觉得闷痛。这是父亲给自己的金刀，回想起在苏武庙时的情景，他隐隐有些后悔。如果当初答应了父亲，他会不会走得安心一些。杨延琅摸着刀鞘，精美的刀鞘上嵌着一颗硕大的宝石，流光溢彩。据说这颗宝石由《山海经》中记载的来自徼外的金刚石制成，价值连城，像这么大颗的，只怕天下寻不到第二颗。

杨延琅抬起头看向子翼，正巧子翼也在看他，二人目光碰到一起，子翼急忙说道：

“别说谢谢，我受不了。”

杨延琅的话被子翼堵了回去，他想了想，说道：“有空盯着点儿那个王强。”

子翼灵活的眼睛来回转动了几下，便明白了杨延琅的意思，他放下水碗道：“知道了。”子翼说完站起身来，一跃而起，跃到大帐穹顶处。

“谢谢。”杨延琅仰起头说道。

他的声音不大，也不知道子翼听到没有。子翼在上面微微停顿了一下，之后便消失不见了。

潘杨案闹得沸沸扬扬，可是随着潘仁美死亡，一切都尘埃落定，只给人们留下一些茶余饭后的谈资。耶律铁镜得知消息之后，对汴京暗探进行了调整，之后回到行营。不知道她对萧绰说了什么，对于此事，萧绰没再追究。

入夏之后，天气异常炎热。契丹人可以忍受滴水成冰的寒冬，却受不了酷热难耐的暑夏。既然事情再无谋划的必要，萧绰自然不愿意继续待在这里。于是，半个月后，萧绰决定启程回上京。不过小皇帝耶律隆绪还没玩够，闹着要去千里松林游玩。萧绰拗不过他，只好同意他玩够了再回去。分开时，萧绰派六百皮室军保护耶律隆绪，又派耶律铁镜和杨延琅随行。

耶律隆绪带着浩浩荡荡的队伍到了松林，没玩几天就说这里除了树还是树，看够了，说往北走有座山，山石圆滑，似人似物，景致奇特，所以想去看看。耶律铁镜说再往北便出了皇家猎场，常有山匪出没，十分危险，劝他尽快返回上京。可是这小子不知道怎么了，执意前往，耶律铁镜拿他实在没办法，便叮嘱他一路要当心，不许随意乱跑。

为了看山，耶律隆绪变乖了，老老实实地坐在銮驾里。他们走过茫茫林海，穿过草原，七八天后，越走道路越崎岖，山形地貌越发奇特。这里果然如小皇帝所说，怪石嶙峋，千姿百态，有的像人，有的像猴，有的远远看去像一只巨鹰立在山巅，还有一块巨蟒样的大石立在半山腰。耶律铁镜说，传说此处有山精石怪出没，祸害生灵，上天派二郎神来此降妖除魔，斩巨蟒于此，化精怪为顽石，让契丹人从此有了一片可以安身立命的土地。

她讲述着神仙妖魔的传说，马蹄踩在清澈的河水中，发出嗒嗒的声响。杨延琅心中却想，这里景色虽美，却山高峡窄，草木繁茂，倒是落草为寇的好地方。此处地形虽怪异，倒也不用太过担心，因为一路行来，方圆百里未见人烟，如真有山匪，想见个人都难，能去哪里劫财？除非他们将此地作为藏身之所，在别处劫财，到这里分赃。

他正暗自琢磨着，突然两边喊杀声骤起。他微微一怔，只见前头已经乱作一团，紧接着队伍两边有山石滚下，护卫被砸得东倒西歪。一群黑衣人冲出来，把护卫们杀得丢盔弃甲，四散而逃。

这些人穿着不像辽人，倒是与子翼很像，穿短衣长裤、薄底皂靴，手中握的很像横刀，但比横刀短了一截。那刀一看就是用上好的钢制成的，闪着冷冷的光。看他们握刀的姿势和招数，很像是东瀛的武者。

就在杨延琅思虑之时，一个黑衣人挥起长刀向銮驾刺去。杨延琅处于队伍中间，距离銮驾五十步左右，想救却鞭长莫及。他看到地上有石头，便挥起长枪，挑起一块石头砸向那名杀手。就在那杀手的刀要刺进銮驾的一刻，砰的一声，石头将他砸飞出去，同时杨延琅飞奔到銮驾前，与耶律铁镜一左一右保护小皇帝。

“你们是影卫？”耶律铁镜眯起眼睛冷冷问道。

影卫？杨延琅心里咯噔一下。影卫是宋国的皇家护卫，皆为高手。可是天下皆知辽国由萧绰垂帘听政，杀了耶律隆绪只会挑起战争，没有任何益处，宋帝为何要这么做？但此时如果自己帮助辽人杀退影卫，将来自己就是浑身是嘴也说不清了。自己倒是无所谓，只怕身份暴露会连累母亲和天波府。

“知道就让开。”这些人的头领说道，声音瓮声瓮气，透着狠辣。

耶律铁镜道：“你们可知要刺杀的是何人？”

“知道。”

杨延琅道：“宋国皇帝如此行事，难道不怕大辽举兵南下，两国狼烟四起吗？”

“我等只管奉命行事，不问其他，上！”随着他一声令下，黑衣人又冲了上来。

这人答话不多，杨延琅很难分辨真假。他一边思虑该怎么办，一边挥起长枪与这些人周旋，可是片刻不到，耶律铁镜那边已经险象环生。她机智过人，但武功却很平常，不是这些训练有素的杀手的对手。见她穿梭在一片刀光剑影中间，他突然觉得心口一痛，血气上涌。

先前杀手还觉得他很好对付，可突然间他那杆黑枪像着了魔一般，充满杀气，那双狭长的凤眼中冷意森森。几个杀手依仗着自己轻功不错，才勉强保住了命，但大多都受了伤。杨延琅摆脱了这几个人，转身便要冲向耶律铁镜。

“保护陛下！”耶律铁镜应付着杀手，对他大声说道。

他双眸一冷，手下未停，直接冲进战圈，黑枪横扫，将耶律铁镜护在身后。几招之后，那些杀手便没有了招架之力，而那边偷袭銮驾的杀手，也被他长枪挑起的飞石砸中。一时间，众人谁也不敢再上前。

“住手，都住手……”

就在他们对峙的时候，突然传来一阵急促的马蹄声，不远处一个人飞奔过来，转眼就跑到众人跟前，跳下马来。他浑身是血，却连一口气都顾不上喘，急忙说道：“快，快，快，救……救……救……救陛下。”

这人到来后，黑衣人呼啦一下撤得干干净净。耶律铁镜惊讶地叫道：“舅舅，你怎么来了？”

“快，快，快去救……救陛下。”萧天佐大张着嘴，费力地说道。

耶律铁镜指着銮驾说道：“陛下无事。”

萧天佐用力摇着手，终于喘上来一口气，说道：“陛下，陛下不在……在……在……

在那边。”

杨延琅的眼神越来越冷，他突然跳下战马，几步走到銮驾前一把扯下车帘，里面坐着一个穿着皇袍，吓得面如土色的侍卫。看到这个假皇帝，杨延琅微微低下头，抓着车帘的手关节泛白。片刻之后，他缓缓松开车帘，绣着盘龙的黄绫落在脚下，他头也不回地往前走去。

“驸马！”耶律铁镜从惊愣中回过神来，失声叫道。

他身形一顿，又继续往前走去：“公主，马上挂着弓箭，你若担心我与大辽为敌，现在就射杀了我。”

“驸马！”耶律铁镜跳下马追了上去，一把从后面抱住他。

“若您念夫妻之情，就放我离开。”

“不！”耶律铁镜死死地抱住他，“我死也不放！”

他沉默片刻，说道：“公主可否念在我们夫妻一场的分儿上，还我自由之身？”

“不放，我告诉你，我死都不放。”她的脸紧紧贴着他的后背，说出的每一个字都像是从牙缝里挤出来的。

“我留下于公主无益，你放手吧。”

“我知道，一次次试探让你心灰意冷，可是这次我是真的不知道。我求求你，求你救救陛下，只要你救了陛下，你要留下就留下，你要走，我陪你走。”

“公主……”

“驸马，这件事是我的主意，与公主无关，与陛下无关。求你救救陛下，救我大辽。只要你救了陛下，我任你处置。”萧天佐说着扑通一声跪在地上，深深叩首。

“如果陛下有个三长两短，我也绝不独活，我会拼上所有的暗骑给他报仇雪恨，哪怕狼烟四起、血流成河也在所不惜！”耶律铁镜美艳动人的脸上挂着泪珠，但声音却异常冰冷。

杨延琅看了她一眼，知道自己该适可而止。他深深叹了一口气道：“那就等救下皇上再说。”

耶律铁镜用力咬着下唇，轻轻点了点头。

第三十二回　救驾双峰山

三个人带着人马赶往双峰山营救小皇帝，那里离此不足二十里。原是小皇帝提出想再试试杨延琅的忠心，便闹着要出来游玩，然后找人假扮宋国皇帝的影卫前来行刺。若杨延琅真是宋国的奸细，一定会露出马脚。不过，为了保险起见，早在一天前，他就离开銮驾，乔装打扮一番，与萧天佐会和，然后到双峰山去游玩。但谁也没想到，萧天佐像过筛子一样把这里过了几遍，竟然还是漏了一窝藏在山上的匪徒。这伙山匪十分彪悍，有上百人之多，生生把耶律隆绪掳上了山寨，只有萧天佐杀出重围来搬救兵。

萧天佐指着眼前的高山，说道："这便是双峰山，又叫骆驼山，在两座山的峰顶处有巨石交错，那山寨可能就藏在那些巨石中间，所以巡查的士兵没有发现。"

杨延琅顺着他手指的方向望去，这座山就像一头巨大的骆驼，卧在山川之间，并不算高。此处应该有山寨，却没见到寨门、木塔、鹿寨等物，不远处有山匪在走动。攻下这座山并不难，难的是怎样将小皇帝不伤一根头发地救下。

山匪看到了他们，片刻之后，有四五十人冲了下来，手里拿着各种兵器。他们一个个身形高壮，从拿刀的方式看，不像普通的山匪，倒像是久经训练的士兵。

领头的山匪嚷道："你们是什么人？胆敢来闯双峰寨。"

杨延琅难得回了一句："救人的。"

耶律铁镜低声问他："怎么办？"

他神情冷如寒冰，双唇微动，吐出来一个字："杀。"

杀？耶律铁镜和萧天佐一愣。就在他们愣神的工夫，杨延琅已经冲了出去，一杆黑枪开路，势不可挡。

他已经与山匪缠斗在一起，其他人自然也不能闲着，跟在后面冲了上去。领头的山匪见此情景，急忙对一旁的喽啰说道："快回去报告寨主。"

"是。"小喽啰飞奔上山去报信。

耶律铁镜见此情景，挽弓搭箭便要射杀，却被杨延琅阻拦："让他回去。"

她看了看杨延琅，恍然大悟：面对如此强敌，若是皇帝还活着，那寨主必会用他做人质，否则他们会拼命相抗。

双峰寨的聚义厅并不大，正如萧天佐所说，此寨建在前后错落的山石中间，从山下压根就看不到，建房用的木头还是新的，有些甚至带着树叶，看来这伙山匪刚到此处不久。不过，这个山寨虽然不大，里面却是一应俱全，还有女人。寨主是一个四十多岁的虬髯大汉，胡子多的汉子大多身材高大壮硕，但这个寨主身体单薄，与他的脸不太匹配。一个浓妆艳抹的江湖女子坐在他腿上，她长长的头发半挽半散，有一绺垂在胸前。也许是因为天太热，这女子的衣领极低，她媚眼如丝，一手勾着寨主的脖子，另一只手端起酒杯喂那寨主喝酒。

耶律隆绪被绑在一旁，对寨主说道："好汉，你把我绑来，是想要钱，还是想要粮？我家里有钱，只要你让我写封信，回头准给你送来。"

寨主将酒咽下，睨了耶律隆绪一眼，嘴角轻轻扯了扯，神情极为轻蔑，用鼻子哼了一声，说道："老子家里有数不清的金银财宝，你的那些老子不稀罕。"

"那你要什么？"

"老子要你的命。"

听了寨主的话，耶律隆绪的心一下掉进了冰窖里，这人很可能知道自己的身份。

"寨主，寨主……"一个小喽啰连滚带爬地跑进来说道，"山下来了一伙人，看样子是朝廷里的大官，说是来救人的。"

"救人？"寨主皱起眉问道。

"不错，他们太厉害了，兄弟们不是对手。"小喽啰慌里慌张地说道。

"怕什么？人质在咱们手里，咱们要什么，他们就得给什么。"寨主说着，捏了捏那女人的脸颊。

"是吗？"那女人捻着他的胡子问道。

"乖。"寨主把那女人推下去，来到耶律隆绪面前，上下打量他一番之后，从他腰上扯下一块玉佩递给小喽啰说道，"把这个东西给下面那些人看，老子就是让他们爬上来，他们也得爬上来。"

"真的？"小喽啰把玉佩接在手里，半信半疑地问道。

寨主一挑眉，说道："不信你找一个人试试。"

"找……找哪个？"

那寨主想了想，问道："有没有一个长得很好看，武功也极高的男人？"

小喽啰急忙说道："有一个穿着银甲白袍的男人，用一杆黑枪，特别凶狠。"

"那就让他从山下跪着爬上来。"寨主轻描淡写地说道。

"他……他他他……他……他会答应吗？"提起那个人，小喽啰觉得后背发凉。

寨主哼哼了两声，说道："如果他不答应，你就告诉他们，我会剁这小子一根手指头送下去。"

"好。"

"等等。"

小喽啰拿着玉佩刚要走，却被那女人叫住。“大王，听你这么一说，我倒想去会会这个人。”

寨主笑着说道：“你该不会是听说那男人长得好看，所以要下去看看吧。”

“怎么会，我的一颗心都在寨主你身上呢。”那女人扭动着腰肢，顺手从小喽啰手中抽走玉佩，用另一只手取下门边的一把细刀，如一阵风般向山下走去。

“都住手!”此时，下面的山匪被打得眼看就要抵挡不住，突然传来一个女人尖细的声音，顿时众人纷纷停手。那女人举起手中的玉佩笑了笑，问耶律铁镜等人：“认识这东西吗?”

耶律铁镜看着她手上的东西，心口好像被重击一拳，闷得喘不过气来，急忙下令让人都撤回去。那女人用一双勾魂的眼睛在人群中扫视了一下，当看到杨延琅时，两眼顿时放光。她提起手中细刀指着杨延琅，得意扬扬地说道：“寨主点名要见你，让你爬上去。”

“大胆!”萧天佐上前一步道，“你信不信我们把你这山寨踏平了?”

那女人捂着嘴笑道：“哟，你可吓死我了。寨主说你们要是不听话，就剁那小子一根手指头。”

杨延琅转过头问耶律铁镜：“那玉佩是真的吗?”

耶律铁镜叹了一口气道：“是真的。”

他低下头沉默片刻，问道：“带响箭了吗?”

“带了。”

“给我。”

耶律铁镜借着战马遮挡，不动声色地把响箭塞到杨延琅靴子里。

“选十几个武艺好的士兵绕到山后面接应，听到响箭发出便前后夹击。若两个时辰后还见不到响箭发出，你们就另寻他法吧。”交代完，杨延琅跳下马向那女人走去。

“驸马——”耶律铁镜急忙跳下战马，紧走几步追上去，一把拉住他衣袖说道，“你活着，我陪你到老；你死了，我陪你共赴黄泉。”

杨延琅回过头去，这个女子是他的妻子吗?不，那不是他的妻子，而是大辽驸马木易的妻子。若有一天自己不再是木易，她还愿意陪自己共赴黄泉吗?只怕她会亲手把自己送上黄泉路。不过，利用欺骗一个真心对待自己的人，也许就该是那样的结局。

纷乱的思绪一闪而过，他轻轻抽回手，转身往山上走去。那女人挡在他面前，说道：“咱们双峰寨可不是随便进的，我看看你有没有私藏暗器。”说罢，围着他转了一圈，然后站在他面前，将刀尖抵在他咽喉处。她的手突然一翻，割断了他披风的系带，接着刀尖划过银甲，迸出一道火星，又割断了束甲丝绦。哗啦一声，银甲白袍落到了地上。除去甲胄，他只穿着一件月白色武服，什么兵器也没有带。

本以为威慑一番之后，这人会被吓得魂飞魄散、抖如筛糠，可他却连眼睛都没眨一下。

“长得真是好看!”那女人用细刀刀背挑起杨延琅的下颌，逼迫他抬起头来。此时，四目相对，她看到他的眼睛，顿时觉得后颈像是被刀锋抵住。大热的天，她却冷得打了一个寒战，不敢再继续造次，急忙收回细刀，说道：“就从这里开始吧。”

杨延琅垂下眼睛，一声不语，撩衣跪地，往山上行去。见此情景，耶律铁镜怒气攻心，眼前一阵发黑，恨不得将这女人碎尸万段。其他人也是双目血红，后槽牙咬得咯咯直响。但不论他们有多么的不甘，在救出小皇帝之前，都得忍着。

“爬，爬啊，快点，别他妈磨蹭。”

“这和娘们儿似的，别半路就死了……”

“哈哈……”

身边的山匪越聚越多，嘲讽声四起，马鞭噼里啪啦地抽在身上，渗出一道道血痕。杨延琅一直半低着头，丝毫不为所动，拖动着双腿向山上跪行。

“爬了这么久，渴不渴?”突然有个醉汉挡住了杨延琅的去路，手里提着酒坛子。

“这是不是个哑巴?”另一个醉汉大声笑道。

“来，哑巴，叫声爹，赏你酒喝。”

“叫啊!”后背狠狠挨了一鞭子，杨延琅被抽得身体往前倾了一下，但他依旧垂着头，无动于衷。

哗，一坛酒从他头顶淋了下去，紧接着传来啪的一声，醉汉把酒坛子摔在地上。另外几个醉汉也如法炮制，把酒倒在杨延琅身上，然后将酒坛子摔在地上。碎瓷如刀一样，铺满这条上山的必经之路。

“爬啊，继续爬啊!”

杨延琅在山匪的哄笑声中将膝盖压在碎瓷片上。碎瓷片狠狠地扎进皮肉，殷红的血流了出来，而他依旧像没有知觉一样，压着碎瓷片前行。见此情景，山匪们渐渐没了声响，静静地跟在杨延琅后面，而那女人则一直远远地躲在一旁。

耶律隆绪被绑在聚义厅的柱子上，他表面上不动声色，实则提心吊胆。若是皇姐或萧天佐，别说是爬上来，就是面对刀山火海，他们也会救自己，但是木易不一样，他刀过脖颈都不会眨眼，绝不会弯腰低头，任人羞辱。何况如今出现变故，他肯定知道自己试探他的事，又怎么肯忍辱负重来救自己。不过，若是他来了，从此后任何人都不会再怀疑他的忠心。

就在耶律隆绪胡思乱想的时候，外面传来嘈杂的脚步声，杨延琅出现在聚义厅外，他披头散发，一身血污，低眉垂首跪在门外。

那女人走进聚义厅，来到寨主身边，妩媚一笑，说道：“他来了。”

寨主眯起眼睛，轻蔑地朝杨延琅勾了勾手，示意他进来。杨延琅一声不吭，听话地跪行到聚义厅，停在离耶律隆绪很近的地方。此时，他膝盖处已经血肉模糊。

“姐夫。”

听到这两个字，杨延琅心头一紧，明知是逢场作戏，可他的双手还是不由自主地颤抖起来。他叫自己姐夫，这是一个如此陌生却又充满亲情的称呼。

“愚弟惭愧，让姐夫受委屈了。”耶律隆绪继续说道。

“你，没事吧？”杨延琅尽力控制自己的声音，平静地问道。

耶律隆绪道：“生死有命，富贵在天，姐夫不必为我受此屈辱。”

杨延琅没有答话，看向坐在虎皮椅上的寨主，问道：“你要什么？”

寨主死死盯着杨延琅，慢悠悠地说道：“我要的怕是你给不起。”

“要什么给你什么。”

“我要你的脑袋，你给不给？”寨主悠闲地磨着自己的指甲，眼前这一幕让他十分享受。

“给。”

“我要将你眼睛挖掉、舌头拔掉、斩去四肢，然后扔出去喂狗，行不行？”

“行。”

“这样是不是太便宜你了？我要你把山下的男人都杀了，把那个女人抓来陪我睡觉，你跪在一旁伺候着，怎么样？”寨主睨视着杨延琅。

想到这寨主说的情景，杨延琅的心好像被人狠狠剜了一刀，他皱起了眉头。

“我问你呢，怎么样？”

“只要你放了他，都可以。”杨延琅压下心中的怒火，做出漠视一切的样子。

“姐夫，姐夫，你不能答应！”听到杨延琅的话，耶律隆绪顿时怒火中烧，大声嚷道。他是皇帝，可也是男人。

“好，你真是够狠。来，让爷看看你真能做到吗？”说完，寨主转过头对那女人说道，“胡娘，你不是喜欢漂亮的男人吗？赏你了。”

那叫胡娘的女贼给寨主抛了一个媚眼，说道：“真的吗？”

“真的。你是想下药，还是想挑断手筋脚筋，随你喜欢。你过去，先让他从你胯下钻过去。”

胡娘打量着杨延琅，寨主说得轻巧，可是她心里明白，自己不敢要这个男人。她是个杀手，杀了很多人，练就的最大的本事，就是能一眼看穿谁最危险，只是寨主这个蠢货不知天高地厚，还在羞辱他。不过她虽然心里明白，却不敢违抗命令，因为自己的命在这蠢货手里捏着呢。她想了想，拎起一把椅子放到杨延琅面前，而后抬起一只脚踩在椅子上，指了指胯下，笑道：“来吧，寨主说了，你，归我了。”她嘴上说得轻松，身体却紧绷着。

耶律隆绪脸色发青，恨恨地说道：“顶天立地的男人怎么能受女人胯下之辱，站起来杀了他们，不用管我的死活！”

杨延琅转过头看了耶律隆绪一眼，因为气愤，他胸口起伏不定，此刻说出的应是真心话。

“看什么看，我命令你杀了他们！”耶律隆绪大声喊道。

杨延琅转过头，神情越发冷寒，而后慢慢低下头，伏下身子。

“混蛋，你敢不听我的！起来！起来杀了他们……”耶律隆绪大叫道。

没人理会大声喊叫的耶律隆绪，聚义厅中的山匪们紧盯着杨延琅。他慢慢地往前爬了一步，又爬了一步，一步一步离那个女人越来越近。

“我错了，是我错了！”耶律隆绪挣扎无果，眼看杨延琅一步一步爬过去，一时难以自制，竟然哭了起来。

寨主看到杨延琅已经爬到胡娘脚下，目露得意之色，他就是喜欢把这个一身傲骨的人踩在脚下，让他永世不能翻身。

胡娘看着脚下这个人，听着自己嗵嗵的心跳声，她是真喜欢这个漂亮的男人。就在她走神的一刹那，突然有一只手摸上她腰间。她轻功极高，腰肢柔软，感觉到危险，就如一条蛇一样，向旁边移动。可即使如此，腰间还是传来一阵剧痛，伸手一摸，腰上被切开一道两寸多长的口子，而她手中的细刀只剩下刀鞘。若不是她早有防备，此刻只怕已经开膛破肚了。

她惊魂未定地望着那个一身血污、冷酷冰寒的男人，他手中握着她的细刀，眼中杀意翻涌，如一尊天神守在小皇帝身前，脚下是两个守卫的尸体。

“快，快撤，快，快，杀了他们。”那寨主吓得声音都变了，连滚带爬逃出了聚义厅。他虽忙着逃命，但还是命人去杀杨延琅和耶律隆绪。山匪急忙抽出弯刀冲上去，胡娘一手按住伤口，另一只手从外袍下抽出弓弩，朝着耶律隆绪射出三支箭。

杨延琅快速挥起细刀，啪啪两声脆响，两支箭被打落在地，胡娘则瞅准机会从窗口跃了出去。匪首逃走，剩下些散兵游勇，自然不是杨延琅的对手，片刻之后就被消灭。

耶律隆绪自以为难逃一死，认命地闭上了眼睛，直到周围安静下来，才小心地睁开眼睛，却看见一地横尸，杨延琅则护在他身前。

“姐夫，你真是神勇无敌！”劫后余生的耶律隆绪激动地说道。他仔细一看，发现一支箭扎在杨延琅右胸口靠近肩膀的地方，只余寸许长一截箭柄露在外面。

“你受伤了？”耶律隆绪惊问道。

“无碍。”杨延琅把耶律隆绪身上的绳索割断，突然背后传来破风之声，他想也没想，抱起耶律隆绪就地一滚，两个人滚到了寨主所用桌案之下，然后掀翻桌案和椅子，挡住了从门口和窗外射进来的箭矢。

耶律隆绪躲在桌案后，不停地喘着粗气，过了一会儿说道：“姐夫，若我死了，有一句话请你务必转告母后。”

“陛下？”

“他们不是普通的山匪，而是谋逆的贼子。你杀出去转告母后，勿以我为念，要马上册立新君，稳定朝堂，抓捕谋逆之贼，切不可使大辽内乱。”耶律隆绪紧紧抓住杨延琅的衣袖，说道。

杨延琅看着眼前这个年轻人，他不但有帝王的睿智，更有帝王的心胸。杨延琅握紧手中的细刀，心中闪过一个念头，应该杀了耶律隆绪，否则他日后必将成为宋国的心腹大患。

“姐……姐夫……”看到杨延琅眼睛里一闪而过的杀意，耶律隆绪吓得噤若寒蝉。

杀了他又能怎么样，正如他所说，萧太后可以另立新君，无论何人做皇帝，都是大宋之患。

“你是大辽君主，苍天会庇佑你的。”杨延琅难得安慰人，他从靴筒里取出响箭交给耶律隆绪，“冲到门口，放出响箭，他们会来接应。”

二人正说着，突然从外面传来惨叫声，射入屋内的箭明显少了许多。机不可失，失不再来，杨延琅起身将桌子踢到门外。沉重的桌子砸进箭阵，山匪们顿时乱作一团。这当口儿，杨延琅在前，耶律隆绪在后，二人冲到门口，耶律隆绪急忙拉开响箭，嗖——嘭——一红一绿两个光点在空中炸开。

杀——顿时，杀声四起，山下的辽兵和山寨后悄悄摸上来的人马一齐杀入聚义厅。他们将所有怒气发泄在这些山匪身上，大肆屠杀，地上都是尸体。众人望着空荡荡的聚义厅和密密麻麻扎满狼牙箭的桌子，心往下沉。

似乎过了很久，门里传出一点儿动静，杨延琅从门内走了出来，鲜血沿着他的衣角往下滴。他脸色苍白，满怀戒备地看着众人，直到看到耶律铁镜，才松了一口气。这时，耶律隆绪缓缓地从杨延琅身后出来，冷冷地注视着眼前这些人。

“皇上！”萧天佐等人见到耶律隆绪，急忙跪下。

“此祸事因你猜忌驸马而起，你可知罪？”耶律隆绪先找萧天佐问起罪来。

萧天佐此时终于松了一口气，对于皇帝甩过来的这口锅，他必须背起来，急忙说道：“臣罪该万死，请陛下责罚。”

此时，杨延琅放松下来，突觉眼前发黑，人影摇晃。耶律铁镜发现他脚步虚浮，急忙跑过去扶住他：“驸马，驸马？”

“陛下。”杨延琅深深喘了两下叫道。

“姐夫？”耶律隆绪依然不改称呼，叫他姐夫。

“臣，臣不敢当此称呼……咳……”杨延琅忍不住一阵低咳，他用手捂住嘴，指缝间不断有血流出。

“好，好，朕不叫，不叫还不成吗？”耶律隆绪急忙上前扶住他。

杨延琅半垂着眼睛说道：“陛下能放臣走吗？”

耶律铁镜想了想也说道：“陛下，我要跟着他。”

耶律隆绪听后噘起嘴，赌气道：“朕知道你们因为今天的事生气了，可是朕是有苦衷的，日后会跟你们解释，但你们若不给朕这个机会，非要走，朕也无话可说。你们都走吧。”

萧天佐领会了小皇帝的意思，急忙说道：“驸马、公主，千错万错都是我的错，皇上对此事真不知情。若驸马能够消气，我愿以死谢罪。”

契丹人只要信你，便会一辈子信你，杨延琅终于得到了他们的信任，他竟然感到欢喜。这种感觉，他以前从未有过。他知道自己该借这个台阶下去了，便深深地垂下头，说道："陛下的恩德，臣会铭记在心。"

听他这么说，耶律隆绪十分高兴地说道："这就对了。"又转头吩咐道："去把朕的车驾备好，给驸马养伤用。"

耶律铁镜急忙说道："陛下，这使不得。"

耶律隆绪道："皇姐，事急从权，他伤势这么重，怎么骑马？没什么使不得的。"

救出耶律隆绪后，众人就下山了。杨延琅状似无意地看了看地上的弓箭手的尸体，其中有四五具尸体是一刀封喉，伤口处血迹不多。他猜刚刚一定是子翼在暗中帮助自己。众人走后，萧天佐又带人去搜山，寻到几个漏网之鱼，但没有找到寨主和胡娘。

第三十三回　水凝女人心

脱险后，耶律铁镜调集暗骑严查双峰山遇刺之事，原来那伙山贼原是流窜于辽宋边界的悍匪。不久前，那个寨主用金银收买他们，让他们到双峰山安营扎寨。他们安顿下来还没有半个月，那寨主便说来了一桩大买卖，带人把耶律隆绪绑到了山上。至于那寨主，却不知道是何来历。现在看来，应该是他们得知了耶律隆绪试探杨延琅的事，是专门奔着耶律隆绪来的。

上京一家茶馆昏暗的密室内，胡娘面无血色地跪在地上。她面前坐着一个人，因为房内只有一盏昏暗的油灯，所以看不清他的长相。过了许久，那个人叹了一口气，然后将一粒药丸递给胡娘。

胡娘急忙接过药丸，连水也没喝，直接将药丸吞到肚里，然后深深叩首道："谢谢师父。"

那人咳了一声，从怀里摸出一本书交给她："回去修炼这上面的武功。"

胡娘把书接过来，低声回了一句"是"，此时她的脸色终于红润了一些。

"贺黑纳兰那边你继续盯着，但暂时不要露面。"

"是，师父。"胡娘犹豫了一下，小心翼翼地问道，"小师妹最近怎么样？"

"呵呵，"那人轻笑了一声说道，"谁能想到杀人如麻的洛红裳会对一个丫头如此上心。"

他的声音很轻，但听起来阴森森的，让人觉得毛骨悚然。

"师父，我只是随口问问。"洛红裳急忙说道。她是江湖上令人闻风丧胆的落雪门门主。据传闻，洛红裳是个不男不女的妖人，但凡被她盯上，绝难活命，不过能请得起她的人没有几个。

"你放心，那丫头一身灵气，我已派她去天竺学琴艺了，只是那琴难学了些，没个十年八年的学不成。"

"多谢师父。"洛红裳暗暗松了一口气。

洛红裳曾经叫胡娘，从小在青楼长大，母亲是妓女，不知道父亲是谁。她长大后也成为妓女，十六岁时被一个年轻公子相中，怀了那公子的孩子。那公子答应她，一定会来娶她，她便信了，此后便抵死不肯接客，不知受了多少打骂。她苦苦等着心上人，可是直到把孩子生下来，那公子也没有来。她脾气倔强，因带着孩子，又不愿意接客，最后老鸨对她没了耐性，索性把她从青楼赶了出来。她无处存身，就抱着孩子去寻那公子，可当她历尽千辛万苦找到他时，却正好遇到他娶妻。那公子娶的是一位官家女儿，怕和她的事情败露，便表面哄骗她，暗中却派人去杀她。她察觉到事情不对，急忙带着孩子逃命。在逃跑时发生意外，孩子被摔死了。胡娘虽然活了下来，但心中只剩下仇恨。后来，她找到机会溜进那公子家里，放了一把火，烧死他家老少五十余口人，亲手杀了那公子。复仇之后，她本以为自己难逃一死，谁知却被一个奇怪的老道救了下来。老道给她取了一个新名字“洛红裳”，还教她武功，教她永葆青春之术。她则替老道杀人，帮他做他想做的一切恶事。她喜欢漂亮的男人，每每遇到就会劫回自己的老窝，玩够了再杀掉。她以为自己会一直这样浑浑噩噩到死，直到有一次在战场上捡到了一个女婴。那婴儿与她死去的孩子非常像，她将这婴儿带回去抚养，不再干荒唐的事，甚至想要退出江湖。后来，她师父得知这件事，强行将女婴收为徒弟，其实是以此要挟洛红裳继续为他卖命。

“天寅阁想重现昔日荣光颇为不易，所以你们都要尽心，待有一日天下归心，我们要什么没有？不过，你要切记，色字头上一把刀，莫要把命丢了。”那人的声音轻飘飘的，依旧让人胆战心惊。

“徒儿谨记在心。”洛红裳叩首在地。半晌之后，她抬起头，椅子上空空如也，只有桌上的茶还冒着热气。她终于松了一口气，跌坐在地上，低声咒骂了一句：“蠢货。”

经历过被劫一事，即使景色再美，辽帝一行也无心欣赏。耶律隆绪整好队伍，即刻启程回上京。杨延琅受伤，路上不敢颠簸，他们的行程并不快，本来七八天的路程，足足走了半个月。

契丹人崇敬英雄，且重情义，一旦他们认定你是朋友，就会掏心掏肺地对你。双峰山救驾之后，不管是耶律隆绪还是萧天佐，都把杨延琅当作英雄，对那个老道的话更是深信不疑，相信杨延琅就是上天赐给大辽的福星，是大辽的股肱之臣。杨延琅此生第一次感到自己被人捧在了掌心，可是他已经习惯了旁人的冷漠，这突然间的温暖让他难以适应。

车驾快到上京时，杨延琅的伤势好了许多，他不再使用小皇帝的銮驾，而是与耶律铁镜骑马同行。他们慢慢跟在銮驾旁，边走边说闲话，大多时候是耶律铁镜在说，杨延琅在听。快到上京城外时，他们突然看到天上飘着一只白色的蝴蝶风筝。风筝飞得很高，在湛蓝的天空中像一朵白云。

“是苑儿在放风筝。”耶律铁镜指着风筝笑道。

“太妃娘娘？”他从未见过有人放白色的风筝，而且现在也不是放风筝的时节。

“苑儿最喜欢放风筝，她会把心愿写在风筝上，然后放飞，希望天上的神明能看到，这样她的心愿就能实现了。”

杨延琅明白了，原来白色的风筝不是放给凡人看的，而是放给神明看的。因为字写在白色风筝上最醒目，神明能看清楚。

“接应的人马已经到了，要不让陛下先行进城，我们去看看苑儿。”耶律铁镜与杨延琅商量。

“好。”

耶律铁镜笑道：“我去与陛下说一声。”

杨延琅看着铁镜的背影，又看看天空中那只白色的风筝，觉得这一刻的草原很美。

两个人向着风筝的方向骑马慢行，广袤无边的绿野上，一红一白两道身影并辔而行，美得像一幅画。萧苑儿一下一下扯着风筝线，看着越来越近的两个人，直到看清其中有耶律铁镜，她开心地把线交给一旁的侍女，向着耶律铁镜他们跑过来。

“你站那儿别动，我过去。”耶律铁镜急忙跳下马跑过去，扶着她问道，“怎么样？你没事吧？”

萧苑儿虽然脸色苍白，却笑道：“当然没事，你看我把风筝放那么高。”

耶律铁镜捏捏她的小脸，说道：“你真厉害。”

杨延琅走近，拱手施礼：“见过太妃娘娘。”

看到他，苑儿苍白的脸上泛起红晕。她偷偷看了耶律铁镜一眼，说道：“我在梦里好像见过他。”

耶律铁镜看了看杨延琅，示意他平身，想起了那一夜的情景，心里暗笑，你不是在梦里见过他，而是真的见过他，还差点把他吓死。

“你忘记了吗？他是铁镜的驸马，大婚那日，你是我们的奥姑啊。”

苑儿点点头：“我记得。”她想了想转过头，仰起小脸指着杨延琅又说道：“你不许欺负我的铁镜啊。”

杨延琅垂首应道：“微臣谨记在心。”

“好好好，有你在，他怎么敢欺负铁镜。”耶律铁镜抬头看着天上的风筝问道，“今年你又写了什么心愿？”

“希望我阿爹早点回来，我想他了。”萧苑儿也抬起头看着风筝。

两个人正看着，突然一阵风刮过来，风筝线断了，风筝轻飘飘地往更远更高处飞去。

侍女见状，急忙磕头求饶：“太妃娘娘，奴婢该死。”

“风筝飞走了，是不是我许的愿望无法实现了？”萧苑儿急得哭了起来。

“没事，没事，明天我们再做一个，你亲手再把心愿写上，我陪你来放，好不好？”耶律铁镜急忙劝慰她。

“可是，可是再放就不灵了。”萧苑儿哭着想要去追风筝，可只跑了几步，就开始喘息。

杨延琅道：“太妃娘娘，风筝飞到天上，神明才能看到。”

他的声音平静无波，好像草原上刮起来的一阵凉风。萧苑儿听到他的话，突然就不哭了，过会儿抬起头问他：“你说的是真的吗？”

耶律铁镜觉得很意外，没想到这个冰坨子这么会安慰人，真是小瞧他了，这可是苑儿哭的时间最短的一次，否则她非得哭到发病不可。

杨延琅点头道："是。"

耶律铁镜回过神来，急忙说道："是真的，你想啊，你的风筝飞到了天上，神明肯定会看到，会替你实现心愿，你阿爹会回来的。"

"就是不知道神明什么时候能看到。"萧苑儿咬着唇，脸上还带着泪，眼睛里水盈盈的，再加上她天真烂漫，就像这草原上露珠凝成的精灵，谁看到都会喜欢。

"神明很忙，咱不着急。乖，回到车里，我们一起回宫，好不好？"耶律铁镜耐心地哄着她。

"嗯。"萧苑儿终于破涕为笑，听话地回到马车上。

杨延琅和耶律铁镜走在萧苑儿马车后面，耶律铁镜说道："谢谢你今天安慰了她。她父亲是我大舅父萧天佑，她是母后的亲侄女，天生患心痛之症。后来舅父战死，她心神受创，以致神志不清，时而清醒，时而糊涂。"

"萧将军因何战死？"

"七年前金沙滩一战，杨继业的几个儿子杀了我大辽十几员战将，其中就有母后的父亲天庆王萧思恩，还有她的兄长萧天佑。据回来的士兵说，舅父被一位戴着狼形面具的宋将所杀，后来那人跳下万丈深渊，尸骨无存。"说到此处，耶律铁镜长长叹了一口气，"我大辽与杨家有血海深仇。那一战后，我的父皇也病情加重，崩于西京。我父皇去往西京之前，无意间见到苑儿，惊为天人，不顾母后的反对，强行纳她为妃。可是还未行大礼，父皇便没了，苑儿也病了。其实，苑儿有一半汉人血统。"

杨延琅颇有些意外地问道："汉人？"

耶律铁镜笑了笑，说道："舅父当年征战时曾捡到一个汉女，他非常喜欢这个女子，就将她带回来，想要娶她为妻，但外祖父等人极力反对。舅父为了她，不肯娶妻，两人生了一对双胞胎女儿，一个是苑儿，另一个叫茗儿。穆宗时常有内乱，有一次在捺钵途中，一支护卫军叛变，斡鲁朵内外一片混乱。由于那女子没有名分，所以没有多少侍卫保护，等我舅父回去时，她已经死于乱军之中，茗儿也不见了，只在那女子怀里找到了奄奄一息的苑儿。舅父悲痛万分，将苑儿视为掌上明珠，只是从那以后，苑儿就落下了顽疾。舅父死后，苑儿又患上癔症。把她放出宫去恐无人照料，母后便将她留在宫中。"

杨延琅将缰绳越握越紧，他表面上不动声色，心里却起了波澜。他记得那员辽将身高有九尺，黑黑的脸膛，使一把长刀，异常勇武，临死前大喊快跑，也不知道是在跟谁说。马车晃动，车帘翻起，杨延琅看到萧苑儿呆呆地坐在里面。那辽将如此宠爱女儿，若他没死，苑儿有父亲疼爱，一定会无忧无虑。可由于自己亲手杀了她的父亲，她现在变成这副模样。

萧绰得知双峰山的事后，惊出一身冷汗。就在消息刚刚传进皇宫那天晚上，在宫帐中伺候萧绰的一个侍女畏罪自杀。线索断了，什么也没查出来。萧绰彻查了身边的人，把一些可疑的人打发到别处。看到儿子平安归来，萧绰悬着的心才终于落了地。不过凡事皆有两面，虽然皇帝被劫十分凶险，但是杨延琅忍辱负重，跪行救驾，也算是表明了忠心。以前承受了多少猜疑，如今就能得到多大的信任。回到上京后，在韩德让等人的谋划下，萧绰力排众议，任杨延琅为云内州节度使，州内军政大权皆由他决断。

对于萧绰的决定，耶律铁镜也颇感意外，云内州节度使是一方的封疆大吏，就这样赏给了杨延琅。不过仔细一想，她就明白了，自先帝始，西京军政之权一直由贺黑纳兰掌控，云内州南接大宋，西接夏州，是大辽的紧要之处，自然要选一个有勇有谋之人镇守。之前，云内州节度使返京时突然病故，萧绰想乘这个时机在贺黑纳兰的地盘上安插一个可靠的人，而杨延琅无疑是最好的人选。

封疆大吏，说起来威风八面，但耶律铁镜心知肚明，母后这是把杨延琅丢进了狼群之中，若不能打败敌人，他会被吃得尸骨无存。

“云内州鱼龙混杂，你一定要处处小心。”耶律铁镜边给他收拾行囊边说。她住进这个小院不到一个月，他就要走了，心里非常不舍。

“嗯。”杨延琅在一旁擦拭着那杆黑枪，应了一声。那枪并不是全黑的，枪尖处透出暗红色，好像黑色玉石中透出的一点红光，显得十分诡异。

“云内州治下有四个县，汉人居多。原节度使是贺黑纳兰的旧部，所以州中诸官员也多出自南大王院。这些官员中，有两个人很特别，一个是马步军都指挥使，此人名叫术敌烈，是乌古部人，他虽是贺黑纳兰部下，但是性情豪爽、脾气暴躁，是一员悍将，于穆宗帝有救命之恩。你若去了，首先要收服他，这样才能站稳脚跟。第二个是掌史令李玉成，他原是夏州人，后流亡到我大辽，此人足智多谋、胆识过人，而且熟谙律法，为官清廉，在当地颇有些威望。若能得他相助，你行事会顺遂许多。还有一个人你要多加小心，就是通判萧桐，他是贺黑纳兰的外甥。”

耶律铁镜说了这许多，杨延琅看起来无动于衷，还在继续擦枪，她忍不住叹了一口气，想不通自己为何会喜欢这个闷葫芦。自己心惊肉跳，担心他的安危，他却事不关己，没事人一样。想到此，她故意提高声音说道：“当然还有一个人你也要当心，那就是杨延昭，他现在是三关口的守将。”

也许是因为她提高了声音，也许是因为听到杨延昭这个名字，杨延琅不再擦枪，转过头去看耶律铁镜，眼中闪过一丝暖意。

“公主。”他放下手中的枪，走到耶律铁镜面前，紧紧地握着拳。

耶律铁镜没有催促他，静静地等着他继续往下说。

“若我回不来，可会误了公主终身？”他俊面绯红，憋出这么一句话。

耶律铁镜看着这个不苟言笑的男人，他的一句话胜过千万句甜言蜜语，让她的一颗心瞬间化成水、散成雾。他一直与自己没有夫妻之实，还以为他不愿意，原来他是担心自己命不长久，害她守寡，耽误青春年华。

耶律铁镜起身，扑到他怀里，眼泪如洪水一般流出："我等你，我说过，你活着我陪你到老，你死了我陪你共赴黄泉，不论生死，我都陪着你。"

杨延琅突然想问问这个公主，如果自己不是木易，而是她的仇敌，她还愿意陪自己同生共死吗？但是理智告诉他，不能问，他只能缓缓地将她抱住，然后一遍一遍在心里告诉自己：我只是在利用她。

第三十四回　救难谋筹粮

杨延琅拒绝了耶律铁镜给他准备的车马和护卫，只带着仁达和仁海上了路。漠北天高地阔，行走于其中，有一种鸟出笼、鱼入海的洒脱之感，所有的纷纷扰扰都可暂时抛之脑后。临行前，耶律铁镜给仁达、仁海两个死心眼的契丹汉子下了死令，一定要看住杨延琅，第一不许他喝酒，第二不许他策马疾驰，以免刚刚愈合的伤口撕裂。

此时正值盛夏，仁达和仁海觉得自己快要被烤焦了，可是前面这位驸马爷依旧不声不响地骑马缓行。骄阳下，他的脸像覆了一层霜，苍白如雪。他穿着一身月色的武服，看起来冷冰冰的。仁达、仁海悄悄议论，如果离他近一点，会不会凉爽一些呢？不过，想归想，他们谁也不敢靠过去。有人传言这位驸马爷是苍狼星君转世，看来一定是真的。

他们轻装简行，所以走得很快。杨延琅故意绕道边界而行，他想借此机会看看辽国关隘究竟有何玄机。他们路过几个关隘，杨延琅发现辽国的关隘修筑得比较精巧，不过只是从外面看，也看不出什么门道。他们过了西京之后，陆陆续续地看到些流民，后来越接近辽宋边境，流民越多。

天热得喘不过气来，往远处看，草木起伏，好像水纹一样。在官道尽头，一个个小黑点渐渐出现，走近些才看清楚，又是一群流民，只是这一群人数更多，至少有上百个。他们中多是老人、妇人和孩子，一个个衣衫褴褛、形如枯槁、目光呆滞，拖动着双脚一步一步走着，就像在地上艰难爬行的蝼蚁，不知道自己要走向何处。

杨延琅停下马打量着他们，双目深沉，如夜潭一般，没人能猜透他在想什么。过了片刻，他突然跳下马，一把拉住一个须发花白的老人。

“你？”老人用那双浑浊的眼睛疑惑地看着眼前这个俊美的年轻人，不知道他想干什么。这一路，他们遇到了许多人，但是没有人愿施舍给他们一口吃食，他早已不抱希望。

“你们从哪里来？”杨延琅声音十分平静。

老人用手指着南边说道：“涿州。”

听到老人说出这个地方，杨延琅眉头微微皱了一下，去年父亲率西路军北征，打的就是涿州。不过，此地距涿州足有千里，他们怎么会来到这里？

杨延琅再次问道：“为何流亡？”

老人听到这句问话，麻木的眼中现出悲痛之色，但转瞬即逝，他叹了一口气，说道：

“去年辽宋又开战，宋军战败，让涿州之民随他们回中原，大家伙不愿意走，他们就强行掳走，凡有不从，他们就会杀掉……”

烈日炎炎之下，杨延琅突然觉得很冷，冰寒彻骨，感到胸口处闷痛。那是父亲所领军队吗？在杨延琅记忆中，父亲虽然常常对儿女冷言冷语，对自己更是厌恶至极，但是却爱兵如子，善待百姓，行军千里人困马乏之时，依旧严令部下不许扰民。这到底是怎么回事呢？

“没办法，我们只能跟着他们走，可是到了中原，朝廷发下来的安家钱粮根本就不够，我们没办法，只能逃回家中。回到家，房子已经被辽兵烧了，牛羊也被赶走了。我们去衙门讨要，他们却说我们是叛民，不仅不还我们牛羊，还要把我们抓进大牢。”老人遇到一个愿意听他诉苦的人，絮絮叨叨地说着自己经受的苦难。

“你们要去哪儿？”

“走到哪算哪吧，兴许哪位州府老爷发善心，能放我们进城，给一条活路。”老人茫然地看着前面的路。这一群人因为他们在谈话，都停了下来。

“我，我想跟你打听一个人。”

“什么人？”

“杨继业。”

老人想了半天，说道：“我听说攻进涿州的就是那个杨继业的兵马，但是谁也没见过他。”

“我听说在青石谷，他曾派兵保护被裹挟的百姓突围，你知道吗？”

“不晓得，我们是最先被宋军抓走的，后面应该还有一些人。”

杨延琅胸口的闷痛终于缓和了一些，不远处传来一个微弱的声音：“娘，我饿，我饿。”杨延琅转过头，看到一个六七岁的小丫头牵着一个中年妇人的手，有气无力地念叨着。中年妇人怀里还抱着一个四五个月大的孩子，她半露着胸，干瘪的乳头含在孩子嘴里。孩子用力吸吮着，她毫不在意。面对饥饿，羞耻心与尊严一文不值。

“凤儿，别闹了，我们就快到县城了，到了县城，我们就有吃的了。”妇人僵硬地抬腿走着，看着前面的路说道。也许这句话连她自己都不相信。

“娘，凤儿要死了，你抱着弟弟走吧。”小丫头缓缓松开妈妈的手，倒在路边。

“凤，凤儿，凤儿，给娘起来，娘一定能给你找到吃的。”妇人慌慌张张地翻着自己破破烂烂的口袋和包袱，却连一粒饭渣也没找到。她抬起头四下寻找，正好看到杨延琅，不管不顾地扑过来，跪在他脚边，说道：“大爷，大爷行行好，给点吃的吧，我下辈子做牛做马也要报答你。大爷，行行好吧，只要你给一口吃的，我就把这丫头给你，让她给你做奴做婢，一辈子伺候你，求求你了。”

看着跪在面前的妇人，还有躺在路上奄奄一息的小姑娘，杨延琅第一次觉得自己那颗石头一样的心隐隐抽痛起来，不是心痛之疾的发作，这种痛伴着酸楚，好像整个人被什么东西压住一样。

“大爷，求你了，求你了。”妇人还在不停地磕头。

仁达和仁海愣愣地看着杨延琅，他们怎么也想不到，这位冷血无情的驸马爷竟然红了眼眶，虽然泪水未落下，但也足以惊得他们目瞪口呆。所以，当杨延琅冲他们招手的时候，他们竟然在一瞬间心领神会，急忙到马上取来干粮和水，递给那个妇人。

那妇人几乎不敢相信自己的眼睛，这么大一袋干粮，竟然全给了自己。

“用水泡软，给她吃半饱，万不可吃撑了。”杨延琅对那妇人说道。他知道，饿久的人吃饭没有饥饱，若任她吃下去，会被撑死。

听了他的话，先前还愣神的妇人，此时生怕他会反悔，一把抢过干粮和水抱进怀里，口中道谢：“谢谢大爷，谢谢大爷。”说完，她爬起来踉踉跄跄地跑到女儿跟前，一边哭一边手忙脚乱地从包袱里拿出一个破碗，依照杨延琅说的给孩子弄吃的。“凤儿，凤儿，咱们有救了，咱们有救了。”她激动地说道。

见此情景，其余流民呼啦一下都围过来，把杨延琅围在中间。

“大爷，行行好，给我们口吃的吧。”

“大爷，行行好吧，行行好吧，我们已经好几天没吃到饭了。”

……

杨延琅面对千军万马都未曾退过一步，此刻却一连退了好几步。

“大胆!”仁达和仁海见状，马上抽出弯刀护在杨延琅身前，他们凶神恶煞的样子吓得这些人退了下去。对峙片刻之后，饥民们终于绝望地散开，他们知道自己不会从这个人手里得到一口吃食了。那妇人有了干粮，只顾着喂孩子吃饭，却没发现，那些饥饿的人像恶鬼一样，死死盯着她手里的干粮。

救他们吗？

可他们是辽国之民。

不救吗？

可他们只是平民百姓。

杨延琅一遍遍问自己，直到心烦意乱、气血翻涌，依旧没有答案。他抬起头，望着天上的烈日。他想问问父亲：“你会答应我救这些辽民吗？你说的天下里有这些辽民吗？”刺目的光好像钢针，扎进他的眼睛，依旧没有答案。他突然笑了起来，自己本就是个我行我素、忤逆不孝的孽子，父亲答不答应又如何，不过一顿责罚而已。

“等等。”他说道，声音不高，却像三九天刺骨的冷风，钻进每个人的耳朵，让他们冷得打了一个寒战。刹那间，这些人身上的戾气消失殆尽，而那妇人已经背上小姑娘，抱着孩子急匆匆走了。

饥民们努力睁大眼睛，警惕地看着杨延琅，他很好看，身上却散发着骇人的杀气，让人不敢靠近，他们猜不透他想干什么。

“贺兰山以北，云内州界内有一片土地，能开良田千顷，你们可愿意随我同往？”他走到这些人面前问道。

“公子，您是何人？”过了一会儿，曾被杨延琅拉住问话的老人反应过来，急忙问道。老人看杨延琅穿着普通，只带了两个随从，既不像达官贵人，又不像豪商富贾，他为什么要带他们去千里之外的云内州呢？

仁海上前一步道：“这是我们大辽的驸马爷木易，新任云内州节度使。”

驸马爷？节度使？在平民百姓的眼中，那些高不可攀的贵人们，出门该带着浩浩荡荡的车马随从，而面前这人虽然一身贵公子之气，穿着干净体面，可是他只带着两个随从，实在寒酸，怎么看也不像贵人。

面对他们怀疑的目光，杨延琅有些后悔没有用公主给他准备的车驾。这些人大字不识一个，就是把圣旨、玉印拿给他们看，他们也不认识，能让他们相信的只有节度使的排场。

“仁海。”杨延琅开口叫道。

“驸马爷！”听到驸马爷叫，仁海急忙应道。

“你在此把干粮和水给他们分下去，看护好他们，谁敢哄抢，严惩不贷。”他虽声音冰冷，却给这些饥民一条活路。

“恩人……”

“恩人……”

“救命的恩人啊……”

他们跪伏在地上，为一口活命的粮食千恩万谢、感激涕零。面对此情此景，杨延琅有些不知所措，只能强装镇定地对仁海说道：“去安排吧。”

“是。”仁海觉得热血沸腾，到马上取下干粮和水给饥民们分配。

仁海把成年男性、老人、妇人、孩子分开，点清人数，然后分配粮食。干粮不多，他公平而又合理地分配下去。

“仁达。”杨延琅看仁海在井井有条地做事，便轻声招呼仁达。

“属下在。”仁达有点出神，他没想到自己的弟弟竟然这么会干活。

杨延琅问道：“离这儿最近的县衙在哪里？”

仁达想了想，说道：“此地属兴和县，县衙距此大概三十里。”

杨延琅翻身上马，仁达急忙跟了上去。他不知道驸马爷要去做什么，只管跟着就是。

站在兴和县衙门前，仁达才鼓起勇气问道：“驸马爷，我们来这里做什么？”

杨延琅淡淡地说了两个字：“借粮。”

“借粮？”仁达一双铜铃大的眼睛瞪得更大了些，张大嘴，显得有几分滑稽。

杨延琅不明白，仁达为何会如此吃惊。

“驸马爷，此事，此事要三思啊。此地官员大多是，南院大王的人。”

“无妨。”杨延琅说道，并示意仁达前去叫门。

“是。”仁达知道自己劝不住他，只好上前去敲门。

兴和县令叫刘生福，身材横看比竖看还长，眼睛不大，眯起来的时候只剩下一条细细的缝。此时，他正坐在后厅喝茶，因为身形肥硕，虽天近傍晚，依旧大汗淋漓，旁边有两个丫鬟用力地给他扇着扇子。

师爷跌跌撞撞地跑进来："大人，大人，不好了，门外来了两个人，其中一个是驸马爷。"

"什么驸马爷？哪个驸马爷？"

师爷道："老爷，新近成亲的公主只有长公主耶律铁镜，看年纪应该就是铁镜公主的驸马爷。"

刘生福用力睁大自己的一双绿豆眼，十分鄙夷地看了一眼师爷，说道："胡说，你也不用脑子想想，那驸马爷是何等人物，是皇上的救命恩人，新任云内州节度使，怎么会到这小小的兴和县来？便是来了也该有车驾随从，怎么可能就两个人？"

师爷不安地说道："大人，真是驸马爷来了，他拿着节度使印呢。"

刘生福登时倒吸一口凉气，也不觉得热了，急忙站起来，说道："那还愣着干什么，快，快，给老爷我换官服，然后到门口去迎接。"

"是。"

两个丫鬟放下扇子，脚下生风地去取官服，顿时后院忙得鸡飞狗跳。

杨延琅和仁达在县衙门口等着，过了一会儿，就见从里面慌慌张张跑出一群人来，为首的县令是个胖子，来到门口急忙跪倒在地："下官刘生福拜见驸马爷。"

看到他，杨延琅生平第一次想笑，这人官服穿得乱七八糟，因为太胖，弯腰磕头时，肚皮顶着，头压根就磕不下去，脸被憋成了猪肝色。

"请起。"杨延琅伸手示意。

"谢驸马爷。"刘生福在师爷的搀扶下站了起来，喘了几口气后才仔细看了看面前这位驸马爷，除了那双吓人的狼目外，真是俊美无比，忍不住赞道，"驸马爷果然神人之姿。"

"咳咳。"杨延琅轻咳两声，提醒他注意分寸。

刘生福急忙收回目光，垂首道："驸马爷，里面请。"

"请。"杨延琅说罢，先进了县衙。

进去之后，刘生福忙命人给杨延琅上茶，而后弯腰赔笑道："驸马爷，不知您大驾到此，请恕下官未能远迎。"

"刘大人，我要向你借些粮食。"杨延琅开门见山，一句废话不愿意多说。

"借粮？"刘生福甚觉惊讶，堂堂驸马爷来向他借粮。

杨延琅看了他一眼，很难得地问了一句："没听懂吗？"

杨延琅的眼神太吓人了，刘生福急忙应道："不不不，下官听明白了，只是，只是不知道驸马爷因何借粮，要借多少。"

“粮食自有用处，我要借五百担粮、二百担粮种。”杨延琅直接报出数目。

刘生福有些为难地说道：“官仓出粮……要……要……要有州府批文……”

“我向你借。”杨延琅打断了他的话。

刘生福结结巴巴地说道：“我……我……下官……下官哪有……哪有那么多粮。”

“没有就请公主让暗骑来查查。”说完，杨延琅站起来往外走，转头吩咐仁达，“给公主传信。”

刘生福看着仁达，吓得扑通一声跪倒在地。上一任云内州节度使正值壮年，说病故就病故了，仔细想想便觉得头皮发麻，这位驸马爷身边的亲随竟然是名暗骑，看来他是与公主共掌暗骑了，那他捏死自己岂不是如捏死蚂蚁一般？

仁达这才反应过来，原来驸马爷用的是这招。看到浑身颤抖的刘生福，仁达怎么也没想到，这个冷冰冰的驸马爷竟然会仗势欺人。不过想归想，他一点不敢怠慢，口中答应着，快步跟上杨延琅往外走去。

“下官有，下官有。”刘生福情急之下，一把抓住了杨延琅的衣袍。杨延琅对刘生福厌恶至极，他想都没想，一把将衣袍扯了出来。其实，他没把刘生福一脚踢飞，已经是在拼命忍耐了。

他这一下更是把刘生福吓得魂飞魄散，他急忙说道：“下官这就去备粮，请驸马爷稍候。”

杨延琅转过身道：“我在此等候。”

“好，好，好。”刘生福喘着粗气爬起来，把家仆和衙役指挥得团团转。不过乱归乱，不到一个时辰，粮食便如数装到了停在大门口外的车上。

刘生福看着一车车粮食消失在街巷，感觉身上的肉被割去了大半。在大辽，粮比肉贵，刘生福上任三年的积蓄，转眼就被这位驸马爷给“借”走了，有去无回啊！此时，这位驸马爷在他的眼中再也不是“神人”，而是从地狱来的“恶鬼”，他发誓自己这辈子再也不要见到他了。

第三十五回 拼酒斗悍将

萧绰看着手中的折子，脸比锅底还要黑上三分，杨延琅走了一路，一路上便都有参他的折子。他每经过一处，地方官就会递上折子，参他倚仗权势横征暴敛，包庇叛民。

啪，一叠奏折被摔在桌案上，这个木易，刚刚上任就惹是生非，他想干什么？

“太后。”韩德让沉声唤道。

“有什么事吗？”萧绰压下火气，和颜悦色地对韩德让说道。

“太后，臣刚刚收到驸马送来的信。”韩德让双手把信呈上来。

萧绰意外地看着韩德让，把信接过来拆开，这是杨延琅写给户部的，大致内容是，他因为没有上任，所以不能写奏疏，暂以信件说明。他在上任途中，遇到数千流民，他们衣不蔽体、食不果腹，他欲将这些流民带往云内州安置。为了给他们筹集口粮，一路上他不得已向各地方官员借粮。信后面，他还盖上了节度使的印信。前任云内州节度使回京养病带着印信，杨延琅走时便带上了印信，他可倒好，还没上任就先盖上印了。

看完信，萧绰用鼻子哼了一声道：“在信上盖节度使印，他是大辽第一人。”

韩德让笑道：“驸马心思异于常人，此举并不为奇。”

“你咋不说他没见识，一点规矩都不懂呢？”萧绰放下信说，“他说的可是实情？”

“句句属实。”

“铁镜的暗骑在他身边吗？”

韩德让苦笑道：“若没有那两个暗骑，他还敲诈不了那么多官员呢。”

萧绰微微皱起眉头，问道：“怎么回事？”

“公主的密报说，他就用这两个暗骑，依仗着公主的权势，让这些地方官老老实实地把私库存粮拿了出来。”

干得好！

萧绰差一点就把这句话说出口了。她早就想这么干了，奈何身为太后，有多少事是她想做而又不能做的，束手束脚，一点都不痛快。韩德让一眼就看穿了萧绰的心思，此刻的她看起来很可爱。

“即使驸马做得没错，但这十几名地方官员被他这么洗劫一番，又岂会善罢甘休？何况他们中有些人是世袭贵胄。”韩德让意在提醒她，不能明目张胆地护短。

萧绰笑了笑，问道："那依你看，该怎么办？"

"依臣看，明日太后可在殿上说明缘由，斥责驸马年轻，处事不稳，但其一心为民的忠心可嘉。然后，昭告天下，凡来我大辽之民，过往不咎，皆予爱护善待。太后再给那些地方官员每人下一道圣旨，表彰他们为君分忧、为民解难的高风亮节，再派人暗中去查那些中饱私囊的地方官员，待铁证如山时予以严惩。"

"好。"萧绰笑道。韩德让这个老狐狸用一道圣旨，几句轻飘飘的话，让那些地方官员哑巴吃黄连，有苦说不出。

反正抢也抢了，劫也劫了，善后的事自有萧绰负责，杨延琅不会多操心。眼见云内州近在眼前，杨延琅命仁海领流民驻扎在城外三十里处，他只带着仁达进城。别的节度使上任带的是家眷财物，他这位节度使上任，身后却跟着数千个面黄肌瘦的流民和看不到头的粮车，那景象颇为壮观。他们一路行来，遇到一些山匪意图打劫粮食，结果这些山匪中无恶不作的被剿灭，尚有良知的被收编为押运粮食的护卫。

灰色城楼上写着"云内州"三个字，城门前人来人往，熙熙攘攘。杨延琅和仁达走在人群之中，只是看起来比别人阔绰一些，并不惹眼。尽管如此，节度使大人进城的消息还是早已传开了。

节度使府并不难找，远远就能看到它灰色的屋脊，府门前还有守卫把守，虽比不上京城中的豪门府邸，但在这小小的云内州却是权力的象征，是最阔气的府院。此时，府门大敞，杨延琅站在门外，隐隐约约听到从里面传出来的呼喝声，似乎很热闹。

仁达眼见情况不对，急忙低声说道："驸马爷，我去通报，让州内官员前来迎接。"

杨延琅一把拉住仁达，无视正在愣神的仁达，迈开大步走进院内。

"什么人？站住！"门前的守卫伸出臂膀挡住杨延琅。

杨延琅脚下未停，往左边一推，守卫就撞到了门上。

"大胆……"两个守卫正要发作，却看到一卷黄绫。黄绫上绣着金龙祥云，虽然他们以前没见过这东西，但也知道这是什么，吓得急忙闭上了嘴。

仁达一路小跑，跟着杨延琅穿过正堂，进了后院，一下被眼前的一幕惊呆了。偌大的后院中摆着三桌酒席，大块肉、大坛子酒放在圆桌上。一个肤色黝黑的汉子一脚踩着圆凳，一手端着酒碗，大声嚷嚷着，看样子已经喝了不少酒。他个子不算太高，却十分结实，赤裸着上身，胸口长着密密麻麻的毛，一脸卷胡子，梳髡发，两耳上方各留着一绺头发辫成两个小辫垂在两侧。他是典型的契丹人的穿着打扮，脸上有一道从右眉梢贯到左耳垂的刀疤。这一刀砍得很深，以至于右眼上眼皮几乎皱在一起，盖不住眼珠，鼻子也被分成两半。

此人原本就相貌凶悍，再加上这道疤，看起来与上古凶兽相差无几，绝对称得上"狰狞"二字。他正说到兴头上，突然四周安静下来，所有人都看向一个方向，他也不由自主地转过头去。如果说他是丑到极致，那么他看到的这个人恰恰与他相反，明明是一个男子，却俊美到极致。

看到杨延琅，那人愣了一下，端着酒碗摇摇晃晃地走到杨延琅面前，借着酒意壮胆，轻蔑地打量着他，说道："你是来给爷当下酒菜的吗？"

听了他的话，旁边的一些将官都哄笑起来。仁达气愤地上前一步，却被杨延琅拦住，杨延琅冷冷地说道："术敌烈。"

术敌烈见杨延琅直呼他的名字，顿时心头火起，可是面前这人的眼中似乎有万里冰川，让他心头一凛，莫名升起一丝怯意。但是在这么多人面前认怂，还不如杀了他呢。他瞪大眼睛，壮着胆子说道："老子便是。"

杨延琅走到桌旁，拿过一只碗放下，敲敲桌子示意人给他满上，而后说道："能不能吃下我这盘下酒菜，得看你的本事。"

"好。"术敌烈见这小白脸要与他拼酒，自然不甘示弱，走过来也把酒碗放到桌上，恶狠狠地道，"谁先倒下，谁就是母的。"

他是云内州远近闻名的悍将，与敌对峙时，往往还没动手，就先把人吓一跳，对方在气势上就输了。在城内，谁家孩子上房揭瓦，家里人就请出他这个凶神恶煞来镇压。一直以此为荣的术敌烈今天与眼前这个俊美又单薄的人对峙，却觉得渐渐落了下风，这人虽然美得不像话，但却像一座冷寒彻骨的冰山，狭长的眼睛透出来狼般的狠戾，似乎下一刻他就能撕碎眼前的一切，这让术敌烈非常气恼。

"倒酒！"术敌烈对着一旁傻愣愣的下属吼了一嗓子，这样既能显示自己的威严，又能给自己壮胆。其中一人赶紧跑过来，抱起酒坛子给他满上酒。

术敌烈瞪大自己唯一能瞪大的左眼盯着杨延琅，示威一样端起酒碗一扬脖灌下去，酒水顺着护心毛往下淌，胸腹随着他的吞咽起伏着。

杨延琅喝得十分文雅，酒喝完了，一滴没洒。术敌烈放下空碗的时候，他也把空碗放下了。倒酒的人机灵，赶紧给他们满上，二人端起碗再喝。

"驸马爷……"仁达见到杨延琅这般喝酒，急忙上前阻止。

"退下。"

清冷的声音响起，仁达只好乖乖退下去。他知道，此时若退缩，就再也不可能收服术敌烈了。他忧心忡忡地看着自家驸马爷，祈求他能平安无事。

一直喝到第十碗，术敌烈端碗的手已经不听使唤了，脚底像踩着棉花，眼前人影绰绰，一个人变成了两个人。他用尽全力支撑着，心里一遍遍告诉自己，不能倒下，倒下就是母的了。

不能当母的！不能当母的！他用力咬着牙，把酒往嘴里送，可是眼看着这小白脸放下空碗，身不摇气不喘，脸还越喝越白，他拼命送到嘴边的碗突然当啷一声掉到地上。倒下的那一刻，他心里只有一个念头：我是母的！

看着倒地不省人事的术敌烈，杨延琅冷冷地扫视了周围人一眼，低声说道："将他押入大牢，听候发落。”

他们愣愣地看着这位不速之客，一时间不知道该怎么办才好。仁达见此情景，急忙双手捧出圣旨高高举起道：“此乃云内州新任节度使木易木大人，你们要违抗上命吗？”

看到仁达手中的圣旨，这些人一时间不知所措。这时，从后面走出一个文官来到杨延琅面前，撩衣跪地道：“属下见过大人。”

见他如此，其余人急忙跟着跪地见礼。杨延琅看了一眼正在地上打呼噜的术敌烈，一言没发，转身向外走去，留下一院子大眼瞪小眼的官员。

那文官眼疾手快，一把拉住仁达，问道：“大人，这术敌烈将军……”

仁达笑着说道：“自然按节度使大人说的办。”

文官还想说什么，可是看了看越走越远的节度使大人，轻轻叹了一口气，便松开手，仁达急忙追了上去。

待节度使大人出了府，这些人才起身，他们多是术敌烈的下属，十分为难地问那位文官：“李大人，真要把将军押入大牢吗？”

这位文官是云内州掌使令李玉成，是术敌烈的至交好友，他本不同意术敌烈等人到节度使府来胡闹，奈何拦不住这头“凶兽”，只好跟来。但这位木大人要拿他杀鸡儆猴，自己能有什么办法？若违抗上命，触了这位新官的逆鳞，只怕术敌烈这条命都得搭进去。

李玉成道：“我让人收拾出一间牢房，命人好好照顾术敌烈将军，你们且先回营，莫要再惹是生非，否则只会害了你们将军。”

这些人对李玉成十分信任，应承之后，离开了节度使府。他们走后，李玉成让人把术敌烈抬进大牢，又让人把府院收拾干净，恢复原样。

仁达一路小跑追赶着杨延琅，他不知道驸马爷走这么着急要去做什么。二人进了驿馆，杨延琅不管驿丞的盘问，走进二楼最里面的甲字客房。仁达给驿丞出示印信后，也进了客房。

“关门。”杨延琅坐在卧榻上，冷冷地说道。

“唉。”仁达答应一声，急忙回身把门关上，可当他转过身来，顿时吓得魂飞魄散，只见驸马爷左手扶着榻，右手捂着嘴，殷红的血沿着手指缝滴下来，落到月白色的武服上，湿了一大片，鲜艳刺目。仁达的祈求没有应验，十碗烈酒让杨延琅旧伤复发。

“驸马爷！”仁达失声叫道。

杨延琅抬手示意他不要出声。

仁达急忙收声，上前一步低声问道：“驸马爷，你，你怎么样？”

杨延琅摆了摆手，让仁达别慌。过了片刻，杨延琅松开捂着嘴的手，他下颌和手上全是血。仁达急忙把汗巾沾湿递给他，他接过来胡乱擦了擦，再也撑不住，直接倒在榻上。仁达把他的双腿抬到榻上，还想要帮他脱去鞋袜，可是见他难耐地皱起眉头，只好作罢。

“驸马爷，我去给你请大夫。”仁达站了片刻，闷闷地说了一句就往外走。

“回来。”杨延琅的声音非常沙哑。

“驸马爷……”

“回来。”

“唉。”仁达只好回来，站在杨延琅床榻前。

“一、闭门谢客，我旧伤复发之事，不可外传。二、暂时别让公主知晓。三、若我死了，你悄悄，悄悄掩埋，然后回京传信……”

“驸马爷……”仁达忍不住哭了出来。

“出去，守着……”杨延琅眼神涣散，疲惫至极，马上就要闭上眼睛。

“我……”

杨延琅用力抬起手指，指着外面，让仁达出去。

仁达撇着嘴，抬起袖子擦了擦眼泪，起身出去。听到关门声，杨延琅艰难地从怀里摸出一个小瓷瓶，用力拔开塞子，他想往床边撒一些药，却支撑不住松了手。小瓶子骨碌碌滚到床榻下面，顿时传出一缕淡淡的香味。

驿丞觉得奇怪，今天驿馆里的耗子都发疯了吗，怎么到处乱窜。

第三十六回　求药少林寺

子翼住进了云内州的一家小酒馆，酒馆的老板娘是契丹女子，直爽火辣，羊肉煮得非常香。他刚刚逗完老板娘，把老板气得翻白眼，正躺在床榻上休息，突然几十只耗子窜进屋里。

“这疯子要死啊！”子翼从床榻上弹起来，留下两只耗子，余下的都扔了出去，而后用药控制着这两只耗子，一路往驿馆寻去。等找到杨延琅时，已天近傍晚，子翼急忙把仁达迷晕，悄悄进了客房。

他知道杨延琅放出一群耗子来寻他，一定是出了大事，当他看到床榻上气若游丝的人时，顿时觉得五雷轰顶，肺都要气炸了。他就不明白了，这家伙生龙活虎地抢一路粮，才进城半天，怎么就走到鬼门关了呢。他倒好，两手一撒，把命扔给自己，你爱救不救，看你心情。

子翼想把他拖起来暴打一顿，以出自己心中这口恶气，可是到底还是把火气压进了七经八脉。他在杨延琅鼻子处试了试有没有鼻息，又摸了摸脉象。对于岐黄之术，他只知道个皮毛，大概猜到杨延琅是旧伤复发了。

“依他的性子，病根是去不了了，如果再犯，小师弟就别来为难老徐了。你是偷是抢，还是一把火烧了那些和尚的老窝，拿少林寺的大还丹去救他吧……”子翼耳边响起老道的声音，那老家伙虽然奸猾，但却从不对自己撒谎。

少林寺！

想到这三个字，子翼觉得脑瓜仁疼得像要炸开一样，头上天雷滚滚，那老家伙是吃准了自己不敢去。可恨他还真的就不敢去！当年，他年少气盛，一把火烧了少林寺的藏经阁，欠下少林寺一个天大的人情。他实在没有脸再踏进少林寺的山门。他还是想把杨延琅拖起来暴打一顿，又哀叹自己命运不济，当初怎么就鬼使神差，非要来管他的闲事。

子翼从怀里摸出一个红色的小瓷瓶，从里面倒出一颗药丸。他记得那臭老道说过这个是续命用的，但愿杨延琅能等到自己回来。

一天一夜后，子翼站在少林寺的外面，松柏掩映之间，一座高大巍峨的寺院传出暮鼓声声。若是想从这里偷东西，至少要三个月前就来踩点。这样他也许能有五成把握，如今这样昏头昏脑地跑来，和找死没什么两样。

太阳最后一角落下山，他才慢慢站起来，这寺院里的和尚都是吃素的，可是身上的功夫却“不是吃素”的。他暗暗咬了咬牙，他们不是吃素的，我子翼也不是吃素的。无论如何，他都要拿到那颗救命药丸。他纵身而起，轻如落叶一般跃上寺墙，再一个翻身便进到寺里。

少林寺的和尚武功虽高，但藏东西却没什么心眼，要紧的经书、武功秘籍什么的都放在藏经阁，丹药什么的不是放在老方丈的禅房，就是在天王殿大肚弥勒佛铜像的肚子里。不过这几个地方都是龙潭虎穴，只怕是进去容易出来难。

管他呢。等和尚们都诵完经，寺院里安静下来，子翼悄悄溜进天王殿，这里比老方丈的禅房安全一点，希望能找到药丸。借着微弱的星光，他站在佛像前双手合十，深施一礼，嘴里小声念道：“老和尚，非是晚辈不敬，再来扰您的清静，实在是救人要紧，您心宽肚大，多多包涵。”

诵念完毕，子翼抬起头看向佛像，弥勒佛依旧笑呵呵的，对他这个小毛贼也很和善，就是不知道会不会保佑他。此时，他也顾不了那么多了，跃上这尊足有两丈多高的佛像。几个起落之后，他蹿上了佛爷的肩膀，用一只手扳着佛像长长的大耳朵，另一只手伸进佛像的嘴里，仔细一摸，果然摸到一个方盒。

好，就是它！就在他要伸手取方盒时，一阵劲风自脑后袭来。他心知不妙，身形急闪。只听当的一声，铁棍打在弥勒佛像的鼻子上，迸起火星。子翼回头，看见十八个和尚手持铁棍，有的站在佛像上，有的站在大殿中间，正虎视眈眈地盯着自己。

“和尚们，这可是你们供奉的佛爷，你们怎么能打他的鼻子呢？”子翼嘴上虽说得轻松，心里却暗暗犯愁，真是怕什么来什么。

“恶贼，你找死！”站在佛像左肩上的和尚挥起铁棍向子翼扫来。

子翼躲开和尚的铁棍，说道：“哎，我说和尚，佛祖教你们普度众生，你们怎么能杀生害命呢？”

“你这恶贼，休逞口舌之利。”旁边一个和尚也挥棍打来。

“你们这些和尚，有种一对一单打独斗，你们一帮人打我一个，算什么本事，传到江湖上不怕人笑话！”子翼一边躲闪，一边嚷嚷。他一个人，和尚有十八个，拿上药丸逃跑，他们未必能拦得住他，可问题是药丸还没到手呢。

这十八个和尚是少林寺的十八武僧，他们吃在一起、睡在一起，棍法玄妙，进退有序，子翼又不想真打，于是就这么你追我赶，在天王殿里周旋，谁也占不到便宜。忽然，两个大和尚用力托起一个小和尚向子翼掷过来，小和尚身如灵猿，在空中挥棍劈头朝子翼打去，还有两个和尚自他背后攻上。就在小和尚的铁棍要打到子翼时，忽然子翼手中青光一闪，人似魅影一般，紧贴着长棍，向小和尚掠去。

“小师弟！”

十几个和尚异口同声地惊呼，攻向子翼后背的两个和尚挥起长棍，拚命去追子翼。这样一来，子翼会削掉那个小和尚的脑袋，同时他背后的两个和尚会要了他的命。

“住手!”如晨钟般的喝声传来，两个和尚的铁棍击空，人摔向一边。

子翼旋身落在不远处，那小和尚傻傻地站在原地，脖子被刀背划出一道白痕，脑袋还好好地长在脖子上。那冰坨子说得果然是对的，哪有什么妖刀，全是胡说八道，你不想杀人，刀还能控制你杀人?

一个五十多岁的大和尚双手合十对子翼道：“阿弥陀佛，多谢施主手下留情。”

子翼笑了笑道：“大和尚，你也救了我一命，我们扯平了。”

这十八个和尚来到大和尚面前齐施佛礼道：“师叔。”

“阿弥陀佛，退下吧。”

“是。”十八个和尚退到大和尚身后。

“敢问施主，为何要盗取我寺大还丹?”大和尚出声问道。

“救人。”子翼回答得很干脆。

“救何人?”

“不能告诉你。”

“哼，我少林寺的大还丹岂会轻易给你这贼人?”大和尚被子翼吊儿郎当的样子激怒。

听到“贼人”两个字，子翼眉梢微微挑了一下，咬了咬下唇，说道：“好，既然大和尚你知道我是贼，今天我还非要你这大还丹不可了。”

“那就要看你有没有这个本事了。”

子翼手中的短刀在星光下闪着淡淡的青光，刀刃薄如蝉翼，发出低低的嗡鸣：“那我就用这把刀血洗了你这少林寺!”

“你手里这把刀是……是鸣鸿刀?”大和尚眼中除了怒火，又多了戒备之色，这人手执如此凶器，只怕不是良善之辈。

“怕就把大还丹拿出来。”

“阿弥陀佛。”大和尚望着他，突然记起一个人来，沉默片刻，说道，“施主，贫僧且问你，十年前你可曾来过我少林寺?”

子翼犹豫了一下，点点头道：“来过。”

“可曾做下恶事?”

子翼深深吸了一口气：“做过。”

大和尚微微眯起眼睛，问道：“是何等恶事?”

“我烧过你们的藏经阁。”子翼的唇角勾起一丝笑意。

“大胆贼人，那你今日还敢来。”大和尚再也压不住怒火，沉声斥道。他觉得，就是佛祖面对这等顽劣之徒，也会气得暴跳如雷。

子翼闭了一下眼睛，叹了一口气，说道：“我本不敢来，但我要救一个人，所以不得不来。”

“你要救的是什么人?”

“我不能告诉你。”

“满口谎言的贼人，你真当我少林寺没人吗？你以为你能想来就来，想走就走吗？”

“我没打算骗你，所以说了实话。今天来取大还丹，我再跟你说句实话，我还真的是想来就来，想走就走，就是你家老方丈也未必能拦得住我。”

大和尚怒极反笑，如此嚣张的贼，他还是第一次见。想到此，大和尚说道：“需要大还丹救命的人，想必伤势不轻吧。若五天之内拿不到大还丹，你该如何呢？”

“好你个狠毒的和尚，竟然见死不救，看来你这经真是白念了。”若论耍赖撒泼，他子翼是江湖第一人。

大和尚道：“你的轻功天下无双，我们的确拦不住你，但我们决不会让你将我少林寺的圣药带走。送客。”

随着大和尚一声令下，这十八个和尚又拉开架势，准备开打。

子翼看了看乐呵呵的弥勒佛像的大嘴，心中有些懊恼。这大和尚说得没错，若他们日夜守着，自己还真拿不到大还丹。他暗暗叹了一口气：“大和尚你说，我怎么做你才会把药给我。”

大和尚哼了一声：“无论如何也不会给你。”

“和尚，凡事不可做绝，话不可说死。若那人我救不活，别怪我一把火烧了你们的和尚庙。”

“你敢？”

“你看我敢不敢！”

子翼的一双眼睛灿若星辰，却闪动着危险的光芒，这双眼睛如刀刻一般，印在大和尚的心里。十年前那个夜里，这人就是用这双眼睛这般看着自己，手中的火折画出一条弧线，飞进藏经阁中。他当时只拿了一本书，若放他离去，也许他就不会烧藏经阁了，大和尚为此耿耿于怀。

大和尚思虑片刻道：“你只知道我佛慈悲，却不知道佛法森严。少林寺是佛门清静之地，你满口妄语，屡次前来袭扰，扰了佛门清静不说，更犯了我寺的戒律。你若敢到戒堂领我少林寺八十戒杖，我便相信你说的话。”

子翼嘟起嘴，斜着眼睛，说道：“原来是想打我一顿出气，你早说啊。”嗡的一声，他将鸣鸿刀归鞘，“大和尚，今天小爷就让你出了十年前那口气，不过，你气顺了，小爷的棍子也不能白挨，你得把大还丹给我。”

大和尚皱起眉头，大还丹是少林寺的宝物，有起死回生之效，自己做不了主。不过，大和尚心里又忌惮子翼，既不想惹恼他，又想让他知难而退。大和尚转念一想，这人滑得很，若棍子真打到身上，定然会受不了痛，自己灰溜溜离开。想到此，大和尚说道：“你若肯领受戒罚，我就把大还丹给你。”

“大和尚，你说话算数吗？”

“算数。”被逼到这份上了，大和尚只能硬着头皮答应。

“好。前面带路。”

“走。”

呼啦一下，和尚们围了上来，带着子翼往后殿走去。

少林寺的戒律堂很大，正上方供着一尊佛像。十八个和尚分列两旁站好，佛像下方放着蒲团。

子翼跪在蒲团上，双手合十，非常虔诚地对着佛像磕了个头，直起身来认真地说道：“我虽不认识您是哪位佛祖或是菩萨，但我知道，佛家以慈悲为怀，我过去犯了错，今日诚心悔过，在此领罚，请您看在上天有好生之德的份上，劝您的徒子徒孙高举棍，轻落下，至少别在棍上灌以内力，莫要了小人的性命。日后救了我那兄弟，定劝他一心向善，广结善缘。”

旁边的和尚差点被他这一番祈祷逗笑了。大和尚心想，这小贼倒是精得很，如此说话，是担心自己一顿戒棍将他打死，表面似是服软，实际是提醒他们，记得自己是和尚，别心肠太硬了。

大和尚觉得子翼挺有趣的，他站在子翼正前方，居高临下地看着子翼，说道：“若这八十戒棍将你打死了，便是给你大还丹，你又怎么救你的朋友呢？”

“看大和尚你还算是面善之人，若我死了，你就帮我去救他。”

“告诉我你那朋友在哪里。”他这算是答应了。

“等我觉得自己要死的时候再告诉你。”

“好。”

子翼深深吸了一口气，作了孽总是要还的，今天他就连本带利一起还给这帮和尚，自此后就逍遥自在了。

两个和尚走过来，扯起子翼的两臂，押住他的肩膀，另外两个和尚把手中的铁棍换成戒堂里的木棍，站在他身后。

一切准备就绪，大和尚还是不死心，又问道：“你当真不后悔吗？”

“你给小爷备好大还丹，打完了给我。”他一双星眸闪着无畏的光。

大和尚有点后悔，但是此时箭在弦上，不得不发，不然他这张老脸往哪放。他一摆手，示意和尚们行刑。

啪啪啪……棍子打在子翼的后背上。一、二、三、四……十……二十……三十……三十五……三十九……

子翼的下唇已经被自己咬出了血，汗水顺着下颌滴下来，即使不用内力，这些武僧的八十棍也能要了他半条命。大和尚见此情景，追悔莫及，本想吓退这贼，谁知他真是不要命的主，难道自己真要打死他吗？

大和尚招手叫过来一个小和尚，低声耳语几句。之后，小和尚急匆匆地跑了。同时，他又示意两个行刑的和尚下手再轻一些。

四十、四十一……

子翼低垂着头，沉重的棍棒震得他五内翻滚，心肝肺都要吐出来一般，喉咙里泛起血腥味，黏稠的血顺着嘴角往下滴。

“住手!”苍老的声音从戒堂外传来，几个和尚一惊，急忙收手站在一旁。子翼冷不丁失去支撑，一下扑倒在地。

须发花白的老方丈赤着脚跑进来，蹲在子翼身边查看他的伤势。子翼穿着夜行衣，看不出血迹，但从衣服已变得湿哒哒来看，后背只怕已经血肉模糊。

老方丈说道：“施主，事情已过去十年，你又何必执着，何况藏经阁的书你已经找回十之七八了。”

大和尚听得一脸懵，接着觉得脸耳发烫。这十年来总有一位信徒送来经书等各种珍奇孤本，少林寺的藏经阁才得以恢复，原来那位信徒就是他。

“佛家不是讲报应轮回吗?”子翼双手撑地，支撑起自己的身体。他低垂着头，脸埋在臂弯里，所以声音闷闷的，透着疲惫。

老方丈道：“你不是我佛门弟子，可以不讲。”

子翼歇了一会儿，而后转过头看着老方丈，说道：“我这个人脸皮厚，所以今天还来跟你要大还丹。”

老方丈慈眉善目，不怒自威，他看着子翼问道：“你要救的人可该救?”

“该。”

老方丈抬起头对大和尚说道：“净空，为施主取来大还丹。”

大和尚没动，神情有些为难。

“净空，他偷《易筋经》是为了救命，今日来偷大还丹还是为了救命，佛讲慈悲，便是一阁经书岂能抵一条性命?当年若不是你不听缘由，执意拦他，他也不会烧了藏经阁。佛讲因果，有那时之因，才结今日之果。去取来吧。”

“是。”大和尚大步走出戒堂，不一会儿便取来一个朱漆木盒交给方丈。

老方丈把木盒递到子翼面前：“施主，回去告诉你要救的那人，一念为魔，一念为佛，手执利刃未必不善，吃斋念佛未必不恶，执刃者可护佑生灵，念佛人也会心存恶念，所谓善恶皆在心也。”

“多谢，我会转告他的。”子翼接过木盒塞进怀里，咬紧牙站了起来。

“这顿戒棍虽让你受了些苦，不过也化解了你心中的执念。施主是真性情人，若再来少林，老衲会为你做上一顿素餐。”

大和尚急忙道：“师兄，这施主身上带着鸣鸿刀。”

老方丈看着子翼笑而不语。

子翼说道：“你若要我把刀留下，我便留下。”

老方丈慢悠悠地说道：“不过一把刀而已，无妨。”

“多谢。”

"净空，打开山门，送施主下山。"

子翼摇摇晃晃出了戒堂，抬头看看天，说道："不必，贼有贼的走法。"说完旋身而起，如一只鹰直冲上夜空。

他虽轻功极高，身体轻盈，但刚受过一顿戒棍，到空中时气力不继，登时如断了线的风筝一样掉了下来。老方丈见此，一跃而起，接住了他。

躺在老方丈的怀里，子翼绝望地喘息着，此地距云内州千余里，他就是拼上性命也跑不回去。

"施主，莫要逞强。"老方丈从怀里摸出一颗药丸给子翼吃下，而后以右手抵住他后背，一道温和的内力缓缓注入子翼体内。子翼顿时觉得气息顺畅了许多。片刻之后，老方丈手臂用力，顺手将子翼翻过来，让他面朝下趴在膝盖上，就像一个父亲将儿子按在腿上一样。

子翼想要挣扎，但方丈用手指轻轻按住他的肩膀，顿时就卸了他所有的力气，他只能乖乖地趴着。这一刻，他觉得胸口闷胀、眼睛发酸，眼泪和鼻涕好像流了出来。

老方丈轻轻拍拍他的肩膀，似乎知道了他的心情，对其他和尚说："取清水和疗伤药来。"

"是。"和尚们取来清水与疗伤药，老方丈撕开子翼的衣服，给他清理伤口，然后上药包扎。经过这一番折腾，子翼好了许多，他谢过和尚们，连夜离开少林寺。待他走后，一个年轻的和尚来到老方丈身边。

老方丈道："了尘，了断尘缘非是无情，佛若无情，岂会悲悯众生？"

叫了尘的和尚双手合十，嘴里不停地念经，眼角处有泪痕。片刻之后，他说道："谢方丈指点，弟子明日就回五台山了。"

"放下，放下，待你明白什么是放下时，你也就真正了悟了。"老方丈说罢，十个脚趾卷曲了几下，赶紧往禅房跑去，"天气真是凉呢。"

了尘和尚对着方丈的背影双手合十施礼。所有和尚都走了，他依旧呆呆地望着星空，直到东方微白，才背起行囊悄悄下山。

第三十七回　千里追风翼

子翼四天五夜跑了两千余里路，比朝廷的六百里加急还快，一路跑死了三匹快马。当他走进客栈时，仁达急得像热锅上的蚂蚁，在屋里来回乱转。他觉得，驸马爷估计撑不到天亮了。就在他犹豫要不要给公主传信时，突然眼前一黑，后面的事，他就什么都不知道了。

看到仁达对杨延琅的关心，子翼忽然觉得这个傻大个还真是傻得可爱，不过没一会儿工夫，他就惊天动地地打起了呼噜。子翼把仁达往旁边拖了拖，空出床榻前这块地方。短短几天，床上这人就变得像棺材铺扎的纸人一般，如果不是还有一口气吊着，现在说他是死人也有人信。子翼急忙打开木盒，立刻传出浓郁的药味，一颗雪白的药丸静静躺在盒中。他拈起这颗药，撬开杨延琅的嘴，给他吃了下去。

药已经吃了，能做的只有等待了，希望阎王爷不要收他这个祸患，一脚把他踢回来。子翼拖过一个圆凳坐在床边等着，一个时辰、两个时辰、三个时辰，日已西沉，杨延琅还是原来的样子，不死也不活。

没死就继续等着，子翼觉得眼前越来越模糊，头重脚轻，耳边是经久不息的嗡嗡声，好像捅了马蜂窝一样。

突然，一声低哼从杨延琅口中传出来。

杨延琅一声闷哼，子翼惊醒过来，急忙叫道："喂，疯子……"

"嗯，啊……"杨延琅因痛苦发出的呻吟声越来越清晰。

"疯子，快醒醒。"子翼一边推他，一边叫道。

杨延琅努力睁开眼睛，影影绰绰地看到床前好像站着一个人。他感觉身体好像要飘起来一样，用力喘息着，胸中好像烧着一团火，一句话也说不出来。

看他直勾勾地瞪着眼，好像连气都不喘了，子翼也不知道发生了什么事，焦急地问道："你怎么样？"

"咳，咳咳……"杨延琅开始咳嗽，突然一口紫黑色的血从唇角溢了出来。子翼急忙扶着他侧过身来，拍他的后背。他疯狂地咳着，像要把肺咳出来一样。咳了许久之后，他终于停了下来，虚弱地躺下，冷汗湿透了衣衫。咳完这一阵后，虽然肺火烧火燎一般疼，但他的气息顺畅了许多，他知道自己活过来了。

“你怎么样了？”子翼焦急地问道。

杨延琅轻轻摆摆手，示意自己没事了。他能动了，最好就离他远一点，这是子翼这么多年来总结出的血的教训。

终于恢复了点儿力气，杨延琅慢慢爬起来，靠在床榻上。他看着子翼，心里再次涌起愧疚之情。他们因为一枚铜钱相识。那是十年前的一个夜里，他正在花园一块废弃的荒地上练枪，忽然听到墙头上传来一个声音。

“喂，有钱吗？江湖救急。”一个看起来很年轻的黑衣人坐在墙头上，一边往嘴里扔花生米，一边对他说道。

对于独来独往的杨延琅来说，有人主动跟他搭讪，这让他感到意外，于是他问道：“多少？”

黑衣人又扔了一颗花生到嘴里：“一枚铜钱。”

杨延琅收了枪，浑身上下摸了半天，却是一枚铜钱也没摸出来。他不出门，自然也不需要银钱。没摸到钱，他把腰上的玉佩扯下来，扔给了那黑衣人。

黑衣人把玉佩接在手里问道：“你这是玉佩，不是铜钱。”

“你当它是铜钱，它就是铜钱。”

“你这玉佩虽不是什么宝物，但也值几十两银子，你当一枚铜钱送我，不亏吗？”

杨延琅提枪起势，继续练枪，回了两个字：“不亏。”

“为什么？”子翼觉得这个家伙真是有趣。

“我无用，你有用，便不亏。”

“哈哈……”黑衣人抚掌大笑起来，而后赞道，“说得好。这一枚铜钱，小爷记住了，来日定当奉还。”

后来，杨延琅知道那人叫子翼。关于子翼的江湖传闻很多，有人说他轻功天下无双，是个神偷；还有人说他流连青楼妓院，采花问柳，是个淫贼。但杨延琅只知道他是子翼，常给他寻来兵书战策、古籍珍本，与他切磋武艺，是他唯一的朋友。

后来，子翼告诉杨延琅自己借一枚铜钱的原因，他只有完成师门的三件事才能真正获得自由，第一件事便是有人能不问缘由，心无杂念地借给他一枚铜钱。第二件事是要完成师门的契约。第三件事是杀一个人。为了完成第一件事，子翼跑了两年，问过的人林林总总加起来足有数百个，杨延琅是唯一一个不问缘由，将玉佩当作一枚铜钱送给自己的人。子翼更想不到，自己要完成的这三件事，件件都与他有关系。

十年如白驹过隙，杨延琅从杨家四公子变成如今的大辽驸马木易，而唯一不变的，是自己身边这位陪他出生入死的兄弟。

“下次死的时候，别叫……”子翼最后一个“我”字都没说出来，就倒在了杨延琅身上。

“子翼，子翼……”杨延琅摸到他的后背，沾了满手的血。他急忙扳过子翼的肩膀，把他翻过来，发现他脸色苍白。这一刻，杨延琅觉得自己唯一的兄弟死了，从来不知道怕为何物的他，此刻吓得六神无主，只知道紧紧地抱着子翼，一遍遍喊他的名字。

这时突然响起了呼噜声，受到惊吓的杨延琅终于缓过神来。眼前这人打着呼噜，而他的内心激动不已，谢天谢地，人还活着。不过，杨延琅转念一想，伤成这样竟然能睡着，子翼这几天定是不眠不休地奔忙，才把自己从鬼门关上拉回来。

兄弟，只为一枚铜钱，你不亏吗？

如果子翼这会儿醒过来，会发现这个冰坨子不仅抱着自己，还哭得稀里哗啦的，估计得惊掉下巴，然后每日以此事来取笑他。

仁达一觉醒来，发现驸马爷好好地站在自己面前，那一刻他甚至怀疑这几天的经历是不是自己做的一个噩梦。他记得驸马爷病得快要死了，却不记得他是怎么活过来的。接下来的日子，驸马爷一天比一天诡异，他说他要补身体，平常不挑吃喝的人，现在却把云内州的名菜吃了个遍。他还让仁达告诉厨子，什么菜不能做咸了，什么肉不能煮老了。他性情大变，十分挑嘴不说，还关门谢客，什么人都不见。

一连五天都是如此，仁达想尽千方百计，也没弄明白到底是怎么回事。这天，他远远地打量着驸马爷的神情。半年多来，他终于从驸马爷这张喜怒不辨的脸上看出一点变化，大致能猜到他的心情。据他观察，虽然驿馆门外前来求见的人吵吵嚷嚷，但驸马爷此刻心情应该不错。

仁达深深吸了一口气，鼓足勇气走到正在看书的杨延琅面前，结结巴巴地叫道："驸……驸……驸马爷。"

杨延琅抬起头看他，等着他继续说下去。

"驸马爷，属下该如何向公主回禀？"既然驸马爷早就知道了他暗骑的身份，也就能猜到他的任务，他索性破罐子破摔，和盘托出算了。

杨延琅低下头，眼睛瞅着地面，片刻后说道："随你。"

"可是，属下若如实禀报，后果会如何？"

杨延琅抬头看了仁达一眼，因为坐在窗口，阳光照在他半边脸上，他的脸半明半暗，整个人看起来非常落寞，让人不由得从心底生出几分不忍。

"我的意思是你不必为难。"平淡的声音传入仁达的耳中，让他心底泛起一丝凉意，感受到英雄末路的凄凉。

"可是驸马爷……"说到这里，仁达停了一下，用力地咬着下唇，沉默一会儿后，他眼神坚定地看着杨延琅道，"驸马爷，这件事情我不会让任何人知道。"

"多谢。"仁达年纪虽不大，但身材魁梧，他的脸圆圆的，长着一双大眼睛，笑起来的时候还有两个酒窝，看起来有点可爱。其实，他表面虽憨实，内心却很精明，与他的弟弟仁海相比，少了几分智谋，多了几分忠义。所以，杨延琅才会将仁达带在身边，让仁海去管那些流民。而今时今日，仁达竟然不问缘由，向自己表明忠心，杨延琅感到一股暖流涌上心头。

仁达不明白，这个冷酷的驸马爷为什么笑起来会这般温暖，他也不知道对公主瞒下这件事会有什么后果，他只知道面前这位勇冠三军的驸马爷才是自己真正想追随的主人，而不是做一个暗骑，当一个一辈子见不得光的人。

“疯子，你应该多笑笑，你看刚刚那个傻大个，就像被灌了迷魂汤一样。”仁达走后，子翼拎着个鸡腿从床上跳下来。为了不让别人以为节度使大人在屋里藏了个女人，等子翼睡够了，杨延琅便偶尔让仁达进来看看。

子翼把鸡腿啃光后，扔掉骨头，坐在杨延琅对面，问道：“说说吧，你为了一顿酒，差点搭上我半条命，是你自己想死，还是想弄死我？”

杨延琅半垂着头，捏着书的手指泛白，不知道从何时起，他竟然会胆怯，先是怕那个公主，现在是怕子翼。沉默了一会儿后，他低声说道：“不能降伏术敌烈，便没办法在云内州立足。他去节度使府喝酒行令，必是故意挑衅。”

“可以不进去。”

“我的一举一动都在他们的监视之下，若不进去，就是临阵脱逃，再进去就难了。”

“你可以把他打服了。”

“术敌烈以拼勇斗狠扬名边陲，只有将他心里最引以为傲的狠戾之气卸掉，他才会真心降伏。契丹人性子直爽，在他们心中，只有大碗喝酒的才是男人，才能称兄道弟，打是打不服的。”

“天长日久，你不能慢慢收拾他们吗？”

“城外的流民等不了那么久。”

“照你这么说，这十碗酒你是非喝不可了？”

杨延琅点了点头。

子翼随手把那只小瓷瓶扔给他，说道：“下次少放点药，挺贵的，害得我差一点被耗子吃了。”说完，拍拍手准备走了。

“你的伤是怎么回事？”杨延琅知道，他的伤一定和自己有关系。

子翼站在窗口处，若有所思地说道：“没啥，就是还了一笔债。”

“为了我？”

子翼回头看看他笑了：“这话说的，好像我是个痴汉一样。”

杨延琅觉得这个人还是安静点好。

见杨延琅不出声，子翼继续说道：“和你没什么关系，当年我为了救一个人，去偷少林寺的《易筋经》，但是不巧被几个和尚拦住，然后我就一把火烧了他们的藏经阁。”

“所以你这次去偷药，就被打了？”他知道，把子翼抓住打成这样的人只怕还没生出来，这顿打一定是他自己愿意挨的。

子翼一愣，烧少林寺的藏经阁是震动江湖的大事。当年，九大门派为此齐聚少林寺，发誓一定要手刃自己这个小贼，最后还是老方丈将这件事压下去。而这冰坨子要是发起疯来，才不管什么藏经阁呢，他只在意自己为什么会挨打。

“要他们的大还丹，当然会麻烦一点了。”子翼有点心虚地说道。

杨延琅道：“不给，就一把火都烧了。”

子翼紧紧地抿住双唇，他是第一次被人说得哑口无言。他想了想，竖起大拇指道：“哪天你去烧了那座和尚庙。”他停了一下，又说道：“还有，那老和尚要我转告你，一念为魔，一念为佛，手执利刃未必不善，吃斋念佛未必不恶，执刃者可护佑生灵，念佛人也会心存恶念，所谓善恶皆在心也。”说完，纵身跃出窗口。等杨延琅往窗外看时，已不见他的踪影。

一念成魔，一念成佛。

也许是因为子翼，也许是因为老和尚的话，他看着窗外飘过的白云，想起了铁镜公主。自己若是生在平常人家，没有背负着父亲的遗命，而她也不是公主，二人或许能平平淡淡地过一生。

第三十八回　黑枪震边城

自杨延琅用十碗烈酒把术敌烈灌倒，云内州这些官员就再也没见到这位新任的节度使大人，一个个都快急疯了。坊间更是流言四起，有的说新任节度使正在暗中调兵遣将，要整治云内州的官吏；还有人说节度使被人行刺，已经秘密回京。直到昨日他们接到节度使令，命他们今日到府中议事，心下才算安定了一点，不过也只是一点。

一大早，云内州大小官员就都来到了节度使府，一个个心里七上八下的，忐忑不安。他们知道这位节度使大人是铁镜公主的驸马、太后身边新晋的红人，还是个杀人如麻的武将，心思难测，十天前将术敌烈下狱，今天指不定又要干什么呢。

杨延琅并没有让他们等太久，不到辰时，他就与仁达进了府衙。先宣读圣旨，再摆好玉印，这样新官就算是上任了。杨延琅按官员名录点卯，熟悉州内的官员，最后派人张贴告示，告知州内百姓，已经换了新官。经过这些烦琐的程序，依照惯例，今日的事情就告一段落了，明日新官才正式开始熟悉州内军政事务。

不过惯例归惯例，还是有不依照惯例的时候，杨延琅这椅子还没坐热，李玉成便第一个站出来道："大人，下官有一事禀告。"

"何事？"

"大人可还记得第一天到此，府内有人喝酒行令？"

杨延琅默不作声，过了一会儿才点点头。

这片刻的沉默让李玉成有些心慌，见杨延琅点头，他急忙说道："那日冲撞大人的是马步军指挥使术敌烈将军……"

"我知道。"杨延琅打断他的话，语气平淡，看起来十分随意。

李玉成心里咯噔一下，登时哑口无言。他若说不知道，装糊涂，自己和这些官员给术敌烈求求情，他也能顺水推舟，把术敌烈放了。这样，他既能立官威，又能拉拢人，可谓一举两得。可是谁知他却说知道，知道还抓，而且一关就是十天，分明就是要取术敌烈的性命。

这些思绪在李玉成脑中一闪而过，顿时让他气血上涌，他脱口而出，说道："既然大人知道，不知大人想怎么处置他？"

杨延琅看了李玉成一眼，问道："李大人熟谙律法，依律该如何处置？"

李玉成又是一愣，没想到这个未过而立之年的节度使大人竟然如此精明，一问一答之间就把自己套了进去。

这时，一个四十多岁的契丹人站出来，与其他契丹人相比，他身材较为瘦小，是云内州的通判萧桐。萧桐上前一步道："大人，术敌烈于节度使府中喝酒行令，目无朝廷，以下犯上，依律当判徒流之刑。"

李玉成道："萧大人，术敌烈将军于先帝有救驾之恩，戍守边关屡立战功，岂能因为一时糊涂就被流放？"

萧桐笑了笑道："李大人，何为一时糊涂？朝廷的敕令可是半个月前就下达了，偏他不管不顾，还要在节度使府中喝酒行令，岂不是目无朝廷吗？还有，李大人别忘了，节度使大人的另一个身份，是我大辽的当朝驸马，蔑视节度使大人，就是蔑视皇家。以此论罪，徒徙之刑都是轻的。"

"萧大人……"

"去看看术敌烈。"李玉成刚要反驳，就被杨延琅打断。

去看术敌烈？一众官员大眼瞪小眼，这位新大人的心思当真难测。

牢房的味道就没有好闻的，不过这云内州的牢房比起别处的牢房，更是让人作呕。众人走在廊道上，穿行在各个囚室之间，透过粗大的牢柱，看到里面挤满了人，犯人蓬头垢面地蜷缩在角落里，里面脏污不堪。

这些官员捂着口鼻，跟在杨延琅后面慢慢往里面走。他们觉得奇怪，这位看似冰冷清高的节度使大人，走在其中竟然若无其事，眉头都没有皱一下。

众人走到最里面的一间牢房停下来，显然这里被人专门收拾过，比外面那些牢房干净多了。牢里还有两个小窗，味道没有那么难闻。术敌烈坐在牢里，正吃着鸡腿，旁边还放着一个酒坛子。听到牢外有动静，他以为是狱卒，头不抬眼不睁地说道："给老子拿壶茶来。"

旁边人刚要提醒他，却被杨延琅抬手制止。杨延琅伸出手，示意狱卒把茶壶递上来。别人猜不透他要做什么，谁也不敢出声，狱卒急忙把一个铁茶壶递到他手上。他将茶壶穿过牢柱，送到术敌烈面前。

术敌烈看到这只拎壶的手上戴着护掌手套和白色的牛皮护腕，只露出十根手指，一看就不是狱卒的手。他嘴角露出一丝狞笑，去抓壶的手突然抓向递壶的那只手，谁知这只手的主人比他更快，电光石火之间翻转水壶，正好挡住了术敌烈的手，接着将壶往前一送，整壶水全部洒在术敌烈脸上。

术敌烈像一头发狂的野兽，一下扑过来，恶狠狠地看着牢外的人。当他完全看清这些人时，愣了一下，因为云内州大大小小的官员全来了，最前面的就是那个该死的小白脸。

术敌烈两只手扶着牢柱，嚷道："要杀就杀，何必如此羞辱我。"

杨延琅平静地看着他，问道："何时羞辱过你？"

简简单单的几个字让术敌烈脸耳发烫，人家的确没有羞辱他。拼酒的赌注是自己提出来的，愿赌服输；隔牢送水是自己要打人家，没打着是自己技不如人。其实是他那冷漠的神情和处处压自己一头却又从容不迫的气度让术敌烈感到羞辱。

“哈哈哈……”术敌烈突然笑了，“我知道，你不就是想拿我术敌烈开刀吗？来吧，老子要是眨眨眼，我就……”他想说“我就是母的”，可是话到嘴边却停了下来。

所有人都等着他继续说下去，他想了想，说道：“我管你叫爹。”

杨延琅唇角微微动了动，他突然想到了萧苑儿。

“术敌烈将军，这是云内州新任节度使大人，不要再犯浑了。”李玉成在一旁提醒他，希望他能借这个梯子下来，赶紧认错求饶。可谁都知道术敌烈天生就是个倔驴，别说给他个梯子，就是上去背他都不下来。

“什么节度使，不过就是个靠女人爬上来的降将，老子冲锋陷阵，血战沙场的时候，他还躺在女人的被窝里呢……”

术敌烈越说越难听，李玉成恨不得冲进牢里掐死他。新来的节度使大人依旧冷冰冰地听着他骂人。

李玉成紧盯着杨延琅的脸，心惊胆战地说道：“大人……”

杨延琅抬手制止了他，然后低声吩咐仁达两句。仁达愤恨地看了看术敌烈，然后转身出了牢房。杨延琅又说道：“放他出来。”

他话音一落，牢里落针可闻，术敌烈的酒一下醒了，后脊背泛起凉意，他觉得自己可能真要死了。

杨延琅不习惯一遍一遍说话，他转过头看看旁边的李玉成。

“快，打开牢门。”李玉成对一旁的狱卒说道。他想，若节度使大人真拿术敌烈开刀，他就联合云内州的官员上书朝廷，一定要保下术敌烈的性命。

狱卒小心翼翼地把牢门打开，术敌烈心里有些发怵，可事已至此，他只能装作满不在乎的样子。他几步走出大牢，站在杨延琅面前，叫嚣道：“有种你就杀了我。”

“出来。”杨延琅说完，转身往外面走去。

“哼，老子还怕你不成。”术敌烈大步跟上去。

一众云内州官员猜不透这位驸马爷要干什么，也猜不到术敌烈的下场，毕竟这家伙这些年仗着救驾之功，横行霸道，今日更是句句揭短，触到这位新贵人的痛处，任谁都难以咽下这口气。

大牢外有一块空地，众人来到外面，却发现空地中央扎着一杆长枪，这杆枪通体乌黑如墨，一看就知道是神兵利刃。

杨延琅指着长枪对术敌烈说道：“把它拔出来。”

“拔枪？”术敌烈不解地问道。

杨延琅抬了抬下颌，不再重复第二遍。

术敌烈看看杨延琅，再看看枪，他倒要看看这杆枪有什么玄机。他扶了扶腰带，大步走到黑枪面前站定，单手握住枪身，手臂用力，大喊一声。就在大家以为他把枪拔出来的时候，却发现黑枪竟然纹丝未动。

术敌烈一张黑如锅底的脸此刻有些发红，这比被人当众扇一个大耳光还让他无地自容。他咬咬牙，两手握住枪身，使出十分力气，长枪一点一点被拔出来。他把这杆枪握在手里，粗略一掂，足有百斤，正常人提起都费力，更别说用它上阵杀敌了。

“你休拿一杆破枪来耍弄老子！”术敌烈使尽全身力气把枪向杨延琅扔去。

“将军……”李玉成失声喊道。众目睽睽之下向节度使掷枪，这可是行刺之举，若以谋逆罪论处，当场便可将他诛杀。在场的其他人也都惊呆了，他们从未见过这般阵势。

此时，黑枪横着往杨延琅身上砸来，只见他退后半步，就在长枪落地的一刻，他右脚一伸，用脚面稳稳地接住了枪身。接着，他长腿一抬，将黑枪踢到了半空。沉重的长枪带起呼呼的风声，在空中旋转两圈后落下来。他右手一捞，将长枪握在手里。片刻之后，黑枪带着杀气，如闪电般向术敌烈刺来。

术敌烈此时已被眼前这位节度使大人震慑住了，如木人一般。面对这突如其来的一枪，他避无可避，什么也来不及想，闭上了眼睛。一道血腥气直冲头顶，他浑身无力，瘫软在地上。

何谓一世？一生一死便为一世。所以，当耳边传来窃窃私语，术敌烈再睁开眼睛的时候，便觉得自己过了一世。他眼前这位大人，平静无波，眼神冰冷，脸色依旧苍白，身体略显单薄，手擎一杆黑枪，枪尖就悬在自己脖子旁边。现在，术敌烈完全相信，这位驸马爷就是天神降世。

扑通一声，术敌烈双膝跪地，深深叩首道：“大人，是术敌烈有眼无珠，听信谣言，冲撞大人，罪无可恕。今日蒙大人不杀之恩，术敌烈自此愿为大人鞍前马后奔波，唯大人之命是从。”

杨延琅收回长枪，单手于虚空中一扶，说道：“请起。”

“谢大人。”术敌烈抬起头，看向杨延琅时，满眼都是敬仰之情，而后恭恭敬敬侍立在一旁。云内州的官员相互看着对方，这样的术敌烈，他们谁都没有见过。

“出京之时陛下与太后便与我说过，诸位戍守边关，尽忠职守，皆是我大辽之良臣。今日木易到此，只愿与各位一起守好云内州，为陛下、为太后分忧，为百姓谋福，不可再生嫌隙。”

“谨遵大人台命。”在场官员齐声说道。虽然他们各怀心事，萧桐更是恨得直咬牙，但短短几天之内收服术敌烈，在场的官员谁也不敢再轻视这位年轻的节度使大人。

李玉成凑到术敌烈旁边，悄声说道：“术敌烈，契丹男人说话，落地就要砸坑。你是不是母的我不管，但是爹你得认。”

术敌烈瞪着李玉成，恨不得冲上去咬他两口，但是顾及节度使大人在侧，愣是忍住没出声，只是把后槽牙咬得咯咯直响。不知道杨延琅是听到了他们的话，还是听到了术敌烈的咬牙声，竟然转过头看了他们一眼，二人赶紧装作若无其事的样子。

“术敌烈将军。”杨延琅叫道。

“大人。”术敌烈上前道。

“你离开马步军营时日已久，要马上回去，两日后我会去军营看看。”

“大人，要去军……军营吗？”术敌烈问道。

“有何不妥吗？”

“不，不不，没有，末将马上回营。”节度使视察州务，第一站便到马步军营，可见对他分外重视，这让他受宠若惊。

术敌烈是南院大王的旧部，人倔脾气臭，常常喝酒犯浑，极不招人喜欢，虽然有救驾之功，却是个姥姥不疼、舅舅不爱，谁见谁烦的主。这些年，历任节度使皆对他敬而远之，只要他不惹事，就对他不闻不问。可越是如此，他心中越是愤懑，久而久之就成了此地的刺头。

两日后，杨延琅来到云内州马步军营。正如铁镜公主所说，术敌烈表面粗鲁，实则是位将才，边关防务、士兵操练，一切都井井有条。杨延琅给他指出一些紧要之处及改进之法，术敌烈佩服得五体投地。他说自己脾气不好，遇到有节度使截留军营粮饷之事，便去上门讨要，不给就闹，所以他在官员中人缘极差，在军营中威望却极高。

术敌烈陪着杨延琅登上云内州城头，故意把侍卫都留在下面。等四周安静下来时，术敌烈低声问道：“大人，你为何不问末将因何到节度使府喝酒作乐？”

杨延琅扶着城墙的箭垛极目远眺，无边的草原从眼前铺开，直到天地交接处。听到术敌烈的问话，他淡然说道：“你是故意的。”

术敌烈不解地问道：“大人如何得知？”

“你桀骜难驯、性情暴烈，听说我是个裙带官，心中自然不服。”他语气平静，好像在说别人的事，但术敌烈听在耳中却惊讶不已，好像什么事都瞒不过他的眼睛。术敌烈突然觉得上天实在不公，同是男人，为何却有天壤之别？

这些想法在术敌烈心中一闪而过，他犹豫了一下，说道：“大人所言不差，末将正是听信他人谗言才误会大人。”

他人谗言？杨延琅转过头来看着术敌烈。

术敌烈尴尬地笑道：“这两天末将查了一下，发现传这些谣言的人多多少少与通判萧桐有关系。”

杨延琅发现术敌烈浑是浑了些，但粗中有细。过了片刻，杨延琅说道：“术敌烈将军，此事就到此为止吧。”

术敌烈颇为不解地看着他。

“我等俱是大辽臣子，何必为几句传言闹得鸡犬不宁，我们要守好云内州，不负陛下与太后的重托。”

短短几句话让术敌烈面红耳赤，他再次躬身施礼："大人的话让末将汗颜。"

"将军性情直率，这不怪你。"杨延琅转过头望着城外辽阔的草原，今年雨水丰沛，草长得格外茂盛，还能嗅到若有似无的青草味。他深吸一口气对术敌烈道："你回去吧。"

"是。"术敌烈转身下去，仁达则守在远处。城门上，只有他一个人静静地看着草原，没人知道他在想什么。

第三十九回　民家知隐事

杨延琅上任之后，在云内州境内、贺兰山以北寻了些土地肥沃，像胡杨陂一样荒芜已久的村落，让仁海去安置流民。他们一路上收拢的流民，一直由仁海管理。仁海行事公正、处事有方，深得流民的尊敬。对于救他们性命的驸马爷，更是越传越神，有人说他是天人下凡，有人说他是菩萨再世，更有甚者说他慈眉善目，是佛爷显灵。

熬过寒冬，又是一年草长莺飞。这一年，杨延琅整顿云内州吏治，在铁镜公主暗骑的帮助下严查贪腐之官。他还让李玉成重审陈年旧案，释放牢里被关押的无辜之人。他的这些举措深得官民之心，在他的周围渐渐聚集起一批清正廉洁的官员。他不动声色地起用新官员，渐渐的，云内州从官场到民间，都风清气正。之后他又在李玉成等人的帮助下奖励农耕，并向朝廷上书，要求减免税赋。对于新近落户的流民，官府帮助他们盖房，还给他们过冬的米粮。

六月的天，不到午时便骄阳似火，仁达领着随从，望着一望无际的草原，欲哭无泪，因为他们跟丢了驸马爷。今早，杨延琅心血来潮，说要去安置流民的胡杨陂看看。他们一行人一起出城，谁知出城之后，他一骑绝尘，消失在草原深处，仁达拼了老命也没追上。而最吓人的是他们这位驸马爷从来没去过胡杨陂，万一迷路可就麻烦了。

“仁大人，怎么办？我听说驸马爷是汉人，可别在草原里迷了路。”一个随从说道。

“追。”仁达从牙缝里挤出一个字，他回头看看随从，“追不上用不着别人动手，自己把头割下来送回京城。”

“是。”随从们大声应道，然后沿着眼前的小路追去。

温暖的风穿过发丝，刮得披风呼啦啦的响，胯下的良马急驰，扬起尘土。杨延琅觉得自己掠过了树梢和山巅，冲向无拘无束的蓝天，忘却了自己是谁，也忘记了自己在哪里，只想跑得更快、飞得更高。

不知过了多久，当他停下来时，发现无边无垠的天地之间只剩下他一个人。他抬头看看头顶的太阳，又看看四周都差不多的草原，想到一个问题：胡杨陂在哪？

他仰起头望着蔚蓝的天空，这里的天似乎更高一些，可以容得下他的痛苦和无奈。他又想到了铁镜公主，他不知道自己为什么会想到她，她的一举一动、一颦一笑，甚至她无情的算计都无比清晰地印在他的心底。如果她在，也许能找到胡杨陂。他这样想着，手摸向马鞍旁的水袋，顺手一扯，结果只扯到两根皮绳。他心里苦笑，今日真不该出门，原来马跑得太快，皮绳磨断了，水袋丢了。

眼前是壮美的草原，抬头是高远的天空，若是死在这个地方，倒也不是件坏事。他胡思乱想着，信马由缰往前走去，喜欢上了这种无拘无束的感觉，直到看到远处有炊烟飘起，才惊觉这里依旧有人间烟火。

草原的路很奇妙，眼看那炊烟就在不远处，却足足跑了半个多时辰，直到他经过一个小缓坡，发现坡下的草甸上长着许多树木，或密或疏。有些树的根裸露在外面，任风吹雨打，却依旧枝繁叶茂，千万年不倒，看样子应该是传说中的胡杨。就在这些胡杨中间有一个小村庄，那会儿看到的炊烟就来自这里。

只是这个村子很奇怪，泥土房与毡包混在一起，院子大多用篱笆围起来，也有用泥土筑墙的，院子里种着些菜，三三两两的农夫扛着农具回来，看样子是回家吃午饭。

杨延琅牵着马走进村里，也许是村里许久没来外人，也许是他太过特别，很多人扒着门缝看或从墙头往外瞅，打量他这个外来客，后来干脆就跟在他后面，一边走一边窃窃私语，其中还有许多年轻女子。若不是他不近人情，脸上是拒人千里之外的冷漠神情，估计他们早就围上来了。

被这么多人围观，杨延琅觉得如针芒刺背，浑身上下哪都不自在。他想赶紧找户人家要水喝，再打听清楚胡杨陂在哪就离开。他四下看了看，找了一家房子还算像样，用泥土筑墙，像汉人居住的人家。他不轻不重地拍了拍柴门，里面传来一个女人的声音："谁啊？"

"过路的，讨口水喝。"杨延琅答道。

"请稍候。"门里传来了脚步声，随后吱呀一声，柴门打开了，门口站着一个穿粗布麻裙，三十几岁的女人。见到杨延琅，这女人一下便愣住了，很长时间没有出声。

杨延琅见她不出声，只好开口问道："大嫂，可否给口水喝？"

女人回过神来，突然扑通一声跪下，重重磕了一个头道："恩人。"

恩人？杨延琅不解地看着她，怎么也想不起来她是谁。

女人抬起头，眼中含着泪水，声音颤抖地说道："恩人，去年您用一袋干粮救了我们娘仨的性命，您可还记得？"

杨延琅记起来了，她就是自己上任路上曾接济一袋干粮的那个女人。一年光景，她现在面色红润、穿戴齐整，好像换了个人一样。

"儿媳妇，是谁啊？"一个六十多岁的老太太从屋里走出来问道。

"娘，是咱家的救命恩人。"

老太太说道："那还不快请恩人进来。"

“是，是。”女人抹去脸上的泪水，爬起来，急忙把柴门拉开说道，“恩人快请进来。”

杨延琅走进这个不大的院子，院里有一个小菜园，种着些绿油油的蔬菜，墙角放着鸡笼，笼里养着两只鸡，一切都收拾得井井有条。

老太太搬出一张小桌和两个板凳放到阴凉地，请杨延琅坐下，而后领着儿媳妇和两个孩子一起跪在杨延琅面前，再次拜谢他的救命之恩。

“快，起来。”杨延琅急忙站起来，请老太太坐下。

救命恩人突然出现，她们拿不出可以酬谢的东西，只能一遍遍说着感激的话。杨延琅第一次遇到这种事情，不知该如何应对。过了一会儿，他实在忍不住了，问道：“大嫂，家里有水吗？”

听他这么说，女人才想起来，他刚刚在门外就要水喝，没想到这么长时间竟然一直让恩人渴着。

“恩人稍候。”女人急忙回屋拿水。

凤儿已经八岁了，穿着一身红衣服，扎着两个小发髻，瞪着一双水灵灵的大眼睛，怯生生地看着杨延琅，小手还牵着一岁多的弟弟。不过，弟弟可不像凤儿一样乖巧，他瞪着一双懵懂的眼睛，看哪里有好玩的东西。突然，他好像发现了什么新奇的玩意，挣脱了姐姐的手，摇摇晃晃，咯咯笑着，一下冲进杨延琅的怀里，眼睛盯着他的抹额，黑乎乎的小手抓着他的衣袍，脚蹬上他的膝盖，爬到他的身上。

杨延琅的身体瞬间紧绷得如弓弦一样，蚀骨剥皮的痛楚似乎要将他淹没，却在刹那间如潮水一般退去，眼前只有这个脏乎乎的家伙。就在小家伙马上要抓到自己抹额的时候，杨延琅一把将他按在自己怀里。他月白色的衣袍上全是小手印和脚印，如果被公主看见，一定会暴跳如雷。

“弟弟不要胡闹！”凤儿急忙追过去。

老太太、凤儿和刚刚端着茶盏走过来的女人都看呆了，她们怎么也不会想到，这位如谪仙一般的恩人，竟然会把这个脏乎乎的小家伙抱在怀里。他唇角勾起一丝若有似无的笑意，如清风拂面。

女人犹豫了片刻，将茶盏送到杨延琅面前道：“恩人，新水还未烧开，您先将就着用些。”她把凤儿拉到身旁，继续说道：“那日我拿了干粮急着去寻婆婆，两天后我再回来时，您和您的随从，还有原来的流民都已经走了。后来，驸马爷的下属将我们收留，安置在这里，没想到在这里遇到了恩人。您若不嫌弃这丫头貌丑，就将她带在身边，做个婢女吧。”

小姑娘脸庞圆润，玲珑剔透。她看看杨延琅，再看看母亲，大眼睛里含着泪水，万分不舍，却也知道她的命运并不能由自己决定。

杨延琅犹豫片刻，招手把她叫到身前，终于鼓起勇气伸出手摸了摸她肉嘟嘟的小脸。一切如常，好像久缠于身的顽疾在这瞬间康复了。这一刻，他心里闪过一个念头，如果有这样一个女儿就好了。他尽量放轻声音说道：“凤儿，你母亲的话并不作数，留在家里吧。”

“真的？”凤儿的眼睛一下亮了起来。

杨延琅点点头，郑重地告诉凤儿：“真的。”

凤儿急忙跪下磕头：“凤儿谢过恩人。”

杨延琅急忙把怀里脏乎乎的小家伙推到凤儿面前：“去玩吧。”

“嗯。”凤儿开心地领着弟弟去玩了。

“谢过恩人。”女人再次跪地谢恩。

此时，他已经顾不上这个女人了，急忙端起茶盏一口气将茶喝完，而后把茶盏递给妇人：“可否再倒一盏？”

“啊，好，好。”女人急忙起来，又给他端来一盏。他的干渴稍稍缓解了一些。他放下茶盏之后问道：“请问，你们知道胡杨陂在哪吗？”

胡杨陂？听到这个地名，婆媳二人对望了一眼，又看看杨延琅，老太太说道：“恩人，咱们这里就是胡杨陂。”

“这里？”杨延琅一下站了起来。这家位于村子末端，院子地势很高，站在院子里几乎能俯瞰整个村子。杨延琅看到，毡包与泥土房混在一起，高矮不平。不过，这村庄虽然简陋，却让人感到平静与安宁，或许是因为生活在这里的人简单而又纯朴。

“恩人，怎么了？”老太太不知道胡杨陂有什么特别的，让他如此吃惊。

“无事，只是我本就要来这里。”杨延琅再次坐下来，女人又给他倒来水。

“恩人莫不是迷路到此的？”老太太笑眯眯地问道。

他略有几分尴尬地点点头。

“在草原上迷路是很正常的事，我听说就是最有经验的牧民也会迷路呢。不过，恩人能找到这里，真是我们一家人的福气。”老太太接过儿媳递过来的水壶，安慰杨延琅。

“恩人怕是还没用过饭，若不嫌我家粗茶淡饭，便留下来用饭吧。”女人说道。

看着一家人期待的眼神，杨延琅突然意识到自己腹内空空，他点点头道：“麻烦大嫂了。”

“不麻烦。”女人笑道。过了一会儿，她端来一盘炒鸡蛋、一盘炒菘菜和两碗粟米饭，而后带着孩子们退下。

老太太说道：“家中无酒，请恩人多担待。”

“老人家客气了。”他端起碗吃了一口粟米饭，虽不比府衙中的稻米精细，却很香甜。屋门口露出两个小脑袋，两人手里端着碗，盯着桌上那盘炒鸡蛋，不停地流口水。

杨延琅端起桌上的炒鸡蛋走过去，将炒鸡蛋全部扒到两个孩子的碗里。两个孩子抬头看着他，惊喜地张着嘴，嘴角还有口水。屋里，女人正往灶里添柴，灶膛里冒出些烟，呛得她咳嗽了几声。平静的小院，其乐融融的一家人，安宁又闲适，不知不觉中他时刻绷紧的神经竟然放松下来。当然，如果院里有一位男主人就更好了。

看到两个孩子大口地吃着鸡蛋，他坐回到桌旁一边慢慢吃饭，一边问老太太：“您儿子呢？”

听到他问起自己的儿子，老太太放下手中的碗，轻声说道：“死了。”

杨延琅也放下碗，问道：“因何而死？”

“去年，辽宋开战，我儿子被辽军抓去守涿州，战死了。后来，宋军要撤退，临行前却要带我们一起走，结果半路遇到埋伏的辽军。宋军的将军倒是心善，专门派兵保护我们逃走。我们跑了一天，不知道走到了什么地方，夜里又遇到了辽兵，结果保护我们的宋军和许多老百姓被杀，我们一群老弱妇孺是被几个宋兵藏在山洞里，才逃过一劫。也不知道这仗什么时候能打完……”

杨延琅站起来，看着眼前这位老太太，心中百感交集，这些人应该就是父亲派兵保护的老百姓。

老太太发现他神情不对，便停住没再说下去。

杨延琅觉得此事太过蹊跷，父亲将辽兵引入两狼山，就是为了救这些老百姓，而绕行之路应该是他临时决定的，辽军如何得知，能提前在路上设伏兵击杀？除非有人暗通消息。不过从潘仁美的信看，他只是想救自己的两个儿子，提前并未与辽军暗通，那这个奸细是谁呢？他思虑片刻，问道：“你们确定……是……是辽兵吗？”

老太太想了一会儿说道：“夜里漆黑一片，也看不清楚人，只听着有人喊辽兵来了，我们就开始跑。有一队宋兵把我们这些老弱妇孺藏到一个山洞里，之后他们往另一个方向跑去。”

“后来呢？看到辽兵的尸首了吗？”

老太太摇了摇头：“我们藏到天亮，等到喊杀声一点都没有的时候，才敢出来，整个山谷都是宋兵和老百姓的尸体，没有见到辽兵的尸体。”

“您可还记得那山谷在哪里？”

“不晓得，我们只是跟着宋军走。”

杨延琅觉得自己被扯进了一个深不见底的泥潭，一点一点被拖到深处。

“巴图大叔今早送来了奶子，我学着熬了些奶茶，请尝一尝。”女人端来两碗茶，打断了他的思绪。

杨延琅问道：“大嫂，那日我遇到你们时有许多人，那些人你们认识吗？”

女人摇了摇头：“不认识，都是后来遇到一起走的。”

“那从山谷里逃出来的人还有多少？”

“我们出了山谷后各自回家，就此分开，不知道还有多少。”

“我想拜托你们一件事。”杨延琅郑重地说道。

“恩人请讲。”

“请你们从邻里处打听一下，那处山谷在何处，但不要将此事告诉外人。”

女人说道：“好，我们知道了。”

杨延琅点点头道：“多谢。”

女人看看桌上已经空了的盘子，再看看两个小家伙嘴角沾的鸡蛋残渣，有些难为情地笑了笑，说道："恩人坐着，我去忙了。"

"好。"

看到女人忙碌的样子，他开始从心底厌恶这种无休无止的征战与算计。高贵如萧苑儿，平常如眼前这个妇人，若不是因为失去家人，怎会过得如此艰辛？

第四十回　村中办喜事

杨延琅与老太太闲聊起来，这里的情况与仁海所报差不多，落户于此的流民已近万人，他们大多在去年宋辽之战时失去家园和土地。仁海将他们安置在十几个村，此地是胡杨陂，往北五里是下河湾，从下河湾再往西是西平洼。当初他在地图上点出胡杨陂这个村，所以这里显得有些与众不同。这些流民中，有汉人、契丹人，还有一些女真人。汉人习惯建房子，契丹人和其他族人一时建不起房子，就用毡包将就一时，所以这个村子里既有泥土房又有毡包。就在他们闲聊的时候，一双双好奇的眼睛从柴门的缝隙外看进来，还传来了叽叽喳喳的声音。

“我看到了，我看到了，长得真好看。”

“就是，你看他的眉毛，还有眼睛，都好看。”

“让我看看……”

“秋云，你都有心上人了，还看什么！”

“就是呢，仁大人什么时候来提亲呢？”

“你们别胡说八道。”秋云斥道。

“胡说八道？那你说，你头上的钗花是谁捎给你的？”

“就是，一边等你的仁大人去，别来这儿凑热闹。”

…………

这些声音传到杨延琅耳中，顿时让他满脸通红。

老太太见状急忙说道：“恩人莫怪，咱们村多是老弱妇孺，年轻的后生没几个。这些丫头是头一回见到恩人这么俊朗的后生，便忍不住来胡闹。”老太太说着站起身来，一边往外走一边说道：“看我不打你们这些没规矩的丫头。”

“闪开，闪开，仁大人来了。”

随着门外传来的声音，柴门砰的一声被推开，仁海气喘吁吁地站在门外，愣愣地看着杨延琅。过了一会儿，他突然觉得自己很无礼，急忙退到柴门外，并且关上门，拱手说道：“属下仁海，求见驸马爷！”

原来他刚刚得到消息，说驸马爷今日会到胡杨陂，就急匆匆赶了过来。他话音刚落，院外便响起一片惊叹声。

“进来。”威严而冰冷的声音传来。仁海推开柴门，走到杨延琅面前跪地行礼：“属下拜见驸马爷。”

“起来。”依旧是两个字。仁海起身，站到杨延琅身侧。

老太太和那妇人傻傻地看着他们，没弄明白是怎么回事。她们以前只听说有位仁大人给她们分田送粮，却没想到他是恩人的随从，更没想到那位传说中的驸马爷就坐在她们眼前。

“驸马爷，您，怎么一个人来了？”仁海实在忍不住，鼓起勇气问道。

杨延琅喝了一口奶茶，说道：“与下属走散了。”

“那，仁达……”

“不知道。”

听到这三个字，仁海脑袋突然一片空白，自家哥哥把驸马爷丢了，这会儿怕是快疯了吧。就这么片刻的工夫，房前院外站满了人，这些人原本好奇的目光转变为带着感恩与崇敬的目光。

“驸马爷！”老太太和妇人终于弄明白了，急忙跪下磕头。

“驸马爷！”

“驸马爷……”

……

小院外面声音杂乱，但人们说的都是感激的话，并且都跪下拜谢，感谢驸马爷的救命之恩，感谢他给他们一个安宁的家园。

杨延琅怔怔地看着他们，他熟悉血肉横飞的厮杀，无数次踏足尸横遍野的战场，谋算人心，生死较量，从来都是沉着应对，从未如今日这般惊慌失措。当初救他们，不过是出于一时的恻隐之心，后来更是想利用他们建功立业，早日博得辽主信任，可是没想到他们却对自己如此感恩戴德。他平静的心湖中砸下一块巨石，激起惊涛骇浪。

仁海不知道驸马爷怎么了，他一直都很苍白的脸，此时涨得通红。

杨延琅叫道：“仁海！”

仁海急忙应道：“属下在。”

“让他们退下吧。”

“是。”

仁海扶起婆媳俩，又到外面让众人散去。可是人们却不走，商量着要答谢驸马爷的救命之恩。这让仁海十分犯难，这么多老百姓，他就一张嘴，说也说不通，而院里那位爷又是个说一不二的主。

“仁海。”就在仁海焦头烂额的时候，院内传出杨延琅的声音。

仁海急忙应道：“驸马爷有何吩咐？”

杨延琅问道：“外面是否有位秋云姑娘？”

仁海一愣，秋云的确是站在不远处，不过，这驸马爷刚到这里，怎么会知道秋云。他心中虽疑惑，口中却急忙应道："有。"

"让她进来。"

"是。"

仁海招手叫秋云过来。秋云虽然刚刚扒着门缝往里看，此时却怯生生的，一步一步慢慢挪到仁海身边，不安地看着他。

"别怕。"仁海轻声安慰她。

秋云长得并不十分貌美，但是非常善良、聪慧。她听到仁海的安慰，笑了笑，跟在仁海身后走进小院，来到杨延琅跟前，刚要跪拜，却被杨延琅制止。

"你家分了几亩田?"杨延琅看了她一眼，问道。

秋云道："我家只有父亲与我，分了十亩田。"

"几斤粮种?"

"四十斤。"

仁海头上突然渗出冷汗，他终于知道驸马爷为什么要把秋云喊进来了。若是她家分的田与粮比别家多，自己的脑袋今天就得搬家。

"钗花谁给你的?"杨延琅看到她头上戴着银钗，这钗做工粗糙、样式简单，不像值钱的物件。

听到这个问题，秋云脸上浮起两片红晕。

杨延琅把目光转到仁海身上，仁海顿时像被人抽了一鞭子，扑通一声跪下道："回驸马爷，是，是属下，是属下用二两银子打了一个银钗送给秋云姑娘。"

杨延琅端起茶碗又放下，说道："你倒是不忙。"

"驸马爷，属下该死，属下不该……不该……不该……"仁海结结巴巴，不知道该怎么说下去。

"驸马爷，"秋云上前一步跪在仁海身边，说道，"仁大人虽然是您的下属，但他有钟情的女子也是人之常情，更何况，仁大人打制银钗并未误了正事，您为何要责罚他?"

秋云的一番话惊得仁海目瞪口呆，只怕公主也不敢同驸马爷如此说话，这丫头是吃了熊心豹子胆吗?

杨延琅看着秋云道："依你的意思，我不该罚他?"

此时，秋云为了仁海算是豁出去了，她直视着这位冷冰冰的驸马爷，说道："不该。"

"那我是不是该赏他?"

"该。"

"赏什么?"

"赏……"秋云皱起眉头，她被问住了。

仁海觉得眼前发黑、四肢发麻，几乎听不到他们在说什么。

"择日不如撞日，就赏你们今日成亲如何?"他竟然在替他们保媒?

秋云愣愣地看着眼前这位驸马爷，当这位胆大泼辣、据理力争的姑娘终于明白过来时，脸一下红到脖子，一声不响站起来就跑。

仁海觉得自己听错了，傻傻地说道："驸马爷……"

杨延琅道："还跪在这儿干吗呢？"

"那属下，属下去哪儿？"

"去准备当新郎，让乡亲们帮你。"

"我，可是公主……"仁海犹豫着，他想说自己是暗骑，若没有公主许可，不能成亲生子。

杨延琅道："公主那边我去说。"

听到这句话，仁海重重一个头磕在地上："属下谢驸马爷！"

杨延琅摆摆手道："去吧。"

仁海站起来，拱手施礼告退。外面的老百姓得知消息后，一下热闹起来，他们已经很久没办过喜事了，这个去找酒，那个拿出喜服。招待杨延琅的这对婆媳开始收拾屋子，给他们做洞房。

待到人们都散去，杨延琅独自一人走到村外，那大片大片绿油油的麦田在阳光下闪着光，它们不但是老百姓的希望，也是他心中的希望。这一刻，他觉得自己是实实在在活着的。

太阳落山后，草原上燃起了篝火，曾经挣扎在生死边缘的人们终于有了安身的家园。他们尽情释放着心中的喜悦之情，用粗制的筚篥吹起欢快的曲调，围着火堆又唱又跳。

村里几个长辈陪杨延琅坐在一旁说闲话，他话不多，很认真地听他们聊天。大家也不怕他，一个个都把自己经历的有趣的事讲给他听。他偶尔会勾一下唇角，表示自己觉得有趣。不一会儿，新娘子领着一群小姐妹跑了过来，一下把杨延琅围在中间。

秋云穿着红色的喜服，脸上挂着幸福的笑容。她站在杨延琅面前，大大方方地说："驸马爷，我们要请你一起跳舞。"

跳舞？听到这两个字，杨延琅顿时头大如斗。从小到大，除了征战杀伐，他对其余的事情都不甚了解，琴棋书画一概不会，更别说跳舞了，他自己也从没想过要跳舞。

仁海第一次从驸马爷脸上看到慌乱的表情，他觉得这不是什么好事，便赶紧跑过去拉住秋云道："秋云，驸马爷不会跳舞。"

秋云瞪大眼睛，十分认真地说道："按照我们的习俗，今天新娘子可以请任何人跳舞，谁也不能拒绝。"说完还瞟了杨延琅一眼。

此时杨延琅正看向仁海，二人对视，他从仁海的神情中看出来，这件事是真的，除非自己想破坏这欢乐的气氛，否则就必须跳舞。看着欢快地唱歌跳舞的人们，他是真的不想破坏这份难得的欢乐。

姑娘们围着他，唱着他听不懂的歌，看她们的意思，如果他不起来与大家一起跳舞，她们就会一直唱下去。仁海一个个地商量，姑娘们不理不睬。

就在他“身陷重围”的时候，突然一群人冲了进来，逢人便问有没有见到一个穿白衣的男子，是仁达他们找来了。

“我在这里。”听到仁达的声音，杨延琅急忙应道，他从来没有像现在这样希望有人来救他。

“驸马爷在那边。”仁达带着随从连推带挤跑到杨延琅面前。看到杨延琅完好无损地坐在这里，仁达一直悬着的心终于放下来了。他不吃不喝找了一整天，若再找不到，他就要一头撞死了。

“怎么回事？”仁达见这些姑娘围着驸马爷，不解地问仁海。

仁海为难地说道：“大哥，这些姑娘要找驸马跳舞。”

“胡闹。”仁达看了看自己带来的侍卫，低声吩咐一番。侍卫们呼啦一下冲了进去，一人拉起一个姑娘就走，直接到篝火旁跳起了舞。

不过，其他姑娘倒是好打发，这新娘子却是不走，人们都没办法，今天她最大啊。

杨延琅想了想，招手叫秋云和仁海过来。二人蹲在他面前，火光照在两位新人洋溢着幸福的脸上。他把头上的抹额摘下来，想把它递给秋云，可是突然想到了耶律铁镜的话，“你今日为我夫君，我便要束你一世为我夫君”，于是又把抹额拿回来，然后取下抹额上的白玉放到秋云手中道：“我身无长物，这玉是公主与我大婚时所赠，今日送与你们做贺礼。”

见他把玉给了秋云，仁海急忙道：“驸马爷……”

杨延琅一抬手，示意他不许说话，仁海只好乖乖地把嘴闭上。秋云看着手中如羊脂般的白玉，虽不知此物价值几何，却明白这物是公主所赠，于他而言该是珍贵无比，于是急忙说道：“驸马爷，这东西太贵重了，秋云不能收。”

杨延琅道：“这是我给你的‘令牌’，若仁海欺负你，你可执此物教训他。”

他一本正经地开了一个玩笑，让下属们惊讶不已。仁达得知事情原委之后，顿时泪流满面，来到杨延琅面前扑通一声跪下道：“驸马爷的恩德，我们兄弟永世不忘，以后您有差遣，仁达必万死不辞。”

耶律铁镜在挑选暗骑时，多是选择那些无牵无挂的孤儿。她担心暗骑成亲之后，妻儿会成为他们的牵绊，所以不许他们娶妻生子，除非得到她的特许。如今，仁海有驸马爷做主，能够娶妻生子，退出暗骑军，过正常人的生活，为自家延续香火，这是天大的恩情。

杨延琅挥挥手道：“去吧。”

“谢驸马爷。”三人退了下去。仁达一天没有吃饭，看到弟弟结婚，先高兴地喝了两碗酒，不一会儿就醉倒了。

天微亮，晨雾如纱一样飘在草原上，广袤的漠北竟然似温柔多情的女子。清凉的水汽钻进鼻孔，十分舒服，让人忍不住想深深地呼吸。杨延琅带着随从站在山坡上，看着还在沉睡的村子，神情愉悦。

仁达问道："驸马爷，真不用告诉仁海他们一声吗？"

杨延琅看了仁达一眼，说道："不用了。"说完调转马头先走了。

仁达急忙拨马追了上去，他可不敢再把这位祖宗跟丢了，不过他感觉驸马爷自昨夜起，性情好像变了不少。

第四十一回　萧绰至宁云

胡杨陂之行，杨延琅不但给仁海娶了媳妇，还发现边关因连年征战，村中青壮年男人少，老弱妇孺多，便是有良田千亩，又能种出多少粮食？他冥思苦想，最后把主意打到斡鲁朵治下贵族们的瓦里身上。瓦里就是奴隶，多是俘虏和卖身为奴的穷人。他们年轻力壮，有的还会技艺，若让他们去开荒种田、放牧打草，想必是非常好的劳动力。

最初实施此法时，一些贵族和官员在萧桐的煽动下，处处与杨延琅作对，阻止他释放瓦里。杨延琅用威逼利诱之法，说服了其中的几个大贵族，让他们睁一只眼闭一只眼，暗中将土地租给瓦里，并给瓦里们一些自由与权利。来年，这些贵族的收入超过了过去五年的总和。趋利乃人之本性，此事一经传出，其他贵族纷纷效仿，杨延琅随即发动贵族乡绅，让他们给州府上书，请求州府允许他们释放瓦里，让瓦里租佃土地。杨延琅趁热打铁，发下公文，强迫少数顽固的贵族释放瓦里。如此短短四年间云内州人口比之前增长了两倍有余，向大辽朝廷缴纳的税银占整个长城以南汉人区域的一半之多，一时间震动朝野，萧桐等人再难撼动杨延琅的地位。

杨延琅每日处理云内州大小事务，闲暇之余便到胡杨陂转转，渐渐与那里的人熟络起来。人们不再将他当作高高在上的驸马爷、节度使，待他像亲人一样。他常常会在田间地头坐一会儿，吃点粗茶淡饭。晚上篝火燃起，他会看着年轻人手拉着手围着火堆唱歌跳舞，开始迷恋上这里的生活，有时候甚至会想，也许铁镜公主也会喜欢这里，也会喜欢围着火堆跳舞。

“驸马爷，宫里来人传旨了。”仁达几步走进书房禀道。

杨延琅皱起眉头问道：“宫里？”

“是。”

“人在哪里？”

“正堂。”

“可说了什么？”

仁达摇了摇头：“没有。”

“走。”

二人到了正堂，宫中的内侍见到杨延琅，急忙起身，打过招呼之后便取出圣旨道："云内州节度使木易接旨。"

杨延琅跪下道："微臣接旨。"

内侍宣旨道："大辽承天太后懿旨，孤闻自木易赴云，施政利民，物阜人丰，百事通和，天降祥顺，孤意前往，以观实效。钦此。"

"臣木易接旨。"杨延琅接过懿旨，安排内侍去休息。

他到云内州四年，多是枢密院与他有公文往来，再有就是与耶律铁镜互通家书，这次萧绰为什么要来呢？杨延琅想了想，大约是想试探贺黑纳兰的虚实吧，毕竟自己算是成功地在贺黑纳兰的地盘上站稳了脚跟。

月色溶溶，杨延琅一个人走上宁云城头，月光下的草原宁静而幽远。四年平静的生活让他习惯了自己是木易，是云内州的节度使，萧绰这道懿旨提醒他：他不是木易，而是杨延琅。

他轻轻叹了口气，上天对他已经不薄了，给了他四年时光一展平生所学，得偿所愿。算算时日，明天萧绰就该到了，也到了该清醒的时候了。

"疯子。"一个低低的声音从城楼的阴影处传来，杨延琅转身走进阴影中。到云内州这四年，子翼偶尔会来寻他，大多是在哪里欠了花酒钱，寻他借点银子，不知道今天来是不是因为萧绰。

杨延琅轻声问道："何事？"

子翼没像往日那般与他嘻嘻哈哈地说笑，而是有点急促地说道："杨延昭中毒了。"

"中毒？中了什么毒？"

"大漠的火蝎毒。"

"那是什么毒？六郎现在怎么样了？"杨延琅对毒药一窍不通，但是能让子翼专程跑来告诉他，说明这毒非常厉害。

子翼说道："你先不要着急，我师兄暂时将毒压制住了，他现在还没死。"

杨延琅暗暗松了一口气，等慌乱的心绪平复后说道："你慢慢说。"

"火蝎毒是极热之毒，若要解毒，需用极寒之毒，可是寒热相冲，心脉难以承受，所以需要一味药引来护住心脉，然后才能解毒。"

"什么药引？"

"千年人参。"

"哪里有？"

"皇宫中有，不过路途遥远，只怕他撑不到那时候，而且此物极稀少，是救命的宝贝，那老皇帝未必舍得给。"

听了子翼的话，杨延琅微微皱起眉头，轻声问道："萧绰那儿有，对吗？"

子翼点点头，说道："三年前，韩德让亲自到长白山寻到一株千年人参，将它送给了老情人萧绰，治好了她的心痛之症，所以这老太婆才能活蹦乱跳的，现在又跑到云内州来闹腾。不过，这东西她宝贝得紧，无论白天黑夜，从不离身，我没偷着。"子翼一直都是吊儿郎当的，若不是师兄逼着他来找杨延琅想办法，他才不愿意管那个笨蛋的死活呢。

杨延琅想了想，说道："我听你说，你师兄有一种药，叫须臾，吃了能让人疼痛难忍，却查不出病症。"

"你疯了！"子翼差点跳起来，"那药是随便吃的吗？多一点或少一点都会要命的，就是我师兄也不敢随便用。"

杨延琅抬起头看着子翼说道："那怎么办？硬抢吗？"

"硬……硬……硬抢……"子翼气得恨不得拔了老徐的胡子，但是他又不得不听他这个师兄的话。

杨延琅微微低下头，说道："我母亲只有六郎这一个儿子了……"

子翼摆手打断他的话："算了，明天，明天我给你拿来药，若吃死了，做鬼别来找我。"

"不会。"

"我真是鬼迷心窍了，怎么就结交了你这么个疯子？"子翼狠狠地白了他一眼，转身走了。

望着子翼消失的方向，杨延琅低声说道："多谢。"

萧绰执政后，捺钵的时间大大缩短，规模大大缩小，她试着让游走的契丹人安定下来，所以她每次举行捺钵都有极强的目的性。今春，她选在黑河附近，就是中京道与西京道交界之处捺钵。捺钵结束后，她命耶律隆绪回京，自己带了少部分人马来到云内州。

杨延琅不是讲究吃住之人，所以府衙原来什么样，现在依旧什么样，即使是太后驾到，他也只是将府院简单收拾了一下，让萧绰居住，自己则搬到旁边的驿馆暂住。

萧绰在众人的陪同下走进节度使府衙，此时她的心情颇有些复杂，单从为人臣的角度看，她对杨延琅是满意的，可是从为人婿的角度看，如此怠慢岳母，她心里多多少少有些不舒服。

耶律铁镜自然能看出母亲的心思，她凑近萧绰耳边低声说道："母后，要不我把这呆子吊起来打一顿，给您出出气。"

萧绰睨了一眼她这个不争气的女儿，堂堂大辽公主、暗骑军的统领，怎么一见到这个男人就变得如此没有出息，处处维护。

耶律铁镜见母亲不出声，继续说道："母后，他是个连命都不要的主，不是谗佞之臣，更不会阿谀奉承，母后要多担待。"

萧绰道："滚到一边去。"

"是。"耶律铁镜站到一旁，萧绰坐上主位。

耶律铁镜悄悄打量着阶下的杨延琅，他比之前瘦了许多，眼神柔和了一些，就是脸色太苍白了，嘴唇没有一丝血色。是不是太累了？是不是没有好好吃饭？于她而言，四年何其漫长，有时候想他想得抓心挠肝，恨不得插上翅膀飞到云内州来。

杨延琅被她火辣辣的眼神看得如芒在背，萧绰见状暗暗叹了口气道："上京距此足有两千多里吧？"

萧绰这句话是在问耶律铁镜，意在提醒她注意身份，但是耶律铁镜此时只顾着看自己的驸马，哪里能听到她的话。

杨延琅急忙道："回母后，上京距此两千七百余里。"

耶律铁镜还是第一次感到这么尴尬，她轻轻咬了咬下唇，心虚地瞟了母亲一眼，换来母亲一记白眼。

萧绰道："木易，我看了枢密院的奏折，这几年你把云内州治理得不错。"

"谢母后夸赞。"

"我一路行来，看到田里的庄稼长势很好。依你看，今年可收多少粮？"

"今春雨水充沛，春……春苗……"他的话戛然而止，腹中传来刀绞般的疼痛，让他眼前一阵阵发黑，这药真是厉害。

耶律铁镜看他按着腹部，身子软软地即将倒下，面如土色，冷汗顺着下颌和发梢滴下来。此时，她再也顾不得许多，一个箭步冲下去将他扶在怀里，急道："驸马，你怎么了？"

他抬起手握住耶律铁镜的手，他掌心湿滑冰凉，没有一丝温度。萧太后和云内州的官员围了上来，传太医，问病症，乱作一团。

耶律铁镜急得快哭了："你到底怎么了？快说！"

"公主，莫……莫……误了……误了你……"此刻，他虚弱至极，褪去了一身寒意，双目中泛起一层水雾，绝望得让人心碎。而这种时候，他惦记的依旧是公主的终身幸福，一句话几乎把耶律铁镜的心都绞碎了。

"告诉我，告诉我，你究竟是怎么了？"

"快闪开，快闪开，太医来了。"术敌烈领着一个六十多岁的老太医踉踉跄跄跑进来，老太医连口气都来不及喘，急忙哆哆嗦嗦拉过杨延琅的手腕诊脉，诊了半天，眉头却是越皱越紧。

杨延琅死死咬着牙关，撑着不让自己晕过去，否则他的罪就白遭了。

耶律铁镜吼道："他到底怎么了？快说！"

老太医跪在地上看看公主，再看看萧绰，吓得直发抖，一句话也说不出来。

萧绰道："不必害怕，但说无妨。"

老太医得了萧绰这句话，壮着胆子说道："太后恕罪，臣，臣没看出是什么病症。"

萧绰问道："看不出病症？"

"是。"

“他现在，现在如何？”

老太医磕头道：“臣不敢，不敢说。”

萧绰冷冷地说道：“说。”

“依臣看，驸马爷只怕，只怕撑不到天黑。”

老太医的话如惊雷一样在人群中炸开，术敌烈和李玉成等云内州的官员都不敢相信自己的耳朵，这么年轻的节度使，怎么说不行就不行了呢？

“你胡说八道！”耶律铁镜死死抱住杨延琅，两眼血红，大声嘶吼着。

杨延琅有生以来第一次被人护在怀里，耶律铁镜的怀抱是那样的温暖，将他紧紧包围，一点点融化他那颗坚冰一般的心，可是想到父亲的嘱托，他心中顿时涌起深深的愧疚之情，但六郎命悬一线，无论如何也要演下去。他拼命保持着最后一丝清醒，低声说道：“旧疾复……复发，命……该……该……如此……”

听了他的话，耶律铁镜突然想到了什么，急忙问道：“既是旧疾，你，你上次是怎么治好的，快告诉我。”

他轻轻摇了摇头，后槽牙咬得咯咯作响，突然仰起头对耶律铁镜说道：“杀，杀了我。求你……”严刑拷打都未曾出声的人竟提出这种请求，可见他是痛到了极点。

“快告诉我，你上一次是怎么治好的？”耶律铁镜疯了一样地追问。

“千……千年……人……人参……”他说完这几个字，一下瘫在铁镜的怀里，如同砧板上的肉，任腹中痛如刀绞，再也无力挣扎了。

耶律铁镜抬起头，泪如雨下，她望着母亲说道：“母后，只要您救他，我发誓，让他一生效忠我大辽，若有二心，我与他性命相搏。”

术敌烈是个急性子，知道萧太后能救人，便不等别人说话，第一个跪下道：“太后千岁，节度使大人忠心耿耿，求您救他一命。”

李玉成也跪下道：“太后，节度使大人到任后，经常是三更睡五更起，日夜操劳，这旧疾只怕是劳累所致。若您能救他，自是云内州之福，也是我大辽之福。”

有他们带头，其他官员也都纷纷跪下来求萧绰救杨延琅。萧绰听到杨延琅说出“千年人参”四个字的时候，心中突然感到不安，她觉得这一切都太巧了，不过看眼下这情形，人她是无论如何都要救的，否则不仅会伤了女儿的心，也会寒了忠臣良将的心。

萧绰道：“诸位臣工不必如此。木易是我大辽的重臣，于皇帝有救驾之功，更是铁镜的夫婿，大辽的驸马，只要有一线生机，本宫都会救他。”说罢从袖中取出那个从不离身的檀木盒。盒子打开，一股浓郁的药香味马上传了出来，此时盒里只剩不到十片参片，她的眼中透出不舍。其实，对于人参，她未必会如此珍视，可这是那人的一片痴心，也是他们之间除去君臣关系外唯一的联系了。

听了她的话，众人急忙叩首谢恩，而耶律铁镜已经泣不成声。萧绰从盒中取出四片参片交给老太医道：“若不够，再找本宫来取。”

老太医双手捧着参片，也感动得热泪盈眶，心里又觉得七上八下，这种怪症他平生未见，也不知道这宝贝能不能救命，不过事已至此，只能死马当活马医了。老太医捧着参片，急急忙忙去翻典籍，研究治法。不过，药制出来之前，杨延琅不能总是躺在正堂，大家七手八脚把他抬到卧房。这一动，他感觉自己的五脏六腑都移位了，终于昏死过去。

第四十二回　内应引虎狼

四年前，杨延琅在擂台上打败李昌鹤，给李继迁以震慑，但萧绰并不想与李继迁翻脸。之后不久，为了安抚李继迁，萧绰封他为夏王，用以牵制宋国。李继迁封王之后，急于开疆拓土，南下掠夺大片宋国的土地。后来，杨延昭任西北路安军使，驻守三关口，与夏军几次恶战之后，才阻住他们的攻势，四年来李继迁未能再得一寸土地。夏军中流传着一句话："杨六郎把守三关口，孤魂野鬼难入中原。"但也正因为如此，杨延昭成了李继迁的眼中钉、肉中刺，欲除之而后快。后来，他收买刺客，乘杨延昭出营之时，用毒箭将他射伤。

夜半子时，在距三关口不远的关山镇，将军府如往常一样静悄悄的，所有知道杨延昭受伤的人都被看押起来。卧房内杨延昭昏迷在卧榻上，孟良、焦赞急得来回乱转，而旁边那位须发皆白的老道和他的小徒弟却不慌不忙地在配药。

"老神仙，能不能先把毒解了，咱们再慢慢寻千年人参。"焦赞焦急地跑到老道面前说道。

"大叔，你这句话已经说了五十遍了，我师父也解释了五十遍了。如果你不想救他，干脆一刀杀了他得了。"老道的徒弟是一个十四五岁的小姑娘，长得机灵可爱，伶牙俐齿，一句话让焦赞登时闭上了嘴。

孟良走过来问道："神医，若我们寻不到千年人参怎么办？"

老道抬起头说道："再等等，再等等……"

焦赞气呼呼地说道："等什么等，要我说，咱们干脆点上两千人马杀到云内州，杀了萧绰那老太婆，抢回人参救六爷。"

孟良喝道："胡闹，萧绰是你想杀就能杀的吗？再嚷嚷，怕是全天下都知道六爷中毒了，若夏军乘机杀过来怎么办？"

"这也不行，那也不行，难道就让六爷这么等死吗？"焦赞的声音带着哭腔。

老道说道："二位将军，少安勿躁，少安勿躁，再等等，再等等。"

这时，桌上的烛火突然灭了，老道急忙让他们安静下来，然后点上烛火。接着，他们发现桌上多了一个纸包。老道深深吸了一口气，把纸包拆开，里面放着四片参片。他凑近烛火仔细看了看参片，片刻后说道："果然是千年人参！"

孟良和焦赞问道："老神仙，这东西，这东西是哪来的？"

老道说道："休要管哪来的，你们知道这能救杨将军的命就行了。"而后转头对小徒弟道："英儿，赶紧取药，给杨将军解毒。"

"是，师父。"小姑娘急忙应道，出去的时候还白了焦赞一眼。

"这小丫头！"焦赞一听杨延昭有救了，顿时乐开了花。

几个人整整折腾了一夜，东方发白时杨延昭才醒过来，算一算时间，他已经昏迷四天五夜了。醒过来半天，他才记起自己中毒的事，又听到震天的呼噜声，原来孟良和焦赞坐在对面的太师椅上睡着了，卧榻边上还趴着一个穿花衣的小姑娘，也睡着了，不远处的小圆凳上坐着一个须发皆白的白衣老道。恍惚间，他觉得这老道身上泛着淡淡的白光，就像天上的仙人一般，便忍不住问道："您是神仙吗？"

老道走到他身边笑了笑："将军，这里哪有神仙，你是烧糊涂了。"

杨延昭揉了揉眼睛，才看清楚眼前的老道是个人，并不是神仙，他问道："是道长救了我吗？"

老道摇了摇头："将军命不该绝，自会有贵人相助。"

"那救我的人是谁？"

老道笑眯眯地说道："早晚你会知道的。将军现在守好三关口，便是天下人的福气，别的就不要多问了。"说罢，老道抱起床边的小姑娘，推门而去，只留下茫然四顾的杨延昭和两个沉睡中的大汉。之后，杨延昭从孟良和焦赞口中得知自己被救的经过，却怎么也想不出来，是谁送来了千年人参。

杨延昭通过仔细查问，很快从自己的亲军中找到了被杀手收买的奸细，正是他把杨延昭的行踪告诉了杀手，差一点要了杨延昭的命。

子翼和徐老道在三关口忙着救杨延昭，宁云这边耶律铁镜也没闲着，煎好参汤，配好温补之药后，给杨延琅一点一点灌下去。直到第二天清晨，他才清醒过来。他无力地喘息着，这药果然厉害，生死似乎就在须臾之间。

他人虽然醒了，可浑身上下虚弱无力，想动一动，却发现手被紧紧攥住了。他心底一惊，急忙转头去看，发现耶律铁镜趴在卧榻边上睡着了，睡梦中的她紧紧握着他的手。

眼前的一幕让他眼睛又酸又胀，她虽心机深沉，却对自己痴心一片，可她却不知道自己诚心以待的人，其实是在欺骗她、利用她。杨延琅拼尽全力忍住眼中的泪水，看着旁边的红珠低声问道："为何不带公主去休息？"

四年时间，红珠已经出落成大姑娘，她噘着嘴说道："她非要守着你，别人谁也不让靠近。"

他轻轻摸着铁镜乌黑的头发，心里难受得厉害。不让别人靠近，她是担心自己会死吗？她这样子，若有一天真相大白，会不会疯掉？

耶律铁镜睡得不安稳，不一会儿就被惊醒了，她抬起头愣愣地看着杨延琅，看着看着，突然扑到他身上，死死地抱着他，哭道："你吓死我了！你吓死我了！"

"公……公主……"杨延琅看了看一旁的红珠，脸一下红到耳根。红珠轻轻撇了撇小嘴，带上侍女转身出了卧房，临走时还把门给关紧了。

"我就知道你不会死，你还年轻，我们还有长长久久的日子要过，你怎么舍得扔下我呢？"耶律铁镜边哭边说，尽情发泄着自己的情绪。这一天一夜，她觉得比一辈子都漫长，恨不得自己替他去死。

杨延琅轻轻把她抱在怀里，直到此刻他才真正觉得，她是自己的妻子。她的深情让他动容，让他暂时放下一切，只想紧紧地抱着她。

萧太后恩赐千年人参，让杨延琅起死回生，这件事很快就传遍大辽上下，萧绰德名远扬，博得众人归心。其实，她此次来云内州不仅是想看看木易在这里的地位稳固不稳固，更想知道他是怎么说服那些顽固不化的贵族的，让他们释放瓦里。

走在田埂上，齐腰的庄稼有些已经吐穗，萧绰摸着绿油油的叶子，耳边又响起了老道那句话：他是大辽的股肱之臣，是天下人的福星。也许那老道说得对，他身上也许真有福星的气运。自他上任，云内州风调雨顺，老百姓生活富足，大家都说这位节度使是有德之人。

萧绰带着耶律铁镜微服出行，随从不多，她与田间的老农聊得兴致正高时，突然一队铁骑奔来，为首的是术敌烈。术敌烈见到萧绰，说节度使大人有要事请她回去，然后便不由分说地护送她回到宁云。

回到府衙，萧绰见这里的大小官员都阴沉着脸，木易那张千年冰川脸此刻都能刮下两层霜了，可见是出了大事。

"怎么回事？"萧绰一边步上主位，一边问道。

杨延琅道："六万夏军越境来袭，先锋铁骑已至宁云城外五十里处。冯西贵为大元帅，李昌鹤任前部先锋官。"

萧绰腾的一下站了起来："敌军已到城外，你们才知道！"

杨延琅道："回母后，夏军假扮成辽军，执军牌诈开关隘，而后或绕开，或除掉我军暗哨，一路直至宁云。"

耶律铁镜道："你的意思是他们有内应？"

萧绰慢慢坐下，说道："他们不仅有内应，而且是冲着我来的。"她微微思忖一下，问道："奸细查到了吗？"

杨延琅点点头："是萧桐。"

"人呢？"

"已经死了。还有，城中粮草只够我军七八天之用。"

萧绰眯起眼睛，紧盯着杨延琅道："你掌管云内州后年年上表，说粮草丰盈、军备充足，今日却说粮草只够七八天之用。”

李玉成上前一步道：“启禀太后，这几年州内的确粮草充足，而且节度使大人一直严命军中粮草储备要够一年之用，只是我等都没想到萧桐竟然私卖官粮，他命人在官仓里面钉上架子，只在架子外摆放两层粮米，用以应付府衙巡视，实则库中早已无粮。”

“他把官粮卖到哪里去了？”

“卖给了夏军。”

萧绰咬牙切齿，骂道：“叛国恶贼，死了真是便宜他了！”

杨延琅撩衣跪倒：“是儿臣治下不严，请母后降罪。”

术敌烈和李玉成等人也急忙跪下道：“我等与大人同罪。”

萧绰叹了口气道：“都起来吧，事到如今，先不讲这些了。”

官员们起身道：“谢太后不罪之恩。”

耶律铁镜急忙问道：“现在怎么办？”

术敌烈急忙道：“咱们应该先护送太后回京。”

李玉成道：“下官认为术敌烈将军言之有理。”

萧绰看了看杨延琅道：“木易，依你看呢？”

杨延琅直视萧绰道：“太后的车驾能否快过夏军铁骑？”

萧绰一愣，便是轻车简从，那也跑不过铁骑啊！

杨延琅继续道：“萧桐虽死，但还有多少夏军细作，我们一无所知。若太后车驾离城，行踪泄露，夏军铁骑不需半日便能追上，到那时进不能突破重围，退无险可守，该如何是好？”

耶律铁镜问道：“依你之见该如何？”

杨延琅道：“死守待援。”

萧绰问道：“从何处调援军？”

杨延琅道：“大同府、振武和西京。”

萧绰想了想，说道：“就按木易之计行事，本宫哪也不去，就在宁云城内死守待援。从此刻起，云内州军政诸事宜，皆交木易决断。”

“是。”在场官员拱手领命。

众人退出之后，杨延琅对术敌烈道：“将军，调集你部下所有兵马入城，在城头布滚木礌石，做好守城的准备。”

“是，大人。”术敌烈领命后，大步流星走出府衙。

“李大人。”杨延琅又转头叫李玉成。

“下官在。”

“你要尽快筹集粮草，我们能否转危为安，就看你筹粮多少。还有，要尽全力清除城中夏州的细作，防止他们传递消息，里应外合。”

“是，大人。”李玉成领命后也离开了。

又安排了其他几件事情后，杨延琅命其他官员各司其职，然后放他们离去。

耶律铁镜走到他身边，问道："我做什么？"

杨延琅看着她的眼睛，轻声说道："保护好母后的安危。"

耶律铁镜用力点点头："放心，只要我活着，母后就一定安然无恙。"

杨延琅点点头，过了一会儿又闷闷地说道："也保护好自己。"

听到这句话，耶律铁镜噗嗤一声笑了。这个呆子，不过是说句关心的话，怎么脸红成这样。

看到他们两个人眉来眼去，萧绰突然觉得心里踏实了，即使天塌下来，木易应该也能顶住。

第四十三回　大军围孤城

萧太后与铁镜公主、杨延琅等人登上城头，一万夏军铁骑已经将宁云城团团围住，为首之人正是李昌鹤。他催马向前，走到城下不远处。城不大，上下相距不足百步，他能清楚地看到城头上的人，耶律铁镜那袭红裙依旧如五年前那般绚丽夺目。自上京一别，这个女人就把他的魂勾走了。越是这样难以驯服、机智狡诈的女人，他越是喜欢，所以他发誓，此番他不但要抓萧绰，还要把这个公主一并抓回去。

“公主，别来无恙啊！”李昌鹤不管别人，先与耶律铁镜搭话。

“托你这位大媒的福，我好得很。”耶律铁镜提醒他，自己能选到如意郎君，正是因为他。

听到她提起自己五年前被算计的事，李昌鹤顿时心头起火，大声道：“公主仙子姿容，我每每念起，都想拥公主入怀，好好疼爱一番，也不知你千方百计弄到手的那个降将，会不会疼爱你？”说罢和属下一起哈哈大笑。

纵是耶律铁镜伶牙俐齿，面对如此放浪轻浮的话，也无法应对，被气得脸白一阵又红一阵。杨延琅眼神越来越冰冷，眼底有了嗜血的杀气。他伸手从副将手中取过弓箭，随手将三根狼牙箭搭上弓弦，然后双膀较力，弓弦吃紧，发出吱吱呀呀的响声。

“公主，莫不如现在就开城，与我回去，你现在虽是妇人，但……”李昌鹤刚说到此，忽然破风之声袭来，他察觉到大事不妙，急忙藏头缩颈，身体后仰，整个人平躺在马背上，三支冰凉的长箭紧贴他鼻尖飞了过去。他吓得魂飞魄散，多亏他是沙场宿将，否则这几支箭能送他去见阎王。李昌鹤过了好一会儿才爬起来，他心有余悸地摸摸自己的脑袋，还好，还好，脑袋还在。这时，他感到脑后有凉意，好像少了点什么，原来自己的头盔被射得掉在地上，在战马的蹄子中间滚来滚去。

看到地上的头盔，李昌鹤刚刚吓白的一张脸瞬间涨得通红，他提起手中的大锤指着城头骂道：“哪个混蛋，哪个混蛋敢暗算你爷爷，有种的就出来真刀真枪拼一场。”

“是我。”冷冷的两个字传来，李昌鹤心头一紧，他可以忘记自己姓什么，但一定不会忘记那个俘虏的声音。

这一刻，新仇旧恨一起涌上来，他大声骂道：“一个贪生怕死的俘虏，也敢暗算我，我看你是活得不耐烦了。”

“怕死，就滚。”

冷冰冰的四个字传来，就像四个耳光狠狠地扇在李昌鹤的脸上，让他想起了五年前遭受的耻辱。旁边的副将见此情景，急忙上前，说道：“将军，元帅有令，只围不攻，不许让人离开。”

听到副将的话，李昌鹤冷静下来，指着城头，骂道：“混蛋，识相的就赶紧把萧绰交出来，否则等我杀进城去，定让你死无全尸，把宁云城杀得鸡犬不留。”

“懦夫！”

又是传来两个字，而比这两个字更让李昌鹤无法忍受的是他这种睥睨天下，似乎生灵万物在他眼中皆如蝼蚁一般的傲气。

“杀，把这个该死的俘虏给我碎尸万段！”李昌鹤指着城头大声传令。

副将见此情景急忙说道：“将军，大元帅……”

“大元帅个屁，今天不杀了这个俘虏，我誓不为人！”李昌鹤把副将甩到一旁。随着他一声令下，众铁骑如离弦之箭一样冲向城门。

此时，辽军弓张弦满，严阵以待。等他们走近，随着杨延琅抬起的手落下，狼牙箭密如飞蝗，射向夏军铁骑。夏军顿时被射得人仰马翻。

萧绰与耶律铁镜看着一片片倒下的铁骑，心想这李昌鹤五年来真是没有一点长进，被木易几句话一激，便下令铁骑攻城。没有云梯、冲车等攻城器械，单靠人和战马如何能爬上两丈余高的城墙？这等于是让这些铁骑白白送死。

萧绰悄悄打量着杨延琅，他冷酷狠戾的眼神让人感到不安。耶律铁镜轻轻握住母亲的手，示意母亲安心。萧绰知道此刻不能怀疑木易，否则他们都将万劫不复，若女儿真能将他拴住，大辽西边这半壁江山就能稳稳地握在自己手中。

城墙下已是横尸一片，旁边的副将急忙对李昌鹤说：“王爷，您的铁骑飞不上城墙啊！”

李昌鹤恍然大悟，心中暗骂，妈的，竟上了那俘虏的当了。他急忙传令收兵，看着城墙下如山的尸体，李昌鹤暗暗发誓，城破之时定教那俘虏求生不能求死不得。

李昌鹤留下一堆夏军的尸体，急匆匆收兵。术敌烈等人非常高兴，甚至萧绰和耶律铁镜也露出了笑容，唯独杨延琅依旧冰冷如常，叮嘱术敌烈加固城防。耶律铁镜上前悄悄问道：“你在担心冯西贵吗？”

杨延琅十分诧异，为何铁镜公主对他的心思了如指掌。他点点头：“若依李昌鹤的性子，会把这一万铁骑拼光，他中途退兵一定是冯西贵下了严令。”

耶律铁镜深深吸了一口气，说道：“你说的不错。冯西贵是李昌鹤的亲舅舅，力主夏王立李昌鹤为世子。五年前，他曾假扮成李昌鹤的随从，到上京为母后祝寿。”

杨延琅皱起眉头：“就是李昌鹤提亲那次？”

耶律铁镜察觉到，这冰坨子好像吃醋了，于是忍不住笑道：“不错，就是那次。这个冯西贵熟读兵书、颇有韬略，近几年与宋国打过几次仗，夺了一些土地，算是李继迁身边的红人。他应该是上次在上京与内鬼暗通消息的，从而得知我大辽机密要事。这人能在我的严密监视之下活动，可见其狡猾奸诈。”

“内鬼是谁？”

耶律铁镜摇了摇头：“没查出来。”

杨延琅再次看了看耶律铁镜，不知道是真没查出来，还是查出来却不能说。二人都不再说话，默默地走下城楼。这样平静的时光以后怕是没有了，在援军到来之前，每一场仗都是恶战。

第二日，夏军大队人马全部来到城下，小小的宁云城如同惊涛骇浪中的一片枯叶，随时有可能被卷入水底。

冯西贵身穿金甲红袍，他白面黑须，看起来不太像元帅，倒像是一个谋士。他对城头上的杨延琅拱手施礼道：“木大人，别来无恙。”

杨延琅看了看他，没有答话。

见杨延琅不答话，冯西贵只好继续说道：“木大人，萧绰并非良主，大辽也非久留之地，而宁云城你也守不住。自古道良禽择木而栖，大人当以城中数万百姓为念，开城出降，交出萧绰，这才是上上之策。”

冯西贵唠唠叨叨说了半天，对杨延琅来说，俱是废话。他看了一眼黑压压的夏军，说道：“我会让你这六万人马有来无回。”说完转身离去，留下冯西贵尴尬地望着城楼，愤懑不已。

得到萧绰在宁云的消息后，冯西贵力劝李继迁出兵，拼着与大辽撕破脸皮，赌上自己前程的风险，亲自率军围城，必要活捉萧绰，取大辽半壁江山。所以，他兵围宁云之后，便日夜攻城，不给杨延琅一丝喘息之机。

杨延琅把城里的男丁全部调上城头，小小的宁云被围攻六天，依旧固如金汤。此时，冯西贵有些着急，虽说那内应答应会隔岸观火，可是谁知他会不会改变主意，趁火打劫，所以他要速战速决，以免夜长梦多。第七天夜幕降临，李玉成拖着疲惫的身体刚刚回到府中便有管家来报，说家里来客人了，正在书房等他。战事吃紧，人人自危，家里怎么会来客人？他急忙来到书房，见书房里站着一个四十多岁的陌生人。

“您是？”李玉成打量着来人，问道。

“李大人，在下李梁。”那人急忙抱拳施礼。

“原来是李先生，请，管家奉茶。”李玉成虽然不认识这人，但见他举止有礼、颇有气度，便客气地请他坐下。

“李大人请。”

二人落座后，李玉成道：“不知李先生到此所为何事？”

李梁见管家出去，又瞅瞅四下无人，急忙从怀里摸出一封信递到李玉成手中道：“大人一看便知。”

李玉成狐疑地打开信，仔细一看却是一惊，原来是夏军兵马大元帅冯西贵的亲笔信。信中说得知李玉成原是夏人，迫于无奈才流落至大辽，空有一身才华却报国无门，若他肯回夏州，会许他高官厚禄。

看完信，李玉成淡然一笑道：“在下无意于高官厚禄，当初在下生死一线之时是大辽收留了我，我自当报效。”

“李大人……”

李梁正要搬出那套说客的说辞，被李玉成摆手制止：“不必说了，看在你我同是夏州人的分儿上，今日之事我当没发生过，你走吧。”

“李大人……”

“不要逼我把你交给那木易处置。”李玉成打断他的话，起身背对他说道。

李梁无奈地叹了一口气，悻悻离开。望着他的背影，李玉成招手叫管家过来，让他盯着李梁去了何处，之后自己急匆匆出门往节度使府衙而去。夜半子时，一顶黑色的小轿被抬进李玉成家。

第二天，节度使府正堂，宁云城中大小官员齐聚。今早，杨延琅带人打退夏军后，急忙将他们召至府中，说有要事商谈。他们一个个交头接耳，议论纷纷，猜不到节度使大人要商谈什么。就在这时，杨延琅与耶律铁镜身着甲胄走了进来。

众人不解，虽说公主与他是夫妻，但这时耶律铁镜不是应该陪着太后吗？怎么会来到正堂，而且看架势是要上阵杀敌。

“参见节度使大人，参见公主。”众人虽然疑惑，也没忘记礼数，急忙上前见礼。

杨延琅道：“免礼。”

众人起身，目光都集中到杨延琅身上，等他发话。他低咳一声，说道：“城中粮草已尽，待援无望，我决定今日护送太后杀出重围。”

他这句话一出口，下面立刻炸开了锅，大家再次议论纷纷。片刻之后，李玉成第一个站出来道：“大人，下官以为此事不可，城外有六万夏军，护送太后出城岂不是以卵击石，自取灭亡吗？”

杨延琅哼了一声道：“不突围，等死吗？”

李玉成从未被人如此抢白，有些气愤地说道：“突围就是找死。”

杨延琅轻蔑地看了他一眼，说道：“我有万夫不当之勇，他六万大军能奈我何？”

他这种刚愎自用的态度让李玉成更加生气，李玉成质问道：“你这是要害死太后千岁吗？七日前，我与术敌烈将军主张让太后尽快出城，你偏要死守待援，今日夏军把宁云围得如铁桶一般，你却要护送太后突围，不知你是何居心！”

杨延琅道：“没有不良居心，不过是此一时，彼一时。”

“何为此一时？何为彼一时？”

“大同府、振武等地距此不过数百里，若有援军早该到了，如今未到便是没有援军，我们不能再等了。”他平静地说出这个令人绝望的结果。

李玉成怒道：“你目无远见，又不听谏言，分明是想害死太后千岁。”

杨延琅冷冷地说道：“我让你筹集粮草，你却一再推诿。我问你，这七日你可筹到粮草？还是你顾念旧主，根本就是在敷衍了事。”

“你……”一句顾念旧主戳到了李玉成的痛处。这些天，他到处筹粮，甚至把自家的口粮都拿出来了，忠心可昭日月，却不想遭人怀疑，终于忍不住暴跳如雷，骂道：“你只不过是一个降将，竟然说我顾念旧主，我看你是想害死太后，为宋国谋利吧。”

听到这里，连术敌烈都觉惊诧，从前都是自己暴躁无礼，不管不顾，今日李玉成为何会这般鲁莽？

杨延琅盯着李玉成，问道：“昨晚到你府上的是何人？”

何人？李玉成惊得目瞪口呆，片刻之后突然骂道：“好你个俘虏，居然敢监视我！”

“非常之时，用非常之法。”说到这里，杨延琅停了一下，而后命令属下道，“来人，把他乱棍打出去。”

李玉成高声骂道：“君子坦荡荡，小人长戚戚。我告诉你木易，我李玉成自问无愧，不怕你的非常之法！”

术敌烈急忙站出来道：“大人，末将以为李大人也是为太后安危着想……”

“住口，你若想同他一起走，我不拦着。”

术敌烈被他一句话说得黑脸发烫，想要上前理论，却被一旁的副将拉住。侍卫扯着李玉成往府门外走，众人还能听到他的叫骂声：“公主，木易居心叵测，你不能信他，不能信他……”

第四十四回　困兽闯囚笼

李玉成与节度使大人闹翻了，被扔出府门，沾了一身泥，身上还挨了棍棒，后脑勺肿起一个大包，狼狈不堪。他刚回到府中，走进书房，发现李梁已经等在那里，心里顿时涌起一股无名之火。他本来既委屈又愤怒，眼前这个李梁正好是送上门来的出气筒，便一脸怒火地说道："滚，赶紧滚出我家。"

虽然被骂了，但是李梁依旧满脸堆笑，说道："李大人息怒。"

"息怒，你让我怎么息怒，我落到今日这般下场，还不都是你害的！"李玉成气势汹汹地说道。

李梁依旧笑道："李大人莫急，你听我说完，我说完你要还是忠于那木易，我二话不说转身就走，再也不到府上叨扰。"

李玉成气呼呼地坐下，说道："你说。"

李梁道："李大人，我才到你府上，那木易便已知晓，这摆明了就是防着你呢。云内州这么多官员，他为何专门派人监视你？那是因为你是夏州人，他从一开始就不信任你。"

似乎李梁的话让他有所触动，李玉成烦躁地拿起桌上的茶壶想倒盏茶喝，却发现壶中空空如也，于是又无奈地放下。

李梁继续说道："李兄，无论有没有在下昨夜来访之事，他早晚都会把你赶出来的。我等俱是读书之人，李兄你又对大辽忠心耿耿，连大元帅许的高官厚禄都不曾动心，到最后竟然被他乱棍打了出来，连兄弟我都看不下去，你就不寒心吗？如此屈辱怎么能咽得下啊？"

"我……"李玉成被他说得哑口无言。

"李兄，你满腹经纶，有治国之才，却只能屈才任云内州掌使令，而那木易不过就是宋国的降将，凭着一副好皮囊，靠着女人的裙带一路爬到节度使之位，难道李兄就不觉得委屈吗？"李梁义愤填膺，看到李玉成心神不宁的样子，心中窃喜，任他心如磐石，也架不住自己这三寸不烂之舌。

"此事，此事太大了。"

"李兄，大辽倾覆在即，你何苦给他们陪葬呢？夏王雄才大略，与你同根同祖，对李兄更是十分器重，他才是我等应当追随的明主。"

李玉成思虑片刻，问道：“若我肯与冯元帅里应外合，不知冯元帅可否保我家人无恙？”

李梁急忙道：“那是自然，不知大人家中有何人？”

李玉成叹息一声道：“我早年丧妻，有一子现在上京，如今家中只有七旬老母，已双目失明。”

李梁问道：“怎么从未听人提起李大人老母亲还在？”

李玉成苦笑了一下：“李兄有所不知，我自幼父母双亡，是婶娘将我抚养成人，又供我读书，我视婶娘如同生母，月余前才将她老人家接到家中颐养天年。”

李梁点点头道：“大人果然是重情重义之人，在下佩服。你放心，冯元帅一定会保证你家人的安全。”

李玉成道：“兄台不必夸我了，有你这句话我就放心了。木易决定今天就护送萧太后出城，你回去转告冯元帅，只要他将木易阻于城外，我便率众献城。”

李梁想了想，问道：“可是，那木易一旦护送萧太后杀出重围，我们攻下宁云又有何用呢？”

“李兄此言差矣，木易有万夫不当之勇，又狡诈多疑，若他在城中，岂容你我里应外合？”

“这……”

“他若出城，没有城池可依凭，再拖上萧绰这个累赘，就算他是神仙也敌不过六万大军。只要收拾了他，萧绰还不是手到擒来？”

李玉成的一番话让李梁拍案叫好，直赞他足智多谋。

冯西贵站在大营前，意味深长地望着不远处紧闭的城门，旁边是刚刚劝降回来的李梁，李昌鹤则来来回回地踱步，不时看一眼城门。日上三竿，就在他们焦急等待的时候，城门突然大开，吊桥放下来时扬起一片尘土，随后一队兵马护着一辆黑篷马车如疯了一般冲了出来。

李昌鹤见这队人马冲出来，眼珠差一点瞪出来，疑惑地看着冯西贵道：“他，他真出来了！”

冯西贵微微一笑：“他粮草皆无，援兵又不至，不出来只有死路一条。”

李昌鹤冲冯西贵竖了竖大拇指：“舅舅当真神机妙算。这木易用兵也不咋样啊，连个疑兵之计也不用，就这么愣头愣脑地冲了出来。”

“他兵马不多，疑兵若少等于没用，不过是多一些人去送死；疑兵若多则兵马分散，不利于突围，倒不如将精兵强将聚于一处，凭着他手中一杆长枪，兴许能撕开缺口，冲出重围。”冯西贵平静地说道。

经冯西贵这么一解释，李昌鹤算是明白了，不过大仇将报，他热血上涌，赶紧提起两个大锤翻身上马大声道：“待我将那木易擒来。”说罢双脚一蹬马镫，直向辽兵冲去。

看着李昌鹤率兵而去，冯西贵回头问李梁："萧绰确定就在车里吗？"

李梁点点头："李玉成说他亲眼看到萧绰上了马车，而且铁镜公主和她所有的暗骑也都在。"

一切都在自己的谋算之中，可是冯西贵心里却隐隐觉得有些不安，却又不明白是为什么。

杨延琅护着萧绰的车驾一路向西冲杀，这几日冯西贵强攻东门，所以杨延琅的大部分兵马集中在东面，西面的人马相对较少，可是无论怎样，他只有五千人，所以必须速战速决。铁镜公主与杨延琅冲锋在前，所有暗骑保护着车驾，术敌烈断后。

冯西贵见辽兵往西边冲去，唇角微微勾了起来，杨延琅正在一步步走进他的陷阱。不过杨延琅确实勇猛无敌，所过之处尸横遍野、血流成河，他虽只有五千人，却都是以一当十的悍将。六万人虽多，但大军的调遣相对迟缓，这给了杨延琅可乘之机。李昌鹤率军拦截，却不敢与杨延琅硬拼，只能眼睁睁看着他在夏军的包围圈中撕开一道口子，逃之夭夭。

"妈的，六万人竟然没抓住这个该死的俘虏！"李昌鹤怒气冲冲地闯进大帐，一个拦他的守卫被他摔到一边。

冯西贵指着地图对身边的一个将军叮嘱了一番，而后那个将军领命走出大帐。见李昌鹤闯进来，冯西贵急忙示意他少安勿躁。待一切安排妥当之后，冯西贵对李昌鹤说："你不要着急，那木易不过是掌中之物，何苦急于这一时半刻呢。"

"掌中之物？你可别忘了，他已经带着萧绰冲出重围，那是放虎归山了！"李昌鹤气呼呼地说道。

冯西贵把李昌鹤带到桌案前，指着地图道："依你看，木易冲出去会逃向哪里。"

李昌鹤看了一眼便十分不耐烦地说道："还能逃往哪里，自然是逃往上京了！"

冯西贵笑了笑："此言不错，木易护着萧绰，自然要逃往上京，但是他会从哪条路逃往上京呢？"

"这……"李昌鹤沉吟半天，没想出答案来。

"王爷请看，离云内州最近的两个驻军之地，一个是东南方向的奉胜州，一个是东北方向的青河。往东南方向去道路崎岖，便是单骑都难行，木易还带着萧绰，车驾无论如何是过不去的。"

李昌鹤道："那他只能去青河了。"

冯西贵点点头："不错，但青河隶属于丰州，归西南路招讨司管辖，而西南路招讨使是贺黑纳兰的部下。"

李昌鹤恍然大悟，一拍大腿道："贺黑纳兰把大辽的边关布防图都卖给我们了，岂会放过萧绰那老太婆？"

"正是如此，她若去青河定是死路一条。不过，对于辽人，我们不能全信，所以我派出三千铁骑在后面追杀，并在榆林镇设下伏兵。"

"榆林镇？"

"那是去青河的必经之路，我料他轻骑冲杀，粮草必然不足，到那时不得不走榆林镇。你说那木易还不是我等掌中之物吗？"冯西贵非常得意，他相信木易绝对逃不出他的手掌心。

"好！好！"李昌鹤拍手叫好，然后又说道，"还有一件事，舅舅你一定要答应我。"

"何事？"

李昌鹤有点不好意思地说道："就是铁镜公主……"

冯西贵无奈地笑了笑道："喜欢就归你，但要切记，不可贪恋美色，这次我可是押上身家性命，保你上位的。"

"舅舅放心吧，我记着呢。"李昌鹤拍了拍冯西贵的手臂，大笑道。

杨延琅率五千精兵杀出重围，一口气跑了百余里才甩掉夏国骑兵。之后，他清点人马，剩余人数已不足八百，周围榆树成林，一眼望不到尽头。此处距上京两千余里，漫漫长路，看不到一丝希望。耶律铁镜招手叫过两个暗骑，命他们去探察地形，然后来到杨延琅身边，轻轻握住他的手。

"公主。"杨延琅轻声唤道。

"有事吗？"铁镜转过头看着他的眼睛问道。

她一直都这样坦然无畏地望着他的眼睛，没有猜疑，没有恐惧，让人感到既安心又温暖。杨延琅问道："你怕吗？"

耶律铁镜摇了摇头："有你在，我什么也不怕。"

杨延琅轻轻叹了口气："明日一战也许我们会全军覆灭。"

"若天灭我大辽，我无话可说。"

"公主知道明天是什么日子吗？"

铁镜公主想了想："不知道。"

"明日是中元节。"

"我知道，是汉人的鬼节。"

"中元至，百鬼出。明日又要添无数新鬼了。"他望着消失在榆林深处那条曲曲折折的路，在他眼中，那是一条通往鬼域的黄泉之路。

耶律铁镜问道："你信鬼神吗？"

杨延琅道："不信，若有鬼神，我早该下十八层地狱了。"

听了他的话，耶律铁镜扑哧一声笑了。

杨延琅不明白她为什么笑。

耶律铁镜把他的手握得更紧一些，看着他说道："言之有理，若有鬼神，我也该下十八层地狱。"

这个女人像会吐丝的蜘蛛，一点一点把他的心缠在网中，无论他如何挣扎都无济于事，只能随她沉沦。他低下头，父亲的嘱托像枷锁，将他紧紧缚住，而铁镜公主的温柔又让他无法自拔。莫名的，他想起了胡杨陂的人们，若烽烟四起，他们会不会又流离失所？看看自己手中的长枪，上面似乎缠绕着无数游魂，这让他感到厌恶。

“报，公主。”一个暗骑跑到铁镜公主面前。

“前方如何？”耶律铁镜急忙问道。

“回公主，属下打听过了，此处地处丰州，前方五里外有一个镇，名叫榆林镇，是去往青河的必经之路。”暗骑回道。

“下去吧。”耶律铁镜挥了挥手，那人退了下去。

杨延琅轻声提醒道：“公主，去看看太后。”

“好。”耶律铁镜点点头，往黑篷马车走去。

劫后余生的士兵疲惫到极点，狼吞虎咽吃完干粮，顾不得夜深风寒，也先不去想明日的恶战，都东倒西歪地睡在地上。杨延琅看了看他们，转身向林子深处走去。

黑夜里，枝繁叶茂的大榆树张开巨大的伞盖，遮住了天上的星光，杨延琅脚踩着青草，发出沙沙的声响，好像是行走在黑暗中的游魂。

呼——有微风从上面吹来，杨延琅停下了脚步，一个黑色的身影落在他面前。子翼转过身来问道：“你真要救萧绰那老太婆吗？”

杨延琅点了点头。

子翼眨了眨眼睛，说道：“虽然那老太婆还不错，不过如果让夏军把她杀了，辽国势必会与夏州拼个两败俱伤，他们两家一起完蛋，岂不是更合你意？”

杨延琅道：“李继迁野心勃勃，若得辽国疆土，国力大盛，继而就会觊觎中原，他是比萧绰更难对付的强敌。表面来看，他们是两败俱伤，实则是养虎为患。”其实，除了这个原因，他还有私心，那就是胡杨陂的人们。那里的老百姓已经成为他的希望，他不想看到自己的希望被杀戮和野心摧毁。

“行了，行了，我就那么一说，你说养虎，就是养虎。”子翼把鸣鸿刀扔给杨延琅说道，“我就是不明白，这些人一天天打来打去，有意思吗？”

杨延琅收起刀，说道：“多谢。”

子翼站在他面前，非常认真地问道：“疯子，你想清楚了吗？如果你这次救了萧绰，以后可能就再也说不清楚了。”

借着夜色的隐藏，杨延琅皱了一下眉头，沉思片刻道：“随缘吧。”

什么叫随缘吧？子翼突然有一种想掐死他的冲动，不过转念一想，他一贯如此，自己也没本事掐死他，便气哼哼地说了一句：“你就是个缺心眼。”

杨延琅点点头：“嗯。”

承认了？这疯子竟然就这么承认了，子翼哭笑不得，自行消失在夜色中。

第四十五回 血战榆林镇

李玉成很守信用，杨延琅前脚出城，他后脚就把城门打开，迎接夏军入城，但是却阻止冯西贵屠戮降兵。冯西贵不信木易会冒险带着萧绰出城，所以把小小的宁云城挖地三尺，找了好几遍，最后却一无所获。此时，他不得不相信，萧绰的确是走了。

掌史令不是大官，地位与县令差不多，所以李玉成的府邸看起来十分寒酸。在城门前，李玉成说，术敌烈爱兵如子，若杀了降兵，便是断了他回来的路。冯西贵辗转反侧时细细品味这句话，越发觉得意味深长，于是跑到李玉成府上，没有通报就直接进了他的书房，想跟他好好聊一聊。

天近三更，此时闯人府门是非常莽撞的行为，不过好在李玉成还没有睡，他身上披着一件衣服，正坐在桌案旁看书。书房内还有一个白发苍苍，七八十岁的老太太。

“冯元帅?”李玉成见冯西贵过来，急忙起身相迎，身上的衣服落到地上也顾不上捡。

“睡不着，来找李大人聊聊，没打扰到你吧?”冯西贵也不客气，直接坐到老太太的对面。

老太太双目浑浊，虽然看着前面，但很明显她什么也看不到。

“老夫人高寿啊?”冯西贵听李梁提过，李玉成有个瞎眼的婶娘，看来就是这位老太太了，于是便提高声音问道。

“啊?”老太太往声音传来的方向转了转头，表示自己没听清楚。

“老夫人高寿?”冯西贵又提高声音问道。

“瘦点好，有钱难买老来瘦!”老太太笑眯眯地大声说道。

李玉成赶紧走过来，无奈地说道：“婶娘眼神不好，耳朵也聋得厉害，糊里糊涂，今夜突然要陪我读书，我都读到三更了，还不许我睡觉。”

冯西贵看着老太太，感慨道：“一片爱子之心。”

李玉成道：“没有婶娘，就没有李玉成的今天。”

两个人正说着话，老太太突然十分严肃地问道：“成儿，今天的书读完了吗?”

李玉成急忙凑到老太太耳边大声说道：“婶娘，今日的书都读完了，您让成儿睡吧，明日还要早起去学堂呢。”

“读完了就睡吧，明日别误了上学堂。”老太太拄着拐杖用力站起来，李玉成急忙扶住她，而后招手叫门口一个细眉细眼的丫鬟过来，让她扶老太太去休息。

小丫鬟非常机灵，跑过来接替李玉成扶住老太太往外走。老太太走了两步又停下来，然后转过头，对着李玉成的方向神神秘秘地说道："成儿啊，读了这么久的书，饿了吧？婶娘给你煮个鸡蛋吃，好不好？"

老太太的一句话让冯西贵眼泛泪光，可怜天下父母心，曾几何时，他的母亲也是如此，只可惜，树欲静而风不止，子欲养而亲不待。

"婶娘，成儿不饿，成儿困了。"李玉成装成一个少年，跟婶娘撒娇，让人感到心酸。

老太太又笑眯眯地说道："好，好，睡吧，睡吧。明日婶娘给你煮鸡蛋，我的成儿将来一定有出息。"

丫鬟扶着老太太去歇息了。李玉成等老太太出了门，才来到冯西贵面前拱手施礼道："让大元帅见笑了。"

"李大人母慈子孝，着实让人动容。"冯西贵的夸赞有五分真心，他示意李玉成不要多礼。

李玉成坐在一旁，给冯西贵倒上一盏茶道："大元帅过誉了。大元帅夜不能寐，想来是有心事。"

冯西贵喝了一口茶道："依李大人看，我有什么心事？"

李玉成道："大元帅的心事岂是在下能猜到的？"

冯西贵转着手中的茶盏道："李大人聪慧过人，怎么也同我打起了哑谜？"

李玉成笑了笑，说道："木易虽是降将，却是个一条道走到黑的主，大元帅的心事，只怕在下爱莫能助。"

"那术敌烈呢？"冯西贵握着茶盏，似笑非笑地盯着李玉成说道。

"这……"

"云内州兵马都是术敌烈一手练出来的，他是个护犊子的人，与李大人又是莫逆之交，如果李大人能对他晓之以理，动之以情，术敌烈应该不会一条道走到黑吧？"

李玉成愣了片刻，最后还是坐在桌案前，提起笔写了一封信。吹干墨迹之后，他将信双手递给冯西贵："大元帅，在下能做的都做了，至于术敌烈将军会如何选择，在下无法左右。只是大元帅，你可一定要救出犬子。"

冯西贵把信看了一遍，叹服地点点头："李大人放心，我已经派人去上京，一定会救出令公子。"

"多谢大元帅。"

冯西贵将信折好放入怀中，向李玉成告辞，离开时步履轻盈了许多。李玉成将他送到府门外，望着他的背影，轻轻舒了一口气，然后转身回府，紧紧关上大门。

晨光熹微，在一个不大的村庄里，炊烟袅袅，飘出缕缕饭香，已经准备好厮杀的士兵用力吸着鼻子，想多吸一些这人间的味道。杨延琅望着榆林镇，幽暗的眸中闪出嗜血的寒光，这一刻他不再压抑心底的暴戾之气，释放出对鲜血和杀戮的渴望，因为若不如此，他们都将陷入无边的地狱。

“杀!”他一声令下，顿时杀声四起，数百辽兵紧紧护着一辆黑篷马车，径直冲向村子。

“杀——”平静的村子里突然涌出无数夏军兵马。片刻之间，几百名辽兵被夏军紧紧围住，如同陷入泥潭一般，寸步难行。

耶律铁镜的心一点点往下沉，保护马车的暗骑一个接着一个倒下去。杨延琅说今天是中元节，百鬼齐出，现在她快分不清眼前的敌人是人还是鬼了。

“公主，”一个低沉的声音在耳边响起，杨延琅如血人一般来到她身边，说道，“你亲自驾车，跟紧我!”

耶律铁镜瞬间明白了他的意思，舍了战马，跳上车辕。她挥起手中的弯刀，用刀背狠狠地打在马屁股上，战马吃痛，疯了一样往前奔去。车轱辘碾压着地上的尸体，杨延琅挥起长枪，在前面开路。夏州将领见此情景，急忙冲过来，杨延琅长枪横扫，挟起千钧之力，一连打飞两员将领，后面跟着的那个将领来不及躲闪，被一枪贯胸。许久之后，尸体才直挺挺地掉下战马，扑倒在黄沙之中。

一口气杀了三名将领，夏军人人心惊胆战，将领不敢上前，士兵乱成一团。这一车一骑生生从夏兵包围圈中冲了出来，往村外狂奔而去，能跟上的辽兵都紧紧跟在马车后面。

晌午之后，他们终于逃出榆林镇，此时镇内的尸体已经堆积如山。三千人马没有抓住萧绰，这简直是奇耻大辱。夏军活着的几个将领此时还想不了那么多，他们派大部分人去追寻杨延琅，剩下少部分人处理尸体，然后心有余悸地回到大营。

杀出榆林镇后，剩下的辽兵不足三十人，而且大多带伤。

“术敌烈呢?”杨延琅清点人数之后问道。

耶律铁镜四下看了看，摇摇头道：“没见到。”

这时一个辽兵低声说道：“我跑出来时看到将军被围在夏军中，可能，可能凶多吉少了……”他说着说着，悲从中来，泣不成声。

恐惧、疲累、饥饿，对这场没有希望的逃亡，人们感到绝望，有的人在默默流泪，有的已经开始嚎啕大哭。

杨延琅大声喝道：“不许哭，征战沙场，马革裹尸！术敌烈没教过你们吗?”

这位不苟言笑的节度使大人从未如此暴怒过，此时他一声厉喝，这些残兵全部收了声。他平复情绪后传令道：“去寻些吃的来。”

“是。”众人爬起来到附近寻吃的去了。

待他们散去，他转过头对耶律铁镜说：“公主，母后怎么样了?”

耶律铁镜说道：“还好，只是路太颠簸，颇为辛苦。”

杨延琅看看四下无人，便低声问道：“母后的印信可还在?”

耶律铁镜道："在。"

杨延琅从怀里拿出几封信交给耶律铁镜，说道："这是调兵的手谕，你盖上母后的印信，差人分别送往胜州、丰州、德州、朔州、大同府。"

"这……"看着手中的信，耶律铁镜皱起眉头，现在调兵已经晚了，而且这些地方的守将都是贺黑纳兰的人，这个时候是绝对不会派出援军的。

杨延琅道："公主，只管送去就好。"

耶律铁镜握着手中的书信，迟疑片刻，问道："驸马，你与我说实话，你究竟派仁达去哪里调兵了？"

杨延琅轻声说道："上京。"

耶律铁镜惊道："上京？上京距此两千余里，如何来得及？"

"只要我们拖住冯西贵，就来得及。"

"可是上京此时只怕是暗潮涌动，能有援军派出吗？"

杨延琅望着遥远的天边说道："有韩国公在，上京一定无事。"他转过头看了看耶律铁镜，又加了一句："你弟弟也不是怂货。"

他难得会这样说话，耶律铁镜忍不住笑了。她拿着书信进了马车，过了一会儿，派出暗骑，按照杨延琅的吩咐，把书信送了出去。

士兵们寻来些野果野菜充饥。吃完东西，杨延琅却不急着赶路，一直等到日头偏西，突然栈道上扬起一片尘土，如惊弓之鸟的士兵紧张地握紧了兵器。

"大人，大人，是我。"术敌烈从远处喊道。

"将军回来了！将军回来了！"这些辽兵见到术敌烈回来，顿时忘了饥饿和疲惫，急忙起身去迎接术敌烈。

术敌烈带回来十多个人，每个人身上背着一个大布包，走近能闻到布包里散发出来的面香味。术敌烈纵马跑到杨延琅面前，跳下马来，他脸上身上全是血，咧开大嘴笑道："出来时顺道劫了他们的伙房，抢了些馒头回来。"说罢，给杨延琅双手递上来一个。

杨延琅接过馒头，沉默片刻道："该走了。"

术敌烈又从布包里拿出一个馒头递给他，说道："多吃点吧。"

杨延琅看了一眼地上的辽兵，说道："给他们吧，吃饱了就能活着回家。"

"好吧。"术敌烈把手收回去，转身将馒头分给别人。

那边，耶律铁镜拿着两个馒头进了马车。这些残兵狼吞虎咽地吃着手中的馒头，只有吃饱了，才有可能活下去。

肚子吃饱后，心似乎也安定下来了，大家不再草木皆兵，一个个东倒西歪地睡在荒野中。杨延琅靠在树上，感觉到阵阵困意袭来，不知不觉中也睡着了。

梦中有父亲步步紧逼的遗言，有无休无止的杀戮和剥皮噬骨的痛苦，他从梦中惊醒，可是无法挣脱的束缚还在，眼前的人影渐渐清晰，是术敌烈，他面有愧色，而自己已经被铁链牢牢绑住。

杨延琅平复心绪后问术敌烈："你被俘了？"

术敌烈点点头。

"李玉成献城了？"

术敌烈再次点点头。

"是李玉成给你写了劝降信？"

"我若不降，他们会杀光宁云的兵将。"

杨延琅靠在树上，抬头看着如血一般的晚霞，片刻之后问道："没找到太后？"

"没有。"术敌烈老老实实地回答。

杨延琅收回目光，非常认真地看着他说道："我换不来你要的高官厚禄。"

术敌烈感觉像是被人狠狠扇了一巴掌，脸火辣辣地烧起来。"大人，事已至此，咱们都尽力了。要不是太后她非要到宁云来，何至于此啊！"他越说越激动，"还有，我当年救过先帝，你，你为了救皇上，一步步跪上土匪的山寨，对大辽也算仁至义尽了，今日之举也是被逼无奈，你又何必，何必……"

术敌烈话还没说完，脸就憋成了紫黑色。杨延琅叹了一口气道："下次背熟些。"

术敌烈张口结舌，恨不得找个地缝钻进去，刚刚那些话的确是李玉成信里叫他对杨延琅说的。

杨延琅道："你没什么心机，莫要费这些力气了，我只拜托你一件事。"

"大人你说。"

"把公主照顾好。"

术敌烈用力点点头："好。"

"走吧。"他站起身来，坐得久了，他的腿有些酸麻，脚下有些踉跄。术敌烈扶着他走到黑篷马车旁边，撩开车帘，让他看了看昏睡中的耶律铁镜。

他低声道："多谢。"

术敌烈无话可说，低声跟夏军将领交代了几句，然后默不作声地退到一旁。夏军把杨延琅锁到马车旁，然后押着他们往回走。

第四十六回　连环美人计

离开宁云时，耶律铁镜知道马车是空的，但是她不知道萧绰在哪里。她与杨延琅约定，为了萧绰的安危，她的下落只杨延琅一人知晓。杀出城去只不过是想迷惑敌人，让他们难辨真假，好拖延时间，等待援军。但是耶律铁镜怎么也没想到，李玉成会贪生怕死，献城降敌，术敌烈会中途倒戈，将他们二人生擒活捉。

此时，马车内的耶律铁镜已经骂不动了，有车帘挡着，她看不见外面，但是她能听见沉重的铁镣被拖动的声响，那是捆着她丈夫的铁镣。

炎炎烈日下，黄沙烫得脚生疼，数百名夏州士兵押着他们一行人慢慢走进宁云城。杨延琅的甲胄已经被扒去，他穿的粗布麻衫上布满血痕，脚上的铁镣发出哗啦声。他双唇干裂出血，疲惫不堪地停住脚步，抬起头看了看高高的门洞。

“别磨蹭，快点走！”夏兵呼喝着，挥起马鞭狠狠地抽了杨延琅一鞭。这一鞭力道极大，衣服被抽破，杨延琅身上出现一道血痕。

围观人群中有眼尖的，一眼认出了杨延琅，悄悄地说道：“那不是……不是节度使大人吗？”

“节度使大人不是三天前杀出城了吗？怎么被俘了？”

“那可是个好官，怎么会落得如此下场呢？”

有消息灵通的说道：“我听说术敌烈临阵降敌，把大人给抓了。”

“这无耻的叛徒，怎么可以做出这种事呢？”

“该把他千刀万剐了！”

“他会下十八层地狱。”

…………

术敌烈骑马跟在一旁，人群中的谩骂声如利箭一样刺进他的耳朵，让他如坐针毡，脸上火辣辣的，多亏他脸黑，看不出什么异样。

李昌鹤坐在节度使府衙的正堂上，双手扶着桌案，想到那俘虏几天前还坐在这儿发号施令，几天后却成了阶下囚，还真是有意思。

今天堂上的人很多，有李昌鹤的部将，还有云内州的一些贵族和官员以及他们的家眷。李昌鹤把城里有头有脸的都请来了，他就是要让他们看看曾经那位不可一世的节度使如今沦落成阶下囚。当然，他还要抢走大辽的公主来羞辱他们。

李梁觉得李昌鹤也就打仗有两下子，其余时候，他的脑袋都像被灌了大粪一样。不过蠢归蠢，此战之后，他就可以晋封世子了，将来继承王位。冯西贵的叮嘱，李梁是片刻都不敢忘，今天要是不能从杨延琅嘴里问出萧绰的下落，他们就得一起遭殃。

堂外传来拖动铁镣的声响，杨延琅和耶律铁镜被押上堂来。看着堂上的人，耶律铁镜的脸刷一下就白了，今天该来的，不该来的全都来了。

李昌鹤看着耶律铁镜，她如烈火一般的红衣沾满泥污，袖子和胸口处的衣服破了几道口子，隐隐约约能看到如雪的肌肤，原本刚烈的公主此刻看起来楚楚可怜。看到她这般模样，李昌鹤的心头就像有羽毛掠过，痒痒的，他感到浑身战栗。他直勾勾地盯着耶律铁镜，然后冲着属下勾了勾手，那几个夏军的将领心领神会，将耶律铁镜带到李昌鹤身边。

耶律铁镜双臂被绑，无法反抗，李昌鹤将她牢牢按在怀中，用手捏着她的下颌。耶律铁镜想挣脱，李昌鹤却把她的脸转到杨延琅的方向，让她看着自己的丈夫，然后得意地说道："你看看，你看看这个人，啊，你看看这个人，他就是个俘虏，你就是把他捧到天上也没用，他就是天生的贱种，他能配得上你吗？"

耶律铁镜啐了一口唾沫，然后抬脚狠狠踩在李昌鹤脚上，乘他吃痛发愣之际，挣脱他的钳制。

李昌鹤咬着牙，抹去脸上的口水，突然哈哈大笑："能让我李昌鹤日思夜想的女人，只有你铁镜公主。我听说公主十分喜爱这小白脸，今天便让我看看你有多喜欢他。"

他话音刚落，两旁的两个夏兵就冲上去把杨延琅按住，让他跪在地上。

耶律铁镜惊恐地问道："你要干什么？"

李昌鹤道："干什么？我说过，他要落到我手里，我一定让他求生不能，求死不得。"

耶律铁镜咬牙切齿地瞪着他，说道："你敢！"

"来，公主，你仔细看着。"李昌鹤再次捏着耶律铁镜的下颌，逼着她看着杨延琅。

这时，一个夏兵拿着一块烧红的烙铁过来，他一下撕开杨延琅背后的衣服，狠狠地将烙铁按在他的肩胛上。

一股皮肉烧焦的味道瞬间在堂上散开，杨延琅发出一声闷哼，牙关咬得咯咯直响，冷汗顺着他的下颌流下来，砸在青砖上。片刻之后，他软软地垂下了头。

"混蛋，你们放开他！"耶律铁镜拼命挣扎。术敌烈和李玉成这些原云内州的官员都悄悄地把脸转到一边，后面的女眷发出短促的尖叫声。这时，坐在李玉成旁边的瞎眼老太婆突然往前倾了一下身体，想要站起来，被李玉成紧紧按住。而后，李玉成四下看看，好在耶律铁镜和杨延琅吸引了所有人的目光，没有人注意到他们。李玉成这才悄悄舒了一口气。

一瓢冷水泼下去，杨延琅动了动，他渐渐粗重的喘息声表示他正在承受着巨大的痛楚。

“木易，这开胃小菜怎么样？”李昌鹤得意扬扬地问，能够一雪前耻，这让他忘乎所以。

耶律铁镜突然回过头看着李昌鹤，冷冷地说道：“他若是死了，就没有人知道我母后的下落了。”此时她心里非常清楚，他们两个人，谁知道她母后的下落，谁就能活下去。

“想死，你就听她的。”杨延琅突然抬起头，对李昌鹤说道。

李昌鹤被他说得一愣，想起五年前自己被算计的事，似乎真不能相信这个公主的话。

愚蠢的李昌鹤没明白，但李玉成和李梁却明白了。杨延琅自到堂上便一言不发，妻子遭人侮辱，他眼睛都没眨一下，这种刻到骨子里的冷血，让人忍不住打战，可他突然冒出这么一句话来误导李昌鹤，说明知道萧绰下落的人就是他，他先前的冷漠都是装出来的，目的就是保护铁镜公主。

李梁对李玉成耳语几句，李玉成却摇摇头，表示拒绝。李梁看了看李玉成的婶娘，再次对他耳语一番。李玉成无奈地叹了一口气，几步走上主位，附耳对李昌鹤说了几句话。

李昌鹤听了他的话，脸色大变，因为气恼，呼吸时鼻翼都在不停地抽动。他瞪大眼睛，恨不得扒了李玉成的皮。李玉成无视他要杀人的目光，拱手施礼，退了下去。

耶律铁镜没听清李玉成的话，但从李昌鹤的神情可以看出来，他看穿了杨延琅的意图。那么，想撬开杨延琅的嘴，就只能从自己身上下手了。不过，只要能救母亲，即使身死魂消又如何？

李昌鹤气呼呼地喘了片刻，突然把耶律铁镜推到他的部将和侍卫那边，说道：“把这个女人给扒光了！”

扒光了？他们一个个面面相觑，当初他可是千叮咛万嘱咐，对这个公主一根汗毛都不能碰，要给他留着，怎么这会儿又要扒光她了？

“都他妈愣着干吗？我让你们把这个女人扒光，如果这个俘虏还嘴硬不说，就给我轮番睡了她。”李昌鹤大喊道。

李昌鹤的属下一个个向耶律铁镜走去。被围在一群彪形大汉中间，耶律铁镜显得纤弱无助。无论她多么足智多谋，面对这些如狼似虎的男人，她终究是一个弱女子。杨延琅的脸色越发苍白，被铁链捆住的双拳不由自主地攥紧。李昌鹤发现他神情有变，知道李玉成的计策是对的。

突然一只粗糙的大手扯开铁镜公主衣带，可是他们却没有听到她的惊叫声。耶律铁镜仰着头，轻蔑地看着李昌鹤。纵是他脸皮厚如城墙，在耶律铁镜的目光下，也觉得无地自容。

裂帛声不绝于耳，一件件衣物落地，杨延琅觉得血气上涌。这一刻，他才真正觉得这个女人是自己的妻子，容不得任何人玷污。他咬紧牙关，拼尽全力让自己冷静下来。此时，耶律铁镜身上只剩下亵衣长裤，一只手已经伸向这最后的遮挡。

“我说。”就在这一刻，杨延琅开口了。

听到这两个字，堂上一下安静下来，那只伸出去的手急忙缩回来。李昌鹤此时的神情看起来很古怪，他想了想，问道："你想通了？"

杨延琅点点头，表示自己想通了。

"木易，你敢说出我母后的下落，我恨你一辈子！"铁镜公主声嘶力竭地喊道。

杨延琅苦笑一下道："无妨。"

"木易，你不能说，不能说，我求你了，求你了，你不能说……"耶律铁镜哭喊着。

李昌鹤挥手命令手下将铁镜公主押到旁边，对她的哭闹置若罔闻，转头问杨延琅："萧绰在什么地方？"

杨延琅沉默片刻道："我有三个条件，你答应了，我就说。"

李昌鹤道："你现在有资格跟我提条件吗？"

"有。"他手中有萧绰，就有资格提条件。

"木易，你要是说出来，我现在就死给你看。"耶律铁镜双目血红，死死盯着杨延琅。她现在唯一的依仗，就是自己的命。她相信，在木易心里，自己非常重要。

杨延琅看了她一眼，对李昌鹤说道："你不会连个女人都制不住吧？"

李昌鹤自然明白他的意思，命人把耶律铁镜的嘴堵上，防止她咬舌自尽。杨延琅无视耶律铁镜杀人的眼神，沉默了片刻，说道："你要好好对待公主。"

听完他这句话，李昌鹤一愣，他怎么也没想到，这家伙竟然是个痴情种。李昌鹤摸着耶律铁镜的脸庞，说道："那是自然。"而耶律铁镜也不再挣扎，眼泪像断了线的珠子一样落下来。

杨延琅觉得那眼泪比落在身上的烙铁还要烫，甚至让他害怕，他避开她的目光，对李昌鹤说道："请你亲手杀了我。"

李昌鹤问道："杀了你？为什么？"

"两降之臣，三易其主，这样的人留着有何用？何况，我活着于公主是折磨，于我也是折磨。我活够了。"

"活着不易，想死还不容易吗？"

"悬梁自刎，皆懦夫之举，纵观天下，除了你，没人有资格杀我。"

李昌鹤听过无数恭维的话，但杨延琅这句话最让他受用。这人有万夫不当之勇，有屠戮天下的霸气，能被他认为"有资格"，那是莫大的荣光。他甚至对杨延琅生出惺惺相惜的感觉，这样的人想死得体面一些，也是人之常情。

"我答应。"李昌鹤压下心中的得意，说道。

杨延琅又说道："我要看一眼我的枪。"

他曾手执一杆黑枪血战千军，如今末路之时只想看一眼枪，让人感到悲凉。

李昌鹤道："好。把枪给他拿上来。"

术敌烈道："我去。"说罢转身出去。过了一会儿，术敌烈手执长枪站在杨延琅面前，让他仔细看了看长枪。

之后，他仰起头对李昌鹤道："我告诉你太后在哪儿，你手起刀落，送我上路。"

“好。”李昌鹤步下主位，从侍卫腰部抽出弯刀，站在杨延琅面前。李昌鹤将弯刀架在他肩膀上，说道：“公主喜欢你这张脸，我会把你的脖子切整齐些，把你的脑袋冻在冰窟里，她若想你可以去看看。说吧。”

“胡……杨……”

这两个字出口，所有人都知道是什么地方了。李昌鹤已经不想听下去了，别说这个人自己要死，就是他不想死，李昌鹤也绝对不会留着他。他眼露凶光，手腕一翻，将刀锋扫向杨延琅颈部，明年的今天就是他的祭日。

可就在这一刻，李昌鹤突然看到眼前这人的唇角微微勾了起来，他知道那不是在笑，那是他杀人前的习惯。李昌鹤觉得浑身冰冷、四肢僵硬，那颗本应该被割下来的脑袋突然不见了，杨延琅站在离他五步远的地方，脑袋还好好地长在脖子上。他身上的铁链落在脚下，而术敌烈手中握着的青白色短刀犹自嗡嗡低鸣。

李昌鹤知道自己错了，他不该离这个俘虏这么近，可就在他要逃跑的时候，血红色的枪尖从他肩膀处伸了过来，架在他的脖子上。他清清楚楚地看到那枪尖是开了刃的，这利刃会把他的脖子切得很整齐，但是木易应该没有闲心把自己的脑袋放到冰窟里冻起来。

“让他们把兵器放下。”看着刀剑齐出的夏军，杨延琅冷冰冰地说道。

“你，你休想！”李昌鹤还在逞强。

他话音一落，那黑枪一动，一道鲜血从李昌鹤脖子上流了下来。

“住……住……住手……”李昌鹤吓得魂飞魄散。

脑袋暂时是保住了，但他知道，木易不会说第二遍，而且不会等太长时间，想活命就必须按他说的做。李昌鹤无奈地说道：“听他的，把兵器都放下！”

夏州的士兵还在犹豫不决，相互观望，李昌鹤气恼地大喊：“都他妈放下啊！”

哐啷……哐啷……弯刀、弓弩等都扔在了地上，宁云城内的夏军束手就擒，李昌鹤被绑得结结实实扔在一旁。

耶律铁镜疲惫地坐在大堂的台阶上，她以为自己知道他全部的计划，到此时才知道自己只是他手中的一颗棋子，也才知道李玉成献给李昌鹤的计策是出于谁的授意。他用自己使苦肉计，用自己的老婆使美人计，一步一步把李昌鹤引上钩，真的是为达目的不择手段。

杨延琅放下手中的枪，接过李玉成递来的斗篷，蹲在耶律铁镜面前。

啪——清脆的掌掴声响起，杨延琅被打得脸转向一旁。堂上一时安静下来，随即人们又开始各自聊天，假装谁也没看到。

杨延琅低垂着头，脸上火辣辣的，这一巴掌是他作为丈夫活该挨的。他展开手中的斗篷把耶律铁镜小心地包起来，然后抱在怀里。

“哇——”所有的坚强和委屈一下变成眼泪汹涌而出。

“下次我给公主备一把戒尺。”杨延琅低声在铁镜公主耳边道。

“嗯？”铁镜公主止住了哭声，不明白他备戒尺要做什么。

“免得你伤了手。”

他一板一眼的话把耶律铁镜逗得破涕为笑：“这么好看的脸，打坏了我心疼。”

果不其然，耶律铁镜一句话就把他逗得面红耳赤。众目睽睽之下，他们自然要适可而止。杨延琅把耶律铁镜扶起来，二人来到李玉成身边的老太婆面前，躬身跪倒：“让母后受惊了。”

萧绰心疼地给女儿抹去眼泪，又拍了拍杨延琅的肩膀，说道：“让你们受委屈了。”

耶律铁镜道：“母后平安就好，这些都不算什么。”

堂上的人惊愕地看着这个“老太婆”，除了极少数的几个人外，其余人都不敢相信自己的眼睛，这个瞎眼的老太婆怎么会是萧太后？

术敌烈、李玉成等官员和宁云城中的贵族及家眷都一起跪地行礼，拜见萧绰。

“你们的忠心本宫都知道，感谢的话就不多说了，都平身吧。”

“谢太后千岁！”

李昌鹤目瞪口呆地看着萧绰，原来这个老太婆就是自己挖地三尺要找的萧绰！原来她就藏在自己的眼皮底下。突然他像疯了一样骂起来：“混蛋，你们居然耍我，啊……”

他正在叫骂，突然开始惨叫。耶律铁镜手里提着正在冒烟的烙铁，李昌鹤前胸一块焦黑的皮肉生生被扯了下来。就在他要晕过去的时候，她用左手将一瓢冷水直接泼了过去。

“李昌鹤，你想当世子，可你不够高贵；你当将军，又没脑子。作为男人，你就是个混蛋，你不但是混蛋，还是一个下流无耻的软蛋！这是我替木易还给你的！”她的声音不高，平静中透着狠辣。她一肚子委屈和愤怒总要找人发泄一下吧，倒霉的李昌鹤肯定躲不过的。

杨延琅接过耶律铁镜手中的烙铁扔到一边，劝道：“算了，除了城中的兵马，城外冯西贵至少还有近五万人，留着他还有用。”

李昌鹤疼得只剩下半条命了，除了瞪着一双眼睛，恐惧地看着铁镜公主，别的什么也做不了。杨延琅吩咐属下把萧绰和耶律铁镜送回去，自己则与术敌烈等人带着李昌鹤直奔城头。

第四十七回　烈火败顽敌

冯西贵听到下属回报，说宁云城城门关闭，吊桥拉起，突然意识到自己上当了。当他带着人马来到城下时，城头上飘着的将旗上写着斗大的“木”字，杨延琅在正中间站着，他左手边是李玉成，右手边是术敌烈，李昌鹤垂头丧气地被押在一旁。

瞒天过海、调虎离山、擒贼擒王，诈降计、苦肉计、美人计，这一环又一环，环环相扣，冯西贵将整件事仔细想了一遍，杨延琅运筹帷幄，拿捏人心，竟然毫无破绽，不得不让人佩服。自己以为他即使是老虎，也是一头被关入牢笼的老虎，还能兴起什么风浪？所以，他认为，随李昌鹤怎么折腾，只要审出萧绰的下落就可以，现在想来是自己太轻敌了，李昌鹤那个蠢货怎么能是木易的对手。

“木大人，好计谋，冯某佩服。”冯西贵在马上抱拳施礼。

杨延琅没有理会冯西贵的恭维之词，而是开门见山地问道：“你还要李昌鹤吗？”

冯西贵一愣，马上说道：“公子是我主上，冯某当然要。”

“要就退兵。”

“木大人，我大军劳师动众……”

“啊……”冯西贵一句话还没说完，城头上突然传来惨叫声，只见杨延琅拎着李昌鹤的衣服，直接把他甩到了城墙外面，就像甩出来一件破衣服，李昌鹤差点被吓破胆。

“木易！”冯西贵大声喊道，急得从战马上站起来。

“要就退兵，我不说第三遍。”杨延琅冷冷地说道。

“舅舅，舅舅，快退兵啊！”李昌鹤双臂被绑，身体悬在箭垛外，此时他的性命就悬在杨延琅这只单薄的手臂上，只要冯西贵敢说一个“不”字，杨延琅就敢松手，把自己摔成肉泥。李昌鹤冲冯西贵喊完，又抬起头对杨延琅说道：“木大人、木驸马、祖宗，求求你，求你千万别松手……”

冯西贵想一头撞死在城墙之下，这个不成器的东西不但蠢，还如此没有骨气，这坨扶不上墙的烂泥，怎么能让他承袭王位，保自己家族兴盛呢？现在，他真恨不得木易直接把李昌鹤摔死在城门下，自己也落得清闲，但是不行，且不说他是夏王最宠爱的儿子，就是王府中的政敌也在紧紧盯着自己，若此时不管李昌鹤的死活，一定会被那些政敌攻击。

权衡一番后，冯西贵拱手道：“木大人，勿伤我家公子，冯某这就退兵。”

听到冯西贵的话，杨延琅慢慢把李昌鹤提上城墙。李昌鹤双脚落地的一刻，一下便瘫倒在地上，两眼发直，大口喘气。

冯西贵一直等到李昌鹤平安落地，再次问道："木大人，冯某有一事不明，望大人不吝赐教。"

"说。"杨延琅觉得后背的伤口如刀割一般痛，暗红的血透过衣服渗了出来。烈日炎炎，他却觉得浑身冰冷，身上酸软无力，这个冯西贵实在太过唠叨，他只能强打起精神与冯西贵周旋。

冯西贵说道："我知道你折腾这么久，是因为萧绰就在城内，却不知你将她藏在何处？"

"你见过。"

见过？冯西贵仔细回想，突然脑中灵光一闪。他一句话没说，仰天长叹一声后，冲城头拱手施礼，随后夏军如潮水一般退去。

待夏军走远，杨延琅终于松了一口气，他疲惫地靠在箭垛上，刚刚拎李昌鹤那一下耗尽了他的力气。

"大人，你怎么样？"术敌烈关切地问道。

杨延琅摆了摆手，示意自己没事，指着李昌鹤道："把他押下去，派重兵看守。"

"是。"术敌烈急忙命属下把李昌鹤拖走。

杨延琅缓了一口气对术敌烈和李玉成道："你们马上把全城的木柴都堆到城墙外，木柴不够就拆房子里的木柴用，先从节度使府拆起，再把全城的火油运上城墙，然后把兵马集中到四个城门，将门洞用木石堵死。"

术敌烈和李玉成面面相觑，这是要与夏军同归于尽了？术敌烈不解地问道："大人，夏军不是撤了吗？"

杨延琅道："冯西贵不会为李昌鹤撤兵。"

"可是他，他明明……"

"那是为了掩人耳目，他不能让我当着几万大军摔死他的主子，背上不忠不义之名。可是劳师动众苦战多日无功而返，他必不会甘心，我料他今夜定会折回来偷袭宁云。"

"那不是，不是逼我们杀了李昌鹤吗？"

"他不会管李昌鹤的死活，只要攻下宁云，抓住太后，他就胜了。到时李昌鹤若活着，是他救人有功；李昌鹤若死了，可以推说他死于乱兵之中，李继迁最多斥责他两句。李昌鹤贪生怕死的事很快会传到夏州，他已经没用了。"杨延琅耐心地与他们解释。

术敌烈气道："可恶，我们好不容易才抓住这草包，没想到这么快就没用了。可是如果木柴烧尽了，咱们靠什么打退敌军？"

"我们守了多少天了？"

术敌烈想了想道："十三天了。"

"十三天。"杨延琅幽深的眸子闪出寒光，是生是死就快见分晓了，他靠在箭垛上道，

“我先回府，你们去准备吧。”

“是。”术敌烈命人把杨延琅送回府中，然后急忙与李玉成布防去了。

二更未到，冯西贵的大军果然去而复返，如黑云一般向宁云城涌来。只要明日天亮之前他们援军不到，他就能攻下宁云。只要抓住萧绰，他就能取大辽半壁江山。就在夏军云梯搭上城墙，人爬上去的时候，一点火星从天而降，城墙上下顿时化为一片火海，远远望去，宁云城像被一条条火龙盘住，连只飞鸟都进不去。

冯西贵再次感叹自己真是遇到了对手，他没想到才过而立之年的木易会如此难缠。没有办法，他只能调整战术，全力进攻城门。

看着城下蜂拥而至的敌军，耶律铁镜紧紧握着杨延琅的手，手心里全是汗。

杨延琅的眼睛里映着火光，犹如暗夜里即将展开杀戮的狼王，他低声说道：“公主，我尽力了。”

耶律铁镜握着他的手，说道：“我知道。”

“你怕吗？”杨延琅看着妻子，认真问道。

耶律铁镜无比温柔地说道：“生与你同衾，死与你同穴。我不怕，只是……”说到这儿，她突然低下了头，面色绯红，沉吟片刻才又说道：“此生唯一憾事，便是你我空有夫妻之名，却无肌肤之亲。若有来世，只愿我们生在平常人家，夫唱妇随，一生相伴。”

杨延琅嘴角轻轻抽动了一下，突然把公主拥进怀中，此生他终于有了眷恋的人。若见不到明日的太阳，他最想做的就是永远抱着公主。

杀——

喊杀声冲天而起，冷剑长枪，白刃翻飞，杨延琅传下死令，要死就战死在城头上。守城的兵将都知道，若是城破，愤怒的夏军必会屠城，到那时不只他们，就是城里的百姓也难逃一死。他们大多是云内州的人，家眷亲朋都在城中，所以绝不能后退半步。

杨延琅发现有个辽兵一直不离自己左右。他知道，那是子翼，这些天来他一直假扮成自己的侍卫，替自己挡下无数明枪暗箭。他劝过子翼，让他离开，可是子翼的脾气跟他一样倔，他只告诉杨延琅一句话，等他死了，自己就走。

夜近三更，夏军还是没能攻进城去，冯西贵命夏军倾巢而出，他一定要抓住萧绰。城门下，敌人的尸体一层层叠高，活着的人踩着尸体往上冲，而此时城头上的辽兵已经不足百人。

“铁镜、木易。”突然一个威严的声音从身后传来。

耶律铁镜和杨延琅猛然回头，只见萧绰一身盛装走上城头。城墙下的烈火染红了整片夜空，血红色的夜空下，她就像浴火的凤凰，威严而又霸气，睥睨众生。

“母后。”耶律铁镜叫了一声。

萧绰傲然而立，俯视着城下的敌军：“你们只管杀敌，莫要管我。”

两国征战，你死我活，这算不得家仇，但是毕竟父亲与五个兄弟都死于萧绰之手，杨延琅心里是恨她的。不过，仇也罢，恨也好，他不得不承认，这个女人是当世枭雄。

夏兵仰望城头，漫天火光中，萧绰着一袭黑袍立在最高处，她身边的辽将，征袍被鲜血染尽。这一刻，他们觉得萧绰会生出双翼，张开利爪向他们扑过来，将他们撕碎。

杀——此起彼伏的声音从遥远的黑暗中传来，天边有一片繁星散落在大地上，很快那片繁星离城门越来越近，原来那片繁星是士兵手中的火把，而队伍最前面的耶律休哥和完颜寿已经杀入夏军中。他们接到萧太后调兵手谕后，率五万铁骑连夜起程，一路上人不离鞍、马不停蹄，六天时间奔袭两千余里。

"援兵，是我大辽的铁骑!"耶律铁镜指着城下高声叫道。

看到大辽的铁骑，冯西贵知道自己完了，急忙传令撤军，但是几万兵马要撤退，谈何容易，何况夏兵一看到大辽的铁骑，斗志全无，只顾逃命。

兵败如山倒，当冯西贵领着残兵败将远远望着宁云城时，他耳边响起杨延琅站在城头上对他说的第一句话："我会让你这六万人马有来无回。"

冯西贵苦笑一下，他来时领着六万兵马，回去时已不到五千兵马，还丢了李昌鹤这个傀儡。可笑自己一生筹谋，到头来竟然毁在木易手里，今日能保住一条老命，苟延残喘度此余生，已是老天开恩了，再想建功立业、飞黄腾达，那是痴心妄想。

宁云之围已解，李继迁数万大军葬身云内州，几年之内他不会再对大辽生出妄想，宋国、夏州边境相继安定下来，萧绰非常高兴，虽然城中粮草匮乏，但还是摆了庆功宴。酒过三巡，大辽官员们开始换大碗喝酒。

耶律休哥端着酒碗来到杨延琅面前，真诚地说道："此役能大获全胜，太后娘娘遇难成祥，都是你的功劳。"

杨延琅道："王爷过奖了，若不是王爷的援兵及时赶到，宁云就危险了。"

耶律休哥道："你手下叫仁达的，那个小子不错，拿着太后的手谕偷偷混进韩国公府，直接将手谕交给韩国公，没有走露消息。所以，韩国公才能提前稳住上京的局势，让本王来驰援宁云。"

杨延琅恭敬地说道："仁达是公主的暗骑，是公主驭下有方。"

耶律休哥哈哈大笑："铁镜那丫头眼光不错。来，老夫敬你一碗。"

杨延琅瞅了瞅手中的酒碗，抿了抿苍白的嘴唇，最后还是将酒一饮而尽。他们这边酒碗还没放下，完颜寿就摇摇晃晃地过来了。耶律休哥道："你们年轻人要喝尽兴。"撂下这句话，他急忙转身走了。大家都知道完颜寿喝醉后有个毛病，就是喜欢逼着别人喝酒。

完颜寿端着酒碗，醉眼蒙眬地说道："驸马爷，你智勇双全，是我大辽的福星，完颜寿敬你一碗。"

杨延琅知道自己不能再喝下去了，但是这个醉汉极难对付，实在让人头疼。就在他为难时，术敌烈生生插到他们中间，对完颜寿道："大人不胜酒力，要喝酒老子陪你喝。"

完颜寿看清是术敌烈，开心地笑起来："我听说驸马爷海量，十碗烈酒把你喝成了他儿子。”

术敌烈被人揭短，气得放下酒碗，拎起酒坛子道：“老子愿赌服输，当儿子又怎样？今天，老子就把你喝成孙子。”

完颜寿说道：“谁输了，谁当孙子。”

“两位将军慢饮。”杨延琅见术敌烈替自己挡酒，赶紧开溜。

“驸……驸……”完颜寿刚要开口，就被术敌烈制止。术敌烈低声对完颜寿道：“大人受伤不轻，别让他喝酒了。”而后把事情的经过大致说了一遍。完颜寿听后气得暴跳如雷，嚷嚷着要去扒了李昌鹤的皮。

离开吵吵嚷嚷的酒宴，杨延琅独自走向府衙后院。除了正堂、书房和卧房等几间必须留下的房子，府衙其余的屋子都被拆成了断瓦残垣，所有拆下来的房梁和椽子都化成了城墙下尚未熄灭的火焰。

一弯残月挂在夜空，凭添几分凄冷。此战后，他会加官晋爵，位列朝堂，离关隘图就更近一步了。他望着满天星辰，心口忽然有些闷痛，等自己拿到关隘图时，可能已经变成辽人了。他想问问父亲，这么做值得吗？

“木易。”萧绰的声音从身后传来。

杨延琅转过身拱手施礼道：“母后。”

萧绰道：“此处没有外人，不用多礼。”

“谢母后。”他平身立于一旁，依旧双眸低垂，明明看起来谦卑恭顺，却又透着让人难以接近的疏离。

夜风习习，幽暗的月光下，两个人沉默着，谁也没有说话。过了许久，萧绰轻轻地问道：“你是什么人？”

杨延琅道：“母后需要什么人，儿臣就做什么人。”

听到他的回答，萧绰突然笑了，这句话说得很高明，让她无言以对。她望着月亮，说道：“记得五年前宫中夜宴，你直言大辽时弊，而今日看你治理云内州，再看你用兵谋事，我倒觉得当初小看你了。”

杨延琅把头垂得更低一点道：“母后过誉了。”

萧绰道：“我今日单独见你不为国事，而是为了铁镜。”

杨延琅急忙说道：“儿臣知罪，我不该利用公主迷惑李昌鹤。”

“那件事我不怪你，我是指城头上铁镜对你说的话。”萧绰一瞬不瞬地盯着他说道，“她是公主，也是你的妻子，你们成亲五年，你不该让她受这样的委屈。”

“儿臣知罪。”杨延琅明白了，此时此刻她不是作为一国太后来与臣子相谈，而是作为岳母来寻自家女婿兴师问罪。她是一个英明的君主，知道该用何种手段来笼络臣子。不过，即使看穿了萧绰的心思，他心中依旧泛起一丝暖意。

萧绰又说道：“我知道你是个心思重的人，过去的事已经过去了，你不要沉湎于过去，也不该沉湎于过去。”

“是。”杨延琅低声应道，而后说道，“还有一件事，我在榆林镇用太后印信给胜州、丰州、德州、朔州、大同府各送了一封调兵的手谕，探马来报，各州的守将已经带兵往宁云而来。”

萧绰微微皱起眉头，思虑片刻道：“你想将他们一网打尽。”

杨延琅道：“矫诏调兵是重罪。”

矫诏是重罪，所以这罪名要么是木易的，要么就是执诏之人的，总之，万事俱备，东风已起，只看你如何决断。沉吟片刻之后，萧绰终于下定决心，沉声说道：“的确到时候了。”

杨延琅拱手道：“母后，儿臣倦了，可否先行告退？”

看到他疲惫的神色，萧绰道：“这些天回去养着吧，州中之事暂时交给李玉成处理，你也陪陪铁镜。”她故意把两个“陪”字说得很重。

“儿臣遵命。”杨延琅退了下去。

幽暗的月光下，他的背影显得十分单薄，但心思却深得可怕。他假传手谕，又将此事告知自己，其实就是看自己是否忌惮他。绝境之下依然洞若观火，排兵布阵，一箭双雕，这样的谋臣她不舍得放手。她能感觉到，他没有野心，但是他的心也没有忠于自己，不过只要能为大辽所用，她萧绰就没有不敢用的人。若铁镜能与他生下一儿半女，就能将他牢牢牵绊住了。

第四十八回　一吻相思蔻

贺黑纳兰看着手中的密报，胸中憋着一口气，眼前一阵阵发黑。当初，冯西贵与他暗中勾结，他们两人一个要疆土，一个要权力，一拍即合。这次，萧绰去云内州，他觉得时机已到，便急忙与冯西贵密谋，夏州出兵攻取宁云，掳走萧绰，他趁机率军逼宫，铲除韩德让和耶律休哥等人。小皇帝还没有亲政，他可以挟天子以令诸侯。事成之后，他会割云内州给夏州，再出兵助李继迁攻下三关口，夺取宋国土地，然后建国称帝。

贺黑纳兰命中京道所有州府的部将装聋作哑，按兵不动，任由六万夏军兵围宁云，打得尸横遍野、血流成河。可是他怎么也没想到，一个小小的宁云、一个木易竟然葬送了冯西贵的六万大军。而他那些部将也都是酒囊饭袋，竟然中了木易的圈套，以为宁云打到两败俱伤，拿着一份假手谕想去坐享渔翁之利，结果乖乖送上门去，被一网打尽。其他尚有余力的部将也被木易和铁骑军吓破了胆，不敢造次。许多人经过此事后，只怕会重新择主。

撕了手中密报，贺黑纳兰许久才平静下来，现在想来自己真是太轻敌了。他能想到木易会派人求援，但是他没想到，他会直接到上京求援。韩德让这只老狐狸大张旗鼓地把铁骑调往上京，以此稳住了上京的局势，然后半路却让铁骑转道驰援宁云，救了萧绰，最终让他功亏一篑。贺黑纳兰长长叹了一口气，萧绰终于有机会名正言顺调她的铁骑入中京了，不荡平那半壁江山，这女人绝不罢休。

萧绰当然没有让贺黑纳兰失望，她借着杨延琅送来的东风，以假造手谕、擅自调兵、意图不轨为由，彻查胜州、丰州、德州、朔州、大同府等地官员，惩处罢免了一批地方官。因为有铁骑军与杨延琅的震慑，这些人谁也不敢轻举妄动。之后，萧绰开始释放瓦里，收拢流民，推行鼓励农耕之策。

云内州事务全部交给李玉成处理，杨延琅真的开始休养了。半个月来，耶律铁镜一直陪着他，他看书，她沏茶，他不说话，她就安静地做自己的事，难得耶律铁镜那烈火一般的性子，能静下心来陪他。两个人相安无事，井水不犯河水。萧绰每日命人看着他们的一举一动，心急如火，却偏偏什么也不能说，什么也不能做。

三伏盛夏，暑热难耐，只有早晚凉爽一些，耶律铁镜觉得今天太阳是从西边出来的，杨延琅一大早爬起来，竟然说要带她去胡杨陂，而且一个随从也不带。等她到了胡杨陂的时候，才明白这里与别处究竟哪里不一样。

胡杨陂的老百姓不认识耶律铁镜，但是与驸马爷一起来的女子，那一定是公主了。杨延琅说让大家该干什么干什么去，迎接他们的人就都散了。秋云怀着第二个孩子，挺着七八个月的肚子和几个女子陪着耶律铁镜，给她讲自己与仁海是怎么认识的，成亲那天发生了什么事。

“你说他是迷路碰巧来这里的？”耶律铁镜一边问一边咯咯笑起来。想到这个闷葫芦迷路乱转的样子，她突然觉得特别可笑。

“是的，若不是恩人迷了路，我们还见不到驸马爷呢。”杨延琅在路上救的女人也笑着说道。她姓刘，今年村里又新来了些人落户，婆婆心疼儿媳妇，让她坐山招夫，她嫁了一个老实的男人，家里的日子越过越好，所以她的话也多了起来。

“公主，驸马爷还送给我一块玉，说仁海若欺负我，就让我拿着这块玉教训他。”说到这里，秋云停了一下又继续说道，“驸马爷说这玉是公主与驸马爷大婚时您赠予他的，但依民妇看，比起玉，驸马爷似乎更宝贝那抹额。”

听到秋云的话，耶律铁镜笑了，她那么聪明，秋云的那点心思怎么能瞒得过她。秋云是担心自己发现木易抹额上的玉不见了，误会他，借机跟自己解释呢。她看到秋云衣服篮子里放着的小孩衣服，心里觉得酸楚，他们成婚已经五年，她做梦都想有一个孩子。

这一整天，耶律铁镜跟着秋云学做小孩衣服，与刘大嫂一起熬奶茶，过得既简单又安逸，而木易却跑到山顶上坐了大半天，没人知道他在想什么。耶律铁镜能看出来，他喜欢这个地方。太阳落山，人们点起篝火，围着火堆又唱又跳。

耶律铁镜已经忘了上一次这么开心是多久之前的事了，她今天玩得很痛快。杨延琅喝着奶茶，眼睛一直没有离开过耶律铁镜，她一袭红衣比跳跃的火焰还热烈，而自己就像一只飞蛾，明知道靠近她会灰飞烟灭，还是忍不住要飞过去。

人们一直闹到深夜，很多人喝醉了，大家对这位既喜欢热闹又安静的驸马爷相当熟悉，所以喝多之后就各自回家了，谁也不会多管他。喧嚣退去，月光下宁静的草原像熟睡的婴儿，胡杨投下大片阴影，阴影下卧着牛羊，不远处一堆残火不时冒出火星，似乎不甘心就此熄灭，就像耶律铁镜一样，意犹未尽。她紧挨杨延琅坐着，仰望着明月和星星，幽暗无垠的夜空神秘莫测，就像身边的人，让人看不透却又舍不下。

“木易，你陪我跳舞吧。”耶律铁镜轻靠在他肩膀上，说道。

身边的人很久没有回应，耶律铁镜知道他不会答应自己，正要引开话题时，身边的人突然说了一个字：“好。”

耶律铁镜眨了眨眼睛，觉得自己听错了，于是跳起来再次确认道：“真的？”

杨延琅点了点头。

“真的！真的！”耶律铁镜欢呼起来，然后抓着杨延琅的手把他拉起来。

说是跳舞，其实只是耶律铁镜在跳，杨延琅只是跟着她的脚步走，偶尔会转身追寻她的身影。两个人不知道跳了多久，之后杨延琅坐在草地上，耶律铁镜躺在他怀里睡着了。月光照在公主的脸上，她看起来恬静而又美好，双唇红润，就像滴了露珠。她身上有一股淡淡的香味，不是脂粉的味道，而是一种混着水汽的青草的香味，让人忍不住想亲近。

世界似乎从未如此安静过，这一刻他忘了所有的烦恼，眼中只有怀里这个正在睡梦中的公主。他无所顾忌，忘乎所以地看着她，享受着独属于他的那份甜美，不知不觉中俯下身去。

就在这时，耶律铁镜那双美丽的眼睛突然睁开，炽热的双唇覆了上来，刹那间燎原的烈火绽放出万丈光芒，他这只飞蛾心甘情愿地飞向那片温暖的火光里。

有些事情他知道，她知道，天上的月亮也知道，所以有一片乌云遮住了月亮的光芒，留给他们一片隐秘的天地。

胡杨陂那一夜之后，杨延琅悔恨不已，他甚至不敢想以后会怎样，回想起父亲的嘱托，他心中涌起撕心裂肺的痛，自己果然是个逆子。

那一夜真的只是情不自禁吗？不，是自己经年累月压制的渴望在那一刻爆发了。突然，他心里有了一个念头，若能得两全之法该有多好，于公全父亲忠心，于私全夫妻之情，可是这世间真的有两全之法吗？

萧绰用两个月的时间，以雷霆手段荡平中京道之后决定回上京，杨延琅率云内州官员送至城外三十里处。望着渐行渐远的车驾，他似乎还能看到耶律铁镜那火红的衣裙。自那夜之后，萧绰对他的态度亲近了很多。他暗暗叹了一口气，虽然后果难料，但也算是歪打正着。他若与公主没有夫妻之实，就永远不可能真正得到萧绰的信任。他禁不住又想起耶律铁镜临行前的一幕。

夜深人静，昏黄的烛火轻轻跳动着，杨延琅坐在灯下看书。耶律铁镜已经收拾好行装，却还在磨磨蹭蹭，东摸一下，西摸一下，好像有些心不在焉，又有点手足无措。过了好一会儿，她坐在杨延琅面前，轻声叫道：“驸马。”

杨延琅抬起头看着她，因为那一夜，无形中两个人似乎比之前更亲近了一些，甚至他看铁镜的眼神都在不知不觉中柔和了许多。

“我有一件事要告诉你，你不……不要笑我。”她微低着头说道。

记忆中自己从未取笑过她，不知道她今日为什么要这么说。杨延琅郑重说道：“公主请讲。”

耶律铁镜看着他一本正经的样子，无奈地说道：“你啊，让我说你什么好。”

杨延琅看着她，不知道自己哪里做错了。

耶律铁镜轻声说道：“我告诉你，我……我有了……”

有了？她有什么了？这话说一半，没下文了，杨延琅只好等着。

“你是真听不懂，还是装不懂，我说，我说我有了，有了你的孩子。”耶律铁镜憋着一口气说完，连耳朵尖都烧成了粉红色。

她有了我的孩子？

杨延琅像被五雷轰顶一般愣在原地，明明很直白的一句话，他却怎么也理解不了其中的意思。

看出他的异样，耶律铁镜急忙问道：“你不喜欢吗？”

耶律铁镜的话让他清醒过来，他急忙垂下头，说道：“没有，只是此事太过突然，我一时太过吃惊。”

听了他的解释，耶律铁镜也就释怀了，又轻声问他：“你喜欢儿子还是女儿？”

“女儿。”杨延琅想都没想冲口而出。

“为什么是女儿？你不想传宗接代吗？”

杨延琅说道：“不管是儿是女，都是自己的孩子，只是女儿能避免征战沙场，刀头舐血的宿命。”

听了他的话，耶律铁镜再次问道：“你不想建功立业，名留千古吗？”

杨延琅看着兵器架上的黑枪，若有所思地说道：“一将功成万骨枯，功成名就之后，最终也不过是枯骨一具。若非处于乱世，何必要那万骨成就的功名？”

耶律铁镜第一次从他无波无澜的眼中看到无奈与落寞，她知道木易有许多秘密没有说，不知道他经历过什么，会说出这番话，但是他说的这番话却字字刺痛了她的心。耶律铁镜心疼地握住杨延琅的手，说道：“你若喜欢女儿，我们就生个女儿。”

杨延琅看向耶律铁镜腹部，那里有他的骨肉，可是将来真相大白时，天下何处才是他的容身之处呢？

回程的车驾上，因为身怀有孕，再加上车马颠簸，耶律铁镜吃不下饭，又吐得厉害，红珠衣不解带地照顾着她。看着日渐消瘦的女儿，萧绰也心疼不已。

“太后娘娘，公主这样子，会不会是相思蔻……”红珠试探着问道。

萧绰低声斥道：“住口，那药是太医秘制的，怎么会伤害到铁镜？记住，此事对任何人都不能说。”

红珠低声道：“我记住了。”

相思蔻？耶律铁镜眼角溢出眼泪，那些天红珠给自己准备的衣服上总带着淡淡的香味，她还以为是红珠换了熏香，却原来是相思蔻。她不是不愿意与木易有夫妻之实，只是想不到母亲为了笼络他，竟然会给自己的女儿下相思蔻。

第四十九回 蹊跷连环案

一场生死较量之后，一切又归于平静，杨延琅像往常一样处理着州中大小事务，可是似乎又有什么与以往不一样，频繁往来于京城与宁云之间的快马传递着铁镜的消息，他心中有了牵挂和期待，即使知道这些俱是镜花水月，依旧暗自欢喜。当然，他也知道，自己很快就会离开云内州，当他再次回到上京时，不知道等待他的将是什么。

翻看着手中的卷宗，杨延琅眉头微微皱了起来，又是一起劫掠案。被劫的全是商队，劫匪不但抢夺财物，还杀人灭口，所有见过劫匪的人无一幸免。这已经是八月以来的第三起劫案了，有二十六人被杀。

秋风乍起，入夜之后更是凉意袭人，杨延琅推开窗子，看看外面无人，便从怀中取出一个小瓷瓶，撒了一些药粉在外面，然后转身让仁达沏一壶热茶送过来。不到半个时辰，子翼便跳进了杨延琅的书房，摸摸茶壶是温的，就倒了一盏茶一口气喝下去，然后咂了咂嘴巴，说道："这可是今年的武夷山大红袍，在大辽一两一金，你媳妇真是心疼你。不过，这么好的茶让你泡坏了，下次给我茶叶就好。"

子翼说了这么多，杨延琅一句话没回，只是随手把一袋茶叶扔给了子翼。

子翼把茶叶接在手里闻了闻，笑道："够意思，我告诉你，你这云内州有一个泡茶的老手艺人，明天让他泡一盏，我再尝尝。"他把茶叶塞进怀里，一抬腿坐到桌案上，拎起一叠卷宗翻了两下，问道："说吧，这么晚把我叫来，什么事？"

杨延琅指着一份卷宗的其中两页，说道："看看仵作的验尸供报。"

听了他的话，子翼认真看了看供报，又把整份卷宗从前到后仔细看了一遍，最后挠了挠后脑勺，说道："我觉得这件事最好不要管，咱们可能无能为力。"

杨延琅眉头微微皱了皱，他还是第一次听说有什么事能让子翼无能为力。

"别用这种眼神看我。"子翼放下卷宗说道，"如果仵作没有看错，杀手用的兵器是刀，且这种刀极其特别，细而长，刀刃极薄。当今天下，能打制这种刀的只有一个地方——天影。"

杨延琅道："你是说大宋皇家高手影卫？"

子翼道："不错，大辽的暗骑遍布天下，打探追踪几乎是无所不能，握在你媳妇手里，但是真正厉害的还是大宋的皇家暗卫——影卫。特别是天影一级的人物，个个是绝顶高手，且只忠于皇帝一人。”

“影卫为什么要当劫匪？”

子翼又给自己倒了一盏茶，一边喝一边说道：“皇帝又不是养不起他们，为什么要做拦路抢劫的勾当，也不嫌丢人现眼。”

杨延琅忽然想起了什么，一边比画一边问道：“你说的刀是不是这样的？”

子翼感到惊诧，问道：“你见过？”

杨延琅道：“在双峰山，我见过一个叫胡娘的女人，她使的就是这种刀。”

子翼强忍着笑，问道：“就是，就是那……那个……”看到杨延琅越来越不善的脸色，他悄无声息地把后面的话吞到了肚子里。

杨延琅冷冷地说道：“无论是谁，都不该杀戮无辜。”

“这么说你要管这闲事了？”

杨延琅点点头，他只要点头，这件事就是非管不可了。

子翼叹了一口气，说道：“我命硬。说吧，让我帮你做什么？”

“我想知道最近云内州内商队的情况，尤其是那种人多货重的商队。”

子翼挑了挑眉头，问道：“你想引蛇出洞？我告诉你，我最近有要紧事，要出趟远门，你等我回来再动手，知道了吗？”看到杨延琅又要点头，子翼急忙制止：“别点了，再点就成点头虫了。”

杨延琅眨了眨眼睛，终于没有点头。

天高云淡，正午的太阳释放着秋日里最后的余温，有一队商人走在栈道上，有二十几人、三十多匹骆驼，骆驼身上驮满了货物。队伍最前面的两个人各自牵着马，其中一人二十多岁，中等身材，面色白净，器宇轩昂，举手投足之间流露出不同寻常的气质。另外一人四十多岁，个子不高，身材瘦削，面色微黄，颌下留着一缕黑须，可能是因为瘦，显得格外干练。

那个年轻人看着道路两旁金黄的稻田，谷穗弯弯，果实饱满；往远处看，还有高粱、小麦，都到了成熟的时节，老百姓正在地里忙活着，大片的庄稼已经割完，整整齐齐地码在田里，农民黑红的脸上满是汗水和笑容。

“掌柜的，真没想到，在长城以北还能见到如此景象。”年轻人摸着手边的谷穗说道。

老掌柜操着浓重的山西口音，说道：“公子，这里汉人与辽人混居，汉人耕种，辽人放牧羊马，羊马多粪就多，粪多地壮就能多收粮。”

老掌柜的话让年轻人一愣，他旋即低下头沉思片刻道：“你说这个云内州节度使究竟是何许人，不但稼穑、放牧两不误，竟然还能让那些顽固的契丹贵族放出瓦里。”

老掌柜道：“此人姓木，单名一个易字，原是汉人，据说他不仅有万夫不当之勇，还有治世安邦之才。”

年轻人不解地问道：“既有如此惊世之才，为何要来辽邦？”

老掌柜摇了摇头："当年杨老令公被围两狼山时，他曾单人独骑直闯萧太后的中军大营，从四更杀到正午，最后战马吐血而亡，他才被生擒，自此一战成名。听说大辽长公主耶律铁镜以身下嫁，才将他劝降。后来，他在双峰山救过辽帝，两个月前又于宁云苦战冯西贵，救了萧绰。他收扰流民，鼓励农耕，现在辽人都说他是大辽的福星。"

年轻人想了想，问道："他与杨老令公是何关系？"

老掌柜沉思片刻道："他身世成谜，自称是杨老令公的义子，将老令公的遗骨送进了昊天塔。也有人说，他之所以降辽，是害怕辽人辱没杨老令公的遗体。"

"如此说来，也算是忠义之士，可惜了。"年轻人深感惋惜。

掌柜四下打量了一番，周围除了山上正忙着收秋的百姓，就是自己的商队，他有些不安地说道："公子，我们走得太远了。"

年轻人却不以为意："我们只是客商，远近又有何妨？"

他们又走了一会儿，看到前面不远处有一个小茶棚，年轻人高兴地说道："我正口渴，走，我们喝碗茶再赶路吧。"说完先奔茶棚而去。

"公子。"老掌柜急忙追上去。

茶棚不大，只有一个小二在收拾桌椅。年轻人坐在桌旁，迫不及待地说道："给我来两碗武夷山的大红袍，再有什么干鲜果品的，都给爷上来。"

"好嘞。"小二应了一声，转身进去了。

老掌柜向后面赶驼队的人示意了一下，这些人也都走进茶棚找地方坐下。不知是有意还是无意，众人将这年轻人围在中间，老掌柜坐在年轻人旁边低声道："公子，我看此处有蹊跷，我们还是早走为妙。"

年轻人四下瞅了瞅："有何蹊跷？"

老掌柜轻声道："公子你想，这里荒郊野外，并非客商来往必经之路，为何会有茶棚？"

年轻人嘟着嘴道："兴许是给山上这些百姓解渴所建。"

"武夷山大红袍一两一金，可是这些普通农夫喝得起的？更别说还有干鲜果品，足见这不是一般的茶棚。公子，我们还是早走为妙。"老掌柜从怀中取出一块碎银子放在桌上，拉起年轻人就要走。

"哈哈哈哈……二位茶还未喝，何必急着走呢。"话音刚落，一个红衣人出现在茶棚之外。

一见这红衣人，驼队的二十几个人唰的一下亮出兵器，把这年轻人和老掌柜团团围在中间。他们的刀细而长，刀刃极薄，一看便极其锋利。

红衣人缓缓转过身来，她衣袍如血，媚眼如丝，长及腰下的黑发随意披散着，明明极美，却偏偏透着让人胆寒的杀气，而且人无法分辨其是男人还是女人。

见这人来者不善，老掌柜急忙把年轻人挡在身后道："这位，这位好汉，我们都是商人，不知哪里得罪了您？”说到这里，他指着货物又说道：“若是要货物，请您拿去，只求您能放我们一马。”

红衣人看了一眼拴在旁边的骆驼，长眉微微皱了一下，抬手捂住鼻子，哼了一声道：“臭死了，我怎么会要这些臭死人的货呢？”

老掌柜变了脸色：“那不知好汉想要什么？”

红衣人笑了，没有血色的脸看起来越发阴森，柔声说道：“当然是要你们的命了。”话音刚落，只见她大红衣袖一动，露出一只白皙修长的手，手指呈兰花状，指尖捏着一个黑色的小圆球。她手指一动，黑色的小球嗖的一下弹向了老掌柜，他旁边的护卫急忙挥刀相护。轰的一声，一片黑烟腾起，周围几个人瞬间血肉模糊，倒地身亡。

红衣人抬起衣袖掩着鼻子，说道：“都干吗呢？只让爷一个人受累？”

随后，十多个黑衣人从旁边跃出，他们用黑巾蒙面，手执长刀。这些杀手的刀与商队护卫的刀非常像，不过仔细看的话，这些杀手的刀更粗糙一些。这些杀手的刀法极为诡异，片刻之间，商队的护卫全部被杀。老掌柜被吓得面如土色，但还是紧紧地把年轻人护在身后。

第五十回　金刀换储君

血顺着杀手的刀刃流下来，老掌柜和年轻人绝望地等待着死亡的来临。忽然传来一阵嗒嗒的马蹄声，一支百余人的辽兵铁骑出现，将他们围在中间，杀手们收回了手中的刀。过了好一会儿，老掌柜和年轻人才缓过神来，不停地喘息。

红衣人打量着围上来的铁骑，他们都是壮硕的契丹大汉，手执长枪，腰挎弯刀，背上还背着长弓。不过在她的眼中，这些人与死人的区别不过就是会喘气而已，可是当她的目光转到那个将军身上时，一下便愣住了，原本半眯着的眼睛一下睁圆了。

胡娘！

杨延琅认出了她，真是冤家路窄，想不到四年后竟然在这里遇见了。只是四年前她还是女人，而如今却变成了妖人。

胡娘就是洛红裳，她从大红衣袖里伸出如葱白的纤纤细指，轻轻抚弄着自己的黑发，含情脉脉地望着杨延琅，说道："美人，你我真是有缘啊！"

杨延琅冷冷地看着她，没有答话，但那双狭长的眼睛却微微眯了起来，唇角勾了一下。洛红裳没想到这个男人笑起来这么勾人。当那杆黑色长枪刺到眼前时，她才知道，他不是在笑，那只是他杀人前的习惯而已。她身体软似长蛇，化为一道红影掠出四五步以外。伴着裂帛之声，她心有余悸地看着自己破烂的衣袖，笑着说道："美人，你的脾气还是这么暴烈。"

听到她的浮言浪语，仁达抽出弯刀，对着洛红裳气愤地说道："恶贼，再敢对驸马爷无礼，就把你碎尸万段。"

洛红裳的目光从杨延琅转向仁达的一刻，她白皙的手指间突然多了一颗黑色的圆球。圆球直向仁达飞去，仁达急忙用弯刀相挡。就在这时，杨延琅突然挥起长枪，一枪将仁达打落马下，黑球穿过两个辽兵之间的空隙，打到后面的一棵树上，轰的一声炸响，冒出一团黑烟。

仁达灰头土脸地爬起来，看到那棵被炸得黑乎乎的小树，背后泛起凉意。洛红裳的目光一直没有离开过杨延琅，她轻轻笑了笑，说道："驸马爷，我们也算是老相识了，我呢也是拿人钱财，与人消灾。他们是汉人的商队，杀了他们于大辽无害。今天这事你睁一只眼闭一只眼也就过去了。"

杨延琅没有回应她的话，只是问道："你哪里来的雷火弹？"

"哟——"洛红裳说这一个"哟"字拐了八道弯，然后继续说道，"想不到驸马爷还知道雷火弹呢。要是你想知道，胡娘就告诉你，不过只能悄悄告诉你一个人。"

杨延琅没有答话，他握紧手中的黑枪，眼睛再次眯了起来。

"你能杀得了我吗？"洛红裳挑衅地看着他，问道。

"你试试看。"他的声音愈发冷冽。

洛红裳知道自己不该害怕，可是腰腹处却隐隐觉得有些痛，好像一想到这个人就会感到痛。她知道这个商队就是他投下的诱饵，他不但冷酷，还非常狡猾。既然他设好了套，自己就很难逃脱。洛红裳想了想，指着老掌柜和年轻人，说道："驸马爷若是能放过我，我就放了他们，如何？"

此时，老掌柜扑通一声跪倒在地道："驸马爷，我们家里上有老母下有妻儿，我这外甥更是三代单传，求你救救我们吧。"

杨延琅此时才注意到这两名客商，这老掌柜紧紧将年轻人护在身后，虽然跪地求饶，但并没有惊慌失措，反倒神情镇定、心思敏捷，紧紧抓住这个时机，求自己救他们。

那年轻人一见老掌柜跪地求饶，顿时气愤不已，伸手便去扯老掌柜道："要杀便杀，何必求他们。"

年轻人一伸手，杨延琅看到他手上有一块极特别的青色胎记，这胎记就像一根绳子绕在他的手上。是他！看到那胎记，杨延琅只觉得眼前一阵发黑。

洛红裳见年轻人这副神态，瞟了一眼杀手，说道："既然如此，那就杀了他吧。"

杀手的刀已经举了起来，老掌柜失声叫道："驸马爷，救救他……"

"住手！"就在杀手挥刀的一刻，杨延琅急忙喝道。

洛红裳挥手制止杀手，似笑非笑地看着杨延琅，问道："哟，驸马爷改主意了？"

杨延琅道："我云内州缺少客商，你若留下他们，我可以放你走。"

"你为什么突然改变主意？"洛红裳围着老掌柜和年轻人转了一圈，仔细打量他们，眼神却像在看两个死人。

杨延琅见此情景，提枪指着她，说道："你若不想走，就别怪我。"

洛红裳似乎看穿了杨延琅的心思，笑道："我呢，虽然怕死，可作为杀手，有人花钱买他们的命，我就一定要办到，否则我没法在江湖上立足。"

老掌柜和年轻人被杀手用刀架着脖子，他们武功高强，此刻若贸然出手，必会连累老掌柜和那年轻人送了性命。杨延琅想了想，说道："买他们命的人花了多少钱，我给你双倍，你把他们的命卖给我。"

听到这儿，洛红裳哈哈大笑起来，指着杨延琅道："美人，买他们性命的人用的可不是银钱。"

杨延琅问道："那是用的什么？"

洛红裳隔空冲着杨延琅点了一下，有点调皮地说道："我不告诉你。"

此人满口胡言又心狠手辣，想从她手中救人，需费一番周折。杨延琅放下枪，问道：“你要怎样才会放过他们？”

洛红裳轻轻摸了摸自己的眉心，片刻之后道：“若用美人你来换，我就放过他们。”

仁达一听洛红裳的话，急忙说道：“驸马爷，别听这妖怪的话，区区两个商人，死就死了，不可为他们去冒险。”

杨延琅抬手制止仁达继续说下去，而后对洛红裳说道：“你说话算数？”

洛红裳看着他的眼睛，说道：“一言九鼎。”

杨延琅抬了抬下颌道：“好。”

洛红裳从怀里摸出一颗紫色的药丸扔给杨延琅道：“你人美心狠，我得小心点。想救他们，就乖乖把药吃了。”

杨延琅把药丸接在手里，问道：“这是什么？”

洛红裳意味深长地说道：“逍遥散。”

他听子翼说过这种药，江湖上一些无耻淫贼经常用这种药。人服下逍遥散，身体会酸软无力，只能任人摆布。

“驸马爷，你不能上这个妖人的当。”仁达焦急地说道。可是他话音未落，杨延琅就把药吃进了肚子里。

仁达急得大喊：“驸马爷，快把药吐出来。”

看着他把药吃了，洛红裳开心地笑起来，然后对他勾了勾手。

杨延琅回首对仁达说道：“没有我的命令，谁也不许动。”

“驸马爷……”

“不许动！”说完，他跳下战马，一步一步走到洛红裳面前，冷冷地看着她。洛红裳抬手按住他手中的黑枪，手上一点一点加力，铛的一声，沉重的枪掉到地上。

“告诉我，他们是谁？”洛红裳轻轻勾起杨延琅的下颌，问道。

“不认识。”

“不认识为什么要搭上自己救他们？”

杨延琅道：“既是买卖，你情我愿，不必问其他。”

洛红裳纤长的十指抚上他的脸，然后说道：“好，你情我愿，买卖公平。”

那种剥皮蚀骨，让人生不如死的痛楚迅速漫过全身，他极力压制住心中的暴虐之气，无奈地闭上眼睛，冷汗顺着鼻尖和发梢滴下来。褪去一身冰冷的杀气，他虚弱无助的样子让洛红裳心湖荡漾。

“手执书卷，吟诗作赋才是你最美的样子，天天打打杀杀的，真是暴殄天物，可惜这副好皮囊了。”洛红裳知道她的药起效了，面前这个男人已经是她的掌中之物，所以更加肆无忌惮。

杨延琅说道：“你该放他们走了。”

洛红裳突然一把掐住他的下颌，眼神凶狠暴戾，阴恻恻地说道：“我洛红裳从不与人做买卖，你只不过是一个玩物，还想救他们，真是痴心妄想。”

她言而无信，杨延琅反而笑了，狭长的双目、迷人的笑靥，洛红裳几乎要溺死在这片柔情里。忽然，她眼前出现一道绚丽夺目的光芒，是阳光照在一堆宝石上发出的七彩光芒。这些宝石像星星一样密密麻麻地镶嵌在一把极精致的金色短刀上，中间那一颗足有铜钱那么大，而短刀就握在杨延琅手中，他的脸在光芒照耀下，真是说不出的丰神俊朗。突然，那闪着光的短刀像流星一样飞了出去，洛红裳化为一道红影跟着飞了出去。当她握住短刀的时候，用余光看到一地横尸，她手下的杀手全部被杀，而杨延琅握着长枪，如天神一般守在两个客商前面，这一幕与四年前几乎一模一样。

洛红裳死死盯着他，可是过一会儿又转怒为笑，轻轻抽出手中的短刀，说道：“真是绝世之宝。你知道我洛红裳一生有三好，第一是美人，第二是鲜血，第三就是宝物。”

杨延琅没有说话，神情却更加冰冷。

“其实你刚刚可以出手杀我，但是却没有，因为你担心一旦失手，会要了他们的命。”洛红裳看着那两名客商，说道，“这两条大鱼到底是什么来头，竟然让驸马爷用自己和这绝世之宝来交换？”

那边的铁骑弓张弦满，杨延琅微微一转手中的黑枪，排山倒海般的气势朝洛红裳压了过来。洛红裳身形一转，足下生风，像鬼魅一样飘进了一旁的树林，接着她的声音从远处传来：“驸马爷，你要记得，你是我的……”

“驸马爷，那……那药……”仁达刚刚差一点被吓死，此时才得空问那药是怎么回事。

杨延琅从护腕里取出那颗紫色的药丸，将它捻成粉末，撒在地上。仁达这才咧开嘴笑了起来，露出一口白牙，却又不解地看着这两个客商。他是个实诚人，可是他不傻，自然能看出来驸马爷对这两个客商比对旁人更在意。

杨延琅对仁达道：“我云内州要与宋国通商，决不能让宋国客商在这里出事。”

仁达道：“属下明白，此事属下会守口如瓶。”

“你带铁骑先行离开，我一会儿就来。”杨延琅垂下眼睛，以示感谢。自从仁海成亲，这个精壮的契丹汉子就把自己的忠心交付给他。

“是。”仁达应道。

看到队伍走远，杨延琅把两个客商带到一片树林里。直到四处无人，他才对那个老掌柜说道：“寇大人，太子是万金之躯，你怎么敢带他来这里？”

“我……”被人道破身份，寇准顿时瞠目结舌。过了一会儿，他平复心绪后说道：“驸马爷，您救了我们的性命，我们定会报答您的救命之恩。不过什么寇大人，太子的，我们毫不知情，您可不能吓唬我们。”

杨延琅指着赵恒手上的胎记，说道：“大宋太子手握青龙降世，他手上的胎记不该是假的吧。”

寇准把赵恒往身后挡了挡，说道：“传……传……传……传言怎么能当真？”

杨延琅沉默片刻道：“若不能确定你们的身份，岂会舍了宝物来救你们？”

寇准看了看赵恒，这个人岂止是舍了宝物，是连他自己都舍了出去来救他们。但这木易究竟是何人？为何能认出太子？为什么要救太子？不过，他肯付出那么大的代价来救太子，并且没有向外人透露他们的身份，说明他是真心帮自己的。若再不说实话，只怕会适得其反。

赵恒点了点头，寇准说道："驸马爷猜得不错，在下就是寇准，这位正是太子殿下。"

杨延琅猜得一点不错，那年轻人就是宋国的太子赵恒，老掌柜便是丞相寇准。赵恒初任太子，年轻气盛，觉得漠北乃蛮荒之地，重牧轻农，虽两次打败宋朝，但粮草不足是其面临的最大困境，因此他亲自到边关察访，试图找出破辽之法。可是到了边界，他才发现，事实与他所想恰恰相反，与大宋一界之隔的云内州，老百姓丰衣足食，而宋国的百姓依旧穷困潦倒，有些百姓甚至偷偷越界，逃往云内州。赵恒决定假扮成商人，到云内州看看究竟是怎么回事，谁知会遇到劫匪，差一点送了性命。

听了寇准的话，杨延琅翻手把黑枪扎在地上，撩起战袍，单膝跪地，拱手施礼："木易拜见太子殿下。"

两个人被他弄得手足无措，别说他刚才还救了二人的性命，即使按礼节，他也无需行如此大礼。赵恒心中一喜，急忙伸手相扶道："木驸马，无须行此大礼。"

杨延琅猛地往后躲了一下，似是拒人于千里之外。这前后矛盾的态度让赵恒一头雾水，他手停在半空，进也不是，退也不是。寇准不解地看着杨延琅，似乎要剥开他层层的伪装，看到他的骨头。

"太子殿下勿怪，木易今日救您，只想求您一件事。"杨延琅无视赵恒的尴尬，开门见山地说道。

赵恒收回手，背在身后，仰首问道："何事？"

杨延琅道："求殿下荣登大宝之后，给一次恩赦。"

赵恒刚刚遭到冷待，心里有气，便冷冷地笑道："木驸马这恩赦是要错人了吧？你要恩赦，该向辽帝要，不该找我。"

杨延琅半垂着眼睛道："我所求的恩赦不是为自己，而是为杨家。"

"杨家？"赵恒与寇准几乎是异口同声地问道。

杨延琅这才抬起头看了他们一眼，复又垂下眼帘道："不错，为杨家。"

赵恒皱起眉头，紧紧盯着他，问道："为何？你为何要为杨家求恩赦？杨家为何会需要恩赦？"

"求恩赦是因为杨老将军于我有换血之恩，至于杨家需不需要，与我无关。"杨延琅抬起头与赵恒四目相对，他的眼睛犹如狼目，让赵恒感到害怕。赵恒急忙躲开他的目光，故作无畏地说道："如果是这样，你随我回宋国吧，我许你一个公主，再许你一个封疆大吏，如何？"

杨延琅再次垂下眼睛，说道："殿下误会了，我妻儿俱在大辽，我是大辽的驸马，所以不会回宋国。我只求殿下一个恩赦。"

赵恒从未被人如此抢白过，心中愤懑，赌气道："若我不答应呢。"

他话一出口，寇准急忙扯了扯他的衣袖，指着那杆尚沾着血的黑枪，提醒赵恒，他们的小命就在木易手里攥着呢，千万不能惹恼了他。此时，赵恒也察觉到自己太过冲动，可是话已出口，覆水难收，他不知道该怎么办。

寇准道："木驸马……"

"寇大人不必担心，你们走吧。"杨延琅打断了他的话，说道。

心有七窍，洞若观火，你话未出口，他已知心思，这个人太可怕了。寇准生怕他反悔，嘴里说着感激的话，拉着赵恒转身就走。赵恒被拉着走出十多步，忍不住回头看去，却见那位木驸马依然跪在原地，看起来孤寂而又落寞。

赵恒突然停下脚步，转过身来，郑重地对杨延琅道："只要你不做有损我大宋之事，这个恩赦本王给你了。"

杨延琅听后，紧绷的唇角一点点勾起来，原本狭长的双目弯出一个好看的弧度，让他看起来不再冷冰冰的，竟然有几分孩子气。寇准暗暗叹了一口气，怪不得那个杀手会对他心存妄念，果然这个人很好看。不过，他看起来有点眼熟，寇准觉得好像在哪里见过，但究竟在哪里见过，却怎么也想不起来。

第五十一回 神骏玉麒麟

“什么？你用金刀换了太子！”子翼的声音惊起林中一片飞鸟，它们扑棱着飞向夜空。

相较于子翼的暴躁，杨延琅依旧冷得像块石头，也沉默得像块石头。

“你是不是疯了？到现在为止，你没有拿到一张关隘图，又失去了金刀，将来你怎么说得清楚？那可是你爹留给你的保命符。”子翼因为气愤，胸口起伏不定。

杨延琅抬起头，问道：“你能把关隘图偷出来吗？”

偷？子翼顿时被问住了，如果能偷出来，他早就偷出来了。

杨延琅道：“我父亲以命相逼，让我拿到大辽的二十二张关隘图，那图一定是你偷不出来的。”

子翼想了想，说道：“当初辽太祖建上京城时，传说有一个契丹人得了神术，帮太祖修建了二十二道关隘和上京皇宫的地宫。那二十二道关隘自然不必说，让大宋吃了许多苦头，而那皇宫下的地宫可不是汉人所说的埋皇帝的地宫，而是专门用来存放大辽机密的地方，除了皇帝、皇后，只有大辽枢密院正副使等极受信任的大臣可以进入，关隘图就藏在那里。”

杨延琅问道：“你进去过？”

子翼挖了挖耳朵：“我不善解机关，且很惜命。”

“如果偷不到，就只能名正言顺地拿，所以要想拿到关隘图，我就必须做到枢密院副使，得到萧太后的信任。可是你想过没有，等我做到枢密院副使，即使拿到关隘图，即使有金刀，我能说清楚吗？”他的声音平静无波，这些事他早已看明白。

“可……可是……”子翼长叹一声道，“不管怎么说，一定要把金刀找回来。洛红裳是江湖第一杀手门落雪门的门主，据说这么些年，落雪门接的活，就没失手过。今天，洛红裳亲自出马，竟然栽了这么大一个跟头，所以她一定不会放过你。不过，洛红裳虽然很难缠，但只要不是大宋皇家的影卫，倒也不难对付。只是有一点说不通，就是他要杀太子，杀也就罢了，为啥要假冒皇家影卫，惹他们岂不是自找麻烦吗？”

杨延琅沉默不语，他也想不通其中原因。

“洛红裳嘛，没人知道她是从哪来的，不过她武功非常高，特别是最近几年，功力大涨，横行江湖。此人报复心极重，喜欢杀戮，还喜欢漂亮的男人，我听说她的落雪门总门里养着无数俊美的男子，供她玩乐。”子翼说完便盯着杨延琅的脸仔细看。

杨延琅在心里默默叹了一口气，这个人如果能想出靠谱的主意，他就不是子翼了。但是在子翼看来，长得好也是一种本钱，有时候还挺有用的。

昏暗的密室里，洛红裳面色苍白地跪在地上，双臂捆着被吊起。她胸口处扎着一根细长的竹管，鲜血顺着竹管流到地上的白玉碗里。她对面有一个人背光坐着，看不清楚长相。过了许久，玉碗终于装满了血，那人伸出修长白皙的手点了洛红裳身上的几个穴道。等到血流渐渐停止，他小心地把竹管拔出来，又掀开洛红裳的衣服，沾了一点药膏抹在她伤口处，那伤口就像一颗红痣。那人端起地上的玉碗，轻轻晃动着，碗里的血慢慢变成淡紫色。这时，他把碗送到嘴边，一口一口把碗里的血喝下去，然后把碗放到旁边的桌上。过了一会儿，他温柔地说道：“裳儿，这四年多为师都是吃些粗食，也舍不得多用你，今日这一碗紫金汤算是对你的惩罚。若是再犯，休怪为师无情。”

洛红裳用力喘息了一会儿，说道：“师父，若不够就再取些。”

那人解开她腕上的绳子，又往她嘴里塞了一颗药丸，说道：“说什么傻话呢？你命格极阴寒，师父不得已才需要你的血来压制体内的火毒。否则，师父怎么会舍得伤害你呢？”

洛红裳的脸上有了几分血色，垂首答道：“徒儿明白。”

那人伸手从洛红裳怀里摸出一个黑色的牌子，叹了一口气，又把牌子给她放回怀里，说道：“你若喜欢那个驸马就把他抓回去，想玩就玩，玩够了就杀掉，只要让他死得值得就行。”

“徒儿明白。”洛红裳当然明白，师父生气不是因为自己失手，而是因为自己错失了一个千载难逢的机会。不过，错过了一个宋国的太子，又送上门来一个辽国的驸马，对师父来说，只要让天寅阁破茧重生，谁死都一样。

不知从何时起，民间开始流传四句谚语：日有食没，天降不祥，通灵仙寅，拯以四方。果然不久之后天狗食日，第一句谚语应验，顿时人心惶惶，谣言四起，甚至有人说不祥之事会祸及大辽皇家。除非找到通灵的仙寅，得到上天的预示，才能免祸得福。

谣言传得玄乎，不过对于术敌烈来说，那都是耳旁风。杨延琅正在府中看书，术敌烈风风火火地就要往进闯。仁达拦住他，说道：“将军，将军，你等我通报一声。”

“通报什么，大人又不是大姑娘，便是不穿衣服也没啥可怕的。”术敌烈乐呵呵地推开仁达进了书房。

仁达没拦住他，无奈地退到一旁。谁能想到这位冷冰冰的驸马爷倒是宠下属的人，堂堂的节度使府，术敌烈、李玉成等人谁想进来就进来，从来不用通报。

看到术敌烈进来，杨延琅放下书抬起头，问道：“有事吗？”

术敌烈进了书房，拿袖子擦了擦脸，不过饶是如此，脸上的汗珠子还在往下滚。见到杨延琅，术敌烈二话不说，拉起他就往外跑。

杨延琅顿时感到一阵恶寒，正要甩开术敌烈，却发现并没有感受到那种生不如死的痛楚，只是术敌烈身上的汗臭味太熏人了。就这样，杨延琅被术敌烈拉着出了府。来到府外，杨延琅一眼就看到外面四匹马拉的大车上装着一个大铁笼子，笼子里关着一匹白马。

这世上的良驹宝马很多，但这么漂亮的马，杨延琅还是头一回见。它从头到脚都是白色的，没有一根杂毛，高大健壮，体态匀称，乌黑的双目冷静地打量着人们，既不惊慌，也不畏惧。

“大人，这家伙贼精贼精的，我在贺兰山整整追了它两个多月才把它逮到。我找相马的老头看过，他说这是天赐神驹玉麒麟，走如风，行如影，极有灵性。”术敌烈指着笼中的白马说道。抓到玉麒麟之后，他马不停蹄就给杨延琅送来了。在他心中，只有节度使大人能配得上这样的神驹。

“玉麒麟。”杨延琅喜怒不现的脸上终于有了欣喜的表情。白马看到他便开始歪着脑袋仔细打量，似乎在掂量面前这个人够不够资格做自己的主人。

“嘿，这畜牲成精了吧？”术敌烈说，“这家伙可是难驯的主，伺候他的马倌被咬伤很多次。”他小心地把手伸过去，白马突然以极快的速度向他的手咬去，他急忙把手缩回来，差点儿被咬到。

杨延琅道：“这是马，还是狗？”

“石菩萨”竟然开玩笑了。他的这些属下却没有一个笑的，反而面面相觑，惊讶得张大了嘴巴，好像真看到太阳从西边出来了。过了一会儿，术敌烈大笑道：“咬人的时候还真像狗！”

杨延琅僵硬地勾了勾唇角，算是笑过了。他越过铁栏杆把手伸向白马的鼻子。白马依旧看着他，突然如法炮制，迅捷地向杨延琅的手咬去。可杨延琅比它更快，不但躲开了它的嘴，还啪啪两巴掌打在它的鼻子和下颌上。这两巴掌不算重，但也不算轻，不但打疼了它，还把它吓了一跳。它猛地往后一倒，屁股撞到了铁栏杆。笼子不大，它前后一动，又绊了一跤，半天才站稳，看起来有些狼狈。这时，白马又一次打量起眼前这个人，眼睛里出现一丝惧意。

大人有惊无险，还顺带着教训了一下这匹白马，术敌烈觉得很解气，得意扬扬地指着白马，说道：“怎么样？遇到厉害的主了吧，哈哈。”

白马吃了亏，眼神有些黯淡。杨延琅转头对术敌烈道：“放它出来。”

术敌烈一听，脑袋摇得像拨浪鼓一样：“不行，不行，这家伙性子太烈，得饿它两天，磨磨它的锐气。”

“若没了锐气，便不是宝马了。放它出来。”

大人说话一言九鼎，落地砸坑，一般不说第二遍，所以术敌烈赶紧让属下把笼子打开。

门被打开，可是玉麒麟并不急着跑出来，而是站在原地没有动，安静地看着打开的铁笼门，又看了看杨延琅。大家都觉得疑惑时，它突然四蹄绷紧，如闪电一般蹿了出来。它速度很快，可没想到它刚跃出笼子，杨延琅便一把抓住它的马鬃，跨上了马背。

未被驯化的神驹被激怒，在原地转了几圈，想甩掉马背上的人，但没有成功。之后，它扬蹄狂奔，穿街过巷，转瞬间便消失得无影无踪。

仁达见玉麒麟带着驸马爷没了踪影，急得直跳脚，指着术敌烈道："你，你闯大祸了！"

"没事，以大人之神勇，一定能把这畜生驯服，你就安心等着吧。"在术敌烈心中，杨延琅是大杀四方的战神，可不是什么金尊玉贵的驸马爷。

仁达被气得说不出话来，只好耐着性子等，可是左等没回来，右等见不到人影。一个多时辰过去了，人还没回来，术敌烈黝黑的脸上也有了焦急的神色。

"术敌烈，如果驸马爷出了什么意外，你就等着公主来扒你的皮吧！"仁达说完，转身就去拉马。

术敌烈一把扯住他，说道："那是玉麒麟，如果你的马能追上，那还叫宝马吗？"

"那怎么办？"仁达几乎是在吼叫。

"我和你一起去追。"术敌烈追了它两个月，基本了解它的脾气和习惯。

就在他们备好马要去追的时候，远远传来马蹄声，只见玉麒麟载着杨延琅，像疾风一样奔了过来。看样子，玉麒麟已经被驯服了。来到府门前，杨延琅控制着，让玉麒麟停下，可玉麒麟突然马头高仰，前蹄抬起。

玉麒麟只是想要耍威风，却没想到杨延琅突然觉得手臂一麻，松开了手。因为马没有备鞍，杨延琅直接被甩了出去，右腿撞到了府门前的石狮子。

大家正准备高兴地迎他下来，没想到发生了变故，一个个急忙冲上去。仁达把他扶起来，问道："驸马爷，怎么样？"

杨延琅冷汗淋淋，咬紧牙关道："腿好像断了。"

仁达看向他的腿，血红一片。术敌烈恨得目眦尽裂，拔出弯刀奔玉麒麟冲过去："畜牲，我杀了你！"

玉麒麟没有躲闪，只是平静地瞪大眼睛看着杨延琅。

"住手！"就在术敌烈冲到玉麒麟身旁时，杨延琅及时出声制止。

"大人，大人，这……这……"术敌烈怎么也想不到，自己明明是跑来献宝的，竟害得节度使大人摔断腿，此时他恨不得摔断腿的人是自己。

杨延琅道："是我自己没抓住，不怪它。把它牵到府中好好养着。"

"是。"节度使大人发话，术敌烈自然不敢不听。当然，平心而论，他也舍不得杀掉这匹宝马。

大家七手八脚把杨延琅抬进府中，而玉麒麟也乖乖地让人戴上笼头，被牵到节度使府。

节度使在驯一匹宝马时摔断了腿，这个消息顿时让云内州炸了锅，李玉成把术敌烈骂了个狗血淋头。杨延琅如果只是云内州节度使也就罢了，要命的是，这位爷还是铁镜公主的丈夫，大辽的驸马。出了这样的事，他们怎么向朝廷交代？

自从杨延琅摔伤，前来节度使府探望的人络绎不绝，大街小巷关于他的传闻更是五花八门，但是三天之后人们得到的消息就一致了，那就是节度使休养几日之后，要回上京养伤。云内州的贵族、绅士、商贾纷纷到节度使府挽留，有些老百姓也去府里请愿，希望他能留下来。不过，无论如何，他身份尊贵，受了伤还是应该回京城请御医调理，李玉成再次接替他处理云内州的公务。

第五十二回　血战落雪门

天已深秋，到了夜里冰凉如水。杨延琅躺在床榻上，瞪着眼睛不知道在想什么，这是一个无星无月的夜，墨一样的黑暗张开巨口，仿佛可以将一切吞下去。

一阵淡淡的香味在黑暗中弥漫开来，不知何时他卧榻一旁立着一个人，顺长的黑发随意垂在眼前，惨白的一张脸在黑夜中显得阴森诡异，宛如夜行索命的女鬼，将恐惧渗入人的每一条骨缝。

“洛红裳。”杨延琅转一下头看着卧榻旁“女鬼”说道。

“你这个人的性子当真无趣。”洛红裳唇角翘起来，她本想吓一吓他，谁知他却神色未动，一眼看穿。

杨延琅转了一下头，看着上方说道：“我该昨日启程。”

“被我洛红裳看上的，谁能逃得掉。”洛红裳撩起衣袍，转身坐到床榻上，细长的手指如蜻蜓点水般轻轻勾了一下他的下颌，然后顺着他的右腿摸下去，摸到小腿处的时候，手指用力，只听咔嚓一声，是骨头错开的声音。

“呃……”一声痛呼被杨延琅生生压在喉咙里。

这一声闷哼让洛红裳的心情大好，也没有继续为难他，手指轻轻在他手边敲着，非常悠闲地说道：“为什么不喊人进来救你？”

杨延琅看了她一眼，不再理她。洛红裳的手再次抓在他的伤腿上，手上用力，不过这一回他却一声没哼。

“你这个人啊，就是看起来冷了一些，倒是个心善之人。”洛红裳松了手，提起他的衣袍拭去手上的血继续说道，“这样吧，只要你乖乖听话，我就放过你府中之人。”

片刻之后杨延琅松开了紧握的双拳，半信半疑地问道：“你可言而有信？”

洛红裳突然就笑了，然后凑近他的脸轻声说道：“我不与人做买卖，不过只要我答应过的事，就不会失言。”说完从大红衣袖中伸出一根食指点着他的额头，“何况你也没办法，对吗？”

杨延琅皱了皱眉头，再次把脸别开。

“你到底是什么人？为什么要救那宋国的太子呢？”洛红裳掐着他的下颌，生生把他的脸扳过来问道。

“你的话，我听不明白。”杨延琅一字一句告诉她，如果这句话是别人说的，一定会让人觉得是托词，但是从他嘴里说出来，似乎就带着五分真实。

“装傻？”洛红裳已经有点相信了，但手上还是加了几分力气。

冷汗沿着杨延琅的发梢滴下来，其实最令他痛苦的并不是洛红裳手，而是已经渐渐消失了的那种剥皮噬骨般的顽疾，因为这个女人又复发了。

洛红裳想了想松开了手，然后站起来居高临下地对杨延琅说道：“想让你开口难如登天，不过我说了，只要你乖乖听话，我就会放过你府上的人。”说罢她扯过大被把杨延琅从头到脚一包，挟在腋下跳出窗外，几个起落便消失在黑夜之中。她明明是个女子，可腋下挟个男人却行走如风，她的武功已经深不可测。

洛红裳挟着杨延琅出了城，然后坐上了一辆马车，赶车的车夫是个老手，把两匹马拉着的马车赶得如单骑一般飞快，直到第二日辰时左右马车奔进了一个荒芜的山谷。深秋之时别处已经百草枯黄，一片萧瑟，但谷中却依旧郁郁葱葱、一片生机，时而有虫鸣鸟唱，淙淙流水，此处就是一片世外之地。

马车一直走到山谷尽头才停下来，车夫拉开车门，洛红裳再次挟起杨延琅跳下马车，走进一片密林后，便没有身影，而车夫则驾着马车按原路返回。

洛红裳穿过密林走进了山洞，山洞里有一条长长的甬道，足以让三个人并排走过，还有许多岔路口。她转来转去走了许久，当她绕过最长的一个弯之后，眼前豁然开朗，原来这个山洞的后面竟另有乾坤。

此处四面环山，中间土地平坦，有方圆百里，坐北依山有一处宅子修得金碧辉煌，除了小一些外，其奢华程度比皇宫更甚。洛红裳刚刚走出洞口，便有二十几个身穿白色锦缎、长相俊美的男侍从，带着一辆雕花红木马车来迎接她。

“小心点，别弄伤了。”洛红裳把杨延琅交给前面两个人，自己先行上了马车。

“是，门主。”这些男子也不知从何处取来一张能容一人躺下的步辇，然后小心翼翼地把杨延琅放到上面，抬着往那华宅走去。这四人脚步轻盈，把步辇抬得非常平稳。待他们走进华宅时，里面便迎出来几个更俊美的公子，风度翩翩，衣着鲜亮。洛红裳的马车停下后，他们都恭敬地候在车外，等她一下车，便急急围上来施礼问安。

“我的心肝小宝贝们，可是想我了？”洛红裳走到他们中间，捏了捏其中一个人的脸问道。

“门主，奴才可是想您想得都睡不着觉。”被捏的一个男子急忙答道。

“就你嘴甜。”她回身对侍从说道：“把他放到逍遥宫去吧，记得，莫要弄伤了。”

“是。”侍从抬起步辇走向最大的一个房子。

他们从来没听说洛云裳说怕弄伤了什么东西，不知道是什么东西让她这么在意，一连两次吩咐别弄伤了。其中一个公子问道：“门主，那是什么？”

洛红裳轻轻笑了笑，说道：“那是本尊的宝贝。”说罢先奔她口中的逍遥宫走去，后面这些穿华服的公子都跟上去，想看看是什么无价之宝。

这里女尊男卑，洛红裳就是这里至高无上的帝王。这一行人跟着她进了逍遥宫，偌大一个殿宇，除了奢华的摆设物件，最显眼的莫过于那张巨大的卧榻，四周围着绯红的幔帐，此时侍从已经把杨延琅放到榻上，但是却没有拆开大被。

就在这些公子围在卧榻旁，指指点点地猜着里面包着什么东西的时候，洛红裳走过去一把将大被掀开，露出里面的人来。洛红裳把手伸到杨延琅后颈下，微微用力就把他扶坐起来。

"啊——"华服公子们齐声惊叹。

其中一个公子问道："门主，这，这莫不是，莫不是天人？"

"这模样是好看，但心肠却毒得很，害得你们的门主差一点丢了性命呢！"洛红裳转过头打量着杨延琅道，"你坏了我的好事，肯定是活不久了，只是可惜了这张脸……"她可惜一番，又停下来打量一会继续说道，"这么乖，不知道心里又在打什么鬼主意。"说完细长的手指再次伸过去。

"知道就赶紧把手拿开，他这张脸除了他媳妇，谁敢摸他就敢要谁的命。"一个戏谑的声音从后面传出来。

洛红裳一惊，只见眼前青光闪闪，她几乎想都没想就向后闪身，才险险躲过那致命的一击。她惊魂未定地看着榻上的人，脖子上传来一阵火辣辣的疼。

"你……"洛红裳疑惑地看着杨延琅，他手中握着一把薄如蝉翼的刀，刀身一缕血迹迅速被吸进刀刃里。她虽然隔了衣服，但她相信，自己捏到的断骨不会有错，而且路上还给他下了软骨散，便是他有天大的本事，也不可能动的了。

杨延琅在她注视下转身将两腿垂在榻旁，伸手从衣裤里抽出一根断掉的木条，看形状应该会紧紧贴合在他的腿上，很难让人发现，而骗过了她手的就是这根木条。

她再回头看着从那些公子中闲庭信步般走出来的这个男子，他穿着华服，唇角微微上扬，带着三分邪气，五分不羁，即使你知道他是个花中常客，也愿意与他一夜风流。最特别的是他那双眼睛，如夜空中的星一般闪闪发亮。这个人虽然不像榻上那位驸马爷一般惊为天人，不过却比他更有情人的味道。

洛红裳突然掩起嘴笑了："不知今日本门主是桃花照命，还是艳福有加，你们这一个两个的全追着赶着送上门来了。"

子翼也笑了："桃花起舞风云动，漫天血雨落红裳。要说你的这个老窝还真不好找，不过桃花我没算到，只算到你今日杀星照命。"

"那不如我们来打个赌，你们若赢了我，那便是我杀星照命，但是若我赢了你们，那你们两个就乖乖留在我落雪门，做我的公子，怎么样？这样你们是不是赚便宜了呢。"洛红裳表面上满口胡言，身体却已经绷得紧紧的。她知道自己今日遇到对手了，自从修炼了师父教的武功，她的轻功冠绝武林，天下能追上她的没有几个人，可是偏偏这个人就神不知鬼不觉地跟了进来，实在太可怕了。

子翼抱着手臂，笑呵呵地说道："听你这么说，咱也别打了，我就留下来陪你睡觉，你供我吃喝玩乐，怎么样？"

"那自然好了。"洛红裳看了看那些华服公子，说道："你若肯留下来，我就把他们都处理了。"

"门主……"

"门主饶命啊……"

她这么一说，吓得那些华服公子跪地求饶。

"起来吧，今日想要活命，免不了拼了性命。"她眯起眼睛，神情却越发阴狠起来，那人虽看着吊儿郎当，但绝对是难缠的对手。

随着她一声令下，这些华服公子都取出兵器，准备好厮杀。其实他们并不是忠心于洛红裳，而是洛红裳在他们身上下了毒，想活命就只能听洛红裳的话。

子翼右手一动，一个梭子样的东西垂在他手边，轻轻摆动着。洛红裳看到这只小梭子时目光一下便黯淡下去，她知道自己今日真是杀星照命了。她一挥手抽出腰间的细刀刺向杨延琅，杨延琅挥刀相接，鸣鸿刀发出狂躁的嗡嗡声，就像野兽终于挣脱了牢笼。

就在杨延琅与洛红裳杀在一起之时，那些华服公子也攻向了子翼。他们出身江湖，多少都会些功夫，只是他们与子翼比起来实在差太多，几十招之后，子母飞梭上的冰蚕丝使断臂残肢散了一地，而他那双星眸却连眨都没眨一下。

看着自己的公子们变成一地残尸，洛红裳的心渐渐沉了下去，她知道用这个武器的人连师父都非常忌惮，更何况是自己。

洛红裳一边打一边说道："你们别忘了，这可是落雪门的总门，我手下门人数百，就凭你们两个能杀得完吗？"

子翼一边出招一边说道："妖怪，今天让老子找到你的老巢，别说数百，就算成千上万也能给你杀光了。"

"你们两个大男人欺负我一个弱女子，传出去也不怕人笑话吗？"

"他是个闷葫芦，一辈子不说话都行。我怎么可能把这么丢人的事往外说呢？至于你嘛，一个死人，啥也不会说的。"

洛红裳躲过飞梭，那青白色的刀又杀了过来。她知道这位驸马爷是个心狠手辣的主，不言不语，招招致命，吓得她不敢再分神。

就在洛红裳咬紧牙关对付他们时，一个人跌跌撞撞地跑进来："洛门主，洛门主，不好了，外面有许多江湖人杀进来了。"

洛红裳见到他，厉声喝道："滚！"

这人见屋中形势不对，转身就逃，不过他虽走得快，却还是没杨延琅的刀快，鸣鸿刀划出一道青光，直接扎在他的左腿上。这人一声惨叫倒在地上，就在杨延琅两三步之间，他的小腿几乎变成了一段焦炭。

杨延琅将刀拔出来，只见刀上的血迅速被吸掉了，原本青白色的刀锋渐渐变成了血红色，刀身的嗡鸣声比之前低了许多，像吃饱喝足的孩子不再闹腾了。

那人吓得连惨叫的力气都没有了，两眼突出，张大的嘴里似乎只有出气，没有进气。洛红裳豢养的公子被切成一地残尸，她都没有多看一眼，却让这个尖嘴猴腮的中年人赶紧跑，说明此人极为重要。

杨延琅低声问道："你是谁？"

"王，王侁。"

"王侁？"杨延琅的凤眼一下眯了起来。潘仁美被杀之后，宋帝对西路军进行过一次大清洗，彻底铲除了潘仁美的势力，但是这个王侁突然就消失得无影无踪，没人知道他的去向，原来他一直藏在此处。只是，他原是朝廷命官，怎么会藏在这个杀手窝里？青石谷之战究竟是怎么回事？他与洛红裳杀太子的事又有什么关系？一连串的问题涌了出来。

"你，你……"王侁终于找回自己的两只手，一点一点往后挪，挪了两步之后他知道已经徒劳无用了，于是靠着门停了下来。

"告诉我，青石谷之战到底是怎么回事？"杨延琅的声音已经冷到极点，他紧了紧手中的刀，刀身又发出低低的嗡鸣声。

"你是谁？为什么关心青石谷？"腿上火灼一般的痛楚让王侁冷汗淋淋，这句话他几乎是喊出来的。

"说。"杨延琅突然俯下身体，血红色的刀尖抵在他胸口上，眼中冰冷的死气几乎在一瞬间就要把他撕成碎片。

"我，我说。"王侁终于知道阎王是什么样子了。他喘了几口气后说道："是我，是我故意把宋军的军情透露给暗骑军的，也是我让潘仁美在青石谷退兵的。"

杨延琅再次问道："那五千保护涿州百姓的宋军是谁杀的？"

"是，是落雪门，落雪门杀的！"

落雪门？杨延琅原本眯起的眼睛一下瞪大了。这些天他表面风平浪静，但内心却备受煎熬。半月前胡杨陂刘大嫂给了他一块残破的令牌，是她打听到有人像她们一样，也是从那个无名山谷里逃出来的，还捡到了这块破令牌，而杨延琅一眼就认出那块令牌是暗骑军的。在他心中耶律铁镜虽是暗骑军的统领，却并不是嗜杀之人，更没有见过她屠戮平民百姓，但是这块令牌似乎又告诉他，这个已经与他有肌肤之亲的公主就是个杀人的恶魔，此时他听到这个答案，内心竟然松了一口气。可是这边松了一口气，那边却又郁结于胸，父亲一世忠君爱国，保疆守土，可是他至死都不会想到，有人为了权势甚至不顾百姓的生死，不计千万将士的性命。

"为什么要嫁祸给暗骑军？"杨延琅的喘息声微微急促起来。

"当然是怕被人查到。你究竟是什么人？"

杨延琅没有回答，继续问道："你的主子是谁？"

"我，我没，没有主子。"王侁还试图做最后的抵抗。

"战败撤军，兵贵神速，朝廷却要西路军挟百姓而行，故意拖慢行军速度，哪个蠢货会传下这样的命令？说到底，是你的主子用老百姓拖慢行军速度，然后将杨将军困在青石谷，借辽军之手除掉他。”杨延琅很少说这么多话，也很少如此激动。

“你是什么人？你怎么什么都知道？”

“说，出这个主意的人是谁？谋杀太子的是什么人？”杨延琅根本不理会他的问话，再次冷冷地逼问道。外面的杀声已经很近了，而在殿内的洛红裳应付子翼已经非常吃力。

“我，我我我……”王侁正在犹豫，只见那把血红色的刀直奔他的脖子。他惊恐地闭起眼睛大声喊道：“我说——”

“说！”

“是……”

“小心！”

轰……

第五十三回　红裳匿人偶

面对死亡，王侁彻底屈服了，可是他刚说了一个“是”字，突然子翼大声提醒他小心，杨延琅的余光瞥见一个黑色东西飞了过来。

雷火弹！

他知道这东西厉害，只好闪身后撤，轰的一声，王侁被打掉大半个头，黑乎乎的尸体倒在了门边。

“美人，你想问什么？问我就是了。”洛红裳抱着双臂，风情万种地靠在卧榻的雕花床柱上，对杨延琅说道，她一旁站着子翼。

子翼指着她说道：“她杀了那猴脸。”洛红裳眼看王侁就要说出机密，再也顾不上自己，打出最后一颗雷火弹要了他的命，自己落到子翼手里。

“你轻点，奴家怕疼。”洛红裳轻轻拨动着勒在脖子上的冰蚕丝对子翼说道。

“怕疼就说出你背后主使是谁。”子翼动了动手指说道。

洛红裳指着王侁的尸体问道：“你是问我的，还是问他的？”

子翼道：“别废话，都说。”

洛红裳捋着胸前一缕黑发，说道：“他的主子奴家忘了问了，至于奴家的嘛，看你们心情，谁当都可以，保证打不还手，骂不还口，把你们伺候得舒舒服服的。”

子翼叹了一口气，说道：“看来你是不打算说了。”

洛红裳看着杨延琅娇嗔道：“谁说的，你要让这美人陪我一夜风流，他想知道什么，我都告诉他。”

子翼用一种期望的目光看向杨延琅，然后幽幽地开口：“要么，你就……”他当然知道洛红裳信口雌黄，但他就是喜欢往这个冰坨子头上火上浇油，不过看到杨延琅一张脸已经白得吓人，他乖乖地把后面的话留在了肚子里。

杨延琅走到洛红裳面前，郑重地说道：“我很佩服你。”

听到这句话，洛红裳那双邪魅的眼睛竟然透出一抹笑意，她眨了眨眼睛问道：“为什么？”

“往事灼心，你已经看轻了生死。你杀人如麻，也心硬如铁。”

“没想到美人竟然这么会说话。”

外面的打斗声越来越近，洛红裳的下属已经抵挡不了多久。杨延琅道："我是你在这世上唯一能托付的人。"

洛红裳仰起头，她想把眼泪留在眼睛里，最终还是滑出了眼眶，这么多年来，从她亲手埋了自己的女儿之后，便再也没流过泪。她轻轻撩开耳边的头发，露出耳后的一块刺青，是一朵红色的小花，妖美艳丽，是传说中的彼岸花。她摸着那朵花说道："若你遇到同样在耳后有一朵彼岸花的姑娘，请你别伤害她，那是我女儿。"

子翼问道："你还有女儿？"

洛红裳道："当然了。那是我在黄泉路上找回来的女儿，所以我给她也刺了一朵一样的花。"

杨延琅认真地说道："我答应。"

洛红裳也不管脖子上的冰蚕丝，慢慢走到杨延琅面前道："我只回答你们一个问题。"

"杀太子的主谋是谁？"

"金刀在哪里？"

杨延琅和子翼同时开口，却问了不一样的问题。洛红裳看着他们突然就笑了："要么，你们放了我，我就再多回答一个。"

"杀太子的主谋。"杨延琅坚定地问道。

子翼翻了一个白眼，这个疯子不可理喻。

洛红裳从怀里摸出一块黑色的牌子交给杨延琅，指着王侁的尸体说道："那人让这个猴脸给我这个牌子，说是事成之后用它可以从白家的铺子里拿到了一颗血蚕。"

这块牌子很像做砚台用的一种石头，这是产自大辽的一种墨玉，平滑的玉牌上刻了一个用契丹文写的"律"字。

洛红裳继续说道："这是辽人的东西，不过怪就怪在这牌子却是一个汉人给我的。我只拿钱干活，别的不会多问，但我知道，那人叫冥王。我最初并不知道他要杀的人是谁，后来你搅了局我才知道。"说到这她停了一下，又仔细想了想说道："没了，就这些了。"

子翼问道："你要血蚕做什么？"

听了他的问话，洛红裳又恢复了那一副轻浮的样子，对子翼道："要么你陪我一夜，我也告诉你。"

杨延琅道："算了，她不会说了。"说完他对洛红裳拱手道："多谢。"

她慢慢向杨延琅靠去，子翼随着她的动作松着冰蚕丝，只见她凑到杨延琅耳边轻声说："我生君未生，君生我已老，来生若相逢，誓为君之好。"说到这她竖起纤指，拢在嘴边压低声音说道："我知道他叫贺黑律，但我不喜欢拿梭子那小子，所以就不让他听到。"

洛红裳的气息吹得他耳边发痒，身体顿时僵硬，他结巴半晌才说道："多，多，多谢。"

听到这句话，她轻轻往旁边侧了一下头，冰蚕丝瞬间没入她白皙的脖颈，鲜红的血溢了出来。她用力地转过头对子翼道："割掉脑袋就丑了。"

啪的一声响，子翼收回了子母飞梭。

“谢了。”她双唇动了动，却没有发出声响，缓缓地倒在地上，平静安然地咽下最后一口气，到死她还是个美人。

子翼仔细查看了之后，确认她死了，然后说道：“这个妖怪，不知修了什么邪术，已经五十多岁竟然还这么年轻。”

“血蚕是什么?”

“血蚕是一种补血的珍药，但不知她要血蚕做什么?”

听着外面的喊杀声越来越近，杨延琅看了看洛红裳，对子翼道：“把她抱到榻上去。”

子翼一下就炸了毛：“你喜欢你咋不抱?”

杨延琅也不说话，只是死死地看着他。在这场对视中，子翼最终败下阵来，认命地叹了一口气，把洛红裳拖上卧榻。

“那些不正经的江湖人吧，鼻子比狗的都灵，屠落雪门，杀死洛红裳可是扬名立万的好机会，何况这门里还藏着堆积如山的宝物。你听听，外面足足聚了四五百人。”两个人一边往外走子翼一边说，顺手划着手中的火折扔到屋里，不一会熊熊大火便烧了起来。

不到半日，如世外王朝般的落雪门已成一片断瓦残垣，尸体散落得到处都是，许多江湖人掘地三尺寻找，到最后却一无所获，就开始气急败坏地大骂。此行他们不但没拿到洛红裳的脑袋，更没抢到那传说中堆积如山的宝物，自然只剩下骂人了。

“要说找宝贝，我是他们祖宗。”子翼领着杨延琅走进后面的一个山洞，其实这里才是落雪门真正的总门，不过这里什么财宝都没有，洞里挂着一块一块的黄布，布上画着些奇奇怪怪的符咒，看颜色是用血画上去的，石壁上还画着一些画，不过这些画既不像神，也不像佛，看他们的样子即便是神佛，估计也都是些邪门歪道。

“按道理讲，这妖怪这些年应该没少赚钱，这都是些什么啊?”子翼到处翻找，他找洛红裳的藏宝洞是为了那把要命的金刀，可是现在看来，不但金刀不在这里，就连她这么多年赚的钱也不在这里。

“这是什么?”杨延琅手里提着一块黄布，指着面前的东西问道。

子翼凑过去一看，尖叫了一声，马上跳开了，原来黄布后面盖的竟然是一个人，瞪着两只黑洞洞的眼睛紧紧盯着他。

杨延琅看了子翼一眼，目光虽然冰冷，却有了一丝嘲笑的意思。子翼觉得这家伙就是石心铁胆，这么吓人的东西，他竟然无动于衷。不过他怎么甘心被人嘲笑，赶紧壮起胆子走到那“人”面前道：“想我子翼什么没见过，刚刚不过就是嗓子痒痒了。”

“噢。”杨延琅答应了一声，转过头继续看那“人”。

子翼把火折靠近面前的“人”，又伸手摸了摸，然后对着那“人”的额头敲了敲，里面传出来空空的声音。

“这好像是鬼谷的木人。”子翼说着把火折递给杨延琅，然后把那“人”转过去，扒下他的衣服，果然后颈处有一条缝合的线。这一刻子翼的神情开始凝重起来，他在那

“人”的脑后摸了一会，只听啪的一声，不知道按下了什么机关，那“人”的眼珠突然一转，一步一步往前走去，脚步灵活，栩栩如生，若远远看去，谁都不会认为他是个木人。

眼前这一幕实在是太诡异了，杨延琅问道：“这是什么？”

子翼看着那“人”道：“这是鬼谷的墨术，木人体内藏有机关，触动机关，木人就会走会跳，这些木人被蒙上人皮，做成了人偶。”

杨延琅看着洞中一排一排盖着黄布的东西，足有上百个，然后不解地问道：“洛红裳做这么多人偶干什么？”

子翼关闭机关让走路的人偶停下来，回头看着杨延琅道：“我虽然不知道她做人偶干什么，但我知道，她把你抓来一定是想把你也做成人偶。”

“我？”杨延琅终于吃惊地问了一句。

子翼抬手指着洞后面高台上的那个木人，身高体型与杨延琅几乎一模一样，只是它还没有蒙皮。

看着那个木人，纵是他自认冷血无情，也觉得心头发紧，后背泛起一丝凉意。

子翼说道：“他到底学艺不精，没有老徐的能耐，这些人偶也只能做个吓人的幌子。”

杨延琅问道：“他是谁？”

“他是鬼谷教出来的孽徒，我出来最重要的一件事就是杀他。”这是子翼第一次说起自己的事。

“洛红裳与他有关系？”

子翼点点头：“这个洛红裳老而不衰，都是他的邪术。这个畜生！”

他们掀开所有的黄布，这些被做成人偶的人，都是十八九岁的年轻男女，子翼如星子般的眼中积蓄出浓浓的恨意。

杨延琅拍了拍他的肩膀，转身往外走去，子翼最后看了一眼这些人，也跟了上去，二人出了山洞，又一把火把山洞也烧了。杨延琅回宁云后，说自己是假受伤，以便隐匿行踪追杀劫匪，现已将他们铲除，之后派兵抄了落雪门的其他几个据点，算是平息了此事。

血红的夕阳下落雪门一片狼藉，一个身穿墨绿色道袍的人慢慢走着，顺长的黑发上插着一只白玉簪子，手中的拂尘是黑色的，这黑色的拂尘垂在他臂弯里，就像一把女人的长发。

眼前的一切似乎并没有让老道特别焦急，直到最后看到那个已经被烧焦的山洞，他布满阴霾的眼中终于燃起怒火，白皙的手背上青筋暴起。想不到数年心血竟毁于一旦，他早就提醒过洛红裳，色字头上一把刀，这个女人最开始栽在男人的手上，到最后还是栽在了男人的手上。

夜幕降临后的汴京城才到了最热闹的时候，酒肆茶楼的小二提着食盒走在大街小巷，给食客们送去美味佳肴，一些勾栏瓦舍的女子立在红灯下，轻摇香扇，莺歌燕语，三三两两的墨客文人走上凉亭，只几杯薄酒也可诗意大发。不过相对于热闹的街巷，天波府似乎永远都冷冷清清，府门前只有两个写着“杨”字的灯笼，照亮一截高大的门楼。

佘赛花坐在院中，看着天上那弯残月，不知为何她今天竟然想起了丈夫口中的那个逆子。自归宋这些年，她失去了丈夫和六个儿子，那些她爱如性命的亲人，那些刻骨铭心的痛楚，几乎让她无暇记起那个总给杨家带来灾难的孩子。可是，今天她却觉得这弯残月竟像极了他的眼睛，明明很好看但总透着冰冷的寒光，明明是那般俊美的人，却偏偏冷漠得不近人情，将自己孤立在这世间。

“老夫人，寇大人来了。”杨洪的话打断了佘赛花的思绪。

寇准来到佘赛花面前拱手施礼：“杨夫人。”

“寇大人不要多礼，请坐。”佘赛花站起来，请寇准坐下，然后又吩咐杨洪上茶。

寇准道：“杨夫人，不用上茶，在下有几句要紧的话问您。”

看他神情紧张，佘赛花也不再客气，便让杨洪守在外面，不许任何人进来。看她安排好这些后，寇准坐下来低声问道：“杨夫人，你与我说实话，府上四公子真死了吗？”

佘赛花一愣，然后说道：“寇大人，你这话是什么意思？”

寇准深深地叹了口气道：“杨夫人，此事事关杨府百余人的性命，事关杨家的忠烈之名，你一定要说实话。”

佘赛花目光渐渐冷下来道：“寇大人不是到并州把我儿子的坟都扒了吗？还有什么好疑惑的？”

寇准紧紧盯着她，说道：“杨夫人莫怪，我又找了一个在刑部任职四十年的老仵作看过，那人是死于天花。”

“你……”佘赛花一下就被惊住了。

安静了片刻，寇准说道：“你应该听说太子遇刺之事了吧？”

佘赛花急忙点点头。

寇准继续说道：“杨夫人，那日救太子的是云内州节度使、大辽国的驸马木易，可是你知道吗？那木易长得与贵府的四公子一模一样。”

佘赛花腾的一下站起来问道：“你说什么？”

“我说那木易与无佞楼上四公子的画像一模一样。”

“不，不可能，绝不可能。”佘赛花一只手扶着桌子，喘息声急促又慌乱。

寇准道：“杨夫人，事到如今，您若再不说实话，只怕我也无能为力了。”

佘赛花突然抬起头看着寇准，说道：“寇大人，您快把，快把那天的事详细讲与我听。”

“好。”二人再次坐下，寇准把那天的事仔细地跟佘赛花讲了一遍，她又细细询问了那金刀的样子，之后便久久不语，任由冰凉的泪水落下来，这世间也许样貌有相似之人，但金刀却只此一把。

天近三更，月上中天，那细细的月亮像一只眯起来的眼睛冷冷地望着他们，终于一声苍白无力的叹息响了起来。

“他虽是不祥之人，但毕竟是我们的儿子，所以在潘豹的坟前老令公提出要亲手处死他，潘仁美不疑有诈，便答应了。但是他们都不知道老令公是使剑的高手，而那柄长剑也有蹊跷，所以那贯胸的一剑虽看似狠绝，却是避开了心脉。为了防止潘仁美看出破绽，将军拔剑之后，我便领着家里女眷一拥而上，呼天抢地地悲哭，然后把他抢回府中，放在密室中养伤。那尸体是杨洪的一个侄儿，与四郎年纪相仿，得了天花不治身亡，我便花二百两银子把尸体买回来，做了假伤，顶替四郎匆匆下了葬。”

寇准道：“这么说他是远走高飞，改名换姓去了大辽？”

佘赛花摇了摇头：“不。本来他伤好之后，我们便让他离开杨家远走高飞，可是他却偷偷混在了北上伐辽的大军之中，金沙滩上我不是死了四个儿子，是五个。”

“你是说金沙滩一战他也在？”

“是。”

“难道是他被辽军俘虏了？”

“时间不对，金沙滩一战已经过去十二年了，这个木易出现也不过四五年。”说到这里佘赛花好像突然想到了什么，满怀希望地问道，“会不会他就是木易，只是因为感念老令公的恩情，所以才会救下太子殿下……”

寇准道：“若是义子，如何能认出太子殿下？又怎么会有杨家的金刀？为何与四公子的相貌一模一样？为何一定给杨家要一个恩赦？”

“这……”佘赛花被寇准的几个问题问得张口结舌。

寇准沉默片刻道：“杨夫人，在下信得过杨家，这件事只怕还有隐情。所以今日之事我会烂在肚子里，只是杨夫人，希望你要提早准备，莫被有心之人利用。”

“老身代杨家谢过寇大人。”说罢佘赛花作了一揖。

“杨夫人请起。”寇准扶起她说道，“容在下多说一句，无佞楼的画不能留着了。”

佘赛花眼里含着泪花，用力点了点头。

“告辞。”

“寇大人慢走。”

寇准悄悄走了，第二天杨府就找了工匠修缮无佞楼，对外说楼顶漏雨，淋坏了许多东西。

第五十四回　侯门封贵子

度过凛冽萧瑟的长冬，漠北又是天高地阔、生机勃勃，辽阔的草原和碧绿的湖水从疾驰的骏马旁闪过，奔跑的玉麒麟快得像一道影子，可是杨延琅依旧在催促着，恨不得它飞起来。半个月前他接到圣旨，命他将云内州事务交给李玉成，然后立刻回京，因为耶律铁镜有早产之兆。

离开上京时，他除了焦虑与算计，心中没有一丝留恋，可此时他却归心似箭。他想要快点见到妻子，他想要知道这个给他生孩子的女人是否平安，他甚至有些不愿意去想以后会怎么样，只想守在她身边。

杨延琅一脚踏进府门，就听到耶律铁镜一声短促的痛呼，他顿时觉得心被揪了出来，眼前一片血红，直向卧房奔去。

“大胆，这是公主的产房，你怎么敢闯？”两个上了年纪的嬷嬷气势汹汹地把他拦在了外面。她们是萧绰身边的人，被派来照顾耶律铁镜，一般人都不放在眼里，见到一个男子往产房里闯，自然要拦下来，

“让开。”此时他那如狼一般狠戾的眼睛透着慑人的光，顿时把两个嬷嬷吓得呆愣在原地。

“嬷嬷，嬷嬷，这位，这位是驸马爷。”仁达上气不接下气地跑进来，来到两个嬷嬷面前解释道。

仁达的一句话终于让她们出窍的魂魄又飘了回来，其中一个急忙赔笑施礼道：“恕老奴眼拙，驸马爷勿怪，只是公主正在生产，这会实在不能进去，若开门受了风可怎么得了。”

仁达终于缓上一口气来，急忙小心地劝道：“驸马爷，还是等一会吧。”

先前只顾着心急，直到此时他好像才明白产房是什么意思，一瞬间他原本苍白的脸，一下红到了耳朵后面，急忙低下头退了回来。

等待本就是一件让人焦急的事情，你空有一身力气却一点忙帮不上，这种束手无策的等待就更加熬人了。杨延琅觉得自己再闯一次中军大营都没有这么难，他从烈日当头一直等到月上中天，除了进进出出的宫女和稳婆，什么动静也听不到。

“好姐姐，公主怎么样了？”仁达又抓住一个宫女问道。

宫女看着他的样子，扑哧一声笑了，又故意对杨延琅的方向大声说道：“没事，公主很好。”

“多谢，多谢。”仁达正拱手道谢，肚子偏偏发出一声响亮的鸣叫。

宫女一下就瞪大了眼睛，仁达讪笑着退后几步，掩过这尴尬的叫声。

听到仁达肚子这一声叫，杨延琅才记起来，这几天他们日夜兼程，今天更是一天没有吃饭，于是对仁达说道：“你们都下去吧。”

“驸马爷……”

“生了，姐姐生了！”仁达正要说自己不饿，就被冲出来的红珠打断了，她开心地大声喊道。

“驸马爷，驸马爷生了，驸马爷，生了！”仁达第一个反应过来，激动地重复着貌似差不多，却有着天壤之别的一句话，片刻之后，随着他们回来的侍卫一起欢呼起来。

红珠来到这些汉子面前斥道：“安静点，惊吓到公主，你们有几个脑袋够砍的。”

她一句话让叫喊声戛然而止。她又瞪了仁达一眼：“驸马爷哪来那么大的本事！”说完急匆匆地回到了屋里。

仁达不知发生了什么事，却清晰地感觉到后背蹿起一道凉气，让他的脑子骤然清醒。他胆战心惊地转过头，一点一点看向那位凶神，却发现这位爷只是一声不吭地紧盯着房门，两道冷冷的目光几乎要把门板射穿了一般，根本就没听出他话里面有什么不对劲的地方，也许本来就没听到他说的什么。

杨延琅盯着这两扇房门，纵使他千算万算，却怎么也都没算到会有今日这一幕。眼前人来人往，耳边人声嘈杂，他却好像身处梦中，直到婴儿的啼哭声将他惊醒，那响亮的哭声把他从阴寒地狱中拉了出来，原来为人父的滋味竟如此温暖和美妙。

“姐夫，皇姐生了！”一个兴奋的声音响起来。

杨延琅急忙转身，耶律隆绪已经站在他身旁，伸着脖子往里面看，四年未见，原来青涩的少年已经长成一个健壮的契丹汉子，身材高大魁梧，穿着便装，一看就是自己偷跑出来的。

杨延琅急忙跪地施礼：“臣木易，拜见陛下。”

“姐夫，你快起来。”耶律隆绪一边让他起身，一边张望着里面。

“陛下，为臣之道木易不敢忘，请陛下莫要如此称呼。”杨延琅没有起身，再次说道。

直到此时耶律隆绪才将全部注意力放到木易身上，他无奈地说道：“你这人啊，真是太无趣了，我皇姐是怎么忍受你的？”

“臣知罪。”

“好好好，朕不叫了还不行吗？你快起来吧，四年没见，刚一见面就让你跪着，皇姐若有力气，非骂我不可。”耶律隆绪叨叨起来还真像个小舅子，瞬间让这府院里有了人间烟火气。

“谢陛下。”

杨延琅刚刚起身，红珠再次走出来，见耶律隆绪也在，急忙来到他们面前道：“太后娘娘请陛下和驸马爷进去。”

耶律隆绪急忙问道：“红珠，皇姐生的是公子还是千金？”

看他猴急的样子，红珠笑道：“陛下进去看看不就知道了吗？”

“对对，我们进去看看。”说话间他已经冲进屋里，直接奔着孩子去了。

床榻上的耶律铁镜眼窝深陷、面色灰暗，整整一天两夜，难产，疼痛，焦虑，把她折磨得憔悴不堪，几次凶险之时，稳婆、医女都问要保大人还是保孩子，她都一口咬定要保孩子，也正是如此，才让萧绰拼尽全力保她们母子平安。

杨延琅心急如焚，可是到了近前却又迟疑起来，他不知道这个女人用了什么法术，竟然在不知不觉中把他拖进了她的泥潭，让他犹豫，彷徨，痛苦又煎熬，不知自己该何去何从，无论怎么挣扎都爬不出来，甚至不愿意再爬出来。此时，他的眼里再也没有别人，径直走到妻子的旁边。

耶律铁镜看着站在自己身旁手足无措的丈夫，虽然累得连张嘴的力气都没有，但还是笑起来，用极为虚弱的声音说道：“很可惜，没有生个女儿。”

“儿，儿子，我也喜，喜欢。”杨延琅第一次说话结结巴巴，声音低沉而压抑，听起来让人很不舒服，只有耶律铁镜能从他这短短的几个字中知晓他的心绪。他身上的尘土，苍白的脸色，都体现出了这个不善言辞的男人的真心。

耶律铁镜拉起他的手笑道：“快去看看我们的儿子。”

“嗯。”他听话地转身去看儿子。

红珠把孩子抱起来交给他，曾经力敌千军的男人用两手轻轻托着这个柔软稚嫩的生命，空有一身力气，却不知该如何用，只是轻轻地托着，生怕重一点就会伤了这个小生命。

睡梦中的婴儿嘟着水嫩嫩的小嘴，细小的手指很自然地握着棉被的边缘。这是他的儿子，是与他心血相连的骨肉，这个小小的生命，让他的血一点一点变热，变得沸腾，这一刻他觉得上天厚待了他。

就在他沉浸在幸福之中的时候，突然一股寒意袭上心头。我能给他什么？荣华富贵？高官厚禄？不，他会因为自己生无立锥之地，死无葬身之所。他还这么小，懵懵懂懂，天真烂漫之时只怕就会承受起自己这个父亲带给他的灾祸。

“来来，别光你这个当爹的抱，让我这个舅舅也抱抱。”耶律隆绪打断了他的思绪，只见他撸胳膊，挽袖子，小心翼翼地把孩子从杨延琅手里接过来。

这位小皇帝虽看着高大，却是个细心的人，将娃娃拢在怀里的样子，倒是比杨延琅这个当爹的还熟练一些。

“这孩子就像从姐夫，不是，就像从木卿脸上刻下来的一样，看来长大后也是个俊美的汉子。”耶律隆绪抱着这个小娃娃爱不释手。

杨延琅道：“陛下过奖了。”

这时床榻上的耶律铁镜问道："陛下如此喜欢这个外甥，可带什么礼物来了？"

"啊？礼物？"耶律隆绪仰头叹了一口气，"我出来得急，给忘了。"

耶律铁镜可没打算放过他，继续说道："陛下，按我们契丹人的习惯，见晚辈第一面，没有礼物可是不吉利的。"

萧绰一声不语地望着儿子，并没有上前解围的意思，耶律隆绪思索片刻，突然眼前一亮道："我想到了一个礼物，皇姐一定会喜欢。"

耶律铁镜问道："什么礼物？"

耶律隆绪的表情突然变得严肃起来，两只手托起这个小小的婴儿半竖在怀前，似乎他面前站着的是一个与他一样高的男子，然后郑重地说道："今日朕赐你随母姓，以耶律氏冠之。"然后看向耶律铁镜问道："皇姐，这个礼物如何？"

听了他的话，就连萧绰都一愣，皇帝金口玉言，从此以后这个孩子就是皇族中人，便是将来有一日木易被灭九族，他都可以保一条性命，这天大的恩宠，今日便用来笼络这位重臣之心。

耶律铁镜缓过神来急忙说道："陛下这个礼物太贵重了。"然后对杨延琅道："驸马，还不快快谢过陛下。"

杨延琅闻言急忙跪倒在地："臣木易谢陛下隆恩。"

耶律隆绪再次将孩子抱好，说道："木卿，平身吧。"

杨延琅刚要起身，萧绰却说道："你先跪着。"

杨延琅不知道她是什么意思，却还是听话地继续跪好。萧绰起身来到耶律隆绪面前，伸手把孩子抱在怀里，说道："既然皇帝赐了姓氏，那本宫就给他取个名字吧。"说罢瞟了一眼跪在地上的木易，说道："本宫给取他取名宗勉，意为同宗共勉，永远不要忘记，我们是一家人。"

萧绰的话让杨延琅后背泛起一丝凉意，皇帝赐姓，太后取名，从此这孩子自是尊贵无双，可是一姓一名，一为恩宠也为震慑，太后是在提醒自己，每每看到儿子，就要提醒自己谨守人臣的本分，莫要生出异心。不过她有一句话倒是真的，那就是先跪着就对了，省得再跪一遍，他深深叩首道："谢母后恩典，儿臣会把母后的话谨记在心。"

萧绰唇角勾起一丝笑意道："平身吧。"

"谢母后。"杨延琅起身时正好看到耶律铁镜，她那如火一般的眼睛藏着思念还有一丝无奈。

萧绰已经把孩子交给红珠去照顾，然后示意宫女把一个红木锦盒送到杨延琅面前，说道："这是皇太妃给你的贺礼。"

皇太妃？杨延琅知道那位皇太妃，可是却不知道她为什么这么早就让萧绰把贺礼带到了。

他迟疑了一下把盒子打开，盒子里衬着朱红色的锦缎，锦缎上是两只翠绿的玉蝉，这两只蝉雕工极为精细，栩栩如生，蝉翼轻薄透出盒底的红，头眼须脚丝丝分明，好像下一刻就会跳出盒子没入草丛，唱出夏日的蝉鸣。

杨延琅平淡地看了一眼盒子里的玉蝉，然后把盒子盖好，迎着萧绰与耶律铁镜两个人的目光，拱手施礼道："谢太妃娘娘赏赐。"然后把盒子递到耶律铁镜面前道："请公主收好。"

耶律铁镜有几分诧异地问道："你可知这礼物有多贵重吗？"

杨延琅认真地想了片刻道："这礼物倒是精致，不过我一介武夫，不识得宝物。娘娘与公主情同手足，想必她送的贺礼一定很贵重，请公主收好。"

耶律铁镜迟疑着伸出手把盒子接过来，又看了看母亲，萧绰笑道："好好收起来吧。"

耶律铁镜把盒子收好对母亲说道："替我谢谢苑儿。"

"你有了儿子，估计苑儿来你这会更勤一些，你要多陪她聊聊天。"

耶律铁镜点点头："母后放心，我明白。"

世间有许多的事是公平的，比如女人生孩子，无论是富贵还是贫穷，都要到鬼门关走一遭。好在耶律铁镜母子平安，终于让杨延琅悬着的心放到了肚子里，看着女儿相思入骨的样子，萧绰便很识趣地领着耶律隆绪回了宫，留给他们夫妻二人独处的时间。

"公主，睡一会吧。"杨延琅坐在她床榻旁边，看样子是打算陪她一夜了。

耶律铁镜握住他的手放到自己的脸上，眼睛一眨不眨地盯着他，说道："谢谢你，谢谢你。"说着她眼中的泪珠便跟着落了下来，一滴滴落到他的手上。

"公主，要谢，也，也是我谢你才对……"杨延琅最怕她哭，只要她一哭，他就不知道该说什么，该干什么。

"不，木易，我谢你，是因为你的眼里、心里只有我一个人。"

杨延琅不明白耶律铁镜为什么说出这样一句话，只是隐隐觉得与皇太妃那两只蝉有点关系。他想了想说道："我的眼里自然只会有公主一人，睡一会吧，我陪你。"

"嗯。"耶律铁镜点点头，依旧紧紧抓着他的手，片刻之后便沉沉地睡去了。

杨延琅摸着她被汗水浸湿的头发，没有一丝血色的脸庞，过了许久许久，他低声说道："我是个不祥之人，你不该对我这么好。"

第五十五回　风雷挟魅影

自从小宗勉出生之后，红珠就没有回过宁王府，对她而言，那座王府已经不是他的家了。她父王是穆宗之弟，被封为宁王，后获罪被贬，红珠因自小被萧绰带在身边与耶律铁镜为伴，躲过一劫。后来萧绰掌权赦免其罪，复其封号，准其回京，不过红珠的父王与母妃已经故去，兄长世袭王位，自然也谈不上多亲近，于是就留在耶律铁镜身边，挤在这个小小的驸马府内。

两番救主，奉旨回京，幼子皇姓，让木易一时风头无两，无数达官显贵各怀心事，想要借机与之结交，但是无奈这位驸马爷性情冷漠，且没什么爱好，回京之后除了必要的朝见谢恩，其余事一概不理。有人说铁镜公主家教过严，也有人说他就是萧绰养的一条狗，狗眼看人低，只听她一个人的话。但无论他名气有多大，传言多难听，好像全都与他无关。转眼就到了小宗勉的满月之日，便是他冷如冰霜，该来的也还会来，府里除他以外已经忙得天翻地覆。

暴雨前的夜色就像聚集了天地间的妖魔鬼怪一般，低沉又让人恐惧，血红的闪电把天幕撕开一道道裂隙，照亮了高低起伏的廊檐屋脊，就在刹那间的光亮里，有两个人影一前一后，在层层叠叠的屋顶间穿梭跳跃，直到前面那人跌了下来。

“怎么不跑了？”后面那人停下来，很有耐心地问道。一道闪电划过，照亮了他的脸，他肤白如雪，穿着一身道袍，乌黑顺长的头发随着夜风飘动着，半眯的眼睛里透着阴冷，他是个活人，却像坟墓里爬出来的活死人，身上带着浓浓的霉腐味道。

地上那人踉踉跄跄往前跑了两步，靠在一堵墙上，最后索性坐在墙根，抬起头看了那老道一眼：“看你追不上，等等你。”他嘴上说得轻松，不过样子实在是狼狈得很。

老道笑了笑说道：“伶牙俐齿，贫道很喜欢。”

那人用力使自己的身体尽量坐直一些，突然笑了：“老妖怪，如果我是你，现在转身就跑，跑到阴沟里小心藏着，再也不出来。”

“哈哈……”老道好像听到了世间最好笑的笑话，当然也的确好笑，一个就要死的人竟然威胁他，让他逃跑，这不是天大的笑话吗？他笑够了停下来说道：“中了我的十香软筋散，竟然还这么能跑，小子，你还是有点能耐的。不过，你杀了洛红裳，灭了落雪门，坏了我的大事，今天你是跑不了了。”

那人慢慢地把手摸向腰间。

老道一步一步逼近，阴恻恻地说道：“你拿到那把刀的时候，没有人告诉过你，它有邪气吗？”

那人静静地看着老道越来越近，如寒星一般的眼睛倒映出血红的闪电，危险得让人胆寒。

老道眼角动了动，右手如利爪般向那人肩头抓去。这时他耳边突然响起一个声音：“不舍点什么，怎么能引出你这只老妖怪。”

老道心头一凉，他明明已经抓到那人的肩膀，却感觉到一丝细风吹到了脖颈上。此时他什么也顾不上了，疯了一样转身就跑，可就是如此，他脖颈处还是有一股温热流了下来，半面头发被削了个干干净净。他傻傻地看着已经跃到墙上的人，还有他手边那只小小的梭子，方才的傲气顿时荡然无存，原来一直眯着的眼睛已经瞪到最大，褐黄色的眼珠藏着无人可见的震惊与恐惧。

“老妖怪，你跑不了了。”那人冷冷地说道，而后一跃进了一个院里。

这句话似乎比天上的闷雷更响，终于惊醒了这老道，他咬了咬牙也跃上了墙头，低头往里面看，突然破风之声响起，他急忙后撤，逃离了这座府院。之后两个人影也站在他刚才的位置，正要跳下去查看，就听院里传出了一个声音。

“早就和姐姐说不要用这些侍卫，一个个笨手笨脚，累我死了。”红珠拖着两条腿往自己房间走，因为她的出现，墙上的两个暗骑悄无声息地退了下去。

“啊哟……”红珠正走着，忽然脚下一绊，结结实实摔趴在了地上。她哼哼唧唧好一会才坐起来，想看看绊倒自己的是什么，却又一个闪电划过，一只血淋淋的手正搭在她的脚上。

“啊，唔……唔……”她惊叫声刚刚出口，嘴巴就被一只大手牢牢地捂死了，一个沉重的身体压在她身上，任她怎么挣扎，也逃脱不了他的钳制。

“别，别怕，我只，歇，歇一会。”

听到他这句断断续续的话，红珠就平静了下来，他近在咫尺，天是阴的，冰冷的雨落下来，可是他的眼睛却像天上的星星一样璀璨，把红珠都看呆了。

“抱，抱歉……”说完这句话，他突然手一松，头直接就砸在了红珠的肩膀上。

“哎，哎，你给我，给我起来。”瘦小的红珠觉得自己快被压死了。

她挣扎了很久之后才把他推开，可是忍不住好奇，又把他扳过来仔细看看，她觉得这个人长得挺好看的，甚至比姐姐的驸马还要好看。

他是谁？他怎么进来的？他受伤了吗？一连串的问题涌进红珠的小脑袋瓜，她与耶律铁镜不一样，她很聪明，却很单纯，少女的心思一动，其他什么都不会想了，所幸这里离她的屋子不远，她就连泥带水地把他拖了回去，又跑去浣衣房找了身男子的衣服给他换上。

“怎么伤得这么重？”红珠脱下他的衣服，露出肩膀上一大片血肉模糊的伤口，好像被黑熊抓伤的。

“管他怎么伤的呢，先包上吧。”红珠一直以来都是这么告诉自己的，先管好眼下的事，再去想以后的事。

折腾了大半夜，天快亮时她才趴在桌子上迷迷糊糊睡了一小会，起来后就急急忙忙去办耶律宗勉满月的事了，早把她床上那个男人抛之脑后，直到傍晚她再次回到屋里时，才被眼前的一幕吓得目瞪口呆。

“姐，姐姐？”红珠傻傻地看着坐在自己屋里的耶律铁镜，又看看被绑着扔到地上的男人，一时间不知所措。

刚刚耶律铁镜接到暗骑的密报，说红珠把一个男人拖进自己的屋里，一直没出来，她还不信，结果到这丫头屋里一看，竟然真有一个大男人在红珠的床上，顿时把耶律铁镜气得七窍生烟，她一直把红珠当作亲妹妹对待，谁知道她竟然会干这么蠢的事。

“他是谁？”耶律铁镜冷着脸问道。

红珠摇了摇头。

“他是怎么进来的？”

红珠又摇了摇头。

“你为什么要救他？”

红珠还是摇头。

“你疯了！”

“哇……”一见耶律铁镜发火，红珠扑通一声跪下张嘴就哭。

“怎么了？”这小小的府院本就不大，杨延琅正好路过，听到惊天动地的哭声，便走进来问道。可是当他看到地上的人时，心口好像被千石巨石砸中了一样，气也喘不上来。

子翼！

看到木易进来，耶律铁镜急忙站起来，指着红珠气愤地说道：“都是我把她惯坏了，竟然把一个男子拖进屋里。”

杨延琅努力平复了一下自己的心情，然后装作若无其事地转过头看向地上的红珠，问道：“哭完了吗？”

哭完了吗？红珠琢磨着这句话，然后就收了声，只是一下一下在抽泣。耶律铁镜也愣了，没想到红珠竟然自己就不哭了。

杨延琅又问道：“怎么回事？”

“昨天晚上他就倒在外面，他受伤了又下大雨，我，我就想救救他，所以就把他拖了回来，可谁知道今天早晨一忙我就把他忘了。”红珠嘟着小嘴，委屈地说道。

杨延琅问道：“他的伤是你治的？”

红珠点了点头。

“你们认识吗?”

红珠又摇了摇头。

“驸马，这……”耶律铁镜刚开口，却被杨延琅打断了，“公主，依我看倒也不是什么大事，不过是郡主一时发善心而已。”

耶律铁镜想了想把他拉到一旁，低声道：“红珠还是个姑娘，这人又来路不明，我担心坏了她的名声。”

杨延琅看着妻子好一会才说道：“我记得公主说过，契丹女子与汉人女子不一样。”

听了他的话，耶律铁镜顿时哭笑不得，这个呆子在想什么呢？她气愤地说道：“你当我契丹女子都是荒淫乱交之人吗？我们只是不像汉人女子那样遵父母之命、媒妁之言，可是我们想与心爱之人相守一生，也一样要名声啊!”

面对着妻子的呛白，再回想自己的误解，杨延琅的脸一下就红到了耳朵尖。他低声说道：“公主，既然如此，依我看就更不要节外生枝才好。”

“怎么说?”

“你我得母后与陛下器重，有多少人正盯着我们，何况这事传出去于郡主的名声也不好。”

耶律铁镜点了点头，刚刚她被红珠气昏头了，没想到这一层。

杨延琅急忙趁热打铁说道：“既然红珠把他救了，我们莫不如好人做到底，等他醒了，悄悄打发他离开也就是了。”

耶律铁镜没有说话，只是微微皱起眉头看着他，杨延琅的心一下悬到了喉咙里，一遍一遍回想自己究竟哪里不对，哪里露了马脚。

突然耶律铁镜扑哧一声笑了：“难得听你说这么多话。”

杨延琅终于把悬着的心放了下去，他迟疑一下，握住耶律铁镜的手说道：“是我冷落了公主，以后我会改。”

耶律铁镜觉得这个男人就是她天生的克星，只需他的一点温柔，便足以让她忘乎所以。不过她看看红珠，又看看那个不明来路的男人，最后还是点了点头。可谁知她这边才一点头，红珠就冲了过去，赶紧把那人解开扶到了床榻上。

“这，这这……”耶律铁镜都不知道该说什么好了。

“公主，宗勉是不是饿了，我们去看看吧。”

耶律铁镜叹了一口气道：“好吧。”

二人出了红珠的屋子，走到门外杨延琅吩咐仁达找个先生来看看。他们走了几步，杨延琅突然停下脚步，说道：“公主，我把他移到厢房去。”

耶律铁镜觉得他说得有道理，这人总不能放在红珠的房里，便点头同意了。

“公主先行回房，我亲自去办。”杨延琅说完转身又进了红珠的屋子。

既然要藏下这件事，他亲自去办当然没什么不妥。不过看着他急匆匆的背影，耶律铁镜感觉他对那个人似乎特别关心，可是他的言行举止都很正常。她转念一想，可能是自己掌管暗骑太久了，对所有事都疑神疑鬼，便转身走了。

再次回到屋里，杨延琅对红珠道：“他在你房里不合适，去找人收拾出一间厢房，把他搬过去。”

红珠已经把耶律铁镜当作自己唯一的亲人，对姐姐的这位驸马，当然也是言听计从，但前提是不能把这个人撵出去，所以杨延琅让她去收拾厢房，她二话没说就吩咐人去收拾了。

打发走红珠，杨延琅按捺着自己狂跳的心，几步走到床榻边，掀开他的衣服，查看了他伤势，顺手取过他换下来的湿衣服看了看，鸣鸿刀藏在他的腰带里，被红珠顺手扔在一旁，便是耶律铁镜也没有发现，只是他的子母飞梭不见了。他心急如焚，可是表面却不敢动声色，用收拾衣服做幌子，翻找着子母飞梭。

“姐夫，我已经安排好了。”就在他为子母飞梭发愁时，红珠已经兴冲冲地回来了，此时他才发现那要命的飞梭竟然被这丫头当坠子挂在了腰上。

杨延琅指着她腰上飞梭问道：“你这坠子是哪来的？”

红珠笑了，拎起飞梭一边甩一边说道：“他手里拿着的东西，我觉得挺好看，就拿来玩一会。”

看到她把子母飞梭一圈一圈甩，杨延琅什么也顾不上，啪的一下就将子母飞梭抓在了手里。这东西究竟有多可怕他是亲眼见过的，若是触动了机关，顷刻间就能要了这丫头的命。

“你？”红珠被吓了一跳，不知道这个冷脸的姐夫怎么突然这么紧张。

杨延琅伸手把飞梭扯下来，说道：“他没答应，你不可随意拿来，东西先放我这里，他醒了叫他来找我要，不能让人说我们驸马府没有规矩。”

“噢。”红珠很喜欢这个小东西，不过面对木易的一张冷脸，给她十个胆子也不敢要回来。

第五十六回 龙虎相争地

一夜电闪雷鸣狂风骤雨，让贺黑纳兰一直瞪着眼睛到天亮。他祖上曾随着太祖皇帝开疆拓土。他是穆宗耶律璟的近侍，火神淀之乱时，他于乱军之中率军奔袭数百里，截断弑杀世宗的乱臣贼子耶律察割的退路，并亲手把他的头献给了耶律璟，助他登上帝位，自此被誉为大辽第一勇士，深得穆宗信任，手握兵权，东征西讨立下赫赫战功。他不仅是一个武将，更是一位权臣，领兵之时便在军中培植自己的亲信，于朝中扩充自己的势力。穆宗驾崩后，景宗耶律贤继位，可由于耶律贤体弱多病，大辽动荡不安，他借机把势力扩大到整个中京与西京道，等到耶律隆绪继位之时已经成了萧绰心腹大患。

时势如此，贺黑纳兰也被逼入绝境，若不能拿到大权，就会死无葬身之地，这么多年萧绰与他都小心翼翼地保持这种平衡，谁也不会先动。只是他没想到一个该死的俘虏竟然让萧绰赢得了先机，把他势力最大的中京道扫平了大半，如今回到京城，这个俘虏已如日中天，摆明了就是萧绰手中的一杆枪，要用他横扫天下。

天刚微亮，贺黑纳兰实在睡不着，索性就起床到外面转转，不过他刚刚出门管家就急匆匆走了过来，来到他面前低声说道："大人，外面有一个老道要见您。"说完递上来一块黑色的令牌，墨一样的牌子上刻着一个"兰"字。

看到这块牌子贺黑纳兰眉头微微皱了起来："你确定是一个老道？"

管家道："就是一个老道。"

贺黑纳兰摸着牌子思索片刻道："把他带到我的书房，我一会就到，一定要小心，莫让外人见到。"

"是。"管家拱手答应，急匆匆转身走了。

老道？

进书房的一刻，贺黑纳兰只觉得气血上涌、喉咙发紧。他的书房里有一间密室，只有他和他的儿子贺黑虎能进去，这间密室是他请高人建造的，平常人别说打开，就是发现都不可能，可是现在密室的门却闪开一条缝隙。

贺黑纳兰拔出短刀一步一步靠近密室，隔着缝隙他看到一个人很随意地翻看着密室里的东西。突然他推开门走了进去，凶狠地盯着眼前这个老道。

老道看着他，若无其事地把一本名录放回暗格，又顺手把暗格关上说道："贫道在大人书房等着太过无趣，随便看看，却没想到误打误撞进了这里。"

太过无趣？误打误撞？贺黑纳兰不傻，当然知道这是这个老道给自己的下马威。他沉声说道："你有什么话快说，说得通，就算你误打误撞；说不通，就是你自寻死路。"

老道打量他一番，一挑眉毛道："不愧是大辽第一勇将，果然有几分气势。"贺黑纳兰生平第一次被人如此评头论足，顿时心头火起，眼神越发凶狠起来，冷冷地说道："阁下可以试试。"

老道笑了："大人不必紧张，你的这间书房本就出自贫道之手。"

"你？"贺黑纳兰这次真被他的话惊到了。

"洛红裳是我的徒弟。"老道施施然坐在了一张椅子上，示意贺黑纳兰也坐下。

贺黑纳兰依旧把刀握在手里，却也坐在贺黑纳兰旁边的一把椅子上。

老道抚着拂尘上的黑丝，说道："当初洛红裳说大人要建一座密室，让贫道帮忙，所以贫道才给你那张图纸。"

"你就是洛门主说的那位高人？"贺黑纳兰又一次问道。

老道转过头，把眯起的眼睛睁开一点说道："你以为谁都能进你这间密室吗？"

贺黑纳兰仔细回想了一遍，自他这间密室建成至今，便是洛红裳也没有进来过。想到此他收起短刀道："刚刚是我误会了道长，请多包涵。"

老道摆摆手道："无妨。"

"道长既然是洛门主的师父，还未请教尊姓大名。"

老道微一颔首道："贫道严容。"

贺黑纳兰又问道："道长。不知洛门主为何没来？"

听贺黑纳兰提到洛红裳，老道轻轻叹了一口气道："她死了。"

"啊！她，她死了？"这是见面以来老道第二次给他的震惊。

老道点点头："不错，死了，而且与一个叫木易的人有关系。"

"木易？"一听他提起这个人，贺黑纳兰一下就站了起来，"究竟是怎么回事？"

老道继续抚着他的拂尘，就像爱抚着一个女子的黑发一般继续说道："她接了一个不该接的买卖，失手了，杀手如果失手，就会必死无疑。"

贺黑纳兰已经被吊足了胃口，迫不及待问道："她接了什么买卖？为什么会失手？与木易又有什么关系？"

老道瞟了他一眼说道："去年秋时宋国太子私自去了云内州，裳儿接的买卖就是在云内州杀了宋国太子。"

贺黑纳兰觉得自己心口发闷，这些江湖人真是什么买卖都敢接。

"雇主应该不想与辽国翻脸，所以要做成劫匪误杀的样子，可就在裳儿要得手时，木易却去了，还救了宋国的太子。"

贺黑纳兰问道："他为什么要救宋国的太子？"

老道摇了摇头："这我怎么知道？现在我要替徒弟报仇，你要除去这个眼中钉，我们不是应该合作吗？"

贺黑纳兰思索片刻道："道长有何妙计，不妨说来听听。"

"大人就没想查过，这木易究竟是什么来历？"

贺黑纳兰无奈地说道："耶律铁镜都没查出他的来历，我怎么能查得出来。"

老道笑了："以前查不出来，但现在兴许就能查出来。"

"现在？"

"不错，就是现在。王爷的心思别人不知道，但老道知道，您早早就开始排兵布阵，在宋国埋下了棋子。您不妨让你的棋子查查这个木易，宋国太子可不是人人都能认识的人，能认出太子的人不是王公大臣，也该是名门贵胄吧？"

老道一语惊醒梦中人，如此一来倒是容易了许多。贺黑纳兰道："多谢道长点醒。"

"一个小小的木易还用贫道出马？我来到大人府上是有一件重礼相送。"老道说罢从袖中抽出一张羊皮纸递给贺黑纳兰。

贺黑纳兰将羊皮纸接在手里，随着手中的图纸缓缓展开，他眼睛越来越亮，有了这图在手，何惧那萧绰的千般手段。

子翼睁开眼睛半晌才记起之前发生了什么事，在心里又把那个老妖怪的祖宗八代都骂了一遍。这严容果然一肚子歪门邪道，心肠狠毒，他为了药翻自己，不惜给整个茶楼的人都下了药，而且他这个什么软筋散也真是霸道，自己吃了老徐的百解丹竟也差点被他得了手。

"喂！你醒了！"一个尖细的惊叫声在他耳边炸响，吓得他眼前一黑，心咚咚直跳。

"快告诉我，你叫什么名字？"子翼刚从惊吓中回过魂来，就看到眼前一个细眉细眼的丫头，胸前垂着两根长长的发辫，粉色的小袄，显得她更加纤细，此时正努力瞪大自己那本不大的眼睛紧紧盯着自己，有几分好奇，还有几分可爱。

"你，你是什么人？"子翼努力想爬起来，这个丫头就悬在自己的脸上方，实在不舒服。

"你要先告诉我，你是谁？"红珠见他起来，不自觉地往后退了退。

"我的衣服呢？"子翼见自己已经换了衣服，急忙寻找原来的衣服。其实他并不是着急衣服，而是鸣鸿刀和他的子母飞梭。

红珠见他不答自己的话，便起身来站在床榻边上，两手一抱故意说道："我扔了。"

"啊？"子翼这次真被吓到了，猛地从床榻上坐起来，但此时他浑身无力、头重脚轻，竟然一下栽到了地上。

红珠也没想到他反应会如此激烈，急忙上前扶住他："你急什么？"

"快告诉我，你把我衣服扔哪了？"子翼抓着她的胳膊焦急地问道。

"你那身破衣服很值钱吗？"红珠不明白他为什么急成这样。

“值钱。快，告诉我，你扔哪了?”子翼挣扎着就要爬起来。

看他急成这样，红珠也不忍心继续逗他了，扶住他指着衣服架，说道：“我姐夫说了，府里要有规矩，你的衣服没扔，好好在那呢。”

子翼顺着他的手指看过去，看见自己的衣服搭在架子上，看样已经洗过了，急忙下床跌跌撞撞地跑过去，摸了一把腰带，鸣鸿刀还在，只是子母飞梭不见了。

“你看见这么大，一个像梭子样的东西了吗?”子翼一边比画一边问红珠。

红珠看着他来回乱找，觉得这个人越来越有意思，起来就找衣服，找梭子，他一个大男人，这么着急一个梭子干吗，纺线织布吗?她一边想着一边拉起子翼道：“走吧，你那东西被我姐夫拿走了。”

“姑娘，你……”子翼这个见惯红花绿柳之人，却还是第一次被一个小姑娘扯着到处跑，但是此时他浑身酸软，脚下虚浮，甩也甩不脱她，只好踉踉跄跄地跟了出去。

子翼被红珠拉着出了屋门，东拐西拐地往前走，忽然他觉得这里很眼熟，不过这个府院不大，就在他记起这个地方的时候，他们已经到了这位姐夫的书房外。此时书房门开着，与杨延琅四目相对的那一刻，子翼二话没说，转身就走。

“哎，哎哎，你不是着急找你的东西吗?”红珠上前把他拉住问道。

“我不找了。”子翼甩开她就要离开。

就在这时杨延琅在书房里叫道：“进来吧。”

红珠两手叉腰挡在子翼面前，趾高气扬地说道：“我告诉你，我姐夫可是驸马爷，这府里也不是你想来就来，想走就走的。”

子翼怎么也没想到，自己逃命时竟然逃进了驸马府，如果被耶律铁镜看出破绽，可是把冰坨子给害苦了，不过，若自己坚持走了，说不定也会引起她们的怀疑。

就在他犹犹豫豫的时候，杨延琅再次说道：“进来吧。”

子翼想了想，现在实在不能走，而这家伙让自己进去，想必问题应该不大，于是在红珠的威慑下走进了书房。他来到杨延琅面前双膝一弯就要跪拜：“拜见驸……”

“你伤得不轻，不用行礼。”他还没跪下，就被杨延琅扶住了。

子翼抬头看了他一眼，说道：“草民不知道是驸马爷的府上，贸然闯入，请驸马爷恕罪。”

“无事。”杨延琅上下打量他一番，他的脸上一点血色也没有，看起来身体也很虚弱。他急忙指着一旁的椅子说道：“请坐。”

“谢，谢驸马爷。”子翼也实在疲累，便乖乖地坐下了。

二人落座之后，杨延琅对红珠道：“郡主，请上两盏茶来。”

“嗯，好。”红珠听话地转身出去倒茶。

杨延琅等她走远急忙问道：“怎么回事?”

“我们灭了落雪门，那个老家伙找来了，但他只下了迷药，没放致命的毒。”子翼靠在椅子上，说话时还轻轻喘息着。

杨延琅道："你是故意引他出来的？"

子翼没有说话。其实杨延琅猜对了，他故意放出消息，说自己就是屠灭落雪门的人，而且明知茶中有毒，还是喝了下去，就是为了引他出来。

他不说话，就是默认了，杨延琅又问道："他是什么人？"

"他叫严容。"

"严容？"杨延琅暗暗叹了一口气道，"是我连累了你。"

子翼转过头看看他，突然就笑了："这次我得谢谢你。"

杨延琅不解地问道："谢我？"

"要不是你非要管这档子闲事，我还找不到这个老家伙。"子翼眼角动了动，如星子般的眼睛里闪出冲天的恨意。

"他与你有什么仇？"

"他就是鬼谷的孽徒……驸马救命之恩容草民日后报答，叨扰了，告辞。"子翼突然话锋一转，神情也变得极为恭敬，起身作势要走，而且他也的确打算走。

杨延琅知道有人来了，果然下一刻红珠就气喘吁吁地跑了进来，茶盘上的两盏茶洒了大半，小脸涨得通红，直勾勾地盯着子翼，把子翼看得心底发毛，脸耳发烧，有点不知所措。

"你不能走。"红珠看了半天突然直愣愣憋出了这句话。

"为何？"

杨延琅和子翼异口同声地问道，而后又看了看对方。

为何？红珠一下愣住了，她没想为何，她只是听子翼说要走，便急忙冲进来不管不顾地要留下他。不过这丫头心眼转得极快，细长的眼睛一眨便说道："我救了你，你还没报答我的救命之恩，怎么能走呢？"

子翼看看杨延琅，突然发现这冰坨子没有要给自己解围的打算，只好硬着头皮说道："姑娘救命之恩，在下铭记在心，日后定会报答。"

"日后报答？"红珠放下茶盏，却故意挡在他面前说道，"我看未必。"

子翼自认为是一言九鼎的男人，却没想到会被一个小丫头怀疑，自然心有不服，声音不知不觉地高了一些，说道："姑娘信不过我？"

红珠一歪脑袋说道："你能不能信得过暂时不说，就说你昨日身受重伤逃进驸马府里，想必你的敌人一定非常厉害吧？今天你带着一身伤出去，肯定活不到明天日出，你要死了，怎么报答我的救命之恩？"

子翼想也没想说道："今生报不了，那就来生再报。"

红珠哼了一声说道："今生的事都做不到，还指望来生？来生你不记得我，我也不认识你，谁还知道你欠我一条命的事？说来生的人，都是在耍无赖。"

"你……"子翼自认为打嘴架没输过，没想到今日竟然被个小丫头呛白得无言以对。他再次看向杨延琅，这冰坨子还板着一张脸，不过从他微微一动的嘴角能看出，这家伙心里都笑开花了吧！他这样咬牙切齿地想着。

“我告诉你，我既然救了你，就要把你救活，若你伤没养好，出门再被人杀了，岂不是白费我半天工夫。”红珠讲歪理的功夫已练得炉火纯青，顿时把子翼杀得片甲不留。

“哧——”

子翼恶狠狠地看向杨延琅，他还是那一副雷打不动的表情，但刚刚那声笑绝对是他发出的。

看着子翼两眼烧出的烈火，杨延琅知道再继续下去的话，他就要疯了，而且现在让他离开，自己不放心，正好可以借着红珠的理由，名正言顺地让他留下来养伤，于是他急忙说道：“我觉得郡主言之有理，驸马府虽然不大，但容一人养伤还不难，莫伤了郡主一片善心。”

子翼明白他的意思，是让自己放心住下，他权衡片刻点头答应了下来。

“走，我给你换药去。”红珠一见子翼答应，高兴地拉起他就走。

杨延琅看着一脸生无可恋的子翼被红珠拖走，不知不觉便高兴了几分。

第五十七回　四两拨千斤

子翼用一套江湖恩怨的说辞骗过了耶律红珠，还给自己取了一个假名字——萧徵，谎称自己的父亲是琴师，从宫、商、角、徵、羽中取“徵”字，有昂扬之意，把小红珠唬得两眼放光，只有杨延琅知道这是睁着眼睛说瞎话的“徵”。不过他这些瞎话可能到了耶律铁镜那里就不好使了，不过子翼倒也不在乎，他就是一个江湖骗子，大不了被赶出去了事，只是耶律铁镜这些日子却忙得焦头烂额，根本就顾不上他这个满嘴瞎话的骗子。

木易回京两个月后，被委以知左夷离毕事之职。其实这是一个受气的官，这个官的主要职责就是监督契丹贵族，虽然官职不小，但权力不大，因为他管的人大多是随太祖打天下的遥辇氏八部之后，非富即贵，且手中有私兵，一个小小的知左夷离毕事谁敢拿他们怎么样。

子翼的伤已经好得差不多了，第二天就要离开驸马府，虽然他很不舍红珠做的饭菜，但是在耶律铁镜的眼皮子底下，他还是怕惹出麻烦。红珠知道他第二天要走，气得一句话没说，端着已经做好的晚饭转身就走了。

天近二更，他已经饿了，越是饿肚子，肚子里越有馋虫涌动，就在这时外面突然响起来敲门声。子翼一个箭步蹿到门口拉开了房门道：“就知道你这丫头……”

话说一半，他急忙停口，因为外面站的不是红珠，而是杨延琅。杨延琅终于有了单独来见他的机会，却被他误当成了来送夜宵的红珠，于是杨延琅这张像冰块一样的脸上竟然有了一丝变化。

看他进了屋，子翼略显失望地坐在凳子上，说道：“看看你空着两个手丫子，真不如那个家雀丫头关心我。”

“你把红珠叫家雀丫头？”杨延琅略有玩味地问道。

“对啊，就像一群家雀在耳边喳喳喳地叫个不停，不过她做饭的手艺真是不错。”一提起吃，子翼的眼睛就亮起来了。“那丫头说，大辽最好吃的一道菜是宫廷秘制烤全羊，她就那道菜不会做。”

“你娶她吧。”杨延琅说得一本正经。

子翼眨了眨眼睛，不过这个人好像就没有不正经的时候，但就是不知道他说的哪句是真话，哪句是假话，哪句是胡话。他琢磨了半天，吞了一下口水道："你没有发高烧吧？"

"没有。红珠喜欢你，就是她托我来给你说和的。"

子翼歪着头打量着杨延琅，这世间媒婆有千千万万，但像他这样保媒的可能古往今来只此一位了。过了一会，子翼说道："凭什么？我凭什么要娶她？"

"因为她喜欢你。"

"可是你咋不问问我喜不喜欢她？"

"你喜欢。"他的口气不容置疑。

"我，我我我，我怎么不知道。"伶牙俐齿的子翼顿时被气得直结巴。

"你喜欢吃她做的饭。"

"喜欢饭和喜欢她不一样吧？"子翼觉得这冰坨子被耶律家的人带坏了。

杨延琅倒了一盏茶，说道："当局者迷。"

"是你迷，我没有迷。"子翼觉得自己有一种被人抓了要做压寨夫人的感觉。

"你要是不答应，我就想办法除了她。"杨延琅的声音越来越冷。

"我不答应你就除了她？为什么？"子翼一下就站了起来。

杨延琅放下茶盏道："契丹女子不比汉族女子，胆大性野，且倔强，认准的就不会轻易放手，若是你不答应，她势必要寻铁镜帮忙，一旦她动用暗骑的力量，我担心会有麻烦。"

"这事，会，会这么，这么麻烦？"听他这么一说，子翼还真是有点心慌。

"强敌围伺，一步错，万劫不复，若你真不喜欢，莫不如快刀斩乱麻，省得被她纠缠，我有办法不让铁镜怀疑，不动声色地处理了她。"

子翼摆摆手道："你等等，你的意思是我要么娶她，要么你就杀了她？我怎么觉得你这是在逼我呢？"

"形势如此，也无路可选。若你娶了她，铁镜把她当作亲妹妹，做事自然要顾及一些。"

听完他的话，子翼安静下来，他怎么也没想到，自己竟然因为贪嘴招惹了一个大麻烦。可是真的麻烦吗？这冰坨子说得也有道理，而且依他的性子，没准也能做得出杀人灭口的事来，现在这丫头的命就在自己一念之间。怎么办呢？她救了自己，悉心照顾，难道自己真要恩将仇报，害了她的性命。一想到那个叽叽喳喳的小丫头永远安静下来，子翼莫名地心痛。

杨延琅见他半晌不语，于是说道："你若不喜欢……"

"我娶她。"子翼打断他的话说道。

"你说什么？"

"我说，我娶她。"子翼一拍桌子，一个字一个字地告诉杨延琅。

"好，君子一言，驷马难追，我会跟铁镜说，选个吉日给你成亲。"说完起身就走。

子翼看着空空的门口，觉得自己好像上当受骗了。不过，上当又怎么办，话已经说出口了，怎么也不能食言吧？更何况那丫头做饭还真是好吃。子翼觉得自己好像糊里糊涂地就签了卖身契。

耶律铁镜怎么也没想到，自己忙了一阵子，红珠就私订了终身，而且还是木易去说的媒。

“你怎么能，能这么惯着她呢?”耶律铁镜觉得自己现在既七窍生烟又莫名其妙，如果说红珠任性胡闹也就罢了，可怎么看这个冰坨子也不像是喜欢保媒拉纤的人，可现实却是，他不但给人保媒拉纤，而且还拉成了，不但拉成了，还答应替人择吉日。

“郡主喜欢，我便去说了。”杨延琅丝毫不觉得自己哪里不对。

耶律铁镜长长叹了一口气道：“你可知红珠的哥哥宁王耶律意辛是最反对契丹人与汉人通婚，反对以农助牧、辽汉平等的人吗？他能同意这桩婚事吗?”

杨延琅转过头看着她，说道：“我知道。”

“你知道?”耶律铁镜不解地问道。

“母后曾问我是什么人。我对母后说，她需要什么人，我就做什么人。”

“你?”耶律铁镜看着他天狼一般的眼睛，心底泛起丝丝冷意，这个人真的太吓人了。

“原本朝中汉官不多，而能得母后倚重的，唯有韩国公一人，所以，无论如何也不能将韩国公推向风口浪尖。如今她提拔了邢抱朴、张俭、马得臣等汉官，但这些人治政有余，手段不足，母后要革除时弊、推行新政，我想贵族们应该是推行新政的最大阻力吧？所以她需要以雷霆之势扫清这些阻力，不然为什么一定要让我做知左夷离毕事。”

“你想借红珠的婚事，把他们一窝端掉?”耶律铁镜吃惊地问道。

“能端多少，就要看多少人搅进来。”

耶律铁镜点点头道：“我知道怎么做了。”

红珠回到宁王府与兄长商量婚事，谁知耶律意辛一听此事勃然大怒，不顾妹妹的哭闹，将她关在府中的地窖里。耶律铁镜听到消息后，调来一千皮室军，兵围宁王府，才把红珠抢了回来。

宁王郡主要嫁给一个汉人平民，铁镜公主兵围宁王府，此事在上京引起了轩然大波。耶律铁镜虽然嫁给一个汉人俘虏，但是那个俘虏直闯萧太后中军大营，杀了六员战将，一战成名后打擂赢李昌鹤，保全大辽国威，立下战功。而且木易在娶铁镜公主之前已被加封，成了契丹的贵族。但耶律红珠不同，她要嫁的是一个汉人，且是无官无职的平民，身无尺寸之功，如此相当于狠狠扇了这些贵族们一个大耳光。契丹贵族们联名上书给萧绰，让她阻止契丹贵族与汉人通婚，并且处死萧徵，以绝此患。

本来一个郡主出嫁也不是什么大事，可是却偏偏一竿子捅了马蜂窝，自一年前萧绰从云内州回来之后，所行之策已经让契丹贵族们感觉到了危机，觉得自己作威作福的日子就要到头了，但是他们怎么会甘心引颈就戮，所以借此机会向朝廷发难，一定要守住他们的荣华富贵。

半个月后，这些十年八载不见面的贵族老爷们一齐出现在御正殿，言之凿凿，口口声声要守祖宗规矩，还说汉人是下等人，奸诈狡猾，为了契丹人纯正的血统，不可与之通婚，并且提出瓦里是天生的奴才，怎么能拥有土地和牛羊？

萧绰认真地听他们讲完祖宗的规矩，沉思半晌说道："各位的祖上都是随太祖打天下的功臣，然我大辽建国已近百年，中间的动荡和风雨诸位也都亲眼见过。这些年得祖上庇佑，七年间两败宋军，云内州重创夏军，使得我大辽政权渐稳，外邦不敢觊觎我疆土。但诸位请想，我契丹之民以游牧为生，粮草储备不足，所以百年以前只能对大唐俯首称臣，岁岁纳贡，若非先祖乘乱从石敬塘手中得燕云之地，何以抗宋国之征伐？如今我大辽正需汉民之粮草，让我大辽得以休养生息，若不予优待，如何能让汉民心甘情愿为我大辽效力？"

萧绰说得和颜悦色，倒越发让他们觉得她理亏。耶律意辛上前说道："太后娘娘，我大辽立国是太祖皇帝英明神武，更是因为有着祖宗的规矩，而这些年之所以动荡不安，就是因为坏了祖宗的规矩，是上天的惩罚。"

耶律意辛原本随老宁王一同被贬，能得到赦免承袭王位，本该感激萧绰才对，可他随父母颠沛流离这些年，非但没受多少苦，反倒养成了贪婪自私又偏执的性格，他认为耶律皇族的朝廷被一个萧氏女人把持，是皇族的耻辱，自从他继承王位以来便与其他贵族厮混在一起，整日无所事事、搬弄是非，所以红珠才不愿意回宁王府。此时他又被这些贵族推出来，带头向萧绰发难。

等到他说完，萧绰的脸色阴沉了下来，而后缓缓地问道："你们真要如此做事吗？"

耶律意辛看了看朝上的几位汉官，而后仰首道："大辽的江山是先祖们打下来的，岂能被汉人霸占！"

萧绰扫视着阶下的这些贵族，然后问耶律意辛道："既然宁王如此说，本宫也就不再多费唇舌了，本宫就问你，你要守祖训，是不是就不会与汉人有任何瓜葛？"

耶律意辛斩钉截铁地说道："对。"

萧绰深深吸了一口气，目光转向杨延琅道："木卿，你有监察皇亲贵胄之责，你出来说说，宁王与汉人可有交往，可有关系？"

杨延琅走出班列道："是，太后娘娘。保宁六年，宁王卖五百只羊给宋国商人，得白银一千两；保宁九年，宁王用五十匹马换粮米一千五百石，绸缎二十匹；乾亨元年，宁王用一百二十匹良马换檀州密云县土地一百余亩，这里宁王所卖马匹皆为骑兵所乘马匹，而买主则是宋国一个名叫马义才的暗探；乾亨二年，宁王纳两名汉女娼妓入府……"

"闭嘴！"耶律意辛气急败坏，指着木易喝道，"你一个降将，不过凭着公主的权势才得一个官职，竟然敢捏造罪名，诬陷本王，你长了几个脑袋？"

杨延琅转过头轻蔑地瞟了他一眼，丝毫没有理会他的叫嚣，继续向萧绰禀奏道："自保宁六年宁王承袭王位至今，与汉人走私获银十余万两，置买田产五百余亩，私入汉人之地，买珠宝玉器三十余件，且经常流连汉人青楼妓院……”

“该死的俘虏，你敢诬陷本王，我杀了你！”耶律意辛突然拔出靴子里的短剑向杨延琅刺去。

看到耶律意辛执剑刺向木易，萧天佐和完颜寿等武将把脸转到一旁，一脸不忍直视的神情，只听当啷一声，短剑落地，紧接着“啊——”的一声惨叫，耶律意辛半跪在地上，手腕被擒在木易手中，脸色苍白，冷汗淋淋。

“宁王爷，人证物证皆在殿外，要一一传上来吗？”杨延琅低头问道，那深不见底的双目中是嗜血的冷酷，似乎下刻就能将他生吞活剥一般。

“我，我我……”耶律意辛张口结舌，一个字也说不上来。

这时萧绰问道：“木卿，若按祖训，宁王该判何罪？”

“宁王属皇族亲贵，当处投崖之刑。”

一听说要没命，耶律意辛顿时被吓得两眼翻白、四肢抽搐，可是却不知木易用了什么手段，只见他手指一紧，眼看要晕过去耶律意辛一声惨叫，竟然又清醒了过来。

“既然祖训如此，那就……”

“娘娘饶命，娘娘饶命，臣知错了，知错了，臣妹的婚事全由娘娘作主。”

“本宫作主？”萧绰用鼻子哼一声说道，“依本宫看，宁王还是守祖训，依规矩的好。来人……”

“娘娘，娘娘，娘娘，祖训虽有道理，但是我大辽急需休养生息，为了大辽兴盛千秋，祖先会体谅的。”耶律意辛一只手被杨延琅擒着，也顾不上疼痛，不停地磕头求饶。

萧绰面色一沉说道：“我大辽得燕云之地，有百姓良田，这是天赐我大辽之福地，我等该以宽容之心善待汉民，使其为我大辽耕田纳粮，共御外敌。宁王只为一己私欲，不顾我大辽之安危，其行可耻，其心可诛，今日念在他诚心悔过的份上，将宁王耶律意辛家产充公，贬为庶人，逐出上京，没有旨意永远不许回来。”

听完萧绰的话，耶律意辛直接瘫倒在地上，杨延琅急忙甩开他的手，将手藏在背后紧紧握住，心底止不住泛起一阵阵恶寒。

萧绰扫视一圈阶下的贵族，开口说道：“各位亲贵，你们可有话说？”

这些人看看地上的耶律意辛，再看看旁边这位新上任的知左夷离毕事，短短几日，竟然把宁王的所作所为查得清清楚楚，而他们谁又没同汉人做过买卖呢？即使只买了几件宋国的瓷器，那也是与汉人有了交往，若现在被抖擞出来，按祖训就要被投崖，按现今的法令就是违抗朝廷的命令，最后只能与宁王一个下场，现在唯一能保全自己的办法，就只有认同萧绰的新政，所以这些贵族们纷纷表示愿意遵从萧绰的旨意，与汉人通婚通商，释放家中的瓦里。

御政殿内木易一招四两拨千斤，彻底将这些老贵族们的气焰打压了下去，韩德让和萧天佐则以迅雷不及掩耳之势，将这些贵族家养的私兵与瓦里释放，分配牛羊，会些武功的直接编入军中，萧绰的新政终于得以在全国推行。

再过三天就是子翼与红珠的大婚之日，子翼算是萧绰的贵人，所以这位“贵人”就大摇大摆地在驸马府住下了，此时正津津有味地吃着红珠做的肉脯，偶尔看一眼旁边闷声不语的杨延琅，觉得心情甚是舒爽。想他子翼怎么能一次两次被人算计，今天算是报一箭之仇了，不过看这家伙死板板的一张脸，他知道，自己若不开口，这家伙今晚就得住在他这了。

“你若是来赔礼道歉的，那就免了吧，我怎么敢让您堂堂驸马爷来道歉。”子翼恋恋不舍地放下肉脯，他觉得如果再吃下去的话，他就要飞不动了。

“对不起。”杨延琅的声音不大，褪去了平常的高冷，声音里尽是愧疚。

“你当然对不起我，你拿我当枪使，利用我，竟然不告诉我。最最可气的不是这个，而是，而是……”子翼越说越生气，声音高起来又压下去。

“而是什么？”

“而是你竟然利用红珠要挟我？你一个堂堂的驸马爷，竟然用一个小丫头要挟我！你，你你，你好意思吗？”

“你不喜欢红珠吗？”杨延琅难得露出这种疑惑的神情，竟然有几分天真，又透着狠辣，似乎只要子翼说一个“不”字，下一刻他就能让小红珠横尸当场。

“你，你，我我……”子翼“你你我我”了半天也没有狠下心来说出那个“不”字，说来说去，他竟然又被绕了进去。现在也不知道为什么，他最受不了有人说杀了红珠。前些日子，红珠被他哥哥扣在宁王府，是他冒险潜进王府，暗中给耶律铁镜传信，耶律铁镜才顺利找到关押她的地窖，把她救出来。一想到瘦弱的小红珠被打得奄奄一息的样子，他就想一刀一刀把她那个混账哥哥活剐了。

“哧……”

这次子翼亲眼看到，这家伙竟然憋不住笑了，他觉得自己被气成了一个河豚。不能再生气了，子翼在心里哀叹一声后说道：“这件事的幕后主使就是贺黑纳兰，你为什么不一查到底？在云内州你杀了萧桐，这次又替他掩去了证据，为什么要一次次帮他？”

杨延琅道：“他势力极大，一旦处置不慎，就会引起内乱，这是萧绰最不愿意看到的，所以即使有了证据她也不会动他。还有如果我们替萧绰除去这个最大的敌人，她还会倚重我吗？她不但不会，还会成为我们最大的敌人，朝内的争斗平息了，她该惦记着南下中原了吧？”

子翼听后顿时觉得后背嗖嗖直冒凉气，这家伙可太阴险了。

第五十八回 得权窥机密

红珠与萧徵奉旨成婚，轰动了整个上京城，不过他们的成亲仪式却很简单，只是在驸马府按照汉人的习俗拜堂成亲，耶律铁镜给红珠准备了丰厚的嫁妆，又在驸马府给他们腾出一个偏院，以宗勉需要她照顾为由将她留在身边。

子翼知道耶律铁镜的顾虑是什么，毕竟萧徵来历不明，又被仇家追杀，一旦红珠跟他走了，萧徵不可靠怎么办？遇到危险无暇照顾红珠怎么办？思来想去她还是觉得把红珠留在自己身边才安心。不过子翼也的确不方便带着红珠，对于耶律铁镜的做法也乐得其所。当然最开心的莫过于红珠，管你们什么阴谋阳谋，心机暗算，反正只要我嫁了自己喜欢的人，就开心得像一只小山雀一样，围着子翼叽叽喳喳，让他不胜其烦，又不舍其人，成了一对欢喜冤家。

萧绰已经扫清了推行新政一切障碍，为了让汉官和汉人对朝廷的新政深信不疑，她再次擢升了一批汉官，同时加封韩德让为晋王，赐名耶律隆运，兴建斡鲁朵、属城，调拨万人卫队，甚至出行时可与萧绰同车。

韩德让权倾朝野，风光无限，不过斡鲁朵只是单独的宫帐，更多的是象征了权力和地位，在上京他依旧住在自己的府邸，只是府门上方的牌匾换成了“晋王府”三个大字。此时天色已晚，外人看来春风得意的韩德让却独自坐在书房里，怀里抱着一个牌位，神色黯淡，目光清冷。

萧绰未许下人通禀，自行进了韩德让的书房，伸手抓住那块牌位，想要从他怀里抽出来，他却突然像受了惊一样，死死地把牌位抱在怀里，躲到一边，但当他看清楚是萧绰的时候，目光却变得更加冷漠，沉声说道：“一个民妇的牌位，别污了太后娘娘的手。”

听完他的话，萧绰半低下头，说道：“你一定要这样对我吗？”

韩德让突然抬起头死死地盯着她，说道：“那你一定要这样对我吗？你让我做晋王，我做了；给我斡鲁朵，我接了；你把我筑成一道城墙，替你、替大辽遮风挡雨，我就当你的城墙，我都认。”说到这他再也抑制不住，眼泪唰的一下就落了下来，一滴一滴落在漆黑的牌位上。“为什么？你为什么就不能放过她？她不过是一个平平常常的女人，你拥有无上的权力，你拥有万里江山，可是她有什么，她只有一个丈夫，竟然还因此而丢了性命！”

“她没有？她怎么没有？她比我强多了！”韩德让的话让她瞬间就失控了，“那江山，那江山是我的吗？那权力是我的吗？你想一想，眼前的这一切是我萧绰的吗？如果我能选，我宁愿做你怀这里个牌位，让你抱着，让你为我流泪！”她一下从后面抱住韩德让，韩德让想挣脱她，可是她抱得却死死的，不肯松手，“你知道我有多苦吗？你知道我有多累吗？你知道我日日看着你，却要守着你我发下的誓言，你知道我心里有多难受吗？我萧绰凭什么？我可以是你的妻子，我可以做你怀里的这个牌位，可是偏偏世道弄人。虽然我不爱先帝，却必须要嫁给他，守着他的江山。”

“我们就守着那个誓言不好吗？正如你所说，我虽然不爱她，可是她是我的妻子，为我操劳半生，如同我的亲人一般，她是无辜的，你怎么能毒死她呢？”

“不是我，不是我，是，是是我们的，我们的儿子。”萧绰把头埋在韩德让的肩窝里，滚烫的眼泪透过衣服，像火红的烙铁烙在他心上。韩德让惊恐地转过头看着萧绰，然后一把推开她问道：“他，他知道了？”

萧绰点点头：“不错。”

韩德让厉声质问道：“他怎么知道的？”

“我亲口对他说的。”

“你，你为什么要告诉他？”

“因为你！因为你！我想用汉人的粮食充盈国库，就要让汉人看到朝廷的诚心，所以我让你做晋王，赏给你斡鲁朵，只要你在，汉人就会心安。但是他不理解，他以为你要独霸大权，他担心你会谋取大位，所以他要除你而后快。我只能告诉真相，可是我却万万没有想到，他会对尊夫人下手！”萧绰已经哭嚷起来，“你这么聪明，难道想不明白吗？这么多年，如果我想害她，我早就害她了！是因为你！因为你，我才不能动她，即使我看到她给你缝补的衣裳，我心里都嫉妒得要死，但是我依然不能动她分毫，因为她是你的妻子，你的亲人！”亲手撕开血淋淋的伤口，萧绰变得歇斯底里，下一刻却面色苍白，冷汗淋淋，手按着胸口张大嘴，痛苦地倒了下去。

“燕燕……”韩德让再也顾不上其他，把怀里的牌位放到一旁，把她抱在怀里，迅速从衣袖里掏出一个口袋，取出参片塞到萧绰口中，然后紧紧抱着她，焦急地叫着这个最亲昵的称呼。萧绰靠在他怀里，怎么都舍不得离开。

韩德让死死地握着双拳，他清楚地记得那日景宗皇帝请他去喝酒，两个人相谈甚欢，不知喝了多久，他睡着了，朦胧之间他看到了自己妻子进了屋，可是第二天当他清醒时候，他才发现自己竟然睡在皇帝的卧房，而枕边之人就是萧绰。

他是从那时起才知道耶律贤因为受伤而不能人道，耶律家因为一次一次内乱，以致子嗣稀薄，他兄长唯一的儿子流落到宋国，其他孩子要么太小，要么资质平庸，无法威慑心怀不轨之徒。为了刚刚稳固的朝堂，为了大辽江山他才不得已出此下策，给他们二人下相思蔻，借夫生子。

这是一个关乎大辽兴亡的秘密，三个人对天发下毒誓，谁都不会将这件事透露出去，韩德让还对耶律贤发誓，若寻回耶律家血脉，必还位于他。

萧绰的脸色已经缓和许多，韩德让低声说道："若他能成为一代明君，便是踩着我的尸骨上位又有何不可？"

"弑父之罪，死后要下地狱的，你真要他背负这样的罪名吗？"说到这她停了一下，目光渐渐变得坚定，缓缓地从韩德让的怀中起来，居高临下地看着半跪在地上的男人说道，"不！他是我儿子，我不会让他背负上这样的罪名。我宁可为后人诟病，说我毒杀李氏，霸占其夫，说我荒淫无度，贪图男欢女爱，也不会让我儿子背负上弑父罪责，愧疚悔恨一生！"

韩德让仰望着她，泪痕还挂在她的脸上，身上却有威慑天下的气势。直到此时他才真正意识到，眼前这个女人已经不再是他一心要保护的萧燕燕，而是大辽之主，更是一个母亲，而他能做的只有臣服。

他起身再次拿起一旁的牌位，将它放到香案上。安置好牌位之后，韩德让站在萧绰面前道："娘娘此来是否还有别的事？"

"猜到了就别拐弯抹角。"萧绰的语气有点像在赌气。

韩德让道："木易此人心思极深，他身上应该有许多秘密，不过您更需要这样一个可以震慑朝堂的勇将。"

"你的意思是我必须给他信任？"

"与其说您信任木易，倒不如说您要信任长公主，那是您萧家的女儿，即使木易是狼王，她也能将他驯服，为您所用，更何况他们已经有了孩子，那是他挣不脱的枷锁。"

萧绰沉默片刻后说道："他虽然有功劳在身，但毕竟年轻，又是驸马，云内州节度使是汉官，还能说得过去，可是若升任北枢密院，只怕北面官反对者太多。"

韩德让道："若北院大王亲自举荐，那北面官应该就不会说什么了。"

萧绰点点头，二人坐了一会，萧绰起身走了。夕阳从窗根照进来，韩德让看着香案上的牌位，心中五味杂陈，虽说许诺来世的男人都是骗子，但是他心中把来世许给了牌位上的这个女人。

第二年春，北院大王耶律休哥旧伤复发，他以身体抱恙为由，举荐驸马木易为北枢密院副使，掌管上京及中京道军机要务。

杨延琅终于走进了他惦记整整七年，让子翼都无从下手，只有南北院两位大王、枢密院正副使这些重臣才能进入的地方。这个地方的入口就在御政殿后角楼内，由皇家的心腹内侍守卫，里面布满机关暗器，若贸然闯入走不了百步就会被机关所杀，而皇家的机密则从另外一处入口进入，但是入口在何处，除了皇帝、皇后或太后外，没人知道。

拾级而下，眼前出现一个圆形大殿，殿门已经敞开，圆形的书架一排一排顺着墙一直摆到中间，每个书架上都摆满了书籍、图纸、名单、机密要事本录。他依子翼所教发现这殿中还有许多暗道，不知通向哪里，但只要能进到这里，他离成功就不远了。

侍读郎引着杨延琅来到最里面，指着八个书架道：“大人，中京道与上京道的军情要事都在这里。”

杨延琅抬头看着高高的书架，说道：“好。”

见他已经开始自己翻看了，侍读郎拱手施了一礼，悄无声息地退了下去。

天近傍晚，杨延琅刚刚推开府门，一支利箭就迎面射来，他右手一探将箭抓在手里，然后看到一个小小的影子一闪而过。他回上京已经三年，这小子在子翼的教唆下，几乎成了府中祸患，上房揿瓦没有他不敢做的。

“宗勉。”杨延琅平静地叫了一声，听不出喜怒。

“父亲。”小宗勉从墙头上跳下来，站到父亲面前，恭顺地应道。

杨延琅把箭递给还给他，说道：“射箭首要心稳，你这一箭心不稳，是因为你要射的是你爹对吗？”

小宗勉似懂非懂地点点头。

耶律铁镜迎出来，听着他们父子一本正经的话语，忍不住笑了，一把抱起儿子，说道：“他能听懂吗？”

小宗勉道：“娘亲，我能懂。”

耶律铁镜刮了一下他的小鼻子，说道：“你懂？你懂还要射你亲爹？他要躲不开呢？”

“宗勉知错了，再也不敢了。”

“这才是好孩子。”耶律铁镜转头对杨延琅道：“快点，就等你开饭了。”说完抱起宗勉先往里走去。

望着妻儿的背影，他琉璃般的眼睛变得越发深邃，里面似乎有千里冰河，狂风骤雨，要把这具单薄的身体撕成碎片。

第五十九回　至亲语诛心

瞅着子翼日渐圆滚的身材便能知道红珠的手艺，不过便是红珠做得再好吃，杨延琅也没尝出什么味道。入夜时分，杨延琅瞪大眼睛盯着黑暗的房间，耶律铁镜的呼吸声均匀绵长，已经睡熟了，想着这会小宗勉应该也睡着，其实他很想去看儿子一眼，但是宗勉一直由红珠照顾，所以他也只是想一想。这几年子翼在追那个鬼谷的叛徒，现在应该在雁门关……

“邦……邦，邦。邦……邦，邦……”

三更梆响声似乎一下惊到了他，他猛地坐了起来，回头看看身边似乎被惊动的耶律铁镜，他急忙从内衫袖口中取出一个小瓷瓶，小心地打开塞子凑到她的鼻子处放了一小会儿，耶律铁镜再次熟睡过去。

迷睡了妻子，他悄悄起身然后按着胸口，紧紧咬着牙撑了片刻，然后穿衣出门。大门外的守卫已经晕了过去，看样子已经有人替他扫清了路。这时不远处一黑影一闪而过，他急忙追了上去，那人就这么不远不近地引着他，沿着寂静的街巷七拐八拐地走，而且越走越偏僻，一直把他引到一处废弃的院子。他走进这处破院，院子中间站着两个人。

胸口尖锐的疼痛渐渐减轻了，只剩一下一下的钝痛，却让他更清晰地感觉到自己的心跳像战场上催命的鼓一般紧促。他死死地握着拳，指甲深深地扎进掌心里，他却浑然不觉。曾经的妄念，念贪的欢娱，迷恋不舍的镜花水月，就在他拿到那个神秘人的纸条时灰飞烟灭了。

今日下朝后，他在皇宫外遇到一个仆从，那人塞给他一张纸条，纸条上写着一行字“三更出门相见”，落款却是“佘赛花”，母亲的笔迹他至死都不会忘，此时却像晴天霹雳，劈碎了他眼前的一切。

即使再不愿意相见也要相见，伴着自己咚咚的心跳声，他一步一步走过去，眼前的人越来越近，她们是两个穿着男装的女子，其中一个是八妹，另一个与八妹年纪相仿，他却不认识。

杨家但凡能派出个男人，只怕也不会让两个女人来这虎狼之地。杨延琅心里暗叹一声，走到他们面前沉声叫道：“八妹。”

“谁是你八妹？堂堂大辽驸马爷，怎么随便认妹妹？”杨瑛性情暴烈，说话从不留情面。

“家里出了什么事？母亲要你们来做什么？”杨延琅没有理会妹妹的冷嘲热讽，而是问了他最担心的问题。

父亲和五十四残兵以死封住了关于自己的所有消息，这些年来他小心翼翼地隐藏身份，唯一的一次意外，只有四年前在云内州用金刀换太子，以寇准的聪明他不应该不怀疑。但是如果那时就追查，自己绝对藏不到现在，自己能藏到现在，说明寇准与母亲想要息事宁人，却不知出了什么事，让她们冒险来到上京找自己。

杨瑛刚要说话，却被一旁的女子拦住了，她上前一步福了一礼道：“弟媳杜金娥见过四哥。”

“你是？”杨延琅微微皱起眉头，杨延德与六郎的妻子自己都见过，七郎还没有娶妻，这位弟媳又是哪里来的？

杨瑛冷冷地说道：“这位是我七嫂，你只顾得在辽国享荣华富贵，自然不认识她。”

杨延琅不解地问道：“你七嫂？”

杜金娥抬手不再让杨瑛继续说下去，然后微微低下头，沉默片刻说道：“当年我与父亲占山为王，杨延钰冲出重围去搬救兵，正巧路过我父女的山寨，本想打劫于他，通名报姓之后才知道他是杨家七公子，急回大营搬取救兵，那时他三天水米未进，人困马乏，我便为他解去饥渴。我父亲见他少年英雄，便有意将我许配于他。我二人也是一见钟情，于是我将随身玉佩一分为二作为定情之物赠与了他。他说救了父兄便来娶我，可谁知一去不返，后来潘杨一案闹得天下皆知，我才知道他已经，他已经……”说到这她停了下来，眼睛里泛起泪光，过了一会才平抚下心绪。她继续说道：“公公一生忠勇无双，膝下七个儿郎个个勇冠三军，金沙滩一战，四位兄长为保圣驾孤身引敌，血染黄沙，埋骨他乡，却不知为何四哥你，要隐姓埋名为仇人卖命，不知夜里四哥扪心自问，这样做可对得起公公的在天之灵？是否会让你为国捐躯的兄弟蒙羞？又怎忍心看着母亲日夜受思儿之苦，自己却在敌国安享荣华富贵……”

“够了！”四郎一声低喝打断了杜金娥的话，亲人口伐，字字诛心，刚刚缓下的心痛之疾，此刻又如洪水巨浪反扑过来，疼得他眼前一片漆黑，甚至连杨瑛与杜金娥都看不清楚了。

杨瑛看他的样子，以为他恼羞成怒，气得骂道：“七嫂，他这人冥顽不灵，干吗与他废话。”她说话间就要动手，却被杜金娥拦住，不知低声对她说了什么，她瞬间就安静了下来。

听到妹妹遥远的声音，杨延琅渐渐清醒过来。他喘息片刻后再次问道：“府里到底发生了什么？母亲要你们来做什么？”

杜金娥有些胆怯地看着眼前这个四哥，黑暗中他血红的双眼如狼一般透着狠戾。她鼓足勇气，迎着他的目光说道：“给杨府画像的那个画师不见了，我们找到他的家，发现一幅未画完的画像，很像你。”

听了她的话，杨延琅心里咯噔一下，仔细一想就明白了，原来如此。他低声问道："母亲怎么说？"

杜金娥与杨瑛对视一眼，说道："母亲说，让你跟我们回去。"

"回去？"他抬起眼看着她们问道。

两个人在他的目光下有几分心虚，杜金娥说道："母亲说，你只要跟我们回去，她去找皇上求情，一定保你平安。"

杜金娥说完，突然就安静下来。杨延琅一声不语，不知道在想什么。过了许久，杨瑛受不了这种死寂般的沉默，开口问道："你到底跟我们回不回去？"

"不回。"冷冷的两个字就像寒铁砸进冰河，暑夏之夜，让人冷得直打寒战。

杨瑛此时已经闷了一肚子的火，她自诩生而不输男子，却没想到在他面前竟然有了惧意，再听到他这无情无义的两个字，顿时气怒攻心，想也没想，飞起一脚正中杨延琅的胸口。

他心痛之疾才缓，对妹妹又毫无防备，杨瑛这一脚是怒急而出，几乎用了全力，此刻他略显单薄的身形凌空而起，跌落到一片瓦砾之间，杨瑛手中的长枪，直奔他的喉间刺去。

眼看枪尖刺来，杨延琅抬眼望向幽暗的夜空，这样也好。父亲，你这个逆子终于来了。

哗啦——生铁的枪尖紧贴着他的脖子，刺进一旁的碎瓦中间，终是她的兄长，她在最后一刻停了手。

"为什么不还手？"杨瑛紧握着枪杆的手在颤抖，居高临下厉声质问道。

杨延琅的目光平静中透着一片死寂般的灰色，而后平静地说道："母亲让你们来杀我，你杀了便是。"

听到这句话，杜金娥和杨瑛面面相觑。杨瑛问道："你怎么知道母亲要杀你？"

杨延琅吞咽了一下，说道："我身份败露，若回去杨家就有灭顶之灾。"

不错，这几乎是佘赛花的原话，抓画师之人一定是得到了消息，且绝非善类。如今金刀已失，无论他为什么要去辽国，现在都不能活着，活着就会给杨家带来灭顶之灾。

杨延琅躺在地上，刚刚妹妹那一枪刺来时，他看到了胡杨陂，还看到了铁镜公主与宗勉，他们无忧无虑地在胡杨林里奔跑，那样的生活平静又安适。母亲是对的，若此时他的身份败露，只怕辽宋两国难以善终，又何必为了一个早就死去的杨延琅，让妻儿与亲人搏命。

他慢慢站起来，杨瑛的枪尖一直逼在他的脖颈处，他深深喘了一口气，一把握住枪杆。杨瑛一惊，察觉他要动手，试图撤回长枪，但是他不仅身手极快，而且力气也大，长枪被他死死地握在手中，丝毫没有动弹。

杨瑛急道："你想干什么？"

"四哥……"杜金娥惊叫道，同时手也摸向腰间短刀。

他握着枪尖抵在自己的胸口上，然后对妹妹说道："枪法不错，莫再失了准头，回去替我问母亲安好，走时记得将院子烧掉。"他要断了耶律铁镜的念想，不然她若寻到蛛丝马迹，只怕杨家就再无安宁之日了。

"你……"杨瑛握着长枪，但她却清楚地感觉到，这杆枪此时不再受她控制，枪尖正缓缓地、没有一丝停顿地往前刺去。

杜金娥见此急忙说道："四哥，你在辽国已身居高位，为何不以辽国机密换自己一线生机？"

杨延琅转过头看了她一眼，从他在潘豹坟前诈死到如今，莫说机密，便是自己将整个大辽献给皇帝，也换不来一线生机。

枪尖已经刺破皮肉，鲜血从月白色的常服下渗出来，可双唇轻轻一动却吐出两个字："不换。"

"为什么？"

"我贪恋辽国公主的美貌，舍不得这里的荣华富贵。"他给出了一个最不可信，却唯一能说得过去的理由。

杜金娥叹了一口气，把头转到一旁，如此也好，既然他愿意引颈就戮，倒也省得自己再用计诳骗他。

"快，那边，你们去那边，仔细搜，找不到驸马，提头来见。"

"是。"

"是。"

…………

这时，墙外突然传来耶律铁镜的声音，脚步声渐渐逼近，他们已经被围住了。杨延琅突然手上用力，长枪一下斜刺进他的肩膀。外面的动静让两个人一下就慌了。杨瑛质问道："是不是你引来了辽人？"

他眉头一动，将长枪拔出来，伸手按住伤口，说道："是铁镜公主和她的暗骑追踪来了。"

杨瑛提起手中长枪，牙关一咬道："我们杀出去……你要干什么？"

原来她一直觉得自己的武功很高，可是方才她只见到杨延琅一只手伸过来，然后枪就被夺了去，这时她终于知道，她四哥的武功不知比她高了多少，若是他不肯就死，自己与七嫂绝不是他的对手。

杨延琅没有说话，他双手正反拧了几下，将长枪卸成三截，他把带有枪尖的一截递给杨瑛，余下的两截塞到她背上的布袋里。

杨瑛不解地问道："你怎么知道我枪里的玄机？"

"我造的。"他简单地回了一句，"一会你们把我迷晕，挟持我为人质，让耶律铁镜放了你们。"

杨瑛说道："哼！辽人会在乎你的性命？"说完她忽然记起，这杆枪好像的确是四哥给自己做的，只是那时自己太小，根本记不清楚，甚至连他的样子也没有记得特别清楚。

杨延琅望着墙外的方向，说道："别人不会，但是她会。"

"驸马，驸马，你在哪？"似乎在应和他的话，外面耶律铁镜焦急的声音越来越近。

杨延琅看了杜金娥一眼道："快点。"

杜金娥咬了咬下唇，然后从袖中洒出一道烟雾，下一刻他就软软地瘫倒在了地上。

耶律铁镜从睡梦中惊醒，发现木易不见了，连衣架上的衣服也不见了。忽然，她嗅到一缕淡淡的暗香，知道大事不好了，急忙召集身边的暗骑，一路追踪过来。可是当她走进这处破院子时，却被眼前的一幕逼得气血上涌。借着暗淡的月光她看到木易倒在一堆碎瓦中间，胸前一片血红，不知道哪里受了伤，也不知道是生是死，他身边站着两个蒙面的黑衣人，其中一个拿着一把似枪非枪、似剑非剑的兵器，抵在他的脖子上，只要那人手一动，木易就得一命归西。

"放了他！"耶律铁镜因为迷香的原因，觉得头脑昏沉，耳朵嗡嗡作响。

"别动。不想下半辈子守寡就老老实实待在那里。"杜金娥装作男子的声音威胁耶律铁镜，她话音未落，杨瑛把枪尖往前一送，锋利的枪尖割开皮肉。

"你们别伤他，我不动。"耶律铁镜急忙往后退了一步，停在原地。

杜金娥打量着这位四哥口中美貌的公主，脸上泛着汗水晶莹的光亮，微微喘着粗气，一头乌发凌乱地披在肩膀上，一袭红衣却有一片衣袍塞在腰间，衣襟也搭错了，看样子是出来得非常急，顾不得仔细打扮，但是整个人就像一团烈火燃烧在黑夜里。想象着如果二人并肩而立，那一定是天地间最美的绝配。看她心急如焚的样子，杜金娥知道地上的四哥就是她的死穴。

"你们是什么人？"耶律铁镜再次问道。

杜金娥道："要他命的人。"

"为什么？"

"拿人钱财，与人消灾。"杜金娥是山匪出身，绑票拿钱的活也曾经干过，所以她懂得如何与人讨价还价。

耶律铁镜问道："什么人要杀他？"

杜金娥冷冷一笑："这要问你们自己。"

耶律铁镜再次不甘心地问道："你知道他是什么人吗？"

杜金娥点点头："知道。"

"知道你们还敢杀？不要命了吗？"

"我们赚的本就是刀头舐血的银钱，没有什么人是不敢杀的。"杜金娥把话说得冷血无情，像极了那江湖上的亡命之徒。

耶律铁镜长长吁出一口气，闭起眼睛，平抚了一下心绪再次问道："雇主花了多少钱？"

"你什么意思？"

“我给你们更多的钱，把他的命卖给我。”

杜金娥想了想说道：“五百两黄金。”

耶律铁镜伸手从怀里摸出一颗珍珠，足有半个鸡蛋大小，在黑暗中闪着淡淡的红色光晕，一看就是无价之宝。她没有丝毫犹豫，甩手就扔了过去，被杜金娥一把接在手里。

耶律铁镜道：“这颗珍珠价值万金，他的命我买了。”

杜金娥把珍珠塞进怀里，笑着说道：“呵呵，公主大方，不知公主是要死的，还是要活的？”

耶律铁镜厉声说道：“当然要活的！”她虽然与杜金娥说话，眼睛却紧紧盯着杨瑛手中的兵器，生怕她一个不小心，就要了木易的性命。

“要活的就好办。”杜金娥道，“不过还要麻烦这位驸马爷再送我们兄弟一程。我要两匹快马。”

耶律铁镜双目血红地瞪着她，说道：“你不要得寸进尺。”

杜金娥道：“公主，你放心，拿了你这颗珍珠，卖了他的性命，我们就坏了江湖的规矩，以后只有金盆洗手，隐姓埋名过活，所以你放心，只要我们平安离开，绝不害他性命，这天下得罪谁也不能得罪你铁镜公主。”

耶律铁镜已经心急如焚，杜金娥又说得有理有据，事到如今木易的性命就在这两个杀手手中，还不知道他伤势如何，这更让她失了往日的冷静，于是她摆手示意属下牵来两匹快马送进去。

“多谢公主。”杜金娥抱拳谢道。那边杨瑛已经把杨延琅搭上马鞍桥，两匹马三个人打马如飞往城外奔去。

因为有木易这个人质在手，没有敢拦他们，出城之后她们转道往西钻进一片密林之中。耶律铁镜因顾及木易，不敢跟得太近，只能让追踪的暗骑沿路寻去。

第六十回　一点良心安

杜金娥和杨瑛带着杨延琅一路狂奔，一直到一片密林中间才停下来，在确定暂时安全之后，她们把杨延琅从马上扶下来，靠在一棵树上。这一枪虽然没伤到要害处，但一路流了很多血，再加上中了迷药，杨延琅现在人事不知，所以此时要杀他易如反掌，但是她们却大眼瞪小眼，一筹莫展。他刚刚救了她们的性命，转身就要杀他，莫说是至亲，便是路人也不该如此忘恩负义，可是不杀又有母亲的严令。

“七嫂，怎么办?”杨瑛实在忍不住问道。

杜金娥虽出身山匪，但精通易容、使用迷药等江湖诈术，又是杨家几个儿媳中最有勇有谋的一个，所以临行前佘赛花让杨瑛一切都要听七嫂的命令。他们到上京已经半月有余，知道杨延琅极难对付，所以她才以母亲的名义将他骗出驸马府，然后以亲情攻其心，等到他放松警惕，毫无防备之时再下手杀他，但她却没想到，她所有计谋被他一眼看穿。虽然计谋失败，但杨延琅的行事作为却让她叹服，救命之恩就在眼前，这实在让她难以决断。过了一会她咬咬牙道：“我们把他的命交给上天，若他命不该绝，那公主自然会寻来，若是被野狼吃了，就是他命该如此。回去若母亲怪罪，我一力承担。”

这时，远处传来几声狼嚎。听到杜金娥这样说，杨瑛松了一口气，她虽然恨四哥叛国降敌，可是说到底还是她的四哥，她怎么也下不了狠心杀他，不过这声狼嚎却让她汗毛直立，急忙对杜金娥道：“母亲最疼我，若要怪罪我顶着，她一定不会拿我怎么样。”

“先离开这再说。”杜金娥寻到方向，两个人舍了马匹步行逃走。走了几步之后杨瑛忍不住又看了一眼斜靠在树干上的兄长，她忽然记起，自己儿时淘气爬高，有一次从墙上掉下来，就是他接住了自己，他就像现在一样冷着一张脸，转手又把自己摔到地上，还勒令自己不许再去那里爬墙。那时自己心里都恨死他了，可是现在想来，那墙下好像有一根断掉的小树，树干像竖在地上的利剑一样。

“八妹，快走。”杜金娥喊道。

“嗯。”杨瑛答应了一声急忙跟了上去。

二人走后足有七八只野狼循着血迹围了上来，但它们一直在他周围徘徊，没有靠近，直到天边破晓时远处传来耶律铁镜的声音，它们才悄无声息地离开。

耶律铁镜追踪到密林正好遇到识途回去的两匹战马，他们循着战马的蹄印终于找到了杨延琅，直到确定他还活着，耶律铁镜才把提起来的心放了下去。半宿煎熬，差点把她逼疯了，她不敢想，如果木易出了事，她该怎么办？可是木易偏偏就让她没有安全感，甚至觉得他随时可能离她而去，永远也见不到他，这些年来她都活在这种恐惧之中。

救回木易，整个驸马府顿时乱成一锅粥，半天不到宫里就派来两个太医给这位木大人治伤，去楼兰做生意的子翼这时候也晃荡回来了，帮助耶律铁镜照顾驸马爷，可是太医明明说伤得不重，他却偏偏一直昏睡不醒。

晚间，子翼让红珠给耶律铁镜做了一碗安神汤，她吃过之后才沉沉睡去。夜半子时，子翼站在杨延琅床前轻声说道："我知道你早就醒了。"

杨延琅疲惫地睁开眼睛，原来冰冷狠戾的眼神此时变得麻木无神，就像一夜间被人抽走了三魂七魄，只剩下一具行尸走肉一般。

"告诉我，到底发生了什么事？"子翼俯下身盯着他的眼睛问道。

杨延琅拖起自己的身体半坐起来，无力地靠在床榻上，半晌之后终于开口道："天波府的人找来了。"

子翼吃惊地往后退了一步："什什，什么？"片刻之后他才回魂，然后急忙问道："是谁，谁来了？"

杨延琅道："我八妹和延钰的妻子杜金娥。"

子翼急忙问道："来干什么？"

"杨家的画师不见了，我的身份可能被人知道了，她们奉我母亲之命，来杀我灭口。"他的语气波澜不惊，只有他自己知道那颗铁石般的心在狠狠地绞痛着。

子翼想了半天问道："你到底是不是他们的亲生儿子。"

他突然抬起头，死死地盯着子翼，因为流了太多的血，他的脸色煞白，可是偏偏两只眼睛是血红色的，布满诡异又可怖的杀气。过了一会他从牙缝里挤出来一个字："是。"

"你，你，你别生气，冷静，冷静下来。"子翼见到他的样子，顾不上许多，急忙安抚着他。这么多年子翼只见他发过一回疯，就是在金沙滩的断崖上，尸体铺满整个山坡，足足摞了三四层，他如妖魔一般站在尸山血海上，最后无计可施的辽兵放火烧山，他才纵马横枪跃下了山涧，成了今天的木易。虽然他只发了一回疯，却让子翼刻骨铭心，这家伙疯起来谁都杀，所以，子翼相信那个预言是真的，不过他更相信他的兄弟不会成为那个杀戮之人。

压下胸口涌起的杀意，杨延琅仰起头看着子翼，那双冰冷的眼睛第一次闪着泪光，在黑夜中显得那么憔悴与无助。

子翼被吓得已经忘记喘气了，直到自己快要憋死的时候才狠狠地吸了一口气，他现在的样子比发疯更可怕。

杨延琅喃喃地说道："我已经拿到关隘图了。"

子翼几乎不敢相信自己的耳朵，再一次问道："你说什么？你再说一遍？"

突然他就笑了，非常开心地笑了，再次说道："我已经拿到关隘图了。"

"你说，你说你已经拿到图了？"

杨延琅就像孩子一样点点头："是，我拿到了，我已经拿到了。"说到这眼泪哗地一下落下来，然后伸手一把抱住子翼的腰，双臂如铁箍一样差点把子翼勒断了，但他却一动也不敢动。

"为什么要打仗？老皇帝想开疆拓土，萧绰想南下中原，可是他们没有看到边关的流民吗？没看到伏尸百万的战场吗？老皇帝如果得到关隘图，会不会马上北征？若大辽灭国，那公主怎么办？宗勉怎么办？我杨家的孤儿寡母是不是也要披甲上阵，横尸疆场？"他第一次说了这么多话，第一次问了这么多问题，第一次打开他坚硬的外壳，让人看到他的脆弱。

子翼轻轻拍着他的后背，这如铁石一般的人，原来也是血肉之躯，担负起天下的肩膀，竟然如此单薄。

"我拿到图，却没有交给天波府的人，我违背了父亲的遗言，我是个逆子，我就是个该死的逆子！"他肩膀一下一下抽动着，子翼感觉那滚烫的眼泪透过衣服，灼烫着他的皮肉。

杨延琅又继续说道："我父亲说得对，我就是个不祥之人。只要我活着，就会连累亲人……"

子翼突然一把推开他，双手扶着他的肩膀，弯下腰，两只眼睛紧紧地盯着他问道："告诉我，你为什么要藏下那二十二张关隘图？"

"我，我……"看着子翼的眼睛，他不知道该怎么回答。

"为什么？清清楚楚地告诉我，为什么要藏下关隘图？"

"因为私心，因为我不想我的亲人相残，不想我辛辛苦苦建起来的胡杨陂灰飞烟灭……"

子翼说道："你没错。"

虽然只有简简单单的三个字，却让杨延琅感觉天地倒转、惊雷震耳，这是这辈子第一次有人告诉他，他没做错。

子翼道："我不是宋人，也不是辽人，我只是一个行走江湖的小偷，心中也没有过什么忠臣顺民的纲常。我游走于两国之间，只知道辽人也是人，不过是一界之隔，他们游牧迁徙，婚配丧葬习俗与汉人不同而已，他们图的也不过是个安居乐业。"

"我，我……"

"杨将军一生忠义，的确让人佩服，可是你为了亲人，为了那些流民，藏几张破图有什么错，其实说来说去也不过一个骂名而已。"

他轻声自语："一个骂名而已？"

救小皇帝，救萧绰，安置流民，扫清权贵，帮助大辽推行新政，从前他给自己找了一个借口，说做这一切都是为了能偷到关隘图，但时至今日，他已经无处可逃，只凭着心中一个念头便做出了决定，原来他早已经违背了父亲的遗言，成了杨家的逆子。

“我本就是个一身骂名的人，多一个也不算什么。”此时他的神情逐渐冰冷。

“你是我兄弟，无论你想干什么，我都帮你。”

我想干什么？杨延琅不知道自己想干什么。为父亲，可是已经违背了父亲的遗愿。为妻儿，若身份败露，夫妻必然反目，现在已经没人需要他干什么了。

杨延琅问子翼：“只为一个铜钱，值吗？”

子翼捏了捏鼻子，说道：“值不值你说了不算，于你是一个铜钱，而于我却是千金不换的情义，而且我们的兄弟缘分是老天注定的，我要做的事桩桩件件都与你有关。”

杨延琅坐直身体，郑重地叫道：“大哥。”

子翼惊得张大了嘴，下巴差点掉到地上，片刻之后这个表面玩世不恭，骨子里重情重义的人眼睛开始发红，这个称呼他从未给过他的兄弟们，如今却给了自己，这份情义已经刻到他们的骨子里。

“这个骂名我背了。”杨延琅仰起头，神情极为坦然。是与非，对与错，是流芳千古，还是遗臭万年，那都是别人的事，于他而言，也许只余下心头的那一点良心能让他心安。

子翼说道：“最近上京出了好几起青壮男子失踪案，活不见人，死不见尸，传言出了吃人吸血的妖道。”

杨延琅点点头：“我知道了。”

“这个说辞也许能对付你那个难缠的老婆。好了，我要回去睡觉了，明天还要陪贺黑虎逛妓院。”看到杨延琅再次变成雷打不动的万年冰山，子翼又开始吊儿郎当，满嘴跑舌头，说完长长地打了一个哈欠。他听到驸马府出了事，就疯了一样跑回来，累得要死，困得要命，现在他只想吃一碗红珠做的牛乳羹，然后再美美地睡一觉。

“陪贺黑虎逛妓院？”怎么看都是两个风马牛不相及的人，他们是什么时候混到一起的，甚至还一起逛妓院。

“胳膊肘不许往外拐，不许告诉红珠啊！”子翼急忙叮嘱他道。

杨延琅歪了一下头，虽然依旧神情未动，不过很明显是在威胁子翼。

子翼无奈地解释道：“我发现那孽徒好像与贺黑纳兰勾搭上了，所以我看看能不能从贺黑虎这草包身上查到点什么，可是这家伙唯一拿手的活儿可不就是吃喝玩乐嫖女人嘛，我不过是投其所好而已。”

“若敢来真的，红珠敢把你饿死。”

子翼假意哀叹道：“唉！嫁出去的兄弟，泼出去的水，心都不向着我了！”就在他听到杨延琅的咬牙声后，又说了一句：“你得提醒你媳妇，贺黑虎好像惦记上总往你府里跑的那个皇太妃了。”然后就消失得无影无踪，只有窗户轻轻晃了一下。

黑夜安静得让人发狂，今天他寻到了良心，但那种虚妄无力的感觉再次席卷土而来，再次将他笼罩在阴影之下，活着也似乎只剩下一口气而已。

杨瑛和杜金娥跪在杨府内堂，佘赛花将下颌支在拐杖上久久不语，眼角密密的皱纹此时变得更深了，显得疲惫又苍老，可神情又有一丝喜悦。这些天她寝食难安，这个孽子虽然大逆不道，可毕竟是自己身上掉下来的肉，是婆婆用命护下的孩子。想到他用性命救了太子，却只给杨家要了一个恩赦，自己怎么能忍心杀他呢？可是他不死，杨家所有人都要死，如何选择都疯狂地折磨着这位母亲的心，最后她的选择与丈夫一样，让他去死，从她下定狠心的那一刻起，便是生不如死的煎熬，可如今看到儿媳和女儿空手而归，听了她的讲述，她竟然松了一口气，心底涌起一丝不可抑制的喜悦之情。不过想要放过他，就一定要把抓走画师的人找到，否则后患无穷。

“你们都起来吧。”在沉默了良久之后，佘赛花说道。

“是，母亲。”二人站起来，也悄悄舒了一口气。虽然知道母亲不会杀她们，但是就这样轻易放过了她们，也很让人意外。

“金娥，八姐。”佘赛花出声叫道。

“母亲。”两个人同时应道。

佘赛花深深叹了一口气：“我亲手写一封信，你们再跑一趟大辽给他送去。”

“是。”

二人备好笔墨，她提笔写来，寥寥数语落在纸上，署上落款装入信封，再封蜡盖印交给她们：“此事不急，你们也歇息些日子，十天后出发，把信交给他，让他自行斟酌。还有，他既然已升至大辽枢密院副使，便让他拿来大辽的关隘图。”

“是。”杜金娥接过书信放到怀里，二人告退离开。

她们前脚走，后脚一个十七八岁的少年就跑了进来，他长得唇红齿白，丰神俊朗，眉眼与杨延昭很像，却是一副不知天高地厚的样子。他来到佘赛花面前一把抱住她的胳膊，说道：“祖母，七婶与姑姑神神秘秘地干什么去了？”

佘赛花道：“宗保？你今天不是去演兵场了吗？怎么这么早就回来了？”

这个少年是杨延昭的儿子杨宗保，杨府的一根独苗，所以从佘赛花到杨瑛都对他视如掌上明珠。

杨宗保得意地说道：“收拾那些手下败将，用不了多久，祖母，您派七婶她们去办什么事？”

“武艺不可一日荒废，别忘了，强中自有强中手，不可狂妄自大。还有，为兵者逞一人之勇，为将者计千万将士，所以你还要多读书，多看些兵书战策，与先生请教学问。”佘赛花叮嘱他道，却没回答他的问话。

杨宗保说道：“祖母，孙儿已经长大了，七婶与姑姑毕竟是女人，您怎么能让我这个大男人闲在家里，却让女人出去冒险呢？”

佘赛花拍拍他的小脸，突然笑了：“原来我孙儿已经长成大男人了，不过她们办的都是些小事，用不着你这个大男人。”

杨宗保很明白，这就是哄他的话，心中不免有些气愤。他想不明白，为什么家里人还都把他当孩子。他从门外听到，她们要办的事绝不是小事，不过祖母不想说的事，谁也问不出来。

“祖母，孙儿明白了。我回屋读书了。”杨宗保施礼告退。

“去吧。”佘赛花心事重重，没有看出来这个平日里上房揭瓦的家伙，此时乖巧得有些反常。

你有千条计，我有过墙梯。杨宗保出门时眼睛里是满满的光。

第六十一回 色胆劫皇妃

南院大王密室中，严容坐在贺黑纳兰对面，脸色阴沉得能挤出水来，倒是贺黑纳兰气定神闲，一口一口地喝着茶。

沉默了许久之后，严容的神情终于缓和许多，他摸着自己光滑的下颌说道："我的大阵天下无敌，王爷何必非要那什么枪法？"

贺黑纳兰道："你的大阵的确厉害，却无法攻城拔寨，征战沙场，所以我还要一支天下无敌的狼军。"

严容有一丝意外，他抬眼看向贺黑纳兰道："王爷，你这是要挟我吗？"

贺黑纳兰抬眼说道："你能做帝王吗？你能为一方诸侯吗？你不能，只有我才能让你呼风唤雨，与你平分天下，所以我要的可不只是一个阵，而是天下。"

严容想了片刻说道："不过王爷，最近老道有些断粮，王爷能否再送一些来。"

贺黑纳兰微微皱起眉头："前些天才给你送去三十多个，怎么又断粮了？"

严容叹了一口气道："老道修的功法需要命格极阴之人才能滋补，但这样的人太少了。"

"什么样的人才是命格极阴之人？"

"首先看生辰，然后看天命。"

"什么样的生辰？什么样的天命？"

"生占九五之毒，时占极阴之刻，天命相应冷血之物。譬如五月初五、午夜子时出生之人，命格便有可能是极阴寒之人。"

"这是为何？"

"世间万物虽向阳而生，却生于阴寒之处，天道之始，始于混沌，而混沌始于什么？传说便是极寒之地。"

贺黑纳兰对这些玄之又玄、虚无缥缈的东西没有兴趣，不过此时他却笑了："道长，真巧了，那人的生辰就是五月初五的午夜子时。"

他话音刚落，严容突然站了起来，惊声问道："你说什么？他的生辰是哪天？"

"五月初五午夜子时。"贺黑纳兰不明白，不过是个生辰，他为何反应如此激烈。

严容喘息着，原本暗黄的眼珠此刻好像闪着嗜血的绿光，他再次问道："大人，那人今年多大？"

“三十有六。”

严容唇角微微勾起来，突然笑道：“哈哈，姓杨，生于北汉天会二年五月初五午夜子时，原来是他，原来是他，哈哈哈……真是天助我也。好，大人，你放心，我一定帮你拿到枪谱。”

贺黑纳兰不知道这妖道与那人有什么渊源，会让他这般反常，不过这家伙极其狡猾，心中又多加了几分防备之心。他想了想说道：“如此最好，你那边准备好，我会命人盯着天波府的动静，一有消息就告诉你。还有，我让贺黑虎与你一起去办这件事。”

“你儿子？”严容的脸上露出鄙夷的神情。

贺黑纳兰知道儿子不争气，可是看到别人看不起儿子，又忍不住气恼，便脸色一沉地说道：“贺黑虎拿回来枪谱，我自然会把银子给你。”

“也好，不过大人要叮嘱好令公子，凡事要听贫道安排。”严容说完便施施然离去。

看着他的背影，贺黑纳兰的脸色渐渐变得阴沉无比。

碧草相接绵延千里，各色野花在风中摇曳，远远望去，草原深处有几顶白色的毡包零零星星地散落着，给草原添了几分人间烟火气。这时一辆与破毡包格格不入、非常精美的马车在离毡包不远处停下来，看到马车，十几个大大小小的孩子都跑了过来，很认真地等在马车旁边。

在孩子们的期盼下，车帘掀起，从车上下来一个女子，一袭白衣，长长的黑发束于背后，青丝微动，衣带飘飞，一张让天地尽失颜色的脸，美得可以让人忘记呼吸。

“神仙娘娘来了。”

“神仙娘娘来了。”

孩子们围着她开心地欢呼着，萧苑儿和侍女从车上拿下来几个大食盒，放在地上，然后全部打开。

其中一个侍女道：“孩子们，这些都是太妃娘娘亲手做的糕点，车上还有娘娘给大家准备的衣物，娘娘身体不好，大家不要挤。”

孩子们听话地一排排站好，萧苑儿和侍女把糕点和衣物给孩子们分下去，又和他们一起挤奶熬茶。

漠北草原并不是一马平川，而是有高低起伏的山丘，就像茫茫大地打起的褶皱。杨延琅与耶律铁镜站在最高的山坡上，俯瞰草原，她发现这半个月来，木易的伤势虽已痊愈，人却消瘦得厉害，太医看过多次，只说是肝气郁结、脾胃不和，多出去散散心就好了，今日耶律铁镜便以公务为由带他出来走走。此时正巧碰到萧苑儿与孩子们玩耍，他们又唱又跳，有两个小姑娘还把小羊羔抱来，教她怎么喂养，玩得不亦乐乎。

“这些年苑儿的病情已经好转许多，也不再追问舅父的事情。”耶律铁镜若有所思地说道。

杨延琅依照惯例说道："这是我大辽的福事。"

耶律铁镜看了丈夫一眼，颇有些无奈地叹了口气，说道："其实自你上任云内州第二年，母后就暗中命人依照你的办法收拢安置流民，这件事被苑儿知道后，就提出要帮助母后管理、照顾那些流民中的孤儿。"

杨延琅不解地看了看耶律铁镜："她会吗?"

耶律铁镜笑了："这七年来她不仅帮助母后管理照顾这些孤儿，还学着汉人建立了专门收养孤儿的机构，请人照看，大一些的孩子可以读书，或送到皇家牧场放牧，她时常来看他们。"

"太妃娘娘安置了多少孤儿?"

"六千五百余个。这些孤儿多是九年前宋国犯境时，死于那场征战中的辽兵或边关百姓的孩子。"说到这耶律铁镜停了一下，"她是个天真善良的人，说到底她也是一个孤儿。"

六千多个孩子，一个病体缠身的弱女子救了六千多个孩子，可是自己呢?似乎除了杀人，其他什么也不会，偏偏有那么多杀戮，飞溅的鲜血会疯魔他的眼睛，迷乱他的心智。

萧苑儿一直玩到红日偏西才坐上马车，孩子们恋恋不舍地围在她的马车旁。就在这时，离他们不远处吃草的牛羊好像被惊吓到，到处乱跑。

杨延琅道："有人!"

随着他话音一落，从萧苑儿她们所在的山丘上如疾风一般冲出几十人骑着马向马车奔去，被惊吓到的孩子四下逃窜，顿时乱作一团。

在杨延琅看出有人时，两个人像疯了一样奔过去，但草原上的路是望山跑死马，看似就在眼前，真正跑起来足有十几里，等他们到近前时，那伙贼人已经无影无踪，只剩下一地死伤的随侍，和被踩踏的孩子。

他们查看一番后，发现死了一个侍女，是耶律铁镜安排在萧苑儿身边的暗骑，其他人大多受了伤。杨延琅看了看贼人离开的方向，对耶律铁镜道："我去追，你在此等待援兵。"

"你要小心。"就在杨延琅跨上马背的一刻，她急忙叮嘱道。

"放心。"杨延琅说完，轻磕马镫，玉麒麟如离弦之箭飞奔而去。

耶律铁镜看着木易远远消失的身影，急忙拉开响箭，召集身边的暗骑。

杨延琅的追踪术是子翼亲自教的，常人自然无法匹敌。他沿着劫匪留下的蛛丝马迹一路追下去，很显然，劫持苑儿的人精心谋划过，他们不但知道她的身份，还掌握着她的一举一动，甚至连她身边的暗骑都一清二楚，所以才能一击得中。

七月的天，离天黑还早，往西南方向百里之外有大片密林，贼人应该在那边有落脚点，一旦让他逃进去，再抓他就难如登天了。杨延琅追了一个多时辰，终于在密林外追上了这伙贼人。

这伙贼人见只有杨延琅一个人追来，顿时张狂起来，似乎只有驮着萧苑儿的那个人知道厉害，不仅蒙着面，还悄悄躲在他们后面。

“小子，你若也喜欢这美人，等哥几个玩够了，赏给你玩玩。”为首的大汉笑嘻嘻地说道。

对于这样的话，杨延琅通常选择充耳不闻，只是转动了一下垂在马侧的长枪。看到他的样子，贼人哄堂大笑，他们觉得这个小白脸就是在找死，可是下一刻他们就笑不出来了，他手中那杆黑枪像黑龙一样直刺向贼首。贼首没想到这小白脸竟然一声不响，举枪就杀，慌忙之间举刀相迎，谁知他枪势不减，啪的一声把长刀刺成两段，枪尖穿喉而过从脖子后穿出来，落下的鲜血映出最后一抹余晖，压在黑沉沉的阴云之下，让人心惊肉跳。杀了贼首，还没等其他贼人反应过来，这杆黑枪就掀起一阵杀戮。

驮着萧苑儿的那贼人瞅准时机往大松林中跑去，他知道，只有自己逃进林中才有一线生机，可是就在他马上要进入林中的时候，突然停了下来。此时天色半昏半明，在幽暗的松林中一条窄窄的小路上，杨延琅一袭白衣立在中间，玉麒麟借着天空最后一抹微光，散出玉石般的光晕。他堵在松林的入口，即如神祇临凡，又似鬼灵现身，顿时让这个劫匪魂飞魄散。

这个贼人中等个头，身材健壮，萧苑儿就像一只布口袋搭在他的马鞍桥上，不过杨延琅隐约看到她的身下垫着一个厚垫子，或许是怕颠坏了她。如此看来，这人劫持萧苑儿，也许只是为了她的美貌，不过，只为劫色就敢劫到皇太妃的头上来，他还真是色胆包天。

“我是木易。把太妃娘娘放了。”杨延琅的声音不高，却字字震到人心底。“木易”这个名号足以吓退许多人。

事到如今贼人本无处可逃，可是他竟然挺起腰身说道：“木易？你以为你这个名号能吓退我吗？”他蒙着面，声音隔着布有些发闷，显得很得意。

听他的语气，杨延琅觉得他应该是个熟人，催马往前了两步。

贼人知道他的厉害，急忙说道：“你别过来，过来我就杀了这女人。”

“我只想知道谁劫了皇太妃，没想救她。”杨延琅催动坐骑，隐约还能看到黑枪上有血滴下来。

木易心狠手辣声名远扬，他说没想救，就一定不会在乎这个皇太妃的死活，贼人心弦一下就绷断了：“你别过来。你，你，杨延琅，别以为你的事神不知、鬼不觉，我告诉你，你若逼急了我，我就把你的身份捅出去。”

听到他叫出自己的名字，杨延琅的心肺刹那间缩成一团，随即又炸开了。消息是从天波府泄露的，却从这个贼人口中说出，可见此事牵扯之大。他沉声问道：“你叫我什么？”

“杨延琅。你杀了这个女人的父亲，救回她与你一点好处也没有。你今天若放过我，我保证对这件事守口如瓶，不然你就等着死无葬身之地吧！”贼人试图与他讨价还价。

“告诉我，你是怎么知道的？”杨延琅又往前一步，逼近他问道。

“我，我，我我……”劫匪突然意识到，现在四野茫茫，他的人已经变成一地横尸，眼前这个魔鬼就是把他生吞活剥了，也不会有人知道。

“你还知道什么？”杨延琅缓缓提起手中的长枪问道。

市井传闻，木易从不问第二遍，今天已经是给了他天大的面子。贼人一只手紧紧抓着缰绳，眼睛死死盯着杨延琅。就在这时杨延琅的唇角微微勾了一下，手中的黑枪如疾风一样刺了过去。

见他长枪一动，贼人顿时头皮发炸，情急之下，一把抓起萧苑儿做盾牌，迎着杨延琅的枪尖扔了过去。

杨延琅没想到他会以这种方法保命，他双臂下沉，压下枪身，猛收枪势，萧苑儿直接从他的枪杆上滚了过来，他一把搂住了苑儿的腰，将她拢在马背上，如此一来，他这一枪就失了准头，从贼人的腰间穿了过去。

萧苑儿此时与杨延琅面向而坐骑在马上，受惊后死死抱着他的腰惊声尖叫起来，而贼人则乘机抽出短刀，一刀扎在自己坐骑的屁股上，战马吃痛，像疯了一样带着他逃走了。

杨延琅伸长手臂，身体僵得像块木头，任凭萧苑儿抱着他尖叫，一直等她叫够了，他才像背书一样说道：“太妃娘娘可无恙？”

萧苑儿的脑子一片混乱，各种各样的声音、千奇百怪的话在她耳边轰鸣，而她除了会叫什么也不会，可是当她听到这个熟悉的声音的时候，就安静了下来。紧紧贴着并不宽厚，却非常温暖的胸膛，那平稳而有力的心跳声让她很安心。

“太妃娘娘可无恙？”

同样的话在她耳边响了第二遍，萧苑儿终于意识到自己的动作太过尴尬，虽然不舍，却还是缓缓松开手，低声说道：“我，我没事。”

萧苑儿终于松了手，杨延琅暗暗舒了一口气，自己先跳下马来，然后把她也扶下马，直到她站稳之后，杨延琅才问道：“太妃娘娘可有受伤？”

萧苑儿看看身上，除了衣服被扯得乱七八糟，显得非常狼狈以外，倒没有受伤，她揉了揉膝盖道：“没有受伤，只是腿酸麻了些。”

“如此就好。”杨延琅抬头看看天，已经完全黑了，一阵凉凉的夜风吹过来，萧苑儿忍不住打了两个喷嚏。

夜色黑沉，乌云低压，今夜必是一场大雨，看着衣衫单薄的太妃娘娘，杨延琅第一次心忧这漫漫长路。他拱手施礼道：“若太妃娘娘凤体无恙，还是早些回去吧。”

长这么大，萧苑儿第一次在黑夜身处荒郊，时远时近的声声狼嗥让她心底发毛，只有看到木易她才能壮起胆子，所以她的目光一直在他身上，在听到他问话之后，禁不住脸红耳热，若不是有夜色掩饰，一定会让人看出心事。她急忙点点头道：“好。”

杨延琅解下身上的披风双手捧给萧苑儿道：“请太妃娘娘暂且以此御寒。”

萧苑儿把披风接在手里，夏季的披风并不厚，但上面依旧留有他身体的余温，有一点淡淡的汗味，却并不难闻，这一刻她觉得自己好像被眼前这个人拥在怀里。

“请太妃娘娘上马。”

毫无波澜的一句话惊醒了萧苑儿，她微微一转头，看到木易单膝跪在玉麒麟身侧，虽然半跪，但后背挺得笔直。

他要让我踩着他上马吗？很明显的一件事，萧苑儿却半天都想不明白。在她心中，他是指挥千军万马的将军，是万夫不敌的勇将，她心中的英雄怎么能被踩在脚下，做上马的奴才？有生之年她第一次痛恨起自己这副孱弱的身体，若能像铁镜一般飞身上马，他眼中会不会泛起波澜。

杨延琅不知道萧苑儿心中所想，见她磨磨蹭蹭，忍不住催促道："请太妃娘娘上马。"

萧苑儿缓缓走到他面前，鼓起勇气踏上他半支起的膝盖，触到他身体的一瞬间，苑儿心底突然烧起一团火，炽热的烈焰迅速吞噬了她，烧尽她所有坚持，脑袋嗡嗡作响，心好像要跳到外面一样，眼前只有他的身影。苑儿尽力平抚激荡的心绪，急忙伸手抓住马鞍桥，可是她此时却双脚无力，怎么也爬不到马上去。

杨延琅没有动，静静地等着，迟疑了半晌，苑儿终于抬起另一只脚踩上他的肩膀，他稍微一用力，萧苑儿就跨上马背。直到坐在马上，她还是不能平抚自己狂跳的心，高大的马背让她非常恐惧，两只脚不停摆动，试图套上马蹬，就在慌乱无助的时候，觉得脚上一紧，心底一下就踏实了，当她回过神时，发现木易已经绕到另一边帮她把左脚的马镫也套上了，同时解下马缰绳牵在手里，随着他迈开脚步，玉麒麟才抬腿前行。

第六十二回　弱女拨阴霾

前路一片漆黑，因为有黑夜的遮挡，她可以毫无顾忌地看他，虽然只是背影，但也好过在他府上时，若无其事地偷瞄他。他月白色的武服在黑夜中格外醒目，腰背笔直，虽然道路崎岖，但他每一步都很稳健，不疾不徐，把马牵得平平稳稳。

我为什么是皇太妃？他为什么又是驸马？若生在平常人家，他只是木易而自己也只是苑儿那该多好。就在辽阔的草原上搭一个毡包，他放牧牛羊，自己挤奶熬茶，给他缝补衣衫，夜深人静时哄睡了孩子们，可以望着天上的月亮，依偎在他怀里吟诗作赋……

轰——隆隆——

雷声惊天动地，惊醒了沉醉于梦中的萧苑儿。突然她被自己的想法吓了一跳，自己怎么会这么想呢？他是铁镜的丈夫，是大辽的驸马，而自己是皇太妃。于公，他是臣下；于私，他是晚辈。铁镜与自己情同姐妹，自己怎么能对她的丈夫生出非分之想呢？

苑儿拼命提醒自己不要胡思乱想，冷风夹杂着豆大的雨点砸下来，冰凉的雨水不但浇在她身上，也浇灭了她刚刚萌生的一点心头火，只觉得冷风透骨。借着闪电一闪而过的光芒，她贪婪地看着木易那俊美无双的侧颜，心里只盼望着，这夜再长一些，前面的路再远一些，他们走得再慢一些，因为她知道，这可能是她第一次也是最后一次这样安静地、单独地与他待在一起。

与苑儿的心思恰恰相反，杨延琅看着这位娇弱的太妃娘娘被冻得瑟瑟发抖，再看看前方泥泞的路，心里暗暗叹了一口气，若这样回去她非被冻死不可，可是方圆百里哪有避雨的地方？就在他无计可施的时候，借着闪电的光亮他发现不远处的山坡上有一个白色毡包。

看来这位太妃娘娘有福气，杨延琅心中想着，急忙拉起玉麒麟快步往毡包处走去。走到近前才发现是一个被荒废的破毡包，毛毡一片一片被风掀起来，已经盖不住木头哈那（毡包的围墙）和椽子，门半挂在门框上。杨延琅闪身进去察看，发现包里盘着火炕，炕上放着红木桌等一些破家具，炉子和锅也在。看样子这里应该生活着一户人家，只是不知道什么原因，主人匆匆地离开了，毡包与东西都没来得及拉走。因为房顶漏雨，地上、炕上有一片一片的积水，不过荒郊野外能有一个地方避雨，已经是老天开恩了。

杨延琅确定安全后，来到马旁道："太妃娘娘，我们就先在这里避雨吧。"

“全凭驸马安排。”苑儿用力裹紧身上的披风，声音都在发颤。

杨延琅把萧苑儿扶下马，扶进了毡包，安排在一处不漏雨的地方。不过这里虽能避雨，但冷风从四周吹进来，依旧冰冷难当，萧苑儿的嘴唇已经被冻成青紫色。他想了想，拆了余下的一些破桌凳和一些没有淋湿的椽子点起一堆火，火焰升腾起来，包里终于暖和了一些。

“这样可好一些？”杨延琅拨弄着柴火，让它烧得更旺一些。

“嗯。”萧苑儿靠近火堆，不一会身上升起了一层热气。

“公主已经回去请援军，应该很快就到，娘娘若累了不妨先歇息一下。”杨延琅把火烧旺，起身向外走去。

“驸马哪里去？”萧苑儿见他要走急忙问道。

杨延琅道：“臣到外面为娘娘守卫。”

电闪雷鸣的黑夜让人心惊肉跳，萧苑儿不安地搓着衣角，直到他走到门口时，她才鼓起勇气说道：“外面雨大，就在里面吧。”

听到这句话，杨延琅身体一顿，说道：“臣不敢坏了娘娘清誉。”说罢拉开门走了出去，萧苑儿借着闪电的光看到瓢泼大雨砸在他的肩膀上，散出一片白雾。

萧苑儿瑟缩在火炕的边缘，更加用力裹紧身上的披风，不知是眼泪还是雨水从眼角滑落。不论任何一个男人听到一个女子的挽留，都能明白她的心意，可是他却用一句“不敢坏了娘娘清誉”掐灭了她心中的最后一点星火。萧苑儿没有其他妄想，只是想要他一点温情，原来外面的传言是真的，他是一个比寒冰还冷的人，也许那一点温情只有铁镜才配得到……

模糊之中她看到了茫茫无边的草原，不远处木易在骑马奔驰，似乎这里并不存在“皇太妃”与“木驸马”，她拼命地追着他，第一次觉得自己可以身康体健，跑得像马儿一样快，整个人从里到外都是那么快活。

“他是你的杀父仇人！”突然一声厉喝惊醒了她，她看到父亲满身是血地站在他面前，一遍一遍地对她说，他是你的杀父仇人。萧苑儿瞪大眼睛，大口喘着粗气，直到许久眼前的火堆才清晰起来。

“太妃娘娘，怎么了？”杨延琅弯腰站在毡包门口问道。

萧苑儿惊恐地盯着他，过了一会才放松下来，慢慢低下头道：“我没事。”

杨延琅什么也没说，又默默地退到门外。大雨已经停止，草原此时宁静得像熟睡中的婴儿，半轮明月在乌云缝隙间游走，洒下一片忽明忽暗的光。不知何时萧苑儿出了毡包站在他旁边，仰头望着天空，顺长的发丝被轻柔的夜风卷起，有几缕滑落在脸上，让人有些恍惚。

“木驸马，是你一个人追来的吗？”萧苑儿轻声问道。

“是。”

当杨延琅回答出这个字的时候，他突然觉得右肋下一凉，接着便是一阵剧痛。他猛地回头看向萧苑儿，只见她一脸惊恐，不知所措地看着自己手上的鲜血，她那根长长的银簪扎在自己的肋下。

杨延琅皱着眉，紧咬牙关，一点一点拔出银簪，鲜红的血从伤口里流出来，脸却白得像地狱里的恶鬼，远处再次传来凄厉的狼嚎声。萧苑儿一步一步，僵硬地向后退，一直退进毡包里，杨延琅一步一步跟进去。

“你听到那劫匪的话了，对吗?”杨延琅的声音就像外面月光一样平静，银簪上黏稠的血一滴一滴落下来。这根银簪就是当年她父亲特意给她们姐妹打造的一把防身武器，尖利无比。然而命运使然，她们一个早已不在人世，一个幽居深宫、半痴半癫。

萧苑儿双手捂着嘴，先是点头，然后摇头，混乱得不知道自己该怎么回答。

杨延琅再次问道：“你全都听到了，对吗?”

萧苑儿已经退到了火炕边上，再也没有路可以退了，面对他的问话，她只能恐惧地摇头。他依旧没有停下，萧苑儿被吓到了极点，竟然顾不上通红的炭火，直接从火堆上跳了过去，摔趴在地上，幸好她衣服还湿着，裙子没有被点燃。等到她爬起来时候，发现木易正背靠火炕坐在地上，静静地看着自己抱头鼠窜。

“我不会杀一个弱女子。”湿漉漉的发丝粘在他苍白的脸上，神情却依旧很平静，甚至连声音都没有颤抖，然后缓缓地松开了银簪。

萧苑儿顾不上地上的泥水，挪到门口，拔腿就要往外跑。

“天太黑，迷了路，谁都救不了你。”就在萧苑儿马上要跨出门口时，淡淡的一句话飘过来，让她停住了脚步。

“外边有狼。”

远处再次传来狼嚎声。萧苑儿僵硬地转过头，胆战心惊地看向木易，发现他还像方才一样，靠在火炕边上，一点没有要加害她的意思。

萧苑儿权衡过后，觉得他还是比外面的野狼安全些，这才退回来，随后又紧紧关上这扇破门，似乎这样就能把危险隔在门外，自己却站在门边不敢靠近他。

杨延琅看着火堆，萧苑儿则盯着他，二人保持着这样的姿势，直到许久之后，他叹了一口气，说道：“你听得没错，我是杨继业的四子，叫杨延琅。”

萧苑儿的身体不受控制地颤抖，心中一片混乱，但是听到他的名字时更加惶恐不安。

“十六年前，宋帝被困金沙滩，我大哥相貌酷似宋国皇帝，所以就由他假扮皇帝，我与其他兄弟于一旁护卫，负责引开辽军，让真正的皇帝从小路逃走。我们兄弟五人冲杀于万军中，敌人如排山倒海般冲过来，永远都杀不完。”他微微仰起头，明明眼睛里没有泪水，却偏偏能看到令人窒息的绝望。

萧苑儿被他的话带回了那个杀戮的日子，不知不觉中心里的恐惧竟然减轻了许多。

“我们是引狼的肉，没有援军，也没有生路，唯一能做的就是杀死眼前的敌人，直到被敌人杀死。那一天我不知道杀了多少人，黏稠的血把枪粘在手上，最后我被逼得摔下万丈深渊，却侥幸没死，直到九年前在苏武庙遇到了我父亲，他待援无望之下触碑而亡，临死前嘱我救下杨延昭，我才假扮成他的样子，独闯太后中军大营，就成了今天的驸马木易。宋辽相争十几年，杨家的男人都快死绝了，只剩下我这个最该死却还活着的人。”

最后带着恨意的那几个字，几乎是从牙缝里挤出来的。萧苑儿不知道那是一种什么样的痛，只是觉得悲恸难耐，眼泪如决堤的洪水一样汹涌而出。她一边抽泣一边问道：“是不是你杀了我阿爹？”

杨延琅点点头：“是。”

听到这个字，萧苑儿的眼睛里渐渐泛起血丝，充满仇恨地看着他。突然，她冲过去一把摸起地上的发簪抵在他脖子上，咬牙切齿地说道：“你杀了我阿爹，你杀了我阿爹，我要杀了你！”

看着双目血红的萧苑儿，杨延琅竟然有几分解脱。他握着萧苑儿的手把银簪移到自己的胸口上，说道：“我这辈子尝过太多的生不如死，娘娘是心善之人，给我一个痛快吧。”

萧苑儿的手抖得厉害，她恨他杀了自己的父亲，可是他也是她心中唯一美好的期盼。她记得第一次在梦中见到他，就像天上的神光照向自己，曾经混乱颠倒的一切突然就清晰了，她能听懂旁人的话，她会照镜子看清自己的模样。父亲曾经告诉她，若有一天父亲不在身边，他就会请天上的神仙来保护她，那一刻她觉得这个人是父亲请来的神仙。她喜欢上了这个“神仙”，“神仙”喜欢做的事，她也要做。可是现实却是这个“神仙”是自己的杀父仇人，所有的一切美好在一瞬间土崩瓦解。可那又如何，刚刚一时冲动，刺了他一簪，现在他活生生就在眼前，大滴大滴的眼泪掉下来，那根锋利的银簪却怎么也刺不下去。

杨延琅道：“如果娘娘下不了手，就把我交给太后，她会把我千刀万剐、挫骨扬灰，替你报仇雪恨……”

“啊……”萧苑儿突然举起银簪，尖叫着一下一下戳到旁边的土地，“为什么？你为什么要杀我阿爹？你们为什么要打仗，为什么要杀人？为什么？你告诉我，为什么？为什么杀人？”萧苑儿累到再也抬不动手，跌坐在地上喃喃自语，“我阿爹说会风风光光地送我出嫁，他说要给我找契丹最英武的勇士，可是为什么会让我嫁给皇帝？”

她所有的问题杨延琅都无法回答，过了许久之后，他轻声说道：“对不起，当初如果我没有杀死你父亲，而是你父亲杀了我，他会提着我的头颅在庆功宴上开怀畅饮，也会陪在你身边，那样也许挺好。但你现在唯一能做的，也许只剩下为你父亲报仇了。”

听到他的话，萧苑儿突然站起来，叫喊起来：“杀你！杀你！杀你我阿爹就能回来吗？杀你，我就能不痛苦了吗？杀你，我就能原谅你吗？”

“可是我能怎么办？两国相争，战场杀伐，本就没有对错。你失去了父亲，可是还有多少人父母被杀，妻离子散！你见过战场吗？铺天盖地，所有你眼睛能看到的地方都是尸体，流的血把黄沙都染成了红色，山林里的野狼不再去追逐猎物，天上的秃鹰肥硕得无法扇动翅膀，可是死在战场上的每一个人都有家人、都有父母……”

“那你就去阻止他们打仗，别让他们死在战场上，别让他们的女儿像我一样失去阿爹……”萧苑儿歇斯底里地叫喊着，渐渐声音越来越低，最后变成了自言自语的呜咽。她最开始是站着的，激烈地挥舞着手中的银簪，然后慢慢抱住肩膀蹲在地上，用力蜷起身体，无助地哭泣着，握着银簪的手指因为太过用力而发白，手不停地颤动着。

阻止他们打仗，别让他们死在战场上……这个女人的话如同一块巨石砸进他死寂的心海，激起千尺波涛。

“苍狼归北，太平可期……”雷鸣般的声音在他心中轰响，这是父亲对他说的最后一句话。父亲要的太平，难道只是大宋的太平吗？为什么不能是大辽的太平？如今已非乱世，天下已定，就连那个曾经与大宋拼到你死我活的耶律休哥都不愿意再起杀伐，杨家为何还要杀戮不休？如若天下太平，自己的妻儿与母亲、兄弟就不会刀枪相向，天下那么多好男儿就不用白白战死沙场。

杨延琅愣愣地看着萧苑儿，突然就想到了那个贼人，从他的言语来看，他肯定不是普通的山贼，肯定与绑走画师之人有关系。可是他既然知道自己的身份，为什么不向萧绰告发？他究竟有什么不可告人的目的？他们究竟在蓄谋什么？若是有人想借自己的身份兴风作浪，无论自己死活，天波府只怕都逃不掉。悬了许多天的心，终于在此刻落了地，眼前一片清明，所有的一切都变得真实可信。

“太妃娘娘!”他挣扎着跪在萧苑儿面前。

萧苑儿被他吓了一跳，傻愣愣地看着他，不知道他要干什么。杨延琅取过她手上的银簪，仔细擦干上面的血渍，双手捧到她面前，说道：“太妃娘娘，我知道我应该做什么了。今日杨延琅把性命交到娘娘手中，若娘娘想要我活，就将今日之事永远藏在心里；若娘娘想要死我，就把我的身份告诉太后。”

萧苑儿盯着他的眼睛半晌，然后问道：“那你想活，还是想死？”

杨延琅清清楚楚地说了两个字：“想活。”

“为什么而活？”萧苑儿再次问道。

“为了不让女儿失去父亲，为了不让妻子盼不回丈夫，为了不让我的铁镜再为杀伐而搏命，为我杨家的孤儿寡母不再走上战场。太妃娘娘，我想活。”他的话，字字句句如同誓言，天地立证，一诺千金。

萧苑儿咬着下唇，缓缓接过银簪，说道：“所有人都认为我是个疯子，但我却知道你的心，我会把这件事永远藏在心里。”

“多谢娘娘。”杨延琅深深叩首。

“你快起来。”看到他伤口流了很多血，萧苑儿急忙扶着他坐下。

就在这时，外面传来嘈杂的脚步声和耶律铁镜的呼喊声，接着毡包的门就被推开了，第一个进来的是耶律铁镜，当她看到他们这种姿势顿时一愣，可是再看到木易血红的衣襟，急忙跑过去扶住他，而萧苑儿则默默地退到一旁。

耶律铁镜掀开他的衣服，一边查看伤势一边问道：“你受伤了？”

杨延琅道：“无碍，一时疏忽而已。”

“驸，驸马，驸马是为了救我，才受伤的。”站在后面的萧苑儿在一旁帮他圆谎。

耶律铁镜瞪了她一眼道：“你可真是个呆子，就不知道帮他包一下伤口吗？你看流了这么多血。”

“对，对对，对不起。”萧苑儿这半宿连惊带吓，一身泥泞，狼狈不堪，现在被耶律铁镜一说，委屈地忍不住撇嘴哭了起来。

杨延琅急忙道：“是，我怕，怕坏了娘娘的清誉，所以没让她包扎。”

“你们汉人的破规矩就是多。”耶律铁镜埋怨了他一句，然后命人安排萧苑儿回宫、给木易治伤，不过还好伤得不严重。

第六十三回 信断母子情

贺黑虎逛了一夜花街柳巷，无精打采地回到府里，外面那些庸脂俗粉怎么能与人间绝色相比，想起那日花海中的身影他依然难以自制。想起那个混蛋当年抢走了铁镜公主，今日又坏了自己的好事，就恨得牙根痒痒。他发誓有朝一日一定把他碎尸万段。

“公子，大人在书房等你。”贺黑虎正要回房，侍卫跑过来禀道。

“我爹找我什么事？”贺黑虎心底一惊，该不会是被他发现了什么吧？

侍卫摇摇头说：“属下不知，只是大人吩嘱有要事找公子商量。”

贺黑虎仔细想了想应该没有被他发现，于是摆摆手示意侍卫退下去，而后自己整了整衣服向贺黑纳兰的书房走去。进了书房，贺黑纳兰正在看信，信上还粘着些封蜡，贺黑虎一看便知道是谁来的信了。

“他又来信了？”贺黑虎坐在椅子上，自己给自己倒了一碗茶。

贺黑纳兰无奈地叹了一口气，把信收进怀里，说道：“儿啊，你也不小了，该收收心了，你这样整日寻花问柳，将来如何承担为父留给你的基业？”

“基业？就你那点事，有什么难的？”贺黑虎摸起桌子上的梨一边啃一边说。

贺黑纳兰气结，他怎么就生了这么一个不成气的儿子，他压下火气，再次苦口婆心地说道：“你哥哥入宋国九年有余……”

“那你把我也送到大宋去，我听说宋国的美女如云，该是怎的一个逍遥快活。”贺黑虎非但不听教训，还故意气他。

贺黑纳兰不想再与他争吵，叹了口气说道：“不与你说这些了，今日有件事要你去办，这件事交给旁人我实在不放心。”

“什么事？”

“你速带五十名心腹侍卫到别院去……”

听贺黑纳兰说完，贺黑虎眼中精光闪动，一下站起来：“父王，孩子儿还有一个主意。”

“什么主意？”

“我们何不把他儿子直接抓来？”贺黑虎觉得自己的办法要比他父亲的更好用。

“胡闹，那也是耶律铁镜的儿子，她手下暗骑遍布朝野，是轻易好惹的吗？弄不好我们打虎不成反被虎咬，你要记得此事无论成败，都不能泄露了身份。”贺黑纳兰最后还不忘叮嘱一句。

“是。”贺黑虎虽不服气，但还是领命去了。

救回萧苑儿后不久，杨延琅再次收到天波府的消息，这次她们把见面的地方约在城外五十里处一个偏僻的山谷。杨延琅以公务为名，提前到来，把周围都清理干净，确保不让她们再遇到危险。

“来了？”杨瑛的声音从背后响起来。

杨延琅缓缓转过身来，还是杨瑛和杜金娥，依然是一身男子装扮，她们的神情平静而冷漠，让他猜不到母亲是否给他一条生路？

“嗯。”杨延琅沉声答道。

杜金娥拱手谢道：“多谢你那日救命之恩。”

杨延琅道：“若你们还是来杀我的，就不必记挂那日之事。”

杨瑛道：“若我们还是来杀你的，你会引颈就戮吗？”

杨延琅摇了摇头：“不会。”

“哼！果然是贪生怕死的叛臣贼子。”杨瑛骂了他一句。

这时杜金娥从怀里摸出信递过去：“母亲让我们专程给你送上她的亲笔信。”

杨延琅把信接在手里，信封什么也没写，封口用母亲专用的封蜡封印。他深深吸了一口气，十几年了，他终于再看到母亲笔信，心中不知道有多期盼，可是一想到信中会有怎么样锥心刺骨的话，他又开始退缩。

杨瑛见他这般模样，忍不住说道：“别假惺惺的，若你心中真有母亲，真有杨家，又怎会做出这等大逆不道之事。”

杜金娥扯了扯她的衣袖低声道：“你少说两句。”

杨瑛白了一眼，不再说话。

听到妹妹的话，想来也真是如此，于是他不再犹豫，快速把信拆开，薄薄的信纸上只写了短短两行字：“见字如面，逆子听训。自见此信，你我母子恩断义绝，若敢言姓杨，敢对大宋不利，上天入地天波府必杀之。佘赛花。”

他仰起头，刺目的阳光晃出了他的眼泪。母亲终是舍不得这个逆子，冒着天大的风险放了自己一条生路。他小心翼翼地把书信折好贴身放下，而后对二人拱手施礼：“辛苦弟妹与八妹了。”

杜金娥按弟媳之礼，福了一下道：“四哥多礼了。除此信之外，母亲还有一件事交代于你。”

杨延琅急忙问道：“何事？”

“母亲说，你既已为大辽枢密院副使，当能取到大辽关隘图，她要你把图交给我们带回天波府。”

听到这番话，杨延琅苦笑一下，父亲与母亲吵了一辈子，却是心意相通，连交代给自己的事情都一模一样。

“四哥……”杜金娥不明白他为何发笑。

“不。”杨延琅清清楚楚地说道。

杨瑛气愤地说道：“你再说一遍。”

杨延琅再次说道：“我不会将关隘图交给你们。”

杨瑛抽出枪来就要冲过去拼命，却被杜金娥一把拉住。杨瑛对杨延琅道：“四哥，你可知母亲肯放过你，是担了多大的风险吗？”

杨延琅点点头：“我知道。”

杜金娥道：“你用金刀救了太子，说明公公临终前见过你，无论你因为什么要留在辽国，但只要你拿到关隘图，一旦你身份败露，婆婆可以说，你是奉了公公的遗命到辽国偷取关隘图，这样才能保天波府人的性命。”

杨延琅心中暗叹，如果这样就能保天波府人的性命，岂不是太简单了，若自己真这样做了，就是耶律铁镜的暗骑军也会把杨家追杀得无路可逃。他沉声说道：“你们回去转告母亲，杨延琅一定会保全杨家人的性命。而且金刀已经丢了，父亲遗命之说也难以服人，若是天波府真拿到关隘图，才真有灭顶之灾。”

杜金娥道：“你真打算违抗母亲的命令吗？”

杨延琅沉默半晌，终于吐出一个字：“是。”

“明白了，我们会如实禀报母亲。”

杨延琅再次拱手施礼道：“请你们照顾好母亲。”

杜金娥微微一笑道：“此乃人媳之责，木驸马不必操心。”

这句话比父亲刺进心口的长剑还疼，他压下翻涌的气血和胸口的绞痛，沉声说道：“杨少夫人莫怪，是我多嘴了。”说罢翻身上马，疾驰而去。

“叛臣贼子，人人得而诛之。你刚刚就不该拦着我，让我好好教训他一顿！”望着他的背影，杨瑛气愤地骂道。

杜金娥叹了口气道：“四哥的心思只怕常人难以猜到，如此深不可测之人，我们断无法将其说服，还是回去向母亲复命吧。”

“走吧。”杨瑛无奈地收了枪，正准备走的时候，却发现杜金娥向她使了个眼色。她心领神会，两个人沿着小路慢慢往前走。他们看似走得很慢，可是一个转弯之后她们同时没有了身影。过了一会，一个十六七岁的少年从旁边的乱草丛中跳出来，左右前后来回找，找了半天也没找到人。正在他沮丧的时候，突然一把长剑从他身后刺来。

少年听到破风之声，身形一转，横移出五步之外躲过了这一剑，可是等看到来人的时候，他竟然笑了，拍拍自己的胸口道：“七婶，你可吓死我了！”

“宗保？怎么是你？”杜金娥看着杨宗保吃惊地问道。

“臭小子，你怎么来了？”本来在后面堵住他去路的杨瑛也出来问道。

杨宗保挠挠后脑勺，嬉皮笑脸道：“我担心你们两个弱女子会遇到危险，所以跟过来保护你们。”

杜金娥急忙问道：“你祖母知道你跟来了吗？”

“七婶，你说老祖母真是的，竟然派你们两个女流之辈来这么危险的地方，你说我能放心吗……”

“你祖母知不知道你来了？”杜金娥打断他狡辩的话，再一次问道。

“不，不不不知道。”杨宗保一见杜金娥发火，顿时有点怂了。他父亲镇守三关口常年在外，天波府一家女人，他是十八亩地的一棵独苗，从小被惯得胆大包天。唯一能让他惧怕的只有两个人，一个是他母亲柴郡主，第二个就是杜金娥，因为柴郡主是真舍得打他，而杜金娥算是他半个师父。

“你胆子也太大了，想急死你祖母？”杨瑛也埋怨他不懂事。

杨宗保把嘴一噘，说道：“七婶，姑姑，你们说，我今年都十七岁了，可是老祖母呢，管得我大门不出，二门不迈，和大家闺秀似的。我可是咱们杨家顶梁柱，不出来长长见识见识，以后怎么在京城立足？怎么保家卫国？”

杜金娥斥道：“强词夺理。”

“七婶，你说我跟都跟来了，咋也得让我看看辽人都长什么模样吧？”杨宗保一边说一边给杨瑛使眼色，示意她给自己讲情。

杨瑛狠狠瞪了他一眼，然后对杜金娥道：“七嫂，这小子说得也有点道理，左右咱们这几天就回去了，等回了府把他交给她母亲，让六嫂揭了他的皮。”

事到如今也只能这么办，要把这小子撤出去，说不定会惹出什么祸事来。杜金娥点点头，然后叮嘱杨宗保道：“宗保，辽国可不比汴京，凡事都要听从我们的安排，千万不能闯祸。”

“侄儿谨记婶娘教训，一定乖乖的，不惹祸。”杨宗保嘴上答应得痛快，不过看态度却没有几分诚意。

三个人沿着小道往前走，杨宗保故意拖着杨瑛落到后面一截低声问道：“姑姑，你们刚刚见的是什么人？”

杨瑛没好气地说道：“问他做什么？”

“见他生得俊美，也是个英雄模样，就想问问。”

“哼！英雄？那就个混蛋，狼心狗肺的混蛋。”杨瑛忍不住又骂起来。

杨宗保急忙说道：“哟，把我姑姑气成这样，这个混蛋究竟是谁？”

“辽国驸马木易。”

“辽国驸马与咱们有什么关系，怎么把您给气成这样了？”

听杨宗保一问，杨瑛心里一惊，急忙说道：“小孩子问这么多干吗，赶紧走。”

“姑姑，这驸马虽然混蛋了点，但他那马可是厉害，就像白玉雕出来的，你知道那马叫什么吗？”

“叫什么？”

“它叫玉麒麟，据说是天上麒麟身披银甲转世而来，日行一千，夜行八百，可是百年难见的神驹……”

“你要敢打它的主意，看我回去不告诉你祖母，让你在祠堂跪上三年不许出门。”杨宗保正说得兴起，突然一句严肃的话插进来，不知道什么时候杜金娥已经站在他身后。

杨宗保吓得一吐舌头，急忙躲到杨瑛背后。

杨瑛急忙说道：“七嫂，这臭小子就是图个嘴痛快，咱们两个看着他，敢闯祸就先打断他的腿。”

杜金娥威胁地看了杨宗保一眼，不再说话，不过他倒是给杨瑛解了许多闷，姑侄两个盘算着要去哪里、吃什么。

等到他们走远，杨延琅从树林里出来，一直目送三人消失在树林尽头。

第六十四回　笨贼盗神驹

天近八月，漠北到了夜里，风有些微凉，杨延琅独自坐在府中一座小木桥上发呆，桥柱灯杆上挂的灯笼发出昏暗的光，桥下的花朵随着夜风轻轻摇动着。耶律铁镜觉得他是汉人，应该会喜欢南方的花花草草，于是建了一个荷塘，还搭了这座小木桥供他赏花。可谁知荷花的种子种了几十斤，却连个花苞也没看到。养花的师傅说漠北天气太过寒冷，不适合养荷花，耶律铁镜无奈只好放弃。可谁知桥下没长出荷花，却长出些很特别的花，花瓣单薄，却极为耐寒。木易这位油盐不进的主就喜欢上了这种花。耶律铁镜告诉他，这种花叫秋梅，落子生根，特别好养活，自己也非常喜欢，于是这种秋梅就长满了这个不大的小花园。其实若是会种，他更想种些麦子。

这些天为了防止耶律铁镜察觉，他借故将他们支到皇宫去陪萧绰。宗勉与他这个父亲一点也不一样，是个嘴甜的家伙，这些天把他那个皇帝舅舅哄得恨不得把皇宫拆了给他玩。

杨延琅默不作声地从怀里摸出母亲的手书，放到灯下一遍一遍地看，虽然都是冷漠的字眼，但一笔一画都是母亲亲手所写。母亲虽不似祖母一般慈爱，却一心护着他，如今又担了天大的风险放过自己这个惹祸的逆子，而今自己没有交出关隘图，母亲一定非常生气。

他打开握在手中许久的火折，缓缓把信笺点燃，火苗从信的一角一点一点烧起来，可是就在马上要烧到字迹的时候，他却一把将火打灭。

不能烧！烧了就连最后一点念想都没有了，无论有多危险，也一定要把它留下来。杨延琅无法控制自己，从来不允许任性的自己，这次却决定任性一次，把信按原样折好，塞进信封，又藏进怀里。

“干什么呢?”一个声音从背后传来，杨延琅用鼻子一闻就知道谁来了。他转过头，这些日子子翼在追查那妖道的下落，但他却是自己唯一可以信得过的人，所以迫不得已，只有请他保护八妹和杜金娥。

“她们走了吗?”杨延琅没有回答子翼的问话，装作若无其事地问道。

“明天就走了。”

“好。”他的脸上终于有了一丝轻松。

子翼笑道："这次干得不错，总算是脑袋清醒了一回。"

杨延琅难得笑了笑，他当然知道子翼指的是什么，想想自己从前如怨妇一般寻死觅活，还让自己这个唯一的兄弟担惊受怕，既愧疚不安，又有些无地自容。

子翼说道："不过你们天波府的那个小祖宗还想带点东西回去，看你舍不舍得给他？"

"小祖宗？什么东西？"

子翼揉了揉鼻子，说道："杨延昭的儿子杨宗保，还不是你们天波府的小祖宗吗？"

杨延琅突然记起树林里那个跳脱的少年，嘴角渐渐勾起一丝笑意。

子翼道："别傻笑了。杨宗保看上你的玉麒麟了，你给不给他？"

杨延琅问道："在哪里？"

"还能在哪？马厩呗，一人一马已经快折腾半个时辰了。"

"我们去看看。"杨延琅先转身往马厩走去。

"你不给宗勉留着吗？"子翼追上去问道。

"他舅舅的好马有很多。"杨延琅头也不回地说道。

"谁遇上你这么个姐夫，可是倒八辈子霉了。"子翼低声嘟囔了一句跟了上去。

两个人躲在马厩不远处，看着一个辽兵模样的人正拉着玉麒麟的缰绳，拼尽全力往后拉，不过玉麒麟却纹丝不动地盯着他，一副看戏的样子。

杨宗保停下来，两手扶着膝盖，气喘吁吁地对玉麒麟说道："你还是马吗？你是成精了吧？"

玉麒麟看着他，似乎在等着看他还有什么招数。

杨宗保不甘心地商量道："我告诉你，你跟我走，保准你吃香的喝辣的，我吃什么就让你吃什么。"

玉麒麟仰了仰头，依旧没有改变主意，好像在说我到哪都吃香的喝辣的。

杨宗保没有办法，两手掐着腰，说道："你看小爷我英俊潇洒，相貌堂堂，咋也比你的那个什么驸马好看吧？"

突然玉麒麟打了一个响鼻，这是实实在在的嘲笑，子翼再也忍不住扑哧一声笑出了声。被一匹马轻视，这小子把他爹的脸都丢尽了。就在子翼得意的时候，突然听到哧的一声裂帛声响起来，再看自己的衣服下摆被杨延琅撕下一片。

"你？"子翼被他气得瞪大眼睛，不知道该说什么了。

杨延琅把衣摆蒙在脸上，说道："我去帮他。"说完转身往马厩走去。

子翼对他的背影气愤地说道："你帮你侄子，凭啥撕我衣服？这可是红珠一针一线给我缝的，你，你……"

"用我帮忙吗？"杨延琅来到杨宗保身侧轻声问道。

杨宗保只顾着与马较劲，被这突如其来的一句话吓得一愣。

“嘘……”杨延琅急忙示意他不要声张。

“你是什么人？”杨宗保平抚下狂跳的心，假装镇定地问道。

“我，我也是来偷马的。”杨延琅抬手摸向玉麒麟，玉麒麟瞬间安静了，温驯地任他摆布。

杨宗保惊讶地看着这个蒙面人，自己与这畜牲几番较量，还差点被它咬到，没想到却对他百依百顺。

“不行，这马是我先看到的。”杨宗保紧紧抓住马缰绳，大有与他决一死战的样子。

“它跟你走吗？”杨延琅觉得这小侄子好玩，忍不住逗逗他。

“我定能把它驯服，反正它是我的。”杨宗保倔强地仰起脸说道。

“是你的，也要先把它弄出去再说吧？”杨延琅商量着先出了府再说。

杨宗保想着：玉麒麟听他的，不如暂且先答应他，到了外面可就是小爷我说了算了。打算好了以后，他说道：“好，我们先把它弄出去。”

“好。”杨延琅拉过缰绳，拍拍马脖子，玉麒麟顺从地跟着他走出马厩。

子翼看着偷马的两个人，十分不屑地笑了一下，低声嘟囔道：“一对笨贼，若做贼的都如此这般，只怕早让官府抓干净了。”

两个人顺利把马牵出来，杨延琅不舍地摸着马鬃道：“回去要善待它。”

杨宗保欣喜若狂地看着玉麒麟道：“那是自然，回去后我吃什么，就给它吃什么。哎，看不出你对这驸马府还挺熟的？”

“我惦记此马已两年有余，把驸马府早就摸熟了。”

“那你真打算送给我了吗？”杨宗保还有点不相信他的话。

“送你了。”杨延琅突然单手抓住他的胳膊，顺势往上一扶，将他扶上马背。

杨宗保怎么也没想到这人力气会这么大，自己这么大个人竟然就被他抱上了马，顿时面红耳赤，急忙双手抱拳道：“那，大恩不言谢，壮士留下姓名，容我日后报答。”

“良驹自然要赠有缘人，你与这马有缘，就送你了。行了，快走吧。”说罢拍拍马屁股，示意让他快走。

“那你多保重，告辞。”杨宗保轻磕马镫，玉麒麟听话地迈步向前走去，可是走了几步又停下来，回头看看四郎，闪动着灵性的眼睛里尽是不舍。

杨延琅挥挥手，玉麒麟才转过头，哒哒哒……载着杨宗保消失在街巷尽头，远远看去只剩下一道白色的影子。

虽然不舍得玉麒麟，可是这孩子很快就到了征战杀敌的年纪，若有玉麒麟在他身边，战场之上也许就能少几分危险。就在他要转身回府时，突然一件东西迎面飞来，杨延琅伸手抓住，发现是一个纸团，他急忙把纸团打开，纸里竟然包着玉麒麟的脖子上挂的铃铛，纸上写着一行字“城西鬼林，只身赴约”。

杨延琅知道这个地方，整个上京城没有人不知道那个地方，因为它还有另一个名字叫乱葬岗。不过它与汉人的乱葬岗不同，最早的契丹先人有自己一套丧葬习惯，人过世之后，家人会将他的尸体放在树上，等三年之后尸体风干，将其焚化埋葬。上京城西，有一大片榆林，便是从前契丹人放置尸体的地方，时至今日仍有许多契丹贫民保持着这种丧葬习惯，只是有些死者三年后家人不知去向，于是就会一直放在树上，年深日久，尸体成林，这里便成了亡者聚集，鬼气森森的鬼林，大白天都没有几个人去，更何况是半夜三更。

“怎么了？”子翼走过来问道。

杨延琅把纸笺递给子翼，子翼看过一遍道：“他妈的，螳螂捕蝉，黄雀在后。”

“这小祖宗惹来的麻烦不小。”杨延琅低声嘟囔了一句，想了想对子翼道，“你得把宗勉走时穿的那件衣服取回来，扔到我的卧房里。再想办法把巡城兵引去鬼林。”

子翼叹了口气，先行离开。杨延琅回去取过他的黑枪，骑上一匹普通的战马，往鬼林而去。

幽幽磷火，夜枭悲啼，星光之下，榆树的树枝穿插织网，结成一片亡者存身的鬼蜮，悬在头上的干尸好像也在盯着崎岖小路上这位不速之客。

杨延琅踩着地上的野草，寂静的林中发出沙沙的响声，只有他手中的灯笼照亮他脚下一片地方，偶尔有一两声乌鸦嘶哑的叫声，让人遍体生寒，似乎在警告他这位入侵的陌生人。突然，他觉得脚腕一紧，低头一看，发现一只枯手搭在他的脚腕上。

他提着灯笼顺着这只手照过去，是一具从树上掉下来的干尸，焦黑的皮紧紧附着在骨头上，手弯成鹰爪样，正好钩住自己的脚腕。杨延琅弯下腰，握住那只干枯的手轻轻移下去，又把尸体平放在地上，他一阵整理之后，那狰狞的干尸也安详了几分。

“本是杀戮之命，奈何生出菩萨心肠？”一个声音从头上传来，带着一丝惋惜，平和得如闲谈一般，显得与眼前这鬼林格格不入，但又比鬼林更加诡异。

杨延琅提起灯笼，起身抬头看向前面，眼前轻飘飘落下一个老道，绿色宽大的道袍飘动着，顺长的黑发随意披散，在灯笼昏黄的光下，面白如雪，他应该是个好看的人，只是那双黄褐色的眼睛太过贪婪，就像一个饥饿的人盯着一盘肉，并且喉头一动，吞了一下口水。这个人不用猜，一定是子翼口中那个鬼谷的妖徒严容。

被人用这种眼神盯着，不仅会觉得毛骨悚然，还会觉得自己就是他桌上的一盘肉。杨延琅不在乎这老道把自己当什么，对他这套装神弄鬼的把戏更是厌恶至极，他习惯性地转了一下手中的黑枪，沉声问道：“杨宗保在哪？”

严容嘴角抽动了一下，看不出是撇嘴还是笑，然后说道：“我还以为你会打哑谜，想不到驸马爷倒是个直爽的人。”

杨延琅再次问道：“你要什么？”

严容这次笑了：“只要能救那个少年，是不是贫道要什么你都会给？”

杨延琅点点头道：“给。”

严容从袖中取出一卷黑布扔给杨延琅道："委屈驸马爷了。"

既然蒙起眼睛，灯笼也就没用了，杨延琅便将它挂在一旁的树枝上，然后听话地蒙住眼睛。

严容再次说道："把枪递过来。"

杨延琅平举黑枪，然后感觉枪尖一动，好像被什么东西缠住了，接着一股力量拉着黑枪往前走，杨延琅抬脚跟上。

第六十五回　魔窟半妖人

似乎为了照顾杨延琅这个“瞎子”，严容走得不快，甚至还不停地提醒他脚下的路。杨延琅心中默默计数着，他们至少走了有五六里路，他听到了吱吱呀呀的开门声。

严容说道：“脚下是门槛，高抬脚。”

杨延琅抬脚迈进去时，脚尖故意碰了一下，果然脚下是门槛，而后他又听到了关门声，接着手中一空，黑枪被人拿走了。这时严容又说道：“摘下黑布吧，我们到了。”

杨延琅把蒙眼的黑布摘下来，明亮的光让他忍不住抬手在眼前挡了一下，适应片刻之后他才看清，这屋子非常大，墙壁用石条砌成，最显眼的是屋子中央的一个大丹炉，下面炉火烧得正旺，旁边有两个道童正在煽火。每一面墙边都放着一排药架，架子上放着名贵的药材。此时严容坐在已经离他不远的太师椅上，身后还站着四个黑衣蒙面人，他们腰间的刀杨延琅认识，是在云内州围杀太子的那些杀手用的刀。

严容喝了口茶，说道：“既然驸马爷说贫道想要什么你都给，那我就不与你绕圈子了，老道想要两样东西。”

杨延琅没有说话，他等着这严容说下去。

严容自觉无趣，继续说道：“我要你杨家枪谱和你的血。”

“我的血？”这严容要枪谱，要他的命，要把他千刀万剐，杨延琅都不会意外，只是他不明白要他的血有什么用？

严容很有耐心地说道：“驸马爷，天下人只道你勇冠三军，智计过人，但只有贫道一人知道，你是可助我羽化登仙的一味珍药。”

天塌地陷也不会惊讶的人，今天终于知道毛发直立、心底恶寒是一种什么感觉了，无论这话多么诡异可笑，但杨延琅从严容的语气和眼神中能看出来，他说的是真话。

“你是世间绝难有的命格阴寒之人，你知道你的血有多珍贵吗？甚至比洛红裳的还要纯正，这么纯正的阴寒之血，天下间只有你一人。”严容一边说一边站了起来，黄褐色的眼睛里散发出无比兴奋的光芒，这个人可以让他立地成神，在这世间呼风唤雨。

杨延琅本不善言辞，更不想与妖人理论，只是把目光转向别处，说道：“放了杨宗保，要喝血、要吃肉都随你。”

“好。”严容一摆手，两个道童便熄了火，打开丹炉，从里取出一颗红色的丹药，放到一只白玉碗中，再把玉碗小心地放到檀木方桌上，碗里还放着一柄银汤匙。

严容有些迫不及待，指着玉碗对杨延琅道：“驸马爷，是你自己动手，还是贫道找人帮你。”

若说有人将人命视为草芥，只怕在这妖人的眼中，人命连草芥都不是。杨延琅压下心中泛起的寒意，沉声说道：“我要看到活的杨宗保。”

连洛红裳都不是他的对手，严容知道他若不肯就范，这几个人绝对制不住他，而且严容最不愿意看到的就是他的血白白流掉。权衡之下，严容摆手示意属下，把杨宗保带出来。

随着他一声令下，两个黑衣人推开后面墙边的药架，一拧墙上的机关，墙上打开一道暗门，四个黑衣人押着五花大绑的杨宗保走了出来。不过这小子年纪虽小，却有杨家人的硬骨头，身陷囹圄却一脸从容，只是当他看到木易时，顿时就愣住了，突然明白什么似的，气愤地说道：“看你相貌堂堂，还以为你是个英雄，没想到你竟然与这个妖道一伙。”

听了他的话，严容笑了：“小孩，别不识好歹，他是来救你的。”

“救我？”杨宗保一头雾水，不知道严容说的是真是假。

“当然，若不是你，我怎么能把他请来呢……”

“与你无关的事，最好不要多嘴。”杨延琅打断严容的话威胁道。

严容笑了笑，说道：“驸马爷言之有理，如此老道就不多嘴了。”

“你，你怎么救我？”杨宗保无论怎么看这位驸马爷也还是光杆一人，他都有性命之忧，又有什么办法救自己呢？

“我自有办法。”杨延琅放缓语气道。

“你，你为什么要救我？”杨宗保想不出他救自己的理由

杨延琅突然笑着说道：“因为你说，你吃什么就给玉麒麟吃什么。”

“你，你，你是，是，是……”杨宗保惊得张大了嘴。可笑自己当初偷到玉麒麟时还得意，嘲笑七婶与姑姑胆小怕事，把那个小小的驸马府说成龙潭虎穴，自己却来去自如，如走平地，却没想到他竟然把马送给了自己。

“老道今年七十有三，却依旧身轻体健，说来不过是深得延年益寿之法，这天下最好的补食，便是人乳，所以老道从不食五谷。至于补药嘛，那些人参、雪莲、紫河车皆是凡品，只有这生于极黑暗之地的阴寒之血，才能真正让我返老还童。”严容围着杨延琅转了一圈，口中啧啧称奇，更像是得意自己得到这天下至宝。

“莫不是，你要喝，喝他的血？”杨宗保被惊得瞠目结舌。

严容突然笑了：“不然就喝你的。”

“你敢动他，我就拆了你！”杨延琅身上泛起层层杀气。

这种杀气，会让惧意从人心里某个地方滋生，开始只是细细的一丝，而后放大蔓延，直到阴冷的寒气从皮肉渗入骨髓。严容退了一步道：“只要驸马爷听话，我不会动他。”

金戈铁马如潮，将军令出如山。那是杨宗保心里父亲指挥千军万马的模样，所以他觉

得父亲是真英雄，可是与这位大辽驸马比起来，他不得不惭愧地承认，这人只要一个眼神足以让人心惊胆寒，那是睥睨天下的傲气。

杨延琅走到茶桌旁，一旁的道童急忙双手递上一把匕首。他接过匕首，看了一眼严容，说道："你若言而无信，我定让你死无葬身之地。"

严容迫不及待地说道："你放心，这小子看似机灵，实则蠢得很，老道留他无用。"

杨宗保平生第一次被人说蠢，气得正要骂人，却见木易挽起护腕，手起刀落，左腕上一股血喷涌而出落进玉碗里，安静的屋里发出哗哗的血落声。至此大家谁都不再出声，只是紧紧地盯着那只药碗，也不知道碗里那丹药是什么鬼东西，血落进去，尽数被它吸收，然后一点一点涨大，就像一层层剥落的墙皮散在碗底，血已经流进去许多，但依旧只是一个碗底。

眼看着血流变成了滴落，严容半阴半阳地说道："驸马爷，不够呢。"

杨延琅二话没话，在旧伤口上又划过一刀，血再次落进碗里，这次碗里的血终于见涨了，此时他脸上的血色已经退了下去，双唇青灰。过了一会碗里的血终于满了，严容一摆手，一个小道童急忙拿起药撒到杨延琅的手腕上，仔细地包好伤口，而另一个道童则小心翼翼地把这一碗血递到严容手中。

严容端详着这碗血，三根手指捻起银匙轻轻搅动着，明明是一碗血，他却像搅动米粥一样，此时碗里的血竟然随着他的搅动也变成粥的状态，然后他十分享受地一口一口将这碗血粥喝掉，就连嘴角沾的残渣都被他舔进嘴里。

随着他一动一动的喉头，杨宗保只觉得胃里翻江倒海，忍不住干呕起来，余光瞟向木易，发现他也把脸转到一旁。此时他心里真正佩服这位驸马爷是真英雄，换成任何人看着自己的血被人喝掉，只怕会当场发疯。

放下碗，严容意犹未尽，又略带惋惜地说道："唉！你不是我的裳儿，我即便是仔细精养着你，也不能常常取用。"

"你个不阴不阳的老杂毛，就是他妈活二百五十岁也是个断子绝孙的老乌龟。"杨宗保气恼攻心，破口大骂。

杨延琅看了这侄儿一眼，觉得他骂人的功夫再练练可以与子翼比肩了。

杨宗保的话句句揭他的心疮，严容的眼神越发阴毒，咬牙切齿地说道："小畜牲……"

"道长，让他赶紧写枪谱吧。"这时押着杨宗保的一个黑衣人闷声闷气地说道。

严容鄙夷地看了那黑衣人一眼，然后对杨延琅道："驸马爷，笔墨已经备好，赶紧写吧。"

从这二人说话中杨延琅看出，这老道对枪谱并没有什么兴趣，反倒是那个黑衣人更在意。他看向杨宗保，说道："你放了他，我就给你写枪谱。"

"哈哈哈……"严容笑道，"驸马爷，他若走了你还会这么乖乖听话吗？你放心，只要枪谱写成、鲜血放尽，我自然会放了这小子。"

"你不放他，我一字都不会写。"

严容不紧不慢地说道："你一日不写，我割了这小子的舌头，省得他以后再骂贫道；你两日不写，你就剜他一只眼睛；你三日不写我割了他的耳朵。贫道有无数让人生不如死的办法，如果你忍心看，贫道就有耐心做给你看。我会把他耳朵、眼睛什么的都包好了，然后送到天波府。当年吕雉把戚夫人做成了人彘，你说这小子如果被做成人彘，天波府那老太婆会不会疼得把心摘出来……"

"闭嘴……"杨延琅低喝了一声。

杨宗保虽然不知道这妖道要干什么，但是大约能猜到他说的枪谱是什么，但看着这位驸马，他心里莫名就涌起一丝亲近感，就像亲人长辈一样的亲近感，没有任何原因的就相信了他。他急忙说道："那个，那个什么什么驸马，我虽然不知道你究竟为什么要救我，但是我告诉你，我祖父立下过规矩，杨家枪谱绝不外传，否则就被逐出家门，我不怕死，我不会给他，你也绝对不能给他！"

杨延琅看着小脸涨得通红的侄儿，他比任何一个人都知道父亲的规矩，但是自己还能拖这个妖道多久？能不能把他救出去，他心里一点底都没有。

咔嚓——轰——一连串的声响过后，屋门洞开，一个人握着一把青光闪闪的短刀站在门口。

严容大喊道："快回去！"

第六十六回　鬼嗣换宗保

正在他们僵持之际，突然大门洞开，闯进来一位不速之客。严容见到他顿时惊慌失措，对押着杨宗保的四个黑衣人喊道："快回去！"

四个黑衣人不知道自家主子为什么这么怕这个人，他们打开暗门，抓着不停挣扎的杨宗保就往暗道里逃窜。他们觉得自己够快，可是有人比他们还快，最后一个黑衣人前脚已经跨进暗门，就在他以为自己跳进去的时候，却身体倒走，四仰八叉地倒在了地上，衣领紧紧勒在脖子上。原来就在电光石火之间，杨延琅飞身上前，把唯一一个说过话的黑衣人拉出暗门，敢对这个妖道颐指气使的人，一定是他的软肋。

黑衣人望着近在咫尺俊美无双的那张脸，却吓得魂飞魄散，惊声尖叫："道长救我！"

严容已经被子翼缠住，听到黑衣人的叫声，心底一凉，暗暗骂了一句：废物！

杨延琅顺手扯住黑衣人的左手拧到背后，同时右手握着他的手，将他手中的刀横在他的脖子上，这样一下制住他的两只手，让他无法挣脱，也免得被暗算。黑衣人想挣扎，奈何这两只手如铸铁一般，死死将他钳住，这感觉就像被人抓着手被迫抹脖子一样。

"道，道，道长，救救我……"此时黑衣人身体瘫软，如果不是被杨延琅提着，根本就站不住，裤子和脚下已经湿了一大片。

可惜此时严容也是泥菩萨过河——自身难保，他拼尽全力才能抵挡住子翼疯狂的攻势。这样的子翼连杨延琅也看呆了，这分明就是不要命的打法。

"杀了我，你们谁逃不出去！"被逼到墙角的严容低声喝道。

他话音一落，子翼几乎像鬼影一样几步退到后面，停下手恶狠狠地看着他。未经人之苦，莫劝人为善，所以子翼相信杨延琅是苍狼转世，他更明白，人若被逼到疯狂，谁又不是苍狼转世。

严容气喘吁吁地望着他，黄褐色的眼睛除了惧意，还有迷惑，他再次问道："你是他的什么人？"

"你不配知道。"子翼冰冷地说道。

严容看了看那边的杨延琅道："他失了半身血，你觉得他还能撑多久？"

"你只管杀他，我自有办法活着。"杨延琅眼前已经人影晃动。但是他知道子翼已经追了这贼半辈子，今日若放过他，可能就再也找不到他了，所以无论如何他都不能拖累子翼。

子翼一紧手中的鸣鸿刀，青光闪闪的刀身顿时发出低低的嗡鸣声，似乎已经饥渴难忍，要痛饮鲜血才能罢休。

见子翼一动，严容急忙说道：“我没骗你，他为了救杨宗保已经失了半身血，我若死了，他定然活不成，还要搭上那个会骂人的小畜牲！”

杨延琅强撑着说道：“别信他，我没事。”

子翼拼命压下冲天的恨意，瞟了杨延琅一眼，他脸色都不如棺材铺扎的纸人，至少纸人的嘴还是红的呢。

“道，道长，道长，救我，救我，不然我父亲，绝不会，不会放过你。”黑衣人结结巴巴地说道。

“把血蚕给我，我今天就饶你一条狗命！”子翼恨恨地说道。无论他多想立刻就把这妖怪碎尸万段，但是还是要先保住杨延琅的命。

严容指着黑衣人道：“你们把他放了，我就给你血蚕。”

杨延琅再次紧了紧手中的刀：“把杨宗保放了，我就放了他。”

严容阴森森地说道：“你们不要得寸进尺！”

“两条命换两条命，换不换？我没有工夫看你耍花招。”子翼嘴上说着，提刀又前进一步。

看到子翼几乎要失控的样子，严容急忙说道：“我换。”

“换就快点。”

“把那小子带出来。”严容对着暗门喊道。

嗡的一声响，暗门再次打开，两个黑衣人押着杨宗保走了出来。这小子命悬一线，弄不清楚到底是怎么回事，但是见到眼前这情形，他选择乖乖地闭上嘴。

“血蚕拿来！”子翼步步紧逼地问道。

严容指着暗门不远处的药架，说道：“在那里。”

子翼紧盯着他，说道：“别给我耍花样，拿来给我。”

严容一步一步靠近药架，然后从最上面的一层拿起一只白色的瓷瓶举起来。

子翼道：“倒出来，自己先吃一个。”

“我好像能猜到你是谁了。”严容半阴半阳地对子翼说道，“不过鬼谷的人不都是端方君子吗，怎么能出你这么个贼偷呢？”

“端方君子都他妈被你害死了，别废话，赶紧吃。”

“若只有一颗，被我吃了他怎么办？”

“爷就放了你的血给他喝。”子翼寸步不让。

严容打开瓶盖，从里面倒出两颗药，捡起其中一颗吃下去，说道：“你放心，我可不舍得毒死他。”

杨延琅手筋暴起，握着那黑衣人的手越来越紧，刀刃已经抵到了他的脖子。黑衣人知道身后这煞星随时可能晕过去，哪怕他现在往后一倒，自己手上的刀都能割断自己的脖子，所以现在他别说求救，就连大气都不敢喘。

子翼低声道："放了杨宗保！"

严容看了看那黑衣人道："我们一起放。"

杨延琅紧绷双唇，僵硬地点点头，双方都已认可，子翼喊道："一——二——三。"

此时他话音一落，押着杨宗保的黑衣人与杨延琅一同松手。逃命谁也不会慢一步，杨宗保摆脱了钳制，一个飞身便跳了过来。而那个黑衣人也手脚并用，连爬带滚地爬了过去。

见黑衣人脱困，严容抬手将瓷瓶扔了过来。子翼急忙将瓷瓶接在手里，再回头时只见严容已经拖着那黑衣人逃进暗道，同时暗道里传出他的声音："记得把他养好了。"

杨延琅松手的一刻原本模糊的眼前已经一片漆黑，他隐约听到巨大的轰响声，子翼嘶喊着让杨宗保带上长枪。直到一阵凉风吹来，他眼前才又清楚了一些，才发现自己靠着一棵树坐在地上，杨宗保和子翼蹲在旁边，不远处是一片塌陷的山坡，应该是严容触动了什么机关，把那间屋子埋了。

子翼手里捏着那颗红色的药丸，其实说是药丸，但更像一只蜷成球状的虫子，看样子很像传说中的补血神药血蚕，但是谁知那妖道会不会耍花招？就在他犹豫不决的时候，杨延琅伸出手慢慢把那颗药拿过来。

"你信那混蛋吗？"子翼不安地问道。

"我信。"他毫不犹豫地把那颗药放进嘴里。这药倒也怪，入口便化为清水，有点凉凉的甜味。子翼和杨宗保紧紧盯着他，直到他脸色有些好转，才都松了一口气。

这时一阵马蹄声传来，玉麒麟跑到了他们面前。这些贼人也喜欢良驹宝马，可是谁知道他们四五个人竟然没制住它，被它踢残了一个、咬伤了两个，自己跑了回来。

杨延琅扶着树站起来，对杨宗保道："宗保，骑上玉麒麟，赶紧回去。"

"可是，可是我，我怎么能把你们，你们扔在这不管呢？"杨宗保结结巴巴地说道。

子翼架起杨延琅，笑着对杨宗保说道："臭小子，滚吧，你可照顾不了我们两个老家伙！"

杨宗保被子翼一句话说得面红耳赤，若不是因为自己，以他们的武功岂能轻易被人制住。虽然被闷了回来，但他还是忍不住问道："我想知道，你们为什么要救我？"

子翼道："小子，没听人说过吗？知道的多死得快。回去以后，这个事除了咱们三个以外，只能对你祖母说，明白吗？"

杨宗保本是个高傲的性子，现在却只会听话地点头，一来这二人对他有救命之恩，觉得理亏；二来，他觉得自己听他们的话不丢人。

杨延琅看他无所适从的样子，急忙说道："回去一定要小心，不用惦记我们。"

知道自己留下无益，杨宗保扑通一声跪在二人面前，重重磕了三个头道："木驸马、大侠，你们的救命之恩杨宗保铭记在心，来日方长，容我日后报答。"

他这副样子让子翼忍不住笑了："你小子别唱画本了，报恩不用，长点良心就行。"

杨宗保刚要解释，可是他还没开口，子翼便道："赶紧滚。"

"嗯。"杨宗保这次二话没说，跨上玉麒麟转眼消失在树林之中。

听着渐渐远去的马蹄声，子翼说道："放心，路上会有人照顾他。走吧，一会该来不及了。"他们也沿着那条小路走了过去。

杨延琅扯起灰色的唇角笑了笑，说道："抱歉……"

"闭嘴吧你，你这张脸比鬼都吓人。"子翼打断了他的话，然后很嫌弃地把脸转到一旁，但是杨延琅现在大部分重量都压在他身上，躲又躲不掉，倒像是真被野鬼粘在身上一样。

杨延琅听话地闭上了嘴，两个人加快脚程，一直走到他挂灯笼的树下，杨延琅已经累得眼前发黑，他背靠着大榆树支撑着自己。而子翼提着麻绳在认真琢磨："这做戏总要做全套了，是绑起来还是吊起来？吊起来的话有自挂东南枝之嫌，还是绑起来吧。"

"鬼神之事何须绳索？"杨延琅好心提醒这个贼偷。

"不用绳索，哪里来的鬼神之事？"子翼说罢弯腰把绳子绑到那干尸的腰间，嘴里还振振有词，"得罪得罪，今日您帮我们大忙，明日定让您入土为安。"说罢将干尸拉到树上，摆好姿势，待他处理好其他踪迹的时候，远处已经传来呼喊声。

仁达领着驸马府的亲兵和巡城兵疯了一样冲进了鬼林，他发现驸马爷不见了，还在屋里发现了约见鬼林的纸条，急忙带人来找。林中的阴风吹得人头皮发麻，但是他们知道，如果找不到驸马爷，他们就都得变成林中的孤魂野鬼。

就在他们像没头苍蝇一样乱喊乱叫的时候，突然有人发现幽暗的林中一点昏黄的光亮。仁达等人壮着胆子慢慢凑过去，借着火把的亮光往前看，眼前的一幕差一点把人吓得魂飞魄散，只见树上倒挂一只"恶鬼"，一双枯爪抓着驸马爷的手腕按在嘴边，而驸马爷斜靠在树干上，不知道是死是活。此时凡是长脑子的人都看得出来，"恶鬼"在吸血。

"驸马爷！"仁达傻愣了片刻，突然醒过神来，急忙挥起弯刀冲了过去，可就在这时，那"恶鬼"嗖的一下消失得无影无踪。仁达愣了一下，脚下却没停，冲到杨延琅旁边一把将他抱住，往鼻子处试了试，这才长长舒了一口气，还好是活的。

第六十七回　杀人子母梭

位高权重的驸马木易被引到鬼林，还被恶鬼吸了血，一时间上京谣言四起，人心惶惶。耶律铁镜得知消息之后，连夜回府，当他看到桌上宗勉的衣服和字条时，大约就能猜到他为什么要去鬼林了。

看着昏睡中的丈夫，她握着他的手，他的手冷冰冰的，无论春夏秋冬，怎样也暖不过来，他苍白的脸上没有一丝血色，鬓角间闪出缕缕白发，他才三十六岁，竟然有了这么多白发。

耶律铁镜伸出手轻轻摸着他的头发，描摹着眉眼，这个不苟言笑、寡言少语的男人，心似乎比石头都硬，没有什么事能让他伤心退缩，也没有什么事可以让他开心快乐，如今为了儿子竟然不惜牺牲自己的性命。可是这数月间究竟发生了什么事？他能护得许多人周全，为何独独不能保护自己？夫妻九载，至今却仍然看不透他。她想问问这个睡在自己身边的男人，到底有什么秘密不能让自己知道呢？

也许是因为耶律铁镜的抚摸，杨延琅缓缓睁开了眼睛，看到妻子时他先问道："你们救回宗勉了吗？"

"你平日那般精明，怎么没仔细看看，那件衣服虽像，却不是宗勉走时穿的衣服。"耶律铁镜心疼地埋怨道，眼泪更是止不住地落了下来。

"当局者迷，果然如此。昨晚我回到卧房时看到宗勉走时穿的衣物摆在桌案上，衣服上留着约见鬼林的字条。我担心宗勉的安危，便只身去赴约，结果在林中遇到一个老道，不知他使了什么法术，我昏了过去，后面的事就不记得了。"杨延琅知道耶律铁镜不信鬼神之说，所以没有将此事全赖到鬼神身上，只是装做什么也不知道。可是看到她布满血丝的眼睛，心口又隐隐地泛起一丝钝痛。

"你可看清楚了那老道的相貌？"

"林中有雾，看不清楚，隐约能看到他穿着道服，我猜他是个老道。"

"这也不能怪你，若换做是我，也许我也会上当受骗。"耶律铁镜停了一下说道，"若被我捉住这个'鬼'，我定将他打下十层地狱，永世不得超生。"

清晨的阳光还带着些凉意，而刚刚走到驸马府门前的子翼，狠狠地打了两个喷嚏，他揉了揉鼻子，觉得可能一夜未睡，有些着凉了，再一抬头时看见玉麒麟迎面跑了过来。玉麒麟浑身的毛根根发亮，头抬得高高的，晨光一照宛如神驹，那边墙角处一个辽兵缩回头就不见了。

“臭小子，还有点良心。”子翼低声嘟囔了一句。玉麒麟这么干净，应该是这小子洗过了吧。

子翼猜得不错，杨宗保平安地回到客栈，已经急到六神无主的杜金娥与杨瑛终于松了一口气，她们在听完杨宗保讲完整件事情之后，杜金娥决定连夜启程离开上京。但是杨宗保却坚持把玉麒麟给木易送回去，他说自己不能忘恩负义，人家救了自己性命，自己怎么能拐走他的宝马。杜金娥也觉得这马太过招摇，于是让杨宗保把玉麒麟洗得干干净净，天没亮就把它送了回来。

此时小小的驸马府重兵把守，就在子翼被查验令牌时，玉麒麟已经被人迎了进去，看着玉麒麟高冷的神情，子翼心中暗自感叹道：“真是物以类聚呀。”进了府门，里面更是乱成一锅粥了，他再次感叹这个护夫心切的公主，人都活过来了，还这么兴师动众。

子翼无所事事地看着他们忙，就在他快到自己屋门外时，突然屋门大开，一个人飞一样从屋里冲了出去，直向他怀里撞来。子翼瞬间将身体移开半步，那人慌乱之间往前扑去。

红珠！

子翼看清楚人的一刻，右手搂住了红珠的腰，左手还捞住一个将要落地的碗。红珠望着那只修长的手，手里的药一滴未洒，一下子惊得张大嘴，半晌不知道发生了什么事。

“郡主，为何如此慌张？”子翼搂着红珠不足盈握的纤腰，心里说不出的竟然有些想她了。

“萧，萧萧，萧徵？你不是，你不是去楼兰走，走皮货了吗？”红珠瞪大眼睛疑惑地问道。

“走到一半就想你了，所以又回来了。”子翼睁着眼睛说瞎话。

“说实话，否则饿死你！”红珠凶巴巴地说道。

“那货商太抠门，还总嫌我要的钱多。你说我押镖可是拼了性命的，他竟然还要扣我的镖银，一生气我就不干了。”

红珠把头点得像小鸡啄米一样：“对对对，做镖师太危险了，你早就不应该干了，回头我让姐姐帮你找个正经差事，就不要出去乱跑了。”

“嗯。不干了。”这一刻真让子翼有了退隐江湖的念头。

“药，药，我的药。”红珠急忙拿过子翼手中的碗，试了试说道，“还好，还好，还不太凉。你回屋等着，等我回来给你做好吃的。”说完她开开心心地往外走。他们虽已成亲，但萧徵的心并没有收回来，时常飘在外面一两个月不回家，让红珠很是想念。

子翼追在她后面明知故问道：“府中发生了什么事？为何乱成这样？”

“姐夫遇刺了，差一点就没命。姐姐请来太医，着人采买补血的药，还要试药，加强防卫，自然要忙了。”红珠脚步不停地说道。

“谁，谁有那么大能耐，能伤到咱们这位神勇无敌的姐夫大人？”

“我听仁达他们说，好像是恶鬼干的，要不然这天下有谁能伤到他。”

红珠说起木易时满眼都是敬佩，子翼觉得自己掉进了醋缸里，浑身上下都在冒酸水。气愤至极的他翻了一个大大的白眼，不过眼角余光却看到一个人走了过来，他微微提高声音，说道：“是恶鬼吗？我最近可听说上京城出了个吸血的妖道，有不少青壮年活不见人、死不见尸的，你说驸马爷该不会遇到这个妖道了吧？”

耶律铁镜来寻红珠，正好听到了萧徵这一番话，记起那次被劫，木易也说遇到一个老道，如此看来真是妖道作祟。

红珠急忙道：“真的？感谢苍天神明，姐夫没出大事，以后你出去也要多多注意，可千万别被妖道吸了血。”

她的话让子翼和耶律铁镜同时都暗暗发笑，这丫头真是可爱。子翼道：“反正我最近也没旁的事，那就干脆留在府里，看看能帮上什么吧。”

红珠开心地答应：“好啊，好啊！”

“红珠，你把药给我，宗勉到处找你呢。”耶律铁镜在卧房外拦下了他们。

“好，姐姐，我去看宗勉。”红珠把药交给耶律铁镜，转身就走了。

子翼则急忙低头行礼：“草民拜见公主。”

耶律铁镜不冷不热地说道：“我们是一家人，不必见外。”

“谢公主。”子翼起身谢道。

见红珠走远，耶律铁镜端着碗向前走了两步，问道：“方才你与红珠说的，有妖道出没可是真的？”

“是真是假不知道，只是的确有人神秘失踪，您还记得上次驸马爷带着太妃娘娘躲雨的那顶破毡包吗？就是因为那家男人不见了，等找到尸体的时候，身上的血都被吸干了，后来他的老婆带着孩子走了，才留下了那顶破毡包。”

“依你看，妖道吸血之事是鬼神作祟，还是有人行恶？”

子翼道：“此事草民说不准。不过江湖中有修习邪术之人，说吸食鲜血可以提高武功、修炼成仙，五花八门，但大都是骗术不可当真。”

耶律铁镜自然也知道这些事，不过萧徵长年混迹江湖，他的话倒是可信。只是这个人至今查不到出身来历，他编的那些江湖恩怨的鬼话骗骗红珠还行，想骗耶律铁镜就太难了，特别是他回来得这么及时，更让人心疑。正因为有了这些心思，她说道：“萧徵，驸马受伤的事红珠应该已经告诉你了，这府中我可信任之人不多，你是我唯一能信得过的人，这几晚想请你留在这院，以防贼人来袭。”

“承蒙公主信任，萧徵定竭尽全力，保护好公主与驸马爷。”子翼急忙应下，即使耶律铁镜不说，他也要找个借口留下来。

“多谢。”耶律铁镜端起药回了卧房。

夜半时分，杨延琅被梦中的鲜血惊醒，同样的梦他不知道做过多少次，梦中有汹涌的鲜血，有父亲撕心裂肺的声音。惊醒之后胸口那种难以喘息的痛楚再次袭来。他觉得这是父亲对自己的惩罚，惩罚他的不孝，惩罚他违背了父亲的遗嘱，所以他就如曾经承受父亲的责打一样，一声不响地承受着这种惩罚。

一阵痛苦的折磨之后，他几乎心力交瘁，看着旁边熟睡的妻子，更觉得屋内狭小而压抑，于是披上衣服下了床。他们的卧房还有一间小书房，是耶律铁镜为方便他半夜无眠时读书安排的。

他顶着天旋地转的感觉站起来，脚下像踩了棉花一样，今天他终于知道虚软无力是什么感觉了。他前脚迈出门的瞬间，后脚一绊，整个人就结结实实地趴在了地上，这一下摔得他眼前金星乱迸，挣扎了半天都没能站起来。

“都说驸马木易，有手举千斤之力，万夫不当之勇，怎么会是一个摔个跟头都爬不起来病秧子？”

一个冷嘲热讽的声音从头上传来，杨延琅微一抬头，发现眼前有一双脚，脚上穿着薄底快靴，是中原江湖人穿的靴子。侍卫和暗骑谁敢有这么大的胆子，所以他应该是刺客。杨延琅仰起头，正好对上一张脸，阔额圆脸，浓眉豹眼，身穿黑色夜行衣，衣服应该是真丝的，因为他的动作不带丝毫衣袂之声，他正蹲着饶有兴趣地看着自己，身上散发出一丝淡淡的香味。

“扶我起来。”杨延琅平淡地说道，就像命令自家的侍卫一般。

那人歪着头再一次仔细打量着他，神情有些意外，不知道是意外他这个人，还是他的话。不过意外归意外，他还是好心地伸出手，把杨延琅扶了起来，然后进了书房靠墙站好。

“你是木易？”那人抱着剑问道。

杨延琅点点头。

“阁下这弱不禁风的模样，与传言可是相去甚远。”那人评头论足地说道。

杨延琅没有理会他，只是疲惫地把头靠在墙上，自己的驸马府不是那么好进来的，这个刺客能进来说明有人费了一番手脚，只是不知道这个人是严容还是别人？刚刚他嗅到的味道应该是迷香，耶律铁镜已经被迷晕过去，如今之计只有拖一时算时，只求别害了公主的性命。

看到他这副神情，刺客更加好奇，这人的眼神分明是嫌自己命长了。但是身为刺客，他还是习惯看到被杀之人战战兢兢、吓得要死的样子。他终于忍不住问道：“你不怕死？”

杨延琅这时才顾上看一眼这刺客，可是这冰冷中泛着死气的眼神差一点让这个刺客转身就逃。这是人的眼睛吗？这分明是恶狼的眼睛，似乎这个人下一刻会跳起来咬断自己的脖子。

“你，你不喊救命吗？”刺客仗着胆子问道。

杨延琅忽然有一种感觉，感觉他不是来杀人的，而来送死的。只是不知道他们这么铤而走险，为什么会送这么一个愚蠢的杀手进来。

见他依旧疲惫不堪，杀手想起刚刚自己的胆怯，顿时面红耳赤。他缓缓抽出长剑抵在杨延琅胸口，说道："木驸马的胆识我见识到了，若有来生，我倒愿意交你这个朋友。只是今日拿人钱财，就得与人消灾，黄泉路上，记得找对债主，那家姓杨。"说罢手上用力，一点一点刺进去。

当！就在这时，突然寒光一闪，一把弯刀挡住了刺客的长剑，耶律铁镜只穿一身亵衣，手握弯刀护在杨延琅身前。

"公主?"杨延琅看着眼前的人，惊声叫道。

"谁敢动他，我就要谁的命!"耶律铁镜的声音带着虚弱的喘息声，但是弯刀横起，杀气腾腾，红红的眼睛死死盯着眼前这个刺客。看到妻子的样子，杨延琅心里说不出是什么滋味。她中了迷香，非但不是刺客的对手，还会送了自己的性命。

刺客先被耶律铁镜惊到了，可是看清楚形势之后，便不屑地说道："哼！什么大辽的战神，不过就是一个躲在女人身后的懦夫。"说罢挥起手中的长剑向铁镜公主刺去。

黑暗中你来我往，只有兵刃划出一道道寒光，耶律铁镜头脑昏沉、手脚无力，几招过后就已险象环生，可即使如此她依旧一步不退。眼前这个情形，杀手明白了，想要杀死木易就一定要先干掉这个女人。他眼中凶光暴起，一招之后如鬼魅一般横移到耶律铁镜的后背，举剑便刺。只听"噗"的一声，电光石火之间，杨延琅挡在长剑与妻子之间，剑尖刺进他的胸口，剑刃被他死死抓住，再难进半分。

刺客的剑被杨延琅抓住，进退不得，突然刺客手指一按，剑柄从长剑上拔了下来，里面还藏着一截短剑，他再次挥起短剑刺过去，可就在剑尖刺到杨延琅的一刻，他却像被定住一样，瞪着大眼睛一动不动。耶律铁镜眼前虚晃，仅凭着要保护木易这一个念头支撑着，可打着打着，眼前的杀手突然消失了，就在她意识到了危险转过身来时，就看到眼前这一幕。

所有的惊险与疑惑只在片刻之间，只见那刺客的脑袋向旁边一歪，竟然直接从脖子上掉了下去，鲜血瞬间喷薄而出，这时窗外一个人短短地"啊"了一声，就没了踪影。

直到此时他们才看到站在刺客尸体旁边的萧徹，双拳平举，两手之间还有一串细细的血珠未落。耶律铁镜看不到那条冰蚕丝，但是她知道切掉刺客脑袋的武器就在萧徹的手中，那是一件极为凶恶的兵器。

看到子翼，杨延琅好像一下被抽走了骨头，两手一松，软软地倒了下去，他知道，自己和老婆的命都保住了。

"驸马……驸马……"耶律铁镜急忙抱住他。

"你没事吧?"子翼一步蹿过去，急切地想知道他的伤势。

"郡主在窗外。"杨延琅担心他乱了方寸，反倒被耶律铁镜看出破绽，急忙提醒他道。

"啊?"子翼假意吃惊，起身就往外走，走了两步又回头问道，"驸，驸马爷，您，没事吧？”

杨延琅摇了摇头：“无事。”

子翼听到他说无事之后，直接从窗口跳了出去，发现红珠一脸鲜血，晕倒在地上，便急忙把她抱起来，连喊带叫地进了自己刚刚住的西厢房。

萧徵像鬼影一样进来，杀了一个人，又傻乎乎地出去了，这让耶律铁镜第一次觉得自己眼花，第一次弄不清楚状况。

此时府里已经乱成一团，耶律铁镜扶起杨延琅回了卧房，这一刻她觉得疲累至极，甚至所有的怀疑、所有的恨都不如眼前这个人重要，她只想好好守着他，到天亮，到永远，其他的一切都留到明天再说。

第六十八回　妖人布诡计

这位风头极盛的驸马爷头一天晚上撞鬼，第二天晚上遇刺，一时间闹得满城风雨，好听的，不好听的，把原本的谣言传成了鬼怪故事。

歇了一夜，解了迷香之后耶律铁镜仔细检查防卫，发现负责府中的暗骑被悄无声息地全部杀死。只是有一件事让她想不明白，能杀死这么多暗骑的人，武功之高让人无法想象，但就那个刺客的身手而言，他办不到。如果不是他，那么多能扫平障碍的人，为什么要送一个武功并不太高的人进来行刺。

她把玩着手中一块八面棱光的宝石，这是从刺客尸体上找到的，玩了一阵之后她把腰间的玉佩拿起来放到桌上，竖起宝石的棱角在玉佩上划了一下，啪的一声，玉佩被整齐地切成两半。

金刚石！耶律铁镜轻轻叹了一口气，这么多年来，杨家似乎成了她与木易的心结，小心翼翼地躲避着，可是今日这块金刚石容不得他们逃避。《起居注》记载："咸宁三年，敦煌上送金刚，生金中，百淘不消，可以切玉，出天竺……"据说那批金刚石可不止一颗，而是整整一百零八颗，后落入大唐皇宫被武皇所得。还有传言说，因为这一百零八颗金刚石被天竺高僧加持，可通灵上天，再后来几经辗转竟然落到了杨家堡，被杨家人世代守护，直到二十一年前杨家遭遇一场浩劫，通灵金刚便消失了。

迷香的余力还在，她揉了揉胀痛的头，刺客说他的雇主姓杨，难道二十一年前的浩劫不过是杨家人的障眼法？有了这颗金刚石，杨家的确让人怀疑。还有那个萧徹，从前只当他是一个江湖中人，可是直到昨夜才发现，他的武功深不可测，他手中的兵器竟是那么奇异狠辣，她感觉这个人似乎对木易有一种特别的亲近。所有的一切都在她眼前混成一团迷雾，让她烦乱不安，而那一边萧徹与红珠也乱成了一团。

"红珠，你，你听我说……"子翼已经快被这个小女人逼疯了，从她睁开眼睛的一刹那就开始抱头尖叫四处逃窜。

"你别过来，别过来……"红珠围着桌子和子翼周旋，大有拼了性命也要与他周旋到底的气势，坚决不让他碰到。

"好好，好，你别跑，别跑，我不过去，我不过去还不行吗？"子翼见她要往门外跑，急忙停在原地，现在府里的人都像热锅上的蚂蚁，此时她再蹿出去无异于火上浇油。

见子翼停下来，红珠也停在了门口，用一种恐惧戒备的眼神打量着他，她从来没想过萧徹会杀人，直到亲眼看到那颗人头掉到地上，身体里喷出的鲜血溅到自己的脸上，而萧徹却连眼睛都没有眨一下时，她才知道，原来每天睡在自己身边的人是个杀人不眨眼的魔头，凶器就是自己经常玩的那个小梭子。

想到梭子，红珠只觉得浑身上下都被无数只蚂蚁咬着，双手难受得不知该放到哪里，心里唯一的想法就是不被萧徹碰到。

“红珠，你听我说一句话，只一句话，听完了如果你还这么讨厌我，我就永远消失在你眼前。”子翼轻声说道，生怕重一点就会把她吓得跑出去。

永远消失，红珠心里咯噔一下，再也见不到萧徹了，如果不听就再也见不到他了，想到此她犹豫了一下点点头：“好，你说吧。”

“如果我不杀那个刺客，刺客就把驸马爷和公主都杀了。”

是啊，那人要杀姐姐和姐夫，是萧徹救了他们，那，那要这么说萧徹就是好人了？她抬起头迟疑着问道：“你，是好人？”

子翼点点头：“我当然是好人。”

“那你，你杀过，杀过很多人吗？”

子翼犹豫了片刻，无论如何他都不忍心骗这个傻丫头，于是点点头：“嗯。”

“你杀了那么多人，还说自己是好人？”红珠的眼泪在眼眶里打转转，她觉得萧徹还在骗自己。

“驸马爷杀的人比我多多了，他是坏人吗？”子翼反问道。

“姐夫当然不是坏人了！”红珠的声音一下提高了许多，谁都不能说姐夫是坏人。

“我杀的都是十恶不赦的坏人，就像刚刚要行刺驸马爷和公主的那个刺客。”子翼耐心给她解释道。

红珠皱起眉头仔细想了半天，终于鼓起勇气慢慢走到子翼身边，咬了咬下唇低声道：“你说的是真话就好，但我心里就是很害怕，特别是你杀人的样子。”

子翼揽过她的肩膀安慰她道：“不用怕，我绝对是好人。”

红珠抬起头盯着子翼，问道：“能不杀吗？”

子翼想了想，问道：“如果再有人刺杀公主与驸马爷呢？”

红珠哼唧了半天说道：“那就，那就尽量不杀，总该，总该行了吧？”

子翼真是拿这丫头无可奈何，他点点头道：“好，以后尽量不杀人，一定不在你面前杀人。”

“真的？”红珠一听到这句话，马上喜笑颜开。

子翼想了想，问道：“驸马爷是冲锋陷阵的武将，公主也是女中豪杰，怎么你见到个死人还会吓晕呢？”

红珠狠狠地白了他一眼道：“我怕杀人，见血就晕，所以，但凡杀伐之事公主都不会带我。”

“噢，原来如此。”子翼把红珠抱在怀里，“你放心，我会保护你的。”

红珠可不想这么轻易被糊弄过去，她挣脱子翼的怀抱，指着他身上的子母飞梭质问道：“你说，你身上那东西是怎么回事？”

“我父亲是一个乐师，有件家传的独门兵器，就是这个子母飞梭。”子翼把手中的梭子举起来，红珠吓得往后躲了一下，他赶紧把飞梭收起来继续说道，“其实我父亲觉得这兵器太过狠辣，所以没有修炼，却没想到被仇家惦记上了，杀了我父母，要夺走子母飞梭。我父亲在临死前将它和一本秘笈交给我，让我逃了出去。上次逃进府里，就是遇到仇人追杀。平常我不敢将飞梭示人，也怕招来杀身之祸，昨天夜里我也是情急之下才使的。我先前一直不敢告诉你，一是怕吓到你，二是怕连累你，当然，我更担心说出实情，公主便不许你嫁给我。”子翼顺势又把红珠拥进怀里，拍着她的后背安慰她，眼角的余光看见窗外一个人影悄然离去。

红珠紧紧抱着子翼的腰，用力吸着鼻涕：“我不怕，只要跟你在一起，怎么样我都不怕。”

“好了，好了，不哭了，啊，再哭我都不知道该怎么哄好你这小姑奶奶了。”子翼双手扶着红珠纤瘦的肩膀哄着她。

“嗯！”红珠用力点点头，虽然脸上还是一片鼻涕眼泪，但表示自己不再哭了，突然她瞪大眼睛看着子翼，好像被什么惊到一样。

子翼吓了一跳：“怎么了？”

“宗，宗，宗勉，天啊，宗勉，宗勉该醒了！”红珠挣开他的手，像兔子一样跳出门去，转眼就没了踪影，只留下子翼一个人半天回不过味来。就说女人翻脸比翻书还快吧，也不能快成这样！

贺黑纳兰很懊恼没能杀掉木易，如果此次能杀掉木易就更能坚定萧绰跟宋国开战的决心。不过，能一下解决掉那么多耶律铁镜的暗骑，也让他对严容刮目相看。

“大人，宋国的金锭到了吗？”严容摆弄着手上的拂尘问道，他压根没有心思关心贺黑纳兰的脸色。

贺黑纳兰闷闷地回了两个字：“快了。”

“大人还是催一催，时势可不等人啊！”

“现在劳力损伤严重，人手奇缺，律儿那边已经很冒险了。”贺黑纳兰不满地说道。

严容微微抬眼，说道：“一些蝼蚁之命，大人也如此在意吗？”

“我不在意，可是宋国皇帝能不在意吗？”

严容淡淡地说道：“难道大人真就愿意把富庶的宋国让给别人，自己守在漠北这片蛮荒之地吗？”

“你……”

严容起身说道："贫道给大人所谋划的，可不仅仅是一片漠北之地，望大人莫存妇人之仁啊！"

贺黑纳兰道："但是现在萧绰这个女人似乎没有与宋国开战之意。"

"此事可由不得她。她不开战，我们就给她找一个非战不可的理由。"

"理由？"

"听说宋国老皇帝归天了，新帝登基，不该派使臣前往祝贺吗？"

贺黑纳兰道："你是说木易？"

严容道："让你那颗棋子最后做一件事，借宋国的手杀掉木易。"

贺黑纳兰点点头道："好，好计策。"

"这就是我为什么不杀掉木易的原因，疑心是一点一点加重的，当然把他杀掉之后，人还是要交给我。还有，以后的事少让你家公子参与。"严容说完扬长而去。

贺黑纳兰被气得脸色铁青，他知道自己的儿子蠢，可是自己说蠢与被别人说蠢是绝对不一样的，自己说蠢，那是恨铁不成钢，若是被别人说蠢那就是真蠢了。

耶律铁镜将自己所知的消息告诉了萧绰，从种种迹象来看，此次行刺应该是杨家指使的，这种金刚石十分稀缺，传说唯有杨家有这种宝石，至于他们为什么要杀木易，谁也猜不准其中的缘由。

杨延琅昏昏沉沉一直睡到第二天晌午才醒过来，可是眼睛还没有睁开，却先闻到了一阵米香味。

"怎么样，觉得好些了吗？"耶律铁镜柔声问道。

杨延琅摇摇头："无事。"

"丢了性命才叫有事吗？"耶律铁镜把他扶坐起来，将一个枕头放在他后背，让他靠着。刚刚躺着还好，现在一动便是天旋地转，腹中更是翻江倒海。

"不舒服吗？"耶律铁镜见他额上冒出冷汗，急忙问道。

杨延琅没说话，只是轻轻摇了摇头。

"太医说你亏血过多，得多吃饭才能补回来。"耶律铁镜接过侍女递上来的一碗米粥，继续说道，"我专门请了一个汉人老太太熬的，很好喝。"

杨延琅伸手去接，才发现心慌气短，手抖得厉害。

"相公，娘子来喂你，莫要驳了娘子的美意。"铁镜公主学着汉人女子的模样说笑着。

杨延琅被她那半像不像的样子给逗笑了。

"嗯，这才像话，来，吃粥。"耶律铁镜把粥吹凉了，送杨延琅嘴边。

杨延琅刚刚张开嘴，屋外就响起了侍卫的声音："启禀公主、大人，宫中传旨，要大人即刻进宫面圣。"

什么？耶律铁镜恼怒地皱起眉头，刚刚从鬼门关里回来的人，水米未沾就要被宣进宫去，真不把自己这个公主放在眼里了。

“去告诉传旨……”

“公主，”杨延琅打断她的话，“皇上宣召，必是有要事，我去去就回。”说罢提高一点声音对门外的侍卫说道：“回复传旨官，我马上就到。”

“是。”侍卫应声退了下去。

耶律铁镜生气地噘起嘴，杨延琅拍了拍她的手，说道：“粥给我留着。”说罢起身更衣。

第六十九回　君臣巧合谋

福安殿内除了萧绰和耶律隆绪，还有韩德让、萧天佐、贺黑纳兰等几位重臣，但是大家都没有说话，这时内官进来禀道："启禀太后、皇上，北枢密院副使木易木大人到了。"

萧绰淡淡地说道："宣。"

"是。"内官退出去不一会，便领着杨延琅走了进来，沉重而缓慢的脚步声清晰地传进每一个人的耳朵里。看到他几个人不约而同地愣了一下，只见他原本就苍白的脸色，此时泛着青黑，两眼深深地陷了进去，宽大的衣袍更显得他形销骨立，虽然他努力控制着自己走得很平稳，但任谁都能看出他已经疲惫到了极点。

萧绰皱起眉头，她知道木易最近霉运缠身、伤痛不断，却没想到竟然成了这个样子。

"儿臣……"

"免礼吧。"杨延琅刚要躬身下拜，就被萧绰叫住了，她真怕木易一低头就直接栽倒在地上。

"谢母后。"杨延深深吸了口气，眼前的一切依旧在旋转，明明近在咫尺，却看到在远处飘忽不定，说话的声音更像从天上传来，浑身泛着丝丝冷气，又像被无数的针刺穿身体，双腿酸软无力，如果不是强撑着一口气，真想瘫在地上。

"来人，赐座。"耶律隆绪迫不及待地命内官给杨延琅搭座。

"谢皇上，微臣不敢。"

椅子已经移过来了，萧绰道："让你坐，坐就是了。"

"谢母后，谢皇上。"此时杨延琅也真是支撑不住了，一下坐到了椅子上。

萧绰问道："你可知是何人行刺于你。"

杨延琅道："微臣不知，只是听公主说从刺客身上搜出金刚石，怀疑是大宋的杨家买凶杀人。"

"天波府为何要派人杀你？"

杨延琅再次摇摇头。

贺黑纳兰道："依老臣看，此事可能与木大人的身世有关。"他把"身世"两个字时他咬得很重，可是杨延琅却神色如故，丝毫不见异样。

萧天佐不解地说道："木易的身世与杨家有什么关系？他若刺杀，为何先不动手，偏偏到现在才动手。”

贺黑纳兰继续说道：“杨家人自诩忠烈，而杨继业与木大人有换血之恩，已如同父子，依着杨家人的性子决不会让杨继业背负上一个豢养贼子的罪名。如今旧帝归天，新帝登基，若有人以此刁难杨家，挑起新帝的疑心，那杨家忠烈之名只怕荡然无存，最好的办法就是派人暗杀木大人，然后死无对证，他们自然也就安全了。”

他说得有理有据，几个人不约而同地点了点头，萧绰脸色愈发阴沉。

杨延琅看了一眼贺黑纳兰，他的话明里是在替自己解围，暗地却是煽风点火，挑起萧绰对大宋、对天波府的恨意。

韩德让关切地问道：“听说木大人不只是昨夜遇刺。”

“前天夜里我被人引到鬼林，遇到一个老道，也不知他施了什么妖术，片刻之间我便人事不知，直到被救回来后才知道被吸了血。”杨延琅简单地说了一遍，中间只推说不知道发生了什么，也省得他们追问其中的细节。

耶律隆绪骂道：“这该死的妖道。”

韩德让猜测木易有些事没有说，所以也没有继续问下去，于是言归正传：“不知木大人可听说宋国老皇帝驾崩的消息？”

杨延琅摇了摇头：“未曾听说。”

韩德让道：“宋国老皇帝已于七日前驾崩，太子赵恒即位，我大辽需派使臣恭贺新帝，不知道木大人可愿意出使？”

杨延琅明白了，原来他们聚到一起，就是等着算计自己呢。

没等杨延琅回话，耶律隆绪说道：“驸马重伤未愈，此去宋国车马劳顿，只怕身体吃不消，再有，他本是汉人，如今做我大辽的使臣，到了宋国处境想必会十分尴尬。”

耶律休哥听罢也点头称是，贺黑纳兰急忙说道：“陛下，驸马是我大辽的驸马，枢密院副使是我大辽的枢密院副使，与宋国没有半点关系。汉人讲食君之禄，忠君之事，尽忠职守乃人臣本分，岂可为一己私利误国家大事。”

贺黑纳兰一番话说得众人鸦雀无声，萧绰看了儿子一眼，又看了看杨延琅，等着看他说什么。

这些人有施恩的，有施威的，恩威并施却是各怀鬼胎，萧绰与韩德让想借自己羞辱大宋，给他们一个下马威，至于贺黑纳兰大概是想借刀杀人吧。

“母后，陛下，微臣愿意出使宋国，只是此时身体只怕……”

萧绰道：“此事不急，其他国的使臣到汴京最远的要两个月之后，你一个月之后动身就来得及。”

“臣遵命。”

杨延琅紧了紧身上的斗篷，天阴沉沉的，虽然还未到夏末，天气还很热，但他就是觉得很冷。他很想念耶律铁镜手里的那碗粥，却不知道贺黑虎今天哪根筋不对劲，非要拉着自己到演兵场看他演兵，看看神采奕奕的贺黑虎，就知道他在向自己摆威风，自己这般模样似乎也在他意料之中。

他再次紧了紧斗篷，还是觉得冷，一个人的样貌可以易容，但是声音却无法改变的，他虽然不能像子翼一样听声辨人，但多听几次还能分辨清楚，这个愚蠢的贺黑虎也许会知道许多事。

下面训练的士兵赤裸着上身把长枪舞得虎虎生风，杀声震天。“咳咳咳……”杨延琅却被扬起的沙尘呛得一阵咳嗽。

贺黑虎得意地笑道：“我大辽都知道木大人一套枪法如有神助，今日想请大人指点一二。”

杨延琅想站起来，但稍稍一动就头晕得厉害，索性继续懒懒地靠在椅子上，说道：“贺黑将军，恕我无力起身。”

“谁不知道木大人是我大辽的战神，你何必过谦呢?”

“非是过谦，实在力不从心，都说贺黑将军带兵有方，如今一看，你的兵马真是威猛雄壮。”

贺黑虎扬起下颌，傲气凌人地说道：“我契丹人自幼骑马狩猎，自然不是汉人那些文弱书生可比的。”

“有精兵猛将如此，不知贺黑将军可否让下官开开眼，见识一下将军的武艺?”

杨延琅一番连捧带激的话，顿时让贺黑虎热血上头，唰的一下脱掉了上衣。但他看似健壮，实则肥肉居多，不太像一个武将的体格。杨延琅一眼便看到他腰间一道寸许长的伤疤，疤痕呈粉红色，应该是刚刚掉痂不久，也就是说他受伤的时间没超过一个月。

一个月，杨延琅微微勾了一下唇角。

此时贺黑虎已经提枪来到校场，长枪一甩，舞动的枪带起地上沙石飞扬。一套枪法使完贺黑虎把长枪扔给副将，自己跳上点将台。他头上、身上都冒了汗，大口大口地喘着气，侍卫急忙递过来衣服，这时他胸口若隐若现出一个虎头文身，虎头下是一个用契丹文写的“虎”字。

“贺黑将军，你身上的文身……”

贺黑虎一边穿衣服一边得意地说道：“这是我契丹贵族文身，皇族文的是飞鹰，贺黑家族文的是虎头。”

“你练枪之前我并没有看到文身……”

“这是用血眼白羽鸽血加上我贺黑家的秘药所文，平时看不出来，只有喝酒或身体发热时才会显现出来。”贺黑虎已经扎束停当，站在杨延琅面前居高临下地望着他，目光鄙夷里透着阴狠。这一幕让他似曾相识，好像有一个人也用这样的目光看过自己。想到那个人，杨延琅的唇角再次勾了一下。

“驸马，驸马……”耶律铁镜越过下面的兵将跳上点将台，几步来到杨延琅身边娇嗔道，“我找你半天，原来在这呢!”

杨延琅道："我来看贺黑将军练兵。"

贺黑虎拱手施礼："参见公主。"

耶律铁镜没理会贺黑虎，继续对木易说道："自己的身体自己不清楚吗？再受了风寒怎么办？"

"公主不必担心。"杨延琅示意耶律铁镜，贺黑虎还在那边撅着呢。

耶律铁镜看了他一眼，冷冷地说道："免礼吧。"

"谢公主。"贺黑虎直起身体，眼神里又蒙上一层更深的恨意。

"兵也看了，该回去了吧？"耶律铁镜扶起杨延琅道。

"贺黑将军，告辞。"杨延琅起身与贺黑虎道别，耶律铁镜搀扶着他慢慢离开了演兵场。

看着他们的背影，贺黑虎牙齿咬得咯咯直响。

杨延琅疲惫地靠在车厢内假寐，贺黑虎一定是想趁自己重伤之时炫耀一番，却没想到会露出这么大的破绽，也算是天意。他腰上的那块伤疤一定是劫持萧苑儿时留下来的，他就是那个劫匪，这也是他们为什么没揭穿自己的原因，一个可以对付萧绰的秘密，他们自然要好好利用。他正思索着，忽然觉得身上一沉，暖和了许多，他缓缓睁开眼睛，看到自己身上盖着耶律铁镜的披风。

"醒了？"耶律铁镜略带歉意地问道。

"嗯。"杨延琅顺势又把披风裹紧，"公主怎么找来的？"

"你刚走，苑儿就派人来找我，闹着要我教她学骑马。"耶律铁镜见他把披风裹紧了，忍不住笑了。

杨延琅随口问道："太妃娘娘不会骑马？"

"苑儿幼时受过伤，落下了病根，这些年除了生病，几乎什么也不会。自那日被劫之后受了惊吓又淋了雨，回宫就病了，可谁知刚刚好点就吵着要和我学骑马，奴才们没办法，只有急急忙忙把我叫去。"这几天耶律铁镜被折腾得焦头烂额，还要为这些琐事烦心，今日说起来免不了要发发牢骚。

杨延琅笑了笑："学会了吗？"

"会什么啊？上了马就哆嗦，还紧咬着牙关强撑着，真不知道那天晚上你是怎么拖着她走了好几十里山路的？"

"她骑着玉麒麟，我牵着。"

耶律铁镜笑了："玉麒麟那么高，她竟然不害怕？她是怎么爬上去的？"

"踩着我。"

耶律铁镜一愣，怪不得苑儿上马的姿势那么怪异，非得要人单膝跪在马旁边。听到这些，耶律铁镜眼前就浮现出木易单膝跪在玉麒麟身侧，苑儿踩着他跨上了马鞍的画面，顿时一股醋意涌上心头。

“你不会把她抱上去?”耶律铁镜突然站起来大声吼道。她站起来却忘了自己在车里,头“砰”的一声撞到了车篷上,又把她撞回原位。

杨延琅也愣了,把她抱上去?

看到傻愣愣的木易,耶律铁镜心里就莫名委屈起来。她瞪着丈夫,大眼睛里含着泪水,然后气愤地嚷道:“你是我耶律铁镜的丈夫,是指挥千军万马的将军,不是牵马坠镫的奴才!”

“我……”杨延琅一时不知该说什么,成亲这么多年,这位公主处处都迁就着他,天大的事都未曾对他发过脾气,却不知道今天怎么会为这点小事生气。

“我,我,我说她为什么突然要学骑马,她,她……”耶律铁镜摸着被撞疼的头,委屈地哭起来。

吃醋了?

杨延琅心中突然蹦出了这三个字。他的公主竟然吃醋了,看到她这吃醋的模样,他一下心花怒放。

“哈哈哈……”

耶律铁镜被笑得莫名其妙,他没看到自己在生气吗?没见到自己在发脾气、在吃醋吗?

笑了一会,杨延琅终于停下来,轻轻把耶律铁镜稍稍有些凌乱的发丝往耳后拢了一下,说道:“公主莫要吃醋气坏了身子,不然从今日起,公主便踏着臣上马可好?”

被他这么一说,耶律铁镜倒有些难为情,白了他一眼道:“你就知道欺负我。”

“下次不敢了。”

耶律铁镜娇斥道:“哼!谁知道你哪天又算计我?算了,宋国人有句话是怎么说的?宰相肚里能撑船,我的肚子要比宰相大,才能融化你这座冰山。”

杨延琅笑了笑没有出声。

“不过今年募兵之数比去年多了许多。”耶律铁镜不无担心地说道。

“也许母后想打仗了吧!”

耶律铁镜点点头。最近这几年大辽国力日盛,母后应该有此打算,她一直对父皇与天庆王的仇恨耿耿于怀,当然母后也有策马中原的野心。想到兵马,她就想到了贺黑虎,于是不屑地说道:“贺黑虎让你去,无非是炫耀他的贵族兵马。”

“嗯。”

“你的募兵地在哪里?”

“西京、朔州等地。”

“贺黑虎这卑鄙小人,得了便宜还卖乖。”耶律铁镜气愤地骂道。谁都知道中京道多是汉民,不善骑射,自然不能与他在乌古敌烈司、扎剌部等招的兵马相比。

“别生气了。若是公主能体谅边民之苦,劝母后止息干戈,倒是做了一件功德无量的事。”

“你说过，你不喜欢打仗，是因为担心与杨继业的家人对战沙场吗？”

杨延琅叹了一口气：“若只为一己私利，便杀得尸横遍野，我想我死后真会下十八层地狱。”

“你怕下十八层地狱？”

杨延琅把脸转到一旁，轻声说道：“怕与不怕都要下地狱。”

耶律铁镜能感受到他那种断骨抽髓般的痛苦，也能感觉到这个如雪夜白狼般的男人已经卸下冰冷的面具，渐渐向自己交付真心，可即便如此自己依然看不透他。方才的开怀大笑，就如白日烟花一般，绚烂却短暂，她有些后悔，没有看仔细记清楚，这有可能是她第一次也是最后一次见到了。

第七十回　陌乡无归途

墨夜之下小小的驸马府幽深静谧，漆黑的书房里杨延琅紧紧裹着斗篷，两条腿都蜷了起来，尽力把自己缩在椅子里。外面淅淅沥沥的雨打在窗棂上，发出噼里啪啦的响声。也许是因为冷，也许是因为累，他脑袋迷迷糊糊的，咋也想不明白，还没入秋，为啥这么冷呢？忽然一只像冰一样的手按在他的额头上，一道寒气直钻骨头缝。

“你发烧了？”子翼沉声问道。

“冷。手拿开。”杨延琅更加用力地裹紧斗篷。

“嗯。还知道冷，应该死不了。说吧，又找我什么事？”子翼坐在他面前的桌案上，随手抽出一根狼毫夹在手指间转动着。

杨延琅想问问他，为什么他只要坐下，手里就一定要拿个东西玩，是不是所有贼都有这毛病？他勉强地睁着眼睛说道：“今天萧绰召见我，让我出使大宋，道贺新帝登基。”

“让你出使大宋？”子翼眼睛一下瞪成了铜铃，声音都高了许多，这冰坨子每次都是语不惊人死不休，有种想让人掐死他的冲动。

“是，一个月后出发。”

“你答应了？”

杨延琅点点头。

子翼觉得自己头顶在冒火，回手把毛笔插回笔筒道：“你，你，不是，你，我看你是真不想活了？得得得，这事别找我，你想找死，我不拦着，别让我看着就成。”

杨延琅有气无力地说道：“谁说回去就一定死。”

“你回去还有活路？佘老太君在金殿之上看到你，你信不信她一拐杖就会要了你的命？让我看他们就是想借刀杀人。”

“我母亲不会杀我。”

“不会杀你？”子翼不信，他当然不信。

“天下人都知道，杨延琅已经被他父亲亲手刺死在潘豹坟前。更何况我母亲怎么能让人知道，她儿子入赘辽国，给萧绰做了上门女婿呢？所以她不能认我这个儿子。我不是她儿子，就是大辽的使臣，我母亲就是再糊涂也不能公然杀了大辽使臣，所以我母亲非但不会杀了我，甚至连见都不会见我。”

“你要把她活活气死。”

杨延琅说道：“我要找出贺黑律。”

子翼翻起了白眼，无力地哀嚎道：“你先把我气死吧！”

“我怀疑贺黑律就藏在大宋朝廷里。”

“你怀疑大宋有内奸？这有什么，辽国不是一样有大宋的内奸吗？”子翼意有所指地说道。

杨延琅道：“他叫贺黑律，应该是贺黑纳兰家的人，无论对大宋还是大辽，这个人都太危险。”他把有人要栽脏天波府，和发现劫持萧苑儿的劫匪就是贺黑虎的事对子翼说了一遍。

子翼皱起眉头，他知道这事麻烦了。

“你若暂时无法追到那个妖道，我想请你先一步回到大宋，详细了解大宋的朝中官员，特别是与天波府关系密切之人。”

“查什么？”

“全部。”

“全部？”

“他们的来历、人品、官声，家里有几房妻妾、几个儿女，吃什么饭，穿什么衣服，有什么喜好。”

“逛青楼妓院要不要查啊？”

“查。”

“你想累死我啊？”

“我一定要找出这个贺黑律。”杨延琅的眼神冰冷中透着寒气。

子翼知道，他虽然在发烧，却开始想怎么算计人了。

大宋汴京城车水马龙，初秋的凉意非但没有让它萧瑟，反而更加繁花似锦。汴京里最大的酒楼德月楼里人来人往，生意格外兴隆。店里的小二跑得汗流浃背，但心里却美滋滋的，因为店里来了一位出手极为阔绰的爷，进了门什么话都没说，先赏给自己十两银子，然后就包了二楼西厢临街的一个雅间。

“小二。”楼上传来一个懒洋洋的声音。

“来了。”听到这个声音，小二脚下生风，几步蹿上二楼西厢的雅间，财神爷叫他，当然要快。“爷，你吩咐。”小二毕恭毕敬地对着正在喝酒的客人说道。

这人中等个头，五官端正，相貌平常，却十分耐看，最特别的就是那双眼睛，如天上的星子一般闪闪发亮。他一身纯色华服，衣领袖口的刺绣特别考究，身上散出浓浓的贵公族气息，又有几分神秘。店小二见多识广，看这身行头就知道这位爷大有来头，更何况谁和银子也没仇，所以尽心尽力地伺候着。

“去，把这鸡给楼下那小叫花子送去。”这人将自己刚吃了两只翅膀的烧鸡递过去，从窗口指着楼下一个十八九岁的小叫花说道。

“咦?”店小二有点摸不到头脑。

“愣着干什么，送下去，好生伺候着那小爷。这个，赏你的。”然后听到咣当一声，二两左右的碎银子就落到盘子里。

一见银子小二眉开眼笑，急忙收进怀里：“爷，小的马上就去。”说完接过烧鸡，一溜烟跑下楼去，恭恭敬敬地把烧鸡送到小叫花子面前，而后指着楼上的客人说了几句。小叫花子抬头看看，伸手抓过烧鸡，大吃二喝起来，一边吃一边说道：“如果有两口酒就更得意了。”

他话音刚落，一壶酒从天而降，正好落在他手里，小叫花子再次抬起头看看上面的客人，客人举起酒盅，示意敬他，他也举起壶隔空对碰了一下，便喝起来，把店小二看得目瞪口呆。

天交二更子翼来到城边一个不起眼小茶馆门前，门旁挂着一个昏黄的灯笼，灯笼上写着一个“茶”字，灯笼下方钉着一块粗糙的木牌子，仔细分辨才能认出两个龙飞凤舞的字“子曰”。

子翼笑了笑，伸手扒拉了一下那木牌子，木牌子滴溜溜转起了圈圈，直到他进了茶馆，还犹自晃动着。

走进茶馆，里面是雕琢古朴的茶桌木椅，还有架子上的各种茶罐、茶具，有一个掌柜坐在最里面的茶桌上沏着茶，其余一个客人也没有，显得冷冷清清。

子翼坐在掌柜的对面说道：“掌柜的，来一壶大红袍。”

“没有。”掌柜的头不抬眼不睁地说道。

“上好的黄山毛峰。”

“没有。

“西湖龙井总该有吧?”

“没有。”

“菊花茶。”

“没有。”

“你有啥?”

啪！一个茶盏礅在他面前，里面只有一盏清水。

“小子，把你惯上天了。”子翼一拍桌子说道。

掌柜的抬起头，竟然是酒楼下的那个小叫花子，不过卸去伪装，他年纪倒稍大一些，有二十四五岁的样子，但眼神却精明老辣，他微微抬起下颌不屑地说道：“一走八九年才回来的人，能给他一盏清水，就够意思了。”

“咳咳……”子翼清了清嗓子，有些心虚地端起清水喝了一口说道，“这点事你倒记得清楚。”

“怎么记不清楚，当初你是一走了之，把这么大摊子事全都丢给了我。你想想，你想想……”小掌柜声音渐渐高起来，“你还没老糊涂吧？不记得我当年多大吗？我才十六岁。西域走的驼队，江南的绸缎庄、钱庄，你全丢给了我。不仅如此，你随便找个铺子就给我支走上千两银子，然后不知所终。你，你，你当我是神仙吗？”

听到小掌柜不依不饶地翻起旧账，子翼自觉理亏，便默不作声。当年他听说杨继业被困两狼山，急匆匆把这边的事一股脑全扔给了这个小家伙，这些年来这家伙摸爬滚打，不知道吃了多少苦，受了多少罪，才能有如今的一切。

“小白……”

“别，别，别，别给我套什么近乎，你以为你一只烧鸡、一壶酒以前的事情都可以一笔勾销？想得美！”小掌柜一点不领情。

“那我叫你什么？”

“叫，叫……”小掌柜眼睛眨了半天，想了想说道，“叫我白掌柜，以后这些产业都不是你的了，都姓白了。”

“好，白掌柜，一言为定。”子翼一拍桌案说道。

“你……”小白掌柜气得鼻孔撑老大。

“好了，好了，不生气了。”说到这里他神情一黯，“这些产业虽是我从鬼谷带出来的，但是你知道，我买那些铺子、驼队，就是为了方便打听那个王八蛋的行踪。我不善商贾，这些东西放到我手里用不了几年就败光了。你是经商的奇才，心中有大义，用这些钱财不会做伤天害理的事，我也算了了一桩心事。”

听了子翼的话，小白掌柜眼圈泛红，他用力眨着眼睛，努力不让眼泪掉下来，平静了一会才说道：“我就是个小叫花子，那年冬天我饿了三天，跪在大街上喊，谁管我一顿饱饭，我就给他当儿子，是你管了一顿饱饭，要不是你，我就饿死了。你说你要不在，我可不就像，就像没了爹了似的。”

子翼怎么能不记得，一个十四五岁的半大小子跟在自己身后叫爹，引得整条街的人都来看热闹，这一转眼九年都过去了。他敲了一下小白的脑袋，说道：“瞧你那出息，你爹我现在不是回来了吗？当然，以后你爹我还得去你铺子里支银子，而且我还给你娶了娘，养家糊口用钱的地方多了，你得多赚钱，好好孝敬我们。”

小白掌柜顿时眼睛瞪得像铜铃，他叫了这么多年爹，这家伙到今天可才算答应了，他急忙跪地磕头，说道：“爹，答应了不许反悔。”

子翼把他拉起来，叹了口气说道：“认就认，有这么个送上门来又有钱的儿子，傻子才反悔。不过我要与你说点正事，从今天开始，你要派出你所有人手，把朝里那些四品以上的大官都给我盯住了，包括他们哪会蹲茅房都不能放过。”

“啊！那，好几十个，都要盯？”

“对，都要盯！”

“不是，你不做你的生意，你盯他们干吗？”

“不是我要盯，是你四叔要盯，别的不多问，好好干活啊！”

小白掌柜不解地问道：“我哪个四叔？以前怎么没听说？”

“小孩子没听说的事多着呢，让你盯你就好好盯着。”子翼又喝了一盏清水，起身便要走。

小白掌柜苦着一张小脸，见他要走急忙说道：“我给你沏大红袍去。”

“留着，等我杀那个混蛋，带着你娘和你四叔、四婶一起来喝茶。”子翼一边往外走一边说道。可是走到门口他停了一下，又说道：“你上点心，把牌子上那两个字写清楚点，我这老眼昏花的，得看好半天。”说完转身出了茶馆。

“你就是老眼昏花。那可是彦修和尚的真迹，我花了五千两银子请他写的，你识不识货？”小白掌柜对着空空的门口叫喊道，过了一会他皱起眉头嘟囔了一句，“哪来的四叔？”

大宋御书房内，御案上铺着笔墨纸砚，赵恒正在握笔挥毫，他二十多岁，虽然年轻，但气度沉稳，笔走龙蛇之间已经写了两个字，而在他对面坐着一位五十多岁的老者，身材高大，双目炯炯有神。他见皇帝写完，站起来看了片刻，说道：“陛下的字遒劲有力，又自带几分洒脱之意，有王羲之的神韵。”

这个人是太祖、太宗皇帝的亲弟弟——赵季美。因为他是侍女所生，其母未被主母接纳，所以他也未被写入族谱。在他十岁时，他的母亲不知为何在屋中悬梁自尽了，自此他就由大娘子代养。大宋立国之后，他的兄弟们俱已封王，唯独他只封了一个淮阴侯。不过赵季美倒是个随波逐流的人，整日醉心字画，虽然自己写得一般，却精通字画鉴赏，技法高低，他一眼就能看出来。这人除了喜欢字画，还会些保养之术，常常带些保养品给宫中女眷，就连现如今的太后娘娘也很喜欢这个弟弟，专门赐了他墨敕鱼符，方便他时常进宫来，他也偶尔指导赵恒写字。

这世上千穿万穿，唯有马屁不穿，不过今天这番马屁竟然没把小皇帝拍舒服了，反而是悻悻地放下毛笔，端起茶说道：“我的字什么样心里有数，叔父的赞誉太过了。”说罢瞟了一眼桌角上的一摞国书。

赵季美凑上来看着纸上的字，略带几分尴尬地说道：“官家这个，‘杨’字……”

赵恒正要喝茶，听到这他突然停下来，手擎着茶盏在嘴边问道：“叔父，你刚刚说了什么？”

“臣说，官家写的这个‘杨’字，‘木’与‘易’间隔略显宽了一些……”

“杨，杨，杨字。”赵恒轻轻念了几声，又把茶盏放下了。

发觉皇帝神情不对，赵季美急忙说道：“官家，是臣说得不对吗？”

赵恒摇了摇头：“不，叔父，你说得很对。”

“官家，参政知事王强大人求见。”太监陈琳走进来禀道。

“宣。”

“领旨。”陈琳转身出去了。

“官家有事，臣就告退了。”知道大臣到来要商议国家大事，赵季美知趣地告退。

赵恒道：“叔父慢走。”

赵季美前脚出门，后脚陈琳便领着王强进了御书房，行罢君臣之礼后，赵恒问道：“王卿有何事？”

王强道：“启禀官家，前天臣上的有关大赦天下的折子，不知陛下看过没有？”

“看过了，有几处朕已经批在折子上，你回去之后再与刑部议一议。”

“臣领旨。”

陈琳把折子拿下来给王强，王强接过折子后却见小皇帝眉头紧锁，似乎有什么心事。于是问道：“臣观陛下龙眉紧锁，可有烦心之事？”

赵恒深深叹了一口气道：“烦心之事倒谈不上，只是辽国已遣人递上国书，派使臣恭贺新帝登基，看到辽国国书倒让朕想起一个人来。”

“不知何人劳陛下如此惦念？”

“一个曾经救过朕的人。”

王强笑道：“能让陛下惦念的人想必不是常人吧？”

“绝非常人，他面如美玉，人似寒冰，勇武善战，足智多谋。”赵恒像对王强说话，又像自言自语。

“果然是一位奇人，能与杨老令公的四公子杨延琅一较高下了。”

赵恒眯起眼睛，问道：“杨老令公的四公子？”

“正是，臣曾听杨延昭杨将军提起过，说他四哥是一位骁勇善战又貌似潘安的武将。”

“朕怎么从未听说过。”

“噢，这事已经过去十几年了，不过官家应该认识此人。”

“认识？”赵恒仔细回想一遍，没记见过那位杨家四公子。

“官家可还记得九年前的潘杨案吗？当年寇大人在查案时发现了一件陈年旧事，就是十六年前，先帝灭北汉时在并州，潘仁美的小儿子潘豹被人当街打死，凶手就是杨家的四公子杨延琅，后来杨老令公把他绑在潘豹的墓前亲手刺死，给潘豹偿了命，也平了潘仁美的恨意。”

经王强一提，赵恒一下就记起来了，他从椅子上缓缓坐起来，说道：“朕记起来了，只是当时我染了风寒，病得很重，虽说去监刑，但随行的太监却没有让我下车。”

王强道：“原来如此。不过后来臣倒是听到一件怪事，有人说并州城外杨四公子的坟冢里的那具尸骨是死于天花。”

“天花？”赵恒的眉头已经锁成一线，“你是说，杨继业偷梁换柱，找了个替死鬼？”

王强一听急忙道：“官家，臣只是听了些传言，杨家乃是朝中重臣，岂会做这种欺君罔上之事，何况当时潘仁美也在场，也许杨四公子死前就得了天花也说不准。”

“天花，天花……”赵恒念叨了两声，然后对王强道：“王卿还有别的事吗？”

“臣无其他事，臣告退。”

赵恒摆了摆手，王强退出御书房，只是出门之后露出一个得意笑容。

这时陈琳提醒赵恒道："官家该传膳了。"

"好。"赵恒把国书扔在御案上，"收拾一下吧"。

"是，官家。"

陈琳开始收拾桌案，饭菜已经摆上一旁的圆桌，赵恒刚刚提起筷子就听陈琳问道："官家，这个'杨'字还留着吗？"

赵恒的手一下停在了空中，沉思片刻道："不留了。"

第七十一回　华都起风云

潇湘别院的密室里，院主楚湘洛披散着一头凌乱的发丝跪在地上，地上散着簪花与步摇等一些饰物，她紧紧抓着衣领，但仍然难以掩住胸口大片的如雪的肌肤。此时他对面的床榻上坐着一个穿着黑色斗篷的男人，他的整张脸都藏在宽大的兜帽里，昏暗的烛光下，显得这个男人神秘而又阴郁。

黑衣男人低咳了一声，说道："打扰姑娘好事，实在抱歉。刚刚那位公子走得急，没摔到吧？"

楚湘洛低头看着男人的靴子，美丽的身体抖动得像秋风里的落叶，听到了问话，好像被针扎到一样，急忙摇了摇头。

男人没有继续为难她，继续说道："放心，这件事我守口如瓶。"

"我……"楚湘洛抬头看了他一眼，又急忙低下头。

"男欢女爱，人之常情。"他说完之后，从宽大的衣袖里取出一张纸递给楚湘洛。

楚湘洛把纸接过来打开一看，原本已经苍白的脸色又白了几分，急忙说道："属下已经接到公主密信，命我全力保护驸马的安全。"

男人冷笑两声，说道："呵呵，若是公主知道了他的身份，应该想把他千刀万剐了。"

"可是大人，驸马的身份是什么？"

那人喝了一口茶，说道："这个无关紧要，此时最重要的是看姑娘要选哪条路？是留在暗骑孤独终老，还是光明正大与你的心上人双宿双飞？"

"可是，是公主，公主当年收留了我……"

"姑娘重情重义，在下佩服，只是你这么多年为公主出生入死，也算是报了她的恩情了，难道她不该还你一个自由之身吗？你那心上人对你痴情一片，虽初入官场，但是有了姑娘的鼎力相助，将来未必不能平步青云。"

楚湘洛眼睛一下亮了起来，是那种充满希望的亮光。但是她又不解地问道："大人，我想知道，你为什么要背叛公主？难道你不怕被公主知道，受到惩罚吗？"

"谁说我是她的暗骑？我从来都不是，自然也不怕她暗骑军的规矩。"男人的声音依旧低沉，不过从他微高一点的音调间却能听出一丝得意。

楚湘洛听得心惊肉跳，她以为这个人要背叛暗骑军，谁知道他竟然是混进来的奸细，不知道后面有多大的阴谋。她不甘地问道："可是，可是，当初公主吩咐我听从你的调遣，而你也的确拿着公主的暗骑银牌来与我联络的，你为什么说自己不是暗骑？"

"我的确拿着她的银牌，但我也的确不是她的暗骑，至于姑娘能否与情郎成就好事，那要看姑娘怎么选择。是从此以后跟着我，将来功成名就，还是忠于公主，赔上你们两个人的性命？更何况，我这些年做的事，可都是姑娘帮我完成的。"

回想起这些年做的事，楚湘洛瞬间手足冰凉，她的呼吸越来越急促，过了片刻厉声问道："你，原来，原来你一直在算计我？"

男人向前倾了一下身体，说道："你如果告诉公主，说你被我利用，你猜她会信吗？以你的聪明，当真猜不到事中的蹊跷吗？其实你不过是掩耳盗铃，装聋作哑想名利双得，但是你别忘了，天下可没有这等好事。"

楚湘洛一双眼眸渐渐失去了神色，美艳的脸庞显出几分老态。

男人站起来，说道："姑娘不必如此，成就大事者，岂能存妇人之仁？从明日起，你要好好招待咱们驸马爷。"说罢转身离去。

不知道跪了多久，楚湘洛绝望地跌坐在地上。

从上京到汴京千余里，杨延琅磨磨蹭蹭走了一个多月才到，听着车轮轧过城门下的石板发出特有的空洞声，他突然觉得有些可笑。自己为了父亲的遗愿，潜入辽国九载，日日殚精竭虑，夜夜筹谋算计，如今竟是第一次踏进大宋的都城，车外的满街宋国人，谁会知道自己一个死人呢？只怕连名字都不晓得吧？

听着车外的侍卫随从惊奇的谈论声、商贩的叫卖声，杨延琅知道这是大宋繁华的京城，是繁荣昌盛之地。如此看来父亲是对的，那个人虽然多疑狡诈，毁了晋阳城，但终是能给百姓一个太平盛世，父亲如果知道，也该含笑九泉了。

"这不是辽国的使团吗？不知道这位使臣是何人？竟然用了半副銮驾。"一个声音响起来。

"这么大的排场应该是位王爷吧？"

"什么王爷，不过是个驸马，此人名叫木易，原是个汉人，被俘后贪生怕死便降了辽人。"

"我也听说过，据说这个木易貌似潘安，一眼被辽国的公主相中，便招为驸马。"

"辽国的女人可不是咱们宋国的女儿，据说放荡不羁，见到好看的男人便会掳回去成就好事，若是不从，就会被杀了挂在树上。"

"如此说，也不知道这位木驸马脑袋上顶了多少绿帽子。"

他一句话引起人们一片哄笑，这时又有一个声音说道："也许这个木易貌美无双，迷住了那辽国的公主也说不准呢？不然哪有这半副銮驾的威风。"

"奸夫淫妇，倒也般配。"

"贪生怕死之人，竟然又回来耀武扬威，真是不知羞耻。"

仁达能听懂汉语，所以这个黑汉子气得脸一阵比一阵黑，不过他时刻记得驸马爷的叮嘱，到了汴京谁敢惹是生非，就按军法处置，所以他就是气死也不能去教训那些人。他看了一眼车驾，这么多年，依他对这位驸马爷的了解，敢在他面前说公主坏话的人，一定会死无葬身之地，只是今天竟然能忍住，也算很厉害了。

车外的议论声或高或低，锥心刺耳。杨延琅手上青筋暴起，指甲深深掐进肉里，却无痛无觉。銮驾是萧绰专门给他用的，因为给他多少恩宠，就能显示大辽多大威风，给大宋多少羞辱。对于自己的辱骂，他早已习惯，可是他们肆无忌惮地诋毁耶律铁镜，几乎让他无法抑制心头的怒火，有一刻他想冲出马车，将这些人撕成碎片。不过已经谣言四起，战场已经布下，等待自己的必然是一张天罗地网。

夜深人静，白天热闹的使节驿馆渐渐安静下来，冷清得吓人的卧房里，此时却传出两个人低低的说话声。

"这一个多月，我查了几乎朝中所有的达官显贵，有一个人很蹊跷。"子翼一边吃着桌上的干鲜果品一边说道。

"什么人？"

"中书门下参知政事，叫王强。"

杨延琅回想了一会，问道："王强？是给六郎写状纸的那个王强吗？"

子翼点点头道："不错，当年潘杨案轰动朝野，此案审结使两个人平步青云，一个是中书侍郎兼平章事寇准，因为他是山西人，爱吃陈醋又抠门，人送外号寇老西。另一个人就是王强，任刑部参知政事，掌管刑狱之事。"

云内州时杨延琅与寇准有过一面之缘，这人才智过人，为官清廉，他假扮阴曹，夜审潘、杨，名扬天下，能得皇帝青睐，官运亨通也在情理之中。不过这个王强仅凭一纸诉状就能位列朝堂，若非才能过人，其中必定有鬼。

"王强如何蹊跷？"

"此人虽不如寇老西那么穷，但听说官声也不错，深居简出，因为帮杨延昭写了状子，所以与杨延昭也算是莫逆之交，不过他这个莫逆之交却做了一件怪事。"

"什么怪事？"

"他曾经去并州偷偷扒过你的坟。"

"他就是贺黑律？"

子翼往太师椅背上一靠，两腿搭在桌子，往嘴里扔了一颗蜜饯，说道："要说你爹给你选这个地方，风水真不好，自埋了你到现在，已经被扒三回了。你媳妇扒一回，寇老西扒一回，这个贺黑律又扒了一回。"说到这他转过头看着杨延琅，问道："你那坟里不是埋了什么宝贝吧？要不我也去扒一回？"

杨延琅头也没抬地说道："当心他拉你去做伴。"

子翼打一个冷战，然后就打消了去扒坟的念头，又继续说道："他虽深居简出，却住着深宅大院，府里佣人不多，却戒备森严，我还看到了已经销声匿迹五年之久的江洋大盗，苏洋，他还给这个苏洋弄了个假身份，做了巡察营校尉，并且苏洋还帮他养了五条吐蕃巨獒。不过，你说他为什么要杀太子呢?”

杨延琅一本正经地说道：“不知道。”

“他们要干什么?”

杨延琅再次摇了摇头：“不知道。”

子翼把吃过的果核扔在盘子里，用鼻子哼了一声，说道：“我还以为你啥都知道呢。”

“关于王强你还查到了什么?”

子翼说道：“王强掌管刑狱之后，设了一个巡察营，专门管这些小偷小摸的事。自从设了这个巡察营后，开封府倒是清闲了，京城及周边府县的贼偷少了很多，别说小偷，就是路边连个叫花子都没有，老百姓都夸这位王大人是门神爷呢。”

“如此说来，这位王大人倒是个有手段的好官。”

“不过还有一件事也很奇怪。”

“什么事?”

“我听道上的朋友说，这些贼偷被抓之后就不见了，活不见人，死不见尸。现在坊间传言，若做恶事，活人就下地狱。”

杨延琅不解地问道：“活人如何下地狱?莫不是被发配充军了?”

子翼没心没肺地笑道：“不可能。依大宋律，他们那点事，不过就是打顿板子，最多也不过关个三五月，也不至于发配充军啊?”

“没有家人找吗?”

“这些人哪有几个有家的，偶尔有几个有家人找的，后来连家人也不见了，自然也就没人找了。我有个朋友，老实巴交的，听说去年偷药被抓了，自此后以便没有消息，他爹病死之后，连他女儿都失踪了。据说各府的衙役捕头疯了一样抓这些毛贼，因为抓一个便可得十两银子的赏钱。”

杨延琅沉默片刻道：“平白抓这么多小贼不放，牢里能装得下吗?一日三餐又要耗去多少钱粮?”

子翼皱起眉头：“被官府杀了?”

杨延琅摇摇头：“为何杀人?为名还是为利?”

“不错，一些小贼，杀再多也不能升官发财，反而会落个草菅人命的罪名。”

“我想知道这些小贼去了哪里?”杨延琅突然抬起头说道。

听到了他的话，子翼一张脸瞬间皱成一个苦瓜。

“抓贼啊，抓贼啊……”汴京一条偏僻的街巷里响起一个男子的叫喊声，一个衣衫破旧的人慌慌张张地往巷子外跑去，慌不择路正好撞上迎面来的两个人。

“快抓住他!”后面一个书生样的男子指着小偷叫道。

小偷刚要跑，却被这两个人制住了，好巧不巧正好是两个衙役。

“小贼，哪跑？”两个衙役擒住这贼说道。

书生跑到跟前，气喘吁吁地说道：“好你个贼子，我的荷包在哪？”

小贼瞪大一双黑亮的眼睛看着那书生，笑嘻嘻地说道：“你的荷包我哪知道，兴许出门时被你娘子扣下了吧？”

“我荷包就是被你偷走的。”书生气得脸色发白与这泼皮争辩。

“别吵了！”衙役打断二人的争吵，随手这把小偷按在墙上开始搜身。

“哈哈，差爷，差爷，差爷，你慢，哈哈，慢点，别挠我胳肢窝，我怕痒。”小偷浑身乱动。

“别动。”衙役一下摸到他腰间一个硬邦邦的东西随手给取了出来。

“对对对，这就是我的荷包。”书生盯着荷包喊道。

“你的？”衙役打开荷包看了看继续问道，“里面多少银子？”

“回差爷的话，有二两散碎银子，五十文钱。”书生笑呵呵地说道。

“谁说的？”衙役从里面摸出二两散银子说道，“这里面只有五十文钱。”

“不是，差爷，的确有二两散银，还有……”

“哈哈，这么说荷包也不是你的了？”衙役似笑非笑地问道。

“不是，差爷，这这……”书生急得张口结舌。

“傻瓜，这荷包里就五十文钱。我拿的时候就五十文，你忘了吗？”小偷斜了他一眼说道。

“是不是？他都说是五十文钱，怎么你就说还有二两散银子呢？”衙役举着荷包得意洋洋地问那书生，“你还要不要？”

遇到这样的事能怎么办，追回五十文钱总比全丢了强吧。书声叹了一口气，认命地接过荷包转身走了。

见那书生走远，小偷笑嘻嘻对两个衙役商量道：“两位差爷，这银子算是小的孝敬您的，你老就高抬贵手权当我是个屁，给放了得了？”

“放了？”其中一个拍拍小偷的脸说道，“实话给你说，抓了你赏钱可不止二两银子。”

“不是，差爷，你们不能……”

“走吧。”另一个衙役不等他说完就抽出铁链把这个小偷锁住，二人押着他往衙门走去。

第七十二回　活人入“地狱”

入夜时分，潇湘别院渐渐热闹起来，有悦耳的琴音，有谈古论今的闲聊，阁楼上还有一些文人雅士煮茶作画。将到子夜时分，楚湘洛先来到密室，安排好茶水点心，然后亲自迎来两位客人，不过他们都穿得严实，谁也不愿意露出脸来。等他们都坐下后，楚湘洛便退出密室，不过她并没有走，而是推开隔壁的一道暗门躲了进去。她不甘心自己的性命被拿捏在别人手里，但想要拿回自己的命，她就要知道更多的事情。

“恭喜大人，现在老皇帝一死，您是越来越春风得意了。”穿着黑袍的男人拱手说道。

那人气哼哼地说道：“我来不是听你客套的，这些年我虽然积攒了些人脉，但是旧北汉的二十万兵马依旧握在杨延昭手里。”

黑袍人说道：“老皇帝非常清楚，没有杨家的二十万兵马，这小皇帝不可能坐稳江山。寇老西很难对付，虽然当年潘杨案有诸多蹊跷之处，但是他假扮阴曹，表面看来是审案，实则审的却是两家的忠心，那才是老皇帝想要知道的。果然，杨延昭的忠心可以通过生死考验，自此算是让老皇帝吃了一颗定心丸，所以，无论你用什么手段，他都不会轻易把这些兵马从杨家人手里拿出来的。”

那人说道：“可是现在那个祸患回来了，只要揭穿了他的身份，这小皇帝还能信任杨家吗？”

“哈哈……”

“你笑什么？”

黑袍人停下来问道：“大人算计得很好，可是这样做对我们有什么好处？”

“如何没有好处？找出大辽的奸细，以绝后患。”

“那我为何不在大辽就把他抓起来，直接杀掉，然后把人头送给小皇帝，当他登基的贺礼呢？”

“我已经答应把那两个州给你们了，你到底要什么？”那人已经沉不住气了。

黑袍人笑了笑：“那两个州是小事，你要的和我要的并不相同，我们该同舟共济，共谋大事才对。”

“可是凭什么要听你们的？”

“那大人是打算现在与小皇帝单打独斗，还是说让他知道你私通辽国，借助朝中的势力，用了一招拖累计，借刀杀了杨继业。更何况，大人还欠我一个人情呢。别忘了，因为你想刺杀太子，也就是当今官家，我才丢了洛红裳这颗棋子。”

“住口……”

黑袍人气定神闲地说道：“大人放心，我献给你的计策，有百利而无一害，到那时我们各取所需就好。”

“你想怎么办？难道放那个祸患逍遥自在吗？”

黑袍人浅浅地喝了一口茶，说道：“自然不是，他那条狗命至关重要，至于大人心心念念的二十万旧汉军，如果拿不到，还不如毁了它，就像毁掉杨继业一样。”

那人听到这，放下手中的茶盏，往前探了探身子，问道：“此话怎讲？”

“大人知道金匮遗诏吧？”

那人手中的茶盏啪一声掉到了桌几上，骨碌了几圈之后落在了地上。

子翼假装成偷银子的小贼被抓到后，被直接送到了巡察营，到夜里就被塞住嘴巴，装进口袋，扔上了一辆马车。他仔细听着，车里算上他在内，至少有七个人。

马车出了城，不知颠簸了多久，就在子翼觉得身上的骨头都快散架的时候车才停下来，接着便听到一个粗重的声音问道：“几个？”

“七个。”车上有人回答。

“七个？怎么越来越少了？”

“不少了，初犯都押来了。”

“不是遍地是贼吗？”那声音不满地嚷嚷着。

“遍地是贼也禁不住这么抓，赶紧卸车。”车上的人不耐烦地催促道。

他们的话音刚落，子翼感觉自己被人抬起来扔到地上，不一会口袋解开眼前一亮，强烈的太阳光刺得他半天睁不开眼睛。

“少他妈装死，快起来！”

子翼被人踢了一脚，挣扎着坐起来，这才看清楚身边有七个与自己一样被五花大绑的人，旁边还有十多个穿着短衣长裤的大汉，手里拿着棍棒皮鞭，正虎视眈眈地盯着他们。

他们七个被推搡着站成一排，这时一个身体壮实的汉子，踱到他们眼前，用手里的短鞭轻轻敲着掌心，问道：“知道这是什么地方吗？”

几个人傻傻地摇摇头。

那汉子说道：“告诉你们，这里是地狱，你们平日里游手好闲，杀人放火，偷鸡摸狗，无恶不作，今天就要下地狱。”

“那我们，我们是死了？”其中一个战战兢兢地问道。

呜——

那人一句话没有问完，壮汉就抡起皮鞭狠狠地抽过去，那人胸口上瞬间便浮起一道血印，惨叫一声倒在了地上。壮汉用脚踩着他的伤口用力搓捻着，也不管那人痛苦哀嚎，居高临下地说道：“死人还用下地狱吗？只有活人才下地狱，先记住了，我是这里的判官！”

壮汉收回脚，眼神再次看向这些人，果不其然，其他人都吓得魂不附体，有一个甚至当场尿了裤子，没有一个敢用正眼看他。

见他们都老实了，壮汉指着其中两个汉子道：“去，带他们去看看十八层地狱，顺便给他们讲讲规矩，记得，离远点。”

“好嘞，走吧。”

两个红衣汉子解开这些人的绳子，一前一后领着他们往山上走去。

“记住，到了这就当自己是喘气的死人，吃饭干活，如果有什么想法，或是想跑什么的，你们就是没有气的死人，当然，如果能死得痛快点，那是咱们冥王爷开恩，让你三五天才断气那是常事。”其中一个红衣汉子唠唠叨叨地说道。

一行人慢慢走到山顶，其中一个红衣汉子让他们顺着山势往山洼里看，子翼只看了一眼回头就蹲在地上吐了起来。他见过堆尸如山的战场，也见过杀人如麻的匪徒，但只让他看一眼就能吐成这样的还是第一次。其他人更是受不了，蹲在地上把肠肠肚肚都吐了出来。

两个汉子用衣袖捂住鼻子，挥舞着手中的皮鞭，抽打着他们骂道：“别他妈装死，都给老子看清楚，看仔细，快点！”

几个人挨不住打，只得转过身子来看，一阵风迎面吹过来，带着令人作呕的恶臭，放眼望去整整一个山洼全都是死状各异的尸体，开膛破肚的、残肢断脚的、挖眼割舌的、倒挂在铁钩上被烧焦的。离子翼不到二十步远有一个人，四肢被斩下扔在旁边，伤口处流着脓水，嘴一张一合吐出来的也全是脓水，一大群苍蝇围着他飞起落下。

“大爷，行行好吧，小人只是家里穷苦，才偷了包子铺的两个馒头啊！”一个十六七岁的孩子跪在一个汉子面前苦苦哀求道。

“那个还没死的，也不过是偷了半袋米，到了这可不管你罪大罪小，你好好干活就赏你口气，想跑就和他们下场一样。”汉子恶狠狠地说道，说完就要打人。

子翼见状急忙扑过去拉住那红衣汉子的手，说道：“大爷您消消气，小的觉得您说得有理，我们好好干活，绝对不跑，求您老给小的们留口气。”

这汉子上下打量子翼一番，点点头道：“这倒是个懂事的，行了，看差不多就回吧，明天起来自然有人给你们分工，走吧。”

红衣汉子话音未落，几个人恨不得多长两条腿，好离开这人间地狱。

从那天开始，子翼他们几个人就被送到一个矿坑，四周荒山野岭不见人烟，遮天蔽日的树木把这个矿遮得风雨不透，这里所有的工人都是二更睡五更起，一天三顿黑窝头咸菜，主要的工作就是进矿坑采石，再把矿石拉到外面轧成碎末。

子翼的工作是用水冲洗矿石粉，一遍又一遍，他碰了碰旁边一个五十多岁的老头，问道：“他们在淘金？”

老头急忙摇摇头：“别说话，被恶鬼听见要被割舌头的。”

几天下来，子翼差不多摸清楚了，这里的矿主叫冥王，但是从来没有人见过他，而这个名字他从洛红裳的口中听说过。从外面往里面接犯人的叫无常鬼，处置逃跑犯人的叫判官，就是他们来时见到的壮汉，余下的都叫小鬼，小鬼分好多种，监工叫恶鬼，在地狱行刑的叫追命鬼，还有勾死鬼、饿死鬼，所有的苦力都叫冤死鬼。总之这里就是地狱，来时看到的那个山洼叫十八层地狱，所有不听话的人都会下十八层地狱。

原来坊间传闻是真的，人死就死了，只有活人才会下地狱。

在离“地狱”大约十里的一处树林后有一个山洞，洞口极为隐密。此时是子夜时分，正值月初，夜色漆黑如墨，原本安静的林中，却飘来两个小亮点，十分瘆人，直到走近时才看出原来是一辆马车，车上挂着两只白色的灯笼。

这马车停在山洞前，一个穿着黑色斗篷的男人和一个一身黑衣的男人从车上下来，然后走进山洞。

山洞不大，此时里面亮着灯，穿着黑斗篷的男人戴着宽大的兜帽，把自己大半个脸都隐藏起来，他走进来后径直坐在一张太师椅上，而那个黑衣人男人应该是他的侍卫，抱着剑站在他身后。这个侍卫中等个头，左脸有一道从耳朵一直到嘴角的刀疤，被披散的头发挡住大半。

山洞里有两个箩筐，都用黑布盖着，旁边桌子旁坐一个记账的先生，还有四个穿黑衣人的人，看样子他们在等这两个人来。看一切准备就绪，穿着黑色斗篷的人摆摆手，示意他们可以开始了。这时黑衣汉子取过两个大箱子放到地中间，然后掀开箩筐上的黑布，露出满满两箩筐四四方方的金砖。

在刀疤脸汉子的监视下，他们将金砖过秤、记录、装箱。几个人忙了半个多时辰，终于把这些金砖全部装进箱子里抬上马车，穿黑斗篷的人和刀疤脸汉子乘着夜色悄悄离开了“地狱”。

子翼的眼睛在黑夜里就像星星一样亮，他望着消失在夜色里的马车，一个毛茸茸的东西突然从他袖子钻出来，原来是一只老鼠，这只老鼠从地上嗅了嗅，沿着马车消失的方向追了出去。

地狱？哼，老子才是你们的追命鬼！

第七十三回　柳院隐玄机

自从到大宋以后，杨延琅就老老实实蹲在驿馆里，哪也不去，仁达这些随从隔着围墙听着大街上人来人往、叫卖的声音，心都跟着飞了出去。从前就听说汴京城是八街九陌，热闹繁华，可现在近在咫尺却不能亲自去逛逛，看着别国使臣领着下属每天游走于街巷，还买回许多精致漂亮的东西，心里实在羡慕。

“驸马爷。”仁达推门进来，把手里的茶放到桌上。

杨延琅放下书抬起头，说道：“带着随从出去逛逛吧。”

仁达一愣，觉得好像听错了。

“是没银子，还是不想去？”杨延琅见仁达没回答又接着问道。

“那，那，我们都走了，谁来保护您？”仁达结结巴巴地问道。

杨延琅难得挑了挑眉毛，好像很认真地想了这个问题，然后又问道：“我如此无用？”

一句话把仁达问得黑脸泛红，不好意思地挠挠后脑勺：“呵呵，谢驸马爷。”

“不许惹是生非。”

“哎。属下记住了。”仁达施礼告退，转身就要跑。

“等等。”

这两个字从背后响起时，仁达急忙停下脚步，不解地看着杨延琅，猜测驸马爷是不是改变主意了。

杨延琅起身踱到他跟前，从怀里摸出一百两银票放到仁达手里。

“驸马爷……”

“给公主买两匹上好的绸缎……”

“那，也用不了这么多？”仁达红着脸推辞着。

“别丢了大辽的颜面，请兄弟们吃顿好的，也给父母妻儿买些东西带回去，但我再说一遍，不许惹是生非。”

仁达觉得眼眶湿湿的，接过银票用力点点头：“属下牢记驸马爷叮嘱。”

“去吧。”

打发走了仁达，杨延琅扶着窗棂向外望去，隔着两条街巷高高矗立着天波府的无佞楼。几日来他不停地想象，十六年了，母亲在他心里还是离开时的模样，听说自己顶着大辽使臣的名头回来，会不会生气？

“驸马爷，驸马爷……”突然一个属下气喘吁吁闯进屋来，打断了他的思绪。进来的是平常跟在仁达身边的一个辽兵，此时满头大汗，正不知所措地看着他。

杨延琅问道：“怎么了？”

“回驸马爷，出事了。”

“什么事？”

“仁将军几个人路过一个叫‘潇湘别院’的地方，被一群女子给围住了。”辽兵磕磕巴巴地说道。

“潇湘别院？”杨延琅的眉头瞬间皱起来，周身散出阵阵寒气，“你们去那种地方干什么了？”

“回驸马爷，属下们没去潇湘别院。我们只是给公主买了绸缎，然后跟着仁将军去满香楼吃饭，可是路过这个潇湘别院的时候，一群女人跑出来，就把仁将军他们困住了，说我们吃了花酒没有给钱，后来，后来仁将军就让属下回来请您……”辽兵越说声音越低，最后几个字都咽到了肚子里。

“走。”杨延琅跟着他出了驿馆。

潇湘别院虽不是汴京最大的妓院，却是最有名气的妓院，而且还在去天波府的必经之路上。一群自诩风流高雅的妓女讹诈几个辽兵，这不合常理，况且还是潇湘别院的妓女，就更不合常理了，看来背后那只黑手要跳出来了。

杨延琅刚转过街角，就看到仁达等人被围在一群女子中间。这些女子与普通妓院的妓女果然不同，或坐或站围成一圈，弹奏着美妙的乐曲，中间还有舞女翩翩起舞，看样子这些人都会些功夫，穿梭在这些契丹大汉中间，舞袖纷飞，除非伤人硬闯，否则就会被困在里面出不来。仁达听从自己的命令，不敢闯祸，自然也就没办法脱身。

有乐曲，有舞娘，再加上这些人高马大的契丹大汉，转眼间被看热闹的百姓围得里外三层。

“平日花百两纹银，都难见的潇湘院姑娘们，今日竟然倾巢而出，真是人间盛景啊！”

“就是，就是，连房丝丝都出来了。”

“房丝丝算啥，听说楚湘洛都来了。”

“那些辽人是怎么回事？”

“据说这些辽人进了潇湘别院，吃喝玩乐，却不给银子。那湘洛姑娘哪是好惹的主，于是就把他们围在这里，当众出丑，看看辽人要不要脸。”

“真是不要脸，白吃白喝还想白嫖女人，下流无耻！”

人们议论纷纷、义愤填膺，骂辽人无耻，除了辱骂，更多人还是想看热闹，看看这些辽人该怎么收场。仁达的两个下属已经怒不可遏，右手握住刀柄，却被他用契丹话喝住，不许他们轻举妄动。

看着这些脾气火暴的契丹汉子，为了自己一句命令强压怒火，杨延琅心底竟泛起一丝暖意。他一步一步走过去，既不快，也不慢，因为他一身华贵的辽人穿着，加上的分外俊美的相貌，冷酷的气度，一看便知他身份尊贵，人们就不自觉地让开了一条路。

此时楚湘洛正坐在一张椅子上喝茶，看到杨延琅走过来，知道他就是木易，她本想假意无视继续喝茶，然后为难这位大辽使臣，可是当他越走越近时，又觉得这种胡搅蛮缠的手段在他面前实在低劣。就在她前思后想时，杨延琅已经快走到她面前了，再想躲闪已经来不及，于是只有站起来，只是这一下她显得有些慌乱。

杨延琅站在楚湘洛面前平静地问道："姑娘可否让她们停下？"

楚湘洛一摆手，弹奏女子和舞娘都停下来退到一旁。仁达见状急忙跑到杨延琅身边，黑脸泛红，汗如雨下，干巴巴地叫了一声："驸马爷……"

"退下。"他的声音没有一丝波动，仁达却觉得一道冷气从脚底蔓延到头顶，忍不住打了一个寒战，于是不再多话，乖乖地退到一旁。

楚湘洛道："请问……"

"他们欠了多少银两？"杨延琅打断了楚湘洛的话问道。

楚湘洛被问得一愣，她本以为木易要为下属辩解，那样她就可以借题发挥，狠狠地羞辱辽人一番，以此激起众怒，可是她却没想到，这位辽使竟然二话不说，直接给下属结账来了。

楚湘洛轻轻咳了一两声，以掩饰自己的失态，略想一下说道："我院五位乐师，每弹一曲最少要二百两纹银，这便是一千两，而房丝丝琴艺冠绝天下，千两纹银未必能得她一曲，姑且算你一千两，而这八位舞娘每位一百两纹银，便是八百两。"她轻轻掐捏着手指算了算说道："总共两千八百两纹银。"

"驸马爷，我们，我们压根就没进去，是她们……"仁达赶紧上前辩解。

"这院是开门的生意，我们听了人家的曲子，看了人家的舞，给银子便是。"杨延琅瞟了仁达了一眼说道。

仁达急忙又低下头退到一旁。

杨延琅从怀里摸出三张银票放到茶桌上道："这是三千两银票，余下二百两是给姑娘们的茶水钱。"

楚湘洛暗暗握紧了手指，没想到自己精心谋划的一场大戏就被他这般轻描淡地化解了，他一句"开门的生意"便戳在了潇湘别院的痛处，无论装得多风雅，扒开那层伪装也都是妓院而已。即是妓院，便是你情我愿的买卖，宋国人可以进去，辽国人为何不能进去？便是他想把"嫖妓"的恶名栽到辽国使团头上，可到头来也不过是听听曲子看了看舞，人还给了银子，倒显得辽人高雅仗义，她小家子气十足了，让她是哑巴吃黄连，有苦说不出。

杨延琅对着楚湘洛微微点头示意，旋即带着属下扬长而去，可是眼角的余光却瞥见人群一个转身离去的熟悉的背影，他用尽全部力气，才让自己若无其事地走回驿馆。

仁达等人垂头丧气地跟着杨延琅回到驿馆，本以为会被责罚，谁知驸马爷只是嘱咐他们再出去时换上汉人的衣服，别的便没有多说。

天渐渐暗下来，他表面风平浪静，心里却焦急不安。子翼走了半月有余，杳无音信，杨延琅突然很担心他会不会遇到危险？就在这时，窗棂发出咔的一声轻响，一个人跳了进来。

杨延琅急忙起身迎上去，低声问道："子翼吗？"

"是我。"子翼抄起桌上的茶壶，嘴对嘴灌起来。

杨延琅刚刚靠近他，一股恶臭就扑鼻而来。子翼虽不是爱干净的人，但身上最多有些汗味，也不至于臭成这样子，他掩住口鼻低声问道："你怎么了？"

看到他嫌弃的神情，子翼便涌上了坏心眼，故意上前两步道："兄弟，我死得好冤，是被人扔进粪坑里淹死的。"

"那就回去吧。"杨延琅离他又远了一点。

"你个没良心的，为了找你要的人，我从死人坑里爬出来的。"子翼抽出堵住鼻子的两团棉花，往袖子上一闻，马上又把棉花塞了回去。

杨延琅发现子翼穿的并不是平时的衣服，应该说是衣衫褴褛。他诧异地问道："到底怎么回事？"

"你猜我查到了什么？"子翼说话时虽然带着浓浓的鼻音，但眼睛里却闪着兴奋的光芒。

"查到什么了？"

"地狱！"

"地狱？"

"距汴京百里开外的深山里有人在私开金矿，这黑金矿就叫地狱。"

"私开金矿？"

"对，私开金矿。其实有些贪得无厌的官商相互勾结，私开矿的也有，但是像地狱这么大、人数这么多的我还从来没见过。我看到的挖石和洗金的矿工差不多就有一千人，这还不包括炼金和铸金的，而这些矿工都是牢里的犯人。"

杨延琅冷声问道："千余人的黑矿？牢里丢了一千多犯人，朝廷居然一无所知？"

子翼不屑地哼了一声，说道："哼！朝廷？朝廷知道个屁，人犯王法草随风，进了大狱谁管你是死是活。我说的这些还只是活着的人，还有死的不计其数呢。"

黑夜中，杨延琅像一座雕像，只有一双眼睛变得愈发幽深，直到许久之后他才问道："他们挖了多少黄金出来？"

子翼放下手中的肉脯，说道："前天我看见一辆马车去拉金子，前天正好是初一，拉走的金子是一千二百两，按照矿石的成分和淘金人数量来看，他应该是每月初一都会去拉一次，而从矿洞的年岁来看，这个黑矿开采了至少五年，我也偷偷向一些老矿工打听了，应该差不多。”

五年？每月千金！七万多两黄金！杨延琅只觉得头皮发炸，若只是为了贪财而掘金还不足为虑，若用这些黄金做了别的，就要天下大乱了。他想了想说道：“贺黑律任参政知事应该就在五年前吧？”

子翼点点头：“不错。不过更有意思的还有后面呢。你知道他把黑金送到了哪里？”

“哪里？”

“潇湘别院。”

潇湘别院？这么巧？又是她。

“这个潇湘别院看着像妓院又不像妓院，里面可以说是风雨不透，但我打听到一个熟人在里面。”

“谁？”

“就是我上次跟你说，我有一老实巴交的朋友，因为偷药被抓，后来爹病死了，女儿也不见了。有人在潇湘别院看到他女儿了，叫天凤。”

杨延琅轻轻敲着桌子，过了半晌说道：“能从这些刽子手手里活下来，这丫头不简单，我们应该见见这个天凤。”

子翼说道：“见她？我告诉你，那个潇湘别院是个有进无出的地方。再说天凤家遭巨变，防备心应该很重，即使见到她，她也不一定会信任你。”

杨延琅抬起头，说道：“其实潇湘别院的院主楚湘洛是公主的暗骑，这个别院背后真正的主子是铁镜公主。”

子翼在黑夜中瞪大眼睛，过了片刻之后竖起一个大拇指。

杨延琅继续说道：“我来之前，铁镜曾经传令楚湘洛，命她保护我的安危。”

“如此就好办了，你直接找她就不行了吗？”

“可是今天她为难了仁达等人。”

“辽国的暗骑为难辽国的使团，大水单冲龙王庙啊？”

杨延琅试探着问道：“冥王会是谁呢？”

子翼在黑暗中露出一丝坏笑：“你猜会是谁呢？会不会是耶律铁镜？”

“不可能！公主对敌人虽然心狠手辣一些，但绝不是残害无辜之人。”

“啧啧啧……这一口一个公主叫得亲热。”子翼终于抓到机会狠狠地揶揄他一下。

杨延琅这一刻觉得脑袋轰的一声，他从什么时候开始对耶律铁镜如此患得患失的？又是从什么时候开始变得如此信任她的？

“你放心，肯定不是你媳妇。我查到潇湘别院，发现拉金的黑袍人就是贺黑律，他和你媳妇不是一路人，所以你媳妇不是幕后主使。”

杨延琅看了他一眼，说道：“如此看来，楚湘洛已经背叛公主，与贺黑律串通在了一起。”

“那就麻烦了，她借着你媳妇暗骑的势力帮着贺黑律开金矿，如果你敢坏她的事，她就敢整死你。”

“只要公主不是冥王，我们就把他们都送去见冥王。”想要撇清黑矿、潇湘别院与公主的关系，就一定要查清楚其中的秘密，更要找到贺黑律的罪证。

“你又想让我干什么？”

“帮我探一探楚湘洛的虚实。”

子翼的脸又一次皱成了苦瓜。

第七十四回　典卖男儿身

“贩卖人口?”杨延琅的声音难得这样高。子翼急匆匆地回来，带回来了这样的消息。

“嘘，你小点声。”子翼压低声音，因为事出紧急，他冒险扮成跑堂的白天来找他，要避过耶律铁镜的暗骑可不容易。

“你的消息可靠吗?”

“可靠吗?”子翼不满地说道，“房丝丝的消息可从来不出错”。

杨延琅意味深长地看着他问道：“你的红颜知己?”

从他的眼神中子翼就能看出他的意思，于是急忙说道：“你别乱想，别乱说，我跟你说的是正事。”

“嗯。”杨延琅认真地答应道。

子翼顾不上管他，继续说道：“房丝丝知道的事并不多，她也只是怀疑，因为她亲眼看到楚湘洛买进来一个绝色美女，却没有让她出来迎客。而且潇湘别院有一个密室，被人看管得非常严，只有一个聋哑姑娘可以进去。她还告诉我一件事，楚湘洛养了一位落魄书生，并且整整养了五年，就在去年这书生才考取了功名，这中间楚湘洛可是给他花了很多银子。”

“我们要查清楚这个潇湘别院，还有那个书生。”

“书生倒是好查，我寻道上的朋友就能打听到，但是潇湘别院却没办法查。”

“逛一逛。”一直半低着头的杨延琅突然抬起头说道。

“你疯了?逛妓院!不怕你媳妇活扒了你的皮?何况逛妓院她也不会让你查到她贩卖人口的事，否则我早就查到了。”子翼声音也高了上去。

提到耶律铁镜，杨延琅感觉背后瞬间泛起一股凉气，马上就打消了去逛妓院的念头，而且子翼说得的确有道理。

突然子翼眼珠一转，看着他悄声说道：“只要我们有一个绝色美女，岂不就能知道是怎么回事了。”

杨延琅眼神冰冷地看着他：“你还真敢想啊!”

两日之后牙婆去寻楚湘洛，说她得了宝贝请她去看看。这牙婆与楚湘洛经常来往，熟络得很，所以她便跟着去了牙婆家里。

“你哪一次不是说沉鱼落雁，闭月羞花，可是真正漂亮的却没有几个，特别是这几年，一个不如一个了。”

楚湘洛数落着牙婆进到屋里，然后就看到一个女子坐在窗边，此时窗户大开，阳光照在这女子的身上，女子就像精刻细琢的玉石雕像一样散出凉凉的微光。她的美不在眉眼，不在容颜，是从骨子里散出来的冰冷、高傲。此时便是见惯了美人的楚湘洛也张大嘴，不知该说什么了。

牙婆见状急忙说道：“姑娘有话只管说，不用担心，她看不见，听不见，也不会说。”

楚湘洛缓过神来，忽然明白这牙婆的意思，她微微眯起眼睛问道：“你这话是什么意思？”

牙婆有些心虚，讪讪地笑道：“姑娘冰雪聪明，怎么会不明白？”

“瞎子？聋子？还是哑巴？你要我呢？”楚湘洛眯起的眼睛里闪出恼怒的光，说完转身就要走。

“姑娘息怒，姑娘息怒。”牙婆急忙拉住了她。

楚湘洛深深吸了一口气，停下脚步，却连看都不看牙婆一眼。

牙婆赔着笑，然后拉着她转过身，指着窗口下的姑娘，说道：“姑娘啊，老婆子活了六十多岁，世上的事也见多了，就明白一个道理，这人啊没有完人，生就这般模样，若再齐全了就该招天妒了。她能活着，依老婆子看便是依仗着这份残缺了。”

听了牙婆的话，楚湘洛又仔细打量一番这个美人，一张素面，略施粉黛，一袭黑衣，银丝走线，乌黑的头发轻挽在脑后，头上、身上无一件饰品，却美到不可方物，正如《洛神赋》中所言，翩若惊鸿，婉若游龙。

“她不是人，是神。神如何会看俗世？神又怎会言语呢？”牙婆见她看得入神，又在旁边巧舌如簧地游说。

“神？”楚湘洛轻声自语道。

牙婆急忙说道：“有钱人买的是美人，不是奴婢，她只要够美，何须其他？”

只要够美，何须其他？牙婆的这句话一下就撩动了楚湘洛心底的那根弦。她眨了眨眼睛，说道：“好吧，就看在你这张巧嘴上的份上，我买下了。”

“谢谢姑娘，谢谢姑娘。”牙婆点头哈腰地道谢。

“多少钱？”

牙婆嘻嘻笑着，已经泛黄的牙齿将那谄媚的劲又添了几分，听到她问话急忙说道：“六百两银子。”

“六百两？一残缺的人你竟要六百两银子？”

“姑娘，姑娘。”牙婆这两声先高后低，声音中既有几分无奈，又有几分可怜，然后说道，“这残缺的与残缺的可不一样啊！何况我手底下还有一大帮人要养活，姑娘又要那顶尖的货，老婆子可是天南地北地与您寻来，这中间辛苦钱就不算了，可是姑娘，你不能让老婆子我亏本啊！”

“可是无论多美，残缺了就不值钱了，这样的货买回去，若能出得了手还好，若不出了手，姑娘我就得将她供起来，银子可就算是你白得了，赔本的只有我一个。”

牙婆知道她伶牙俐齿，极难对付，但这位要是卖不进去，自己的脑袋可就难保了，她想了想说道：“五百五十两怎么样？”

楚湘洛伸出五个手指道：“五百两，多一个铜钱，姑娘我转身就走人。”

牙婆一咬牙道：“行，五百两就五百两，老婆子认了。”

二人谈好价钱，写好了卖身契，画了押，交了银子，楚湘洛便要上前验明正身了，牙婆急忙道：“姑娘，这丫头我验过了，还没开苞呢。”

楚湘子略有玩味地问道：“真的？”

“这话怎么说的？老婆子年轻时干过稳婆，怎么会出错？这么多年，您还信不过我吗？而且这丫头还有点毛病，虽然耳聋眼瞎，但鼻子好用，也曾被心生歹念的人动过手脚，所以若生人近了身，她就寻死觅活，我是穿着她嫂子的衣物才骗过她的。”

楚湘洛道：“没想到还是烈性子。”

牙婆道：“那不如我帮您送过去，到了您的地盘上，是抓是绑，自然由不得她了。”

楚湘洛白了她一眼道：“枉她信你一回，到头来却是个黑心的。”

牙婆一边往屋里走一边说道：“黑心的不是我，是她那哥嫂。若是她父母活着，岂会被卖了。其实啊，我们这也做善事，若她到了有钱人家，自然会有享不尽的荣华富贵。”

进了屋，牙婆轻轻拍了拍那女子的手臂，又拉了拉她的衣袖，她便听话地站起来，伸出手中的一根竹杖，牙婆牵着竹杖领她出了门。

楚湘洛仔细看看那根竹杖，手柄处磨得光滑发亮，而点在地上的一头已经碎裂，看样应该用了许久，这牙婆没有说谎。

牙婆将女子送上车，自己也坐进车里，楚湘洛则坐在离那女子远一些的地方，一行人便回了潇湘别院。

到了柳院的后门外楚湘洛借了牙婆的衣服，就把她打发了回去，然后将马车直接赶进院子，停在一处隐蔽的假山后面，然后将女子牵出马车，走进了假山里的暗道，七拐八绕之后通过一道暗门进入了密室。

她扶着女子坐在桌旁，而她自己则坐在对面，上上下下仔细打量，可越打量就越觉得这个人眼熟。忽然这女子眼睛一眨，再看向她时眼中竟闪出一片寒光，如天狼开目，刀锋刮骨一般。

楚湘洛惊得一身冷汗，刹那间便记起了这个人是谁了。她急忙起身到门外，叮嘱自己的心腹到外面把守，又把密室的门关紧。不过她也是经过风浪的人，只不过片刻之间，待她再回到桌旁时，已经镇定自若了，她上前福了一礼：“不知驸马爷到此，湘洛失礼了。”

杨延琅从怀里摸出一块银牌放到桌上，楚湘洛一见银牌，急忙跪倒：“请恕湘洛眼拙，请主上责罚。"

"我问你，公主可知道你贩卖人口之事？"杨延琅开门见山地问道。

楚湘洛摇了摇头："属下也不清楚，公主知不知道这件事。"

"那是何人授意你做此事的？"

"九年前公主最后一次来汴京，便给了我新的联络人，并且命我听他的命令行事。"

"他是谁？"

"属下只知道他叫冥王，并没有见过他，五年前他开始命我寻觅绝世美女，卖往波斯、大食，可能还有更远的地方。"

"卖了多少？"

"卖了一百一十三个。"

"卖了多少钱财？"

楚湘洛再次摇了摇头道："禀主上，我每次只将女子带到密室里，然后冥王会与买家直接谈价收钱，属下并不知道冥王收了多少钱财。"

"若有刚烈的女子不从，你们如何办？"

楚湘洛说道："属下不知，女子只要进到这间密室，便不曾有出来的。"

杨延琅慢慢转过头，从上往下俯看着她，问道："你可曾得到公主传讯，命你保护我的安全？"

"属下，属下该死，属下……"

"潇湘别院的账目由公主的心腹掌管，你不敢动一两银子，但是你又需要银子，资助你的情郎，所以你知道公主不会贩卖人口，也知道冥王有问题，但还是顺水推舟，赚了这份黑心钱。甚至还对使团和我动手，帮助冥王。对不对？"

他的声音冷漠又平淡，但每一句都吓得楚湘洛心头发颤，手脚冰凉。片刻之后她突然抬起头，眼神中透着狠戾。

杨延琅轻轻把头转过去，眼神的最后一抹余光藏着一丝不屑，依旧平淡地说道："想好了再动手。"

想好了？他若死了，铁镜公主会追到天涯海角，把她千刀万剐了，而且她也决不会放过自己心尖上的那个人。

"你不过想与你的情人长相厮守，又何必为他人所胁迫？"

一句话从头上飘过来，楚湘洛再次抬起头，不可置信地看着这位驸马爷。

杨延琅问道："听说过仁海吗？"

"您，您是说，现已是知府的仁海大人吗？"

杨延琅郑重地说道："你若要自由之身，我可以替你向公主求个人情。"

楚湘洛瞪大眼睛，有些意外地问道："真的吗？"

杨延琅点点头，然后问道："冥王为何要难为使团？"

楚湘洛道："具体的我也不太清楚，他交代我的就是要先败坏使团和您的名声，激起宋国人的恨意。”

杨延琅没有说话，继续说道：“你要帮我一个忙。”

“什么忙？”

“我要见到冥王，还要找到一个叫天凤的姑娘。”

楚湘洛点点头：“属下遵命。不过，您要见冥王，就，就还要委屈您继续……”

“无妨。你下去吧。”

“是。”楚湘洛答应道。她是个聪明人，无论是冥王还是公主，都不是她一个小小暗骑能得罪的，所以她既没有把冥王全部出卖，也没有拒绝这位驸马爷。她暗下决心，若真是老天有眼，驸马爷开金口，公主应允，自己能光明正大地与那人白头偕老，她就把冥王之事和盘托出，否则就用那秘密，逼着冥王给自己一条后路。

以王强之名潜藏于此的贺黑律，在大宋做官做得风生水起，周旋于同僚之间，博了个好名声，细心为皇帝办差，被视为忠臣。这天早上他刚刚换过官服，准备上朝，那个脸上有刀疤的汉子急匆匆地进了他的卧房。

见到这汉子，贺黑律微微皱起眉头，说道：“苏洋，给你说过多少回了，白天的时候尽量不要来找我。”

苏洋急忙说道：“大人，那个波斯人把珍宝存进了白家银庄，说如果我们再不交货，他就不买了。”

贺黑律有些懊恼地说道：“这个波斯人，倒是难伺候，看了两个竟然还没相中。”

苏洋说道：“大人，楚湘洛那边传来消息，说买进一个绝世好货，您看看是不是再去看看？”

贺黑律想了想，说道：“也好。你去安排一下，今天晚上去看看。”

“是。”

“等等。”

苏洋正要转身离开的时候，贺黑律又把他叫住，说道：“这几天巨獒先不要喂饱了。”

苏洋微微一愣，问道：“大人，有货要处理吗？”

“说不准，若那个黄毛再看不中，我们就需要了。”

“明白。”苏洋抱拳告退。但贺黑律却望着他的背影出了神。

第七十五回　暗室藏污垢

潇湘别院的密室里，一个衣着普通的女孩端着饭菜走了进来，门口的守卫开玩笑地叫她哑巴。女孩进入密室，把食盒放到桌上，轻轻抬起杨延琅的左手，把碗放到他手中，又把筷子放进他的右手，却好奇地凑近他的脸，认真地看。看了一会她低下头，扶起他的右手，示意他可以吃饭了。

杨延琅端起碗开始吃饭，女孩便坐在旁边上下打量着他。突然，她注意到杨延琅的手有些奇怪。虽然子翼请易容高手把他改头换面，但男子的手与女子的手相去甚远，何况杨延琅的手极为特别，所以，他即使用长袖掩住，还是被女孩看出了端倪。

吃过饭，杨延琅趁放下碗的时候，从袖中拿出一个银镯子放到女孩手上。女孩警觉地看看四周，再看看手中的银镯子，眼中惊讶又疑惑。

这时杨延琅伸手从茶盏里蘸了点水，在桌上写道："到榻上去。"

女孩仔细看了看他的眼睛，依旧空洞无神。她紧张地直咽口水，犹豫了片刻，她听话地把杨延琅扶到了床榻上，想了想又帮他把鞋脱下，只是见到那双大脚更加疑惑。这个女孩子很聪明，等两个人蜷起腿都坐到床榻上时，她将床幔放了下来。

她与"美人"床榻这头一个，那头一个，谁也没有说话，女孩摸着手中银镯子，过了许久怯生生地问道："姐姐从哪里得到的这只镯子?"

这一声姐姐差点把杨延琅气背过气去，若是被子翼听到定会笑疯。他铁青着一张脸，然后转头示意她自己把嘴捂起来。女孩听话地把嘴捂起来。

"我是来救你的。"

杨延琅一开口，这女孩惊得目瞪口呆，她无论如何也想不到，眼前这个美若天仙的女子竟然发出了男子的声音。就在她要叫出来的一刻，一只大手死死地捂住了她的嘴。

"天凤。我是你爹的朋友，来救你出去。"杨延琅再次说道。

听到这人直接叫出她的名字，天凤既惊讶又疑惑地瞪着一双含泪的大眼睛，片刻之后终于点点头。

杨延琅慢慢松开手，再次坐到一旁。天凤爬起来瑟缩在床榻的一角，手中紧紧握着那只银镯子。她虽然害怕，却又忍不住偷瞟几眼过来，可能是觉得这个人真不会害她，也许是理清了一些思绪，天凤竟然没心没肺地又问了一句："你究竟是男的还是女的?"

她这句话一出口，杨延琅原本铁青的脸，现在比黑锅底还黑了。他忍住想掐死这丫头的冲动，然后问道："你到这里多久了？"

"三，三年多了。"

"是被他们抓来的吗？"

天凤说道："是。我从小没有母亲，与父亲和祖父在一起生活，三年前我祖父病了，父亲实在没钱抓药，就去药铺里偷了两味药，结果被官差抓住，从此再也没有回来，祖父因为急火攻心，不久也故去了。谁知祸不单行，有一日一伙人闯进我家，把我绑走，然后带到这里，我为了保全性命装聋作哑。可能因为是个哑巴，又以为我不识字，卖掉不值钱，他们就将我留下来照顾那些被卖的姑娘。"

"你见过冥王吗？"

天凤摇了摇头："没见过，他每次来都蒙面，穿着黑色斗篷，戴着兜帽。"

"冥王典卖那些姑娘的时候楚湘洛在不在？"

"不在。她只负责把姑娘送进来。"

"你在吗？"

"在。"

"他们让你做什么？"

"如果买卖谈成了，他们就让我给被卖的姑娘送一盏茶，将她们迷晕，好方便他们带走。"说完这句话天凤突然就哭了，"我也不想害她们，可是我要是不听话，他们也会杀了我。"

"他们杀过人？"

"嗯。有一次，一个姑娘抵死不从，用烛台划伤了自己的脸，还点燃了床帐，那个刀疤脸的男人，一刀就，就，就把她劈，劈……"回忆起那时的情景，她的喘息瞬间急促起来，整个身体抽搐成一团，眼神发直，头不受控制地晃动着，牙齿咬得咯咯直响。

杨延琅顾不上其他，急忙握住天凤的手，沉声说道："别怕，我在。"

天凤僵硬地转过头，一直盯着他的眼睛，那双幽深冷冽的眼睛似乎有着抚平人心的能力，过了好一阵她渐渐安静下来。

等她安静下来，杨延琅才松开她的手，然后问道："冥王来时有几个人？"

天凤揉着被抓疼的手指，却非常安心，她想了想说道："三个，穿着黑斗篷戴兜帽的是冥王，脸上有刀疤的是他的侍卫，还有一个是买家。"

杨延琅再次问道："你能确定每次来的都是冥王本人吗？"

天凤有些迷惑地看着他，不能明白他的意思。

"如果是其他人假扮成冥王，你能认得出来吗？"杨延琅换了一种问法。

天凤仔细回忆一会，很肯定地说道："能。我记得他的身形和步伐。"

杨延琅把床幔掀开一条小缝道："冥王平常来时都坐在哪里？"

天凤指着桌旁靠近门的凳子，说道："那里。"

靠近门是为了方便他逃跑。杨延琅合起床幔，对她说道："我现在告诉你，你父亲被冥王抓去挖矿，两年前就死了，银镯子也被看守们抢走了，是你父亲的一个朋友冒险将它偷出来的。"

天凤知道父亲已经凶多吉少，可是亲耳听到父亲惨死的消息，还是心如刀绞。这两年多，她最擅长就是将哭声死死地压在喉咙里，将眼泪和痛苦藏在眼眶里，转过身来，她就是那个有点呆傻的哑姑娘。此时她狠狠地咬着自己的下唇，眼睛里布满血丝，眼中有无边的恨意，而这也正是杨延琅想要的，若不能激起她的恨意，恐惧就会害死他们。

"今天我们能不能逃出去，能不能给你父亲报仇，就看你够不够胆大。"

"我要怎么做？"天凤抬起血红的双眼问道。

望着她的眼神，杨延琅递给她一条极细的丝线，再次掀开一点床幔指着桌子，说道："一会你灭掉几盏灯，点一根红烛，放到靠近冥王左手边的位置，然后将这根丝线缠在烛台上。等冥王到了，若是他本人，你就站在我的左边，若是替身，你就站在我右边，但无论怎么样，等我一打哈欠，你就要扶我起来。记住了吗？"

天凤用力点点头："记住了。"

"你所做之事，关乎你我性命，一步不可出错。"

"你放心。"

"去准备吧。"

"好。"天凤悄悄下了床榻，将密室里三盏灯的灯油悄悄放掉一些，屋里顿时暗了下来，她按着杨延琅教的，布置好烛台，估摸着时间差不多了，才拉开床幔，假装扶着"美人"坐到与门口相对的位置上，等着冥王到来。

吱呀一声，密室沉重的铁门被推开了，贺黑律带着苏洋走进来，他看到对面桌前坐着个女子，隔着烛火，朦朦胧胧中看到她一袭黑衣，外套黑纱，纱里织着银线，显得神秘而高贵，一道寒气从那女子身上散发出来，如同漠视凡人的仙人。

起初他听说这个"美女"又瞎又聋又哑时，本不想来，但是楚湘洛却执意让他来看看，只看这一眼，贺黑律便知道，楚湘洛说得不错，她是价值连城的美人。此时谁也没有注意，天凤走到了"美女"的左边。

贺黑律坐在"美女"的对面，买家是个年轻的波斯人，只是与平常的波斯人不一样，他的眼睛就像两颗蓝宝石，并且深陷进眼眶里，明明是个男子，却肤白如雪。这人虽长得奇怪，却并不难看，高大的身材，眉眼中透着几分善良。

他并没有像贺黑律一样坐下，而是痴痴地望着眼前的"美女"，一直走到"她"身旁不远处，突然闭上眼睛，用手在胸前画了一个"十"字，嘴里还念叨着一堆奇奇怪怪、谁也听不懂的话，等做完这些，波斯人异常激动地说道："神的预言果然应验了，圣女出东方，我终于不负公爵所托，寻到了神女。她一定能让我们的家园没有瘟疫，人人都能吃饱穿暖。"不过他说话时舌头好像不会打弯，十分生硬，让人半懂不懂。

贺黑律在心里嗤笑一下，难道这家伙真要将她买回去供上吗？不过他不关心这个，而是着急地问道："希尔达，这个你相中了吗？"

"相中了，相中了。"希尔达忙不迭地点头，余光又瞟见站在一旁的天凤。他来过这几次都见到了这个姑娘，美丽恬静，面对他的目光羞怯地低着头。若那黑衣女子是神女的话，这个女孩便是鲜花，能让人心动的鲜花。

"希尔达，希尔达……"

"哦？"希尔达被冥王的叫声惊醒，脸瞬间涨得通红。

贺黑律才不管他心不心动，冷声说道："你若相中，我们就一手交钱，一手交货。"

希尔达坐在一旁的凳子上，说道："冥王先生，进来之前，您说，说美女有，有点问题，您能告诉我，哪，哪里有问题？"

"咳咳……"贺黑律清了清嗓子，"她眼睛看不见，且聋哑。"

"她，她，是，是残缺，之之人？"希尔达惊得一下站起来，仔细看看"美女"的眼睛，又不甘心地用手晃了几下，结果那双眼睛，就像深不见底的洞穴，眼神空洞。

贺黑律道："你不过要一个只供人拜的圣女，如此这般，岂不是更合你的心意。如果你不要，这桩买卖我们就作罢，你到别处寻吧。"

"我，我我……"希尔达看了看这美人，再看看一旁的女孩。他想了想说道："冥王，你看，这样好不好？圣女，我要了，你再把她旁边，旁边的女孩送，送给我。"

"呵呵。"贺黑律笑道，"想不到你还会偷腥？行，旁边那个就送你了。"

"太好了！"

"宝珠你都带来了吗？"

希尔达从怀里摸出两个精致的木盒放到桌上，打开盒子，里面分别放着一颗红色的和一颗蓝色的宝石，宝石在烛光下闪着诱人的光芒。

见到这两颗宝石，苏洋不满地低声问道："另外三颗宝石在哪里？"

希尔达又拿出一张写着"白"字的票据放到桌上，票据右下角还印有一个繁复的图案。

苏洋把手按在刀柄上，恶狠狠地问道："你这是什么意思？"

希尔达说道："我将宝石放在了白家银庄，并请他们派人护送，直到我们平安离开宋国之后，您拿着这份存票，就能取三颗宝石。这是白家的信誉。"

贺黑律冷笑一声道："你倒是狡猾。"

希尔达憨笑了一下，说道："与魔鬼打交道，就要狡猾。"

他们已经谈妥，先前一直如玉雕般的美女突然抬起袖子，掩在嘴上长长打了一个哈欠，旁边的天凤急忙扶起"她"，因为目不能视，起身时撞到了桌子，这一下撞得极重，桌案都狠狠晃动了一下，只听啪的一声，案上的烛火一下掉落在地，刹那间红烛的火焰像一条长蛇，蹿上了贺黑律的黑袍，一瞬间他就被烈火包裹，一旁的苏洋赶紧扑救，却一时间找不到水源。几番折腾，火势却越来越大，情急之下贺黑律扒下着火的外衣扔到一旁，可旋即便撕下床帐披在身上，同时掩住了脸。贺黑律的确很快，但是杨延琅已经看清了他肩胛处的刺青。

突如其来的变故，把几个人都惊呆了，天凤拉着那位“美女”躲在墙角，希尔达反应过来后，急忙与苏洋一起踩灭地上尚在燃烧的衣物。

“主上，你没事吧？”苏洋灭火之后，急忙去查看冥王的情况。

此时心狠手辣的冥王不但狼狈还很滑稽，粉色的床幔蒙在身上，又掩住脸，就像忸怩作态的妇人。

希尔达最关心他的“圣女”和他的心上人，所以跑到墙角处看两个人有没有受伤，发现她们都没事，便转过头对贺黑律道：“冥王，如果没事的话，我要带她们回客栈了。”

贺黑律给苏洋使了个眼色，苏洋几步来到他们面前，抽出手中的刀向杨延琅刺去。他的刀又快又狠，天凤吓得惊声尖叫，死死抓着希尔达的手臂。

“住手。”随着贺黑律一声令下，苏洋的刀尖就停在“美女”眼珠前的毫厘之处，而“她”竟然连眼皮都没动一下，片刻之后一眨眼，睫毛触到刀尖，“她”急忙向后躲了一下。这一刻“她”好像感觉到眼前有东西，于是慢慢地伸出手一点一点试探着摸去，就在“她”要摸到长刀的时候，苏洋把刀往后撤去一点。

“她”什么也没摸到，周围又没有可以扶一把的东西，“她”开始惊慌，想往前走，踩到了裙角，身子一斜直向苏洋的刀尖扑去。所有一切都发生在电光石火之间，苏洋急忙收刀后撤，才堪堪躲过了这“瞎子”的一扑。

这一刻，甚至连天凤都有点相信“她”是个瞎子，回过神来后急忙跑过去把“她”扶起来。而此时苏洋依旧拿刀指着她们，若是冥王一声令下，他一定会把她们都劈成两半。这时天凤看到一旁的希尔达时，突然急中生智，伸手将希尔达拉过来，两只手比画着，让希尔达救救他们。

看到心仪的姑娘如此信任他，希尔达顿时热血冲头，上前挡在她们面前对贺黑律说道：“冥王，她们现在是我的，你不能动她们。”

贺黑律因为裹着床幔，不伦不类的，不太好意思与他们靠太近，却阴森森地说道：“这里是我的地方，是死是活我说了算。”

希尔达不甘示弱地说道：“但是你别忘了，若是我死了，你就永远永远也拿不到余下的三颗宝石了。”

贺黑律沉默了一会，然后示意苏洋退下，说道：“你们走吧。但此生都不能再踏进大宋半步。”

希尔达说道：“不会，我带回圣女，还有这位美丽的姑娘，再也不会来这里了。”

贺黑律和苏洋让开了路，希尔达带着两个人悄悄离开了潇湘别院。等他们走后，贺黑律低声对苏洋叮嘱几句之后，两个人也走了。直到一切都安静下来，楚湘洛才从隔壁出来，回到自己的房间。

第七十六回　万里结姻缘

希尔达喜欢热热闹闹的汴京城，喜欢街道两旁琳琅满目的物品，他还买了许多绸缎、簪花这些女人用的东西，因为他爱上了一个美丽的姑娘。如果没有冥王这么可怕的人，他甚至很想留在这里，但现在他只想快点回到家，带着圣女和美丽的姑娘早点逃离冥王的魔爪。

在白家镖师的护送下，希尔达日夜兼程，半个月之后他们终于出了大宋国界，镖师们完成任务离开了。希尔达摘去波斯人的帽子和长袍，望着茫茫沙漠，迎着干燥的劲风，张开长长的手臂，微微仰起头，闭起眼睛享受地深深吸了一口气，然后忘情地说了一堆叽里呱啦的话。

“美丽的姑娘们，我们终于逃离冥王的魔爪了，可以出来透透气了。”希尔达一顿长长的感慨之后，转身要去马车上把她们接下来透透气，可是当他转过身来时发现她们已经站在自己面前。

“原来你们也被闷坏了，我知道那个冥王实在可怕，我也……”

希尔达正说得兴起，突然一只大手卡在了他的脖子上，指如钢钩，重若磐石，卡得他一动也不能动，只能瞪大眼睛惊恐地盯着眼前这个玉雕冰魄般的“美人”，想不明白，为何他心中的“圣女”转瞬之间会变成夺命的魔鬼。

“松开，他快死了。”天凤用力拉住杨延琅的手臂叫道。

杨延琅猛地松开手，希尔达一下瘫软在地上，用力咳嗽着，半天才缓上气来。

缓过气来的希尔达指着杨延琅和天凤：“你，你，你们……”

杨延琅俯下身问道：“你是什么人？从哪里来的？”

“你，你怎么，怎么是，是个，是个男人？啊，啊啊，她是怎么变成男人的……”后面他又忍不住叽里呱啦地说起他自己的语言，但神情几近癫狂。

“我不问你第二遍。”杨延琅的声音压得很低，眼中迸出地狱烈焰般的怒火，吓得人喘不过气来。

希尔达知道，自己再不回答他，马上就会被撕成碎片。他喘着粗气，闭上眼睛平复下情绪，说道：“我叫，叫希尔达，来自你们，你们所说的大秦。”

杨延琅有些意外地问道：“你不是波斯人？”

“不，不，不是，我……”希尔达一着急，又开始说他自己的语言。

杨延琅眯起眼睛，冰冷而锋利，那是杀人的征兆。

天凤急忙对希尔达说道：“你说什么？我们都听不懂。”转头又劝杨延琅：“我们不着急，让他说清楚行吗？”

杨延琅后退半步，算是认同了天凤的话。

希尔达大口喘息着，冷静了一会才继续说道：“我们在，丝绸之路最，最西边，到波斯才一半。五年前，公爵的封地流行，流行很厉害的瘟疫，后来，我们那来了一个东方的法师，法师很厉害，他治好了瘟疫。后来法师说，有圣女在东方，只要我们请回圣女，就可以永远没有瘟疫，所以公爵命令我带着我们最珍贵的宝石，按照法师的指引，来东方寻找圣女。我历尽千辛万苦才来到大宋这个神奇的国度，然后找到冥王，然后，就就……”希尔达很聪明地收了声。

杨延琅再次问道：“你带来的是什么宝石？”

希尔达说道：“宝石一共五颗，红色那颗叫太阳之光，蓝宝石叫海神之泪。还有一颗黄色宝石叫魔鬼之眼，一颗绿色宝石叫死神之血，而最名贵的一颗像天上的星星，熠熠生辉，又像清水一样透明无瑕，所以它叫少女之心。”

圣女？杨延琅心中冷笑。想不到贺黑律竟然利用丝绸之路给自己打通了一条贩卖人口的通道，那个所谓的法师，应该就是他的下属，目的就是为了骗取那个什么公爵手中的价值连城的宝石。不过这个黄毛应该很狡猾，他把宝石藏得很好，甚至为了保命，还将余下的三颗宝石存进了白家钱庄，如此逼着冥王，冥王只能尽心尽力帮他寻找“圣女”了。

杨延琅一步一步上前逼近，既然知道了事情的来龙去脉，也就没有必要留着这个祸害了。

“不，不，不要，不要，救命啊，救命啊……”希尔达一步一步向后挪，绝望地来来回回看向四周，希望有人能救救他，可是无边无际的沙漠，方圆百里没有一个人，谁会来救他，即使有人，谁又能是眼前这个魔鬼的对手。

“别，别，你别杀他……”天凤突然挡在希尔达面前，张开手臂，却双拳握紧，急促地呼吸着。

“闪开！”杨延琅低声喝道。

“求你，别，别，别杀人……”天凤似乎又记起那日被杀的女孩，眼神发直，嘴唇抖动着，一遍一遍求他不要杀人。

杨延琅道：“丫头，跑到五十步之外，转过头，不要看。”

“不，不，他不是坏人，他只是，只是不懂，他，只是弄错了，求你了，别杀人了，我害怕……”天凤急促地喘息着，依旧替他求情。

“他该死。”杨延琅觉得自己的耐心快被磨光了。

“他救过我们，他在，他在密室里，是真心要救我们的，别杀他了，我害怕……”天凤看了一眼被吓到魂飞魄散的希尔达，依旧不让开。

“他必须死。”杨延琅的声音带着杀意。

“为什么？”天凤含泪不解地问道。

“因为这件事不能让任何人知道。”

天凤愣了一下，突然明白了他话里的意思，却歇斯底里地哭道：“你原来与冥王是一样的，你也是杀人的恶鬼。”

我是杀人的恶鬼！杨延琅眼前顿时一片血红。

“哥……”天凤扑通一声跪在杨延琅面前喊道。

天凤的一声“哥”将杨延琅从梦境中唤醒，这一刻他心中五味杂陈，双手不受控制地颤抖起来，好像她还叫过自己姐姐，他此时第一次尝到了有妹妹的感觉。

天凤的鼻涕眼泪一起往下流，抽泣着说道：“你相信我，他真不是坏人，我见过许多买家，他和他们不一样，那些人是不会管姑娘们的死活的，有些人甚至当场行龌龊之事。但是他不一样，前两次他虽然没找到圣女，但还是把姑娘买走，然后放了她们。哥，我知道，你和冥王是不一样的人，你不会乱杀人的。”

杨延琅他蹲下来轻轻扶住天凤瘦弱的肩膀，天凤顺势扑进他怀里，放声大哭。希尔达怯生生地看着他们，他想要过来安慰天凤，但是看到杨延琅的目光，又不敢上前，于是他就在上前一步、退后一步的生死边缘来回试探。

“别哭了，不杀人了。”杨延琅安慰她说道。

“真的？”天凤抬起头问道。

“不杀了。”

天凤听到他说不杀人了，反而抽泣得更厉害了，好像从噩梦中醒过来，浑身都放松了。杨延琅扶起天凤，然后对希尔达招招手，示意他过来。

希尔达虽然怕他，但是能感觉到这个人说话算数，他说不杀就一定不杀，所以他终于鼓起勇气走到他们面前。

“滚，永远不许再踏入大宋半步。”杨延琅终于给了他赦旨。

劫后余生的希尔达长长松了一口气，急忙拱手作揖道：“我再也不会来了。”

天凤拭去眼泪，说道：“你快走吧！”

听到天凤这句话，希尔达二话不说，转身跑上马车，驾车就走。

杨延琅看着那辆越来越远的马车，阴沉沉地哼了一声道：“贪生怕死之人。”

天凤轻声说道：“试问天下人，谁不想活命？谁不想再见到亲人？”

杨延琅慢慢低下头，这一刻他想见母亲，还想见妻儿。远处那辆车还在黄沙中，他隐约有点后悔。不过他要马不停蹄地回到汴京，子翼找的替身撑不了多久，若是露出马脚就是天大的麻烦，他转身对天凤说道：“走吧。”

“兄长，你，你看。”天凤突然拉住他指着远处的马车说道。

杨延琅顺着她手指的方向看过去，还是那辆马车。

“你，你再好好看看，你好好看看！”天凤的声音里藏着几分雀跃。

马车在往回走？杨延琅仔细一看才发现马车向着自己的方向往回跑，而且跑得很快，不一会的工夫已经来到他们的面前。他皱起眉头，不知道这个黄头发、蓝眼睛的家伙要干什么？

马车停下，希尔达一下从车上跳下来，气喘吁吁地跑到他们面前，神情严肃庄重地站在天凤面前，突然单膝跪地，仰起头看着天凤，抬起右手说道："美丽善良的姑娘，希尔达今天要在上帝和魔鬼的见证下，向你求婚，请你嫁给我，我用生命向你发誓，我会竭尽全力让你幸福，直到我离开这个世界。如果我违背了今天的誓言，就让我面前这个魔鬼，将我拖入进地狱。"

他面前的魔鬼？杨延琅深深吸了一口气，极力控制着自己别现在就掐断他的脖子。不过听他这番说辞，应该是在向天凤求亲。不过求亲要跪下吗？男儿膝下有黄金，怎么能随便下跪，自己当年娶大辽国的公主也不用跪下求亲，难道说他家乡的习俗就是男人要给女子跪下求亲？杨延琅第一次从心底涌上来这么多乱七八糟的问题。

杨延琅觉得有意思，但天凤却被吓了一跳，先是发愣，随即就躲到了杨延琅的身后。不过还好希尔达没有追过来，只是说完之后静静地等待着她的决定。

此时天凤也听明白了，两片红晕从脸颊迅速漫过耳朵尖，羞得她把头埋到了胸口，手脚都不知道该放到哪里。

杨延琅把天凤扯到一旁，低声问她："你喜欢这个家伙吗？"

天凤把头垂得更低了，可是却用余光瞟了一眼希尔达。杨延琅不懂女孩子的心思，但天凤不摇头就说明她喜欢。他非常认真地问道："男大当婚，女大当嫁，此事无可厚非。不过天凤你要想好了，若跟了他，你便要远行万里，去异国他乡，这辈子可能都回不来了。"

天凤点点头："我知道。可是兄长，您能照顾我一辈子吗？"

面对天凤这个问题，杨延琅张了张嘴，却什么也没有说出口。他这辈子什么都可以舍，唯有承诺不行，别说照顾她一辈子，若能不连累她，都是万幸的事。

见杨延琅不出声，天凤继续说道："兄长是做大事的人，天凤只是一个普通的女子，即使留在您身边也帮不上您，甚至还会连累您。如今我家人都没了，留在大宋也是孤身一人。"

杨延琅轻轻叹了口气，从怀里摸出一块黑色的令牌，令牌正面印着一个银色的"白"字，背面印着银色的"金华"二字，他把令牌悄悄放进天凤的手里，说道："到了他家那边，如果有白家的铺子，那里就是你的娘家人，若是他对你不好，或欺负你，拿着这块令牌去找他们，他们一定会护你周全的。"

天凤将令牌紧紧握在手里，眼泪直往下掉。

"喜事，不哭。"杨延琅抬手擦去她脸上的泪水，拉起她走到希尔达面前，希尔达还笔直地跪在那里。

站在希尔达面前，杨延琅说道："希尔达，天凤答应你的求亲了。"

听到这句话，希尔达宝蓝色的眼睛顿时亮起来，兴奋之情溢于言表。

杨延琅继续说道："天凤叫我一声哥哥，我就是她一生的哥哥，今天我把妹妹交给你，无论贫贱富贵，你都要好好待她，你若亏待了她，别说万里之遥，就是上天入地，我也会让你后悔这辈子做人。"

希尔达看着杨延琅，不知道何时他的发髻已经散开，原本一袭飘逸的黑纱长裙，此时迎着沙漠的劲风猎猎作响，就像他身上散出的黑雾，狠戾不带一丝情感的眼神，让人相信他真是从地狱里出来的魔鬼，挥手之间就能将人间覆灭。希尔达相信，如果自己对他妹妹不好，他会马上出现在自己面前，扭断自己和所有人的脖子。

希尔达认真地点点头，说道："说实话，我真的害怕你，但是我要追求我心爱的女孩，就要经过魔鬼的考验。我会真心对天凤姑娘好的。"

他一口一个魔鬼，叫得杨延琅非常不痛快，谁见过哪家的妹夫叫大舅哥魔鬼的，不过他既然承诺了，便让他站起来。希尔达听话地站起来，杨延琅把天凤送到他身边，说道："往西走大约四里有一个驼队在等你们，他们会把你们护送到波斯，再找别的商队将你们送回家。"

希尔达急忙说道："不用，我带了足够的水和食物，完全可以走出沙漠，而到了沙漠另一边，就有我们国家的驿站了。"

杨延琅看了一眼他的马车，平静地说道："你的水已经被冥王给放掉一半了。"

"啊？"希尔达半懂不懂，然后跑到马车上查看，果然装水的箱子里只有上面两层水袋，下面的全是石头。

"好狠毒的冥王……"说到这他突然停下了，直愣愣地看着杨延琅，那冷漠幽深的眸子里是让人无法猜测的诡异莫测，他绝对是魔鬼，甚至是比冥王更可怕的魔鬼。这一刻的恐惧深入希尔达的骨子，如果不是自己执意请求天凤嫁给自己，如果天凤不答应，如果这个魔鬼不心疼妹妹，那么自己就死定了。

"兄长。"天凤一瞬间也全明白了，如果希尔达自己驾车逃走了，他就会永远留在沙漠里。

杨延琅的目光变得有几分闪烁："我从未这样放任过自己，此事一旦走漏风声，不但我将死无葬身之地，还会有成百上千的人给我陪葬。"

天凤拉着希尔达跪在杨延琅面前："兄长，我已经没有亲人了，您就是我的至亲，兄长请受我们一拜，拜谢兄长搭救之恩，拜谢兄长成全之情。自此之后天凤远走他乡，与您天各一方，您就放心吧。"

"兄长，我也希望这样叫你，虽然我不知道，是该感激你，还是该恨你，但我知道，我一定要对天凤好，否则就，就会死得很惨。"说罢二人深深地叩首。

杨延琅把他们扶起来："起来吧，是男人就一辈子保护好自己的女人，你也回去转告那什么公爵，无论是寻找圣女，还是通商贸易，要派使臣光明正大地来。我相信，会有很多像天凤一样的姑娘愿意嫁过去，别走歪门邪路。"

希尔达认真地点点头，而后拉起天凤，驾车往西走去，远远地，天凤还向杨延琅挥手，直到翻过一个沙丘再也看不见了。

子翼牵着两匹马从另一个沙丘后走过来，把手里的一个黑包袱扔给他，笑嘻嘻地学着希尔达说道："圣女姐姐，要不要跟我走。"

杨延琅冷冷地看了他一眼，如果能抓住这个飞贼，一定把他打得满地找牙，这事若传出去，只怕把老祖宗的脸都丢光了。

子翼知道自己要适可而止，否则一定会英年早逝，他急忙转移话题道："你真打算放他们走了？"

杨延琅已经换上一身平常衣服，听到子翼的问话，微微顿了一下道："从小到大没人叫过我哥哥，再说有你的驼队裹挟着，他们还能飞上天？"

"这一个铜子的债啊——"子翼拉着长长的尾音，表达自己的不满，回去还不知道要受小白多少白眼呢。

杨延琅拉过缰绳，翻身上马，随手把那件轻裳罗裙抛在身后，也不知道那是用什么做成的，竟然轻若流云，被沙漠的长风卷到了天上。

第七十七回　神兵抄炼狱

初秋之时，御花园里的百花开始凋落，只有菊花到了怒放的时候，片片黄叶盘旋而下，赵恒捏下肩头的一片落叶感叹道：“一叶落而知岁之将暮，一转眼秋天就到了。”

“陛下可是遇到什么愁事了？”寇准跟在皇帝身边不解地问道。大清早就把他从被窝里拖出来，传旨的太监只说皇上心情大好，请他陪皇上逛逛御花园。寇准早饭都没来得及吃，就顶着秋风到了御花园，结果发现赵恒只穿了一身寝衣，披了一件斗篷，已经在园子里逛了。见到寇准后他东拉西扯了半天，但寇准怎么也看不出来小皇帝天不亮就爬起来挨冻，哪里心情大好了，分明就是心情不好，而且是很不好。

“我遇到了一个熟人，颇有几分为难。”赵恒略带几分玩味地说道。

“不知官家遇到了什么样的熟人？”提到熟人寇准已经猜到七七八八，那个人已经闹得沸沸扬扬，皇帝怎么可能不知道。

赵恒回身伸出食指隔空点了点寇准道：“你跟我装糊涂。”

寇准笑了笑：“臣也知道他来了，不知官家想如何处置他？”

“他是大辽使臣，杀了他，萧绰那老太婆就会乘机兴风作浪，更何况他老婆也不是省油的灯。”赵恒视寇准亦师亦友，一般不太拘谨，所以直接呼萧绰为老太婆，还有几分年轻人的稚气。

寇准说道：“既然不能杀他，即按使臣接待便可，他不会提救驾之事，官家装个糊涂也就过去了。”

赵恒叹了一口气：“听说已故杨老令公有个四公子貌比潘安，却有擎天之力，有治国之才，只是冷心冷血、性情乖僻，你不觉得这件事有些蹊跷吗？”

“官家，可听闻过三人成虎这个典故？”

赵恒点点头，《战国策》他已经熟读多遍自然知道。

“三个说有老虎的人，一个必然别有用心，一个可能是无意，或许还有一个是要提醒魏王不要相信。有没有老虎，魏王亲自看一看就知道了，其实需要魏王看的不只是老虎，还有说虎的这三个人。”

“怎么说？”赵恒抬起头问道。

寇准沉声道：“街上的老虎固然可怕，却可以看见，可以防备，而人心里若藏着老虎就能杀人于无形。”

赵恒听罢一声不语，一片一片摘着旁边树上的叶子，过了半晌突然抬头，说道：“走，我们一起用早膳。”

“是。”寇准陪着赵恒出了御花园，至于这位小皇帝心里究竟是怎么想的，谁也猜不出来。

吃过早膳寇准出宫回府，可是刚到府门，门童就将一封信交给了他，信封上一个字没写，信封里装着一张羊皮纸地图。寇准仔细看过地图之后，眉头突然紧紧地拧在一起，二话不说又往皇宫去了。

贺黑律终于从白家银号里拿到了宝石，五颗价值连城的宝石再加上之前的积蓄，应该够了。他知道叔叔的野心很大，近一年多来叔叔更是不顾自己的安危，疯狂掘金，只怕已经起了兔死狗烹的念头，所以他想要的，只能靠自己。

“大人。”苏洋急匆匆地走进他的书房，在烛火下他那张狰狞的脸此刻写满了惊慌。

贺黑律抬起头问道：“发生什么事了？”

苏洋说道：“他们在地狱附近抓了一个樵夫。”

贺黑律道：“樵夫？那一片不是让当地县衙封了吗？怎么会有樵夫上山呢？”

“属下听他们描述，那个人的相貌很像寇准！”

“寇准？”听到这个名字贺黑律并没有吃惊，甚至还露出一丝笑意。

苏洋问道：“大人，我们该怎么办？”

贺黑律哼了一声道：“既然他发现了，我们就送他一座‘地狱’又何妨？”

“您的意思是……”

“那座矿已经挖得差不多了，正好用它来做点别的事。”说到这里他起身站在苏洋面前，颇为动情地说道，“苏洋，你是个好汉，这些年来我尽力保你平安，今后我还能不能继续保你，我们还能不能继续享受荣华富贵，就要看我们能不能渡过今日这一劫了。”

苏洋被他的一番话打动了，凶狠的眼神中闪出几分义气，沉声说道：“大人，有什么事您只管吩咐，上刀山下火海，我二话不说。”

“马上去地狱，把该清理的全清理干净，最后再留下两个死士给他们。对了，还有那个寇准，就让他一起下地狱吧。”说完把一个银制令牌交给了他。

“是。可是大人，巡察营那边怎么办，我可是巡察营的校尉。”

贺黑律道：“官府这边的事交给我，你放心吧。”

“好，大人我去了。”

贺黑律叫住苏洋说道：“巨獒一直没喂饱吧？”

苏洋点点头：“是。”

“那从今天晚上开始就别喂了。”

“好。”苏洋答应之后，转身出了书房。待他走后，贺黑律拿出剪刀，剪下一点灯芯，屋里更亮了一些，他低下头继续看书。

漆黑的山洞里寇准无奈地望着外面那一点点星光，他相信有“地狱”，可是没想到自己会这么快被抓进“地狱”。他假装成樵夫，按着图上的标记沿着山路摸进来，想一探究竟，谁承想刚一靠近就被人抓住，然后被扔进了这个山洞里，洞口封着铁栏杆，身后是一堆腐尸白骨，他们管这叫地笼。

哎！怪自己太轻敌了，一介文官，孤身就来闯龙潭虎穴。

“哎！一介文官，孤身一人就敢来闯龙潭虎穴，真是天堂有路你不走，地狱无门你闯进来。”一个带着嘲讽的声音从身后幽幽地响起来。

寇准被吓得一下跳起来，靠着铁栏杆不可思议地看着不远处那个人，他又揉了揉眼睛，难道自己老眼昏花，洞里的确有一个人。

那人似乎看透了寇准的心思，把手里的铁锁扔在地上：“看看，见鬼了吧？”

寇准戒备地看着他，大有要逃跑的架势。

“我敢保证，你要跑出去，不出五十步必死无疑。”

“壮士是来救在下的？”黑暗中寇准看不清这个人的长相，只有他一双眼睛就像天上的星星一样闪闪发亮，光凭这一双眼睛寇准就认定他不是恶人。

“大宋朝的好官不多，死一个就少一个，挺可惜的，不过你虽是好官，但就是脑子有点不太好用。”

寇准活了四十多年第一次听人说他脑子不好用，禁不住乐了：“请教壮士，在下哪里脑子不好使。”

“这里可是地狱，这么大个黑矿开了五年之久，难道真就没人察觉？被抓来这么多犯人，官府就不知道？这不是有钱能使鬼推磨，是有钱能使磨推鬼，可您老就这么昏头昏脑地跑进来，还装成樵夫！看看您身后的那一堆，都是樵夫，还是真樵夫。”他指了指那堆腐尸白骨说道。

“在下受教了，不过壮士自由来往这人间地狱，可见不是凡人。”

“得，别套我话，你就是再捧我，我也不上当，有话就直说，没话我走人。”

“好好好。”寇准急忙认输，“壮士，在下有一事相托。”

“何事？”

“在下身上带着官家调兵的密旨，却不想身陷囹圄，所以我想请壮士代劳执密旨调兵，剿灭贼巢。”说罢寇准从鞋底下取出密旨双手奉上。

这人半晌没有出声，郑重地打量了寇准一番道：“你不怕我是他们派来诈你的？”

“寇准一生阅人无数，自信不会看错，而且我若没猜错，那份图就是你送给我的吧。”

“这事您老的脑子倒是转得很快。”他用两个手指捏着密旨的一角，嫌弃地把脸转到一旁，这味道绝对能上天入地呛死神仙，若它不是皇帝的密旨，他一定把它扔到山下去。

寇准见此讪笑：“非是对官家不敬，实属无奈之举。”

他鼓足勇气，又撕下一片衣襟把密旨包起来，团了团才塞进自己怀里，问道："寇大人，朝廷之中哪位将军可信？"

他的一番动作惹得寇准忍不住笑起来，而后想了想说道："唯有杨家将。"

听寇准提起"杨家将"三个字，他顿时把鼻子眼睛皱到一起，然后说道："虽然我十分讨厌天波府里的那些人，但想来想去还就是他们最合适，算了，看在大人的面子上，我就替你跑一趟，不过大人还需再写一封亲笔信，我直接扔到杨府。"

寇准不知道他为什么这么不喜欢天波府，不过这份真性情倒是很让人喜欢。他撕下自己一片里衣，没有笔墨，干脆咬破食指，寥寥数语将事情写下交给了他。

子翼把这封颇为吓人的血书也塞进怀里，又到洞口把一个黑衣人拖进来，扒下衣服扔给寇准："换上吧。"

"他们发现我跑了，必会起疑，若有防范就麻烦了。"

"不跑？最迟到明天一早他们就来结果你，要不要命了？"

"可是……"

"当然，如寇大人想为国捐躯，我也不能拦着。"

寇准被他说得哭笑不得，急忙换上衣服，自己虽不怕死，但能活着还是不要捐躯了。子翼又把寇准的衣服给地上的死人穿上，面朝里摆放好，就像睡着一样。

"走吧。"他拉着寇准出了山洞，又把牢门上锁，然后找了一堆废矿石，把寇准藏到中间叮嘱道："除非被抓出来，否则一声不许出，等我回来。"

"嗯。"寇准点头答应。

天近三更，佘赛花收到了调兵密旨和寇准的血书，她片刻不敢耽搁，命杨宗保和杨瑛等人带两千御林军往黑矿进发，辰时不到大军就将黑矿团团围住。"地狱"里的"鬼怪"们都是亡命之徒，知道如果被抓必死无疑，所以拼命地抵抗，试图杀出一条活路。

地狱外面打得热闹，里面也没闲着。寇准很听话，无论他们怎么搜查都一声没吭，但终究还是没能逃过"大小鬼"的搜查，眼见明晃晃的钢刀落下来，他绝望地闭上了眼睛。

就在寇准以为自己难逃一死时，耳边响起"叶叶……"的几声闷响，接着就有人在拍他的脸，一个熟悉的声音说道："醒醒了，回家再睡吧。"

寇准瞪大眼睛看着眼前人，惊魂未定却先问道："壮士可能调来兵马？"

"来了，只是没我跑得快，我先到了。"他挥刀割断寇准身上的绳索说道。

寇准吓出一身冷汗，他跑得是够快，自己走了一天，他半宿就打来回，不过他若跑得不快，今天自己脑袋就搬家了。

"多谢壮士相救。"寇准施礼道谢。

"快跑。"这人拉起他一路向外跑去。看到他们逃跑，看守地狱的"大小鬼"们蜂拥而至，将他们围在中间。

寇准平日自诩足智多谋，也算胆识过人，直到今天才明白什么叫心惊胆战，什么叫命悬一线。眼前一片刀光剑影，泛着寒光的刀刃就从自己的鼻子尖削过，若不是被他往后扯了半步，自己的脸就会被削成门板。心有余悸的寇准任由他拖拉着游走在刀枪剑戟之间，眼前人影闪过，一个个缺肩少臂、开肠破腹的人栽倒在脚下，更令他恐惧的是那人手中不知握着一柄什么刀，先前刀刃是惨白色，越杀人刀刃就越发红妖艳，而地上的尸体，皮肉外翻，却滴血不出。

终于停下了，停下了，寇准闭了闭眼睛，强压下作呕的不适，用力吞了一下口水，终于忍不住说道："在下感激壮士救命之恩，只是这杀人手段……"

"受不了？"他微微扬起下颌，不屑地说道，"那是你没到他们的'十八层地狱'去看看，十几种杀人的手段，随便挑出一样都比我狠十倍。再说我不下狠手，咱们两个就成包子馅了。"

"是在下拖累壮士，只是还未请教壮士高姓大名？"

他眉头一挑说道："第一，不是我想救你，是有人想救你，要依我的性子早躺在潇湘别院头牌姑娘的怀里喝酒寻乐去了。第二，若寇大人感念我的救命之恩，今天这事就打死也别对第三个人说。当然，如果你说了，惹出麻烦来，你死的样子不会比他们好看。"

"壮士……"

"行了，救你的人到了，好好善后吧。"那人打断他话，转身出了矿场，跑进密林之中便不见了踪影。这时身后传来喊杀声，头一个冲进来的就是天波府的杨瑛。

官兵将"地狱"围住，在寇准的指挥下，无论"大小恶鬼"，还是挖矿的犯人须全部羁押，审清之后才能确定他们是放是关，以防恶贼趁乱逃脱。仔细搜查之后，他们在运金的秘密山洞里抓到了两个人，并从他们的身上搜到了一块银制令牌。

"地狱"被剿灭，黑金案顿时轰动朝野，人们纷纷猜测此案背后的主谋之人，但几日之后，便有人说背后的主谋是辽人，而且是辽国暗骑大统领耶律铁镜。

贺黑律坐在漆黑的书房里，窗外下着瓢泼大雨，一道闪电瞬间劈开如墨的夜色，映出他一张惨白的脸，此时正面无表情坐在桌案后，桌上摆着一个黑色的木盒和两个茶碗。

哗——苏洋带着一身雨腥气走了进来，他躲了一整天，到了夜里才敢来。站在桌案前，雨水顺着他的下颌淌下来，他抹了一下湿淋淋的脸，说道："大人，一切都安排妥当了，只是寇准侥幸没死。"

贺黑律道："无妨。只是黑金案一出，寇准又没死，肯定第一个就要查巡察营，所以你这个校尉是当不成了。"

"大人，一个官职而已，苏洋无心贪恋。"

贺黑律点点头，然后打开黑色的盒子，里面装着满满的珠宝玉器。他把木盒推到苏洋面前道："为今之计你只能远走高飞，待你走后，我会把所有罪名都推到你身上，这样我们也就平安了。这些是我们这些年赚的，我只留下那五颗宝石，这些给你，远走他乡，安身立命用。"

苏洋看着这些宝石，说道："大人，当年如果不是您救我一命，哪有我苏洋的今天，这些宝物请大人收回去。"

"不。给你，你就拿着，你拿的钱越多，走得就越远，我就越安心。"贺黑律起身给他倒了盏茶，也给自己倒一盏茶。

苏洋听罢扣上盒盖道："大人放心，我远走西域，此生再不回大宋。"

贺黑律端起茶盏道："你我相识一场，今日分别可惜不能以酒相送，我就以茶代酒，祝你一路平安。"

苏洋想都没想，端起茶来一饮而尽道："也愿大人……"他刚刚开口，突然就停下了，左手痛苦地捂着肚子，右手抠着桌案。痛苦，不甘，仇恨，怨毒，种种情绪聚集在一起，让他带着刀疤的脸扭曲成一团，就像屠户刀下的一块碎肉。

贺黑律面不改色地把黑色盒子移回自己面前，说道："现在干净了。"

苏洋突然笑了，用最后一口气指着他说道："地狱里，见……"

又是一道闪电划过，贺黑律站在假山的栏杆后，看着饿疯的巨獒在饱餐，尖牙利齿将尸体撕得血肉横飞，大雨之中弥散着血腥味，苏洋被他自己养的巨獒吃得连骨头都不剩。

第七十八回　朝贺辩凶顽

“地狱”一案震惊朝野，赵恒亲点寇准为钦差，着刑部、吏部全力协助彻查此案。从“地狱”中救出囚犯两千余人，开封府、河南府、应天府、大名府等几个州府的囚犯几乎全在“地狱”里，大多都是偷鸡摸狗，贩卖私盐的毛贼，甚至还有一些未登记造册就直接押到“地狱”的人。据“地狱”的判官等人交待，在“十八层地狱”被活活累死的、塌矿坑被砸死的人，不计其数。寇准带领人马，昼夜审查，涉及买卖犯人的官员有十几个，差役牢头上百个，这些人大多是被金银收买，成了“地狱”的走卒。而巡察营的五品校尉朱海，在“地狱”被抄之前便不知所终，可能是听到风声跑了。虽然查证他就是八年前传闻被官兵剿灭的江洋大盗苏洋，但找不到他，线索就断了。

地狱中找到的两个头目，经过堂审，发现竟然是辽人，在他们身上搜到的银牌，就是大辽暗骑军银骑令，若依此推断，案子的幕后之人就是耶律铁镜和萧绰。但有一点说不通，若是耶律铁镜谋划此事，即使她做不到天衣无缝，也会更加隐秘，她手下的银骑那般狡猾，又岂能轻易被抓。

寇准忧心的不止这些，而是按着“地狱”的账簿记录，他们已经挖了近十万两黄金，而剿获的不足一千两，即使算上他们收买官员的，最多也不过一万两，余下的九万两黄金，没有任何蛛丝马迹可循。“地狱”开矿五年之久，却被他们隐藏得如此之深，无人知晓，那人却能直捣贼巢。他是谁？他身后的人又是谁？

寇准揉揉胀痛的太阳穴，眼前又浮现出那个山洼里的尸体，看到那一幕时，他才觉得那个年轻人说的话真是不错。忽然他又想起了那个胆大包天的木易，似乎只要他出现就一定会是一片腥风血雨，萧绰竟然找了一个这么不让人省心的驸马。

等了二十多天，这位驸马爷终于从相国寺出来了，仁达也终于松了一口气，再有三日就是中秋节，大宋皇帝就定在这一天召见使臣，他若再不出来仁达急得就要上房掀瓦了。他也不知道驸马爷怎么了，突然说要去大相国寺拜佛为大辽祈福。不但要拜，还要留在寺内斋戒，还不许属下跟着，天天谁也不见，就待在庙里，若再不出来，仁达都担心他们的驸马爷要削去三千烦恼丝，出家当和尚了。

清晨的阳光照进屋里，杨延琅打了一个长长的哈欠坐了起来，难得一夜无梦，他心情很不错。今天是朝见皇帝的日子，过了今日就算完成了使命，他突然有点想念公主与儿子了。

这时仁达端着脸盆走进来，说道："驸马爷醒了？"

"嗯。"杨延琅应一声，开始洗漱更衣，隐约能听到外面有吵吵嚷嚷的声音。

"驸马爷，今日觐见大宋皇帝。"

"知道。"杨延琅已经穿戴整齐。

仁达不安地瞟了他一眼，然后吞吞吐吐地说道："驸马爷，驿丞请您，请您着便装从后门出驿馆，后门有辆马车直接送您进宫。"

杨延琅转过脸看着仁达。追随驸马爷身边多年，仁达非常清楚，他要发飙。

"那个，驸马爷，外面有许多老百姓把驿馆围了。"仁达说话都有点结巴了。

杨延琅眼睛眯起来问道："围驿馆？"

"嗯，前些天大宋破了一起'地狱'黑矿案，地狱私用囚犯做矿工，用私刑处死囚犯，据说主使是辽人，矛头直指公主殿下。"

"辽人？公主？"杨延琅突然明白过来了，原来螳螂捕蝉，黄雀在后。怪不得他们查抄的黄金不足千两，原来这是他挖好的坑，就等着自己跳下去，手段倒是高明。只是不知道把自己弄死在大宋，于他们而言有何好处？

仁达好像看见驸马爷笑了，就是笑得有点瘆人。

"走。"杨延琅收拾完毕径直出门。

"驸马爷，门外，门外围了数百人……"

杨延琅停下脚步，看了仁达一眼问道："千军万马没见过吗？"

"啊……"一句话把仁达问得瞠目结舌，无地自容，嘴里直打哇哇不知道该说什么。

驿丞在门外急地转圈圈，看到杨延琅一身辽人装束出来，连想死的心都有了，他急忙迎上去说道："大人，大人，这可使不得，外面被老百姓围得水泄不通，您这么出去……"

"无妨！"杨延琅冷冷地甩给他两个字，继续往大门外走去。

"大人，你这么出去，若有个三长两短的，我这小小的驿丞就是有十个脑袋怕也不够砍的。"

驿丞跟在他身后唠叨着，可是任凭他说破了嘴，眼前这位驸马爷就是没有丝毫改主意的意思。驿馆里，各国使臣都聚在院子里，在旁边指指点点，等着看木易怎么出丑？

对于那些幸灾乐祸的使臣们，杨延琅连多一分余光都没有分出去，依旧步履沉稳地走向大门，此时四个守卫拼命地顶着两扇门板，可即便如此，大门依旧被激愤的百姓推得咯吱作响，大声叫骂着要辽国使臣出来。

杨延琅来到大门前，单手按住两扇门板向外推去。

驿丞傻傻地看着杨延琅道："大人，门是往里开的。"

夏州使臣讥笑道："原来勇冠三军的木驸马是来帮着顶门的。"

就在众人的议论声中，驿馆大门再次咯吱作响，只是这次响的不止是门板，还有门轴，四个守卫已经不再使力，只见茶碗粗的松木门轴居然裂开了。

门外的人正试图冲进去，却看到门头上掉下来碎石尘土，两扇大门正缓缓地向外倾斜。眼看大门要倒了，人们急忙后退，有几个人冲到最前面，跑时脚下不利落，是连滚带爬才逃出去的。人们刚刚离开，只听轰的一声响，朱漆大门砸在地上，震起一片烟尘。

杨延琅回头对傻愣愣的驿丞说道："门朽了，该换新的了。"

驿丞看着倒在地上的大门喃喃自语："两个月前才换的。"

看着踩着朱漆大门一步步走出驿馆的这个人，外面一时间鸦雀无声。消瘦，俊美，冷酷，一双似天狼般狠戾的目光从每个人身上扫过，感觉如同被利刃割开皮肉，直让人恐惧到骨子里。

"在下木易！"低沉的声音散出冰冷的寒气。

人群之中泛起阵阵骚动，几个胆大地往前凑了凑，问道："你真是木易？"

"是。"

"辽人在我大宋开黑金矿'地狱'之事，你可知道？"

"听说不久。"

"既然知道，就给我大宋百姓一个交代。"

"如何交代？"

"贪生怕死背祖欺宗叛国投敌的败类。你助纣为虐，残杀我大宋子民，自然要为他们偿命！"人群里有人高声叫喊着，再次激起百姓的怒火，都在高喊要辽使偿命。

"大胆，驸马爷是上天赐予我大辽的福星，与大宋、黑金矿无半点关系，再敢污蔑我们驸马爷，我杀了你！"仁达怒气冲冲地喝道。

"辽人私建'地狱'罪恶滔天，杀了他们！"仁达的话让人群更加愤怒，但是刚刚木易以一臂之力推倒朱漆大门，足以震慑众人，让他们只敢叫嚷，不敢上前。

"退下。"杨延琅沉声对仁达道。

仁达听话地低头退到后面。杨延琅走到前面，目光扫向人群，人们渐渐安静下来。

"我乃大辽皇上亲派使臣出使大宋，贺大宋新帝登基，旨在两国修好。今日皇帝召见我，各位却拦我去路，一是对大宋皇上不敬，意在抗旨，二是不利于两国修好，我若死于此地，辽宋必重燃战火，烽火狼烟。请问谁要把儿子送上沙场？"

听了他的话，人们面面相觑，两国交战，尚不斩来使，挑起两国争战这顶大帽子压下来，谁也承担不起？

见围攻的人群已萌生退意，他继续说道："'地狱'一案官府自会查明，我大辽也会查明，若有证据证明我大辽朝廷就是'地狱'案的主使，是杀是剐，木易承担，但今日我要进宫朝贺，谁若阻拦，便是抗旨。"说罢他迈步前行，一步一步走过去。随着他走近，人群自动分开一条道，直到他乘马而去，人们似乎还没有回过神来，不明白为什么这么轻易就放过了他？其他国使臣想看热闹没看成，反倒让木易耍了一把威风，索然无味之时都各自上了马车去往皇宫。

赵恒静静地等在金殿上，三天前圣旨就已经传下去了，各国使臣此时应该早早候在宫门外等待召见，可是现在辰时已过，却依然没有见到一个人。他知道发生了什么事，他也知道，此时应该派御林军驱散人群，接使臣们入宫，但他却没有这样做。赵恒不知道在等什么？辽国使臣不能死在大宋，更不能死在这样一个无凭无据的罪名之下，但是为什么没有派兵解围，他自己也说不清楚。

“辽国使臣，北枢密院副使木易；高丽使臣，躬亲王王允在；夏王使臣，李元君；吐蕃国王使臣……”就在赵恒思索之时，殿外响起值官报唱各国使臣名号的声音，只要这个声音响起，就说明使臣们已经在殿外候旨了。

赵恒勾起唇角，来得够快。

“宣。”赵恒对站在身边的陈琳说道。

“官家有旨，宣各国使臣上殿。”

各国使臣呈上贺表，献上贡品，皇帝再行赏赐，一阵繁文缛节之后，杨延琅就成了金殿上众人的焦点，大家都想见识见识，这个把汴京搅得天翻地覆的辽国使臣长什么样。

他身着银白色的锦缎武服，长及膝盖，领口衣边缝着雪色的貂皮，手上带着白色皮制护掌，盖住了整个手背，只余几个手指露在外面，腰间束着黑色玉带，月白色长裤，脚穿黑色牛皮战靴，后披月银色虎纹拖地斗篷，黑色的头发散披在肩头，额前束一条黑色镶白玉的抹额。他的五官好像被能工巧匠精雕细琢过，眉目之间凝结着千万年的冰冷，双眼有着难以看透的狠戾。他身上兼具辽人的剽悍狂野和中原人的内敛沉着，一时很难让人分清他到底是辽人还是汉人。

赵恒打量着立于金阶下的这个人，一如四年前一样，只是比四年前更加冷漠，那双天狼般的眼睛里藏着让人猜不透的心思。贺黑律也在打量他，想看看这个让人如坐针毡、恨之入骨、可以燃起两国战火的人，可不知为何他突然觉得这人有些眼熟，似曾相识，又想不起在哪里见过。

“辽国使臣何在？”赵恒沉声叫道。

“外臣在。”杨延琅出列应道。

“卿可听闻私开金矿的‘地狱’一案？”

“臣已听闻。”

“不知卿有何说辞？”

“不知陛下要何样的说辞？”

赵恒被问得一愣，他没想到木易会这么大胆，丝毫不给自己留转圜的余地。

贺黑律见赵恒被问得张口结舌，急忙接过话说道：“大人，‘地狱’案中抓到两名辽人，并在他们身上搜到银骑令，所以烦请辽使今日把此事说清楚，也给圣上，给大宋百姓一个交代。”

杨延琅看了一眼这个披着人皮的恶鬼，冷声问道：“若说不清楚呢？”

贺黑律阴沉地笑道：“若说不清楚，大人可就要留下了。”

杨延琅转过头，将贺黑律晾在一旁，仰起头直视御座上的那人，说道：“若宋国想用外臣的性命平息百姓的怨气，外臣无话可说。”

被人轻视的怒火瞬间让贺黑律的脸色阴沉下来，他厉声问道：“辽使此话何意？”

杨延琅转过目光，正视贺黑律问道：“请问王大人，除了银骑令和两个辽人，你还有何证据，证明此事是大辽所为？”

“天下人皆知，银骑令是辽国暗骑军大统领耶律铁镜下属银骑的特制令牌，执此令者，整个暗骑不会超过二十人，这难道还不能证明，耶律铁镜就是‘地狱案’的主使吗？”

杨延琅平静地问道：“大人似乎对我大辽的暗骑颇为了解？”

“胡说。”贺黑律一见自己露出破绽，急忙矢口否认，“这是天下皆知的事，我执掌刑狱，当然知道。”

“即如此，不知道可否让外臣看一看那块银骑令。”杨延琅没有与他继续纠缠，而是提出要看银骑令。

贺黑律抬头看向皇帝，询问赵恒的意思。赵恒说道：“准。就让木卿看一看。”

“是。”贺黑律命人将银骑令拿上来。

片刻之后，一个小太监用木托盘将那枚银制令牌端到杨延琅面前，杨延琅拿起令牌正反面看了看，然后放下令牌拱手对赵恒说道：“陛下，这块银骑令是假的。”

“假的？”赵恒听罢，身体微微前倾，显得很惊讶。这两个字也在朝堂上引起轩然大波，很多臣工都说辽使在耍赖。

杨延琅再次说道：“陛下，外臣身上也带着一块银骑令，陛下一看便知真假。”说罢从怀里摸出一块银制令牌，放到太监手中的托盘上。

赵恒急忙说道：“呈上来。”

太监急忙将两块令牌都拿到他面前。这两块令牌几乎一模一样，正反面除刻着繁复的花纹，还有两个契丹大小字，赵恒看不懂是什么意思，不过木易的这块令牌背面右下角比另一块多了一个契丹小字，这个字很小，若不仔细看，发现不了其中的区别。

赵恒看罢，将两块令牌拿下去给朝臣看。贺黑律看到这两块令牌时，有些得意地对杨延琅道：“你这块银骑令才是假的？”

杨延琅突然转过头问道：“王大人认识银骑令吗？”

两次被他抓住纰漏，贺黑律牙齿咬得咯吱一声响。

杨延琅取过自己那块令牌放回到怀里，说道：“我是辽国驸马，铁镜公主的丈夫，难道公主会给我一块假令牌吗？”说到这他停了一下，又继续说道：“虽说辽国暗骑的银骑令严禁外传，却也不能保证不被有心之人伪造，以此作恶，陷我大辽于不义。还望陛下能严查此案，尽早还我大辽一个清白，更不要被有心之人利用，坏了两国和睦。”

他这一番话说得有理有据，让殿上众人无话可说。

这时，一个五十多岁的文官出列拱手施礼道：“左都御史梁儒贤见过大人。”

杨延琅微一拱手算是还礼。

梁儒贤略带几分讥讽地说道："大人伶牙俐齿，下官佩服，只是下官有一问肯请大人作答。"

"问。"

"下官听闻已故杨老令公于大人有救命之恩、血缘之亲，是吗？"

"是。"

梁儒贤道："既然大人与杨老令公有血缘之亲，当以杨家人而自律。杨老令公忠义一生，若他泉下有知，你变节降敌，在辽国称臣，会不会黄泉之下也会羞愧得无地自容？"

寇准静静地看着木易，俗话说，打人不打脸，说话不揭短，可梁儒贤今日金殿之上就这样揭人短处，一不儒，二不贤，倒显大宋朝十足小气。但不知道这个木易又该怎么应对呢？

杨延琅鄙夷地看了一眼梁儒贤道："若我记得不错，阁下曾与杨老令公一样，俱是北汉之臣，再看立于殿上的诸位臣工，有几位不是变节而来的，说穿了也不过是良臣择主而事的道理。"

听完他的话，寇准的嘴角忍不住微微勾了起来，好一招以毒攻毒，你揭我的短，我就揭更多人的短。木易乃一介武夫，无视仁礼也说得过去，但梁儒贤之流平日总标榜忠孝节义，满嘴仁义道德，今天被人戳到痛处，他又该如何作答？

果然，梁儒贤一听便急了眼，口不择言道："无论如何，我们也都在保我汉家江山，而你却降辽邦异族，怎么能与我等相比，又怎么能与忠义千秋的杨老令公相提并论？"

此言一出立刻引来一片哗然，各国使臣纷纷表示不满。杨延琅步步紧逼道："杨老令公忠义千秋，最终却死于奸佞之手，还差点被污以叛臣罪名，汉家朝廷如此对忠臣义士，你不觉有愧吗？我大辽可是将杨老令公供奉如神明，以礼相待。"

"你……"梁儒贤被说得无言以对，气喘如牛般地一甩袖子退到一旁。

赵恒的目光从未有一刻离开过木易，四年前见识过他智勇双全，四年后再见识他巧舌如簧。先前感叹如此良将为何不能为我所用，现在又忧心这样的人如何束缚于朝堂？现在想来萧绰的胆子的确够大的，不但敢养，还敢收来做女婿。父皇，直至今日孩儿才知你的良苦用心。

贺黑律一遍一遍回头寻找，这时旁边一个人低声道："佘老太君十日前就向陛下告了病假，今日不上殿朝拜。"

贺黑律再次将牙齿咬得咯吱一声响，这个老狐狸，竟然早就知道，看看今日殿上除了眼前这个铁齿铜牙的，一个姓杨的都没有。

好！寇准暗暗竖起大拇指，好一副能言善辩的铁齿铜牙，一盘死棋竟让他说活了。不过他究竟为什么要冒天下之大不韪，回到大宋？他是不是为"地狱"而来？他想了想，走出班列奏道："官家，今日乃各国使臣朝贺之日，旨在邦国修好，无须言外之谈。不过'地狱'一案的确牵涉辽国，今日辽使在此，臣奏请官家，请辽使与臣等同审此案，以摒除误会，和睦两国，安天下民心。”

赵恒道：“准奏。但不知辽使意下如何？”

杨延琅道：“外臣愿留下同审此案，早日还我大辽与公主的清白。”

赵恒道：“如此就着寇准、王强与木易同审此案。”

“臣领旨。”

第七十九回　绝味烤全羊

中秋佳节，万家团圆。夜空中的明月照得街巷亮如白昼，映着万家灯火，一片祥和景象。杨延琅立在窗前，月光洒在他身上，有几分清冷，远远隔着两条街，还依稀可见高高耸立的无佞楼。不知道此时母亲有没有与家人庆贺佳节，也许不会，因为杨家死了太多人，越是团圆日，也越是母亲的伤心时，也许母亲此时也会望着这边，心里骂着自己这个忤逆不孝的儿子。

他摸了摸胸口，那里还藏着母亲的亲笔信，想着近在咫尺的母亲，他疯了一样想奔过去，去看一眼母亲，哪怕只是一眼，只是他想疯了也不能去，一步都不可以接近那个府院。

“驸马爷，别着凉！”仁达给他披上了披风。

杨延琅紧了紧披风，一句话没说。

“驸马爷，属下，属下想问……”仁达吞吞吐吐地说道。

“该问便问。”

“驸马爷，若那‘地狱’案，真是，真是公主指使的，您……”

杨延琅扶着窗口，静静地说道：“你把我的尸体给公主拉回去。”

“那怎么行，您得想想办法？”在仁达的心中，驸马爷就是天，天怎么能塌了呢？

“有关‘地狱’，公主未曾与我交代过，究其原委，无非两个。第一是我大辽并未参与此案。第二，若主谋之人真是公主或太后，却并未告知于我，又偏偏等我来时‘地狱’犯案，只能说我不该回去。”

“难道，难道太后想……”仁达瞬间惊出一身冷汗，后面的话没敢说出来。

“自涿州辽宋一战后，已九年无战事。我大辽休养生息不易，若我一命可以再换九年，有何不可？”杨延琅似乎在对仁达说，又好像对自己说。

“驸马爷……”

杨延琅突然回过头直勾勾地看着仁达，把他看得心惊肉跳。就在他手足无措时，杨延琅突然没头没脑地问道：“你可愿意救我？”

仁达急忙点点头：“当然愿意。”

杨延琅说道：“那你就以暗骑的身份向公主传信，说我想吃烤全羊，要最肥美的羔羊，要派宫廷御厨。”

此时仁达张着嘴，一副丈二和尚摸不到头脑的神情。这位驸马爷并非什么讲究吃喝排场的人，为什么突然想吃烤全羊？还一定要宫廷御厨，难道真是觉得自己命不长久，要享受一番？想到此处，这个黑大汉急忙摇头否认。他们的驸马爷可是刀架脖子眼睛都不眨一下的主，哪管过什么吃吃喝喝的事。

“可有难言之隐？”杨延琅见仁达不出声，再一次问道。不知是有意还是无意，他唇角竟勾起了三分笑意。

“没有，属下这就给公主传信。”仁达只觉得汗毛直立，脑袋像一团糨糊，都没考虑这事究竟有多难，张口就答应了，而后急忙转身出门，多一刻也不敢停留。天啊！驸马爷今天居然笑了，还对着自己笑，天下要大乱了吗？

“你要烤全羊，想钓谁？”仁达走后，子翼便大摇大摆地走了进来，把桌上水灵灵的葡萄一颗接一颗扔进嘴里。

“谁馋钓谁。”杨延琅眼看着小皇帝赏赐的干鲜果品一股脑全进了这贼的肚子，就多一个字都不想说。

“有这好事，你先钓我啊。”子翼似乎看穿了他的想法，把最后一颗葡萄抛到空中，再用嘴接住，故意说道。

“吃多了拉肚子。”杨延琅低声嘟囔了一句。

子翼瞪大眼睛，想不到这家伙居然学会咒人了。

“没了。”杨延琅再次说道。

“告诉你，我子翼什么好吃的没吃过，就小皇帝这些东西，也只能算是中上品。哼，说实话，还就是那地道的宫廷烤全羊没尝过，关键是这东西十几年都没做过了，萧绰那老太婆也是抠门，一个烤全羊也舍不得吃。”子翼不满地发着牢骚。

杨延琅嫌弃地看了他一眼，更不想说话。

子翼轻轻叹了口气道：“不过，你费了这么大的劲，那老狐狸会上当吗？”

“不知道。”

“不知道？你动了半天歪心眼，甚至把美人计都用了……”

“什么美人计？”杨延琅难得发怒。

子翼毫不客气地说道：“不是美人计，你对那个傻瓜笑什么？笑那傻瓜东南西北都不分，出门就撞到柱子上了？”

对于子翼的歪理，他只有选择不出声。

见他不说话，子翼只好言归正传，问道：“你有几成把握？”

杨延琅道：“尽人事，听天命。他想借大宋朝廷的手杀我已经不可能了，这只烤全羊就是他最后的机会，如果我的命真这么重要，他就会铤而走险。”

“不过他不上钩也没关系，至少能吃上烤全羊，也不错。”

“他主子许给了他什么，让他如此心甘情愿地卖命？”杨延琅轻声问道。

“应该不小吧？”子翼瞪大的眼睛在黑暗中发着光。

“我还不想死，你得帮我抓住那老狐狸的尾巴。”杨延琅盯着子翼说道。

“你想把他钓出来，让我去抓这只老狐狸的尾巴？”子翼突然觉得这疯子太坏了，合计了半天是在算计自己啊！

“一只烤羊腿。”

“一言为定。”

皇帝召见之后，各国使臣陆续离开汴京回国，只有辽国使臣木易留下来查案。不过人们都明白，大宋不过是以查案为名，将其扣为人质。不过这位辽使倒也是位心胸开阔之人，本是汉人，不仅做了辽臣，还以使臣的身份回来，面对铺天盖地的骂声，一概充耳不闻，安安心心地住下来。并且这位木驸马实在得辽太后与公主的宠爱，中秋之后竟然浩浩荡荡派来一队大辽宫廷御厨，带着肥美的羔羊，专门来给这位驸马爷做烤全羊。

一只烤全羊顿时风靡汴京城，达官显贵纷纷猜测这位辽使会请什么人？谁能有面子可以尝到大辽宫廷烤全羊的美味。似乎羊还没烤，香味已经飘满京城。

贺黑律看着请柬，邀他九九重阳时赴大辽全羊宴。他知道木易这阵势就是给摆给自己的，却猜不透他葫芦里究竟卖的什么药？他已经派人打听过了，就连贤王赵弘商也要去凑热闹。赵弘商可是王强的恩师，没有他的举荐，王强如何能平步青云？如果连他都去了，王强却不去，就是他官高忘恩，目空一切，不将恩师放在眼里，所以这场全羊宴他是非去不可。

重阳时节，已到深秋，百花凋敝，万物萧条，只有菊花到了盛开之时，财大气粗的辽国使臣包下了整个驿馆，买了无数菊花摆在院中。本该独在异乡孤独寂寞之人，却生生把个重阳节过得热闹无比。看着来来往往忙忙碌碌的人们，再看看冷冷清清、安安静静的驸马爷，仁达这个傻大个想破头也想不明白他要干什么。

天近黄昏，一顶青色车棚的马车停在驿馆门前，车帘打开从车里下来一位已到花甲之年却精神矍铄的老人，他虽身穿便服，但气度不凡。

杨延琅早已在门外迎候，见到老人上前施礼道：“木易拜见贤王千岁。”

“请起，请起。”赵弘商笑呵呵地说道。

“谢王爷。王爷请。”杨延琅闪到一旁请赵弘商进去。

赵弘商抬起头看了看驿馆尚没有重装的大门，笑了笑说道：“我听说这驿馆的大门腐朽不堪，竟然经不住木驸马一掌之力。”

杨延琅道：“让王爷见笑了。”

“木驸马请。”赵弘商与他闲聊着。这些天木易的名字如雷贯耳，成了汴京城里最红的人，可赵弘商闲居在家，一直无缘相见，所以收到请柬他都没有犹豫就答应了。在他看来，什么朝廷大事，两国相争，统统没有他垂涎许久的烤全羊重要，而且他也很想见见这位大名鼎鼎的辽国驸马，是个何等人也。今日一见果然没让他失望，只是看这位木易不像喜欢嘈杂之人，不知今日为何要摆这样的宴席？

初更不到，该请的客人都到已到齐，见礼之后宾主落座，随着木易传令下去，四个身穿契丹盛装的大汉将一个巨大的铁架抬了进来，上面还扣着半圆的铁盖子。放好铁架，其中两个大汉上前抬起铁盖，沉重的铁盖刚刚掀开一点，一道浓郁的香味四溢而出，从鲜嫩的肉味中似乎嗅到了大雨过后千里草原的清香，由鼻而入肺，顿时口水上涌，无论客人还是侍从，都不自觉地吞了一下口水。

赵弘商道："当年我还年幼之时，曾随祖父到过辽国，机缘巧合之下尝过一点这美味，一直记到今日，想不到有生之年还能再一饱口福！"

此时铁盖已经完全打开，精制的楠木包金木盘上卧着一只羔羊，头蹄俱全，焦红的肉上闪着油光，热气微微蒸腾，如果说刚刚闻到一点香味已然让人流了口水，现在可以说是馋虫翻动欲罢不能了。

待赵弘商语毕，杨延琅道："这是大辽的秘制烤羊，要选八九月最肥的羔羊，由我辽国的御厨以秘法烤制，需三日方可出炉。烤羊在大辽只有在祭祀庆典，或招待贵客时才会烤制。但自先帝景宗驾崩后，太后娘娘倡节俭之风至今十六年，这是第一只烤全羊……"

听到这里寇准再次暗暗竖起大拇指，他见过吹牛的，但是能把牛吹得这么云淡风轻、不动声色的他是独一份，此人心机深不可测。

杨延琅自然不知道寇准在想什么，继续说道："吃大辽的烤全羊，要祭天地，再配上我大辽的歌舞与美酒才可以。"

说完他起身站在厅的中央，一个契丹汉子身着盛装手捧银盘，银盘里放着斟满酒的银碗，跪在木易面前，双手将银盘举过头顶奉上。木易拿起银碗，用无名指蘸一点酒水弹向天空，再蘸一次弹向地，然后将银碗放回到银盘之中，而后回手执刀割下羊角中间的一块肉放到酒碗旁边。大汉将酒与肉端到外面，三个契丹少女接过银盘举过头顶，面北而跪，直到酒宴结束，她们才能起身。做完这一切，木易割下最肥美的一块肉奉给了赵弘商。

看着木易一板一眼又祭天又祭地的，寇准心想他就是故意的，故意要把人馋透了才给人吃，看看那一个个吞咽口水的大人们估计和寇准的想法差不多。可偏偏这时已经吃到第一口的赵弘商发出一声感叹："人间一绝啊！"

随着独特的大辽乐曲声响起，身着华丽胡服的契丹舞姬自门外涌入，翩翩起舞，这时御厨已经将全羊分割装盘，送到已经饱受诱惑的贵客面前。

吃全羊，喝美酒，看歌舞，宾客们吃喝尽兴，酒过三巡菜过五味时，一个仆从捧上一碗汤送到杨延琅面前。

杨延琅道："将这最后一道羊心汤奉给王大人。"

仆从听到此话微微一愣，这时贺黑律一笑道："木大人，若我所知不错，这碗羊心汤是要留给宴会主人的，再说有王爷在此，下官怎敢享用？"

杨延琅沉默片刻道："是我醉了，若不是王大人提醒，木易倒失了礼数。"然后转头对那仆从道："赏给你了。"

"奴才不敢。"

"喝。"一个字之间他的声音就变成了千尺冰封下的冷剑，噬魂夺魄。

杨延琅话音刚落，一道寒光直向他腹间刺去。

第八十回　冥王谋退路

宾主尽欢的全羊宴突然冒出个杀手来，这事让一饱口福的客人们顿时心惊肉跳起来。不过还好，这种混乱的时间并不长，就在他们还未惊慌之时，杨延琅已经擒住了杀手，一掌劈在他后颈上。杀手张口吐出一股黄水，落在地上烧出一道青烟。

仁达等人刀剑出鞘，将席宴团团围住，杨延琅甩手将杀手丢给他，示意他把兵器收起来。使团侍卫收起兵器，仁达将杀手押到杨延琅面前。这人自杀未果，此时眼一闭，心一横，摆出视死如归的样子。贺黑律恨得咬牙切齿，却又只能装作若无其事。

杨延琅平淡地说道："口含毒药，懦夫之举。铁镜公主会如何对待刺杀她驸马之人？"

听到他这句话，杀手身体明显一颤。他当然知道铁镜公主把这位驸马爷视如性命，若是得知自己敢对她的驸马动手，她就敢把自己剥皮填草点天灯。他不怕死，但是他怕生不如死。

看到杀手眼中一闪而过的惧意，贺黑律知道，自己的计划落空了。

杨延琅再次问道："我从不问第二遍，谁指使你来刺杀我的？"

短暂的沉默之后杀手说道："是冥王命我来刺杀的。"

"冥王是谁？"

杀手摇了摇头："不知道。"

"是辽人吗？"

杀手再次摇头道："不知道，我们从未见过冥王。"

"谁见过冥王？"

"只有苏洋。"

"苏洋在哪里？"

"地狱被剿之后，我们再也没见过他。"

杨延琅想了想问道："你是什么人？"

杀手道："我原是落雪门的杀手，五年前冥王从洛红裳那里挑走我们五个人，成为冥王属下。"

"银骑令是怎么回事？"

杀手说道："是苏洋给我们的，我们抽了生死签，他们两个抽中了，假扮成辽人带着苏洋给的银骑令，等着被抓。”

“除了你，还有余下的人呢？”

杀手摇摇头：“不知道。”

“冥王为什么杀我？”

“不知道。”

三言两语就能撬开这个死士的嘴，连寇准这个审案的老手也不得不佩服，而一个杀手已经不可能知道更多的东西了，当然，这些对于木易已经足够了。

啪啪啪……赵弘商起身鼓掌道：“木驸马好手段，本王佩服。”

杨延琅道：“让王爷受惊了。”

贺黑律道：“想不到死士这么轻易就开了口，在下掌刑狱这么多年还是第一次见到。木大人，你该不是为了脱身给我们演了一场戏吧？”

杨延琅道：“烤羊不是假的。杀手可以交给寇大人与王大人去审，至于放不放我，那是宋国皇帝陛下与各位大人的事，木易悉听尊便。”

寇准看看满桌的骨头，还有门外依旧跪着的三个契丹少女，他终于明白这场全羊宴的目的了。这不是一只羊，这是大辽国的威慑，他要告诉大宋朝廷，他在大辽的地位，若他丧命于此，两国必会兵戎相见。此时新帝刚刚继位，他敢打这一仗吗？所以，只要吃过这只烤羊，无论有没有杀手，大宋都要赶紧把他尊菩萨送走。这时寇准起身对赵弘商道：“王爷，这烤全羊咱们也吃得差不多了，看天色已晚，是不是该让木大人早些歇息了。”

“对对对，看看本王，的确老糊涂了。”赵弘商笑呵呵地起身告辞，“木驸马，多谢你的盛情款待，本王得偿所愿，叨扰之处还请多多包涵。”

杨延琅道：“王爷客气了。”

赵弘商微微拱手道：“告辞，改日请你到府上做客。”

“改日一定拜访，王爷慢走。”

赵弘商一走，其他人也都起身告辞，杨延琅将宾客送到驿馆外，然后命人将杀手押到大理寺交给寇准。

待他们走后，杨延琅吩咐仁达收拾行装，准备两日后出发。

仁达不解地问道：“驸马爷，他们会放我们走吗？”

“你只要能要来这只烤全羊，他们就会放了我们。”说罢他转身先回了驿馆。

这是驸马爷第一次夸人，还夸了他，让这个傻大个又差一点撞到门柱子上。

“怎么说也都是朝廷大员，搜刮民脂民膏，吃着山珍海味，什么好东西没吃过，那么大一只烤全羊，吃的居然只剩下几根骨头，是山上的饿狼吗？”子翼转着圈咒骂着那帮吃货。他怎么也没想到，自己只是到王强家里转了一圈，回来时候别说羊腿，骨头渣子都没剩下。

杨延琅慢慢打开手里的紫玉简，十条淡紫色的玉简被金丝线串在一起，玉简上刻着怪异的符文，第一条玉简上写着一行黑紫色小字“待成大业，某据漠北，许律于南，助其建魏武之功。贺黑纳兰”。传说此书乃紫玉为简，金丝为绳，千金之诺。上面的字要许诺之人用自己的血来书写，待诺言完成，简书上的字就会消失，若违背诺言，就会祸及子孙。看来贺黑纳兰就用这种子虚乌有之事，骗了贺黑律死心塌地为他卖命。

子翼骂完他们，转身就把矛头对准了杨延琅，可就在他开口之前，杨延琅头也没抬地说道：“我让他们多烤了两只羊腿。”

“嗯？”子翼一下瞪大了眼睛。

“莫迟了。”杨延琅的话音未落，子翼便没了踪影。

耶律铁镜带着儿子，早早在府门前瞭望。小宗勉胖胖的小手牵着母亲的手，剑眉星目，唇红齿白，就像天上的童子转世一般，比女娃还漂亮。

“娘亲，父亲快到了吗？”小宗勉自己都记不得问了多少遍了。

“快了，就快了。”

“父亲回来会给宗勉带好吃的吗？”

“会。”

“他会带什么好吃的？”

“大宋的月饼、瓜果，还有，还有……”

“娘亲吃过月饼吗？”

耶律铁镜点点头道：“吃过。”

“好吃吗？”

“好吃。”

红珠幸灾乐祸地看着疲于应付的耶律铁镜，这回终于让她知道自己的儿子有多麻烦了。

哒哒哒，随着一阵清脆的马蹄声传来，杨延琅骑着马停在门前，翻身下马。很远就看见她们在这里说话，妻儿门前翘首以盼，等候自己回家，眼前这一幕可以将所有的愁苦都忘到脑后，也许这就是天伦之乐吧。

“父亲，娘亲说你会带月饼给我吃，我要月饼。”宗勉抱着父亲的腿用力摇晃着。

杨延琅抱起儿子，却张口结舌，别说月饼，就是大饼他也没记得带啊。仁达急忙追上来，下马见礼：“侯爷，驸马爷买的月饼在属下那里。”

“真的？”小宗勉的眼睛瞪得比珍珠都亮。

仁达急忙说道：“仁达怎么敢诓骗侯爷。不但有月饼，还有瓜果、枣子，各种好吃的，还有好玩的呢。”

宗勉一下从父亲怀里跳下来，抓起仁达就跑：“好，你快带我去看看。”

杨延琅对仁达说道：“仁达，把给各位大人带的礼物都送过去，不要弄错了。”

“是，驸马爷。”仁达嘴里答应着就被小宗勉拉着跑掉了。红珠看了他们一眼，细长的眼睛眨了眨，也追着他们跑过去，边跑边喊道："宗勉，姨娘也要吃月饼。"

"姨娘快点。"小宗勉远远喊道。

一行人嘻嘻哈哈笑着走远了。看着他们，耶律铁镜笑着摇了摇头，眼前这一切让她如此满足。

"公主。"杨延琅叫了一声。

"驸马。"耶律铁镜亲眼看到木易没有受伤，没有生病，她的心才落回肚子里。此去大宋，一走就是三个多月，这三个月的凶险她时时都听在耳朵里，日日让她提心吊胆。她知道此去出使虽不是冲锋陷阵，但钩心斗角、栽赃陷害、借刀杀人，随便一招都比杀人的利剑更可怕，稍有差池就是万劫不复。

木易出使大宋，除带回来宋国皇帝的赏赐外，还给一些辽国权贵人买了些宋国的礼品。贺黑纳兰看到木易送来的月饼上印着紫玉金简的花纹时，知道自己算错了，他不该让这个家伙去大宋，贺黑律不是他的对手，如今自己偷鸡不成反蚀一把米，命脉被握在他的手里，也就不得不替他保守秘密了。这就是贺黑律突然飞鸽传书，要走金刀的原因。

贺黑律当初为了方便行事，他谎说自己娶过妻，只是因为战乱时走散了。有很多人都劝他说，这么多年没有消息，定是凶多吉少了，让他再续娶一房夫人，但是他坚信妻子尚在人世，一定要寻到她，不肯续娶，因为此事有许多人都赞他情深义重，给王强博了个好名声。可自从苏洋死后，他府里莫名开始闹鬼，他知道自己的好日子不长了，但是他还有一件重要的事没做完，不甘心就这么走了，何况那些价值连城的宝物，是他这么多年的心血，也是他东山再起的本钱，所以一定要带走。

楚湘洛已经收到那位驸马爷走之前给她留的信，他答应回去向公主讨一个人情，放她离开暗骑，成全她与情郎。相较冥王，她更相信木易给的承诺，就在她沉浸在喜悦中的时候，突然收到冥王的来信，她惴惴不安地再次来到密室。

楚湘洛第一次见到冥王从密室的暗门里出来，自冥王来到之后，便在密室中修了一条暗道，只是暗道的门只有冥王与苏洋能打开。

"湘洛姑娘，别来无恙。"冥王把怀里抱着的盒子放到桌案上说道。

"大人能平安脱险，真是幸事。"楚湘洛给他沏上茶说道。

"呵呵，湘洛姑娘没有失望就好。"这一次冥王的底气有点不足，笑声有点虚。

"属下不敢。"楚湘洛半低头，给他斟上一盏茶。

冥王端茶盏道："我知道，现在我于姑娘而言，就是一个噩梦，最好永远不要出现。甚至姑娘还在想，若是在这盏茶里放上毒药，让冥王一命归西，就是再好不过的事了。"

楚湘洛抬起头，微笑着看着他，说道："那冥王何不尝尝看，看这盏茶里有没有毒？"

"姑娘是聪明人，不会用这种手段。"冥王虽然这样说，却放下手中的茶盏茶继续说道："何况，我们共事多年，姑娘还未见过我呢。"说完掀开自己的兜帽，解下蒙面的黑巾。

"王，王王，王大人!"楚湘洛腾地一下站了起来，指着贺黑律惊一步一步往后退去。她怎么也没想到，那个她使尽百般手段，却油盐不进的王强王大人，竟然是冥王。

贺黑律说道："姑娘不必如此惊慌，我就是暗骑中二十位银骑之一。九年前我向公主请命，到汴京做暗探，公主答应了，当然我还要办一些别的事。我借杨延昭回京告御状的时机，跻身官场，凭着我的能力得到重用，也给公主殿下传回了许多机密要事。不过，我心中志向可不是做一辈子暗骑，我手里拿着银骑令，但我却不是公主的暗骑，从来都不是。"

楚湘洛恐惧地盯着他，说道："你太可怕了。"

贺黑律叹了一口气，继续说道："不过造化弄人，我纵有魏武之志也敌不过命，木易侥幸逃脱，坏了我的大事。为今之计我只有一走了之，所以今日来姑娘这里，只是想请你助我一臂之力，待我成功脱身，自然就能还姑娘一个清静了。"

楚湘洛戒备地说道："我能帮你什么?"

"姑娘只需帮我把这个盒子藏起来，等我来取时，如数交给我就行。"贺黑律把盒子推到她面前。

盒子没有上锁，楚湘洛打开盒盖，里面装着满满一盒珠宝，每一件都不是中原之物，这一盒宝物估计值半个大宋国库。楚湘洛问道："你不怕我独吞了?"

贺黑律似笑非笑地说道："那就看在姑娘心中情郎与宝物，哪一个更重要?"

楚湘洛想杀了他，但是又不能杀他。

"等我取走这盒子，就远走高飞，再不给姑娘找麻烦。多谢。"贺黑律起身对楚湘洛拱手施礼，转身进了密道。

第八十一回　索命情丝网

凄凄冷冷的秋雨一下就是半个多月，淋败了黄花，湿冷了人心，阴沉沉的天，寒气袭人。寇准恨不得把火盆抱在怀里，但是盆里那星星点点的炭火，即使抱在怀里怕都烫不破皮肉。

“这雨下起来没完没了了？”寇准摸了一把鼻子，不知何时鼻涕流了出来，此时不但粘在了手上，还粘在了胡须上一些，他吸了吸鼻子，听着外面淅淅沥沥的雨声，又把身上的棉被裹得紧一些。

“寇大人，还有棉被再借我一条？”随着一个声音从窗台传来，窗户大开，一个人跳了进来，还带着一阵冷风。

“壮士？”寇准看着进来的人，有几分意外。

“就说你这人脑子不灵光吧，你还不承认？”子翼跳进来，回手把窗子关好，抖抖身上的雨水走过来，说话吐气之间还带着白雾。

寇准急忙起身迎上去：“不知壮士深夜来访有失远迎，来，快请坐。”

“您甭这么客套，您老要是再给这火加点炭，我也就感激不尽了。”子翼蹲在火盆旁，揶揄着寇准。

寇准无奈地说道：“实非是我不想加，主要是这炭啊太贵了。”

“你啊，就是太抠门，怎么说也是堂堂一朝首辅，朝廷给你那么多俸禄，咋也够买两块炭的。你瞧人家王强，表面一副穷酸样，背地里那可是家财万贯。”子翼拨弄着炭火，想找到两块没熄灭的。

“呵呵。”寇准被这个口无遮拦的年轻人逗笑了，被阴翳的天气和毫无头绪的案件折磨许久的他，心情顿时好了许多。从心底来讲，他何尝不羡慕像子翼这样直来直去、快意恩仇的爽性。入官场几十年，虽一心为公，清正廉洁，可是清官就不说违心的话吗？半辈子下来说的几乎全是违心的话。不做违心的事吗？迫不得已时也要做，甚至要做得更狠、更绝。子翼的年纪与他儿子相仿，他几乎用一种宠爱儿子的心态在贪享这个年轻人带给他的快乐。

“你笑什么？”子翼不知道寇准的感慨，只见他笑成这样便好奇地问道。

寇准开心地说道：“看来小兄弟是来助我一臂之力的？”

"唉！遇到倒霉的人，也只有跟着瞎操心了。"子翼也不管自己身上湿不湿，直接窝到寇准椅子上的棉被里，还顺手摸起桌上的卷宗翻来翻去。

"不知壮士有何妙计？"

"妙计倒是有一个。不过您这残羹冷灶的，可不是求教妙计的样子。"

寇准想了想说道："壮士所言极是，是我疏忽了，稍等片刻，我去去就来。"说完老头拉开门偷偷地跑了出去，过了一会端上来一碗热腾腾的面条，上面还卧着俩鸡蛋，还有一壶陈醋。

见到这碗面条，子翼的眼睛一下就瞪圆了。寇准放下面条，把陈醋放到他面前说道："吃这碗面要配上山西上好的陈醋。"

子翼不忍拂了他的心意，皱着眉头往碗里倒了一点醋，还别说，有了这点醋味，口水就从舌下泛起了。他咽了一下口水，拿起筷子狼吞虎咽地开始吃面，在这大冷天里吃上一碗热乎乎的面条，真是人间一大享受，所以他不光吃了面，还把汤喝了。

放下碗他满足地打了一个嗝，说道："大人这碗面虽清汤寡水了一些，但有两样不可比。第一，您这醋好。第二嘛，估计小皇帝也没吃过大人亲手做的一碗面，所以看在这碗面的面子上，这条妙计我给你了。"

寇准捋着山羊胡乐呵呵地说道："下官洗耳恭听。"

"这些日子王强府上天天闹鬼，大人您通判阴阳，去给他看看呗？"

"我？"寇准指着自己的鼻子，觉得这妙计听起来太不靠谱。

子翼认真地说道："是啊，兴许这大鬼小鬼就都让您老给一锅端了呢？"

寇准点点头："好，那小兄弟说说，我们该怎么去捉这鬼呢？"

子翼拿起他桌上的毛笔，取过一张纸，歪歪斜斜地画了一张图，一边画一边对寇准说着。寇准听着听着，神情渐渐变得凝重起来。

待子翼说完，寇准看着他问道："壮士到底是何人？"

"管闲事的人。"子翼吊儿郎当地往外走着。

寇准说道："请壮士回去转告那人，天下太平得来不易，他一身担千万干系，可不要糊涂啊。"

此时已经走到窗边的子翼，突然像影子一样折了回来，站在与寇准不足尺远的地方，眼中溢出层层杀意，沉声说道："谁糊涂？谁明白？天下无一人可论他是非功过。"

寇准压着心中的惧意，却不知道该说什么，直到子翼离开许久，他才坐回书案旁，看着空空的碗和桌上的那张画得乱七八糟的画，一直到天亮。

潇湘别院的密室里红烛高照，喜字高悬，床榻上已换成红纱幔帐，榻上铺着鸳鸯喜被，桌上摆着枣子、花生等，还有系着红绳的酒壶与酒盅，甚至连茶桌上素雅的桌旗都换成了红色，原本阴暗的密室已经被布置成喜庆的洞房。

贴好床头最后一个喜字，楚湘洛坐在茶桌旁开始泡茶，似乎准备迎客。她是茶道高手，举手投足之间尽显优雅，此时水雾升腾，茶香袅袅，她一身红色嫁衣在烛光之下显得更加明艳动人，她旁边还放着一套男子的喜服。

吱嘎——沉重的推门声响起，石门开启，走进来一个三十多岁、相貌清秀的男子。不过这男子看到眼前这一幕，却愣了一下。

“官人。”楚湘洛见到这男子，微微一笑迎了上去。

“你，你你，这是，这是何意？”男子指着洞房不解地问道。

楚湘洛拉着男人坐在床榻上，说道：“官人，实话与你说，我已经散了院里的姐妹，销了大家的贱籍，从今日起，我就是自由之身了。”

男人看着眼前的一切，然后干笑了两声，说道：“那，那，太好了。可是湘洛，这，这……”

“官人，我实在等不及了，今日我就要与你拜堂成亲，咱们光明正大地做夫妻。”楚湘洛把床上喜服捧到男人面前说道。

“湘洛，这，这也太仓促了，我还未禀明父母，也没请三媒六证……”

“你我已有夫妻之实，又何须三媒六证。至于官人的父母，待我们成亲之后，我陪官人去禀明，若有责罚，我与官人一起承担，我会给你生儿育女，孝顺公婆。”楚湘洛眼中似有火在燃烧，那是她的全部希望。

“这……”这个男人犹豫不决，迟迟不愿接过喜服。

“这什么这，快，快把喜服换上。”楚湘洛并不在意他的犹豫，只是催促他赶紧换衣服。

男人无奈，只好接过衣服，不过他的神情却由先前的茫然渐渐变为一种阴寒。她在楚湘洛的注视下换上喜服，而后亲手递上团扇，这里除却没有高堂宾客，所有的礼仪他们都没有少。

二人拜过堂后，男人扶着楚湘洛坐到桌旁，倒上两杯酒，却悄悄地往她酒投进一些白色粉末，然后拿开她手中的团扇说道：“娘子今日真美。”

楚湘洛抬起头，美目之中含着些泪光，笑着问道：“美吗？”

“美。”男人端起酒杯放在她手中道，“娘子，喝了这杯合卺酒，我们就是真正的夫妻了。”

楚湘洛唇角含着笑意道：“好。”

突然，她皱了一下眉头道：“这屋里有些霉味。官人，你去把香燃上，我们再喝酒。”

“好。”男人走到床榻一边的香炉旁，燃起熏香，但眼睛却一刻都没有离开楚湘洛。

香炉里一缕轻烟冉冉升起，散发出一种奇异的香味。男人问道：“娘子，这是什么香？”

“断魂香。”楚湘洛缓缓站起来说道。

“什么？”男人不解地问道，下一刻他急忙捂住口鼻，但是已经晚了。

楚湘洛上前将他扶住，就像扶起醉酒的丈夫，让他靠在床榻上，自己坐在他身边，含情脉脉地说道：“我以为你会念及我们五年的情义，却没想到我一片真心，却不及你心中的荣华富贵。王强是不是告诉你，只要你杀了我，帮他取回那只盒子，便许你官升三级。”

男人已经说不出话来，但还能听到她的话。

楚湘洛轻轻抬起男人的下颌，说道：“五年前他许你高官厚禄，让你来引诱我，但我实话告诉你，今晚你若念及旧情，真心待我，是你唯一活命的机会。因为即使你帮他拿回盒子，他也不会放过你。”

男人的嘴唇轻轻动了动，眼睛里尽是恨意。

“你说对了，我就是个毒妇。”她松开手，看看满屋大红的喜色说道，“你死以后，我就把这洞房给你当坟墓，永远埋起来，没人能找到你，直到你化为一堆白骨，白骨化为齑粉。你若变成鬼，会永远困在这屋里，躺在床榻上回忆我们曾经的温存。而我，会找一个心地善良、真心待我的人，与他隐居山林，过柴米油盐的日子。”

男人用尽最后的力气把牙齿咬得咯咯作响，带着怨毒与不甘闭上了眼睛，直到他死了，楚湘洛眼中的泪才落下来。

“现在你相信了吧？”子翼从角落里走出来。

楚湘洛将男人平放在床榻上，整理好他的遗容。女人啊，无论多么聪明都逃不过一个情字。这么多年，她执掌汴京暗骑，为何不去查查这个人？却只是因为一个情字蒙蔽了双眼，沉浸在美梦中不愿意醒来。

安置好那个男人，楚湘洛坐到桌子旁，拭去眼泪，说道：“他虽负我，但我也让他死不瞑目了，公平了。”

子翼坐在她对面，说道：“这样就对了，一个负心人，何苦留恋。赦令给你了，就像你说的，找个好男人，过你的小日子不就行了吗？”

楚湘洛自言自语道：“为什么要去害一个我不爱的好男人？”

突然，她抬起头问子翼：“花公子，要么你娶我吧？”

子翼笑了笑，却没有说话。

楚湘洛从怀里拿出一张羊皮纸，十分爱惜地抚摸着，这是她谋了五年的东西，今日终于到手了，许久之后，她把羊皮纸放到了烛火上。

“哎！你疯了吧？”子翼见状急忙说道，这可是那疯子卖笑才换来的。

楚湘洛盯着已经燃起来的羊皮纸道：“现在没有人需要我离开暗骑了。”

“女人心，海底针。”子翼觉得自己这辈子也想不明白女人心里究竟在想什么了。

楚湘洛叹了一气，把已经烧了大半的羊皮纸扔到地上，说道：“没想到，他倒是个守信的君子。”她轻轻转了一下头，将快落下的泪水含在眼睛里，继续说道：“作为报答，我会把你们想知道的事都告诉你们。”

“洗耳恭听。”

“九年前，有人在背后给老皇帝出主意，命西路军挟百姓同行，利用我大辽之手，铲除杨继业，那人想借机拿到二十万旧北汉军的军权。此事被公主得知，以此要挟他帮助公主救出潘仁美。”

子翼问道："他是谁？"

楚湘洛摇了摇头："不知道。不过能拿到墨敕鱼符的人，应该是皇家中人吧。公主走后，她派贺黑律前来掌管京城暗骑之事，很快贺黑律就与他勾搭成奸，借丝绸之路，贩卖人口。对了，他还是云内州刺杀太子的主谋。"

"他们为什么要杀木易？"

"他们想借此挑起辽宋之间的征杀，得渔翁之利。"

子翼挑了挑眉毛骂道："真他妈的不是人。"

楚湘洛回头看了一眼床榻上的男人，眼中却没有半分情义，突然她端起面前的酒杯，一饮而尽。

"你干什么？"子翼怎么也没想到，这个女人会把毒酒喝了。

楚湘洛笑道："那盒子我就在这床底下，什么机关暗器都没有，你取走就是。"她手按胸口，痛苦地弯下腰，说道："这是我背叛公主，该受的，责罚。"

"你傻啊！"子翼见她就要从凳子上掉下来，急忙去扶住她，她则顺势倒在子翼的怀里。

"想不到，最后竟是死在，花公子的怀里，值了。我，要一片，一片，阳，阳光……"楚湘洛笑得玩世不恭，她指着不远处的烛光说道。

子翼轻轻叹了一口气道："我会把你埋在一个有阳光的地方。"

听到这句话，她笑着闭上了眼睛，手臂垂下来。哀莫大于心死，于她而言，所有的期冀都不过是一场骗局。

第八十二回　金刀助心魔

绵绵阴雨下了整整半个月，天公终于拨开层层云雨，露出点真容。至三更，月上中天，云如被撕开的棉絮，忽薄忽厚，将人间照得忽明忽暗，透着些许诡异。贺黑律紧握着手中的暗弩，紧盯着不远处的寇准，等到时机一到，就要了他的性命。

此时，寇准身着官服，双止微闭，坐在一张桌案后，案上放着惊堂木。他已经一动不动坐了半个时辰，贺黑律甚至怀疑他装神弄鬼，把自己冻死了。这些天，王强府上闹鬼闹得厉害，寇准见缝插针地说自己通判阴阳，可以帮他审案驱鬼。既然他自己要送上门来，贺黑律自然也不会客气，于是定在十月十五夜半子时在后园中设公堂审案。不过寇准既能吹，胆子又大，来时不带一兵一卒，孤身一人坐在那，说自有阴差听调遣。

天近子时，贺黑律暗暗嗤笑他虚张声势，到了这个时候阴差还没到，估计是不想伺候这老家伙。不过寇准的鬼差没到，自己要等的人也没到，他心里开始有些不安。

贺黑律抹了一把已经快掉下来的鼻涕，又用力吸了吸鼻子。这时，天上的一片黑云遮住了明月，似乎有风吹来，不但冷，还带着刺骨的阴寒。云过月出，顿时眼前明亮如昼，贺黑律一下就傻了眼，不知何时两排黑衣衙役静静地立在寇准的桌案两侧，手执水火棍，一语不发。

这些人虽是衙役，但身上散出的阴沉气又不像人间的衙役，贺黑律心中都开始怀疑他们是真的阴差了。就在他心里打鼓的时候，寇准动了，只见他拿起惊堂木，啪的一声拍在桌案上，发出一声响亮的惊堂声。

“升堂——”

“威——武——”黑衣衙役喊起堂威。

“大人，冤枉——”

“冤枉——”

…………

随着寇准升堂声响起，一瞬间天昏地暗，鬼影幢幢。

寇准阴沉的声音响起：“宣冤鬼上堂！”

“王强歹人，私开金矿，残戮无辜……”

“贩卖女子，丧尽天良……”

“杀人喂狗，毁尸灭迹，蛇蝎心肠……”

“辽人狗贼，作恶多端……”

“你还我命来……”

幽幽青火，孤魂呜咽，凄厉的控诉声响起，忽远忽近，却清晰入耳。

“你们都是骗子，骗子，我才不信有什么鬼魂呢?”贺黑律不安地转着身子，带着惊恐的声音叫喊道。但真真切切的鬼魅围在他身边，他不愿意相信，但又不能不信，逼得他近乎疯狂。忽然，一个白色的影子一闪而过，瞬间烈焰腾空而起，天地之间一片火海，末世三途，鬼灯如漆，一个个熟悉的，不熟悉的，无数冤魂在向他索命，模糊之中似乎又听到了苏洋的话。

“地狱里，见……”

“是我又怎样?”贺黑律瞪着猩红的眼睛咆哮着，“不过一些孤魂野鬼，你当我怕你们吗？我告诉你，我敢用你们掘金，我敢把你们卖钱，就不怕你们来找我索命!”

啪——一声惊堂木惊天动地，刹那间天清地净，朗朗明月，悬于当空。

寇准站起来说道：“王强，抬头三尺有神明。”

“你敢用幻术诈我?”贺黑律举起手中的暗弩，对准了寇准，眼看就要发射的时候，不知什么东西打到他的手腕上，暗弩啪一下掉到了地上。

寇准走到他面前道：“天作孽，犹可恕；自作孽，不可活。”

“我要杀了你!”贺黑律疯了一样扑上去拼命，却被一旁的差官押住了。

“你以为老爷我陪你在这挨冻是为什么？一是为了诈你，二是为了拖住你。你那些价值连城的宝物，这会应该已经送到皇上面前了。”寇准走到他面前掀开他的衣服，果然看到他肩胛处刺着一个虎头，旁边是用契丹字写的一个“律”字。

贺黑律突然阴森森地笑起来：“寇准，你看到了吧？老子是辽国的暗骑，耶律铁镜会想尽千方百计救我的。”

寇准也笑了：“她敢救你吗？她敢和黑金案扯上关系吗？你还想要杀她的丈夫，你以为她一无所知吗?”

“你……”贺黑律气得说不出话来。

寇准继续说道：“我告诉你，她不但不会救你，甚至不会承认你的身份。而你，也只能顶着‘王强’的名字，遗臭万年，你想当辽人的英雄，做梦吧。”

贺黑律挣扎着叫嚷道：“我要杀了你们……”

寇准低声问道：“告诉我，与你合谋的人是谁？金刀在哪里?”

贺黑律得意地看着他，张开嘴发出无声的笑，极尽疯狂地说道：“你不是通判阴阳吗？你猜啊？你那么聪明，猜不到吗?”

猜？寇准不可置信地瞪大眼睛。

“猜到了！哈哈……你猜到了！哈哈……怎么样？我聪明吧？我还知道许多，唔，唔……”他正得意地叫嚣着，突然一个黑衣衙役上前把一团布塞到他嘴里。布团一进嘴，贺黑律马上尝到一种极苦的药味，舌头瞬间酸麻无觉，甚至连呜咽声都发不出来了。

“你……”寇准刚刚开口，正好对上那衙役一双如星子般透着寒意的眼睛，于是乖乖地把嘴闭上了。这样也好，贺黑律就是缝上半张嘴，只怕都不会让人安生。

贺黑律终于明白了，自以为自己给别人布了一个局，其实自己才是局中人。只是他想不通，只要杀掉苏洋，就没有人能找到自己，他们又是怎么知道的？

贺黑律仰起头，皎皎月华，如那冰冷的美人……

美人——

贺黑律绝望地看着那轮冷寒的明月，即使他明白了一切，又有何用？他再也没有机会说出来了。

赵恒坐在御书房，头靠在椅背上，闭上眼，眼前似乎还能看到王强一身书卷气的样子。他为人和善、懂得进退，掌刑狱这些年，处理案件，虽不能说件件公正廉明，但也从未徇私枉法，而且自始至终他都全力支持自己，除去寇准，他几乎是自己最信任的人。可是谁能想到，他不仅是“地狱”案的幕后黑手，还是辽人的奸细。人前披着仁善的皮囊，人后却天良丧尽、坏事作绝，自己还有何人可信？

天虽已放晴，赵恒心中却阴云密布，若王强的真实身份被人知道，官员必人心惶惶，猜测还有谁是奸细？他初登大宝就遇到这样棘手的事，让他猝不及防。思来想去只有一个办法，便让他顶着“王强”之名去死，然后调动影卫，彻查辽国的奸细，他暗暗发誓，一定要把辽人的奸细都挖出来。

“官家？”陈琳小心地推开御书房的门，轻轻叫了一声。皇帝从下午就把自己关在里面，到现在已经二更天了，不吃不喝，灯也不掌，他实在担心，就仗着胆子进去叫了一声。

“进来吧。”赵恒收拾好心绪坐直身体，无论多难，他都是大宋的官家，这天下谁都能喊苦，谁都能喊冤，唯独他不行。

得了皇帝这句话，陈琳吊着的心算是放进了肚子里，他急忙进来掌上灯，吩咐其他太监赶紧准备晚膳。随着一盏盏灯亮起来，陈琳发现皇帝面前的桌案上放着一个黑漆木盒。

木盒长约二尺，四寸余宽，既没有镂刻花纹，也没有文字，不过此时它黑沉沉地放在这里，显得神秘又诡异。赵恒盯着它许久之后叫道：“陈琳。”

陈琳急忙上前：“在。”

赵恒把木盒递陈琳道：“拿出去烧了。”

“是。”陈琳急忙接过盒子。其实他很好奇里面装的是什么，不过在宫里做奴才他深深懂得一个道理，别多嘴，别多看，官家让做什么就做什么，这样才能活得长久。

“等等。”陈琳拿着盒子走到门口，可就在他前脚刚要迈出门槛的时候，身后突然传来赵恒的喊声。

陈琳急忙停住脚，捧着盒子转过身问道：“官家有何吩咐？”

赵恒犹豫了片刻，说道："你把它拿回来。"

"是。"陈琳又把盒子拿回来放到桌案上。他不知道这究竟是什么东西，让小皇帝如此不安。

"你知道这是谁送来的吗？"赵恒摸着木盒问陈琳。

陈琳摇了摇头："奴才不知。"

赵恒说道："这是王强送来的。"

"啊！"陈琳一听是王强送来的，大惊失色，"官家，奴才还是拿去烧了吧。"

"可是我却想看看，他究竟送来了什么东西？"赵恒说着就要打开木盒。

"等等。"陈琳抢上去先把盒子按住了。

赵恒不解地看着他。

陈琳将木盒拿到桌案对面，将开口对着自己，说道："奴才来替官家打开。"

赵恒说道："影卫看过了，没有暗器。"

陈琳深深吸了一口气，说道："还是小心为上，官家龙体可容不得半点差池。"

看到他这副紧张的样子，赵恒阴郁的心情终于好了一点，笑着不再说话。

陈琳慢慢把木盒打开，仔细翻看之后，才放心地把木盒交给赵恒。

赵恒接过来问道："是什么？"

陈琳道："一幅画。"

画？赵恒取出画放到桌案上，画卷不长，徐徐铺开，画的最里面竟然卷着一把刀。赵恒笑了，竟然在此时上演了一出图穷匕现。

"官家，这刀竟如此……官家，画上这将军，不是，不是辽国的使臣……"

赵恒似笑非笑地卷起画，说道："不，这是杨继业的四子杨延琅，十六年前就已经死了。"

陈琳急忙低下头道："是。"

好啊！好一招釜底抽薪，你给杨家，给我，给大宋系了一个死结。赵恒收起木盒，他会将它藏到一个没人能找到的地方。

"寇准那老头还真是胆大包天了，一个人在贺黑律府中，整整拖了他一个多时辰，直到我们从潇湘别院的密道过去，假扮成阴兵，用幻术诈贺黑律招了供。嗬！我给你说，寇大人被冻得鼻涕流这么长。"子翼绘声绘色地给杨延琅讲述他们审讯贺黑律的过程。

杨延琅听着也忍不住笑了，但是楚湘洛的事情，却像一块石头压在他的心头上，他不敢想，若有一天耶律铁镜知道了事情的真相，会是什么样。

见他默声不语，子翼道："我搜遍了他的府里，还有藏宝的盒子，都没有发现金刀。寇大人问他，与他合谋之人和金刀的下落，他却让寇大人自己去猜。我觉得寇大人应该猜到了，但我问他，他又不肯告诉我。"

杨延琅沉声说道："不用猜了，也不用找了。"

“你也知道他藏哪了？”

杨延琅点点头：“他临死之前给杨家和大宋系了一个死结。”

“别卖关子，赶紧说。”子翼觉得他们一卖关子，就显得自己像个傻瓜。

杨延琅道：“他把金刀给小皇帝了。”

子翼不解地说道：“给小皇帝？那小皇帝见到金刀，就该猜到你是遵照你父亲的遗命到辽国来做暗探的。”

杨延琅道：“可是我一没拿到二十二张关隘图，二没有同他一起回大宋，仅凭一把金刀他就会饶了我吗？”

“你的意思是如果你不交图，他就不会放过你。但是如果交了图，辽宋两国就会再次狼烟四起。”子翼想了想从他的桌案上跳下来说道，“那你就留在大辽，老婆孩子热炕头，哪也不去，我不信他能有本事从你媳妇手里把你抓回去。”

此计甚妙！杨延琅笑了，若真能如此，就是他几世修来的福气。只是本该死在潘豹坟前的人竟然还活着，名扬天下的金刀令公不仅犯下了欺君之罪，而且还成功地骗了老皇帝十六年，他赵氏皇族岂不是天下人的笑柄。杨延昭领二十万西北军戍守三关口，他们兄弟，一个手握重兵，一个在大辽身居高位，若一旦联手，大宋江山岂不危矣？

龙心难测，龙眼无恩，只怕小皇帝早已把杨家无佞楼里的牌位忘得干干净净，疑心之病一起，他哪里还能看到臣子的忠心。

当年宋国老皇帝的眼线遍布整个并州，岂能不知谁才是与潘豹打架之人？不过两个顽童打架，何以闹出人命？说穿了，不过是帝王的疑心作祟，他想用杨继业和北汉的兵马征辽，可是他府中写出国略的儿子偏偏应了天寅阁的预言，这也许才是七郎“杀了”潘豹的真正原因吧。只有父亲把“凶手”杨延琅送到潘豹的坟前去偿命，才能解了这死局。潘仁美与父亲心知肚明，于是默契地结下杀子之仇，维持着军中的权力平衡。这世上只有潘龙与潘虎两个蠢货才会相信是七郎杀了潘豹，白白送了七郎的性命，也害了他们自己。

第八十三回　十载夫妻情

木易毫发无伤地回来，并且抓住了自己的把柄，这让贺黑纳兰非常窝火。二人心照不宣地为彼此保守着秘密，但是他们心里都明白，这种平衡不会持续太久，到最后一定会拼个你死我活。

严容坐在他对面，依旧不阴不阳地抚着手中的拂尘，俨然他才是这间密室的主人，直到贺黑纳兰平静下来，他才说道："其实大人也不必生气，那条矿脉已经挖得差不多了，贺黑律留之无用，他若不死，反而会给大人带来许多麻烦。"

贺黑纳兰道："可是木易回来了，我们非但没给萧绰找到开战的理由，还给辽国带回了许多往来商客，辽宋之间倒是亲近了很多。"

严容动了动肩膀，让自己坐得更舒服一点，说道："其实要打，随便找个理由也能打，若是逼不成，那就让萧绰想打。"

"你还有什么办法？"

"办法倒是有一个，就看大人能不能舍出些本钱来？"

"什么本钱？"贺黑纳兰不明白他是什么意思。

严容笑道："大人，萧绰不恨杨家吗？她招兵买马，野心勃勃，难道不是想率军南下，策马中原吗？"

"你的意思是……"

"是她还有后顾之忧。"

贺黑纳兰皱起眉头道："后顾之忧？她在顾虑我？"

严容点点头："大人请想，这些年她虽然权势已稳，但是大人手握重兵，依旧是她最大的顾虑。"

"你想怎么样？"

"我想借大人的势力把贫道送到萧绰面前，你暗收渔利。"

严容将自己的谋划仔细给贺黑纳兰讲完，贺黑纳兰权衡之后，点头答应。

飘飘扬扬的雪，年复一年将茫茫漠北带进长长的寒冬。初冬之时大辽兵勇招募已经完成，北枢密院调拨五万新兵由副使木易统领操练。杨延琅粗略算了算，自五年前推行新政至今，大辽已招募兵勇二十余万人，除去戍边补员所用五万人，余下十五万兵马聚集于上京周围。

训练这么多兵马，萧绰要干什么自然不言而喻。看着这些新兵渐渐操练成熟，杨延琅越发忧心。如今，能让萧绰有所顾虑的只有贺黑纳兰了，可是贺黑纳兰怎么是萧绰的对手，所以这一仗早晚要打。

“宗勉，叫你父亲来吃饭。”耶律铁镜把宗勉叫过来说道。

宗勉爬到杨延琅怀里拿走他手中的书，说道：“父亲，母亲包了饺子，去晚了可就没了。”

“嗯。”杨延琅答应了一声，把宗勉抱起来往桌旁走去，突然他嘴角微微勾起一丝笑意。记得当年耶律铁镜第一次包饺子，那滋味绝不是“难吃”二字可以形容的。不过那顿饺子虽难以下咽，但每每想起却回味无穷。光阴似箭，转眼自己到辽国已经十个年头了，而铁镜公主除夕时一定要包饺子吃。只是不知从何时起自己的心一点一点变得柔软，对妻儿与这里的人都变得难以割舍。

“父亲，你快点，一会饺子就被吃完了。”宗勉催促着杨延琅快点。

“若是你母亲包的，不会有人抢。”

“那是为何？”杨延琅很难得与儿子说闲话，所以说一句倒让人好奇，引得宗勉追问起来。

“因为你娘亲第一次包饺子差一点把你父亲毒死。”红珠端着菜正好进屋，听到这句话便笑着说道。

“谁说的。”耶律铁镜瞪了一眼红珠说道，“我们可是一个都没剩。”

红珠不甘示弱地说道：“姐夫不愧是大辽第一勇将。”

耶律铁镜被红珠一句话说得无言以对，想了想问道：“萧徵回来了吗？”

提起萧徵红珠顿时眼神一黯，这些年来红珠一直没有离开驸马府，萧徵也还在外面飘着。其实即使公主、驸马清廉自律，但多养一个人总不难，可萧徵却口口声声说养家糊口是男人的责任，绝不当吃软饭的。于是不走镖之后，便朝府上借了些银子，开始在辽宋之间做皮货生意。耶律铁镜曾派暗骑查过他，查到最后发现他不过是个江湖浪子，一时半刻收不回心来，也就放任他去了。

“公主，郡主，驸马爷，我回来了。”萧徵披着一身风雪站在门外，手里还提着两个酒坛子。

红珠刚刚被耶律铁镜逗得不开心，转眼就看到萧徵出现在眼前，高兴一下就跳了过去，急忙把他拉进屋来。

“拜见公主、驸马爷。”子翼进屋来拱手施礼。

“不要多礼。”耶律铁镜请他平身。

“你与红珠已成亲多年，都是一家人，以后你就随着红珠一样称呼，叫我姐姐，称呼驸马为姐夫。”自从萧徵救过木易之后，耶律铁镜对他的态度亲近了许多。

耶律铁镜是好心，但子翼却愣住了。他看向杨延琅，却发现这冰坨子唇角动了动，身体还直了一点，就等自己这声姐夫。

“愣着干什么？还不快给姐姐和姐夫拜年。”红珠扯了一下他说道。

他内心翻江倒海，把这疯子骂了一千遍，最后还是把火气压进七经八脉，然后拎起两坛酒放到桌上，说道：“这是我从大宋带回的上好女儿红，今日过年，请姐姐与姐夫尝尝。”他把“姐夫”两个字咬得极重。

“我们难得团圆，今日又有萧徵带来的美酒，我们不醉不归。”杨延琅拿过酒坛子时轻轻瞟了子翼一眼，幽暗的眸中是只有子翼才能看懂的得意。

咯吱，子翼的咬牙声隐没在了宗勉和红珠的欢声笑语里。

初春之时萧绰再次下旨，将距上京百里之外的大泊湖划为北院大王的演兵场，命木易带到五万新兵到此地训练骑射。就在杨延琅离京后不久，北院大王耶律休哥旧伤复发，病逝于上京，可仅仅半个月后，又先后有两位耶律皇族过世。于是，人们又记起五年前“日有食没，天降不祥，通灵仙寅，拯以四方”的传言，那时便说不祥之事会祸及皇族，现在想来这五年间耶律氏横死之人、夭折之婴竟有十余人，如今一月之间逝去三位，虽不是皇族近亲，却让人心生惶恐，纷纷说只有寻到通灵仙人，才能化解此次的危难。

漠北的春风依旧刚猛凌厉，大泊湖比上京更为寒冷，茫茫白雪依旧覆着无边的草原，草原上的这片湖平滑如一面巨大的银镜，凛冽的北风挟着飞雪，丝丝缕缕如舞姬手中最妖娆妩媚的白纱。

此时夕阳西下，白雪在夕阳下散发着耀眼的光芒，一个被拉长的黑色影子横在湖边，衬托得那人就像千百年来守在此处的神将，冷酷而威严，使妖邪魔鬼不敢越雷池半步。

耶律铁镜远远地看到这一幕，越发迷茫，也许她从未看清过这个与她同床十载的男人，也许她并不需要看清楚他，因为冥冥中已经注定，他就是与自己纠缠一生的人。

“驸马。”耶律铁镜站在他身边轻声叫道。

“公主？你怎么来了？”杨延琅不解地问道。

“母后派我来的。”耶律铁镜迎着夕阳仰起头，刺目的阳光晃得她眼前一片模糊，她想借此掩饰自己的不安。

杨延琅道：“公主有事请说，不必顾及。”

耶律铁镜转过头看着他，说道：“母后命我传信给你，让你加紧训练。”

“母后要与宋国开战？”杨延琅惊讶地问道。在他想来，她要解决贺黑纳兰，至少一两年才行，如此他还有筹谋的时间，却没想到会这么快。

耶律铁镜点点头。

杨延琅问道：“贺黑纳兰如何处置？”

耶律铁镜轻轻叹了口气道：“一个月前北院大王与两位耶律氏族人病逝，人们纷纷传言天降不祥，紧接着龙化、羌圩上来奏疏，说有瘟疫流行，不过很快就被一个老道治好了。”

提起老道，杨延琅心底顿时明白了，他急忙问道：“一个什么样的老道？”

“一个仙风道骨的道士，名叫严容，道号子寅。子寅道士不仅治好了瘟疫，据说还有通灵之能。”

严容这个该死的妖道已经按捺不住，要来兴风作浪了。他打定主意，自己不敢揭穿他的真面目，才敢如此肆无忌惮。他装作若无其事地继续问道：“公主可见到过他是如何通灵仙界的？”

耶律铁镜道：“半月前月圆之时，他用一百零八颗金刚之石，请来了逝者魂魄，与我们相见。”

“你亲眼所见？”

耶律铁镜再次点点头：“我亲眼所见。”

“你都见到了何人？可见到了北院大王？”杨延琅突然记起洛红裳的山洞里的那些人偶，禁不住后背泛起一阵恶寒。当初若自己真落入洛红裳手中，她就会将自己做成人偶，假以鬼神之说愚弄百姓，甚至会欺骗耶律铁镜，借一具行尸走肉作恶。

耶律铁镜不知道这些密事，只是说道：“除去叔父外，其余人都见到了。”

“为何独独不见他？”

“道士说，叔父乃天上星宿，早已超脱轮回，归位天庭了。”耶律铁镜说的时候觉得有些可笑，但是那天她却真真切切看到了逝去的人来到面前，并且亲口告诉她们，子寅道长是仙人下界，可以拯救天下苍生。

“他与贺黑纳兰又有什么关系？”

“他拿到了贺黑纳兰在军中部将的名单，并且，他以折寿十年为代价，给贺黑纳兰下了符咒，让他一病不起，一年之后一命呜呼。”

“贺黑纳兰真病了吗？”

“真病了。母后派两个太医看过，说他的确病得很重。”说到这里她停了一下，“我也派暗骑查过了。”

杨延琅暗暗收紧十指，这一刻他决定要对耶律铁镜说出全部的真相，揭穿严容的诡计，否则辽宋两国都要被严容这妖道算计。

但北风掩住了杨延琅刚要出口的字。

“他不但解决了贺黑纳兰，还在两狼山建起一座大阵，可灭宋军百万，助母后南下中原。”耶律铁镜忧心不已地说道。

听了她的话，杨延琅费解地问道：“大阵？”

耶律铁镜转过头看着他的眼睛，说道：“方圆几十里一座天门阵。”

“什么是天门阵？”

耶律铁镜再次苦笑道：“他说梦中得到仙人指点，借天宫三十六天罡星，七十二地煞星，一百零八神将建阵。此阵旷古绝今，可吞兵百万，灭国于股掌之中。”

杨延琅说道：“上天有好生之德，是什么样的仙人会指点他建一座杀人的大阵？天上的神将又怎会助他大开杀戒？”

耶律铁镜想了想弯下腰，用弯刀在雪地上画了一个简单的画像，说道：“就是这位仙人，道士说他叫仙寅天师。”

她画的与洛红裳山洞中画的那位神像相同，原来这妖道东躲西藏几十年，就是为了筹谋今日，忽然他记起杨家堡被灭时，那个据说可预言天下兴衰的天寅阁，不知道与这位仙寅天师又有什么关系？他想了想说道：“公主，我想看看那个天门阵。”

耶律铁镜抬起头再次看向他，他是这五万兵马的主将，天门阵据此千余里，来回少说要半个月，若没有圣旨调令，就是擅离值守，可有杀头之罪。她想了想问道：“驸马，时至今日，你依旧不愿与我坦诚相待吗？”

杨延琅道：“公主，这些年我可做过有损大辽之事？”

即使他心中藏着许多秘密，却从未做过有损大辽的事，相反他数次以命相搏，救大辽于危难之中。

见耶律铁镜不说话，杨延琅继续说道：“有朝一日我一定会将所有的秘密全部告诉你，现在请你相信我，我不会做有损大辽之事。我只想请你助我，看看那座天门阵。”

耶律铁镜点点头，十载夫妻，她信他。

第八十四回　诡谲天门阵

两狼山坡陡崖高、道路崎岖，两座高山相对而立，如同把守隘口的两头恶狼，两狼山由此得名，山下方圆百里原有些稀稀落落的村庄，现在早已不见踪影，取而代之是黑沉沉的大阵。

杨延琅虽不精通阵法，但也粗略地知道一些，常用的阵法多是配合行军作战用，如一字长蛇阵、九宫八卦等，皆是依据地形以兵马布阵，配合长短兵器的使用，最后困住或消灭敌军，这些阵法大多设于城池之外或敌军的必经之路上，以达到坚守的目的。还有一些阵法是借助一些机关暗器，如弓弩、雷石、陷马坑等，主要用来设伏兵。

杨延琅仔细打量着眼前这座天门阵，它与以往的阵法都不相同。方圆几十里之内，堆砌着大小不一的石堆，每个石堆上都插着一面黑旗，旗上画着严容所说的血红色的仙寅神像。在整个大阵最中间是一个凸起的小山丘，山丘顶端是一座石塔，四四方方的塔身分为三层，一层比一层窄一点，每层有三十六个像城墙一样的箭垛，每个箭垛后站着一个身穿盔甲的将军，旁边立着一面黑旗，旗上画着血色的奇怪符文，而在最上面那层塔中间还砌着一个尖尖的石锥，石锥上插着一面最大的黑旗，旗上画着一个巨大的仙寅神像，这面旗远远望去像一团翻滚的黑云。它虽然被称为塔，却更像一把直指苍天的利剑。

耶律铁镜紧挨在杨延琅身边，他能感觉她身体在轻轻颤抖，他们虽站在距天门阵数里之外的山脊上，但依旧能感觉到它所散发出来的阴沉之气。

“那晚月圆之时，就在众目睽睽之下，一片黑云从天而降，塔上的这些人凭空而现。我疑心有诈，自那日之后我便派暗骑日夜监视，但是一个多月过去了，塔上这些人却一动没有动过。我派进去的暗骑，也一个没有回来。”耶律铁镜声音十分压抑，她不相信这世上有鬼神，却又弄不明白其中的原委，心中惶恐不安。

杨延琅一双幽深的眸子里闪动着寒光，他当然知道“他们”为什么能不动，可是现在他却不能说。他没有比任何时候都更需要大辽驸马、北枢密院副使这个身份了。他想了想问道：“母后为何会如此信任这个老道？”

耶律铁镜清了清因为紧张而干涩的嗓子，说道：“因为她让母后见到了我父皇。”

“他们是如何见面的？”

“梦中。”

"梦中?"

耶律铁镜道:"不错。就在福安殿内,他当着几位大臣的面竟让母后沉沉睡去,睡醒之后母后便说自己与父皇已经相见,并且父皇亲口告诉她,子寅道长是仙人下凡,可助我大辽南下中原。"

杨延琅知道江湖上有一种扰人心神的手段,应该与寇准给杨延昭、潘仁美和贺黑律用的办法差不多,只是严容出身鬼谷,手段更加隐秘,加上他的蛊惑,让人相信他有通灵之能。但这些手段对付旁人可以,萧绰可不会轻易上当。想到此他对耶律铁镜道:"公主,你查过母后的饮食起居吗?"

"你怀疑母后被人下了毒?"耶律铁镜一下就紧张起来。

杨延琅问道:"你信这世上有鬼神吗?"

耶律铁镜摇了摇头。可是不信吗?那这些整整一个多月不吃不喝、一动未动的"天将"又是怎么回事?这种当局者迷的感觉,快要将她折磨疯了。

"母后会说谎吗?"杨延琅再次问道。

会说谎吗?丈夫的一句话似乎让耶律铁镜摸到一点头绪,虽然不完全清楚,至少她真不能确定母后会不会说谎。南下中原为父皇和天庆王报仇,母后已筹谋多年,若是她想借这老道的鬼神之说起兵,也完全有可能。

杨延琅想知道萧绰的真正目的,所以才让耶律铁镜查投毒一事。若是被人下了毒,萧绰一定是被严容蛊惑了心神。若没有被下毒,就是严容真的帮她解决了贺黑纳兰,她要挥兵南下。什么梦里见先皇,不过是她与严容给人演的一场戏。萧绰只是失了心神,那么解决了严容,余下的事自然迎刃而解,但此事若是萧绰的授意,那辽宋一战只怕在所难免。

耶律铁镜沉声不语,杨延琅知道她也不能确定萧绰的真实想法,所以她回去后一定会仔细查找,是否有人给萧绰下毒。看到耶律铁镜疑惑的神情,杨延琅心口开始隐隐作痛,她不但看不透眼前这座黑沉沉的大阵,也看不透身边这个爱到刻骨铭心的男人。

杨延琅犹豫了片刻,说道:"公主,你说得对,世上没有什么鬼神,至少神仙不应该助纣为虐。这些所谓的'天将'不过是严容以鬼谷所藏的墨术而造,是他的诡计,所以请公主放心,这阵中并无鬼神作乱。"

耶律铁镜看着他,他说他是鬼谷之徒,这也是他第一次向自己讲起鬼谷之事。既然他说严容用鬼谷之术,那么他与严容是不是早已相识?

"不要猜了。"面对妻子的目光,他不想再骗下去,只有惶恐地低下头,"公主,求你不要再猜了,也求你给我时间,我一定能解决这个天门阵。"

耶律铁镜摸着他的脸,还有鬓角的白发,轻声问道:"驸马,有什么事不能说出来吗?我与你一起承担。"

杨延琅轻轻地摇了摇头,说道:"不能,至少现在不能。公主若想帮我,就请你尽快查清楚,母后有没有中毒。"

耶律铁镜点点头:"好。"

看过天门阵后，耶律铁镜转道回京，杨延琅回到大泊湖。回到军营之后，他终于等来了子翼，虽然子翼装得很好，但是也能看得出，他受伤了，而且伤得不轻。

杨延琅放下大帐的毡帘，把熬奶茶的炉火拨弄得更旺一些，又倒了一碗奶茶递给他，问道："你去闯天门阵了？"

接过奶茶，子翼喝了一口，扯开苍白的唇角，挤出一个吊儿郎当的笑容，说道："想试试他手艺学得精不精。"

杨延琅看着他的眼睛问道："怎么样？"

"这老妖怪学了八分。"子翼喝着茶说道。他的右手止不住地颤抖，右肋下湿答答一片，只是因为他穿着黑衣服，所以看不出来那是血。

杨延琅没有说话，安静地听着，他知道子翼今天会把所有的事都告诉自己。

子翼斜靠在床榻上，然后从怀里摸出一个药瓶扔给杨延琅，疲惫地说道："给你说完，让我好好睡一觉，别忘了给我上药。"

杨延琅接过药瓶道："你先睡，然后再说。"

子翼扯了一下唇角，用力地撑着眼皮，说道："别了，一旦我睡上个十天半个月的，或是睡死了，我可就没机会给你说了。"他歇息了一下继续说道："知道墨家吗？"

杨延琅点点头。子翼说道："据记载，墨子游走于各个诸侯国，希望他们可以放下刀枪，让百姓安宁度日，然而各诸侯忙于自己的天下霸业，哪会听他那一套什么兼爱、非攻的说辞，反而用他的机巧之术造了弓弩、战车，让杀戮更甚。民不聊生的世间让墨子心力交瘁。于是他临死前将所有机巧之术交给一个心腹弟子，让他远走高飞，找个地方永远藏起来，并立下祖训：世间不宁，墨术不出。他这些机巧之术也被鬼谷人称为墨术。"

杨延琅道："墨家的一个弟子就藏进了鬼谷。"

"不错。战乱之时，鬼谷就是活命的好地方。但世上哪有什么鬼谷，他这个弟子不过是聪明了一点，借了鬼谷这么一个唬人的名号，随便找了个深山老林，然后用机巧之术做点机关，从此他就成了鬼谷子，至于原来的老鬼谷子，谁知是死是活？"

杨延琅叹了一口气，天大的机密到了这个人嘴里，都会变成不屑一顾的下酒菜，还不如那只烤羊腿更让他来劲。

子翼喘了口气继续说道："不过墨家的这个弟子倒也是个倔强的人，从秦末到现今，从他到他的后人，竟然死死坚守着墨子的兼爱、非攻、节用、明鬼、天志这些想法，如果哪国有个风吹草动的，他们就赶紧跳出来，劝人家不要打仗，劝不成还用点小手段。"

扑哧一声，杨延琅被他的话逗笑了，他知道子翼肯定死不了。笑完之后他问道："鬼谷的手段中就有我？"

子翼哼了两声，说道："我估摸让你爹把你逼到辽国来这事，八成是他们干的，因为宋国老皇帝第一次伐辽之时，我大师兄就劝过他和你爹，不过他们怎么会听一个破老道瞎叨叨。"

杨延琅并不想深究这件事，转而问道："杨家与鬼谷有什么关系？严容与鬼谷又有什么关系？”

“先说杨家吧。墨子生平最厉害的就是墨守成规，天门阵就是墨子所创的守城之阵，百万军难破，也是最危险的一个阵法。但是建天门阵要有最重要的一个物件，就是一百零八颗金刚石。据说，唐时就有人惦记上了这个东西，鬼谷子为了保险起见，弄了个什么进贡通灵金刚石的说法，将它们送入皇宫，武则天这个老女人倒很精明，把这些破石头交给你们杨家的祖先保管。所以鬼谷才与杨家签下了血契，教给杨家一套鬼神枪法，且每一代必出一人，保护杨家家主安全，除非他死了。”

杨延琅道：“你就是这一代保护我父亲的人？”

“我是为了跑出来放风，才捎带手做这事的。”

“那杨家堡灭门是不是与这一百零八颗金刚石有关系？”

“是。现在就说到严容了。严容从哪来的我也不清楚，反正他在鬼谷里长大，待了几十年，终于得到了鬼谷子的信任，去看守玄机阁，结果这家伙起了贪念，偷了天门阵图和一些禁术跑了出来，并且他还设计打伤了鬼谷子，杀了很多很多人。不过他没见过我，因为他走时我还没出生呢。十七年前鬼谷老头旧伤复发，我为了救他去偷了少林寺的《易筋经》，还烧了他们藏经阁，但是最终老头还是死了。”从来没流过泪的子翼，眼角流下了一行泪。他深深吸了一口气，说道：“他死之前把鬼谷传给了他的那个笨蛋的大徒弟徐天友，却让我答应他三个条件：第一，交一个借一个铜钱的朋友。第二，让我保护杨继业。第三，杀掉严容，拿回他偷走的墨术。”

杨延琅静静地听着。

“严容出了鬼谷，趁天下大乱，装神弄鬼地建了天寅阁，然后开始谋算那一百零八颗金刚石，但杨家堡可不是什么人随随便便能灭的，何况还有鬼谷中人在守着，所以他一直不敢轻举妄动。直到你出生，他终于找到借口，说你是苍狼转世，长大后会杀戮四方，然后造谣生事，蛊惑一群江湖人灭了杨家堡。拿到金刚石后，为了躲避鬼谷和杨家的追杀，遣散了天寅阁，自己改名换姓藏进大宋钦天监。他的一句‘盛而后服，衰则先叛’蛊惑大宋太宗皇帝毁了晋阳城，他却勾结官员，暗中掠取金银无数。他建落雪门，杀人剥皮做人偶，又借贺黑纳兰之手，在大宋掘金，建天门阵。他做这些的目的，就是要建立仙寅教，蛊惑世人奉他为神，从此他的权力凌驾于皇权之上。当天门阵埋葬大宋和大辽千军万马之后，就会成为天寅信徒眼中的仙门圣地，世上再没有人能耐何他。”

杨延琅腾地一下站了起来：“你为什么不早告诉我？”

子翼半死不活地抬起头看着他，问道：“告诉你又怎么样？我十六岁从鬼谷出来，至今已经找了他整整二十三年，为了找他，我把半个鬼谷的家底挥霍一空，现在我一句话可以调动整个江湖，可即便如此，我还是没能翻到这个老妖怪，甚至还让他神不知鬼不觉地建起了天门阵，你能找到他吗？再说，我不也是才知道不久吗？”

杨延琅气喘如牛，僵硬地站在那里看着子翼，可似乎又没有看子翼，耳边又响起了响彻天地的喊杀声。

杀狼星，佑生灵……

那一夜是大年三十，喜庆的爆竹，被冲天的烈火与杀戮打断。七岁的他被祖母绑在地窖里，嘴也被塞住了。他听到贼人闯进杨家堡，他们不择手段地折磨老祖母，最后以堡中的百姓相要挟，逼迫祖母屈服。

祖母屈服了吗？

应该是屈服了。因为他听到那贼人心满意足的笑声，然后浓烟冲进地窖，直到他被呛得晕了过去。他醒来时，就看到了父亲，父亲的眼睛是血红色的，自己被他提在手里，他按着自己的头，看着祖母已经烧焦的尸体、折断的手脚，父亲的怒骂声变成嗡嗡的鸣响。他一路被父亲拖着出了杨家堡，目光所及之处全部成为一片焦土，那些曾与他一起玩耍的玩伴，那些叫着"四儿"、给他吃食的叔婶，全部变成了焦尸。

"我是杨家堡里唯一的活人，但在我父亲手里却像一具尸体，再后来我晕了过去，做了一个长长的梦，在梦里燃着冲天大火，我清晰地感觉到，有人剥掉了我的皮，鲜血淋淋，生不如死，从此以后任何人触碰我时，我都能感受那种活剥的痛楚。后来我随父亲去了并州、晋阳，但无论在哪里，我都是杨家的罪人，即使我孤身一人杀了屠我杨家堡的贼首，在父亲眼中我依旧是不可饶恕的孽子，直到今日我才知道他为什么不肯原谅我，原来杨家堡不仅被屠，还丢了一百零八颗金刚石。"杨延琅把牙齿咬得咯咯作响，似乎还没有梦魇中醒过来，这件事每回忆一次，都是一次剥皮噬骨的痛苦。

子翼往上挪了挪身体，试图让自己更舒服一点，然后说道："虽然杨家没有了金刚石，但血契依旧没有解除，我出鬼谷之后便接替了我的大师兄，继续保护你父亲的安全，直到他亲口解除了契约。知道为什么吗？"

杨延琅转过头问道："为何？"

"因为这件事，从始至终都不是你的错，无论是你占的生辰，还是你天生的狼目，都不是你的错。错在严容，错在那些拿着千百万人的性命做铺路石、想要爬上云端的混蛋们！"子翼的声音渐渐变得空灵，一双星眸里闪动着仇恨的怒火，低声说道，"一个罪恶滔天之人，也想成神，老天岂不是瞎了眼。"

杨延琅见子翼因生气开始气息不匀，赶紧平抚下自己的心绪，转而问道："关于天门阵，你了解多少？"

子翼道："我不善机关，只知道了天门一百零八阵，严容只偷走了一百零四阵，所以这个阵法他并没有完全建成，不过他虽没偷全阵法，却有许多无耻下流的手段让人难以提防。"

杨延琅想了想说道："既然它是守城之阵，我们不管它就是了，严容还能怎么样？"

子翼摇了摇头："贺黑律掘了九万两黄金，都在天门阵里了，而且我一直觉得与他勾结的人，也与天门阵有关系……呼……呼……"

杨延琅正听得入神，子翼忽然打起了呼噜。他叹了一口气，掀开子翼的衣服，他右肋下包着白布，但血已经把布浸透了，解开白布，发现靠近后背的地方，竟然有五个血洞，像梅花一样整齐地排列着。

看到这个伤口，他暗暗心惊，这是一个什么样的阵法。

第八十五回　皇主失金匮

五千精兵安静地站大泊湖北岸，他们是从五万兵马中精挑细选出来以一当十的悍兵。汗水从他们黝黑的皮肤下渗出来，沿着下颌滴下来，没进黄沙里。他们双唇干裂，泛起些死皮，强劲的西风横冲直撞，可饶是如此，却没有一个人动一下，只是用舌头湿润一下双唇，眼睛盯着最前面那人——他们的将军。

他们的将军脸色苍白而略显憔悴，他冷冽如坚冰一般，眼神阴冷似天狼傲视，一身银甲，手握长枪背对着这五千人，安静得如雕像一般站着，他已经站了三个时辰。

杨延琅再次握紧手中的枪，枪身微微颤抖。大哥曾问过父亲，操练士兵为何不授他们杨家枪法？父亲说，此枪法出于鬼谷，霸道狠绝，一人可敌百人，百人可敌千军，若千人用杨家枪法则是天下无敌，如此狼军若落入奸人之手，将会屠戮四方为祸天下，所以杨家枪法秘不外传，否则杨家人会依家法处置，就是鬼谷也不会放过他。

父亲的话犹在耳畔回响，可没有这虎狼之军，如何能制得住那些心怀鬼胎的虎狼之人呢？

我能练就他们就能制住他们！杨延琅猛地转过身，劲风吹起披风呼猎猎作响："如果你们能以一敌十，我告诉你们，你们可以以一敌百。你们虽有五千人，但你们是千军万马，是横行天下的狼王之军！现在，回答我，你们是什么？"

"狼王之军！狼王之军……"振聋发聩的声音回响在大泊湖的上空。

耶律铁镜胆战心惊地看着杨延琅操练这五千辽兵，一人使杨家枪法，是杀气腾腾，十人使杨家枪法，便是戾气冲天，而五千人同使杨家枪法，则是毁天灭地的鬼军魔将冲出地府，会踏碎世间一切生灵。

天近二更，杨延琅走进漆黑的大帐，黑暗中身后传来了脚步声，紧接着便响起耶律铁镜的声音："驸马。"

"公主？"杨延琅没想到还不到一个月她就又来了。

"驸马！"耶律铁镜从后面抱住他，脸贴在他的后背上。他的汗水浸透了衣衫，沾在她的脸上湿湿的，还有着淡淡的汗味。她的声音里带着浓浓的鼻音，是哭了。

杨延琅迟疑了一下问道："公主，怎么了？"

“我害怕！”耶律铁镜把脸埋在他背上，声音中带着颤抖。

杨延琅身体一僵，轻声问道：“公主怕什么？”

“我怕帐外那五千铁骑……”

“公主……”

“为什么要练出这五千铁骑？”

“公主。这就是你与母后要的杨家枪法。”杨延琅的唇角爬上一丝苦笑。

“我不要了，我不要了，求你别练了，行吗？”湿热的泪水透过他的衣服，让他能清晰地感受到妻子的恐惧。

“你放心吧，我不会用他们谋害大辽的。”

“可是他们会要了你的命。”

他轻轻地转过身，把耶律铁镜揽在怀里：“不会，他们怎么会杀我呢？”

“你不用装糊涂，你明白我指的是什么，母后和皇上容不得你和你这五千铁骑，天下没有任何人能容得下他们。”耶律铁镜在黑暗中抬起头，希望看到他改变主意。

杨延琅紧了紧手臂，把铁镜抱得更紧了，他觉得这是自己现在唯一舍不得松手的温暖：“这是唯一能平定天门阵的兵马。”

“那是母后的棋子，她不会让你动天门阵的。”

杨延琅轻声问道：“母后没有中毒，那是她与严容演的一出戏，对吗？”

耶律铁镜没有出声，只是点了点头。

杨延琅问道：“公主，还记得胡杨陂吗？”

“记得。”

“太妃娘娘呢？”

耶律铁镜不解地看着他，不明白他为什么提起苑儿。

杨延琅道：“升斗小民想活着，多不易啊。只为王侯将相的野心，他们就要用尸骨铺路，多少人又要因为征战杀伐流离失所，又有多少女人盼不回丈夫，孩子等不回父亲。天下已定，民心思安，母后此时挥兵南下，既违天道，又逆人心，只怕会累及大辽国运。你有没有想过，那样一个大阵，仅仅几个月岂能建成？贺黑律是你的暗骑，可是在宋国掘金五载，但宋国最后只剿到千两黄金，余下的九万多两黄金可都运回大辽交给你了吗？”

耶律铁镜越听越心惊，只觉得冷汗淋淋。

杨延琅继续道：“这是一个天大的阴谋，母后不知道她这颗子有多可怕，天门阵非但不会帮助她，甚至可能会吞掉大辽这十五万兵马。”

耶律铁镜问道：“这就是你要练出这五千铁骑的原因吗？”

“是的。”他的声音不高，却透着铁石般的坚定。

耶律铁镜道：“母后的心思，无人能猜透，连晋王都不能说服她，我该如何劝她？”

杨延琅道：“你可知道大辽和宋国民间出现了无数仙寅信徒？”

耶律铁镜紧紧地盯着他，美目如火，片刻之后说道：“驸马，我答应替你杀潘仁美，我以性命保你平安，无论是你许仁海成亲，还是为楚湘洛求赦令，我全都答应你。现在你告诉我，我能信你吗？”

杨延琅点点头：“铁镜。我是你丈夫，是宗勉的父亲，即使拼上我的性命，也会保你们平安。我还是你铁镜公主的驸马，无论我藏着什么秘密，都不会谋害大辽的。”

自成亲至今，他一直恭敬地称呼自己为公主，今日这一声“铁镜”把她叫得心绪翻腾，无论如何，在他心里自己是他的妻子。耶律铁镜点点头道：“我信你。”

“多谢公主。”

耶律铁镜说道：“我突然不想看清你了，我们就这样过下去，好不好？”

“好。”杨延琅笑着答应道，突然一丝香味飘进鼻孔，他知道这是什么，却抵不住阵阵困意，倒了下去。

耶律铁镜把他扶到床榻上躺好，又给他盖好被子，说道：“好好睡一觉吧，就这样安安静静地再陪我一晚。”

赵恒散了早朝闷闷地回了御书房，今日早朝议的只有一件事，就是辽国送来的战书。战书上称，萧天佐率十五万精兵在雁门关外摆了一座天门阵，要大宋派兵前去破阵，如果破了天门阵，从此大辽俯首称臣，如果破不了天门阵，大宋要年年纳贡，岁岁朝贺，尊大辽为天朝上邦。

辽国一封战表让安静的金殿炸开了锅。有人主战，有人主和。主战的讲：我大宋有兵有粮，战将千员，岂能惧怕辽邦贼寇。主和的讲：善动刀兵，生灵涂炭，不如讲和，反正国库有的是银子，多给他们一些岁币也就算了，何苦杀得尸横遍野、血流成河呢？

两边人吵得不可开交，赵恒一看左右是吵不出个结果来，索性散了早朝，你们爱到哪吵到哪吵，自己还落个耳根清净。其实最烦心的不是这件事，是另外一件事。

坐在椅上，赵恒安静地想了许久，然后把寇准与佘赛花宣到了御书房。

等行过君臣之礼后，赵恒对陈琳道：“陈琳，摒退御书房内所有人，关上殿门，你手执金瓜守在门口，任何人不许靠近，谁敢硬闯，朕准你先斩后奏。”

陈琳望着面无表情的赵恒，急忙垂首应道：“遵命。”然后把御书房内所有宫女和太监都赶到殿外，自己将房门关紧，手执金瓜守在门口。

此时，御书房内只有这君臣三人，佘赛花和寇准知道一定是出了天大的事。

“佘老太君，寇大人，金匮遗诏丢了。”赵恒开门见山的一句话把佘赛花惊得一个趔趄，寇准急忙从旁边扶住她。金匮遗诏！那是皇帝的根基，朝廷的命脉，丢了它是要天下大乱的。

“官家？”寇准问了一句，却不知道该说什么。

“是朕的那位好叔叔赵季美，他与贺黑律勾结，偷了朕的私印，骗了影卫，偷走了金匮。”赵恒的声音冰冷得感觉不到一丝人气，直让人恐惧。

“官家，它在哪里？”寇准沉声问道。他知道，丢了金匮皇帝会发疯地找，如果不找到，他绝不会对自己与佘赛花说，既然他说出来了，就是找到了，只是拿不回来。

“在天门阵。”

“天门阵？”

“不错。”赵恒从怀里摸出一张图递给寇准。

寇准打开后，看到图上画了一个木盒，虽然他不认识，但从上面的样式和纹饰来看，天下不会再有第二个。

“这是萧天佐派密使送来的。朕先后派出十二个天影去了天门阵，都有去无回。”赵恒平静地盯着他们二人，眼睛里隐藏着冲天的愤怒。

十二个天影！寇准只觉得后背发凉，虽然他了解得不多，但有一点他知道，皇家一直养着一些武林高手，保护官家的安危。这些人极其神秘，除了皇帝没人见过他们的真面目，所以称为影卫。天影在影卫里是武功、智谋、地位都极高的人，总共不到二十人，一下去了十二个，个个有去无回，这天门阵岂非是鬼域魔窟。如此看来天门阵这一战是非打不可了，他侧过头看了看身边这位年过花甲的老太太，难道官家要杨家出征？可是杨延昭镇守三关口，杨家只有一家孤儿寡母，便是大宋再无战将，也不能让一家女人出征吧？除非有一个必须要杨家出征的理由？

赵恒平静地看着佘赛花，问道：“佘老太君，朕欲让杨家将出征，不知老太君意下如何？”

佘赛花拱手道：“官家。保家卫国，我杨家责无旁贷，只是杨延昭镇守三关口，宗保还年幼，老臣已是花甲之人，再无人可挂帅出征。”

“老太君，我已经命高尽忠暂领兰州大都督，杨延昭回京挂帅出征。”

“官家……”小皇帝不动声色地夺下杨延昭手中的二十万旧北汉军，佘赛花从心底泛起一丝凉意，她知道杨家已经命悬于剑刃之上。

“我听说老太君的四子名叫杨延琅？”赵恒依旧问得很平淡。

听到皇帝叫出这个名字，佘赛花心里咯噔一下，她点点头道：“是。”

“他就是辽国驸马木易。”赵恒的语气不容置疑。

“官家……”佘赛花吃惊地望着赵恒。

“我若想问罪于杨家不会等到今日。”赵恒打断了佘赛花的话。

佘赛花急忙道：“陛下，这孽子虽然不孝，但老臣相信他绝不敢做出背祖欺宗，投敌叛国之事，老臣猜想他必有难言之隐。他曾经见过老令公，会不会是奉了老令公遗命，诈降做内应的？”

赵恒看着她问道：“老太君如此说有何凭据？”

“在云内州他不是曾用一柄金刀救过官家与寇大人吗？”

“金刀？”赵恒手抚额头微微思索，“朕那时已被吓得晕头转向，未曾记得有什么金刀。寇大人，你见过什么金刀吗？”

迎着赵恒冷森森的目光，寇准的心如同坠下深渊，只觉得冰寒刺骨。他思索片刻后垂首答道："臣，也未曾见到。"

佘赛花握着拐杖的手颤抖着，一声不语。

"老太君，虽然杨延琅叛国降敌，但朕知道，杨家对我大宋忠心耿耿，朕岂能忠奸不分，所以命杨延昭领兵十五万，挂帅出征，请老太君为大军押运粮草，天波府除去柴郡主，其余女将一律随军出征，朕把大宋的兴衰存亡就都交给杨家了。"说完他握着圣旨、虎符起身离座，来到佘赛花面前亲手交给她。

佘赛花双目含泪，跪倒领旨："老臣领旨。"

赵恒凑到佘赛花的耳边低声道："老太君得胜回朝之时，朕要大辽的二十二张关隘图。"

佘赛花惊诧地抬起头，可是当她看到小皇帝那双冰冷的眼睛时，又缓缓地低下头，沉声道："臣领旨。"

"老太君，老太君。"寇准在宫外追上佘赛花。

佘赛花停下脚步，背对着寇准，迟疑一下才转过身来道："寇大人，老身就要回府整军出征，若无他事，就此别过。"说罢转身欲走。

寇准急忙拉住她："老太君，可否听下官一言？"

佘赛花扯出自己的袍袖道："寇大人，若是赔罪的话大人不必说了，老身自是明白大人的苦衷。当年那个直言敢谏的寇县令已然是大宋朝的中书侍郎，理应为自身的前程着想。"

寇准再次拉住她，说道："老太君，您误会下官了。"

"误会？是你寇大人亲口对老身说那木易用一柄金刀换了太子。你也曾亲自登门找老身求证，如何说我误会你？"佘赛花直视寇准，字字如刀。

"老太君可曾想过，官家如何能一口咬定木易就是令郎？为何不记得金刀？为何一定要你杨家出征破阵？"寇准压低声问道。

"这……"

寇准拉着她来到一僻静之处说："老太君，你可记得下官与你说过，令公子给杨家要了一个恩赦。"

"寇大人，你什么意思？你把话说清楚。"佘赛花急着问道。

"天下只有一个人或许能拿回金匮，那就是杨延琅。派你杨家出征就是告诉他，官家兑现了自己的承诺。"

"皇上拿我杨家为质，让他拿回金匮。"

"还有皇上自己的脑袋。"

"可是皇上要的是……"

"您还不明白官家想要什么吗？"寇准打断了她的话说道。

两行老泪落下来，佘赛花靠拐杖支撑着自己，长叹一声道："明白了！明白了！老令公不止一次说过，这孩子是不祥之人，我那时真该听他的话，把他送去修行。"

“老太君……”

“别说了，别说了。”佘赛花摆摆手示意寇准不要说下去了，而后把圣旨放进怀里，拍拍他的手道：“寇大人，请您转告官家，老身懂。圣上是仁义之君，我杨家对大宋肝脑涂地、万死不辞。”说罢转身离开。苍老的背影，蹒跚的步履，一步一步似乎在告诉人们，她是个女人，是一个死了丈夫和六个儿子，又把要女儿、儿媳、孙子都送上战场的风烛残年的老婆婆。

寇准转过头，眼睛酸涩得厉害。其实他比任何人都明白，小皇帝在铤而走险，但凡有脑子的人都知道金匮遗诏是怎么回事，可是遗诏在皇上手里，它便是假的也是真的，它一旦落入别人手里，就是真的都会变成假的。一旦遗诏是假的，先皇就是矫诏篡位，他这个皇帝自然也是名不正言不顺，那就要天下大乱。但问题遗诏现在在天门阵，除了杨延琅只怕没有人能拿到它。

杨延琅是谁？是木易，木易是大辽北枢密院副使，是铁镜公主的丈夫，文有治国安邦之才，武有开疆拓土之勇，手中握有千军万马。杨延昭呢？杨延昭手握西北二十万大军，把守大宋的门户，若这兄弟二起了不臣之心，金匮遗诏就是起兵造反的最好说辞。

官家不敢赌，所以他才夺了杨延昭手里的二十万大军，所以他才要杨家出征，逼着杨延琅拿回遗诏。寇准深深叹了一口气，若是他能拿回遗诏和大辽关隘图，官家也未必不能放过他。

第八十六回 天定生孽缘

万事已俱备，就在八月马肥粮足之时，大辽已集齐十五万大军，浩浩荡荡开往两狼山。行至途中萧绰收到严容的来信，信中请她快马先行，到天门阵与他筹谋排兵布阵之策。

萧绰收到信后，没有说去，也没有说不去。

耶律铁镜态度坚定地说道：“母后，不能去。”

马车颠簸得很厉害，萧绰用一种很舒服的姿势斜靠在矮榻上，闭着眼睛问道：“你说说，为何不能去？”

耶律铁镜道：“女儿已经派去几十个暗骑进阵打探，都没有回来，母后一旦进去，暗骑就没有办法保护你。至于那个老道，女儿不信任他。”

萧绰略有玩味地问道：“你为何不信？”

“从他建天门阵至今大半年间，我大辽，还有宋国民间竟然涌出无数信徒，这些信徒都说他是救世仙寅，为他建庙立碑，甚至诋毁皇帝，鼓吹人们皆信仙寅大神，否则便有灭世之险。母后，如此下去他岂不是要以仙寅之名凌驾于皇帝之上？而且若宋军严守关隘，不派人破阵又如何？”耶律铁镜说得很快，几乎是一口气说完。

听她说完，萧绰笑了，她坐起来从矮榻一旁取出羊皮地图铺在眼前，故作神秘地说：“你说的这些，我知道。宋国也一定会派兵破阵。”然后她指着天门阵西五十里、界河以南的一片地方，说道：“若我们扎营于此，给宋军留出一条破阵的通道如何？”

“母后？”耶律铁镜瞬间瞪大了眼睛，她终于知道母后在谋划什么了。她想了想说道：“那我们为何不等宋军破了天门阵再出兵？”

“严容若没了希望，还肯帮我吗？”

“怎么给他希望？”

“你舅舅要替我进天门阵。”

耶律铁镜急忙道：“舅舅？母后，舅舅是新任北院大王，此次南征的大元帅，他怎么能进天门阵呢？”

萧绰微微眯起眼睛说道：“铁镜，你说得都对，但严容无论有多大的野心，也不过是装神弄鬼之徒，最终他都要依附于朝廷。他既然与宋国势如水火，就必然要依附于我，所以他不敢把你舅舅怎么样。你舅舅进天门阵，就是我给他吃的定心丸。等我们入主中原时，他一个小小严容还能翻出天吗？就像木易，这天下就没有我萧绰不能驾驭之人。”

耶律铁镜知道母亲的心机与手段，但是她心里却非常不安，因为严容与木易绝对不一样。

萧天佐领三万兵马进了天门阵，军中主帅由宫帐亲军统领耶律承启暂代。耶律休哥死后，萧天佐接任北院大王，掌管北枢密院，其侄子耶律承启统领二十万宫帐亲军，是位年轻的将才。

耶律承启依萧绰的意思，萧绰的两万宫帐亲军在界河以南一块平坦的地方依山面水安营扎寨，其余兵马安排在各自的驻兵地。十日之后杨延琅也领三万新兵到大营。

杨延琅交过兵权，回到自己的大帐，不过让他有些疑惑的是，若按将官的官阶和自己的所带兵马防守之处来看，自己的大帐应该在大营中部，却不知为何萧绰会把自己安排在离中军帐不远的地方，但是当他看到耶律铁镜时就明白了。

这些日子耶律铁镜整整瘦了一圈，仙寅的信徒、宋军军情，她几乎把所有的暗骑都调动起来，一张巨大的暗探网延伸到了辽宋两国每一处可以触及的角落，无数消息如雪片般集中到她这里，她必须从这些雪片中分辨真伪，然后做出正确的决定。

“此次宋军主帅是一个女子，名叫穆桂英。”耶律铁镜如往常站在萧绰身边，给帐中的将军讲她打探到的宋军情况。

萧绰愣了一下问道：“主帅不是杨延昭吗？”

“不是。在汴京挂帅时的确是杨延昭，后来宋军为加快行军抄近路走河阳西口一路，结果遇到一个叫穆柯寨的山寨，寨里的女寨主就是穆桂英。宋军前部先锋是杨延昭的儿子杨宗保。这个杨宗保年少气盛，仗着自己兵马多，不问青红皂白，强攻山寨，结果却被这个穆桂英给捉到山上，不仅如此，还被她绑了拜了堂。后来杨延昭率军到来，穆桂英带着杨宗保下了山，说她是鬼谷子的徒弟，本就要率寨中人投奔宋军，帮助宋军破天门阵的。后来杨延昭与他的母亲佘赛花发现这女子有将帅之才，又通晓天门阵法，便举荐她为帅，杨延昭甘居副帅，佘赛花负责押运粮草。”耶律铁镜几句话就讲清楚了穆桂英的来历。

耶律铁镜的话让大帐里的这些契丹大汉们禁不住啧啧称奇，在他们心中，宋国女子应该只会描红绣花、吟诗作赋，只有大辽的女子才能像耶律铁镜一样执掌暗骑，一言而动天下。而像完颜寿这样的将官已经开始嘲笑宋国无人，竟派一个黄毛丫头挂帅出征了。

听着他们的笑声，杨延琅只是静静地坐着。杨延昭身经百战，镇守三关口十余载，而夏兵不敢越界半步，杨宗保少年得志，心高气傲，能让他们父子二人心甘情愿在帐前听令，莫说一小女子，就是放眼大宋怕也找不出三五个人，这个穆桂英绝非常人。她说她是鬼谷子的徒弟，不知道与子翼是否相识。不过最让他想不通的是，小皇帝为何会派兵破天门阵。虽然天门阵不是善类，但它既能不攻城拔寨，又不在大宋界内，如非必须，何苦劳师动众，来破一个只关乎点名声的阵法？除非他有必须破阵的理由，且只杨家人才能成功。与自己有关系吗？

宗保的媳妇？去年在马厩里偷马的臭小子，已经是十五万大军的先锋官了，不过被人抢去绑着拜堂成亲，看来这位穆桂英与耶律铁镜也不相上下。母亲也来了，十七年没有见过母亲了，她是不是已经老了？铺天盖地的思念瞬间将他淹没，而后又化为灰烬。

耶律铁镜的目光一直没有离开过他，看他先笑起来，那是从心底溢出来的笑容，可那点笑容转瞬即逝，眼中是无尽的落寞。他仅仅与杨继业是换血之恩吗？为什么十年过去了，杨家依旧牵动他的心神，那封信真是给他的吗？

议事之后杨延琅先行回到军帐，不出他所料严容果然不在。他知道严容不是怕自己，而是怕子翼，他非常清楚，只要他离开天门阵，子翼就不会再让他活着回去。

杨延琅回到大帐，刚刚坐在桌案前，却发现自己的茶盏冒着热气，茶盏之下压着一张纸，他瞅了瞅四下无人，抽出纸打开，只见纸上写着一行字："宋营相见，佘赛花。"

"母亲！"杨延琅捏着这张薄薄的信笺，惊得脱口而出了这两个字，所以直到一柄雪亮的长剑抵在自己颈间，他才惊觉，而后又低下头叫了一声："公主。"

耶律铁镜转到他面前，长剑抵在他的胸口，大眼睛里噙着泪水，只差一点就落下来了。伤心、愤怒、绝望，种种复杂的心绪交织在一起，就像万支利箭刺穿身体，痛得她无力挣扎。

杨延琅依旧低着头，跪坐在案后，轻声自语道："这一天来得真快。"

"不要再花言巧语骗我了！"耶律铁镜握紧长剑往前刺去，可他却一动也没动，鲜红的血从衣服上浸了出来。

看到血，耶律铁镜清醒了几分，急忙停下手。

他抬起头，目光不再躲避，直视她说道："公主，看过这信了？"

"告诉我，你是谁？"这句话从耶律铁镜的牙缝里挤了出来，而她原本朱红的双唇此刻止不住颤抖着，带着丝丝缕缕的血。

"杨继业四子，杨延琅。"他的声音平静无波，目光转向前方，他此时出奇的平静，仿佛卸去了沉重的枷锁，甚至感觉到一丝轻松。

"为什么不继续骗下去？你可以告诉我这信不是给你的！你可以喊冤！你可以……"

"公主你信吗？"他仔细地把信放到桌上，"既然试了，说明公主就猜到了。"

信吗？当然不会再信了，这些年来她在等，等着他把心敞开的一天，她无数次猜过他的秘密，可是她从来不敢往杨家猜，因为她输不起。直到今天暗骑劫下了混进辽营里的送信人，亲口招供是奉了佘赛花之命，将此信送给木易，她才不得不猜下去，可即便如此她依旧想试一试他，希望自己怀疑错了，希望自己冤枉了他。

"说！你改名换姓，潜藏在我大辽，究竟有什么目的？"耶律铁镜厉声质问道。

杨延琅再次抬起头，无所畏惧地看着耶律铁镜道："公主，我再问你一次，我到大辽十年，可有做过谋害大辽之事？"

“你……”

杨延琅苦笑一下，看着胸口的长剑，说道：“公主，你执剑的手稳一些，我把我的事一一说与公主听，若公主觉得我该杀，就不要刺偏了。”

耶律铁镜紧紧咬着下唇，没有说话，等着他继续说下去。

“我乃杨继业四子，生于北汉天会二年五月初五的午夜子时，此生辰占九五之毒，之后不知何时，后晋天寅阁预言我是苍狼星转世，克帝祸国，长大后会屠戮四方……”

听他讲完自己的身世，耶律铁镜已经无法形容自己的心情，她无论如何也想不到天寅阁阁主竟然就是严容。她曾经查过这个天寅阁，它突然出现，然后又突然消失，现在算来，正是在杨家堡大火之后，它才消失的。可命运把眼前这个人送到自己身边，让你死我活的仇人成了同床共枕的夫妻。

“宋帝看过我写的《国略》之后，更加忌惮天寅阁的预言，潘豹究竟是不是七郎打死的，没人知道，但是却有人一口咬定是我打死的。我父亲与潘仁美谁也没有深究，只是将我刺死在潘豹的坟前，我自此成了一个孤魂野鬼。”他似乎在讲述别人的事，只有从他起伏不迭的胸口才能看出他难平的心绪。一个虚无缥缈的预言，一个帝王的猜疑，就断送了他的一生。他深深地叹了一口气，继续说道：“父亲他不该手下留情，金沙滩上我也本不该活命，而在两狼山，你抓住我后，就该将我碎尸万段、挫骨扬灰。至今我也想不明白，为什么一个最该死的人，却偏偏让他活着？”说到此处，他紧紧握着拳，身体往前倾了倾，吓得耶律铁镜急忙撤了一下长剑。

他仰起头：“十年了，我小心翼翼地活着。我贪恋公主给我的这个家，即使我忘不了父亲还未魂归故里，四个兄弟都命丧金沙滩。我也想永远做木易，做你铁镜的丈夫，宗勉的父亲。”

“为什么不做下去？为什么还要与杨家联系？”泪水从耶律铁镜的脸上落下来，若早知今日，她宁愿他永远是木易，宁愿他永远藏起这个秘密，不让自己知道。

“贺黑律为了查到我的身世，把给杨家画像的画师掳走了，我母亲才知道我隐姓埋名藏身于大辽。为了天波府的平安，她派人到上京追杀我。”

耶律铁镜问道：“那两个刺客？”

杨延琅点点头：“一个是我八妹，另一个是我七弟杨延钰的妻子。”

“所以，你们是合谋骗我的？”眼泪再次涌上来，然后又流出去，眼前的事物模糊了又清晰，虚幻迷离间，分不清是真是假。

“她们最后没有杀我，把我扔在树林里。几个月之后，她们再次来到上京，专门给我送来我母亲的亲笔信。”他慢慢地把手伸进怀里，从胸口处摸出一封信，紧挨着那信笺放到桌案上，只是信封上被浸上了大片血渍。

耶律铁镜缓缓收回长剑，与他对坐在桌案前，眼前这封信似乎不是信，而是一块烧红的烙铁，烫得让人畏惧。迟疑半晌后，耶律铁镜终于鼓起勇气取过信，抽出里面的信笺。

“见字如面，逆子听训。自见此信，你我母子恩断义绝，若敢言姓杨，敢对大宋不利，上天入地天波府必杀之。佘赛花”。

短短几语，字字如刀，剔骨剐肉，毫不留情地斩断了母子间的情分。这封信被烧掉了一角，折起的地方已经磨得快断掉，不知道无人之时他偷偷看了多少遍，这么锥心刺骨的话，他却冒着天大的风险贴身保管。耶律铁镜用余光看了一眼这个男人，这副不动声色、冷血无情的身躯里究竟装着多少生不如死的痛楚。他究竟犯了什么不可饶恕的罪过，老天要这么惩罚他？

“既然你母亲都已经与你一刀两断了，你就不再姓杨了，永远做你的木易不好吗？”耶律铁镜放下信问道。

“但是那一次她们来的不是两个人，而是三个，杨宗保也跟了来。严容抓了杨宗保逼我交出杨家枪法。”杨延琅抬起头看了一眼耶律铁镜，“我为了救出杨宗保，被严容喝了血。他知道我的身份，还说我命格极阴，是他修炼成仙的最好补药。”

耶律铁镜静静地听着，这个男人从头到尾都在欺骗她，可是当心痛到极点时反而变得麻木了。

“贺黑律是你的暗骑，但他更是贺黑纳兰的同谋。”杨延琅把紫玉简从衣物间取出来交给耶律铁镜，继续说道：“贺黑纳兰通过贺黑律知道了我的身份，然后与严容密谋杨家枪法，举荐我出使宋国，在宋国他们三番五次要杀我，这其中的阴谋，公主可能猜到？贺黑律在宋国挖了九万余两黑金，建成了今日这血腥四溢的天门阵。严容与贺黑纳兰狼狈为奸，他会甘心做母后的棋子吗？”

“我，我我……”耶律铁镜看着玉简，却张口结舌、心乱如麻，面对着一个接一个的问题，她根本无暇去想这其中的缘由。

“如今天门阵已经建成，我这个颗棋子已经无用，他们应该很快就会把我的身份告诉母后，我还能藏多久？”

“你说的这些，有何根据？仅凭这卷紫玉简吗？即使它是真的，你又怎么证明严容与贺黑纳兰勾结？”耶律铁镜突然放下手中的玉简，紧盯着他问道。

“掳走太妃娘娘的人就是贺黑虎，被我拦下之后，他清清楚楚地报上了我的名号，意欲以此为要挟，让我放过他。我刺了他一枪，伤疤就在腰上，公主可以命人去查看。”

杨延琅话音未落，耶律铁镜起身就往帐外跑。

“公主……”杨延琅一把拉住她。

耶律铁镜惊慌失措地说道：“我，我要赶紧把这件事告诉母亲后。”

“她会信吗？”杨延琅知道，他无论用什么方法，都不能让她现在把这件事告诉萧绰，否则自己的一切努力都将付诸东流。

“可是，如果母后不知道这件事，大辽就危险了。贺黑纳兰就在上京啊！”与大辽的安危比起来，眼前这个男人是不是骗了她，已经不重要了。

杨延琅松开手，从桌案上拿起两封信放到耶律铁镜手中，说道：“带上这两封信和我，不然你如何让母后相信你的说辞？”

耶律铁镜看着手中的信，又抬起头看着杨延琅，她明白，不拿上他的人头，母后不会信自己的话，他在逼自己做出选择。

杨延琅抓着耶律铁镜的肩膀，轻声说道："至于母后会不会相信杨继业儿子的话，就要看天意了。"

这一句话就像天雷击在耶律铁镜的心上，顿时愣住了。是啊，母后若知道他姓杨，是杨继业的儿子，哪里会容他说话，马上就会把他拉出去千刀万剐了。而此时耶律铁镜第一个想法，竟然是怎么能保全他的性命。

她被自己的想法吓了一跳，原来不知不觉间，自己早习惯保护他。那老道说："他命途多舛，心性难测，姑娘若要救他，此生便要好好待他，如若姑娘不能待之以真心，莫不如不救。"难道自己当初真错了吗？是不是真不该救他的性命？

杨延琅捧起耶律铁镜的脸，一字一句地问道："公主，我再问你一次，这十年，我可曾做过有损大辽之事？"

耶律铁镜摇了摇头，没有，无论怎么想，无论他是谁，他从来没有做过有损大辽的事。

"我是一个孤魂野鬼，是你给了我一个家，让我开始贪生怕死。我的命是你铁镜公主的，你想要，可以随时拿去，但是现在我要求你一件事。"

"何事？"耶律铁镜知道，自己不可能杀他。

杨延琅松开手，退后两步，就在她面前双膝跪地，半低着头说道："我要金铓令箭，回宋营看我母亲。"

听到他这句话，耶律铁镜觉得自己的头轰的一下，眼前一片模糊，她厉声喝道："你疯了？"

"我没疯。杨家一定是出了天大的事，否则我母亲岂会冒着这么大的风险给我来信。"杨延琅死死握着拳，手指缝间渗出了血，指甲深深地刺进皮肉，他却浑然不知。

"你已经与杨家没关系了，他们便是出了天大的事，又岂能用你来管？"

"可天门阵关系到我，不但是我，还有我的妻儿、母亲，还有十五万宋军和十五万辽军。贺黑纳兰与严容拼命挑拨辽宋关系，所谋的是他们自己的野心，所以我一定要回宋营，我要知道大宋为何一定要派兵破阵。"他的声音开始很轻，越往后就越发冷寒，到最后时他就像带着带着风雪的白色狼王，让人恐惧到骨子里。"我已经十七年没有见到我母亲了，我想见她一面。"他说到此处像狼王的呜咽，又像一个想念母亲的孩子在低声啜泣，无论他多么冷酷，都拨动了人心底的那根弦，便是他杀戮无数，都感受到他心底的痛楚。

"你骗我。此时放你回宋营，将军情要事一一透露给你母亲，葬送的就是我大辽的千军万马。"

他抬起头冷冷地说道："铁镜，若要为宋国传递消息，我何须等到今日？"

"你个骗子，我不信你，若你留恋母亲，一去不返怎么办？若拿了令箭引宋军袭营，我该如何……"

“我杨延琅在此对天发誓，若我一去不还，有谋害大辽之心，让我黄沙盖脸，尸骨无存。”杨延琅用誓言打断了耶律铁镜的话。

“你真会回来？”耶律铁镜不可置信地问道。

“会。”

“若不回来呢？”

“就是，死了。”他说这句话的时候，又像往常一样，半垂着头，声音像羽毛拂过指尖一样轻，仿佛与生死无关。

耶律铁镜再次感觉到逆血上涌，鼻头一酸，眼泪又落了下来。

“不过你放心，即使是我死了，也会收好令箭，不会给宋军的。”

“你，等着。”耶律铁镜转身出了军帐。

杨延琅依旧没有起身，只是把头垂得更低了。天渐渐暗下来，他不知道自己跪了多久，他只是觉得自己应该跪着，因为这世间他最愧对的人，就是这个刻骨铭心地爱着自己的女人。

“给你。”一支纯金造的令牌递到杨延琅眼前。

杨延琅伸手接过令牌，深深一个头叩在地上：“公主大恩，无以为报，杨延琅今生任你驱使，来生为你结草衔环。”

耶律铁镜转过身，背对着他，纤长的手指捂在唇间，不让自己哭出声来。过了一会指着大帐的红色圆顶，说道：“明日太阳照到帐顶的时候，你如果还不回来，我唯有一死，向母后谢罪。”

“等我回来。”杨延琅收好令牌，起身出了大帐。

听着帐外马蹄声响起，耶律铁镜慌忙追出去，却只看到了空空的营门。

第八十七回　杨四郎探母

佘赛花坐在空空的大帐里，千里征程让她疲惫不堪，远处的两狼山沉沉压在她心头上。她的丈夫和她最疼爱的儿子都死在那里，而如今却不知又有多少亲人会死在这里。她已经老了，白发人送黑发人的痛楚折磨得她彻夜难眠，信已经送去两天了，一点消息也没有，是信没有送到，还是那个逆子铁心不再回来？

这不怪他，这怎么能怪他呢？是自己写下了断绝母子亲情的手书，怎么能怪他呢？可是他为什么要去辽国？他为什么要给萧绰做上门女婿？他为什么不肯偷取大辽二十二张关隘图，以证杨家的清白？这个儿子的性情自己最清楚，他若不肯拿来关隘图，就是你要了他的命，他也不会拿来。那官家呢？除了图还要什么？只有他的命啊！

逆子！佘赛花在心里咬牙切齿地又把这两个字念了一遍。

“老太君。营门外来了一员辽将，说要求见老太君。”老杨洪走进帐中向佘赛花禀道。

辽将？佘赛花一下睁开眼睛，看着老杨洪。虎毒尚不食子，自己是他的母亲啊？怎么能索他的命呢？就在这一刻她后悔了。

“告诉他，滚回去！”佘赛花声音不高，却是用全身的力气说道。

“可是，老太佘，那辽将，看起来像四少……”

“让他滚回去！”佘赛花眼中泛起红红的血丝，再一次说道。

杨洪畏惧地后退了半步，然后说道：“他说，您不见，他就闯营。”

佘赛花愤恨地用拐杖戳了几下地，长长地叹了一口气，说道：“把他带来见我。你带兵守好大帐，所有见到他的人，都要看住了。”

“是。”杨洪没有多问，退出军帐，急忙安排人守卫。他在杨府一辈子，怎么可能认错人呢，也正是因为时间久了，他才知道什么该问，什么不该问。

杨洪出去没多久，帐帘子一掀进来一个人，就像灌进帐内的一股秋夜冷风，带着犹豫和怯懦，试探和彷徨。

杨延琅眼前一片昏黄，所有的一切都混杂在一起，只有一点光闪闪烁烁，不知在多远的地方。忽然，两行冰凉的泪水滑落下来，眼前骤然清晰，母亲就坐在那盏烛火旁，一动不动地看着自己。

昏黄的烛火下，母亲还是他心里的样子，但又不是那样子，花白的头发，眼角的皱纹，曾经与父亲据理力争、针锋相对时那双倔强的眼睛，现在变得沉重而深暗。母亲与父亲吵了半辈子，相依相守了一辈子，丧夫丧子，痛入心肝，女子所有的苦痛几乎都让她尝尽了，如今却被自己连累，又披甲上阵，押上了杨家全家人的性命。原来父亲的话没错，自己就是个祸害。

杨延琅想快点走过去，想仔细看看母亲的样子，但是脚下却重似千斤，身上负了巨石，压得他双膝渐渐弯了下去，他用尽全部的力气支撑着膝盖，像个罪人一样，拖起沉重的身体向母亲走过去。

佘赛花站起来，母子相逢已恍若隔世，看着跪在自己面前的儿子，她心中突然就涌起了无边的恨意。恨他当初为何不远走高飞，恨他为什么要给萧绰做上门女婿，甚至恨他为什么不把自己藏得死死的，永远做他的木易。

啪！一巴掌扇过去，杨延琅被打得栽倒在一旁，力敌千军的人，此时竟然没有丝毫力气抗住母亲这一记掌掴。

“逆子。”佘赛花咬牙切齿地骂出这两个字。

杨延琅大口喘息着，积蓄了许久的力气之后，才支撑着爬起来，在母亲面前跪好，把头垂得低低的。是他的罪孽，是他的私心才把杨家拖进泥潭。此时若把他割得七零八落，就能抚平母亲的痛楚，他会毫不犹豫地把自己的肉一块一块割下来摆在母亲面前。

“天下之大，哪里不可去？为何非要去给辽人做狗？”佘赛花因气息不匀，话音里带着不可抑制的颤抖。

“母亲，能猜到吧？”他依旧低垂着头，所以连带声音都好像落进了土地里，发出闷闷的声响。

“那你为何不将关隘图拿回来？”

“因为，我不想。”

“你父亲的遗命，你也敢违背？”

他突然抬起头：“母亲，皇帝若拿到关隘图，他会如何？”

会如何？自然会再次举兵伐辽，夺回燕云之地。这一刻她似乎有些明白了，明白他为何不想了。

“母亲，辽人不过是偏居漠北之民，一样会生老病死，一样有喜怒哀乐。燕云之地在辽国治下，日渐繁荣，百姓安居，他们只想过太平的日子。一些升斗小民，生为饥渴奔波，死化一堆白骨，他们有什么错？为何要死于狼烟之下？”说到这里他停了一下，“父亲临终前对我说了一句话。”

“什么话？”

“他说：‘苍狼归北，太平可期……’”

他这句话一出口，佘赛花的眼泪哗的一下就落了下来。

“所以，无论母亲传不传信于我，我都要回来见您一面。我要问您一句话。”

“你要问什么？”

“若能止息干戈，母亲愿不愿意放下仇恨，把这十五万宋军都带回去？”他看着母亲的眼睛，眼中有畏惧和不安，有患得患失的忧虑，但更多的是坚定。

“你什么意思？你的意思是说，你能让萧绰退兵？”佘赛花疑惑地问道。她不相信，萧绰真的可以为了他一个上门女婿而不打这场仗。

“母亲，只要您答应，我就有办法让辽国退兵。但是我要母亲的一个承诺，一个杨家世世代代都要遵守的承诺。”

面对儿子要的这个承诺，佘赛花犹豫了，她虽然不知道她这个心思难测的儿子在谋划什么，但是她知道，如果答应，于杨家而言就是叛离大宋。可是杨家就真的愿意打仗吗？打了这么多年仗，老百姓都想过太平日子了。大辽不尽是残暴不仁之徒，若是能不打仗，能让这十五万人平平安安地回去，又有何不可？想到此，她终于下定了最后的狠心：“逆子，既然你与我来谈条件，我就与你也谈谈条件。我可以答应你，但是你……”

“六将军，八小姐，你们不能进去……”

“母亲，我带着六哥来给您赔罪了。”

外面杨洪的话没说完，杨瑛与杨延昭已经走了进来，打断了佘赛花的话。白天因为杨宗保违了穆桂英的军令，被杨延昭亲自掌刑，打了十军棍，他担心母亲生气，所以让妹妹陪着他来给母亲赔罪。

兄妹二人进了大帐，被眼前的一幕惊呆了，他们怎么也没想到，母亲的大帐里会有一个辽将。

佘赛花看了看追进来的杨洪，摆摆手示意他退下去。杨洪默默地退到帐外，这次他站在离大帐不远的地方，防止再有人闯进来。

杨瑛先是一愣，可是等到看清楚是杨延琅的时候，一步蹿过去，飞起一脚踢在他的胸口上，毫无防备的他直接飞了出去，摔在大帐旁边。

“叛臣贼子，你还敢回来。”杨瑛追过去，一脚踩在杨延琅的背上，抽出腰间的短枪抵在他颈间。

胸口泛起一丝抽心般的痛楚瞬间抽走了他所有的力气，只能任由妹妹踩着他，这一刻他突然想起了天凤。

杨延昭慢慢走过来，轻轻拉开暴怒的妹妹，抓着杨延琅的衣领将他提起来，仔仔细细地看着他，一个死了十七年的人，怎么会活过来？

“你究竟是谁？”杨延昭不可置信地问道。

杨延琅用力地破开杨延昭的手，再次来到母亲面前跪下，一下一下用力地喘息着，冷汗顺着发梢往下滴，苍白的双唇颤抖着。

杨瑛出手太快了，佘赛花根本来不及阻止，她弯下腰，想看看他伤到没有。看着近在咫尺的母亲，他清清楚楚地看到了母亲鬓角间的白发、眼中的泪水和对自己的关心。十七年前，母亲把自己抢回藏在密室，白天在外面办丧事，夜里守在自己身边，等着自己活过来。

“母亲的条件是什么?”他抬起手，慢慢地伸向母亲的脸庞，他想摸一摸母亲，哪怕只是摸一下。

“混蛋，不许碰母亲。”杨瑛再次冲过来，却被佘赛花举起拐杖拦在一旁。

“母亲?”杨瑛不解地问道。

“退下。”佘赛花冷冷地将她喝退，可眼睛却始终盯着杨延琅的手。

啪的一声，她把儿子的手抓在手里，举到自己面前。杨延琅一惊，想抽回手，却被佘赛花死死抓着，拉到自己的眼前。他冰冷的掌心处横着一个紫黑色圆形的伤疤，皮肉深深地凹陷下去，就像一只丑陋又狰狞的眼睛，痛苦地盯着她。她似乎看到了有人抓着这只手，用长箭狠狠地扎过他的手掌，他紧紧地咬着牙关，疼得死去活来的样子。

“皮肉之伤，母亲不必忧心。”趁母亲分神，杨延琅赶紧把手抽回来，又顺手拉了一下盖过手背的护腕。此刻，他又像曾经那般冷漠与疏离。

佘赛花看着他，缓缓地把手伸向他的领口，忽然他想到了母亲想要干什么，急忙抓住衣领，往后躲闪着，哀求地看着母亲：“母亲，别，别……”

“拿开!”佘赛花不容反抗地命令道。

在母亲的目光下，他所有的冷漠与坚强瞬间土崩瓦解，僵持片刻之后，他松开了手，两臂垂下来，将脸转到一旁，紧紧地闭上了眼睛。

哧——随着一声裂帛声起，他的衣服被母亲撕到了肩膀以下。

“啊——”杨瑛尖叫了一声，赶忙捂住了自己的嘴。

战场杀伐，受伤本是常事，哪个将军身上没有几道伤疤，可是她却从未见过一个人身上有这么多伤疤，从前胸到后背，大大小小的伤疤纵横交错，一层叠着一层。除了刀伤、剑伤，最多的是刑伤。不知道曾经有多少刑具加诸在这副并不魁梧的身体上，让他生不如死。

杨延昭扑通一声跪在他身后，重重地将头磕在地上。他不是傻子，怎么能想不明白，杨延琅这一身伤究竟是替谁挡下的。

“逆子啊!”佘赛花一把将他搂进怀里，用尽全身的力气紧紧抱着他。这个她从小都没有好好抱过的儿子，今天抱在怀里竟然这么单薄。

他从来不敢奢求母亲会这样抱他，他像寒冬的冷铁一样，不需要有人心疼，也不用母亲的宽慰，但是没人知道，他心里有多羡慕兄弟或妹妹痛苦时被母亲抱在怀里，被母亲轻声安慰。

他小心翼翼地抱住了母亲，贪恋着这片刻的温暖，希望一切都停在这一刻。如果早知道自己一身伤就可以换得母亲疼爱，他宁愿自己伤得更重点。

“娘答应你，娘答应你!”母亲抱着他的头，一个低沉的带着抽泣的声音从头上传来。

杨延琅抬起头，几乎不敢相信自己的耳朵。他想过用一千种说辞说服母亲，想过用一千个条件与母亲交换，却没想到，母亲会因为疼爱儿子而答应了自己。

“是娘对不起你，是杨家对不起你，纵有千错，都不是你的错，便是有天大的罪，也不该由你承担。娘答应你。”

母亲的眼泪落到他的额头上，好像要把他烧穿了一样。不对，母亲应该还有事没说。他再次问道：“娘，皇帝跟你说了什么？为什么一定要杨家出征？”

“不，他什么也没有说过。让杨家出征的原因，是因为只有杨家将才是辽人的对手。”

“娘……”

“圣旨是娘接的，官家的话是亲口对娘说的。”佘赛花厉声说道。

“娘，大宋为何一定要派兵破阵？娘传信于我究竟有什么事？”杨延琅低下了头，他知道，如果母亲不想说，谁也问不出来。

“来，你先起来。”佘赛花把他的衣服拉上来，仔细地包裹好儿子伤痕累累的身体，似乎只有这样她的儿子才不会冷，才不会疼。想着他自从进帐来，就一直跪在冰冷的地上，任打任骂，她的心就疼得喘不过气来。杨延琅站起来，看到杨延昭还跪着，他看了母亲一眼。

佘赛花沉声说道：“让他跪着。”

他走过去，一声不响地把弟弟扯起来：“你不欠我的。”

“四哥。”杨延昭双眼通红，愧疚地叫了一声。

“我今夜要赶回去，我们还有些事要说。坐吧。”杨延琅指着一旁的椅子说道。

杨延昭看了看兄长，又看看母亲，母亲没有说话，他就听话地坐在一旁。

佘赛花看了一眼不知所措的杨瑛，语气不善地说道：“拿上你的枪，与杨洪一起守在帐外，若有人偷听了今日之事，我拿你是问。”

“啊！好好，娘，我知道了。”杨瑛似乎才明白过来，她偷瞄了一眼兄长，急急忙忙逃出了大帐。

佘赛花拍拍身边的凳子，杨延琅默默地坐过去。她重重地叹了一口气，说道：“严容偷了官家的金匮，就藏在天门阵，所以无论如何大宋都要破了天门阵，拿回金匮。”

杨延琅并不吃惊，如果不是发生这样的事，大宋实在不必蹚这趟浑水。不过他好像有点猜到了母亲的条件了，但母亲不说，他即使猜到也不能说。

佘赛花继续说道：“你应该知道我军主帅是宗保的妻子穆桂英了吧？”

杨延琅点点头。

“她是鬼谷子徐天友的高徒，对天门阵颇为了解，不过她说，天门一百零八阵，就有一百零八种摆法，除非拿到天门阵图，才能破了这个大阵。”

杨延琅道：“娘想让我找到天门阵图？”

“不错。据赵季美供述，严容与贺黑纳兰勾结，并献给他一张阵图，娘猜那一定是天门阵图，否则贺黑纳兰不会冒险让贺黑律在大宋掘金，给他建天门阵。所以我才传信于你，让你务必拿到阵图。”

杨延琅道：“我会尽快拿到阵图的。不过，在我送回阵图之前，请你们千万不要试探天门阵，连子翼都被它重伤了。还有，若非必须，也不要与辽军交战。”

“好。只要萧绰安安静静的，娘保证不会与辽军交战。”

杨延琅问道：“娘，你可问过穆元帅，摆天门阵需要多少兵马？”

“桂英说，这个阵法以鬼谷墨术所造，可不需一兵一卒。”

“不需一兵一卒？”杨延琅突然想起萧天佐带进去的三万兵马。

“怎么了？”佘赛花察觉他神情不对，急忙问道。

“无事。”他急忙摇了摇头。突然被母亲呵护在手心里的感觉，让他温暖得不知所措，又害怕下一刻就会失去。不过即使再不舍，他都该走了，辽营距此百余里，他必须要在太阳照到大帐的圆顶之前赶回去。

似乎看出了儿子的心思，佘赛花问道：“儿啊，那公主可是真心待你？”

杨延琅没有说话，只是点了点头。

“你们还有了一个儿子？”

提到儿子，杨延琅不自觉地露出一丝笑意：“娘，他叫宗勉，今年五岁了。”

听了他的话，佘赛花笑了：“只要那公主真心待你，你便要真心待人家，既然你已经认准了她们是你妻儿，那里就是你的家，就留在大辽吧。”

“娘？”

“回去吧。”佘赛花拍拍他的手说道。

杨延琅不安地问道：“娘？皇帝……”

佘赛花道：“我朝自开国便没有诛杀功臣的先例，你放心吧，杨家有救驾之恩，官家会顾念的，何况你还给杨家要了一个恩赦。回去吧，再晚了，就要有麻烦了。”

“是。”杨延琅再次跪在母亲面前，深深叩首，“孩儿拜别母亲。”

佘赛花摆摆手，示意他走吧。杨延琅深深吸了一口气，起身就要走。

“四哥。”杨延昭突然叫住了他。

杨延琅停下来，等着他说下去。

“四哥，我，听说要出辽营，必须有萧太后的金铊令箭……”

“你想要令箭，除非杀了我。”杨延琅的双眸转瞬便冷了下去。

“愚弟不敢。”

“你是宋国之臣，宋军之将，若有朝一日，战场相逢，你也不必手下留情。”杨延琅说罢转身走出大帐。

“四哥。”看到兄长出来，杨瑛怯生生地叫了一声。

杨延琅看着这个从小被惯得无法无天又单纯的妹妹，想必此时她内心应该也很难受吧！

杨瑛鼓起所有勇气说道：“四哥，我知道错了，你不走行吗？”

杨延琅突然想捏捏妹妹的脸，于是就真的抬起手捏了捏她肉乎乎的脸蛋，这丫头还挺胖的。他扯起一个笑容，说道：“你没做错什么。保护好母亲。”

“可是……”

“回去吧。”杨延琅拉过玉麒麟飞身上马，轻轻一磕马镫，一人一马奔出宋营，头也不回地消失在了黑夜里。

“娘，我四哥……”杨延昭望着空空的营门，试探着开口。

“你不觉得，你四哥现在才像活着的样子吗？他是个生错了地方的孩子，也许漠北之地才是他的家。”

“孩儿明白了。”

第八十八回　花城满天下

耶律铁镜用手抵着下颌，手肘支撑在桌案上，眼睛一眨不眨地盯着越烧越短的蜡烛，因为看得太久，她眼睛里只有那片跳动的烛光。她好像想了很多，从她与木易见的第一面，一直到他说出自己是杨继业的儿子，可是想了那么多，她心里又是一片空白，什么也没留下，眼前还是那片跳动的烛光。

那是一片无边无垠的草原，青草叶上挂着清冷的露珠，朝阳缓缓升起来，照在青草上，照在露珠上，天空中霞光万丈。耶律铁镜听到一阵清脆的马蹄声，一下一下好像踏着的不是大地，而是她的心口，她甚至能清晰地感受到那微微震颤。迎着霞光她看见了，就在远处一匹雪白的神驹上是一个位眉目如画的将军，迎着风在草原上奔跑。不知道什么时候，他来到了身边，骑着马在她身边转起来，就像契丹汉子挑逗着自己心爱的女孩，他脸上的笑容干净而明朗，那是她从未见过的笑容。她像着了魔一样，追着他的身影转动着身体，身体轻盈地都飞了起来。

“杨延琅!”

随着一声厉喝，耶律铁镜重重地摔在地上。刹那间雷声轰鸣，乌黑如墨的云中伸出一条铁链，像长蛇一样牢牢将他缚住，他就像失去生命的羔羊，被铁链拖起来，越飞越高，凌乱的发丝挡住他苍白的脸，他在看着自己，似乎想说什么，她却什么也听不到，耳边只有轰隆隆的雷声，和混在雷声中的谩骂声。

“奸细……叛徒……”

“他该死……”

“他该下十层地狱……”

“不！他不是——”她用尽全身的力气终于喊了出来。

“他不是！他不是……”耶律铁镜猛然坐起来，冷汗沿着下颌滴下来，眼前景物渐渐清晰，却感觉依旧在梦中。过了许久，她才扶着桌子用力站起来，因为坐得太久，两腿已经发麻刺痛。她一瘸一拐慌忙地走出大帐，东方已经泛白，营门前依旧空空荡荡。

忽然，她开始变得烦躁不安，他说他一定会回来。可是他姓杨啊！自己怎么能信他呢？不，他是自己的丈夫，十载夫妻，他是个守信之人，他说回来就一定能回来。忽然，她又想起了他临行前的话。

“你若不回来呢？”

“就是，死了。”

死了？他说，他若不回来就是死了。那虎毒还不食子呢？佘赛花再狠毒也不能杀了自己的儿子啊？可是她不会，别人呢？杨家忠烈之名天下皆知，他们能容得下一个叛国的儿子吗？

在她拿到那封佘赛花的传信之后，她命暗骑将这里围成铁桶一般，可是无论多少暗骑，都不能让她安心。她落寞地回到大帐，觉得他可能再也不会回来了。坐在桌案前，她继续看着烛光，桌案上的蜡烛只剩下短短的一截了。后悔吗？她好像很后悔，她后悔自己不该拿十五万辽军的性命做赌注，可是如果能重新选择呢？她依然会把金钺令箭给他，不知为何她就是相信他。蜡烛越来越短，天越来越亮，她开始不停地剪短烛花，好像只要烛火不灭，太阳就不会升起来一样。

啪！燃尽最后一点蜡烛之后，烛心不甘心地倒在了桌案上，倔强地把自己烧成灰烬，终于彻底地熄灭了。耶律铁镜仰起头，两行泪水从眼角滑下来，清晨第一缕阳光照在大帐的圆顶上。这一刻她出奇地平静，自己做尽了一切，倒也死而无憾，她把整整抓了一夜的长剑举起来，看着圆顶上的火红太阳光，绝望地闭上了眼睛。

就在剑刃划开皮肉的一瞬间，一个人影飞扑上来，不但撞飞了她手中的长剑，连带他们两个人都一起滚到了旁边，直到撞到柱子上才停了下来。

“不是叫你等我回来吗？”杨延琅此时就像一头发狂的野兽在吼叫。当他看到阳光照到大帐圆顶的一刻，他才知道什么叫真正的魂飞魄散。

耶律铁镜愣愣地看着身上这个暴怒的男人，忽然大笑起来，甚至连气息都不够用了。

“公主，对不起，我回来晚了！”杨延琅紧紧把她抱在怀里。

哇——耶律铁镜一下就哭了出来，一下一下狠狠地捶打着他的后背。

直到许久之后，耶律铁镜才平静下来。杨延琅看着外面，急忙从怀里摸出金钺令箭交给耶律铁镜道：“公主，母后快起了。”

耶律铁镜握着令箭，急忙抹去脸上的眼泪，疯了一样冲出了大帐。

直到耶律铁镜彻底走远，他就瘫躺在了地上，望着大帐的圆顶，眼角噙着泪水。过一会他也笑了，这一局他赢了，只不过严容与贺黑纳兰给他的时间不多了，他必须要更快一些。

他没有起身，却从怀里摸出一个小瓷瓶，倒出些药粉洒在了地上，一个老鼠从阴暗处爬出来，到药粉上闻了闻，然后钻出了大帐。

这些年，随着萧绰新政的推行，上京比以往多了许多豪贵门庭，青砖碧瓦的酒肆林立，皮货马具摆放在街边，显得城中既繁华又粗犷，当然妓院也是少不了的。

天近黄昏，贺黑虎走进了上京城里最大的妓院，奈何这楼里的姑娘都被他玩遍了，对哪个都提不起兴趣来，来这里似乎只是一个习惯而已。

见到贺黑虎来了，七八个姑娘急忙围了上去，前呼后拥地往楼上走去，可他刚一抬头，就看到凭栏后站着一个人，是一个汉人打扮的公子哥，他白衣如雪，锦缎上还绣着白色的花纹。贺黑虎一直想不明白，白衣服上绣白色的花纹，实在多此一举，但公子哥说，这是花满城的品位，他是多情种，但不是滥情人，所以爱他的姑娘多，可能沾到他雨露的却寥寥无几，因为他只爱那人间绝色。

“花兄？好久不见啊？”贺黑虎看到他，终于找到点开心的事，急忙加快步伐走上去。

“贺黑公子，咱们几个月前不是还一起喝过酒吗？”花满城对他笑脸相迎，好像那双如星子般的双眸，随时都能绽出千朵桃花。

“哈哈，花兄整日神龙见首不见尾，想不到竟能在此巧遇啊？”贺黑虎勾上他的肩膀问道。

“这话怎么说呢？在下是专门在这里等贺黑公子的。”虽然天已经不热了，但花满城依旧晃着手中的折扇，他说，折扇在他手中不是用来扇风的，是用来风流的。

贺黑虎斜起眼睛看着他，说道：“哟？等我？你该不会是又想让本公子给你付账吧？”

花满城合起折扇轻轻拍了拍贺黑虎的手臂，说道：“家财万贯，也有手头缺钱的时候，贺黑公子怎么也不是计较钱财之人。今天，贺黑公子尽情在这楼里耍，所有开销算我的。”

“好，花兄够义气，走，咱们喝酒去。”

“好。”

二人进到雅间，姑娘们端来好酒好菜，都围坐在贺黑虎身边，左一杯右一杯地喂他喝酒，也许因为今天有花满城在这里，所以他兴致也极高，不一会就喝得晕晕乎乎的了。

贺黑虎喝高了，话也多了，他捋着僵硬的舌头问道：“花兄，你，你专门来这等我，不会就是想请我耍吧？”

“当然不是。”花满城拿出些银子，赏给了贺黑虎旁边的姑娘，摆摆手示意他们都下去。姑娘们拿着银子，欢天喜地地走了。

“哎，哎哎，怎么都走了？”

贺黑虎醉眼惺忪地要去追，花满城把他按下来，说道：“有事要给你说，不能让她们听见。”

“什么事不能让她们听见？”

“一件很重要的事。”

“重要的事？”

“对，重要的事。半个月前我路过两狼山，看到大军开过去了……”

“这是什么重要的事？萧绰要和大宋开战，不派兵派你啊？”

“打仗派我干吗？我跟你说，我在辽军中看到一个女子，一个绝色女子，我自百花丛中过，可就没见过这么美的！比萧太后的掌上明珠铁镜公主还漂亮呢。”

一听他说绝色女子，贺黑虎眼珠子一下就瞪老大，冲口而出道：“是萧苑儿？她竟然随军走了？”

花满城张大嘴巴，吃惊地问道："贺黑公子真认识她？"

"那是自然。"

"快，快快，快跟我说说，这个女子谁？我猜能随军的，身份一定不简单，所以才来找你打听。"

被花满城这拐着弯地一拍马屁，贺黑虎马上就不知道东南西北了，他得意地说道："她啊，我告诉你，她可不是公主，她皇太妃，是先帝的妃子，明白吗？"

"皇，皇太妃？那也太年轻了点。"

"皇帝娶的老婆，哪个不年轻啊？"

"啧啧，真是可惜了，这么好的一个仙女，竟被老头子给糟蹋了。"花满城无限失落地说道。

"哼！"贺黑虎用鼻子哼了一声，"糟蹋？我告诉你，那老家伙可没这福分，他刚刚下旨把这丫头封了妃，自己就一命呜呼了，她到现在都是个没开苞的黄花大闺女。"

"真的？"

"真的。"

"唉！你说这什么事怎么就都能便宜一个人呢？"

"什么便宜一个人了？"贺黑虎觉得他这话里有话。

"那个驸马木易啊。你说这大辽的两朵鲜花，咋就都便宜他了呢？"

"这，这，这关木易什么事？"

"哎，贺黑公子，这事你会不知道？"

"什么事？快说。"

花满城故意凑近他，说道："我打听了，这位娘娘可是有事没事就往驸马府里跑。你说她难道就真是与那公主姐妹情深吗？现在大军出征，她跟着干嘛去了？不就是奔着那小白脸去的吗？"

"混蛋！"气得贺黑虎一拍桌子说道，"你这么一说我倒是想起来，去年的时候我终于找到机会把这美人弄到手，就是那混蛋坏了我的好事，原来他们早就有一腿了。"

"公子，公子，你先莫要生气，依我的经验来看，这家伙也未必能偷到腥，你可别忘了铁镜公主是什么人，她能不把自己的男人看得牢牢的？不过萧太后把萧苑儿带到军中，该不会是为了笼络木易故意而为之吧？"

"那，那可是公主的驸马呀！"

"在她眼中，木易先是良将，然后才是驸马。若真是那太妃娘娘有意，萧太后又默许，铁镜公主只怕也是干生气，没有办法。"花满城说道。

"萧绰这个老太婆得意不了几天了，等天下大变时，我就第一个把那个皇太妃给抢过来。"贺黑虎借着酒意，大声嚷嚷道。

"嘘——"花满城急忙按下他，压低声音，"贺黑公子慎言，这若被旁人听到了，可是杀头之罪啊！"

“花兄，今天不瞒你说，萧绰她就不可能从两狼山回来。你以为那天门阵是给她的吗？那是要她命的。”

花满城苦着张一脸求他道：“贺黑公子，您可别吓我了？”

贺黑虎看到花满城战战兢兢的样子，顿时豪气冲天，他阴森森地笑道：“哼，我没吓你，最多一个月，必见分晓。”

他虽然已经满口胡言，却没说太具体的事情。花满城怕他警觉，没敢深问，而是冲他竖了一下大拇指，然后端起酒杯，说道：“来，那在下就提前祝公子旗开得胜，马到成功。”

“干。到时候，我让我爹封你做个大官。”贺黑虎接过酒一饮而尽。

“谢贺黑公子。不过在下有件事不得不提醒公子，那位太妃娘娘对木易看样子可是用情不浅，可别真被这个家伙给捷足先登了！”

“什么他妈的木易，他就是个奸细，只是现在还不到时候，否则一定要让他碎尸万段。”贺黑虎把酒杯摔到地上骂道。

“不瞒公子说，我先前想混进大营，想一探究竟，可是他的大营太难混进去了。不过……”

“不过什么？”

“不过我看那太妃娘娘的大帐就紧挨着天门阵，若是能从天门阵进去，可就易如反掌了……”

“我告诉你，她是我的，你休要惦记！”

花满城笑了：“不知者不罪，她既然是贺黑公子的心上人，做兄长的怎么能做那种事呢？我现在可是为你谋算。”

“为我谋算？”

“对啊。兄长还等你封我做个大官呢？怎么能为一个女人得罪了公子呢？”

“天门阵？”

“对。只要能进到大营，我就有本事把太妃娘娘给偷出来，以慰贺黑公子相思之苦。”

“你能把她偷出来？”

“在下的本事，贺黑公子不是见识过吗？万无一失。”

“好，我今晚就去找穿过天门阵的路，明日这个时候，你在此处等我。”

花满城举起一杯酒，一扬脖干了，然后说道：“一言为定。”

贺黑虎也喝了一杯酒，然后急匆匆地离开了妓院。看着他的背影，花满城心里突然很同情贺黑纳兰。

第八十九回　宋帅穆桂英

辽宋两国各自陈兵十五万于两狼山近一月余，宋军没有急着破阵，辽军也没有急着南下，所有人都看着那座黑沉沉的大阵。

宋军的中军帐内，穆桂英一身戎装站在地图前，她二十多岁的年纪，容貌很漂亮，眉眼间英气十足，虽然年纪不大，但气度沉稳，似乎天生就是做将帅的人，这与性别和年纪都没有关系。

穆桂英左右站着杨延昭与杨宗保，佘赛花则坐在一旁的椅子上。“父帅，宗保，你们看此处的地形和辽军扎营的地方，我猜辽军统帅应该是个年纪尚轻的将官，且对此处地形不熟。”

听她的语气，好像自己是位老将一样。佘赛花看了杨延昭一眼，母子二人悄悄勾了一下唇角。

杨宗保就不会这么客气了，他笑着说道：“好像你多老似的？”

穆桂英瞪了他一眼，指着地图继续说道：“这几天我又查看过一遍地形，父帅你看，这里是界河，但有两万辽军扎营于低洼处。”

杨延昭道：“可是这条界河水深不过脚腕，水量不大，扎营此处并不犯忌。”

穆桂英手指上移，指着不远的一处峡谷道：“您再看这里呢？此河与界河原是一条河，却在上游百里处因山形而分叉，但此河与界河在上游六十里处相距不超过二里，且水量也不大，但若将其从中截断，打通这道山坡，两河就能汇聚。”

杨延昭看着地图，眼睛里顿时放出光来，说道：“若是将能这条河阻于此处，等到时机合适时，足以淹灭这两万辽军。”

“过几天还会有一场大雨。”穆桂英说道。穆桂英又看了看佘赛花说：“虽然祖母说暂时不能破阵，但那两万辽军阻在我们破阵必经之路上，我们须做好万全的准备。”

听了她的话，佘赛花点点头。穆桂英是三军主帅，这样打算当然没错。

杨宗保道：“可是此处山坡乱石居多，这二里地也很难打通啊。”

“这个不难，我给你备下两辆铁车，你带一千兵马，用铁车可以撞开乱石，十日之内一定能打通这二里地。但是你要记住，像父帅所说，不要急着全部打开，先留一道屏障，积水成湖，等看到我的信号之后，再打开屏障。”穆桂英一边画一边告诉杨宗保。

杨宗保一听让他去，眼珠就瞪起来了：“我是先锋官，你却让我筑坝开山？”

“此计能不能成，关键在于做得够不够隐秘，要打地穴藏身，白日藏于地下，夜晚出来筑坝。我能信任的人，除了祖母、父帅、几位伯母，还有你，你难道让父帅和几位伯母去吗？还是让老祖母去？此计若成，你一千兵马灭敌两万，这不比做你的先锋官更厉害吗？”说完她抽出令箭递到他眼前。

穆桂英一番话把杨宗保说得面红耳赤，拿过她手上的令箭转身就出了大帐。而那一边佘赛花终于忍不住笑声来：“真是一物降一物啊。”

穆桂英被佘赛花也说得面红耳赤，露出一副女孩子家的样子，低声说道：“老祖母，怎么还笑话起孙媳妇来了。”

佘赛花道：“不笑了。”

穆桂英问道：“老祖母，你说你会拿到天门阵图，不知阵图何时能到。”

佘赛花愣了片刻，然后说道：“快了。”

穆桂英也在杨延昭的示意下，没有继续追问。

杨宗保拉着铁车的部件来到地图所示的河边，当他按穆桂英所画，把铁车装在一起之后，顿时就惊呆了，生铁做车轮，铁板做车厢，车厢最前面没装铁板，车前头装着两个像攻城锤一样的尖锥，只要把车推起来，狠狠地撞到山上，别说是乱石，就是精钢也能撞裂开，而且撞下来的碎石可以直落到车厢里，然后拉回来填河筑坝。面对此物，杨宗保啧啧称奇，忍不住赞叹鬼谷的墨术之奇。

自过年之后，萧苑儿的身体就大不如前了，大军出征前她却苦苦哀求姑母带上她，她说她想看看外面的风光。萧绰是过来人，怎么能不知道她的心思，想着太医说她可能命不久矣，就索性把她带出来，至少临死前了却她一番心愿。一路车马劳顿，扎营后她实在很累，但是一听到耶律铁镜已经到了，就着急去看她。

萧苑儿进了耶律铁镜的大帐，一双大眼睛藏着几分期待，今天她穿了一件粉红色衣裙，衬得原本苍白的脸上有了几分颜色，像抹了胭脂。

“苑儿姐姐。”耶律铁镜见到她，觉得非常意外，却没丝毫迟疑地迎了出来。

“铁镜。”萧苑儿半低着头，神情间总有几分胆怯。

“你怎么还随军了呢？”耶律铁镜扶着她坐下。

“我在宫里闷得难受，就央求姑母带我出来散散心。”萧苑儿假装无意地四处寻找着。

“呵呵。”耶律铁镜笑道，“行军打仗，刀光剑影血肉横飞的，你也不怕吓到。”

萧苑儿把头垂得更低了：“都怪我没用，什么也干不了。”

“谁说的，你能陪我聊天，否则我的一肚子苦闷要对谁说去？”耶律铁镜拉着她的手安慰道。

“真的？”

“真的。走，我带你到外面转转，让你见识见识士兵操练。”耶律铁镜拉起她的手走了出去。

金戈铁马的军营与皇宫大内自然不是一样的景色，黝黑健壮的兵将，每走一步铁甲就传出冰冷坚硬的声响，长枪战马，弯弓斜挎，苑儿长这么大也没见过这样的阵势，被惊得躲躲闪闪，纤细的身影更显出一种难言的娇弱。

“是不是被吓到了？”耶律铁镜关切地问道。

“嗯。不，不，不吓人。”苑儿下意识地点点头，又急忙摇头否认，虽然害怕，却还是坚持着往前走。

“你啊！”耶律铁镜无奈地说了一句。

忽然，萧苑儿停了下脚步，顺着她的目光望去，杨延琅正在巡查布防，一身银甲白袍，在一群黑汉中一眼便能望见。

“苑儿姐姐，苑儿姐姐……”耶律铁镜叫了两声，萧苑儿才回过神来，原本没有血色的脸一下变得涨红。

耶律铁镜问道：“姐姐在看什么？”

“没什么，没看什么。”萧苑儿话语之间藏着慌乱，就像小偷行窃时被人抓个正着。

耶律铁镜看在眼里，又装作很随意地说道：“驸马在那巡防，走，我们一起去看看吧。”

“这不好吧？”萧苑儿别扭地转过头，轻咬下唇。

“无妨，走吧。”

耶律铁镜拉起她朝杨延琅走去，到了近前耶律铁镜叫道：“驸马，你瞧谁来了？”

杨延琅转过身，见是萧苑儿，急忙拱手施礼：“末将参见太妃娘娘。”

“快快平身，叨扰驸马了。”苑儿伸手相扶，两只眼睛却有几分贪婪地看着眼前这个人。

“谢娘娘。”杨延琅直起身子，四目相对，萧苑儿急忙低下头。

“姐姐，看驸马布防还算不错吧？”耶律铁镜急忙从中打了圆场。

“真好。其实我也看不懂，只是觉得你们这的兵将都很尽心尽力。”萧苑儿假装环顾一下四周，只是眼神在扫过杨延琅时，稍稍停一下。

“娘娘过奖了。”杨延琅中规中矩地答道。

耶律铁镜笑道：“姐姐，他这个人天生就如此无趣。”

萧苑儿看耶律铁镜和杨延琅一身戎装站在一起，可以上阵杀敌，可以同生共死，那么般配，这一刻她的眼神就黯淡了下来，急忙垂首道：“你们军务繁忙我就不打扰了。”说完带着侍女转身就走了。

“姐姐慢走。”

“恭送太妃娘娘。”

萧苑儿孤单的背影消失在营门之外，耶律铁镜叹息道：“母后还真娇纵着她。”

“嗯。”杨延琅只回了一个字。大军出征怎么能带一个柔弱的女子，单单保护她一个，要耗去多少兵马呀。

突然耶律铁镜问他道：“你知道她为何要随军出征吗？”

杨延琅摇了摇头。

耶律铁镜苦笑一下，说道："她心里惦着一个人。"

杨延琅被她说得莫名其妙。她惦记着一个人？她是皇太妃，又父母双亡，会惦记什么人？

看着他茫然的神情，耶律铁镜叹了一口气道："她惦记的人是你。"

杨延琅听后，一脸惊讶。

"她喜欢你。"耶律铁镜再次说道。

"公主，此事可开不得玩笑。"杨延琅郑重地提醒自己的妻子。

"她从什么时候喜欢上你的我不知道，但她的确喜欢你。宗勉出生时她送来的礼物是一对玉蝉，你是汉人，玉蝉是何意你不会不明白吧？"耶律铁镜望着杨延琅问道。

杨延琅摇了摇头，他虽是汉人，但对于吟诗作赋这些事他是一窍不通，至于男欢女爱，他更是个直肠汉。他只知道耶律铁镜是他的妻子，就不会多看其他女人一眼，当然他也没有闲心思，猜想哪个女人对他有意思。他结结巴巴半天说道："她一个辽人，汉人那些情爱之……"

"她虽是辽人，但看的书可不比你这汉人少，特别是汉人那些儿女情长的诗文，她房里就更多了去了。"

杨延琅被妻子说得闭口无语，耶律铁镜继续说道："自你救她回来之后，她就拼命地学骑马，即使吓得两腿发颤还要继续学。我也不明白，原来没见她对从小就戴在头上的那根发簪那样在意，但据说我们离开的这一年，她握着它一坐就是一整天。"

杨延琅暗暗收紧了手指，应该是那根刺伤自己的银簪。

"从小到大我从未见到她穿过白色以外的衣物，可是你看今天她的穿着打扮，不但穿着粉色的衣裙，还涂了胭脂……"

"也许……"

"她的心思我明白，母后也明白。"耶律铁镜打断他的话继续说道，"只是我们都觉得她凄楚可怜，谁都不会说破而已。否则母后为何会不顾凶险将她带入军营？为何命你将大营扎在离她大帐不足一里之地？为何我会带着她来寻你"？

"公主……"

"你认为母后娇纵于她是带她出征，而我知道母后娇纵于她则是因为苑儿的心事，她可以睁一只眼，闭一只眼。"

"公主，我绝无此想法。"

"我知道，我信你。"耶律铁镜转身离开，明亮的眼睛里噙着泪水，母亲竟然会纵容这种事，她的心好像被千万虫蚁啃食一般。任何一个女人都不能容忍别人觊觎自己的丈夫，即使她知道他们之间清清白白，也知道那个可怜的女子只是单相思而已。

第九十回　棋子谋天下

天近中秋，夜凉如水，杨延琅等得心急如焚，终于在第四日二更时分，子翼像疯了一样跑进了杨延琅的大帐，气喘得一句话都说不出来，却先从怀里把一张羊皮纸递给他。

“坐下歇歇再喝水。”杨延琅接过羊皮纸，先扶他坐下。

子翼指了指羊皮纸，示意他别管自己，先看图。

杨延琅将羊皮纸铺在眼前，一个复杂的大阵在自己面前展开，这个阵法他看不懂，但是却非常明显地看到天门阵留了一个缺口，就在苏武庙。

苏武庙！看到这个名字，他终于知道萧天佐带进阵里的三万人马去哪里了。

“还能跑吗？”杨延琅给子翼递上一盏温水问道。

子翼已经缓上来一口气，他接过温水喝了几口，然后从怀里摸出一颗药吃了下去，说道：“能。”

杨延琅从床榻的夹层里取出一个羊皮袋，把天门阵图塞到里面交给他，说道：“赶紧送到宋营，一定要亲手交给我母亲。”

“这里还有什么？”

“二十二张关隘图？”

“那你呢？”

“我不走。”

“你疯了！要走咱们一起走，贺黑纳兰马上就要对你下手了。”子翼冲上去拉住他肩膀上的衣服，不由分说地拖着他往外走。

“大哥。”杨延琅破开子翼的手，沉声问道，“我们筹谋这么久，为了什么？”

“说什么你也不能留下！”

“回去又怎样？小皇帝会放过我吗？”

“你把图给了他，他也答应了给你的恩赦，他凭什么不放过你？”

“图是给杨家的，不是给他的，那个恩赦也是给杨家的，不是给我的。我回去只会连累母亲，连累整个杨家，还会让我们的心血付诸东流。”

“不行。无论如何你也要和我一起走。大不了我们远走大漠、西域，再不成就去天凤去的那个地方，我儿子有的是钱，足够送我们远走高飞，也能养活我们两个老家伙。”

“红珠呢？你能带上红珠吗？”

“我？”红珠？还有公主和宗勉？刚刚子翼还像一只发疯的老虎，却被他一句话问得傻在了原地。

“还有严容呢？你就甘心放他逍遥自在吗？”

“我，我我……”

“大哥，要远走高飞，十七年前我就该走。远走大漠、西域，也许能走到那个什么拜占庭，娶个长着一头黄头发的老婆，生几个孩子……”

随着他的描述，子翼血红的眼睛里泛起了泪水。

“大哥，我必须留下来，逼萧绰退兵。否则我一旦走了，无法控制的怒火会让她马上发疯，然后率兵南下，拼死夺回关隘图，到那时严容就真的坐收渔人之利了。”

“可是，你这样等于去送死啊！”

“若是我母亲、妻子战场相逢，拼个你死我活，我要怎么活下去？”

“萧绰会听你的吗？”子翼最后不甘地问了一句。

“会。只要你把关隘图交给我母亲，她就会。”这一刻他是执子者，即使他自己也是一颗棋子又如何？这盘局，他赢了。

子翼收起羊皮袋，眼睛一眨不眨地看着他，说道：“只要能活着，就不能找死。”

“嗯。”杨延琅点点头，示意他快走。

“今天你们谁也别想走！”子翼刚要走，耶律铁镜手执长剑冲了进来，堵在门口，眼睛里是升起的万丈烈焰。

“大哥，交给我。”杨延琅冷静地对子翼说道。

突然子翼对耶律铁镜勾起一个邪意的笑容：“姐姐，你可拦不住我。”说完他身形一动，如一道黑影掠了出去。

“站住……”耶律铁镜挥起长剑就要追出去，却被杨延琅一把擒住手腕。他手上一用力，啪啦一声长剑掉到了地上。

耶律铁镜见长剑脱手，回手从靴筒里拔出短刀，刺向杨延琅的胸前。

杨延琅抓着她的手腕往怀里一拽，另一只手抓住了她握短刀的手腕，刀尖就悬在他胸前毫厘之处。他微低着头，平静地看着耶律铁镜道：“公主，杀我用不着你，你还有别的事要做。”

“你个骗子，你就是个骗子！”耶律铁镜拼命挣扎着，想挣脱他的桎梏。

“我来大辽，就是为了那二十二张关隘图，但我五年前就拿到了，却没有送回宋国。你知道是为什么吗？”

“你混蛋，你就是个骗子……”

“因为你！”杨延琅突然吼道，原本冷漠的眼中烧出三千业火，瞬间吓得耶律铁镜失了魂。

“因为你。无论你信不信，我对你说的都是实话，因为你，我违背了我父亲的遗言，因为你，我愿意永远做木易，若没有严容，没有贺黑纳兰，没有你母后挥兵南下，我就永远当你的驸马，做你的木易。”

“那你为什么，为什么还要让萧徵把关隘图交给你母亲？”

自从她知道了杨延琅的真实身份，虽然信他，但心里又不安，于是派暗骑日夜监视。今天她突然接到暗骑的禀报，说萧徵急匆匆地进了他的大帐。那一刻她就明白了，这个萧徵是他的帮手，他在谋划一个巨大的阴谋，所以才来到帐外，偷听到了他们的谈话。

杨延琅道：“公主，我来不及给你解释这些。现在上京岌岌可危，你得回去救皇帝还有宗勉。”

“你说什么？”耶律铁镜停止了挣扎，瞪大了眼睛问道。

他取下耶律铁镜手中的刀，强拉着她坐到桌案前，自己则扯过一张纸铺在案上，执起羊毫很快画了一张图，虽不详细，却已经有了天门阵大致的样子。画完之后，他指着图说道：“这才是真正的天门阵图。”

“这……”

“听我说完。”杨延琅打断她的话说道，“天门阵机关相连，风雨不透，但严容却在此处留了一个缺口。因为这才是他与贺黑纳兰之间的真正阴谋。”

“谋，谋什么？”耶律铁镜此时一头雾水。

“谋上京。”杨延琅不等她再问，继续说道，“穆桂英说，天门阵以墨术而建，可不需一兵一卒，但是严容却让萧天佐带了三万兵马进阵。公主的暗骑日夜监视着天门阵，可见到这三万兵马出来？”

耶律铁镜又把他当成了木易，于是乖乖地摇了摇头做回应。

他指着苏武庙道：“这里虽是悬崖绝壁，可是只要上了绝壁，后面就是一条通往上京的官道，若他们拿上萧天佐的元帅令，可一路通行无阻。”

“他们，他们要……”这句话如醍醐灌顶，耶律铁镜瞬间就明白了。

“对。”

耶律铁镜想了想，说道：“我舅父怎么可能答应给他元帅令？而且，他他，昨日还传回来手书……”

“以严容的妖术，蛊惑一个人的心神，易如反掌。”

耶律铁镜迟疑地问道：“你说的，你说的是真的吗？”

“他们偷了宋国金匮，逼着宋国去破阵。而大辽最值钱的是什么？”

“我，我，是皇帝！我去告诉母后！”耶律铁镜起身就往外跑。

“公主，来不及了！他们现在应该已经把我的身份告诉母后了，而你是我的妻子，她会轻信你的话吗？”

“你不要骗我。”耶律铁镜突然记起他是杨延琅，急忙冷冷地说道。

“我没有骗你。如果你还想救他们，现在就走。”他拉着耶律铁镜的手来到兵器架前，伸手取下那杆黑枪交到她手里说道，“记得大泊湖旁那五千铁骑吗？现在无论是圣旨还军令，无人能调动他们。唯一能调动他们的，只有这杆长枪，你带上它，去大泊湖调那五千铁骑驰援上京。”

“你……”

“公主，解了上京之围，马上带着他们过来。没有这五千兵马，破不了天门阵。”

“那，那你呢？你呢，你怎么办？”耶律铁镜直到此时才真正明白，为什么老道说他不是良配了。

他低下头，复又抬起头来，难得笑得如此温暖：“若我可以平息母后心中的仇恨，从此罢兵止战，岂不是功德一件。”

“不，不行，我，我不许你……”

杨延琅爱抚着妻子的发丝，说道：“公主，这五千兵马是本不该存在于世间的狼军铁骑，无论你用什么方法，都要把他们牢牢握在手中，千万不能交出去，否则一旦落入歹人之手，必会生灵涂炭。今生娶你为妻，我已了无遗憾，我知公主不是儿女情长之人，不要再犹豫了，赶紧走吧。”

送走了兄弟，也送走了妻子，他要一个人留下来，接受萧绰毁天灭地的愤怒，然后逼她退兵。

帐外电闪雷鸣，狂风大作，风伴着推开的帐门涌了进来。

“驸马。”一个怯弱又嘶哑的声音响起来。杨延琅与耶律铁镜同时转过身，看着门口的萧苑儿。

耶律铁镜不解地问道：“苑儿？你怎么来了？”

萧苑儿眼睛紧紧地盯着杨延琅，似乎大帐内并没有其他人。她的眼神依旧与往常一样怯弱，可是又不似之前一样闪烁，她用她极孱弱的身体，抵住了巨大的恐惧和彷徨，然后坚定地一步一步走到这个男人面前。

“太妃娘娘？”杨延琅心底升起一丝惧意，他竟然有些害怕这个弱女子。

“我姑母知道了，你快跑。”萧苑儿站在他面前，几乎用尽所有力气，说出了这句话。

“太妃……”杨延琅一句话没有说完，萧苑儿就毫无征兆地扑进了他怀里，紧紧抓着他前胸的衣服，缓缓往下倒去，但眼睛一直没有离开他的脸。

萧苑儿并不重，却拖着杨延琅跟着她弯下了腰，直到最后跪坐在地上，她躺在了他的臂弯里。黏稠的一股热流真真切切地透过了他的衣物，沾在他手上，然后顺着他们的衣服浸出来，流到地上。这个女子就像一个破掉的水袋一样，血汩汩地从她的身体里流出来，似乎怎么也流不尽。

杨延琅慌乱地看着自己血淋淋的手，他已经记不清手上沾了多少血，但唯有今天的血，让他无助又恐惧，甚至比当初看到父亲的血更让他无法喘息，可紧接着就是从心底升起的暴虐，那剥皮噬骨的痛楚与愤怒让他要把这人世间都撕成碎片。

“快，快跑啊！”萧苑儿依旧抓着他的衣服告诉他。

白天只因为看了他一眼，所以她就开心得夜里都睡不着，甚至还换了一件大红的衣裙，跑去找萧绰，她想告诉姑母，自己在心里出嫁了，嫁给了自己心爱的人。可是在萧绰的帐外她却听到了姑母声嘶力竭的怒骂声、摔东西的声音。那一刻她什么也没想，只想着告诉他，要快点跑，要快点离开大辽，赶紧逃命。于是她闯过守卫，跑进了他的大帐。

“跑不动了，我累了。”待暴虐退去，杨延琅垂下头，他的话好像喉咙里的咕噜声，他真的累了，甚至累到连说话的力气都没有了。

“你不是，想活吗？你不是，还有，还有事情，要，要做吗？”萧苑儿死死地扯着他的衣服问道。

“没了，都做完了。”

听到这句话，萧苑儿一点一点松开了手，平躺在他的手臂上，眼中尽是释然，又满怀期待地看着他：“能叫我，一声，苑儿吗？”

“这……我……”

“求，你，了……”萧苑儿瞪大眼睛看着他。

耶律铁镜仰起头，任由眼泪落下来。原来所有人都知道，只有自己蒙在鼓里，可是看到苑儿期待的目光，她却哭喊道：“叫啊，她在等你——”

“我……”杨延琅看着耶律铁镜，又看看怀里这位等着他的太妃娘娘，他就像个做错事的孩子一样不知所措。突然他眼前闪过父亲临终前期待他承诺的眼神。

“苑儿。”他非常自然地叫出了这个称呼，甚至叫得有几分亲昵。

萧苑儿贪婪地看着他眼里的温柔、唇角的笑，然后用力伸出手，摸着他的脸。真好，终于摸到他了。

“锦瑟……无……端……五十……弦，一弦……一……柱……思，思华……年……”她纤细的手臂重重落在地上，唇角含着满足的笑意，眼角滑下两颗滚烫的泪珠。

“公主，再不走，就真的来不及了。”杨延琅低着头说道。

“等我回来。否则，上天入地，我饶不了你！”耶律铁镜恨恨地扔下这句话，拿起长枪出了大帐。

第九十一回　仇人升业火

他跪坐在地上，萧苑儿静静地躺在他怀里，这动作算不上抱，只能算托着，好像托着一位圣洁的神女，让他不敢有丝毫僭越。他们的宿命，从十前年那个秋夜里，她赤裸双脚，一袭白衣，提着白色的灯笼走到那间偏殿里时就注定了。他不爱她，但在他心里，这位太妃娘娘甚至是比耶律铁镜更让他信任的人。

不知道过了多久，也许没有很久，他听到大帐外兵马的脚步声，虽然很轻，还混着雷声，他依旧听得清清楚楚，然后有人进来了，很多人，他们很害怕，紧紧地握着手中的兵器，戒备地将他围在中间。

“太妃娘娘，不打仗了。”跪坐得久了，两腿发麻，想站起来，却显得很吃力，只有先竖起一条腿，然后支撑着竖起另一条腿，再慢慢地直起腰来。

“放，放开，放开太妃娘娘！”为首的将军结结巴巴地命令道。

“滚开！”他抬起头，那双眼睛就蓄满了杀气，似乎下一刻他就能掀起腥风血雨的杀戮。

“太后，太后千岁……”那将军话没说话，开始紧张地咽口水。

“前面走。”杨延琅平静地说道。

听了他的话，那将军悄悄松了一口气，看来这位要命的阎罗王没想杀人。他乖乖地走在前面，杨延琅从后面跟上，其他兵将亦步亦趋，片刻不敢分神。

在重兵包围下，杨延琅走进了萧绰的大帐。萧绰看着他怀里的萧苑儿，一袭大红衣裙，头轻轻靠在他的肩膀上，嘴角还挂着一丝笑意，看样子走的时候应该很满足。她怎么也没想到，这个她疼爱的侄女，竟然会为这个宋国的奸细而背叛自己，拼着性命也要去帮他。

萧绰摆了摆手，走过来一个健壮的宫女，从杨延琅怀里接过萧苑儿，然后抱了出去，其余侍卫也都退出帐外，大帐内只剩下他们两个人，当然在暗处藏着她最信任的人，因为有些事绝不能走漏一丝风声。

“她去给你报信了？”萧绰冷冷地问道。

“是。”

“那你为什么不跑？”

杨延琅道："因为我答应过太妃娘娘，不让狼烟四起，不让再让女儿失去父亲，妻子等不回丈夫。"

"哈哈哈……"萧绰突然笑起来，笑声中极尽嘲讽与轻屑，"这话说的，我还以为自己见到圣人了呢！你睁开你的狗眼看清楚自己是什么东西？你就是一头喂不熟的恶狼，竟然还在本宫面前大言不惭地说什么不让狼烟四起，不让女儿失去父亲，不让妻子等不回丈夫！那本宫问你，你杀了多少女儿的父亲？杀了多少妻子的丈夫？你杀人如麻，满手鲜血，转过头来竟然还念上了大悲咒，你不觉得可笑吗？"

杨延琅平静地说道："我不是圣人，也没有念大悲咒。只不过是当初答应了太妃娘娘，也不过是不想我的妻子与我的母亲战场相逢互相残杀而已。"

"于是你就偷走了天门阵图和二十二张关隘图，任由宋军长驱直入，灭了我大辽吗？到那个时候，你告诉我，铁镜往哪里逃？你儿子往哪里逃？"说到这里萧绰忽然想起了什么，气愤地说道，"你还有什么脸说铁镜是你的妻子？"

"因为她是宗勉的母亲。"

冷冷淡淡的一句话，瞬间给萧绰愤怒的火焰上浇了油："本宫当初怎么就瞎了眼，纵容铁镜嫁给你这么一个畜生。"

"那是因为您的眼中只有江山霸业，没有女儿，更看不到千千万万的百姓。若你真心疼爱女儿，你会千方百计将她设计成死死缚住木易的枷锁吗？你若真心爱护百姓，你会发起这场无谓的征伐吗？你说我杀人如麻，可是你呢？你身为一个母亲，不顾儿女亲情；身为一国之主，视百姓为草芥，难道你不是比我更冷血无情的人吗？"杨延琅针锋相对，句句戳在她的痛处。

"你闭嘴！"萧绰此时恨不能冲上去撕碎这个仇人之子。忽然，她停下来，然后厉声问道："铁镜呢？铁镜去哪里了？"先前她被气昏了头，现在才想起来，这个时候耶律铁镜早就应该来了。

杨延琅道："公主已经回上京了。"

萧绰不解地问道："她回上京做什么？"

"自然是解上京之围。"

"你胡说八道些什么？"

"穆桂英说过，摆天门阵不需一兵一卒，所以萧天佐带进阵中的三万兵马是奔袭上京用的……"杨延琅把所有的事情对她和盘托出，"退兵吧，天门阵是严容与贺黑纳兰的阴谋，我母亲已经答应我，只要您退兵，只要您不图谋中原，那二十二张关隘图就永远在杨家，不会交给宋国皇帝。"

"鬼话连篇！你以为你能骗了铁镜，骗了苑儿，就能骗了本宫吗？"萧绰咬牙切齿地说道，"若你说的话是真的，本宫就更要挥兵南下，一定要把关隘图夺回来！"

杨延琅冷冷地笑道："如此关隘图就一定会交到宋国小皇帝手中，到那时大辽没有关隘做屏障，这里有天门阵这颗毒牙无法拔除，西边的夏州虎视眈眈，宋国只要那二十万旧北汉军，就能直取上京。”

“你说我冷血无情，可你知道我的父亲、兄长皆是死于杨家人之手，先皇也因此而驾崩。本宫今天就告诉你，既然我已经率兵至此，就一定要让杨家人血债血偿！”萧绰因为牙齿咬得太紧，连唇角都紧紧地绷着，原本一张高贵美丽的面孔，此时变得狰狞可怖。

“可是我父亲，我的五个兄弟都死了，这还不能平息你的仇恨吗？”

“不能！他们算什么？怎么能抵得上我父亲？怎么能抵得上先帝？”

杨延琅道：“那就再加上我，您杀了我，然后退兵回去。”

“你凭什么？你有什么资格与本宫谈条件？”

“因为天庆王是我杀的，萧天佑也是我杀的，金沙滩那一战，我记不得我杀了多少辽兵辽将，只是隐约记得，尸体在山崖上摞了三四层，堆得像山一样高……”

“你胡说，本宫亲眼观战，没有见到你，明明是杨大郎杀了天庆王……”

“那一行人里，有一个穿着护卫铠甲、戴着面具的人，就是我。金沙滩上近七千宋兵被你们斩杀殆尽，你们以为可以活捉宋帝，所以才无所顾及地围了上来，而那恰恰就是我们等的时机。我大哥坐在銮驾里，我与其他几个兄弟假扮成侍卫跟在一旁，等到那辽将距我们不到五十步时，我与大哥同时开弓，只是我的箭比我大哥的快多了，那么近的距离，射穿了那个辽将的脖子，然后扎在后面一个辽兵的身上。所以，如果他就是天庆王，那他脖子后应该会有一个血洞……”

萧绰把下唇咬得渗出了血，随着他的话，眼前似乎又浮现出金沙滩那一场血战。宋军北上，先帝拖着病体御驾亲征，可是到西京时他的身体就撑不住了。萧绰为了稳定军心，假以皇帝之身亲到阵前，鼓舞士气。她身边站的是她最信任的父亲和兄弟，她押上了整个萧氏后族的命运，终于将宋帝围在金沙滩，可谁知道当他们以为大获全胜时，却从銮驾中射出一支利箭，狠狠地扎在父亲的脖子上，父亲瞪大眼睛，喉咙里发出咯咯的响声，他张大嘴说不出一句话，却指了指自己，最后一刻还要两位兄长保护自己。

那五个人如猛虎一样扑上来，萧天佐和萧天佑顾不上父亲的尸骨，护着她逃走，她长兄萧天佑在断后时被一个戴着面具的人一枪刺死，枪尖从他的左下腹刺入，右肩胛处透出，临死前还在喊她快跑。

那一战杀得萧绰胆战心惊，至今想来仍心有余悸，后来耶律铁镜接手暗骑军，查到了其中四个是杨继业的儿子，而另一个据说是杨家的家将，后坠崖而亡。

“若是我们知道当时您就跟在天庆王身旁，那一箭可能不会射向天庆王。”他冰冷冷的话音惊得萧绰心底一颤，突然让她记起他闯进中军大营时，转过头看向自己的一幕。

“来人。摆祭坛，本宫要祭先帝、天庆王和我大辽死去的将士。”这一刻萧绰的声音平静如常，似乎只有这样她才能找回承天太后的威严。

随着她话音一落，外面的侍卫涌进来，刀剑齐出，指着杨延琅。

杨延琅拱手施礼道：“我本是该死之人，只希望您能权衡轻重，仔细思量，拼上这十五万辽军，冒大辽灭国之险，挥兵南下究竟值不值得？我母亲以我杨家子孙后代为赌注，答应了我的条件，她说到就一定能做到。若您想通了，就撤出这两万辽兵，让开一条破阵之路，否则后果难料。”说完，转身向帐外走去，走到门口时他突然回过头来对萧绰说道：“别小看了宋军的主帅。”

萧绰气得眼前发黑，等他出了大帐，她才按着胸口瘫坐在椅子上，从暗处走出的一个贴身女官急忙递上参片让她含在嘴里。

子翼带着一身雨水闯进佘赛花的大帐，将天门阵图与那二十二张关隘布防图全部交到了佘赛花的手上。

“子翼？”佘赛花看完这两张图，几乎不敢相信自己的眼睛。

“这是他在大辽十年所得。”子翼的声音硬邦邦的，一双眼睛里布满了血丝，脸上的雨水里应该还掺杂着眼泪。

“他呢？”佘赛花抓着子翼的手臂问道。

子翼平静地看着她：“去劝萧绰罢兵止战了。”

“他还说了什么？”佘赛花的声音颤抖得几乎不成语调。

“他还说，这就是他要您给他的承诺，让杨家世世代代守下去！”

“逆子啊，逆子啊！你是想要，想要你娘的老命吗？”佘赛花用拐杖用力地戳着地，字字句句透着一个母亲的无奈和伤心。

杨延昭起身道：“母亲，孩儿点兵五千，突袭辽营，去把四哥救出来。”

佘赛花满眼含泪摇了摇头：“他若想回来，便是杀不出重围，辽营也早已天翻地覆了。”

“可是母亲……”

“桂英啊，何时可以出兵？”佘赛花打断了六郎的话，转头问穆桂英。

穆桂英道：“祖母，大军东面伏兵还未赶到，暂时，暂时不能给宗保发信号。”

佘赛花仰头长叹，穆桂英是三军之帅，她不能为了一个人让千万人白白送命！

“老太君，告辞了。”子惭浅施一礼，起身就要走。

“子翼……”佘赛花急忙喊住他。

“你们要顾及宋军，但我不用，我去救他。”子翼扫了众人一眼说道。

杨延昭道：“子翼，我带兵去接应。”

“不用。如果他能活着，我就带着他、公主，还有他儿子、我老婆，我们一起远走高飞，离开大辽，离开大宋，离开你们杨家！”子翼的眼睛此时能喷出火来。

杨延昭道：“他是我四哥，他姓杨，我杨家也一定能护他平安，为何要离开？”

“他姓杨？”子翼突然笑了，“他娶的是大辽的公主，做的是大辽的驸马。双峰山上他为了救辽国的小皇帝，一步一步跪上土匪的山寨；云内州他为了救萧绰，他用自己使苦肉计，用他的老婆使美人计。他生的儿子有一半辽人的血，他还姓杨吗？我告诉你，他早就不是你们杨家的人了！”

“可是，他是为了……”

“为了什么，他是为了杨家对不对？十年前他在两狼山替你去死，像卖身一般与铁镜公主成了亲，然后大婚夜里砍了潘龙、潘虎的脑袋。你以为是你打赢了官司，杀了潘仁美报仇雪恨？我再告诉你，那是他与铁镜公主谈的条件，要蒙着眼睛、戴着镣铐打败李昌鹤，铁镜公主才把潘仁美写给萧绰的信送到汴京。五年前你中了毒，是他喝了毒药，骗铁镜公主从萧绰手里要来千年人参，保住了你的性命。一年前，他为了救你们杨家人挥剑自戕，为了救杨宗保被严容喝了血。可是你们都干了什么，你们奔袭千里去追杀他，老太君亲笔写下与他断绝母子情的手书。你们毫不留情地一刀一刀扎在他心口上，他还敢姓杨吗？你们想要天门阵图，就逼他回来见你们。呼之即来，挥之即去，他们把他当家人了吗？”说到这他停了下来，似乎想到了什么，平静而轻蔑地说道：“也对啊！十七年前他就成了你们杨家的奴才。一个奴才，可不就是想让他替谁死就替谁死，想让把他卖给谁就卖给谁！他一个苍狼星转世的祸害，就是被下了十八层地狱，你们也觉得心安理得，对不对？”

杨延昭被质问得连连后退，直到一屁股坐到椅子上，子翼说的这些他都不知道。可是一句不知道，就能赎自己犯下的罪吗？想想兄长满身的伤疤，自己就能活得心安理得吗？

佘赛花也坐在椅子上，却深深地弓着身子，用力一下一下捶着自己的胸口。穆桂英目瞪口呆地看着子翼发疯，她虽然不清楚事情的来龙去脉，但也能猜到杨家欠了一个人的债，所以她不敢多言，只是在一旁扶住了祖母。

“十年了，今天我总算出了心头这口闷气，舒服多了。”子翼满意地看着他们痛苦自责，“我走了。他若死了，我就把他埋在深山老林里，若活着，我们就拖家带口，远走高飞。”

“子翼。”佘赛花突然叫住了他。

子翼道：“老太君还有何吩咐？”

佘赛花看着他，问道：“宗勉可安全？”

子翼笑了：“耶律家的人还算有情有义，宗勉被赐了皇姓，就是萧绰把杨延琅挫骨扬灰了，也连累不到宗勉。”

佘赛花在穆桂英的搀扶下站了起来，然后对子翼作了一个揖。

子翼看着她，说道：“老太君这一揖，我受了。”说完转身出了大帐。

佘赛花过了许久才直起身来，就像寒风中一棵倔强的老枯树，根都被吹出来了，枝杈也掉了，还依旧站立着，杨家为了坚守的这份忠诚付出太多了。

“祖母，孙媳带人亲自赶过去，然后就给宗保发信号，只要辽兵一乱，刚刚那位伯父也许就能趁乱把……”穆桂英还不知道他们口中那人是谁。

佘赛花打断她的话，说道：“他是你四伯父。”

“是。也许就能把四伯父救出来。”

佘赛花点了点头，穆桂英点齐兵马，包括杨延昭在内，离开了大营。只有佘赛花知道，他那个儿子是不想回来了。

第九十二回　祭台风云起

一队辽兵押着杨延琅往祭台去，他知道自己在寻死，可是事已至此，只要能让萧绰退兵，死了又怎么样？他相信萧绰一定会退兵，因为还有一个人没到呢。

母亲虽然没有对自己说出那个条件，但他也能猜到七八分。贺黑律把金刀给了小皇帝，给杨家和大宋系了一个死结，他以为只要自己在大辽，小皇帝就不会放过杨家，但他却忘了，自己就是这个死结的绳结处。小皇帝派杨家出征，除了要金匮，还要一颗脑袋，只要他拿到了，死结自然就解开了，可是自己怎么能让母亲为难呢？

去祭台，他们要沿着界河走一段，走到河边杨延琅突然停了脚步，问道："刚才的雨大吗？"

"大。"侍卫班头觉得这个人并不那么危险，于是也敢靠近了一些。

杨延琅又问道："多大？"

他想了想道："像从天下往下倒一样，很少在秋天下这么大的雨。"

听了他的话，杨延琅看着地势较高的祭台突然就笑了。这些辽兵不知道一个死到临头的人在笑什么。这时他指着祭台后面的山坡，说道："把我送过去，你就领着你这一帮兄弟往山坡上跑，跑到最高的地方去。"

"你什么意思？"侍卫班头不解地问道。

杨延琅没有回答，只是看了他一眼，转身先走了，侍卫班头觉得莫名其妙，急忙追了上去。

夜已三更，辽营已搭起祭台，擂鼓聚将，他们聚在祭台下议论纷纷，不知道发生了什么事，甚至连耶律承启也不知道发生了什么事，只是忽然听到传令说祭祀先帝，可是这不年不节又在两军对峙的节骨眼祭祀什么先帝啊？但是看到萧绰一袭黑衣，甚至摘了头上的饰物，谁也不敢再说什么了。

就在他们一头雾水的时候，杨延琅走了过来，两旁还跟着一队侍卫，只是今天他与往常不太一样，一身素白常服，也许因为没有甲胄披身，所以柔和了许多，甚至脚步都不疾不徐的，只是雨过的秋风吹起，显得他过分单薄了一些。

完颜寿见木易过来，急忙迎上去问道："驸马爷，这是怎么回事？这半夜三更的，三牲祭品啥也没准备，怎么突然就要祭祀先帝呢？”

杨延琅看看这个黑汉，难得给他这么好看的一个笑容，然后说道：“有我就够了。”

“啊？啊啊，哎，这这……”

没头没尾的一句话，把完颜寿说得晕头转向，就在他不知道该说什么的时候，杨延琅已经走远了，在所有将军的注视下，他一步一步走上祭台，然后跪在景宗、天庆王和萧天佑的灵位前，祭台上的侍卫，拉过铁链将他锁在两根刑柱中间。

祭台上的一幕瞬间让下面的将官炸开了锅，他们打破脑袋也想不到，太后竟然要用这位驸马爷祭祀先帝。这疯了吧？马上就要与宋军交战，太后竟然半夜三更爬起来要斩杀大将，杀的还是在疆场无敌的驸马爷，不仅要杀，还要用他活祭先帝。大辽活祭，那可是要挖心摘肝的，这事如果不说清楚，很难安抚下面这些将官。

一阵混乱过后，完颜寿第一个站出来拱手道：“太后千岁，我大辽早已不用活祭了，请娘娘示下，驸马爷犯了什么罪，要用他活祭先帝？”

后面许多将官附和着他的话，当然更想知道这究竟是怎么一回事。

萧绰冷冷地扫视了这些将官一眼，说道：“他犯了滔天大罪。”

完颜寿没有起身，继续问道：“请问，是什么滔天大罪？”

“因为他姓杨。”

萧绰一句话让将军们瞬间安静了，在大辽“杨”字几乎成了禁忌，若是他姓杨，别说用他活祭先帝，就是千刀万剐、碎尸万段，谁都不敢说一个“不”字。

完颜寿直起身来，看着祭台，半晌之后问道：“太后娘娘，可有证据吗？”不过他问这句话时明显已经底气不足，没了刚刚的气势。

萧绰转过头对杨延琅说道：“告诉他们，你是谁？”

这一刻，台下将官竖起耳朵，身体微微前倾，连喘息声都变轻了，生怕漏听了一个字。

“我是杨继业四子，杨延琅。”他的声音不高，却非常清晰地传到了每一个人的耳朵里。

一阵风吹过，人群里发出议论声、甲胄之间轻微的摩擦声，但是他们都极力不让自己发出大的声响，尽量退到其他人的后面，就像偷吃的猫，悄悄从主人脚下溜过去，想更快一点，又不能被发现。

“完颜寿。”就在完颜寿也想藏在人群里的时候，淡淡的一句话从头上飘过来，顿时让他头皮发麻。

他咽了下口水，硬着头皮上前一步道：“娘娘有何吩咐？”

“完颜寿，先帝待你如何？”萧绰的目光像一座山一样压下来。

完颜寿急忙回道：“恩重如山。”

萧绰说道：“好。那你就挖出这个奸细的心肝，祭奠先帝的在天之灵。”

“娘娘……”完颜寿刚想拒绝，可是一抬眼便看到那双眼睛，顿时吓得就收了声。

萧绰问道："完颜将军是顾念旧恩吗？"

萧绰一句话惊得完颜寿直冒冷汗，他急忙摇摇头道："末将不敢。"

"不敢最好，今天就由你来掌刑。"

"是。"完颜寿抹了一把脸上的汗水，一步一步走上祭台。他看看萧绰，再看看杨延琅，这个天不怕地不怕的契丹汉子，竟然哆嗦得迈不动腿。

萧绰没有催促他，但眼神中也没丝毫改变决定的意思。完颜寿这会突然想喝酒，如果有酒，就可以把自己灌晕过去，逃掉这份差事。不过这事他也就只敢想想，最后只有深深吸一口气给自己壮了壮胆子，然后来到杨延琅面前躬身蹲下，即使眼前这个人亲口承认，完颜寿依然觉得他就是木易。不过还好，他依旧如先前一样，低眉垂目，并没有看自己，否则自己一定慌成一堆烂泥。

完颜寿习惯性地又咽了一下口水，但喉咙里却火烧火燎的，他最后看了一眼萧绰，终于咬咬牙从靴子里拔出短刀，咬住刀背，然后伸两只蒲扇般的大手，抓住杨延琅的衣领，哧的一声撕到两边，把整个胸口都袒露出来。按照契丹人的规矩，他要亲手扒开这个人的胸膛，把他的心肝摘下来，放到灵位前的供桌上，而直到那一刻，被祭祀的人才能断气。

完颜寿的喘息声既粗重又急促，直到他的眼神变得凶狠时，才把刀举起来，然后问道："驸马爷，我有一事望你解惑。"

"何事？"杨延琅这才把眼皮抬起来，却发现完颜寿此时的神情才像那个要被挖心的人。

"十年前你冲进大营，杀了六员大将，招招致命，为何独独放过了我？"

"因为你的身形相貌有五分像我七弟。"

他的一句话让完颜寿松了一口气，在心里对他感激不尽。他沉声说道："明白了。无论如何，你与我有活命之恩，你还有何遗愿未了，我愿代劳。"

杨延琅盯着他的眼睛，说道："你若感念恩情，就别手下留情。"

完颜寿又看了萧绰一眼，咬咬牙说道："放心，我敬你是条汉子，会给你一个痛快。"

萧绰没有出声，算是默认了他的决定。完颜寿最后看了一眼萧绰，因为这一刀下去容易，但如果后悔了，就是神仙来了也补不上这个窟窿。不过萧绰仰着头，神情坚定，完颜寿只好在心中哀叹一声，举起刀狠狠地刺下去……

"住手——"

就在完颜寿刺下去的一刻，不远处传来一个尖锐的喊声。而完颜寿的刀就在皮肉之外的毫厘处停了下来，他大口喘息着，汗水顺着他黑红的下颌往下滴。

"住手——咳咳咳——"伴着一阵马蹄声到近前，一个人从马上摔下来，但是顾不上自己摔成什么样，几乎是手脚并用地爬上了祭台，一把推开完颜寿，跪在杨延琅面前，抓住他肩膀上的衣服，用刚刚缓过来还不正常的嗓音说道："快，快救，救救太后娘娘。"

萧绰目瞪口呆地看着韩德让，他不在上京跑到这来干什么？泰山压顶未曾变色之人，今天怎么慌成了这副模样？还不顾身份地求这个不共戴天的仇人。

杨延琅抬起头，疲惫地看着韩德让，说道："王爷恕罪，我尽力了。"

韩德让看着他，但那双眼睛里只有死寂般的沉静。韩德让突然站了起来，指着他的鼻子骂道："你就是个混蛋，你要寻死，怎么死不行？你现在把天捅个窟窿下来，却想一死了之，你凭什么？我大辽待你不薄，你要死，却要拉着太后娘娘和我大辽两万大军给你陪葬，你良心何在？"

"我……"

没等他开口，韩德让又骂道："你怎么敢保证那水不会伤到娘娘？你又怎么保证宋军会放过大辽的萧太后？一旦太后娘娘有个三长两短，我就是拼上大辽的最后一兵一卒也会杀到汴京，若到那时，我问你，你让仁达给我送信还有什么用？我来时遇到了公主，她千里单骑到大泊湖调你的五千铁骑，却求我来救你。你个狼心狗肺的东西，你对得起公主的一片痴心吗？你就不想想，你儿子也在上京城！"

杨延琅眼神中终于有了一点生气，他用力地握紧了拳头。

韩德让弯着腰，紧紧地盯着他，说道："杨延琅，我知道，你想用这场洪水让穆桂英扬名，给太后娘娘以震慑。你的目的已经达到了，你难道真要公主恨你一辈子吗？"

他慢慢低下头沉默片刻，说道："若没有太后罢兵止战的懿旨，我无法劝我母亲，而我母亲也没办法向大宋皇帝交代。"

韩德让几步走到萧绰面前道："娘娘，把懿旨给他。"

萧绰被气得脸青一阵，白一阵，一句话说不出来。过了一会，她强压怒火，扯着他走到一旁低声说道："你知道他把我大辽的二十二张关隘图送到天波府了吗？"

"可是他答应，那图只在天波府。"

萧绰喝道："本宫凭什么信他？"

"你凭什么不信他，那图已经被送走了，以佘赛花、杨延昭的手段，我们还能拿回来吗？"

韩德让这句话如一盆冷水浇下，瞬间浇灭了萧绰心头的怒火，她想了想说道："既然如此，本宫为何还要留下他，还要写下不犯中原的懿旨？"

"娘娘，此处界河往上游百里外原是一条河，只因地形之故才分成两条，但是上游有一段两河相距不足二里，只要宋军打通这二里地，截住另一条河水，就能在这条小小的界河上横起一道坝。刚刚下了那么大的雨，这河水非但没涨，反而还落了，娘娘，大水已经悬到我军将士的头顶上了。"

萧绰急忙道："快，快，让大军撤进天门阵。"

韩德让道："娘娘，我遇到公主时看到了真正的天门阵图。他说的话都是真的。如今宋军只怕已经截在我们唯一的一条退路上了，如果让他领兵过去，杨家顾及他，也许会给我们让开一条生路。"

萧绰回头看了看沉声不语的杨延琅，还在犹豫不决。

韩德让低声说道："即使要他死，也不能让他死在大辽。依宋帝多疑的个性，一定不会放过他，让他回去反而会让宋帝与杨家生出嫌隙，于我们有百利而无一害，小不忍则乱大谋。娘娘，要忍一时之恨啊。”

萧绰点点头，回头吩咐道：“来人，取笔墨来。”

“是。”随从急忙备好笔墨，萧绰提起羊毫写下懿旨递给韩德让，可是就在韩德让要接过懿旨之时她突然又收了回去，稍做思索之后又写了一封信，折好后她握着懿旨与信来到杨延琅面前，命侍卫打开铁链，然后俯身亲手把懿旨和信放到他的手里，又把垂落在两侧的衣服重新拉起来给他整理好。

杨延琅握着懿旨与信低声说道：“谢太后……”

萧绰打断了他的话：“怎么？姓了杨就不认本宫这个母后了？”

“这……”杨延琅惊愕地抬起头。

萧绰长长地叹了一口气：“打也好，杀也罢，无论生死你都是铁镜的丈夫，是我大辽的驸马，不管你认不认本宫，本宫认你。你把信亲手交给你母亲，她自然知晓本宫的诚意。你也转告你母亲，是造化弄人，让不共戴天的仇人成了儿女亲家，这是天意，只要今日她能高抬贵手，我大辽必铭记此恩，只要大宋有杨家在，我大辽永不犯中原。”说到最后，她的话透出了许多疲累与无奈。

“母后。无论我是木易还是杨延琅，此生都是大辽的驸马。”说罢他起身而立，开始派兵遣将，指挥辽兵迅速撤出大营。

半个时辰之后，当最后一队兵马撤出大营时，天空飞起两个红红的火球。转瞬之间脚下的大地开始摇晃、震颤，似千军万马在奔腾，滔天巨浪挟着滚滚山石沿河而下，冲进空空的辽营。两万兵马挤在界河之南的一个小山丘上，看着一个个大帐被冲得七零八落，粮草辎重、旌旗凤辇随着水浪翻滚而下。那个押送他的侍卫班头摸摸后脖颈上的冷汗，看着山坡上那位冷漠的将军，终于明白为什么他让自己往这个山坡上跑了。

看着沉于水底的大营，萧绰也终于知道他为什么提醒自己要小心宋军的主帅了。没想到一个小黄毛丫头竟然能使出这么狠毒、这么绝妙的计策。她又看了看不远处自己招来的这个上门女婿，若自己不答应，他就真要把自己淹死在水底，还是他算准了，韩德让一定会来？这一刻萧绰想冲上去抽他两个大嘴巴。

韩德让似乎看穿了萧绰的心思，于是告诉她，半个月前木易让仁达往晋王府送去一封长信，信中把他的身世、来大辽的目的、有关贺黑纳兰和严容的阴谋，以及他自己想干什么，全都写得清清楚楚，并且请韩德让一定要劝萧绰退兵。韩德让接到信时急忙带人查抄了贺黑纳兰的府邸，但是贺黑纳兰与他的儿子贺黑虎早已逃走。他没别的好办法，只好日夜兼程赶过来，在来的路上，他也的确听到有三万兵马去往上京的消息。

萧绰急道：“韩卿你糊涂啊，你离开上京，上京的安危怎么办？”

韩德让微微笑了笑道：“皇帝长大了，我们也该放手了，他总有一天要面对这些。何况公主已经回去调兵，相信不日就可解上京之围。”

他们说话之时，不远处的山丘下出现无数只火把，看人数足有三万。见到他们，杨延琅提枪上马，和完颜寿、耶律承启等将军率五千精兵，冲了下去。

看着他的背影，萧绰的耳边突然就想起了那老道的话："只要你待之以诚，那人就是你大辽的福星，你的股肱之臣。"

日上三竿，佘赛花焦急地等在大营外，穆桂英亲自带人设伏，应该万无一失，可是到现在都没有回来，他一定是凶多吉少了。就在她胡思乱想的时候，栈道上传来了马蹄声，不一会杨延昭、穆桂英便到了近前。不过一个个都无精打采的，可不像打了胜仗的样子，甚至有几个人把兵器都丢了。

这时，杨延昭上前低声道："我四哥没事，是他带着辽兵冲散了我们的伏兵。我看到是他，就传了密令，假意交手，放他们离开了。反正木易勇武之名在外，不会有人怀疑的。"

佘赛花点点头，拍了拍儿子的肩膀，先转身回了营，其余人跟在了后面。

第九十三回　殿前大将军

贺黑纳兰吃着严容给的药，整整装了半年病，虽然死不了，也折腾够呛，今日终于等到了反戈一击的时候。他带着自己的五百死士悄悄埋伏于皇宫之外，只待三万大军破城，他便率领这五百人冲进皇宫，里应外合，活捉耶律隆绪，逼萧绰交出兵权，握大辽于掌心之中。若天门阵能灭去宋军大半，再以金匮遗诏为名，扶植一个石敬瑭那样的儿皇帝，物阜民丰的大宋也成了囊中之物。

耶律隆绪端坐在空空荡荡的御正殿上，宽大的袍袖里藏着短刀。城中御帐亲军被萧绰带走一半，余下的不到一万兵马。韩德让不在上京，城外兵马形势不清，他担心引狼入室，不敢轻易下旨调兵，所以只给韩德让最信任的六万皮室军下了勤王圣旨。但是即便圣旨顺利传到，大军最快也要两天才能赶到，而那三万兵马已经围困上京一天一夜了，城内所有男丁，包括文官都去守城了。此时城内也乱了起来，皇宫传来叛军的喊杀声，守皇宫的只有一些宫女与值官。耶律隆绪听着撞击殿门的声音，嘴角浮起一丝冷笑。你们的如意算盘打错了，杀进皇宫你们也只能得到一具尸体，我决不会让你们用我的性命逼母后屈服。只要母后大权在握，大辽大不了就再换一个小皇帝而已。

“舅舅。”一个稚嫩的声音从殿外传进来。

“宗勉？”耶律隆绪意外地看着跑进来的这个五六岁的小童。

“舅舅。”小宗勉并不生疏，手脚并用爬上御阶，又抓着他的龙袍爬到他怀里，看他轻车熟路的样子，这样的事一定不止做过一次两次。

“红珠见过陛下。”红珠从后面跟进来，施礼参拜。

“朕不是告诉你，让你带着宗勉走吗？”耶律隆绪沉声问道。

红珠怯怯地看着殿门，低声说道：“宗勉不肯走，说他要护驾。”

“舅舅，宗勉要保护您，不会让任何人欺负您，您还要陪着我玩呢。”宗勉扬起小脸认真地说道。

外面传来喊杀声、脚步声、盔甲兵器的撞击声，声音越来越近。耶律隆绪紧了紧手臂把宗勉抱得更稳一些，轻声笑道：“好，现在你就是朕的殿前大将军，随朕诛杀叛军。”

“嗯。”宗勉认真地点点头。

就在二人说话间，兵马已经冲进大殿，一个个身高体壮，面色黑红，黑盔黑甲手执镔铁长枪，身上脸上沾着黏稠的血，如同来自地府的幽冥鬼将，但他们进到殿内，什么也没做，只是冷冷地看着他们三人。红珠用力支撑着自己不要瘫倒在地上，紧紧地将耶律隆绪与宗勉护在身后。

吁——随着一阵清脆的马蹄声响起，这些兵将瞬间闪开一条通道，白玉良驹直接奔上殿来，然后从马上跳下来一个人，火红的衣衫好像跳动的火焰。

“姐姐？”红珠惊叫起来，可下一刻就瘫在了地上。

“皇上可无事？”耶律铁镜急忙问道。

“娘亲，我是舅舅的殿前大将军，我会保护舅舅的。”宗勉高声回道。

耶律铁镜终于松了口气，提到嗓子眼的心终于落了回去，再看看殿上这三个人，倒忍不住笑了。一个少年皇帝，一个抱在怀里的殿前大将军，一个纤弱的郡主，这就是大辽的朝堂。

“皇姐，你怎么来了？”耶律隆绪颇为意外地问道。

“自然是来勤王护驾。”耶律铁镜走到耶律隆绪身边，从他怀里接过儿子，又夺下他手中的短刀，幸好她来得及时，否则一切就都完了。

耶律隆绪微微低下头，拭去额头上的汗水，再次问道：“是母后派你来的吗？”

耶律铁镜摇了摇头：“是驸马让我来的。”

“驸马？”

“是，驸马料到贺黑纳兰会突袭上京，所以让我来解上京之围，我赶到之时城门已破，这才一路追杀过来。”

“驸马又救了我一次，朕一定要重赏他。”耶律隆绪疲惫地靠在龙椅上。

“皇上如果能放我一家活路，我就感激不尽了。”耶律铁镜抱紧怀里的儿子，没有一点开玩笑的意思。

耶律隆绪问道：“怎么回事？”

耶律铁镜把事情给他讲了一遍，可听到最后耶律隆绪的眉头却越拧越紧。

“皇姐，你说解上京之围的，只有五千人？”

“是。”

“叛军还有多少人？”

耶律铁镜道：“不足七千，已逃往西京方向，应该是想与他们的人马会合，或是者逃进天门阵里。”

“贺黑纳兰与贺黑虎呢？”

“没有抓到。”

耶律隆绪起身来到铁镜公主面前，轻轻拉着她，将她按在龙椅上。

“皇上？”

耶律铁镜急忙站起来，却再次被耶律隆绪按下去道：“皇姐，您坐下，就坐在这里仔细想想，朕能不能放过他？”

能不能放过他？当耶律铁镜实实在在地坐在龙椅上的一刻，看到的是大辽的万里江山，是天下的万千臣民，是无数双觊觎皇位的眼睛。就在方才，她亲眼看见了那五千铁骑的杀戮，不到一年之间便可练出如此虎狼之军，若此等人存了虎狼之心该如何？

“皇姐，皇姐？”

“啊！”耶律铁镜猛地抬起头，恍如从梦中惊醒，愣愣地看着眼前这个近在咫尺的弟弟，好像看到了一个陌生人。

耶律隆绪抚着自己鬓角间的一缕头发道：“皇姐，朕在先皇的灵柩前登基，如今还不到三十岁，你看看朕已有多少白发？”

“皇上……”

“不过皇姐。”耶律隆绪突然直起身子说道，“朕能放过他。”

“为，为何？”

“皇姐看到了那五千铁骑，但朕看到了皇姐，看到了宗勉，朕相信皇姐，也相信朕的殿前大将军。”说罢轻轻地捏了捏宗勉粉嘟嘟的小脸。

耶律铁镜牵着儿子的手，起身跪在耶律隆绪面前：“谢皇上。”

“请起。”耶律隆绪拉起姐姐，“即使他有帝王之智，却也无帝王之志，他的一生注定为亲情所困，挣不脱爱恨情仇，如何能当君主？只要皇姐忠于大辽，他就永远是大辽的驸马。”

明白了，他已不仅仅是自己的弟弟，还是大辽的君主，他的心思早已在鬓角的白发中变得深不可测，而自己只需做一个皇姐、一个忠臣就够了。耶律铁镜垂首应道：“臣明白。”

耶律隆绪道：“皇姐，你按驸马的吩咐，将这五千铁骑带往天门阵，而朕要亲自平叛。”

“陛下，你，你要亲自平叛？”

耶律隆绪眼神刚毅而坚定：“不错。六万皮室军已到上京，朕要亲自带着他们，斩杀那些乱臣贼子。母后与季父已到两军阵前，若朕不能稳定我大辽的朝堂，这皇帝还不如让给季父来做。”

耶律铁镜急忙说道：“陛下，不可乱言。”

耶律隆绪看着紧张不已的姐姐，柔和下来笑道：“皇姐，你走吧，朕会照顾朕的殿前大将军的。”

听了他的话耶律铁镜点点头，不愿再想弟弟话里的深意，否则她会疯掉，于是又抱了抱儿子，叮嘱他要听舅舅的话。

这时红珠走到她面前，抱过宗勉说道：“姐姐放心吧，宗勉是你的儿子，就是我的儿子，我就是拼了命，也会保护他的。”说到这里她停了一下，然后说道：“姐姐，你要见到萧徵。不，你要见到那个子翼，请你告诉他，红珠是个傻女人，不懂得什么家国天下的大事，只要他愿意来找我，我就永远给他做饭吃，如果他不回来，我这辈子，下辈子，下下辈都不会给做一点好吃的，永远不原谅他。”

耶律铁镜抹去红珠脸上的眼泪说：“傻丫头。那家伙那么馋，怎么舍得了你。你放心吧，等一切都过去，他若敢跑，姐姐就传令天下所有的暗骑，就是追到天涯海角，也把他给你抓回来。”

她的话既温柔又霸气，把红珠逗笑了。

宗勉看着耶律铁镜道：“娘亲，你去把父亲与姨夫都带回来，我们等你。”

“好。我把他们都带回来。”耶律铁镜捧过儿子的脸，狠狠地亲了一口，带着铁骑军退出大殿。

耶律隆绪把宗勉从红珠怀里抱过来，轻轻刮了一下他的小鼻子笑道：“走吧，朕的殿前大将军。”而后微微一摆手，大殿左右两厢响起一串串脚步声，缓缓地退到了殿外。

第九十四回　聚将中军帐

佘赛花紧紧抱着怀里的黑色坛子，一滴滴浑浊的泪水滴在漆黑的瓷面上，里面是杨继业的骨灰。十年了，他终于回来了。萧绰命人八百里加急，把杨继业的骨灰从上京送到边关，让杨延琅亲手将退兵的懿旨和她的亲笔信交给佘赛花。还回杨继业的遗骸，送还他的儿子，这就是萧绰的诚意。

看着面前低眉顺目的儿子，佘赛花知道大帐内外有无数双眼睛在看着他，也在看着自己。他们有些人不知道他是谁，有些人想不明白是怎么回事，当然还有一些人在等待自己怎么处置他。

杨宗保自从得知那位驸马爷就是自己的伯父之后，高兴得心花怒放，想凑上去和他好好亲近一番，却被父亲严厉的眼神给制止了。他小心地挪到祖母身边，还没开口，佘赛花就先低声道："敢说一句话，让你爹再打你十军棍。"

祖母一句话，吓得杨宗保悄悄退到了后面，又被杨瑛与杜金娥拉着，躲到了帐外。

"桂英。"佘赛花将懿旨和信递给穆桂英。

"是。"穆桂英接过佘赛花递给自己的懿旨与书信，看过之后说道，"老祖母、父帅、诸位将军，既然辽兵已撤往邯郚镇，不碍我军破阵，我等也不必赶尽杀绝，徒增杀戮。萧绰有求和之诚，又写下懿旨和书信，于我大宋有益无害，也是天下百姓的福祉，依我之见，不如就先应了萧绰的求和之请，然后上书官家。"

佘赛花、杨延昭及帐下的将官都纷纷点头，表示同意。佘赛花犹豫了一下，问道："桂英，那，依你之意，杨延琅……"

穆桂英明白祖母的意思，她想让自己以元帅之名放过这位四伯父。刚刚她就在偷偷打量这位四伯父。他一身辽人的衣着，头发散在肩头，额上束着一条黑色皮绳的旧抹额，拢起了前面的乱发，不过发丝里的一缕缕白发，显得他有些苍老而疲惫，但即便如此，他依旧是个俊美的男子，而那双微微垂下的眼睛，就是人们口中的狼目，让人无从猜测，当然从他的所作所为来看，也的确如此。此时她很好奇，那位伯母是一位什么样的奇女子，竟然会让这样一位才智无双之人陷入两难的境地。

在杨延琅到来之前，佘赛花已经把他的事情全部告诉了穆桂英，而此时她也陷入了两难的境地。她清楚地知道这位四伯父回来会给整个杨家，甚至是宋军带来什么，最好的办法就是把他拉出去斩了。可是如果杀了他，天波府只怕连亲情与良心都一齐喂狗吃了。但无论有多难，作为三军主帅，最后都要自己定夺。这些思绪在她脑中只是一闪而过，然后她笑了笑说道："早闻四伯父骁勇善战，如今破天门阵在即，我大军正需如此良将，至于其他，就等破了天门阵再奏报朝廷，请官家一并定夺吧。"

杨延琅拱手道："谢元帅。"

穆桂英急忙道："四伯父不必多礼，您能回来是天助我军。"

"元帅过誉了。"

佘赛花命人把杨继业的骨灰安置妥当，穆桂英放好萧绰的懿旨与手书，立于主位对大家说道："天门阵诡异莫测，阵法非比寻常，若贸然入阵只怕千军万马也插翅难逃。不过严容说天门阵有一百零八阵，但他只偷了一百零四阵，这大阵他还未全部建成，况且我们还有天门阵图。只要我军可以攻下天塔，破其中枢，天门阵自然就破了。"

杨延琅道："元帅想用多少兵马，从何处进兵攻入天塔呢？"

穆桂英展开天门阵图，阵图上按八卦排列，其中东南西北四个方位各排十三阵，而余下东南、西南、东北、西北四个方位各排十四阵，一共一百零八阵。她指着东南角的十四阵说道："我欲率八百精兵，从此路进阵，破穷奇阵、龙蛭阵、合窳阵、化蛇阵、狍鸮阵、山蛛阵、狸牛阵、旋龟阵、梦貘阵、魅狐阵、蛊雕阵、毕原阵、白鹇阵、天甲阵，直捣天塔。"

杨延琅不解地问道："容我问一句，为何要选这一路？"

他问的也是所有人的疑惑，为什么要选多一阵的路，而不选少一阵的？

穆桂英道："因为有四伯父你。"

"我？"

穆桂英笑了笑，说道："是的。严容少偷了四阵，他却自己强加了四阵。而这一路有几阵的机关阵法较少，我听说四伯父有千钧之力，而且有些阵于常人而言可能难如登天，但于四伯父而言，可能更容易些。"

杨延琅想问问是什么样的阵法，为何自己破起来容易？可这时突然一个传令兵飞奔进来："报——元帅，营外来了一些和尚，要求见老太君。"

"和尚？"佘赛花不解地问道。

其他人也不知道为什么会来一些和尚，不过和尚来了，必然有事。佘赛花说道："请进来。"

"是。"传令兵出去不到一刻，便领着十几个和尚进了大帐，整整齐齐排了两排，为首的一个人三十多岁，浓眉大眼，相貌堂堂。从佘赛花到杨瑛惊得瞪大了眼睛。

佘赛花缓缓站起来，那和尚来到佘赛花面前，屈膝跪倒，低声叫道："娘。"

"五郎？"

"孩儿不孝，已在五台山皈依佛门，法号了空。阿弥陀佛。"杨延德双手合十，深深地低下头。

佘赛花看着杨延德身上的麻衣僧袍，头上的戒点香疤，无奈地仰起头，眼泪从着眼角流下来，一直流进花白的头发里，许久之后她长叹一口气道："你既已皈依，也就不再是我儿子了，老身于你，再无半点干系，你起来吧。"

"娘。孩儿不孝。"杨延德的头重重地叩在地上。佘赛花伸出手摸向儿子，可是刚要触到时，却又猛地缩了回来，眼神中慈爱的目光缓缓褪去，取而代之的是死寂般的平静。她伸手扶起杨延德道："和尚起来吧。"说罢回身坐下，再不看他一眼。

杨延德双目含泪，额上青筋涨起，右手更加快速地转动着佛珠，借此平抚心情。杨延德的妻子褚云英看着近在咫尺却又远在天边的丈夫，只有无尽的伤心泪，原来只当他战死沙场，一心为他守节而终，谁知道他早已斩断青丝，要长伴青灯古佛终了一生。可是既然如此你为何还要再回来？还要让我知道你还活着？褚云英想冲上去问问他，但是却站在原地，一动也没动。

杨延琅问他道："你既已出家为僧，又何必回来？"

直到这时杨延德才看到四哥，但免不了又是一番疑惑。他不知道一个死了十七年的人是怎么站在自己面前的。

杨延琅道："打晕你的那个家将是我。"

听到这句话，杨延德恍然大悟，眼中涌起了愧意。金沙滩一战，他眼睁睁地看着三位兄长被杀，就在他发疯要拼命的时候，那个杨府新来的、戴着面具的家将，一枪将他打晕过去。等他醒来后，发现自己被压在一堆尸体底下，放眼四周尸横遍野，满目荒凉：二哥至死都睁着眼；三哥除了被踩扁的头盔和零散的甲胄，就只剩下一地血肉；沿路往回找，大哥身上的龙袍被挂在枯树枝上，人倒在树下，尸体上扎满了利箭，他没有找到那个救他的家将，只记得面具后那双冰冷的眼睛。

那一刻他万念俱灰，像孤魂野鬼一样游荡在阴风透骨的战场上。从大哥这里走到二哥那里，再从二哥那里走到三哥这里。如何能回天波府？如何告诉母亲，兄弟四人，三人战死，只有他一个人活着回来了，是被一个家将藏在尸体下，像懦夫一样活下来的？

他漫无目地四处流浪，不管身上化脓流血的伤口，任由街上恶棍乞丐欺凌，绝望地等死。他唯一的想法就是，去哪里都不回天波府。他受不了母亲悲痛的目光，他听不了嫂嫂们撕心裂肺的哭喊声。不知走了多久，疲惫不堪的他倒在一个山脚下，后来被一个打柴的和尚捡回了寺庙。在寺庙养病时他常听诵经之声，受佛言教诲，竟然看破红尘，一心皈依佛门，如此便剃去了三千烦恼丝，做了和尚。

前尘往事都已经刻进了一颗颗转动的佛珠里，他来到杨延琅面前，双手合十，深施一礼道："多谢四哥救我。"

杨延琅道："平心而论，若重回金沙滩，你愿意让我救你吗？"

杨延德被他问得一愣，多少回彻夜难眠的夜里，他恨那个救了自己的家将，那时他宁愿自己与其他几个兄弟一起死了。可是，佛说人有八苦，所以才要修行。他看着兄长笑着说道："愿意。"

“那就好。那你为什么不做和尚，要来杀敌？”

“民间天寅教兴起，教徒蛊惑百姓，残害无辜，烧庙毁佛。我游历至嵩山少林寺研习佛法，结识了十八位武僧，少林方丈说除魔卫道亦佛家本分，所以命我和诸位师兄弟一起前来助大军一臂之力。”说罢双手合十，深深一拜，“多谢兄长那日救命之恩。”

“哎，我说你们几个光头小和尚，不在寺里好好念经跑到两军阵前来干什么？”一个油滑中带着几分不羁的声音传进来。十几个和尚齐齐地转过头，原本平和的眼睛里瞬间充满杀气，似乎马上就要冲上去，把这个人狠狠地打一顿。

子翼无视他们杀人的目光，径直走进来，寻到了个茶壶，嘴对嘴一口气灌下去，这似乎是他的习惯。

“你个贼偷，竟然敢来！”其中一个小和尚大声叫起来。

子翼开心地指着小和尚道：“小光头，你长大了不少！不过你张口贼偷闭口贼偷的，你爷爷我可是还清你们和尚庙的债了，再敢乱叫，小心我一火把烧了你们老窝。”

子翼牙尖嘴利，除了与红珠对阵，打嘴架从来没有输过，小和尚气愤地要冲上去打架，被几个师兄拦住。

“小光头，这么大的气，小心犯戒啊！”子翼得意地从他面前走过去，无视要被气炸的小和尚，来到杨延琅面前，说道：“不是给你说过吗？你要不想找死，就离我远一点。”

杨延琅半垂着头，很听认真地回道：“记住了。下次……”

“你说什么？”子翼歪起头，假装没听清楚，然后质问道。

“没有下次了。”

子翼恨得咬牙切齿，不过他们俩这一唱一和却把大帐内的人差点惊掉下巴，这位一身寒气的人，咋也不像被训斥的主，可就偏偏被这个吊儿郎当的家伙训斥了，还被训斥得很老实。连阴郁了许多天的佘赛花，也终于有了一丝笑容。

穆桂英看着这些能人异士，觉得应该对付天门阵了，但为了自己的中军大帐不变成一锅粥，她很机智地命人安排他们各自去休息。

第九十五回　挥军讨妖邪

天门阵外旌旗翻卷、刀枪林立，八百精兵整齐地立于阵外。佘赛花看着这些即将破阵的兵将，这里有她的儿子、儿媳妇、女儿，还有孙子和孙媳妇。除了柴郡主留守天波府外，大郎和二郎的妻子，这两位年纪稍大的儿媳妇也留在了府里，余下的男女老少一个都不少地来了，只是不知道破阵之后还能回来几个？

“将士们，今有妖道严容暴戾恣睢，摆下天门阵，我大军为江山社稷，为天下黎民，誓要破天门阵，斩严容首级。将士们尽可安心出征，勇猛杀敌，老身于天门阵外驻军两万，备羔羊美酒，待你们凯旋！”佘赛花亲自擂动战鼓送他们进阵，伴着隆隆战鼓声泪水也悄悄地挂在了她的脸上。

穆桂英一身银甲红袍站在两军阵前，面前这三十多位将官里，有自己的亲人，有郎千、郎万、岑林、柴干这些久经沙场的将军，还有来自江湖的侠士，后面还有精挑细选出来的八百精兵和自己从穆柯寨带出的一百女兵。她英气勃勃，挥起手中将令，大声道：“众军听令，进阵！”

天门阵中一百多个小阵，各依山势地形而建，宋军一入其中，就有淡淡的薄雾弥漫过来，外面的人再也看不到他们的身影。他们走了不到二里地，在一片树林外穆桂英停下了脚步，林子外插着两面黑旗，旗上无一例外地画着仙寅的神像，一些大大小小的石堆散布在林子里。

“前方就是穷奇阵。”穆桂英提醒大家道。

杨宗保敲了敲旗杆：“原来玄玄乎乎的穷奇阵，就是这几杆破旗杆和一堆大石头。”

“这旗不是穷奇阵，它只是标记。”穆桂英解释完，对子翼与和尚们说道，“伯父，少林寺各位师父们，你们轻功好，跟在我身后，将对面那石堆里的机关打碎，其余人在此等候。”说完她先飞进树林，不过她看似凌乱的步伐却很有章法，子翼与十八和尚紧随其后，也飞过去。

嗖嗖——安静的树林里响起暗弩的破风之声，利箭从石堆的各个方向射出来，密密麻麻织成一张大网。杨宗保张大了嘴巴，一双眼睛紧紧盯着穿梭于乱箭之中的身影，他开始恨自己不会轻功，不能帮她挡下这些利箭。

就在杨宗保心惊胆战的时候，他们已经冲到那个最高的石堆旁。和尚们在穆桂英的指点下，抡起镔铁大棍三两下便把石堆打烂，露出里面还在转动的木轮，随着最后一个小和尚咔嚓一棍下去，木轮散碎在旁边。那边穆桂英摆摆手，众人急忙跟了上去。

子翼凑到杨延琅身边指着杨宗保道："这小子还惦记着你的玉麒麟呢？想借着玩几天。"

杨延琅若有所思地说道："从今天开始他的心里只惦记穆元帅了。"

子翼坏笑道："你可是伯公公了，为老不尊啊。"

杨延琅不再说话，先往前走了。

"哎，我说你这人啊？说不过就不说了。"子翼从后面追了上去。

穆桂英虽年轻，却精于排兵布阵，通晓机关暗道，短短四天之内就连破龙蛭阵、合窳阵、化蛇阵、狍鸮阵、山蛛阵、狸牛阵、旋龟阵。就在大家心生暗喜时，穆桂英说后面的六阵才算真正的天门阵。第五天他们走进了梦貘阵。这是一个方圆一里的山洼，还算平坦的野地里长着一堆堆低矮的灌木，灌木丛里开着一朵朵巨大而艳红的花朵，这些花不但艳，而且艳得妖异，在百花凋敝的时节，这些花却好像专门为他们这些人而开的，天阴沉沉的还有几分闷热。

"看，榛柴（灌木的一个俗称）堆里是什么？"一个士兵突然叫起来。

"是金钱。"又有一个人惊呼起来。

穆桂英抬手让大军止步，派两个斥候进去查看。两个人跑到离他们最近的一堆灌木丛里，果然从树枝中间取出来几枚纯金打制的钱币，再仔细看，每一片灌木里都挂着金钱，就像是树枝上结出来的金钱果一样。

"真的，是金子啊！"其中一个斥候把金钱放到嘴里咬了咬，兴奋地叫道。

见到他手中的金子，其他人眼中都放起了光，一个个蠢蠢欲动。

"快放下，小心上面有毒。"穆桂英急忙提醒他们。

两个人恋恋不舍地把金钱放到了地下，可是一双眼睛却始终离不开闪着光的金钱，而谁也没注意一缕缕淡淡的花香从灌木丛里迷散开来。突然一个斥候一把将金子抓在手里大声叫嚷着："我们拼命征战是为了什么？不就是为了家人能过上好日子吗？这里有这么多的金子，为何还要打仗？我们就应该拿了金子回家养老去！"

"不错，我们就应该拿了金子回家孝敬爹娘，娶妻生子。"另外一个也叫嚷起来。

他们的话引起一片骚动，前面的士兵按捺不住，纷纷冲向一堆堆灌木丛，凡是摸过金钱的人的眼睛里渐渐泛起了血丝。

"都站住，不许进去！"眼看兵将失控，穆桂英再次厉声喝道，可是当人一旦被金银蒙蔽了双眼，就是天王老子的话也不会听了。

"快，拦住他们！"

噗！一个肉身被刺穿的声音响起，一杆长枪扫过一个冲向灌木林的士兵的脖颈，鲜血喷溅，士兵的身体扑倒在地，临死前他还伸手去够树上的金钱。

"军令如山，如有违者，杀无赦。"冰冷的一句话，伴着浓浓的血腥味飘散开来。好似来自幽冥地府的声音，让发疯的士兵瞬间冷静下来，看着长枪上尚在滴落的鲜血，谁也不敢上前一步。其他将军，包括和尚们迅速站在杨延琅身边一字排开，截住了后面想涌过来的士兵。

已经陷进阵里的士兵大把大把地往怀里塞着金钱，怀里塞不下就往裤子里装，眼睛里只有金光灿灿的金子。当，一个更大、更亮的金钱飞向了空中，闪动着诱惑的光芒。贪婪的人们一瞬间都扑向了它。争吵声、抢夺声，刀剑相向、肉搏残杀，金钱铺地、血肉横飞，犹如人间地狱。

"严容！"穆桂英咬牙切齿地说道，"开在灌木里的应该就是师父讲的尸香魔花，它花粉极轻，易浮于空中，有蛊惑人心之效，片刻之间便使人如坠幻境，在金钱的诱惑之下人会贪欲横行，成疯成魔，就是千军万马只要进了这阵，只怕也有去无回。"

这时和尚们轻声诵起佛经来，空灵悠长的诵经声回响在金城阵里，顿时少了几分戾气。

"该如何破这阵呢？难道我们就站在这里不动吗？"杨宗保急切地问道。莫说是这些士兵，便是他们这些将军此时也觉得胸口发闷、头晕目眩，眼前似有无数金钱在晃动。

穆桂英抬头望望低压的黑云："看来老天要助我们一臂之力了，大雨能洗去弥漫的尸香魔花的花粉，同时冷雨也能让人清醒。"

终于在煎熬许久之后，豆大的雨点砸了下来，伴着刺骨的秋风，让人从梦中惊醒，眼中的红丝渐渐褪去。

穆桂英回身传令："四伯父、父亲、杨宗保在前面开路，子翼伯父和几位婶婶断后，五伯父你带师父们到士兵两旁，诵念佛经，敢低头拾金者，杀！"

"是。"

大家迅速按照穆桂英的安排，冒着大雨走进梦貘阵，满地的金钱和着鲜血被踩进泥泞的土里，谁也不敢多看一眼。过了梦貘阵再回首观望，只觉得这三四里路竟比日行百里还要疲惫，大雨过后，阳光透过乌云照在灌木丛上，金色的钱币依旧闪烁着诱人的光芒。

走过梦貘阵，人们终于松了一口气，就在这时他们听到了哗哗的流水声，流水声中似乎有乐器弹奏的声音，一阵阵暗香飘来，夹杂着银铃般的笑声，夺魂摄魄。

这实在古怪，他们往前跑了几十步，下面是一个不大的山谷，里面林深草密，看不到人，却能听到流水琴音和笑声。

魅狐阵！穆桂英眯起眼睛，魅狐阵里可色诱千军，但今日你失算了，你千算万算却算不到杨家一门女人最多，而且是能征善战的女人。

"各位婶娘，八姑姑，我们率一百女兵进去。"穆桂英的眼神变得有些古怪。

"为何？"一听不用男人，杨宗保第一个不服气地问道。

"因为这阵里全是女人。"

"女人，女人有什么可怕的？"杨宗保更加不服气。

穆桂英笑了笑，笑容中有几分尴尬，她想了想，别有所指地问道：“青楼女子知道吧？”

“知道。”杨宗保点点头，他没去过青楼，可是他真的知道。

子翼忍不住低声嘟囔了一句：“这小子，傻得清奇。”

杨宗保突然惊呼道：“你是说，下面的全是，青，楼，女子？”

穆桂英脸红到耳根，却摇摇头道：“青楼女子不会杀人，她们是严容豢养的魅女，媚眼如丝，杀人索命。”

“我，那我堂堂男子汉……”

“这是将令，除了女将，谁都不许进去！”穆桂英冷下脸来沉声说道。

杨延琅想了想，说道：“我去。”

“四伯父……”穆桂英有些为难，但又没办法说更多。

哧——一声裂帛声响起，杨延琅撕下一片衣摆蒙在眼睛上，问道：“这样行吗？”

穆桂英下意识地点点头：“行。”

“回去还得让老婆缝上。”子翼抱怨了一声，也把眼睛蒙上了。

见他们这样，杨宗保也要效仿，却被穆桂英拦下来。

等走进密林他们才发现，林中的香味是烈性媚药，杨延琅和子翼尽量放轻呼吸，不过他们是男儿之身，要生生忍着这难熬之苦，其中的艰难只有他们自己知道。子翼低声道：“这些混蛋，竟然让我想红珠了。哎，疯子，你大气都不喘，是你身上的血结着冰碴子，还是有什么别的问题？”

杨延琅一句话都不想跟他说，子翼那边难熬，其实他这边也不好过。耳边呢喃细语，笑意盈盈，琴音绕耳，异香扑鼻，虽然眼睛看不见，但声音却真真切切，好像有无数个耶律铁镜围在身边，喊着他的名字，与他一起吃饭，轻声低语，耳鬓厮磨，从后面紧紧抱住他……他一遍遍告诉自己，这是温香软玉的杀人窝，这些女子不是铁镜，是心狠手辣的杀手。

进来的这些女兵女将，惊讶地看着这些身上披了一层白纱、里面不着寸缕的女子，纵然同是女人，也会面红耳赤、不知所措。她们胴体柔若无骨、白皙如瓷，面若春桃、眉目含情，让人口干舌燥，不敢直视。而那些女子却一个个瞪起火辣辣的眼睛看着她们，丝毫不觉羞耻，好像没有穿衣服的不是她们，而是别人。

穆桂英紧了紧手中的燕绫刀，冷冷地说道：“杀！”

刀风响起，兵刃相接，这些女人果然很难缠，这些女兵、女将与她们交手，还渐渐落了下风。就在这时，这些女将中间忽然冲出两个人来，长枪横扫，短刀翻飞。

男人！

这些女子闪出惊恐的神色，怎么敢有男人走进来？更不信男人进来还可以大开杀戒。而这两个男人就偏偏走了进来，蒙着双眼，所过之处，一个个美人在长枪短刀间鲜血飞溅。特别是那把薄如蝉翼的短刀，刀刃嗡嗡作响，吸血如狂，疯了一样发泄着主人的怒火。

穆桂英闭起眼睛，其实身为女子，又是鬼谷之徒，她很清楚这些女子是怎么变成这样的，甚至隐隐有些同情她们。但她们早已成了不死不休的杀人工具，甚至算不上是人了。

第九十六回　鬼蜮丧人伦

过了魅狐阵，他们终于平平静静地走了二里路，然后就看到山坳里有一个小村庄，村庄里有七八十户茅屋土院，每家院里都有一棵或几棵杏树或海棠果树，树冠上结着红红黄黄的果子，看得人垂涎欲滴。天近傍晚，村里炊烟升起，有三三两两的农夫拿着镰刀，扛着木铲往各自的家走去，远远地还能看到院子里有女人忙碌的身影，老人拄着拐杖倚在门口，看着年幼又淘气的孙儿玩耍。

走过机关重重的阵法，九死一生、疲惫不堪的人们站在山顶，嗅着若有若无的饭香，恨不得马上冲进村里。那里有等他们回家的母亲，有给他们端上饭菜的妻子，还有远远就跑过来跳到他们怀里的孩子，这一切对他们都充满了致命的诱惑。

穆桂英又看了看手中的天门阵图，不错，这里就是蛊雕阵。只是如此安静朴实的小村里会有鬼魅吗？如果没有天门阵图，她也不会相信，这里是一个阵法。

率军冲杀进去吗？虽然穆桂英心知肚明，这个小村庄绝不像表面看起来那么简单，但是看了看这些士兵，若处置不好，动摇的就是军心。

看出妻子为难，杨宗保急忙站出来，但是还没等他说话，杜金娥先一步拦住他，说道："桂英，宗保年少，粗心大意，还是我先带人进去看看吧！"

穆桂英知道，行军作战不能乱了军规，于她而言，帐下的将官没有远近亲疏之分，即使他们都愿意身先士卒，也绝不可乱用，杜金娥说的话有道理，杨宗保不是合适人选。她看了看花榭玉道："我看村里老弱妇孺皆有，不像辽兵假扮。三娘通晓岐黄之术，若有人用毒使诈，也能照应一二。三娘，你与七婶一起进去探探。"

花榭玉点点头："明白。"

杨延琅又看了看这个小村子，然后说道："元帅。我去保护两位少夫人。"

"那就辛苦四伯父一趟。"穆桂英从他识破自己的计策、救出那两万辽兵时，就深深佩服这位四伯父，所以但凡他所请，她都会答应。只是她不明白，为什么他不把自己当杨家人，甚至在称呼上都那样疏远冷漠。

三人点齐了五十名精兵，一切准备就绪后，杨延琅说道："刀出鞘，箭上弦，莫存怜悯之心。"说完他便提起长枪往村里走去，其余人都拔出刀，紧紧跟在他后面。

穆桂英目送他们进阵，当他们走过村口的界碑，身影就渐渐消失在一片薄雾之中。天已经暗了下来，穆桂英命人就地安营，等他们回来。

天色渐晚，小小的村落依旧像先前一样平静，三员战将、五十精兵进去如泥牛入海，丝毫不见动静。在黑夜的笼罩之下，小村庄的这份安宁与平静显得越发诡异可怖。穆桂英等人焦急地等待着，没有动静才更可怕。

子翼已经坐不住了，先前他要跟着杨延琅一起进去，却被他拦下了，这个时候后悔得不得了。他已经快接应到村口，如果他们再不出来，他就要杀进去了。他身后还跟着少林寺的十几个和尚，几日相处，和尚们不但与子翼冰释前嫌，还成了莫逆之交，当然如果这个贼不那么牙尖嘴利，和尚们兴许早就把他是贼这件事忘到脑后了。

就在子翼要冲进去时，黑暗中一个人影出现在了村口，越走越近。

“谁？”子翼大声问了一句。

“是我。”

听到杨延琅的声音，子翼终于松了一口气。一行人急忙迎上去，他们看见杨延琅拉着一辆木板车正慢慢走出来，杜金娥在后面推着，木板车上鼓鼓囊囊地装满了东西。这时村里的房顶上蹿起了火苗，小小的村庄很快就陷入了一片火海。

“怎么回事？”子翼看着他冰霜一样的脸色，不安地问道。

“三，三嫂死了。”杨延琅的声音冷得像夜里的秋风，而杜金娥只有暗暗地抽泣。

“什么？”人们都觉得难以置信，有他与杜金娥保护，花榭玉怎么会死呢？大家围过来，花榭玉的尸体停放在木板车左边，神色安宁，致命伤在胸口。

“这庄里，上到七旬老妪，下至几岁娃娃，全是杀手。”杨延琅回想起刚刚发生的一切，饶是见惯了血肉横飞的战场，也忍不住心惊肉跳。白发苍苍的老太婆慈爱地抚摸着士兵的脸，傻愣愣的小伙子慢慢低下头，老人的目光让他们记起家中的老母亲，然而下一刻，那眼神就变得阴毒而狠厉，手中的尖刀毫不留情地刺进那士兵的胸口。

“他们都是恶鬼，不会放一个活人出村，在绞杀这些杀手时，一个四五岁的女娃娃被吓得大哭起来……”杨延琅的声音低沉。

花榭玉武功不高，被杨延琅与杜金娥护在中间，就在杜金娥刺死一个农妇打扮的杀手之时，杀手身后的一个四五岁的女娃被吓得哇哇大哭，一双大眼睛里惊恐万分、不知所措。花榭玉看到心疼不已，急忙把她揽进怀里。

“小心！”杨延琅打飞眼前一个看似朴实的壮汉之后冲过来，但为时已晚，三寸余长的短刀已经没进她胸口。

“三嫂！”杨延琅一手扶住花榭玉，手中的长枪愤怒地刺向那个小手握着短刀的女娃娃。

“别。”花榭玉一把抓住了他的长枪，“她还是个孩子。”

“他们都是杀手！”

“他们都是好人。花家为医，救人无妄，救救他们，三嫂喜欢，喜欢……”花榭玉最后一句话没有说完，头一歪，倒在了他怀里。

三嫂是他的救命恩人，与其他嫂嫂相比，三嫂性情温婉，心地良善，自从她进了家门，就细心照顾着弟弟妹妹们，也是从那时起，自己的衣物鞋袜才不会短缺，即使日夜习武，一个月磨破一双靴子，也有新靴子备下。

“三嫂。”杜金娥杀掉面前的最后一个杀手，跑了过来。

杨延琅把花榭玉交给她，自己起身，四下寻找，他从一家农户里推出一辆木板车和一堆装粮米用的口袋。

几个孩子站在一堆尸体中间，明明是天真的稚童，偏偏双目血红，眼神里透着暴虐与杀戮。杨延琅把将旗撕成布条，伸手去抓那个女娃娃，突然眼前寒光一闪，手背被划出一道血口。

“总有一天，你会痛恨自己！”杨延琅恨恨地说道。他打掉女娃手中的短刀，扯过布条将这个连哭带闹的小女娃捆起来。又如法炮制把另外几个小孩也捆起来，把他们一个个塞进口袋里，提起来一起放到车上，又把花榭玉也抱到车上，然后拾起地上的火把顺着风向扔到一个柴草垛里，他拉起车往村外走去。

这是他们进阵以来失去的第一位将军，还是一位精通医术的善良女子，大家都悲痛不已。但无论如何，花榭玉的遗愿是救救这些孩子，先要把他们放出来再说。和尚们把口袋提下车，解开绳子。杨延琅急忙提醒道：“他们有牙。”

随着他话音刚落，最小的小和尚便松开了一个小孩，龇牙咧嘴地抱住了自己的手，手背上清晰着地印着的两排齿印都渗出了血。

穆桂英仔细察看之后，恨不得将严容千刀万剐。原来这些人被他长期喂服罂粟，等吸食成瘾后，训练成了疯魔般的杀手。但是恨归恨，只有攻进天塔，抓住严容才能报仇雪恨。现在他们还要往前走，不能带着他们，只能留下人看护花榭玉几人的遗骨，照顾几个孩子，等到破了天门阵后再一并带回去。

宋军势如破竹，六天破了十一阵。严容心情阴郁地站在天塔最顶端，望着一路杀过来的宋军。他自认为即使只有一百零四阵，也能埋掉宋军的千军万马，到那时，那就是真正的天门阵了，会有千百万人将此地奉为仙境神宫、登天之地，自己就是他们的神，是可以在世间呼风唤雨的神。但是现在看来他错了，对方的主帅不但精通阵法，而且还拿到了阵图。真正的阵图只有两份，一份在自己心里，一份在贺黑纳兰手里。

贺黑纳兰！想到他就能想到他那个成事不足败事有余的儿子，严容懊恼地一拳砸在青砖墙上。

这时一个小道童悄悄走过来禀道：“师父，贺黑纳兰进阵了。”

“我知道了，你下去吧。”严容摆手屏退了小童，褐黄色的瞳仁收紧在一起。

第七天，朝阳的光穿过浓密的桦树林照在人的身上，清冷中还有几分暖意，天近中秋，桦树的枝叶变成了金黄色，伴着阵阵秋风，片片黄叶飞落，如万千蝴蝶起舞。久居中原的士兵从未见这样的景色，纷纷抬起头看向碧蓝如洗的天空，甚至忘记了生死，迷恋着这片仙境，但谁也没想到会有一半的人没能走出这片仙境。

穆桂英低声传令，让他们穿上准备好的棉衣，行走时脚步一定要轻，不能弄出响动。当他们走进林中时，才看到黄叶下盖着的一层白骨，树枝上挂着一个个黑乎乎的东西，那是严容豢养的杀人利器。

呜……啪……随着一声炸响自空中传来，穆桂英大声叫道："把手脸全都包起来，快跑！"

众人闻言急忙包住手脸，飞快地穿行在树木之间，嗡嗡的响声从四面八方响起来，好像闷雷的余音一样。随着嗡嗡声越来越近，铺天盖地而来的是杀人的胡蜂。胡蜂不会采蜜，生情凶悍，而这些胡蜂比往常的更大、毒针更长。严容每日往林中放一些牲畜和人，然后用巨响惊动这些胡蜂，胡蜂被惊吓后便出来叮咬它们，久而久之只要听到响声，它们就会飞出来叮咬牲畜，觅食繁衍，从而也比普通的胡蜂更可怕。宋兵穿着厚厚的棉衣，还被蜇得生疼，若无防备，非得被活活蜇死不可。

就在大家暗自庆幸之时，一片火箭从天而降。火箭数量并不多，人也没有伤到几个，但是中箭的桦树转瞬之间便从树根烧到树冠，借西风之力，从这棵树烧到另一棵树，美如仙境般的桦木林一下变成地狱火海。士兵惊慌失措地躲避着大火，却越跑越乱，无数人翻滚在火海之中。

"快，砍树！"

将官与和尚们，把水袋里的水全浇到身上，仗着武艺高强，身形灵便，躲避着火舌，冲在最前面，砍倒桦树并将其挑到一边，还好这里的桦木三五聚成一堆，但并不粗壮，半晌过后，他们终于清出方圆两丈左右的地方，将官与兵士挤在一起。

大火不知烧了多久，就在大家喘不上来气，感觉快被烤死的时候，天空下起了淅淅沥沥的小雨。凉凉的风吹进来，湿润的雨气钻进人们的肺里，呛得他们疯狂地咳嗽起来，终于喘上了一口活人气。许久之后，直到大火熄灭，当人们走出桦树林时，才看到那迷人的仙境只余一片焦土，雨点落到树上发出滋滋的响声，焦黑的树干冒着黑色的烟，遮天蔽日。

他们清点人数之后，发现少了中郎将岑林，还有几位将军也伤得不轻，而兵士已不足二百，个个垂头丧气。穆桂英悄悄拭去眼角的泪水，原来毒蜂是钦原，大火为毕方，她恨自己忽略了这名字背后的含义。

杨延琅来到穆桂英面前沉声问道："穆元帅，你能否破这天门阵？"

穆桂英一愣，即使是军心动摇，也不应该从这位四伯父身上开始！

"穆元帅，是你带着我们走进来的，现在你告诉我们，能否破了这座天门阵？"杨延琅再次问道。他的话冷得似乎能穿透骨头，不但冷还会疼，疼得人刹那间就清醒了过来。

此时任何人都可以气馁，但她不行，因为她是大军主帅，就是死都要咬紧牙关，把头高高地仰起来。

穆桂英走到大家面前高声道："严容不过是逃出鬼谷的一个孽障，食人饮血，杀戮无辜，天理不容，今日我等破阵，是替天行道、为民除害，便是身死魂消，有何惧哉？我是鬼谷之徒，得师父倾囊相传，有天门阵图在手，有苍天降甘霖相助，天意民心皆在，我军定能破此妖阵，斩严容首级，以祭被他残害的亡灵！"

"为天下战，为苍生战，何惧有之？生则与之死战，死则尸骨不还。我愿追随穆元帅，无所畏惧，何人畏之？"杨延琅从每个人的面前走过，清冷的声音并不高，却如被冰水浇过，激起透骨的寒意，冰寒过后是热血翻腾，一股豪气直冲心头。

第九十七回　白鹇乐悲啼

他们穿过被火烧焦的桦木林，蹚过山谷下的小溪，宋军沿河扎营，休整一天之后，于第二日五更再次整军出发。当他们爬上坡顶时，眼前是一处平缓的山洼，只是这片山洼里全是麦田，穗长杆高，差不多可到人的肩膀，金黄的穗头迎着朝阳熠熠生辉，还带着清晨露水的香味。麦田远处孤零零地立着一个木亭，那亭子浮于麦浪之上，如一叶孤舟。

白鹇，不知道这只鸟会藏在哪里？又会唱出什么歌？

望着眼前的美景，宋兵却成了惊弓之鸟，一路走来他们闯关过阵，渐渐明白了一个道理，越是美丽妖艳的，越是夺命的阎罗，一阵比一阵更厉害。

子翼轻轻碰了碰身边的杨延琅，问道："这个阵怎么过?"

杨延琅摇了摇头。

"不会让我们割麦子吧?"子翼下意识地摸摸腰间的鸣鸿刀，这刀用来砍人好用，用来割麦子可不太好用。

"比起和尚的棍子，你的刀好用!"杨延琅难得给他回了一句话，只换来子翼一个大白眼。

穆桂英二话不说，挥起手中的燕绫刀，手起刀落，麦子被砍倒了一片。主帅已经动手了，别人也就不能客气了，挥起长枪短棍，暂做一回农夫。有些士兵甚至悄悄议论，早知如此不如带上镰刀了。

按照穆桂英的吩咐，兵将共分三队。一队割麦，开出一条路来；另一队将割下的麦子推到一旁；一队休整，三队人马互相轮换。宋军从清晨开始割麦，一直干到月上中天，但整整一天一切如常，反倒是把人累得腰酸背痛。特别那些能征善战的将官们，以为自己无所不能，嘴上常说解甲归田，可直至今日他们才知道，原来做农夫并不比做将军容易。有些人偷偷地说，穆元帅已经成了惊弓之鸟，麦田只是严容故作玄虚，没什么大不了的。但是二百余人割了整整一天，而那木亭看起来竟然还那么遥远。

天近三更时，穆桂英传令原地扎营，又选出精明强干之人巡查放哨，大营依旧戒备森严。可是累了一天的宋军刚刚睡下，忽然有琴声好像自远远的天边传来，初闻似高山流水般悦耳动人，再听又似千军万马奔腾，琴音一转便是阴风阵阵鬼哭狼嚎，随着透骨的秋风把恐惧渗进人的骨头缝里，吓得人连眼睛也不敢闭。

夜半三更鬼弹琴，不要人命也得扒层皮，左右是睡不着了，子翼悄悄爬了起来，十几个和尚也跟着起来了。眼看要到中秋节了，月明如洗，月光下一望无边的麦田不像白天那样发出耀眼的光芒，柔和了许多，夜风吹起倒更像是真的海，浪花翻滚。

小和尚碰了碰子翼："明天咱俩换换呗，你用我的棍子，我用你的刀。"

子翼瞅了瞅这小家伙，心里忍不住要笑，抱起双臂道："不换。"

"你咋这小气呢？"小和尚见子翼不换，瞪了他一眼说道。

子翼道："小和尚，这回知道了吧。即使入了佛门也得吃喝拉撒，等回了你的和尚庙，别再念经了，拿起镰刀割麦子，不出三年，保准你就顿悟了。"说到这里，子翼摸了摸他的小光头道："明天小爷给你做个碌碡当棍子，岂不就省事了。"

小和尚生气地将头转到一旁，刚要反唇相讥，他们大师兄双手合十："施主大智慧。"

而此时子翼既没理会生气的小和尚，也没管夸他的大和尚，愣愣地看着麦田，突然一把夺过了小和尚手中的镔铁长棍。

"哎，不给我换，你拿我棍子干吗？"小和尚伸手就想往回夺。

"等一会给你做碌碡。"子翼一把将小和尚扒拉到一边，又对其他和尚说道："来来来，把你们的棍子也拿过来。"

十几个和尚这回真成了丈二和尚了，但还是把棍子递了过去，子翼把棍子摆到地上，想了想对小和尚说："来，把裤带给我。"

"你要干吗……啊……"

"话真多。"子翼话音未落，已经把小和尚的裤带拎在了手里。小和尚提着裤子，气愤地想找他打架，可是又撒不开手，逗得其他师兄也笑了起来。

子翼又把五郎的棍子要来，在他的指挥下，他们把十九根槟铁长棍扎成一捆，真就做成了一个碌碡。这些和尚终于明白了，穆桂英要割麦子，无非是怕麦田里藏了什么可怕东西，现在用这铁磙压过去，不就不用再割麦子了吗？

"贼偷，你挺聪明。"小和尚叫起来。

"你就提着裤子吧。"子翼嘲笑着小和尚，用力推了一把这十九根铁棍，结果这十九根棍子加在一起，足足有五百斤重，推了半天依旧纹丝不动，惹得小和尚一阵大笑。和尚们见状也来帮忙，不过这五百多斤的铁磙，实在是太沉。

就在他们拼尽全力推着铁磙像牛一慢慢往前走时，突然一只脚踩在了上面，他们一愣，只见那只脚上使力，用力往前一蹬，铁磙飞一样转起来，顺着平缓的山坡滚了下去，麦穗被碾得粉碎，落了一地黄澄澄的麦粒。

几个人被闪了一个趔趄，和尚们脸腾地一下就红了。子翼却若无其事直起身来道："下次动手的时候提前出个声。"

杨延琅看着和尚们去追自己的棍子，轻声说道："可惜这些麦子了。"

子翼笑着说道："别心疼了，等破了天门阵，咱们来把麦子割回去。"

"胡杨陂的人应该也收麦子了。"杨延琅看着远处的木亭说道。

子翼眯着眼睛看着天，琢磨了一下说道："这事终于快完了。等我杀了严容，找回他偷走的墨术。你带上你老婆和宗勉，我领上红珠，咱们就走，既不给辽国当官，也不回宋国受气。你想想，咱们去哪呢？"

杨延琅没有出声，幽深的眼睛里藏着深深的期冀，其实去哪都可以。

子翼继续说道："要么还是去找天凤，看看那个，叫什么廷的帝国，若是那个黄毛敢欺负咱妹妹，就打得他满地找牙。"

杨延琅道："若用鬼谷的墨术种田做工，就是一件造福百姓的事。"

子翼道："你给我鸣鸿刀的时候，跟我说过，刀只是刀。其实墨术也只是墨术，只是有太多人想用它来穷兵黩武、杀人害命了。鬼谷祖师爷有训，除非等到天下为善、世道为公的时候，否则宁让墨术藏于山林、埋于地下，也不会传于世间的。"

天下为善！不知那是不是千百万年以后的事了！就在二人说话间，那扰人的琴音也停了，疲惫的人们终于能安心地睡一觉了。

人们安安稳稳地一睡到天亮，当爬起来的时候，看到麦田中间已经压出一条路，就像一块麦田被切成了两半，直通最远处的木亭。然而那烦人的琴声再次响起来，只是这次与前两次不同，琴音自四面八方而来，幽怨凄凉，好似女子独守空闺，声声哀叹命运无常，苦苦相思却终不得相守。

"快走。"既然有路就一刻不能耽搁，穆桂英急忙带人沿着那条路奔向对面的木亭。

眼看就要冲出这片麦田，琴声如断弦一般尖利刺耳，像一条细细的小蛇从耳朵直钻进头颅。人们急忙捂住耳朵，等到声音消失，再抬起头来时发现木亭上站着一个人，背对着他们，只看到她一袭白色的衣裙，顺长的黑发束起在背上，束发的绳结处插着一根长长的银色发簪，微风翻动着她的裙角，白纱广袖长衫似淡雾一样飘动。她就像上界临凡的仙人，但他们都明白，她在此处，就是千军万马。

"你们过不了白鹇阵。"温婉清绝的声音比刚刚的琴音更加动人心弦。

子翼看了一眼杨延琅，觉得头皮发炸，脖子后直冒凉气。

"为何？"说话间穆桂英往前走了两步。

"因为白鹇阵里藏的不是寻常弓弩暗器，也不是蛇蝎毒物，而是琴音。所以，穆元帅就是把麦田都割了，你也破不了这阵。"女子说话间，传出一两声琴音。

穆桂英说道："阁下的口气不小啊！"

女子有一下无一下地拨动着琴弦，说道："穆元帅既然是鬼谷的高徒，不知道可听闻过鸦心魔琴？"

"鸦心魔琴？"

"不错。我自幼于天竺学琴艺，天竺有一种琴，天木为板，龙筋为弦，配以通心乐谱，可与人心脉相通，人称鸦心魔琴。"女子温婉的声音一点没有变化。

"阿弥陀佛。"杨延德念了一声佛号，上前一步道："施主，贫僧诵经礼佛多年，你口中魔音也不过是斩不断的俗世牵绊。正所谓，本来无一物，何处染尘埃？若心中无声，又何来琴声？上天有好生之德，施主还年轻，莫要罔顾了性命。”

女子轻轻笑了笑，说道：“大和尚，心无声便无声，但真正有声无声，又岂是佛陀能说了算的。”

这女子话语虽客气，但言外之意却是说佛陀在骗人，这让杨延德心里升起一股怒火。他上前作了一个揖道：“既然如此，贫僧倒愿意试试，施主的这琴音有还是没有。”

穆桂英拦下他低声道：“五伯父，这女子实在诡异，千万不要冒险。”

“少林寺的藏经阁有关于这种魔音的记载，不过是借琴音蛊惑人心神罢了，我是诵经礼佛之人，六根清净，应该不会受这魔音侵扰，贫僧先去试一试。”

穆桂英觉得他说得有些道理，于是闪到一旁。杨延德几步上了木亭，少林寺的和尚们则围在亭下。

女子见杨延德上了木亭，急忙说道：“大和尚，我的鸫琴与你所知魔音并不同，念你是礼佛之人，速速退去，我此番不为杀人而来，你莫要害了自己性命。”

“施主，你让就让贫僧看看，哪里不同。”杨延德惊讶于她的耳力，竟然把自己与穆桂英的低语一字不落地听到了，就更让他下定决心要试试她的身手。所以话音刚落，挥起铁棍就打了下去。

女人身体微转，举起手中长琴挡住了杨延德的铁棍，一把琴就能挡住他的这一棍，这个小女子实在厉害。

而这女子一转身，杨延琅的心顿时坠入了冰窖，急忙对杨延德道：“五弟，赶紧回来。”

杨延德没有哼声，挥起铁棍又打过去，而这女子的琴也真是古怪，它比普通的琴更长更窄，琴身没有任何装饰花纹，通体漆黑，虽是木板，却可挡住镔铁长棍。

棍风呼呼作响，杨延德一步一步逼向女子，但女子始终躲避，并没有还手。眼见他棍法越发凌厉，那女子道：“大和尚，莫逼我杀你。”

“使出你的魔琴，让贫僧见识见识。”杨延德出招更快。

叮，咚……随着弦声乍起，琴音铮铮而响，时而如夏夜虫鸣，时而似寒风呼啸，然后铺天盖地，好像天幕垂下，自四面八方压下来，让人无法喘息。

“娘娘，手下留情！”杨延琅冲向木亭，对那女子喊道。

“你若敢来，我一个不留。”女子清冷的声音响起，逼得杨延琅急忙退了下去。

她话音一落，琴音陡转，如石砂磨铁，直刺心肺，顿时让人胸中气血翻腾。杨延德突然收棍而立，然后靠在木亭的柱子上，双唇一张血落了下来。

“延德！”褚云英一见他受伤，飞身跃上木亭，手中的长剑狠狠地劈下去。

“你莫要逼我杀你！”那女子闪过长剑柔声说道。

“你伤我夫君，我岂能饶你！”褚云英不由分说，举剑再刺。

“琴出无回路，不要逼我杀你！”那女子依旧躲闪着。

“少废话，看剑！”

叮咚……琴音响起，好像一根弦断一般，褚云英似乎听到了心脉绷断的声响，她的身体像滚落的口袋，一下跌进了杨延德怀里。杨延德面色紫青，看着怀里的妻子，两行浊泪奔涌而出。褚云英看了丈夫一眼，头轻轻一斜，靠在了他肩膀上，像是疲惫的候鸟终于寻到了安歇之处。杨延德抱住妻子，二人相拥而去，一声未语，夫妻之情莫过于生死相随，出家十几年，原来至今也未能断了这红尘的牵绊。也许这一刻他才明白了方丈的话，了断尘缘非是无情，佛若无情岂会悲悯众生。

见他们夫妻惨死，杨宗保和杨瑛等人顿时红了眼，就要上去拼命，却被杨延昭和穆桂英等人拦住了。

那女子依旧背众人而立，再次柔声问道：“穆元帅，何人能破此阵？”

穆桂英看到杨延德与褚云英，一时无语。此等凶音无形无体，她只需弹琴就可以杀人，谁能破这阵？

见穆桂英不再说话，女子继续说道：“我说过，我来此并不为杀戮，今日这阵我只为一人而设，留下他，余者可全部离去。”

“你愿意放我们过阵？”穆桂英急忙问道。

“是。”

“不知你要何人？”

女子微微转了转头：“那人你自留下，我放其他人离去。”说到这里她停了一下叹息道，“杀他二人非我所愿，你们把他们带走吧。”

听到她的话，杨宗保等人急忙上去把他们的尸首抱下来，杨瑛忍不住低声啜泣，不知道破阵之后，杨家还能剩几人。

此时大家都把目光投向杨延琅，所有人中似乎只有他与这女子熟识。就在人们的注视下，杨延琅走向木亭。

子翼一把扯住他：“你不能留下。”

杨延琅道：“她为我而来。”

子翼瞪起眼睛说道：“她是为了杀你而来！”

杨延琅指了指她，说道：“你看到她耳后的那朵红花了吗？”

子翼仔细看了看，这女子耳后果然有一朵花，虽然看不真切，却让他一下就知道了这个女子的身份。

见他不出声，杨延琅道：“他是我的债主。”

这一刻，子翼突然有一种想掐死这个疯子的冲动。

“你放心，她不会杀我。”杨延琅拍拍子翼的肩膀让他放心。

“四哥……”杨延昭忧心忡忡地看着他，却不知道该说什么。

“你和穆元帅，赶紧带人走。”杨延琅沉声说道。

杨延昭当然明白，这女子肯放过他们，是她开了恩，千万不能再纠缠下去，所以他只能狠下心，听话地带上人先行出了白鹈阵。

子翼最后一个离开，走之前对着木亭里的女子说道："师侄儿。这家伙别的长处没有，就是长得好看，杀了可惜。当然你若不喜欢就放了他，师叔算欠你个人情，回头一定给你找个如意郎君。"

那女子笑了："你是承认我是鬼谷之徒了？"

子翼道："不错。只要你不杀他，鬼谷认你这个徒弟。"

女子道："多谢小师叔一番好意。至于我杀不杀他，就要看他能不能还上我的债。"

"你要债，别要命。"子翼说完，转身走了。

等他们全部出了阵，杨延琅一步一步走上木亭，来到那女子面前，拱手施礼："见过萧姑娘。"

"你知道我是茗儿？"萧茗儿抱着黑色的长琴，抬起那张令天地都尽失颜色的绝世容颜。

杨延琅道："太妃娘娘已经故去了，能与她如此相像之人，只有萧姑娘了。"

"麦田多美啊，也许她最大的心愿，就是能与你这样一起守着麦田，过一天平静的日子。"萧茗儿转过身，面向麦田，微风拂起她的黑发，有几缕搭在脸上，恍如那晚月光下的女子，只有她指尖上泛着凶光的黑色琴弦时刻提醒着他，她是萧茗儿，是会杀人的萧茗儿。

杨延琅走过去，与她并肩而立。远远望去，金黄色的麦浪翻滚，孤寂的木亭上，他们有如仙人一般，宁静而缥缈，如梦似幻。

过了许久，萧茗儿深深叹了一口气，说道："知道洛红裳是我什么人吗？"

杨延琅道："她是你母亲。"

"她是我师姐，也是我母亲。是她把我从血肉横飞的战场上抱回去的，悉心照料，陪我玩耍。"萧茗儿微微笑了起来。

"所以，你要杀我给她报仇？"

萧茗儿没有说话。

杨延琅继续说道："严容常喝她的血练功，我猜她之所以给严容卖命，应该是为了保护你。"

萧茗儿问道："是你杀了她吗？"

杨延琅点点头。

"她最后说了什么？"

"她说，如果我遇到她的女儿，不要伤害她。"

"她把彼岸花的秘密告诉你了？"

杨延琅点点头："嗯。"

萧茗不再说话，不知何时起，她开始一下一下拨动着琴弦，就像闲来无聊时，随意而为。

“杀了那么多人，却还是没能逃过这情劫。”她手上的琴音比刚刚快了一些。

杨延琅觉得头疼胸闷，原本平常的琴音从耳朵传到心口，直震得人手脚酥麻，所有力气都随着琴音散了出去，这种杀人方式实在可怖。

琴音比先前更快了一些，她转过头看着杨延琅道：“这样死去实在难熬，是吗？”此时她的脸色苍白得厉害，连唇上的血色都褪了下去。

杨延琅不解地问她：“你怎么了？”

“让我靠一下。”不待他应允，萧茗儿已经靠在了他身上，而此时她的手已如魔影一般在琴弦上飞舞，刺耳的魔音让杨延琅只有半坐在木亭的栏杆上，才能支撑住他们两个人的身体。

耳边的琴声已经尖利得可以削断石头，杨延琅觉得那琴弦一道道勒在心口，只要稍稍用力就能把心绞成碎片。

啪，啪啪……

一阵断弦之声响起，而后一切声响戛然而止，好似一步踏空跌入万丈深渊。杨延琅不知道那弦是用什么做的，绷断之时断弦抽在脸上，温热的血流了下来。

呃——萧茗儿一口鲜血吐在断弦上，又沿着琴弦滴落在雪白的衣裙上，刺目灼眼，整个人似脱力一般，软软地从他身上滑了下去。

“你怎么了？”杨延琅抱住她，也跟着她一起跌坐在木亭上。

茗儿轻声说道：“你与大和尚不同，你身上一丝杀气也没有。”

“我欠了你母亲一个人情。你还是太妃娘娘的妹妹……”

萧茗儿笑了：“我是她姐姐。”

杨延琅没有说话，过了一会萧茗儿挪动了一下身体，为了让自己靠得更舒服一点，她把杨延琅的手搭在自己的肩膀上，让他抱着自己，说道：“想要奏出杀人的魔音，须七个人一起弹奏。”

杨延琅惊愣片刻，又低下头看着她问道：“你杀了她们六个？”原来刚刚的琴音不是出自她一人之手，而后面如疯似狂的琴声正是她与另外六人在厮杀。

“不然她们就会杀了你。师父昨日嘱托我，我若不愿造杀孽，就只取你一人性命足矣。他说，我杀你易如反掌。”茗儿靠在他肩膀上，手指轻轻转着他一缕黑白参半的头发。

杨延琅问道：“你不为你母亲报仇吗？”

萧茗儿笑了：“我娘说过，杀人的人没有仇人，她还告诉我，若有人知道了我们彼岸花的秘密，那人就是她的引路人。”

“我把你送回大辽……”

“不回去。”萧茗儿赖在他怀里说道，“给我说说苑儿吧，你杀了我们的父亲，害她疯疯癫癫的，她为什么还要拼命去救你？你给她灌了什么迷魂汤？”

“我只是答应太妃娘娘，不再打仗，不让女儿失去父亲，不让妻子等不回丈夫……”

萧茗儿笑了：“说得像戏本里的话，那你做到了吗？”

杨延琅道：“快了。”

“你这人真是有趣，明明是吃肉不吐骨头的野兽，却偏偏生出菩萨心肠。算了，反正你骗了我娘，骗了苑儿，骗了那么多人，也不在乎多我一……个……”她的声音越来越低，最后没了声响，像睡着一样靠在他的肩膀上。

白鹇泣血，唱完绝杀一曲，死了！

杨延琅抱着她，大颗大颗的眼泪落下来，砸进她乌黑的发丝里，这一刻他分不清自己抱的是茗儿还是苑儿，他只是想抱着她，痛痛快快地大哭一场。

第九十八回　铁壁绕幽城

杨延琅站在坡顶，直到木亭化为一片灰烬，风吹过整齐的麦田，饱满的穗头来回摇晃着，除去那道深深的压痕，依然是那么平静。想起这位只有一面之缘的姑娘，杨延琅胸口涌起一阵钝痛。他分辨不清楚，洛红裳、萧苑儿、萧茗儿，她们是不是都爱自己，但是他知道，其实她们都不是该死的人。

站了一会，他转过头，看着天门阵中那高高的尖塔，它指着苍天，泛着凶恶的光，这一刻他无所畏惧，大步向那天塔走去。

"孽障，我那徒儿果然没舍得杀你。"幽幽冷冷的声音从高塔上飘下来，就像从坟墓里溢出来带着霉腐味的死气。

杨延琅抬起头，走到近处看，青黑色的塔身上黑气弥散，好像里面关着毁天灭地的妖魔鬼怪，只等有一天冲破牢笼，食人饮血，肆虐人间。不过他似乎也只是看了一眼。

"孽障，便是你逃过了生死局，只凭你一人之力，能破我这天甲阵吗？"

杨延琅顺着塔身往下看，天塔周围方圆二三里的山丘上，密密麻麻地停放着数千辆巨大的铁车。这些铁车五尺余宽，四尺余高，车厢用生铁铸造，下面安着铁轮，车辕上锁着茶碗粗细的铁链，铁链的另一端牢牢钩在高塔的墙壁上，就像用伞骨挂在伞柄上一样，如果放开铁链，沉重的铁车就会沿着山坡冲下来，莫说是人，就是铁打的金刚也会被碾得尸骨无存。

"孽障，你若能助我修行成仙，我就放他们离开天门阵，如何？"严容一口一个孽障，好像他真是高高在上的神仙，俯视着众生，可随意决定人的生死。

"严容你个龟孙子，有种你就出来，看爷爷不削了你的狗头！"无论是打什么架，子翼可从来不会吃亏。而严容听到子翼的声音，顿时不再出声。骂老实严容后，子翼迎了上来，杨延琅发现他手腕上缠着白布，血已经渗了出来。

杨延琅问道："你受伤了？"

子翼笑了一下："一点小伤，不碍着杀了那妖道。"

"四伯父。"穆桂英迎上来，虽然看似很镇定，但眼圈泛红，看样子刚刚哭过了。

杨延琅问道："怎么回事？"

子翼挡在他面前说道："我们来破阵，本就是九死一生对不对？"

他推开子翼，走过去，眼前摆着十多具尸体，杨宗保跪在最前面的两具尸体旁，负罪一般，把头磕在地上。

穆桂英道："宗保执意要试天甲阵，姑母和七婶为了救他中了暗箭，进阵十三人，只有他一个人活着回来了。公公带人给他们断后，还没回来。"

她刚刚说完，杨延昭就领着一队人马，灰头土脸地从不远处走了过来，软甲披风上全是血，走路还一瘸一拐的。他气势汹汹地走到杨宗保面前，揪着他的衣领把他扯起来，狠狠一巴掌掴了下去，血顺着杨宗保嘴角流了下来。

"爹，你杀了我吧！你杀了我吧！求求你杀了我吧！"杨宗保哭喊着。

"你个畜生！"杨延昭一把将他推倒在地，挥起手中的枪杆就抽了下去。

可是枪杆抽到一半却被一手接下了，杨延琅抓着他的枪杆甩到一旁道："刚救回来，再被你打死了！"

"四伯父！你就让我爹打死我吧！"杨宗保爬起来跪在他身后说道。从未经历过生离死别的孩子，失去亲人的痛苦将他折磨得近乎疯狂。

杨延琅回手抓起杨宗保肩膀处的铠甲，拎着他，踉踉跄跄地来到几位亲人的尸体面前，按着他的头从杨延德一直看到杨瑛，厉声说道："他们为天下、为苍生而战死，无愧杨家的先祖，你若是杨家的子孙，就在他们面前立誓，一定要斩下严容的脑袋，祭他们的在天英之灵！"

杨宗保含泪的眼睛里充满了仇恨，他一字一句地说道："我一定杀了严容老贼为你们报仇。"

杨延琅慢慢地扶起杨宗保，把他松散的甲胄理整齐了，沉声说道："死在天门阵的岂止杨家人，你看看，我们进阵时的三十多位大将，如今还剩几人？那八百精兵和穆元帅的一百女兵，还有多少？男子汉大丈夫生于天地之间，岂可轻言生死。"

杨宗保咬着唇用力点点头："四伯父，我记着了。"

安抚好杨宗保，稳定军心之后，他将杨延德等人的尸骨停放在僻静的地方。如今虽然到了天塔，可是人马几乎折损殆尽。面对铜墙铁壁的天甲阵，再看看这一地残兵败将，穆桂英一筹莫展。

夜近三更，一轮圆月浸染了深秋的寒意，非但没有秋月的诗情画意，反而像悬天塔上的一只眼睛注视着凄冷的人间。冷风吹得铁甲冰凉，士兵挤在一起，借着彼此的体温迷迷糊糊地睡着了，顾不上想明天的生死。

杨延琅坐在地上，仰望着眼前这座高塔，还有高塔上的"星宿"，不知道严容是不是也站在上面看着他，等着他这棵"仙丹药草"助他羽化登天。

"四伯父。"穆桂英挨着他坐下。十几日间她瘦了整整一圈。若破了天门阵，她会名扬天下，成为一个传奇的女子。但若破不了呢？她不仅性命难全，还会成为千古罪人。只因为她是鬼谷的徒弟，是杨家的儿媳，家族兴亡、江山社稷就都压了她的身上。可是说到底，她也只是一个二十一岁的姑娘，即使武艺高强、聪明睿智，可以指挥千军万马，但面对老谋深算、妖邪无比的严容，她也只是一个女孩子。

“穆元帅。”杨延琅每一次叫出这个称呼的时候，都非常恭敬，又将人拒之千里。

穆桂英笑了笑，说道：“四伯父一直这样不近人情吗？”

杨延琅微微低下头道：“我已经不算是杨家人了。”

穆桂英道：“四伯父，老祖母也是被逼无奈。”

“不关别人的事，是我自己的选择。”杨延琅抬起头，月光照下来，他的脸半明半暗，孤独而隐秘，让人难以猜度。每逝去一个亲人，都像在他心口上狠狠地刻了一刀，让他彻夜难眠。其实如果可以，他也想和杨宗保一样无所顾忌地哭喊，或像杨延昭一样暴怒，只是不知从何时起，他已经忘记了该如何悲痛，当他把所有的痛苦都狠狠地压进骨肉之间的时候，唯有那颗铁石一般的心在时时绞痛着，让他烦闷不已。

穆桂英也望着月亮：“我倒是很好奇，四伯母是一个什么样的人？”

杨延琅没有回答，久久的沉默之后，他问道：“是不是没有办法破这个天甲阵？”

“也有。”穆桂英伸出一根手指描画着天塔的样子。

“什么办法？”

穆桂英放下手，长长地叹了一口气道：“调千军万马，用人海之战逼严容放下所有的武车，但是会拼掉十五万大军。那时这个山丘下会堆满尸体，我们会踩着我军将士的尸体走进天塔，然后抓住严容，拿回金匮。”

杨延琅道：“鬼谷也教你兼爱、非攻这些话吗？”

穆桂英摇了摇头：“其实最后只是人的选择而已。”

“还有其他办法吗？”

穆桂英苦笑一下，说道：“除非有五千个四伯父。”

杨延琅想了想，问道：“自你水淹辽营至今已过了几日。”

穆桂英默算了一下：“十三日。”

“我给你五千个杨延琅。”他唇角动了一下，在冰冷的月光下显得冷酷而狠戾。

“五千个？”穆桂英听得一头雾水，难道他真是传说中的苍狼星君，可以撒豆成兵，变出五千个“他”来。

子翼悄无声息地凑过来低声说道：“我听见铁骑的声音了，有五六千人。”

杨延琅站起来，看着他们来时的路说道：“该到了。”

“什么该到……啊……那，那是……”子翼张口结舌，不知道该说什么好。

战马奔腾的马蹄声，踏得大地都在颤抖，脚下的小石子突突跳动起来，而且越跳越高，睡梦中的士兵们不知道发生了什么事，揉着惺忪的睡眼望着声音传来的方向。忽然，山坡上涌下来黑压压的一队兵马，惨白的月光下，就像一片黑云在地面上移动，然后越来越近。人们不见旌旗卷舒，只有那首领的坐骑好像玉雕的麒麟异兽一般闪着白光。

“那，那，那，那是，是，是……”子翼结结巴巴说不出一句完整的话来。

杨延琅道："是公主。"

"吁——"随着最前面的白马停下来，后面的铁骑停在了离杨延琅十几步远的地方。耶律铁镜翻身下马，绛红色的软甲、大红披风像一团跳动的烈焰，即使在最寒冷的冬夜里，也能融化最冷的坚冰。杨延琅静静地看着她，神情在刹那间变得柔和起来，甚至嘴角都不自觉地勾起一个淡淡的微笑。

耶律铁镜一步一步走到他面前，轻轻抬起下颌，说道："我说过，上天入地，我饶不了你。"

"听凭公主处置。"他微微低着头，话语还有几分怯意。

眼前的一幕惊得宋军上下一个个瞠目结舌，没想到他还，怕，老，婆！

子翼幸灾乐祸地说道："公主，要我说你就该狠狠地罚……"

"红珠让我告诉你，你若回去，她给你做一辈饭，否则你就是逃到天涯海角，也会把你抓回去。"耶律铁镜不等子翼把话说完，就把矛头对准了他。

子翼吓得倒吸一口凉气，急忙藏到杨延琅身后。可是看到大家的神情，他又觉得实在丢脸，于是壮了壮胆子走了出来，然后清了清嗓子，说道："公主，我先给你说明白。辽国的事，我全是受这疯子指使，红珠做饭那么好吃，我当然要回去。还有，嫁鸡随鸡，嫁狗随狗，今天咱们事也挑明了，你要和他一样，叫我大哥。"性命攸关，他先把兄弟扔了出去。

被子翼这么一闹，再见时的尴尬顿时消失于无形。杨延琅问道："上京怎么样?"

耶律铁镜道："上京之围已解，陛下亲自带兵去剿灭残余叛军，宗勉还被封了殿前大将军，只是仁达在平叛之时，中了敌人的毒箭，不治身亡，他临死前让我告诉你，若有来世，他还要追随你。"

杨延琅把头别到一旁，借着夜色掩住了眼中的泪水，他信任仁达甚至超越了自己任何一个亲兄弟。待平抚了心绪之后，他低声问道："我母亲拦你了吗?"

耶律铁镜道："有你的长枪，老太君没有拦我。"

这时玉麒麟走到他身旁，它终于嗅到主人的味道，把整个头都拱进了他怀里，甚至还张开嘴咬住他的束甲丝绦，好像在指责他为什么把自己扔了这么久。它的这个举动让杨宗保心口发酸，想起七婶与姑姑，眼泪又落了下来。

"四伯母。"穆桂英上前拱手见礼，她称呼的是四伯母，而不是公主，无形之中就多了几分亲昵。

杨延琅道："她是穆元帅，杨宗保的妻子。"

耶律铁镜把穆桂英上下打量一番，说道："我大辽两万大军就差一点葬送在穆元帅手里，这杨家的媳妇果然厉害。"说到这里她停了一下，无奈地苦笑道，"说来说去，我也是杨家的媳妇。"

"四伯母，狼烟若起，民不聊生，于大辽，于大宋皆非幸事，四伯母以天下苍生为重，为万千黎民着想，不计前嫌，亲率铁骑来破天门阵，你才是桂英心中真正的巾帼英雄。"

千穿万穿马屁不穿，穆桂英的这几句话让耶律铁镜十分受用，脸上也有了几分笑容，十分真诚地说道："穆元帅过誉了，严容罔顾天理人伦，残害百姓不计其数，说起来天门阵会为祸至此，与大辽也脱不了干系。"

她极力说服了萧绰，坚持把这五千铁骑带进了天门阵。有了这五千铁骑，人们终于看到了希望。

第九十九回　生死论输赢

夜里还明月当空，早晨就阴云密布，心有余悸的宋兵悄悄议论着，说这里被严容施了妖术，除非破了天门阵，否则这里永远看不到太阳。

有没有妖术严容心知肚明，只是当他站在天塔最高处向下望时就愣住了，昨日还是一群疲惫不堪的残兵剩将，今日就变成了如黑云压城的狼兵铁骑。黑盔黑甲黑色的坐骑，手中提着黑色的镔铁长枪，让人感到幽冷的杀气，只等一个声音将它们唤醒，然后凝结成毁天灭地的力量。

铁骑最前面的人银甲白袍，黑色的长枪垂在身侧，胯下的白马暴躁地晃着头，鼻孔里喷出一道道热气。他身形纤长、面容俊朗，与后面的契丹大汉比起来显得有几分单薄，然而这单薄的身体远远望去却如一只凶猛的狼王，冷酷，狡诈，所向披靡。

“你是苍狼星转世，杀戮是你的宿命，为何要束缚于人世？”严容轻轻地自言自语。

“这天甲阵可能敌他的铁骑？”贺黑纳兰站在严容身边不安地问道。

“区区五千铁骑岂能是这六千辆武车的对手，他就是千军万马来了，也休想破了天门阵。放心，只要你能调动你的旧部，大辽与大宋就都是你的。”严容的话永远带着让人难受的狂妄。

贺黑纳兰没有说话，严容回头对自己的道童说道：“把萧天佐带来。”

“是，师父。”道童急匆匆往下跑去。

过了一会萧天佐被带了上来，身上锁着重重的镣铐，身上血迹斑斑。贺黑纳兰笑问道：“萧元帅别来无恙？”

萧天佐嗤笑道：“贺黑纳兰，枉你痴活半生，不过是做了一场黄粱美梦。”

贺黑纳兰抓起他颈上的铁镣，把他拖到箭垛旁边，说道：“萧天佐，我做梦？你做梦也没想到，自己会沦为我的阶下之囚吧？”

萧天佐气愤地骂道：“叛臣贼子，你还能张狂几日？”

贺黑纳兰正要反唇相讥，严容却抢先说道：“萧天佐，你这副硬骨头贫道佩服，我用尽手段，你也不肯交出兵马大元帅虎符。既如此，我就让你亲眼看看，我是怎么把他们一个个葬在我的天塔之下，也让你看看我是怎么立地成神的。”

萧天佐哼了一声，说道：“你个断子绝孙的妖道，别说成神，你就是变成畜牲，畜牲都不屑与你为伍。”

严容被他骂得怒极而笑，指着下面说道：“萧天佐，今天贫道就让你认识一个人。”

萧天佐低头看过去，等他看清楚时，突然发出一阵狂笑道：“原来是我们的木驸马！果然是天赐我大辽的勇将，他来了就一定能揪了你这妖道的脑袋。”

严容冷笑一声道：“萧元帅，你叫错了。”

错了？萧天佐当然不信自己叫错了，这个人他看了十年，别说他现在横枪立马就站在塔下，就是只看影子他也知道是谁。

“你看得没错，只是叫错了，你不应该叫他木驸马，而是应该叫他杨驸马。”严容说得很得意。

“杨驸马？”萧天佐皱起眉头，想理清他话中的意思。

“他是杨继业的四子，叫杨延琅。”严容得意地欣赏着他震惊的神情。

萧天佐道：“你胡说八道，他怎么可能是杨继业的儿子？”

严容一摆手，让一旁的小童儿取出一张画像在他面前展开，上面画着七个人，是杨继业和他死去的六个儿子，等看到第四个时，他的心咯噔一下，却依旧冷冷地说道：“你休想用一幅画来挑拨离间。”

严容突然笑了：“这个时候还需要贫道再挑拨吗？你信不信没关系，其实仔细想想，你应该能想出其中的蹊跷。”

萧天佐仔细回想着，却越想越害怕。大辽驸马、云内州节度使、北枢密院副使，大辽一切军机要事他都了如指掌。

见萧天佐已经相信，严容继续说道：“萧天佐，既然你不交虎符，也就没什么大用处了，不过你看那公主在下面，若知你在此处，她会不会顾及一些？”

萧天佐沉默片刻之后突然笑了：“他姓木如何？姓杨又如何？他娶了我大辽的公主，就是我大辽的驸马，否则今日也不会来破你的天门阵。我告诉你，即使他是杨继业的儿子，只要能揪下你这畜生的脑袋，那就是好样的，我萧天佐不在乎。”

严容道：“果然有契丹人的血性，那贫道就把你吊在塔上，招飞禽来啄食，让虫蚁啃咬，看能不能动摇他们的军心？”

萧天佐没有理会他的话，却转过头对贺黑纳兰道：“我大辽兵马大元帅的虎符岂会交给一个妖人？贺黑纳兰，念在你我同僚一场，我奉劝你一句，你也是我契丹的男儿，难道就愿意从此与这妖人为伍，像蛆虫一般苟活吗？我若是你，就拿出契丹人的血性，出去与那姓杨的决一死战，也好过给这妖人陪葬。”说完，他趁他们不备，突然纵身一跃跳下了高塔。

严容没想到萧天佐会如此决绝，宁死也不肯做人质，拖累下面的兵马。看到他沉重而高大的身躯重重地砸在黄沙上，变成了一具血肉模糊的尸体，严容懊恼地拍了一下手边的青砖。再看看那边面色阴沉的贺黑纳兰，他心里泛起一丝不安。

“严容，我杀了你！”耶律铁镜看到萧天佐，急忙跑到前面看着，此处距天塔不近，听不见他们说什么，可是当看到萧天佐从塔上落下来时，她只觉得心像快炸开一样，拔出弯刀就要冲过去。

“公主!”就在她冲出去的那一刻，杨延琅横枪将她拦住。

耶律铁镜挥刀挡住他的长枪，说道：“你给我闪开。”

杨延琅长枪一挥，再次横在她面前道：“他必死无疑!”

冰冷的声音瞬间让耶律铁镜安静下来，眼泪顺着脸颊滑落，愤恨地瞪着杨延琅，这一刻她是那么恨他的冷血无情。

杨延琅看着她的眼睛，一字一句地说道：“无论谁在上面铁骑军都不会后退一步。”

铁镜公主咬住下唇，她知道他是对的，此时铁骑军绝不能受严容的胁迫，萧天佐也决不许因为他而误了用兵的时机。她最后看了看天塔，抹去脸上的泪水，默默地退了下去。

等耶律铁镜退下去之后，杨延琅仰起头看向天塔，然后举起长枪，指着贺黑纳兰摇了摇头。

贺黑纳兰当然知道他指的是谁，回想起萧天佐的话，他心里升起一丝悔意。他一直认为天下当有能者居之，自己立下过赫赫战功，凭什么要对一个小娃娃、一个女人俯首称臣？眼看她翻手为云，覆手为雨，重用后族，排除异己，渐渐将自己的权力规束于方寸之地，夜里辗转反侧时，多少不甘心积蓄在心头。可是如今回头再看时，谋算半生又如何？自己轻信了这妖道之言，现在身家性命皆握在他手里。自到阵中这些天，亲眼见他杀人饮血、恶事做绝，又刚愎自用、喜怒无常，这等禽兽又岂会有信义可言，若当自己身上无利可图时，他就是喝了自己的血也不足为奇。想想自己也曾金戈铁马，如今却被一个奸细如此轻视，顿时羞辱感像野火一样烧上心头。

严容正在想用什么说辞能把他留住，他却一身杀气地转身下了高塔。蠢货！严容暗骂了一句，原本阴沉的脸色更加阴郁。

杨延琅激怒贺黑纳兰，就是要把他从严容身边除掉。说穿了，严容不过就是一个妖道，没有贺黑纳兰依附，他就是躲在阴水沟里的毒虫，但贺黑纳兰不一样，他要的是实实在在的江山，有的是统御天下的野心，大辽军中还有他的许多旧部，留下他会后患无穷。他在等贺黑纳兰出来，一个位高权重、呼风唤雨的南院大王，一个能征惯战的契丹人，他怎么甘心受此奇耻大辱，居于方寸之地，所以他一定会出来。

吱呀——天塔下的千斤闸缓缓地抬起来，伴着一阵清脆的马蹄声，贺黑纳兰从黑暗的天塔里出来了，身子一探将萧天佐的尸体抓起来，横搭在马鞍上，而后穿过千辆武车来到铁骑军前。他身材魁梧高大，穿着暗金色铠甲，披上紫色战袍，身上隐隐散发出一种将帅之气，只是此时他身后却没有千军万马。权谋计算早已磨去了他曾经在疆场之上跃马千里、指挥千军的神采，虽然看似威风霸气，却是强弩之末。

贺黑纳兰看了一眼铁骑军，说道：“我把萧天佐给你们送回来了。”

杨延琅摆了摆手，两个铁骑兵跑过去，接回萧天佐的尸体。

贺黑纳兰提起长刀，指着杨延琅大声问道："奸细，你可敢与我一战？"

杨延琅拉起玉麒麟的缰绳，走到他面前道："我与你一战。"

贺黑纳兰问道："我若赢了呢？"

"今日你我只论生死，不论输赢。"杨延琅说话似乎永远是冰冷的，只有当他抬起眼直视别人时，让人觉得凌气逼人。

"痛快！"贺黑纳兰大喊了一声，挥起长刀劈了过来。

铛——杨延琅举枪迎上去，兵器相撞时发出炸雷般的声响。硬碰硬地较力之后，贺黑纳兰动了动发麻的双臂，他知道自己老了。杨延琅忍下胸口的隐隐作痛，他是除了七郎以外，唯一能和他这样角力之人。

"奸细，再来！"贺黑纳兰握紧长刀再次向杨延琅迎头劈下来。

这一次贺黑纳兰双臂开始发抖，虎口渗出血来。可是杨延琅没有给他喘息之机，接着沉重的黑枪挟着千钧之力向他打下去。

贺黑纳兰急忙举刀相迎，又一声炸响之后，他的战马四蹄发颤，脚下开始不稳，他急忙挥长刀，刀尖向后扎在地上，支撑住战马，而后喘了一口气，说道："有两下子。"

杨延琅没有出声，马镫轻轻磕了一下马腹，玉麒麟如飞一般冲了过去，他手中的黑枪带着噬血夺命的风声就刺到眼前，贺黑纳兰挥枪拨打，两个人你来我往战在了一起。

贺黑纳兰十年前亲眼看过他与李昌鹤对阵，虽然佩服他力大枪沉，但在他看来至少能与之战个平手，但今日才知道，这么多年来他并没有真正见识到这个人的武功到底有多高。这杆黑枪在他手中宛如灵蛇，诡异多变，曾经低垂的眼睛里是暴虐到极致的冷酷，即使瞬间泯灭千万条生命，他也不会眨一下眼睛，面对他就像面对死亡一样绝望。

贺黑纳兰知道生死之间，容不得半点胆怯，但是知道了就会不胆怯了吗？甘心吗？他当然不甘心，即使最终难逃一死，他也不甘心如此被杀。贺黑纳兰紧咬牙关，战马冲过来时，他举起长刀再次劈下去。杨延琅举枪迎住，他的刀刃砍在枪身上却并没有撤走，而顺着枪身直向杨延琅左手削去。杨延琅将左手松开，躲开他的长刀，右手握枪向上挥起，划了个半圆把他的长刀挑起来，二人的战马相距不到半步，紧挨着就错开了。就在这时贺黑纳兰突然身子后转，右手握住刀柄的末端，抡起长刀直向杨延琅后背劈去。

铁镜公主和观战的人吓得张大嘴发不出一点声音，杨延琅正背对贺黑纳兰，若被这一刀劈中，即使不死也会被劈下半个肩膀。

身后响起破风之声，杨延琅心底一片冰凉，他没想到贺黑纳兰会偷袭得如此巧妙。千钧一发之时，玉麒麟后腿绷起、四蹄发力，突然腾空而起蹿出四五步远，又往前踉跄了几步才站住。杨延琅感觉到它浑身打战，急忙回头看了看，玉麒麟屁股到后腿的地方被砍开了一道三寸多长的血口子，鲜血滴滴答答地落在了地上。

他轻轻地磕了一下马蹬，玉麒麟用力仰起头，虽然疼得直发抖，却没有丝毫胆怯。杨延琅调转马头，轻轻转动了一下手中的黑枪，眼睛里燃起了地狱般的烈焰。

刚刚这刀就是要乘人不备，偷袭得手，而且从未失手，如今一击未中，贺黑纳兰的心一下沉入了无底深渊，他知道自己大势已去。抬眼时看到杨延琅已经冲了过来，乌黑的长枪在他手中变得凶狠暴虐，招招夺命。贺黑纳兰拼尽全力招架着他的攻势，等二人的战马相遇时，贺黑纳兰听到背后风声呼啸，他知道杨延琅要以其人之道，还治其人之身。不过这是他的绝招，自己当然早有防备，于是急忙弯腰躬身，然后整个身体斜挂在了战马的一侧。可就在贺黑纳兰觉得自己已经躲过这一枪时，突然一阵天旋地转，重重地栽倒在黄沙之下，他的战马倒在不远的地方。原来这一枪打的不是他，而是他的战马，杨延琅盛怒之下，把他连人带马一起打飞了出去。

马蹄声越来越近，一个黑影罩下来，遮天蔽日，血红色的枪尖在眼前飞快地变大，贺黑纳兰绝望地闭上了眼睛。一生的画面如浮光掠影在眼前闪过，这一刻若能回到从前，他宁愿自己只是一个猎户，守着妻儿清贫过此一生。

看到贺黑纳兰一命归西，严容突然明白了杨延琅的目的，没了贺黑纳兰，自己就没有了千万两黄金，没有黄金自己如何能成神？说到底，自己总要依附于这些有野心的权贵才能活着。可后悔有什么办法，眼下只有靠这些武车灭了他这五千铁骑，再去寻别的人。

第一〇〇回　狼王铁骑军

杨延琅抬头看了一眼高塔上的严容，轻轻拉动缰绳，从容镇定地从铁骑兵面前走过，那若有若无的杀气渐渐聚拢起来，一丝丝，一缕缕，一道道，汇成势不可当的汹涌洪流。

严容站在塔尖上气急败坏地叫骂："孽畜。既然你要找死，贫道就如你所愿，让贫道看看你这五千铁骑有多厉害?"

杨延琅举起沾着血的长枪，低声喝道："杀!"随着他一声令下，最前面的一千人好像关在笼中许久、早已焦躁不安的狼群冲开桎梏一般，疯狂地冲向天甲阵。随着铁骑军冲向山坡，无数暗箭从铁车后面射出，然而那些看似粗壮的大汉，却身形敏捷、枪法凌厉，挥动着长枪拨打暗箭。

杨延昭愣愣地望着冲向敌阵的铁骑军，不可置信地说道："他竟然用杨家枪法训练了五千铁骑!"

铁骑兵已冲到坡上，随着一阵铁链声响起，大地都跟着摇晃起来，最前面的百余辆武车被放下来，沉重的车身带尖利的绞刺，仿佛要把世间一切事物碾得粉碎。

眼看武车冲下来，突然这些铁骑变换阵形，五人一队，前后交叉，等到铁车冲到近前，三个人甩出铁链缠住它的绞刺，一起用力将它阻挡片刻，另外两个人顺势把枪插进车轮底下，长枪上挑，一下就把千斤重的铁车掀翻过来，顺着山坡滚了下去。而就在这时，第二队的一千人冲了上来，第一队兵马已经撤了下去，而等在下面的人已经清出一条路来。严容愤怒地又放下一百辆武车，紧接着第三队铁骑又冲了上来，严容这次一下放开了两排武车，刹那间山摇地动，山坡上血肉横飞，而这一次铁骑死伤了数百人，可饶是如此，随着杨延琅黑枪举起，又一队铁骑冲了上去。

人们目瞪口呆地看着这五千铁骑与数千辆武车鏖战，杨延琅就像立于山巅的雪色狼王，指挥着他的铁骑冲杀，一双眼睛越发冷酷幽深。

杨延昭来到他身边，犹豫着说道："四哥……"

杨延琅微微转过头看了他一眼，再次举起了黑枪。

后面的宋军此时连大气都不敢喘，山坡上铁车拖着战马，碾着尸体横冲而下，半面山坡全部变成了红色，而后面的铁骑依旧往上冲去。他们都是身经百战的将军，可是任谁也没有见如此心惊肉跳的厮杀，更没有见过这样不怕死的兵马。他们不是人，是从幽冥地府出来的鬼军魔将，是极地之北的妖狼野兽，只要狼王一声令下，管你人鬼神佛，统统会被他们撕成碎片。

杨延昭再也撑不下去了，他刚要开口劝兄长暂时收兵，却见杨延琅一只手把黑枪横着高高举起来又放下，随着他长枪落下，铁骑迅速调转马头撤出三里之外。杨延昭愣愣地看了一眼神色未动的兄长，不明白为什么刚刚还杀得天崩地裂的铁骑军，怎么突然间就撤了。就在大家疑惑之时，只见天塔上的武车一下全冲了下来，车身之间发出的撞击声惊天动地，震得大地隆隆作响，好像地底下的怪兽发出的低嗥。

严容扶着箭垛，手下的青砖裂开道道缝隙。记得贺黑纳兰进阵之时就说过，这个阵法有问题，而自己却认为这铜墙铁壁无懈可击，于是只顾得修练功法，压根就没听清他在说什么。现在仔细回想起来，他好像说，若敌军只冲杀一面，等这一面的武车放下之后，因着力不均，其余三面的武车就会扯裂天塔。严容看着坡下摔成一堆碎铁的武车闪着冰冷的幽光，似乎是在嘲笑自己的愚蠢。

天甲阵一破，穆桂英急忙率人赶到塔下，对杨延琅道："四伯父，你率铁骑围住这里，一个人都不要放出去。"

"明白。"杨延琅吩咐下去，铁骑兵把天塔一层层围得水泄不通，而后清出一条通往塔下的通道，并顶开入口的千斤闸。

"子翼伯父，十八位师父请随我上天塔。"穆桂英说完，第一个冲了进去，其他人紧紧跟在她后面。

眼看大势已去，严容急忙跑进暗道，想从暗道逃走，但是他却没想到穆桂英等人正张开天罗地网等着他。一见他们，严容转身往回跑去，跑之前不知道他按了什么机关，那一百零八个"星将"一下从暗道的暗门里涌了出来，挡住了他们。

子翼纵身越过这些"星将"对穆桂英道："他们交给你们了，我去追那畜牲。"

等走近时他们才看到这些所谓的"星将"神情呆木，有些"星将"脸上已经皮肉开裂，里面黑乎乎的，不知道是什么东西。最小的小和尚从来没见过这么吓人的玩意，挥起铁棍拼命打过去，但没想到这些东西看着吓人，却不经打，几招之后就被打成两截，不过"人"虽断成两截，手臂还在挥动，一点血也没有。小和尚吓得又给了"他"几棍，这玩意终于碎了一地，不再动弹。他好奇地蹲下来看看，发现"他"胳膊、腿、身体全是木头的，肚子里有无数个齿轮，有些还在转动着。

"它不是人啊！"小和尚大声叫了起来。

严容被子翼追到了天塔的最高一层，再也无路可逃了。他看着子翼，说道："你来得倒是快啊！"

"让你多活了这么多年，我来得已经够慢了。"说话间子母梭从子翼的手掌间垂下来。

严容眼睛盯着那个闪着寒光的梭子，咽了一下口水，说道："小师弟，你我师出同门，何苦要赶尽杀绝？”

“谁是你师弟，我是你爷爷。”子翼一步一步逼近他，严容一步一步往后退，边退边说：“小师弟，你还小，当年的事你不清楚。”

“我非常清楚，我今天就是来要你这颗狗头的。”

“鬼谷教人，要做端方君子……”

“我给你说过了，端方君子都被你杀了，活着的都是追你命的阎罗王。”

“等等，你，你不要金匮了吗？”眼看越来越近的子翼，严容急着说道。

子翼冷冷地笑道：“我为何要它？”

严容道：“拿不回金匮，杨家就都得完蛋。”

“我拿你的脑袋也一样，更何况，那金匮你打得开吗？”

“我……”

“哼！我告诉你，那东西是老徐造的，你这辈子也打不开。只要你打不开，我就有办法找到它。”

严容已经退到箭垛旁，再也无路可退了。突然，他扑通一声跪下来：“小师弟，求求你饶了我吧，当年的事真是另有隐情。”

子翼表情冰冷地勾了一下唇角：“你还想用当年骗老徐的办法骗我？告诉你，爷爷我不是端方君子。”

说话间，他手中的飞梭像流星一样直奔严容打去。严容见他不上当，急忙往一旁躲去，啪的一声，青砖上几块碎石飞起来。他根本不给严容喘息之机，梭子如影随形一样又打了过去，打得乱石迸起。

“小师弟……”严容一路逃窜，嘴里还喊着子翼。

“我是你老祖宗。”子翼手中的子梭如疯了一般向他打去，冰蚕丝带着极细的破风之声，追魂夺命。

“小师弟，祖师有训，同门不相残。”

“你他妈都能对养大你的师父下毒手，还有脸说同门不相残。你早就被鬼谷赶出师门，哪个又是你的同门？我又不是鬼谷的徒弟，你奶奶的，跟我套什么近乎？”子翼骂得狠，下手更狠。

“徐天友为什么不来？”

“有他小徒弟杀你就够了。”

呲的一声响，冰蚕丝上血珠跳动，噼里啪啦掉到地上，严容的肩膀被切开一道大口子。

“伯父。快走，天塔快塌了！”这时穆桂英和少林和尚气喘吁吁跑上来说道。

严容见此，趁机翻身跳了下去。此时箭垛上的裂隙已经快有手掌宽了，马上就要四分五裂了。子翼俯身往下一看，见严容先跳到塔的二层，缓一下再往下跳，但是当他看到塔下面站的人时，他知道这老家伙逃进了死路。

见严容逃走，和尚们愣愣地看着子翼，不知道该怎么办。

子翼道："看我干什么，追啊！"

他话音一落，和尚们想都没想就跟着跳了下去。子翼笑了笑，回头看看穆桂英道："别怕，你只管往下跳，我把杨宗保给你垫在底下。"

子翼这个话说得穆桂英耳朵尖都红了，她低声道："伯父说笑了。"说完甩出自己袖子里的红绫缠在箭垛上，抓着红绫跳了下去。

"真是疼男人的好媳妇。"子翼撇了一下嘴，却没有跟着跳下去，而是纵身跃上天塔的最顶端，抽出鸣鸿刀，手起刀落，这面招魂鬼幡样的仙寅黑旗掉了下去。

杨延琅、杨延昭、杨宗保都围在下面，看到严容从塔上落下来，提枪催马就冲了过去，杨延琅最先冲到近前，挥起长枪就打了过去。

严容跳到塔的第二层时，也用绳子缠住了箭垛，抓着绳子往下跳，马上就要落地时，一根长枪扫了过来。他急忙甩起手中的拂尘击在墙上，整个人荡出四五步远，才险险躲过这一枪。就在这时绳子啪的一声断掉了，他顺势滚了出去，还没等他站起来，两根长枪一左一右又打了过来，他只好蹲下身子继续滚了四五步远。

他知道这些马上的战将都不会轻功，所以他头也不回，爬起来就跑，再有十几步他就可以逃进他早已布好的暗道里了。但只差十几步，子翼与和尚们就围了上来。

"站住！"严容忽然手腕一翻，手中抓着五六颗鸟蛋大小的黑球，然后对子翼说道："放了我，否则咱们就一起死。"

"是雷火弹。"子翼示意大家退开一些。

严容一步一步往暗道方向移去，碎石已经从天塔上掉下来，突然轰的一声巨响，大地似乎再也承受不住这天塔的重量，直接砸出一个大坑，大地剧烈地摇晃，浓烟四起，近处的人们站立不稳，纷纷跌倒在地上。可是谁也没注意，飞尘四起时，两个人影如飞一样扑向了严容。

严容也被沙尘吹得睁不开眼睛，但他早有防备，趁大家不备时急忙奔向暗道，眼看就要逃出生天的时候，突然烟尘之中一个血红色的枪尖刺了过来，封住了他的逃路。他慌忙躲过这一枪，耳边又响起刀刃挥过的声音，他来不及细想，闪过要害，挥手迎过去，突然手腕传来一阵刺骨的疼痛，等到他看清楚时，发现自己的手和雷火弹都掉在了脚下。

"啊——"残忍无度、食人饮血的严容发出一声惨绝人寰的惊恐号叫。

轰——轰——几声炸响之后，两个灰头土脸、浑身血污的人从烟尘里冲出来，玉麒麟也变成了一匹泥马。直到烟尘散去之后，人们才看到地上散着的断肢残臂，还有被炸得只剩下一半的严容的脑袋。

子翼走到严容乱七八糟的尸体旁翻找了一会，终于在一片道袍下找到了一个红木匣，他捡起木匣，用破道袍擦了擦，摆弄了一番后递给了杨延琅。

杨延琅接过木匣细细端详，它长不过五寸，宽不过三寸却有十几斤沉，上面繁复的符文像是一种机关，谁能想到这只小小的匣子关系着大宋江山的安危，为了它又让多少人丢了性命。

在众人疑惑、忧心等种种复杂的目光中，杨延琅把匣子装进了自己的怀里。夕阳西下，满天阴霾散尽，天边烧起瑰丽的晚霞，血红的夕阳照在这片满目疮痍的土地上……

第一〇一回 圣旨至边前

天塔沉陷，其余小阵机关尽毁，两日之后天门阵内严容的余孽尽数被除。因天门阵被破，严容被杀，他编造的鬼神谣言大白于天下，他散布于大宋和大辽民间的信徒一夜之间作鸟兽散，一些作恶之徒皆被绳之以法。

佘赛花亲自到大营外迎接得胜而归的将士们，也迎回了一具具冰冷的尸体，花榭玉、褚云英、杜金娥、杨延德、杨瑛、郎千、岑林……去时三十多员将官，回来时一半不到。她一个一个看过去，儿子、女儿和儿媳妇们，这种痛苦就像一块一块割下她心头上的肉，疼得她喘不过气来。特别是这几个媳妇，儿子走了就留在杨家，与她一起苦苦支撑着杨家。她曾劝她们若有好去处就不要为难自己，可是她们谁都不肯离开。杜金娥与七郎只有夫妻之名，并无夫妻之实，可怜到死都还是女儿身。佘赛花压下心底的悲痛，命人将阵亡的将士抬起下去好好安置，记好名录，然后上表朝廷为他们请功，抚恤其家人。

安排好死去的将士，杨延昭、杨宗保和穆桂英跪在她面前，心情也十分悲痛。佘赛花抬起头仰望着天空，浑浊的泪水流淌进斑白的发丝里，过了一会她轻轻拭去脸上的泪水，然后说道："保家卫国，死得其所，你们都起来吧。"

"是。"杨延昭答应了一声，三个人起身站在一旁。

杨延琅来到母亲面前，刚要跪下来，佘赛花道："你把铁镜公主带过来。"

"是。"杨延琅拱手答应了一声，"母亲，莫要为难……"

看到他不安地维护着那公主，佘赛花道："你娘还没老糊涂。"

"是。"杨延琅过去把铁镜公主领到佘赛花面前，自己站到了一旁。

耶律铁镜站在她面前拱手施礼："耶律铁镜拜见老太君。"

佘赛花扶起耶律铁镜公主道："上次你我匆匆而别，我未来得及与你细谈。虽然你贵为大辽公主，但你嫁给了我这个不孝之子，就是我杨家的媳妇，你该称我一声婆母。"

耶律铁镜惊讶地看着佘赛花，心中酸甜苦辣一起涌上来，说不清是一种什么滋味，片刻之后又有一道暖意溢过全身。她认可自己是杨家的媳妇，承认他们是夫妻，这也是放下之前的一切仇怨，不再与大辽为敌的善意。这些天她痛苦纠缠，恨他，怨他，无人时骂他，可是无论如何也割舍不掉对他的牵绊与爱恋，直到此时她终于拨云去雾，守到云开见月明。

见她不出声，佘赛花问道："是老身提得唐突，委屈了公主？"

"不，不是……"耶律铁镜结巴地说道。她突然屈膝跪地再次施礼："儿媳拜见婆母。"

佘赛花急忙上前把她扶起来道："你是辽国公主，不必拘于汉礼。我这个逆子在大辽十载，承蒙公主关照，你又为我杨家生儿育女，是我该多谢公主才是。"

"婆母过誉了。"耶律铁镜公主被佘赛花这么一说，心里暖洋洋的，忍不住又看了杨延琅一眼。

他们见惯了公主霸气凌厉的一面，冷不丁温柔起来，还觉得不太习惯。只有杨延琅心知肚明，她究竟是什么样子的公主。

佘赛花扫视了一圈回来的人，没有见到子翼，急忙问道："四郎，子翼呢？"

"他还要细查天门阵内严容的密事，很快就会回来。"杨延琅没有明说，子翼要找回严容偷走的墨术，所以才没有跟着一起回来。

"嗯。"佘赛花这一刻神情显得有几分焦急。

"老太君，下官来迟了，恕罪，恕罪。"寇准一路小跑过来。

看到寇准佘赛花眉头皱了起来。寇准倒不客气，与他们一一见礼，说着些为民除害、建功立业的话，即使与耶律铁镜相见时，他也不生疏。最后他来到杨延琅面前拱手施礼道："先前实在不便，今日即已真相大白，在下要谢过四将军救命之恩。"

杨延琅拱手还礼，然后问道："寇大人不必客气。不知寇大人为何会来两军阵前？"

"呵呵。"寇准笑了两声，"下官是奉官家旨意来此劳军，有幸再见到四将军。现在我大宋上至朝堂，下至江湖都知道四将军率铁骑军横扫天门阵的事。他们说辽国驸马乃是苍狼星君转世……"

"寇大人千里迢迢前来劳军，老身还未与你细谈。"佘赛花打断了他说道。

"老太君……"

"寇大人。将士们冲锋陷阵，风餐露宿，实在很苦，就等着大人前来劳军。"佘赛花不由分说，扯起寇准先行转身进了大营。

寇准张了张嘴还想要说什么，但是看到佘赛花深邃冰冷的眼睛，还是乖乖地闭上了嘴，跟着她先进了大营。

进了大帐佘赛花故意把人都支开，而后开门见山地问道："大人，破天门阵老身又死了五个孩子，官家就这么着急又要追去我那逆子的性命吗？"

寇准叹了一口气道："官家也有难言之隐啊。"

佘赛花死死地盯着寇准的脸，脸上的泪痕还没干，眼睛里又蓄满了泪水。在她的目光下，寇准低下头。她又说道："官家有难言之隐，就要逼着母亲亲手杀了自己的儿子？"她的声音非常轻，轻轻的声音中却藏着一丝谁也看不见的危险。

她这一问，把寇准吓得后背发凉、汗毛直立，他急忙道："老太君，本来他只要能拿回金匮，即使不交关隘图，官家都可以既往不咎，许他远走高飞。可是，可是他练出了那五千如狼似虎的铁骑啊！刚刚压灭仙寅的鬼神之说，现在又谣言四起，说什么，他是苍狼星君转世的狼王，如果他愿意，可以率领他的五千铁骑横扫天下、屠戮四方。铁骑军鏖战天甲阵的奏报就像雪片一样摆在了御案上。御史台纷纷上书，说杨延琅叛国降敌，杨家罪无可恕。”

“没有那五千铁骑，我大宋就得拼掉十五万大军！”

“官家他宁愿拼掉十五万大军……”说到这里寇准觉得自己有些失言，停了一下，“老太君，您可要拿准主意啊！”

“官家怎么说？”

“官家说，除非杨延琅把那五千铁骑交给朝廷，并且休了铁镜公主回大宋……”

“然后将他囚于天波府，或是更稳妥的地方，终老一生。”佘赛花眼泪落下来，神情却越发坚定，“大人回去转告官家，无佞楼就在京城，官家可以一把火烧了，抄家灭门，老身等着。”

“老太君！”寇准无奈地一遍一遍称呼着这个尊称，“官家，官家不是冷血之人，朝堂上还站着一屋子的臣工呢！”

“那就让他把金刀拿出来，跟臣工们说清楚。”

寇准道：“你现在拿金刀有用吗？四将军抵死不交关于辽国一丝一毫的机密要事，至今依旧要做大辽的驸马，你让官家怎么办？”

寇准的话让佘赛花心底一惊，她用杨家及杨家的世世代代给了他一个承诺。她沉默许久，从怀里取出金匮递给寇准，说道：“老身会让官家心安的。”

“老太君？”

“大人看到了狼王铁骑，老身却看到了遍体鳞伤的儿子，但是这世上却没人能看到他的心。”说到这里佘赛花哭了。她平复了心情之后说道：“大人，看在老身刚刚死去那五个孩子的面上，求你一件事。”

“老太君，请讲。”

“他是个生而不祥的孩子，我也没好好疼过他，他刚回来，你就给他两天，两天好日子，两天之后……”

此情此景，寇准忍不住落下泪水，他点点头道：“下官听老太君安排。”

佘赛花坐在椅子上，下颌支着拐杖不再说话，寇准拱手施了一礼，退到帐外。可是他前脚离开，杨延琅与耶律铁镜后脚就急匆匆进来了，来到她面前一起跪下。

“发生了什么事？”佘赛花急忙站起来问道。

耶律铁镜道：“我皇弟追剿叛军，至燕州附近，所率三万皮室军哗变，抓了我皇弟与宗勉。贺黑虎要我母后传皇位于他，还让，让驸马去换宗勉。”

“什么？”佘赛花眼前一阵发黑，她撑着手中的拐杖，一动没动，直到她喘上憋在胸口的那口气，才低声问道：“他们现在哪里？”

耶律铁镜道：“邯郚镇。”

佘赛花转身杨延琅叫了一声："四郎……"

杨延琅重重地将头磕在地上："孩儿不孝，望母亲成全。"

听到他这句话，佘赛花竟然悄悄松了一口气，然后说道："你们回去一定能救他们，对吗？"

耶律铁镜点点头："就是拼上我们的性命不要，也一定会救他们的。"

佘赛花说道："娘放你们出营。四郎，你出去稍等片刻，娘有几句话要对公主说。"

"母亲……"

"出去。"佘赛花沉下脸说道。

"是。"杨延琅起身，退到帐外。

"公主起来。"佘赛花请耶律铁镜起身，但耶律铁镜却不知道她为什么留下自己。

佘赛花招了招手，耶律铁镜来到她身前，她用力拄着拐杖站了起来，但是脚下一软差点摔倒了，耶律铁镜急忙扶住她。她靠着耶律铁镜的搀扶往前走了几步，透过帐帘看到杨延琅的确站在外面，这才放心地转过头，握住耶律铁镜的手，说道："公主，你是大辽国的公主对不对？"

耶律铁镜被她问得莫名其妙，但还是点点头道："是。"

佘赛花又问道："你还是大辽暗骑军的大统领对不对？"

耶律铁镜再次点点头道："是。"

佘赛花拍拍她的手背，说道："你二人能成为夫妻，公主想必也是用尽了千般的手段。"

"婆母，我……"

佘赛花摆摆手，示意她听下去："公主，我没有责怪你的意思，也不能责怪你。公主真心对他，所有人都知道，但他对公主那颗心，却不一定人人都知道。今日我要求公主一件事。"

"婆母请讲。"

"公主照顾了他十年，那就请公主使尽千般手段，把他留在你身边，护他周全，无论发生什么事，都不许他离开大辽半步。"

"婆母，发生了什么事？"耶律铁镜不解地问道。为什么她不仅接受了自己这个儿媳妇，还要把儿子留在大辽。

"你什么都不要问，只求你答应我，回去后救回宗勉，然后把他留在辽国。我们之间这番话，更不许他知道。"

"婆母，儿媳记住了。"她知道自己多问无益，而佘赛花这些话也绝不是在害他们。

"去吧，领上你们的铁骑兵，赶紧去邯郚镇。出去告诉他，不用进来见我。"佘赛花叮嘱过之后，赶紧催促他们快走。

"是。儿媳拜别婆母。"耶律铁镜按照汉人礼节，跪地叩首，拜别了佘赛花。

佘赛花转身背对着她，摆摆手让他们赶紧走。

杨延琅和耶律铁镜带着五千铁骑飞奔出宋营，看着栈道上扬起的烟尘，佘赛花对杨延昭道："六郎，娘要与官家、朝臣拼命了。"

"娘……"杨延昭看着年过花甲的母亲，这一刻觉得有些害怕。

"他要你四哥的脑袋，娘不答应，你答应吗？"佘赛花问了这句话时，眼睛依旧盯着栈道。

"娘，孩儿明白了。"

"你去打发宗保和桂英远走高飞，去鬼谷，去哪里都行。然后我们带上大军回京，娘要把阵亡的将士抬到金殿上，给官家，给殿上的臣工，给天下的百姓看看，即使我儿子做了辽国的驸马，我杨家依旧是满门忠烈！"佘赛花这样做，就是拼上了杨家的前程、声名甚至是身家性命。

"孩儿全听娘的安排。"

寇准远远地看着她们母子二人在说话，再看看已经消失的铁骑军，他想了想拉过战马，顺着栈道追了过去。佘赛花看到寇准跑了，知道自己疏忽了，正要派人去追，突然传来一个高高的声音。

"圣旨到……"

"四将军，四将军……"

杨延琅他们稍做停歇，就听到一个人在喊他，这时铁骑抓着一个人走过来，扔到他面前道："禀将军，这个人跟在后面，他说要见你。"

"四将军……"寇准狼狈不堪地从地上爬起来，两只手扶着膝盖，又咳又喘，"我可追上你了。"

"寇大人？"杨延琅不明白他为什么要追来。

寇准看了耶律铁镜一眼道："四将军，可否借一步说话？"

耶律铁镜冷冷地看着他："有话就在这说。"

寇准抹了一把脸上的汗水，然后说道："公主勿怪，我必须单独与四将军说。"

耶律铁镜上前一步道："不说就滚，不然我杀了你。"

寇准拱手作揖："公主，公主恕罪。"

他转过头对杨延琅道："四将军，在下只几句话，将军若不听，只怕会悔恨一生。"

"不行！"耶律铁镜拔出长剑抵在寇准的脖子上，"滚不滚？不滚我现在就杀了你！"

杨延琅移开妻子手中的剑，拍了拍她的手，说道："寇大人不会害我，不用担心。"

安抚下妻子，杨延琅与寇准走到五十步以外的地方。两个人说了没几句话，寇准突然跪在他面前，重重地磕了一个头。杨延琅伸手将他扶起来，又对他深施一礼。然后二人道别，寇准转身走了。

耶律铁镜不安地看着他们，觉得这个老头非常吓人，她隐隐有些后悔，刚刚急着赶路，没顾上其他，应该派暗骑把这些尾巴都清理掉。

直到寇准走远，杨延琅才慢慢走回来。耶律铁镜迎上去问道："他来干什么?"

杨延琅道："来要这五千铁骑。"

"他要铁骑做什么?"

"不是他要，是大宋皇帝要。"

听到他这句话，耶律铁镜终于放下心来，带着一丝笑意问道："你没有答应?"

杨延琅摇了摇头："没答应。"

耶律铁镜笑了："我们走吧。"

"嗯。"

他们上了马，再次向邯郜镇奔去。

赵弘商被迎进大帐，开始喜气洋洋地宣读圣旨，从头读到尾，该封官的封官，该进爵的进爵，该赏的赏完了，读到最后一句话时，老头一下就愣住了，笑容先是僵在脸上，然后一点一点开始消失。

大家已经跪了许久，佘赛花轻轻咳了一声，赵弘商这才醒过神来，继续说道："望卿等不负圣恩，御得胜之师，以雷霆之势，一鼓作气，收复燕云之地，直取上京，平定外患，钦此。"

收复燕云之地？挥军直取上京？这不是开玩笑吗？虽说破天门阵宋军只损失了不到八百人，但是将官却折去一半之多，而且辽军也没损失多少。此时萧太后不挥军南下就不错了，还要打过长城，这就自寻死路啊。

就在众人疑惑不解时，佘赛花已经领旨谢恩，然后对穆桂英道："桂英，依圣旨行事，雷鼓聚将，兵发邯郜镇。"

穆桂英急道："老祖母……"

佘赛花把圣旨交给穆桂英道："你是元帅，行军打仗你做主，但是打与不打，却是官家作主。"

"是。老祖母。"穆桂英接过圣旨，开始擂鼓聚将，指挥兵马直奔邯郜镇。

第一〇二回　纨绔逞凶狂

杨延琅与耶律铁镜公赶到邯郤镇时，萧绰已经急得像热锅上的蚂蚁，镇外五里就是贺黑虎的大营。

兵围上京的三万兵马被铁骑军杀得不到一万，贺黑纳兰只好带着贺黑虎逃出上京，往两狼山而来。不过他对严容心存芥蒂，于是决定与贺黑虎兵分两路，他自己去天门阵找严容，贺黑虎逃往夏州。他又在打听到追兵的情况之后，给贺黑虎留了最后一道保命符，就是耶律隆绪所率三万皮室军的上将军那扎古拉，这么多年来他启用过许多人，但唯独没有用过他，让他一直深深地藏在韩德让的身边。

贺黑纳兰临走前千叮咛万嘱咐，让贺黑虎一路不能停歇，只有逃到夏州，他才能保住性命。可是贺黑虎这个纨绔子弟除了吃喝玩乐在行，其余一窍不通，像个没头的苍蝇一样乱跑，没过多久他的残兵败将就被耶律隆绪围在了燕州城外。这时候贺黑虎才想起他父亲留给他的保命符，于是连夜派人给那扎古拉送去了父亲的亲笔信。那扎古拉看到信后，带兵哗变直接抓了耶律隆绪和小宗勉。

贺黑虎一见抓了小皇帝，顿时觉得高枕无忧了，干脆也不往夏州逃了，转道两狼山，他要带着耶律隆绪跟他爹炫耀一番。没有贺黑纳兰的管束，他更加肆无忌惮，一路烧杀抢掠，见到有姿色的女子就劫到营中供他玩乐。他吃喝享乐，走走停停，结果还没到两狼山就传来天门阵被破，贺黑纳兰被杀的消息。这时，他才觉得害怕，赶紧找心腹进行商议。那扎古拉让他以皇帝为人质，按照贺黑纳兰所说逃往夏州。但是不知他哪个心腹又给他出了个主意，说你干脆用小皇帝做要挟，让萧绰写诏书把皇位禅让给你，你做了皇帝不就没人敢杀你了吗？贺黑虎觉得这个主意太好了，于是赶紧传信给萧绰，让她写传位诏书，而且后面还加了一个条件，就是把杨延琅送来，他要给他爹报仇。

萧绰早已得到消息，但是却不敢声张，几次派人想去救他们，但都没成功。所以命暗骑守在天门阵外，耶律铁镜一出来就赶紧告诉了她。

贺黑虎虽然寻欢作乐，但是却知道命根子在哪，他命人打了两个铁笼子挂在百尺高杆之上，将耶律隐绪和宗勉关在笼子里，下面不分昼夜地有人执刀把守，若有风吹草动就砍断绳索，活活摔死他们。

耶律铁镜心疼地看着被关在铁笼里的儿子，他两天水米未进，小手无力地从栏杆之间垂下来。如果能替他，她宁愿被关在铁笼里的是自己。

“铁镜，都是母后的错，母后该早日率军回京。”萧绰看着两个随风摇晃的铁笼子，懊悔地说道。

杨延琅道：“母后，请写下传位诏书给贺黑虎。”

萧绰皱起眉头问道：“给他传位诏书？”

“不但把传位诏书给他，把皇帝玉玺也给他。”

眼前的一幕，突然让萧绰想到了在云内州时的情景，那时他也如此冰冷而淡然，一步一步谋划，灭掉冯西贵六万大军，平定西边半壁江山。只是他头上的一根根白发让人感觉他已经心力交瘁。他还能像当年云内州一样，使大家化险为夷吗？

韩德让沉声说道：“咳！驸马，此事非同小可，若把江山拱手让于贺黑虎，只怕会遗祸无穷。”

杨延琅看了看韩德让，问道：“江山只是一份传位诏书和皇帝玉玺吗？”

萧绰和韩德让如梦方醒，原来权力抓得太久，早已忘了它到底是什么了。江山社稷岂是一纸传位诏书和一块玺印？

萧绰微微仰起头道：“本宫这就下旨，将皇位传给贺黑虎，并交出皇帝玉玺。”

“还要看他有没有命来拿。”杨延琅看着远处吊在空中的铁笼子，眼睛里是从地狱里烧出来的三千业火。

天近晌午，贺黑虎才从软玉温香的被窝里出来，甲胄松松垮垮地挂在身上，披着厚厚的裘皮斗篷。昨天他就接到萧绰的传信，答应今天把传位诏书、皇帝玺印和杨延琅一并给他送来。下属回报，说五更时萧绰他们就已经等在营门之外，所以他就让他们从五更等到了午时。

贺黑虎懒懒地看了营门一眼，回首对他一个心腹说道：“让他们送进来吧，还有，你带人把那个奸细给我捆结实了，身上搜干净了，想换回他儿子？哼，我要让他尝尝什么叫生不如死。”

“是，将军。”他得了主子命令，带两个人往营门去。

这个心腹到了营外，打量一番站在外面的这些人，萧绰、韩德让、耶律铁镜都到齐了，杨延琅站在最后前面，他旁边还站着一个随从，手里捧着萧太后的懿旨和皇帝玺印。

那人拎着麻绳站在杨延琅面前道：“将军让我们把你捆结实了。”

杨延琅看了他一眼，没有说话，算是默认了他的话。那人摆了摆手，他的两个随从过来，解掉他的甲胄，扒去外衫，而后全身上下仔仔细细搜过一遍后，拧过他的双臂，抻过麻绳一道一道、仔仔细细捆结实了，直到他们确认万无一失才松了手。这时那人又要伸手去拿诏书和玺印，可是这侍卫却躲了一下。

那人抬手一巴掌抽在侍卫的脸上：“狗奴才，吃了熊心豹子胆了？”

侍卫被打得脚下不稳，身子斜了一下，差一点把诏书和玺印掉到地上，但那人似是没有出气，挥手还要打。

“住手!”耶律铁镜上前喝住他，“我看你才狗胆包天，这是你能碰的？若是摔碎了，你有几个脑袋够砍的？”

那人急忙缩回手，想想若真把玺印摔了，贺黑虎就得杀了他。于是让人把这侍卫又搜了一遍，然后把他们押进大营。

“木驸马!”看到杨延琅，贺黑虎阴阳怪气地喊了一嗓子，“哦，对了，现在应该叫你杨驸马，对不对？”

“把皇上和宗勉放了。”杨延琅抬头看了看吊在高竿之上的铁笼说道。

“哈哈……”贺黑虎一阵狂笑，“想要你儿子？”

“还有皇上。”

贺黑虎拿起传位诏书，打开看了一遍，说道：“他是你的皇上吗？现在，现在我才是大辽的皇上!”

“恬不知耻!”杨延琅轻瞟了他一眼，冷冷的眼神中除轻蔑什么都没有。不对，也有，还有嘲讽，嘲讽他愚蠢，嘲讽他无知，讥笑他千方百计抢到的皇太妃被人劫走了，讥笑他当年苦追良久的公主对他不屑一顾。甚至讥笑他，躲在人后还被枪柄误伤，肿成鱼泡眼。

此时贺黑虎的心如同热油上浇了一盆冷水，瞬间就炸了锅，愤怒烧掉了他本就愚蠢的一点头脑，如疯了一般冲到杨延琅面前，一把抓住他的头发，扯得他仰起头来。贺黑虎指着摇摇晃晃的铁笼，咬牙切齿地说道：“你看看，你仔细看看，你和铁镜公主的儿子就吊在那上面，我要把你锁在这，像狗一样活着，然后眼睁睁看着你儿子活活被饿死，让你生不如死，然后我再把你一点一点折磨死!”

“如果你想那样，那你应该让萧绰把我的尸首送来。”杨延琅平静地说道。

“你什么意思？”

“蠢货，双峰山你就犯了这样的错误。”

杨延琅的话让贺黑虎从心底泛起一丝寒气，然后从头顶上炸开，瞬间手脚发麻，可是等他想逃时却为时已晚。杨延琅身上的绳索瞬间断成了好几截，从他手中飞出来一物，死死地钉进了贺黑虎的咽喉，随着细细的破风之声响起，他的脑袋一歪直接掉了下去，可就在他脑袋还没沾到地时，捧着诏书玺印的侍卫，飞起一脚又将他的脑袋踢到了半空。

“杀——”刹那间，营外的喊杀声冲天而起。

守在高竿下的辽兵见此急忙挥刀斩断绳索，两个铁笼一起掉了下来。子翼像飞般冲向关着宗勉的铁笼，在绳子被砍断的同时抓住了麻绳的断头，脚踩着两个辽兵的肩膀纵身而起，像冲天燕子一样随着下坠的铁笼飞了出去，同进将右手的短刀扎在木杆上，划得火星乱迸，铁笼终于在离地半尺时停下了。他小心地把铁笼子放下，自己从高竿上跳下来，挥刀劈开笼子，然后抱出宗勉，在他鼻子处试了试，这才松了一口气。等他想起耶律隆绪时，只见杨延琅双手托着关耶律隆绪的铁笼子，单膝跪地，正满脸怨念地看着自己，膝盖下的黄沙被生生压出一个坑来。

子翼把宗勉扛在肩膀上，走过去把这个铁笼子也劈开。他对耶律隆绪可不那么客气，直接拖出来扔在地上。这小子看着憨厚，坏心眼却不少，他追剿叛军还带着宗勉，怎么想都应该摔死他。

看杨延琅半跪在地上站不起来，子翼只好伸手把他架起来，嘴里也没闲着，“你还真不怕死啊！没把老胳膊老腿砸碎了吧？”

杨延琅咬着牙，借着子翼搀扶的力量站起来，他虽拼尽全力把耶律隆绪接下来，还真差一点把他的老胳膊老腿都砸碎了，浑身上下像散架一样疼。

这一切发生得太快了，等到贺黑虎那些属下反应过来要跑的时候，一切都太晚了。刚刚打了子翼一个耳光的家伙正跑着，突然眼前一黑，子翼就堵住了他的逃路。

“小子，爷爷长这么大，就挨过你这一个耳光。”他话音刚落一巴掌就扇了过去。

那人被打得眼前直冒金星，还没等他缓过神来，另外半边脸又是一阵火辣辣的疼，他看不到手，只觉得脸一左一右挨着巴掌，到最后已经感觉不到疼了，脑袋轰轰直响，脸像要炸开了一样。

子翼看着他的脸肿得像猪头一样，心情总算是好了，顺手把他扔到了地上。这边他出完胸中的恶气，那边铁骑兵已经像砍瓜切菜一样把敌人杀完了，那扎古拉被打到马下，后悔得连死的心都有了。

“绑了，交给太后发落。”

杨延琅一声令下，过来几个铁骑兵，连马都不下，直接提起地上的俘虏搭在马鞍桥上，出了大营把俘虏集中扔在地上，命人看管起来。

杨延琅和子翼救回了耶律隆绪和宗勉，萧绰等人大喜过望。他们还在被贺黑虎抓的女人堆里找到了红珠。这小丫头平时看起来柔柔弱弱，见了死人还晕，没想到，到了紧要关头竟是一身硬骨头，这些天她照顾着宗勉，被打断一条手臂，还生生地跟到了邯郚镇。

子翼心疼地抱着红珠，只恨自己没早早结果了贺黑虎那个杂碎。可是红珠看到子翼，却高兴得不得了，叽叽喳喳一直说到自己睡过去，才松开他的手。

天已经暗了下来，杨延琅把子翼拉到一处僻静处，对他说道：“有件事你要亲自替我跑一趟。”

“什么事？”

“先把鸣鸿刀给我用一下。”

子翼捂着腰说道：“你要我的刀干什么？”

“用一下就还给你。”

“只一下啊。”子翼从腰间拔出刀递给了杨延琅。

杨延琅右手握刀，左手抓过他的黑枪，举刀落下，嗡的一声响后，一截二寸长的枪柄被削了下来。

“你干什么？”子翼急忙把刀抢过来，拿到眼前心疼地摸着刀刃看了半天，看有没有给崩出豁口。

捡起地上的枪柄，杨延琅笑道：“果然是宝刀。”

“宝刀也禁不住你这么祸害。”子翼赶紧把刀收起来，又看看他手中的枪柄，“你这是要封枪归隐吗？封枪就封枪，你剁它干什么？又不能炖着吃。”

杨延琅把枪柄送到子翼面前道：“给寇大人送去。”

子翼问道：“不是，你每次给寇老西送的礼物都这么特别吗？”

“我答应过寇大人，若大宋到了危难之时，可凭这件信物，到胡杨陂调我的五千铁骑。”说到这他又补了一句：“只一次。”

“你……”子翼一瞬间无言以对。

杨延琅急忙带几分哀求地说道：“为了杨家。”

子翼张着嘴半天，才叹了一口气，接过枪柄说道：“我命中注定，就是你跑腿的。”

杨延琅也笑了：“你是我的亲大哥。”

“算了，您叫我一声大哥，我得折去十年阳寿，要是叫亲大哥，我就不要命了。告诉你老婆照顾好红珠，回来若掉根头发，我用不着她来抓我，我先杀到你们家去。”子翼临行前还不忘叮嘱他一句。

“放心，我会叮嘱公主的。”

子翼又送给他一个白眼，转身走了。杨延琅看着越来越远的背影，眼中闪出无限不舍和愧疚。

第一〇三回　大兵压邯郚

平定叛乱，救回了皇帝，萧绰开始准备撤军，她还给女儿一家腾出一处安静的府院，供他们团聚。

宗勉一路有红珠照顾着，没有受伤，只是饿得狠了些，御医给他开了些温补的药，养着就行。耶律铁镜连日奔波劳累已经睡着了，只是睡梦中依旧紧紧把儿子搂在怀里，生怕她一松手儿子就丢了。半睡半醒时她还说着梦话，说她要交出暗骑军，以后就守着丈夫和儿子，一家人再也不分开。

杨延琅没有睡，他贪婪地看着妻子与儿子，为了眼前这一刻，他愿意受地狱之苦，如果永远能这样看下去，他宁愿永远留在地狱里，剥皮噬骨，烈火焚身，他亦甘之如饴。他希望此夜漫漫，永远不要天亮。

"启禀公主驸马，太后有旨，请公主和驸马去大帐议事。"

虽然他希望天不要亮，但是东方已经放白，外面传来侍卫的声音，也吵醒了耶律铁镜。

耶律铁镜急忙起身，与杨延琅一起走出来，问道："母后宣我们何事？"

"回公主，回驸马爷，十五万宋军围在邯郚镇外，太后请公主与驸马前去商议退兵之事。"侍卫拱手回道。

"十五万宋军？"耶律铁镜不解地看了看杨延琅，佘赛花明明已经答应退兵了，怎么又突然兵围邯郚镇？

"公主莫急，我们先去见母后吧。"杨延琅轻轻握住耶律铁镜发抖的手，又对侍卫说道："去回禀太后，就说我与公主马上就到。"

"是。"侍卫拱手应道，转身先走了。

他叹了一口气，自己没跑，萧绰就会安心一些。

萧绰的行宫内战将们低声议论着，可是因为人太多，发出的是嗡嗡的响声，分不清楚他们都在说什么，但是无论能不能听清楚，杨延琅也知道他们在说什么。邯郚镇地势平坦，无险可守。而辽军被严容骗走三万大军，只剩下十二万兵马，形成敌众我寡之势，唯一的办法就是让杨延琅交出他的五千铁骑，他们才有胜算。可是他会交吗？没人能猜到他的决定。

萧绰阴沉着脸与耶律隆绪并排坐于主位，耶律隆绪受了伤，脸色有些苍白，不过经过一天多的休养，已经精神了很多。

见到他们进来，所有人都安静下来，所有人的目光都集中到了他们身上。如今他的身份人尽皆知，可是两军对阵时，他的处境又如此尴尬。

“儿臣参见母后，臣参见皇上。”

“儿臣参见母后，参见皇上。”

两个人同时行礼，萧绰没有出声，耶律隆绪急忙请他们平身。萧绰沉声说道：“杨延琅，你可把本宫的诚意带给你母亲了？”

“回母后，带到了。”

“你母亲如何答复？”

杨延琅坦然答道：“我母亲愿意罢兵止战，还天下安宁。”

“那为何今日兵至邯郚？”萧绰的语气已经含着怒火。宋军出尔反尔的行径，让她气恼非常。这辈子她从未信过任何人，可偏偏信这一次，却闹出这么大的笑话，将十二万辽军置于如此险境。

杨延琅想了想，说道：“也许是圣命难违吧？”

“圣命难违？那依你看本宫该如何退兵？”萧绰步步紧逼地问道。

杨延琅丝毫没有犹豫地说道：“儿臣去退兵。”

“你？”萧绰一下就愣住了。此时不但萧绰，就连耶律铁镜和其他将官都大惑不解。宋军那边可是他的亲生母亲，难道他要亲自率他的五千铁骑，去把宋军杀得片甲不留吗？

耶律隆绪试探着问道：“你真要去退兵吗？”

杨延琅道：“回陛下，正是。”

韩德让问道：“你真能带着你的铁骑，去杀退宋军吗？”

他知道韩德让的意思，其实他更担心自己带着铁骑跑回宋军那边吧？他拱手道：“王爷，我不带一兵一卒，我一个人去阵前劝退我母亲。”

耶律铁镜担心地问道：“老太君会听你的话退兵吗？”

杨延琅温和地对耶律铁镜说道：“母亲都认下你这个儿媳妇了，她一定会退兵的。”

“真的吗？”耶律铁镜心底涌起的不安让她不知所措。

“真的。”这个从来不会温存的人，竟然抬起手捧起妻子的脸，轻轻拍了拍，以安抚这个女人不安的心。

铁镜叮嘱他道：“老太君若不退兵，我们再另想他法，你要好好地回来。”

微微迟疑了一下，杨延琅点点头，然后未与任何人道别，转身出了行宫，在门外取过他的黑枪，骑上玉麒麟，出了邯郚镇。耶律铁镜总觉得哪里都不对，就好像那枪都短了一截，忽然她想起临行前佘赛花与她说的话，急忙追了出去。

十五万宋军陈兵于邯郜镇外，不大的镇子，房屋低矮，地势平坦，没有林高树密的藏身之处，也没有大河大川的地势之险，大军到此按阵列排开，旌旗翻卷，遮天蔽日，兵马似黑云铺地，直至天边。

山边透出一丝金色，迎着血红的朝阳，邯郜镇缓缓走出一人一骑，白马如玉，闪着淡淡的光，一人身穿银甲白袍，手中提着一杆乌黑的长枪，就这样越走越近，一直来到大军前才停下了脚步。

杨延琅抬眼望过去，面前的将官们大多是自己的骨肉至亲，后面车辇上坐着自己白发苍苍的母亲。他深深吸了一口气，寇大人说母亲要用杨家人的性命换自己一条活路，原来母亲可以为自己这个不孝之子做到如此。皇帝怎么会让自己背上猜忌忠良、逼死功臣的罪名呢？他只需一道圣旨，就看你佘赛花想要儿子，还是想要血流成河了。

这时，他回头望了一眼身后的邯郜镇，还能看到城墙上妻子火红的衣裙，那里有自己的妻子、儿子，若这一切都能过去，他想带着妻儿还有子翼与红珠去胡杨陂。他似乎看到胡杨陂的人们开始收割庄稼，汗水顺着他们的额头、鼻尖滴下来砸进黑黑的泥土里，脸上却挂着开心的笑容。仁海送来的书信说，今年又是个丰收年，那里的人们不知道自己是苍狼星转世，有一天会屠戮四方。他们依旧相信那位不苟言笑的驸马爷是他们的救命恩人，是他们的福星。他一个人就这样与十五万大军静静地对峙着，不进也不退，却让人畏惧。

佘赛花看着他，看着他孤独地立在天地之间，好像千百年来他一直就这样孤独着，没人知道他想要什么，他要做什么。他身上总带着让人胆寒的危险，就如野地的孤狼，天上的孤鹰。他不属于杨家，他应该属于那一望无边的漠北草原。在草原上策马狂奔，无拘无束，他大笑着，与契丹汉子一起赶着马群，拼着烈酒，粗犷又肆无忌惮地呼喊着。胸口的闷痛让她喘不过气来，她绝望地闭上眼睛，却没有眼泪，泪水早已在夜深人静时哭干了。

不知过了多久，杨宗保再也忍不了这种让人无法喘息的寂静，他大声说道：“四伯父，你带着那公主和宗勉远走高飞吧！”

他轻轻转动了一下手中的黑枪，沉声说道：“自我娶了大辽的铁镜公主，我就是大辽的驸马，要想进邯郜镇就先杀了我。”

杨保宗低声对父亲道：“爹，我去劝劝四伯父。”说着就要催马上前。

“站住。”杨延昭横枪把儿子拦下来。

“爹！”杨宗保焦急地说道。

杨延琅指着杨延昭道：“杨延昭，既然已战场相逢，我们就先打一场。”

杨延昭想了想，催动坐骑走到他面前，说道：“四哥，一会你打伤我就往西跑，大军进了邯郜我会先找到铁镜公主与宗勉，到时候我再派人送她们与你会合，回京后我会回禀官家，说你们在混战时死了。”

杨延琅冷冷地说道：“两军对战，你也不必假情假意。”

“四哥，你何苦要……”

杨延昭一句话没有说完，杨延琅的长枪已刺到眼前，他急忙挥枪拨打，不待他再说什么，杨延琅的黑枪已如狂风暴雨般攻了上来。

辽营这边的将官们直至今天才真正见识到什么是杨家枪法。人如猛虎，枪似游龙，兵器相接，振聋发聩，攻如万马狂奔，守似铜墙铁壁。他们兄弟使的枪法相同，亦都是沙场宿将，转眼间就杀得天昏地暗。连刚刚露出头的太阳好像也被这厮杀吓坏了，躲进厚厚的乌云里，天色阴沉得吓人。

耶律铁镜越看心里越不踏实，他这不是去劝和，分明是去拼命的。她想了想拉过战马也出了邯郚镇，站在不远处看着，若有差池也好去接应。

杨延昭知道自己不是兄长的对手，但他也知道，四哥不会真的下手杀他。可是今天杨延琅杀得又凶又狠，大有置自己于死地的气势。他招架着兄长的攻势，怎么也想不通，四哥为什么这么做？难道他真的死心塌地为辽人卖命，甚至不顾手足之情吗？

被杨延琅逼得无可奈何之下，杨延昭只好使出浑身解数与兄长拼杀。忽然，二人战马相错之时，见杨延琅拧身回首，挥起长枪直向六郎的后背抽去。

嘭——杨延琅躲闪不及肩膀挨了一下，虽然不重，人也从战马上斜了下去，但就在落马的一瞬间，他右脚用力一踹马镫，身形微转，伸手正好抓住从眼前一飘而过的战袍，生生把杨延琅也从战马上扯了下来。

兄弟二人重新爬起来，战马已经跑出去很远了。杨延昭叫兄长停手，他动了动酸痛的肩膀想要休战，然后问问四哥，为什么要抓着自己缠斗不休？可是他的话还没问出口，血红色的枪尖又一次刺到眼前，没办法，他也只好举枪相迎，两个人我来我往，又一次厮杀在一起。

不行！不能再打下去了。杨延昭一定要结束这场糊涂架。想到此他拨开杨延琅的长枪，顺势双手相合紧握枪柄，人随枪转，带起黄沙滚滚连人带枪一起向杨延琅的前胸刺去。这是杨继业在原来的枪法上又琢磨出来新招式，杨延琅并不知道，他想用这招枪法把兄长逼停下来。

眼看长枪刺到杨延琅近前时，只见他身形一转，提枪上挑，黑枪就要击在杨延昭的枪上。杨延昭知道他力大枪沉，急忙要撤回长枪，可就在这一刻，他却突然听到“噗”的一声响，那是长枪刺进皮肉的声响。

第一〇四回 狼王归天际

杨延昭听到“噗”的刺破皮肉的声响，顿时傻在当场，他瞪大眼睛看着长枪刺进四哥的上腹，连带半截枪身都没进他的身体里。他的四哥低着头，握住扎在自己胸腹上的长枪，重重地一口一口地喘息着，只是一声比一声更无力。右手无力地垂下来，沉重的黑枪砸在了黄沙上。

忽然，杨延昭像被烫到一样，松开长枪，一步一步向后退去。杨延琅抓着枪杆，死死提住一口气，一点一点把枪从身体拔出来，血沿着枪身往外淌，又顺着他的手流出来，哗哗啦啦地落在地上，直到枪尖也被拔出来，伤口里的血一下就喷了出来，溅在杨延昭的脸上、眼睛里，天地间血红一片，可就在这一片血红的世间，他看到兄长那双冰封万里的眼睛刹那间冰消雪融，是疲累至极后的一种解脱，一种安然，一种难以言说的平静。

杨延昭清清楚楚地记得自己已经收枪了，他更清清楚楚地看到兄长拨开了自己的长枪。可是为什么，为什么自己的枪会刺在四哥的身上？他似乎在想，又似乎什么也没想，就像一截没有生命的木头杵在那，一动不动。他心里只剩下一件事，是他杀了自己亲哥哥，所以他没看到，他的四哥像疯了一样扑过来把他撞倒在一旁。当他僵硬地抬起头时，只看到子翼站他在前面，滴着血的梭子啪的一声掉在地上。

杨延琅颈间被划开一道长长的血口，但他只有两只手，这两只手只有紧紧按着腹上的伤口，才能让血流出来得慢一点，可是那血还是疯了一样从指缝间涌出来，无休无止地落在黄沙上。他仰起头望向天空，身体不甘地向后倒去。

“驸马——”耶律铁镜疯了似的跑过来，把他接在怀里，两个人一起跌倒在地上。

嗡的一声响，子翼把鸣鸿刀握在了手里，一步一步逼近六郎。他给寇准送去枪柄时，寇准突然就发狂了，捧着枪柄跪在地上，说他对不起杨家，对不起杨延琅，是他亲口告诉杨延琅，佘老太君要为了他拼上整个天波府。

子翼发了疯一样跑回来，他说如果他兄弟死了，他就斩了这老头，给他兄弟偿命。可谁知他偏偏就迟了一步，他视如性命的兄弟就在他眼前被杨延昭一枪从前胸刺到后背。那一刻他唯一念头就杀了杨延昭，可就千钧一发的时候，杨延琅还是拼了性命救下了弟弟。

“大，大哥……”虚弱的喊声从身后传来，让子翼停下了脚步。

“四哥——”杨延昭终于清醒了过来，他痛苦地哀号着，手脚并用地爬过来。

忽然，一柄青色的短刀横在他眼前，子翼阴沉而冷酷地看着他，说道："你敢靠近他一步，我就杀得你们天波府鸡犬不留！"

"呃……啊……"杨延昭十指深深地抠进黄沙里，撕心裂肺地嘶喊着，这一刻他觉得自己的心都裂开了，血肉横流，生不如死。

耶律铁镜慌乱地按着他的伤口，可是血依旧从指缝间溢出来，无论她怎么用力也按不住。他答应自己会好好回来的，他是一言九鼎的大丈夫，他怎么可以言而无信？

"那个老道，那个老道能救你，你当初都死了，他都能救你，你撑住了，我一定能再找到那个老道的！"耶律铁镜语无伦次地说道。

轻轻地，一只大手把她的手握住，让她安静下来，杨延琅看着她的眼睛轻声说道："公主，不要骗自己了。"

"你欠我的债还没还呢？"耶律铁镜厉声吼道，原来一双美丽的眼睛，却像恶鬼一样。

杨延琅张大嘴，用力喘息着说道："我欠你的太多，还不上了。"

"你一句还不上就还不上了，凭什么？"耶律铁镜从靴子里抽出短刀，"我说过，上天入地我都饶不了你！"说完她拔出短刀，毫不犹豫地向自己的胸口刺去。

"公主！"杨延琅一把抓住刀刃，死死地握住，"公主，想想宗勉，没有你，哪里有他的容身之地？还有，那五千铁骑，我们，不能交，交出去！"短短的一番较力，让他气息难继。

"啊——"耶律铁镜嘶喊着。咣当一声，短刀掉在了地上。

杨延琅疲惫地闭了闭眼睛，靠着她胸口，急切地说道："叫我，叫我母亲，过，过来。"

耶律铁镜急忙喊道："快，他要见他母亲！"

"儿啊！"佘赛花刚从晕厥中醒过来，甩开穆桂英和杨宗保步履蹒跚地奔了过来，跪坐在儿子身旁。

"娘。"杨延琅轻声叫道。

"我的儿子啊！"佘赛花摸着儿子脸，疼入心肝，痛入骨髓。

"娘。"杨延琅抬手把佘赛花的手握在自己手里，"娘，不要伤心，儿子苟活了十七年，已经，够了。"

"是娘无能，是娘带着千军万马，逼死了自己的儿子！"佘赛花眼睛流出来的已经不是泪水，是淡红色的血水。

"我本就是一个，一个不能给娘尽，尽孝的逆子。娘平平安安地，把他们带回去吧。"杨延琅看向黑压压的宋军。

"娘把他们，把他们带回去……"

"我，从十二岁，杀人，杀了，太多的人，累，累了。只是，我，不能交出铁骑。是我连累了，娘，连累了天波府，娘把我的人头给，给官家，以安圣心。

"不，不，不不……"佘赛花把杨延琅的手捂在自己的脸上，不住地摇着头。

"快，闪开，圣旨到！"宋军里突然传来一阵喧哗，赵恒的贴身太监陈琳上气不接下气地跑了进来，后面跟着赵弘商和寇准，几个人傻傻地看着眼前的一幕。过了一会，陈琳打开圣旨宣道："大宋皇帝诏曰：朕夜梦天帝，责朕北征大辽，徒增杀戮，深感愧疚，乘未铸大错，遂令退兵，止息干戈。朕听闻杨令公之子杨延琅私入大辽，入赘为婿，本应严惩，但念其破天门阵有功，天波府上下忠心体国，朕特赦其罪，准其重返大宋，侍奉老母，尽人子之孝道，钦此。"

听到圣旨，杨延琅露出一个无以言说又苦涩无比的笑容。他对母亲说道："官家，是，仁义圣君，天波府，当，当，尽忠，报国。只，只是，这圣旨，来得迟，迟些罢了。"

和着哽咽的哭声，佘赛花用力地点点头。

杨延琅用力转过头，抬起血淋淋的手摸着妻子的脸庞，轻声说道："公主，对不起，我，我想，想，去，去……"

"我带你去，我带你去那里，那里只有我们一家人，我们生一堆孩子，你打猎种地养活我，缸里没米，我会骂你，别的女人多看你一眼，我也会骂你，我和你吵架，你烦我，厌我，可这辈子，下辈子，上天入地，我都不会放过你……"

"好……"杨延琅看着妻子脸，笑着答应了一声，像一个累极的人终于能安稳地睡去一样，轻轻地把头斜在妻子的怀里，好像已经过上了妻子描述的生活。

"大哥。"耶律铁镜平静地抬起头，对子翼叫道。

"公主。"子翼声音哽在喉咙里。

"备好车驾，接上宗勉与红珠，我们走。谁敢阻拦，我就让铁骑军把他们杀得片甲不留！"她的话音轻轻颤抖着，血红的眼睛里似乎染上了丈夫的冰寒与狠戾，如同风雪夜里的狼王，幽暗得让人无从猜测。

"好。"子翼拉过不远处的玉麒麟回了邯郃镇。鲜血染透的沙场上，耶律铁镜紧紧地抱着她的驸马，佘赛花紧紧拉着她的儿子，杨延昭跪在不远处，一切都安安静静的，谁都不会动一下。

忽然，赵弘商一把揪住陈琳质问道："你为何不早到？"

"王爷，奴才拿到圣旨日夜兼程赶过来，可谁知还是晚了一步。"陈琳无奈地叹了一口气。

寇准叹了一口气拉开赵弘商，说道："王爷不必为难陈公公了，这圣旨来得不正是时候吗？"

赵弘商不解地问道："你，你什么意思？"

"王爷，意思就是，官家已经赦免他的罪了，只是圣旨来得晚些罢了。"寇准说完，转身就走了。他自知为大宋尽心竭力，可是他做了这样昧良心的事，只怕后半生都不会安宁。这一刻他觉得自己的五脏六腑都被掏空，满肚子里塞的都是草，他根本就不是人。

赵弘商呆愣半晌，忽然觉得这秋风冷得厉害，冻得人都在打颤。寇准说圣旨来得正是时候，他说只是晚一些罢了，他也说圣旨只是来得晚一些罢了。仔细想想他说的每一句话，都是出于杨家的忠心耿耿，而他自己呢？

他突然有些明白。是啊！官家是仁德的官家，只是圣旨来得晚一些罢了。

从来不肯拉车的玉麒麟，老老实实地拉着一辆白布蒙起的篷车慢慢走过来，后面跟着一辆黑篷车，里面坐着红珠与宗勉。

来到近前，子翼掀开车帘，这一刻耶律铁镜力气大得出奇，直接把丈夫抱了起来。

“不，别……”佘赛花拉着儿子的手不松开。

耶律铁镜面无表情地看着她，轻声说道：“一个杨姓绑了他一生，日夜不得安宁，他死了你也不还他一个自由身吗？”

佘赛花像被烫到一样松开了手，张着嘴，急促地喘息着，又慌张地一步一步往后退，踩到长长的战袍被绊倒在地上。

子翼和耶律铁镜把杨延琅抬上马车，耶律铁镜弯腰坐进车里。子翼拾起地上的黑枪挂在车旁，而后驾起马车越走越远，铁骑军不知从何处而来静静地跟在了后面。

哗……瓢泼大雨浇下来，砸在大地上，一片白雾茫茫，一行人马渐渐消失在天水之间。于是就有了一个传说，传说狼王和他的铁骑在那场大雨中回到了天上，从此绝迹人间，直到几十年后，无敌的铁骑再一次横空临世，那又将是另一个腥风血雨、惊心动魄的故事……

尾 声

此一战后，萧绰退居后宫，颐养天年，不再插手朝堂之事。耶律隆绪信守萧绰给佘赛花的承诺，只要大宋有杨家将在，永远不南下中原。而佘赛花也谨守对儿子的承诺，将二十二张大辽关隘图藏匿于天波府。边关久无战事，商贸往来日益繁荣，天下太平，百姓安居乐业。

佘赛花已经快八十岁了，眼睛已经花了，更多的时候就是坐在中堂，下颌支着拐杖，一坐就是一个多时辰，别人问她在想什么，她总会说人老了，什么都想不起来了。寇准几次来天波府想见见她，但每次都吃了闭门羹，寇准知道，她不肯原谅自己，也不肯原谅她自己。

老杨洪突然气喘吁吁地跑进来，说道："老太君，老太君，你快出去看看。"

佘赛花不满地看了他一眼："你也快七十岁的人了，怎么还这么毛毛躁躁的，什么事把你跑成这样？"

"老太君，是，是，四少爷，四少爷……"

佘赛花站了起来，似乎这句话让她苍老的身体一下就年轻了起来，三步并作两步，几乎像跑一样来到了府门外，这时门口已经聚了许多人，他们看到佘赛花，急忙闪出一条道出来。

阶下站着一个二十四五岁的青年，一身辽人打扮，白色的武服长及膝盖，腰扎巴掌宽的黑色玉带，脚下的黑色长靴护过小腿，头发散落着，披在肩膀，他脸形偏长，下颌微尖，浓黑的长眉覆在眉骨上，鼻梁高挺，唇角分明，最特别的是他的眼睛，双目狭长而眼尾处微微上挑，眼睑到最后收成一条细细的线，就像书法大家尽情恣意挥毫时最后那笔带起的一缕墨尾，只不过他的眼睛非常明亮，所以整个人就显得温文尔雅。

"家母临终时命我将此信送到天波府，请问您可是佘老太君？"青年微微施礼，而后双手奉上一封信。

佘赛花眼前一片模糊，她没有接青年奉上来的信，而是颤抖地伸出手摸向青年稚嫩的脸庞。

"四郎，宗勉……"